東坡 主要 行蹟地

행적지	나 이	기 간	체류	신분 / 주요 활동
眉州 (眉山)	1~20	1037.1.8.~1056.3.	24년 6개월	출생, 학업, 결혼
	21~23	1057.5.~1059.10.		喪主(모친상)
	30~32	1066.4.~1068.12.		喪主(부친상), 재혼
京師 (開封)	20	1056.5.~1057.5.	12년 5개월	科擧 응시, 급제
	24~25	1060.4.~1061.12.		殿試, 급제
	29~30	1065.1.~1066.4.		直史館
	43	1079.8.~1079.12.		下獄
	50~53	1085.12.~1089.6		中書舍人, 翰林學士
	55	1091.5.~1091.8.		翰林學士
	56~57	1092.9.~1093.9.		兵部尙書, 禮部尙書
鳳翔	25~29	1061.12.~1065.1.	3년 1개월	大理評事簽書(최초 관직)
杭州	35~38	1071.11.~1074.9.	4년 6개월	通判
	53~55	1089.7.~1091.3.		太守(高太后 지원으로 적극 활동)
密州	38~40	1074.11.~1076.12.	2년 1개월	태수(최초로 牧民官에 부임)
徐州	41~43	1077.4.~1079.2.	1년 10개월	태수
湖州	43	1079.4.~1079.7.	3개월	태수. 筆禍로 체포. 京師로 압송됨.
黃州	44~48	1080.2.~1084.4.	4년 2개월	團練副使로 유배(첫 번째 유배지)
潁州	55~56	1091.8.~1092.1.	5개월	태수(자청하여 外地 근무)
揚州	56	1092.3.~1092.7.	4개월	태수(자청하여 外地 근무)
定州	57	1093.10.~1094.4.	5개월	태수(좌천)
惠州	58~61	1094.10.~1097.4.	2년 6개월	建昌軍司馬로 유배(두 번째 유배지)
儋州	61~64	1097.7.~1101.6.	2년 11개월	昌化軍司馬로 유배(세 번째 유배지)
常州	65	1102.6.~1102.7.28.	1개월	은거하자마자 臥病. 1개월 만에 서거

동파지림【하】

역자 김용표(金容杓)

한국외국어대학 중국어과를 나와 국립대만대학에서 석사, 박사 학위를 취득하였다. 한신대학교 중국어문화학부 교수로 재직하고 있으며 국제교류원장 직을 맡고 있다. 한신대 평생교육원장, 한국중국산문학회 회장 등을 역임하였다.
중국과 중국어, 중국 문화와 중국 문학의 대중화를 평생의 꿈으로 삼고, www.drkimchina.com에서 푸른 감성으로 젊은이들과 함께 싱그러운 삶을 여행하고 있다.

동파지림【하】 東坡志林 下

1판 1쇄 인쇄　2012년 11월 15일
1판 1쇄 발행　2012년 11월 26일

역　자 | 김용표
발행인 | 이방원
발행처 | 세창출판사
신고번호 | 제300-1990-63호
주소 | 서울 서대문구 냉천동 182 냉천빌딩 4층
전화 | (02) 723-8660　팩스 | (02) 720-4579
http://www.sechangpub.co.kr
e-mail: sc1992@empal.com
ISBN 978-89-8411-355-8 94820
978-89-8411-353-4 (세트)

이 책은 한국연구재단의 지원으로 세창출판사가 출판, 유통합니다.

이 도서의 국립중앙도서관 출판시도서목록(CIP)은 e-CIP홈페이지(http://www.nl.go.kr/ecip)와 국가자료공동목록시스템(http://www.nl.go.kr/kolisnet)에서 이용하실 수 있습니다.(CIP제어번호: CIP2012005284)

동파지림【하】 東坡志林(下)

An Annotated Translation of "Dongbo Zhilin"

소식蘇軾 저 ▌ 김용표金容杓 역

세창출판사

東坡志林

범 례

1. 분권의 원칙

❶ 이 책은 5권본 『동파지림』을 저본으로 삼아 번역 해설한 것을 그 분량을 고려하여 상하권으로 나누어 수록한 것임. 이때 가급적 원본의 편제 구성에 따라 분권하는 것이 원칙이겠으나, 그 경우 어떤 형태로 분권하더라도 각권의 분량 편차가 심하기 때문에, 『권1』부터 『권3』의 『제1부』까지는 상권으로 수록하였고 그 뒷부분부터는 하권에 수록하였음.

❷ 이는 원본에서 『권2 · 제9부』가 『괴이한 일異事 상편』으로 끝나고 『권3 · 제1부』가 『괴이한 일異事 하편』으로 시작되는 편집상의 문제점을 보완하는 방법으로 판단되어, 분권의 기준으로 삼은 것임.

2. 원저자의 호칭과 나이 표기

❶ 중국 고대의 문인들은 자字와 호號 등 수많은 호칭이 있기 때문에 혼동을 피하기 위해 본명으로 표기해주는 것이 원칙임. 따라서 이 책에서도 모든 인명은 본명으로 표기하였음. 단 이 책의 원저자의 경우에만 본명인 '소식蘇軾'을 사용하지 않고 '동파東坡'라는 호칭을 사용하였음. 이는 본 번역서적의 책이름이 『동파지림』이어서 혼동의 우려가 없고, '소식'이라는 발음이 우리말에서 다른 뜻과 혼동되어 어색할 수 있다는 사실을 고려한 것임. 그러나 아직 '동파'라는 호를 사용하지 않은 시절의 저자를 지칭할 경우에는 '소식蘇軾'

이라는 호칭을 사용하였음.

❷ 동파는 음력으로 1036년 12월생이고 양력으로는 1037년 1월생임. 때문에 계산법에 따라 그의 나이는 두 살씩 차이가 나기도 함. 이 책에서는 그 중간을 택하여 1037년을 한 살로 계산하였음.

3. 고유명사의 처리

❶ 고유명사의 한글 표기는 우리말 독음에 의거하였음.

❷ 【해제】【번역】【해설】 부분에서 저서명著書名을 표기할 경우에는 『 』으로 처리하였으며, 단편작품에는 「 」 표기를 하였음. 그러나 【원문과 주석】 에서는 중국식 표기법에 따라 저서명에는 《 》으로, 단편작품은 〈 〉으로 표기하였음.

4. 한자의 병기倂記

❶ 【해제】【번역】【해설】 부분에서는 일반 독자를 고려하여 한자를 몰라도 충분히 읽을 수 있도록 한글로 된 우리말 글쓰기를 시도하였음. 이때 고유명사의 경우, 한 작품 안에서 최초로 등장한 고유명사는 그 뒤에 한자를 병기해주고, 두 번째 등장할 때부터는 한자 병기 없이 한글만 표기하였음. 그러나 한글로만 표기하면 개념 파악에 어려움이 있거나 착각을 일으키기 쉬운 경우에는 두세 번 등장하더라도 계속 한자를 병기하였음.

❷ 고유명사가 아닌 일반 명사라도 개념 파악에 어려움이 있거나 착각을 일으키기 쉬운 경우에는 한자를 병기하였음.

❸ 그러나 【주석】 부분에서는 독서대상이 주로 전공학습자일 것임을 고려하여 한글 없이 한자로만 표기하였음.

❹ 【주석】 부분에서 독음이 어려운 글자는 그 뒤에 한글 발음과 함께 이따금 전공학습자들의 연구에 도움을 주기 위해 중국어발음

도 병기해 주었음. 한글 독음은 고대중국어 발음에서 전해진 것이므로, 그 상관관계를 이해하는 것도 고대중국어 어법에 대한 이해와 고문 해독 능력을 향상시키는 데 있어 일정 부분이나마 도움을 줄 것으로 판단하였기 때문임.

5. 주석註釋 처리

❶ 가독성을 위하여 미주尾注가 아닌 각주脚注의 형태를 채택하였음.

❷ 【원문】이 너무 길 경우 단락을 나누어 단락마다 그 밑에 각주를 달았음.

❸ 【원문】 안의 해당 부분마다 각주의 번호를 일일이 표기하지 않고 가급적 문장의 마침표가 찍히는 곳에 번호를 하나만 달았음. 그리고 【주석】 부분에서 해당 부분을 분리하여 주를 달았음.

❹ 초학자初學者를 위하여 자주 등장하는 어법적 기능을 지닌 문자/어휘에는 가급적 상세하게 그 기능을 설명하고자 하였음. 현대중국어를 배우는 이들을 위하여 가급적 현대중국어의 해당 어휘도 소개하려 노력하였음. 그러나 이미 앞에 등장한 문자/어휘는 중복 설명을 피하였음.

6. 대화對話의 처리

❶ 작품 중 직접화법을 사용한 곳은, 【해제】 【번역】 부분에서는 한국식으로 "큰 따옴표"와 '작은 따옴표'로 표기하였고, 【원문】 안에서는 중국식으로 『큰 꺾쇠』와 「작은 꺾쇠」로 표기하였음.

❷ 대화는 화자話者와 상대방의 성별性別, 나이, 계급, 친소관계親疎關係 등을 고려하여 상황과 어울리게 번역하였음.

❸ 필요할 경우, 고전古典의 묵향墨香을 음미할 수 있도록 고어식

古語式 말투로 번역하였음. 그러나 현대한국어에서 전혀 사용하지 않는 용어는 피하였음.

7. 해설의 원칙

❶ 일반 독자층까지 고려하여 최대한 쉬운 문체로 자세한 해설을 실었음.

❷ 기존 중국 판본에 실린 간단한 평어를 참고하였지만, 해설은 모두 필자의 독창적인 견해에 입각한 것임.

❸ 거의 모든 글에 해설을 달았지만, 구태여 해설이 필요 없는 메모 형식의 글에는 해설을 달지 않았음.

하권

卷三

-차 례-

卷四

卷五

상 권

卷 一

卷 二

제9부 괴이한 일異事 (上篇)

제1부 괴이한 일異事 (下篇)

東坡志林

卷三

《蘇軾題竹》 明, 杜堇(좌) 동파가 그린 대나무(우)

동파는 문학뿐만 아니라 서예, 그림 등 모든 예술에 능했다. 선천적인 재주도 중요하겠지만 무엇보다 사물에 대한 관찰력과 통찰력이 그만큼 뛰어나야 가능한 일이다. 우측의 대나무 그림은 畫題에 紹聖 元年(1094) 三月이라 하였으므로 동파가 58세에 그린 것이다. 당시 정치적 후견인이던 高皇后가 죽자, 定州太守로 좌천된 동파는 몇 달 후 아득히 먼 남쪽의 惠州로 귀양을 가게 된다.

제2부

기술 技術

東坡志林

의 사 醫師

해제

등창 치료를 잘하는 젊은 의사 장의張宜를 칭찬한 글이다. 동파가 만 47세에 황주黃州 유배지에서 쓴 글이다.

번역

근대의 의사 구정仇鼎은 등창 치료에 있어서 당대 최고였으나, 그가 죽은 후 뒤를 잇는 자가 없었다. 이제 장의張宜 군의 재주가 구정에 뒤지지 않는 것 같다. 게다가 구정은 그 성품과 행위가 그다지 순박하고 선량하지 않은 탓에 혹자는 그를 두려워하기도 했으나, 장군張君은 마음 씀이 평화롭고 오로지 구인救人에만 몰두하니 구정보다 훨씬 나은 것 같구나. 원풍元豐 7년 4월 7일.

원문과 주석

醫生

近世醫官仇鼎, 療癰腫為當時第一, 鼎死, 未有繼者。❶ 今張君宜所能, 殆不減鼎。然鼎性行不甚純淑, 世或畏之。❷ 今張君用心平和, 專以救人為事, 殆過於鼎遠矣。❸ 元豐七年四月七日。❹

❶ ▪ 癰腫[옹종]: 風火, 濕熱, 痰凝, 瘀血 등의 요인으로 皮肉 사이에 국부적으로 化膿이 되는 질병. 등창.

❷ ▪ 能: 능력, 재능.

▪ 不減: 뒤지지 않다.

▪ 純淑: 순박하고 선량하다.

▪ 世或畏之: 어떤 세상 사람들은 그(仇鼎)를 두려워하기도 했다.

❸ ▪ 殆過於鼎遠矣: 原作에는 '殆'가 '治'로 되어 있으나 商本을 근거로 고친다.

❹ ▪ 元豐七年四月七日: 元豐은 북송 神宗의 연호. 원풍 7년은 1084년으로 동파가 황주에서의 폄적생활을 끝낼 무렵이다.

해설

이 글은 「기술技術」 편에 속해 있고 제목도 「의사」이지만, 동파가 장의를 칭찬한 것은 기술이라는 '재주'보다는 '마음 됨됨이'였다. '재주'를 배우기 전에 먼저 '인간'이 되어야 한다는 얘기다. 인문학이 왜 중요한 것인지 다시 한 번 생각해 볼 필요가 있겠다.

의화醫和의 말을 논하다

해제

동파가 『좌전左傳』의 「소공昭公 원년元年」 부분을 읽다가 그곳에 등장하는 진秦나라의 명의 의화醫和의 견해에 탄복하며, 사람들에게 널리 알리고자 그의 말을 특별히 따로 기재하기 위해 쓴 글이다.

번역

남자는 엎어진 채로 태어나고, 여자는 누운 모습으로 태어난다. 물에 빠져 죽을 때도 마찬가지 모습이다. 남자는 내면적으로는 양陽이지만 외형적으로는 음陰에 속하고, 여인은 그와 반대이다.* 때문에 『주역周易』에서도 "곤坤이 부드러움柔의 극에 이르면 그 움직임이 힘차고 단단해진다"고 하였으며, 『서경書經』에서도 "강인함을 내면에 간직하고 겉으로 드러내지 않는다"고 말한 것이다. 세상의 성공한 사람들은 모두 이와 같을 것이다.

진秦나라의 명의인 의화醫和는 이렇게 말했다. "하늘에는 여섯 가지 기운이 있는바, 그것이 과도하면 여섯 가지 질병이

* 원문이 잘못된 표기로 보인다. 마땅히 "남자는 외형적으로는 양에 속하나 사실 내면적으로는 음에 속한다"가 되어야 할 것이다. (원문 주석 ❸, ❹ 참조)

생긴다. 양기가 넘치면 열병에 걸리고, 음기가 넘치면 한질寒疾에 걸린다. 바람을 많이 쐬면 사지四肢에 질환이 생기고, 비를 많이 맞으면 배탈이 난다. 밤이 길어지면 정신이 혼미해지고, 낮이 길어지면 마음이 산란해지는 병에 걸린다. 여인은 표면적으로는 음陰에 속하나 내면적으로는 양陽에 속하기 때문에 여인과 과다하게 성관계를 가지면 내열內熱이 생겨 마음이 홀려 정신이 산만해지는 병에 걸린다."

여인이 마음을 홀리게 하는 것은 이 세상 많은 사람들이 다 알고 있는 일이지만, 여인이 내면적으로 뜨거운 양陽에 속한다는 사실은 양의良醫라 할지라도 잘 모르는 일이다. 오로칠상五勞七傷의 병은 모두 뜨거운 열에 찌어 생기는 것이다. 밤에 방사房事를 많이 하게 되면 마음이 홀려 정신이 혼미해지거나 중풍에 걸리게 마련이니, 모두 열 때문에 생기는 증세이다. 의화의 말은 마땅히 내가 따로 끄집어내어 기록해야겠다. 『좌전左傳』을 읽다가 이 글을 쓴다.

원문과 주석

論醫和語❶

男子之生也覆, 女之生也仰, 其死於水也亦然。❷ 男子內陽而外陰, 女子反是。❸ 故《易》曰「《坤》至柔而動也剛」,《書》曰「沈潛剛克」。❹ 世之達者, 蓋如此也。❺ 秦醫和曰:「天有六氣, 淫為六疾:❻ 陽淫熱疾, 陰淫寒疾, 風淫末疾, 雨淫腹疾, 晦淫惑疾, 明淫心疾。❼ 夫女陽物而晦時, 故淫則為內熱蠱惑之疾。❽」女為蠱惑, 世之知者衆, 其為陽物而內熱, 雖良醫未之言也。❾ 五勞七傷, 皆熱中而蒸, 晦淫者不為蠱則中風, 皆熱之所生也。❿ 醫和之語, 吾當表而出之。⓫ 讀《左氏》, 書此。

❶ ▪ 醫和: 춘추시대 秦나라의 명의. 魯나라 昭公 元年(B.C.541)에 晋平公이 병을 앓게 되어 그를 초빙하여 진료받은 일화로 유명하다. 의화는 진평공의 병이 여색을 탐하여 생긴 것임을 진찰해내고 그를 제대로 보좌하지 못한 신하들의 죽음과 진나라의 멸망까지 예측해내었다.

❷ ▪ 覆: 엎드리다.

▪ 仰: 드러눕다.

▪ 女之生也仰: 蘇東坡集에는 '女' 字 뒤에 '子'가 첨가되어 있다.

▪ 其: 앞에서 나온 남자와 여자를 지칭함.

❸ ▪ 男子內陽而外陰: 남자는 내면적으로는 陽性에 속하나 외형적으로는 陰性에 속한다는 뜻. 일반적인 상식과 반대되고, 앞뒤의 문맥과도 어울리지 않으므로 誤記된 것으로 보인다. 마땅히 "남자는 외형적으로 보면 陽性에 속하나, 내면적으로는 사실 陰性에 속한다(男子外陽而內陰)"이어야만 앞뒤 문맥이 부드럽게 이어진다.

▪ 反是: 그와 반대라는 뜻.

❹ ▪ 坤至柔而動也剛: 『易 · 坤 · 文言』에서 출전된 말. 乾은 하늘(陽性)이고 坤은 땅(陰性)을 상징함. 땅은 영원히 하늘을 떠받들며 순종하니 그 德이 지극히 부드러우므로 '坤至柔'라 한 것임. 그러나 땅은 동시에 만물을 탄생시키고 생육하는 힘차고 규칙적인 운동을 전개하므로 '動也剛'이라 한 것임. 다시 말해서 陰性에 속한다 할지라도 내면에서 태동하기 시작하면 陽性을 띠게 된다는 뜻.

▪ 沈潛剛克: 『尙書 · 洪範』에서 출전된 말. 강인함을 내면에 간직하고 겉으로 드러내지 않는다는 뜻.

❺ ▪ 達者: 성공한 사람.

❻ ▪ 天有六氣: 『左傳 · 昭公元年』에서 출전한 말. 六氣는 陰·陽·風·雨·晦·明을 지칭함.

▪ 淫爲六疾: 위에서 말한 六氣가 지나치면 여섯 가지 질병에 걸리게 된다는 뜻. 淫은 지나치다.

❼ ▪ 陽淫熱疾, 陰淫寒疾: 양기가 넘치면 열병에 걸리고, 음기가 넘치면 寒疾에 걸린다는 뜻.

▪ 風淫末疾, 雨淫腹疾: 바람을 많이 쐬면 四肢에 질환이 생기고, 비를 많이 맞으면 배탈이 난다는 뜻.

- 晦淫惑疾, 明淫心疾: 밤이 길어지면 정신이 혼미해지고, 낮이 길어지면 마음이 산란해진다는 뜻.

❽ - 女陽物而晦時: 『左傳 · 昭公元年』에서 출전한 말. 杜預는 이에 대해 "여인은 늘 남성을 좇으니 陽物이라고 말한 것(女常隨男, 故云陽物。)"이라고 주를 달았으며, 楊伯峻은 "陽物은 마땅히 陽之物로 해석해야 한다. 여성은 陰이고 남성은 陽이다. 여성은 남성을 대하며 가정을 이루고 자손을 양육하므로 여성이 하는 일은 陽에 속한다. 여기서 物이란 일(事)을 지칭한다(疑陽物当解作陽之物。女陰男陽, 女待男而成室家, 育子孫, 故女爲陽之事。物, 事也。)"고 주를 달았다. 그러나 현대의 중의학에서는 "여성은 표면적으로는 陰體이나 내면적으로는 陽數(홀수)에 부합하고, 남자는 표면적으로는 陽體이나 내면적으로는 陰數(짝수)에 부합한다"고 해석한다. 그러므로 이 문장은 "여성은 어두울 때는 陽性에 속한다" 즉 "여성은 표면적으로는 陰性이나 내면적으로는 陽性"이라고 해석해야 타당하다.
- 蠱惑: 고혹되다. 마음이 홀리다.
- 女陽物而晦時, 故淫則爲內熱蠱惑之疾: 여성은 내면적으로 陽性에 속하기 때문에 지나치면(여성과의 성관계를 과다하게 가지면) 신체 내부에 열이 생기고 마음이 홀려 정신이 산만해지는 병에 걸리게 된다는 뜻.

❾ - 未之言: 말하지 않다. 미처 생각하지 못한 견해라는 뜻.

❿ - 五勞: 중의학 용어. 그러나 醫書마다 지칭하는 구체적인 내용은 다르다. 『金匱要略』은 五臟의 과로(心勞·肝勞·脾勞·肺勞·腎勞)로 인식한다. 『素問·宣明五氣編』에서는 "오래 보면 血을 상하고, 오래 누워 있으면 氣가 상하고, 오래 앉아 있으면 肉이 상하고, 오래 서 있으면 骨이 상하며, 오래 걸어가면 근육을 상하게 되니, 이것이 바로 五勞로 상하게 되는 것"이라고 하였다. 또한 志勞·思勞·心勞·憂勞·瘦勞 등을 五勞로 꼽는 견해도 있다.
- 七傷: 중의학 용어. 여러 견해가 있으나 『金匱要略』에 나오는 食傷·憂傷·飮傷·房室傷·飢傷·勞傷·經絡營衛氣傷 등을 지칭하는 것으로 보는 견해가 가장 타당하다(『金匱要略 · 血痺虛勞病脈症幷治』 참조).

⑪ ▪ 表而出之: 『左傳』에 기록된 醫和의 말을 따로 표기하다.

해설

이 글의 주제는 사실 '여색女色에 대한 경계'라고 할 수 있다. 이 글은 『좌전左傳』의 「소공昭公 원년元年」에 등장하는 진晋나라 평공平公과 명의 의화醫和 사이에 있었던 에피소드를 읽은 동파의 독후감이다. 따라서 그 일화를 모르면 해석도 잘 되지 않고 주제도 파악하기 어려우므로 먼저 그 이야기를 알아야 한다.

당시 열국 중에서 가장 강력한 파워를 지녔던 진평공은 머리가 아프고 혼미해지는 병에 걸린다. 이에 진秦나라의 명의로 소문난 의화醫和를 초빙하여 진찰을 받는다. 진평공의 맥을 짚은 의화는 고칠 수 없는 병이라고 단언하고 그대로 돌아가 버렸다는, 별것도 아닌 아주 단순한 스토리다.

그가 명의로 후세에 알려진 이유는 따로 있다. 그는 오성五聲, 오색五色, 오미五味와 육기六氣 등의 의학이론을 제시하며 음양오행과 접목하여 진평공을 진찰하여 그의 병이 여색을 탐했기 때문임을 밝혀낸다. 아울러 이는 신하들이 보좌를 잘못한 탓이니 그 신하들은 곧 죽음을 당할 것이며, 진나라는 머지않아 멸망하게 될 것임을 예측해내었다. 이렇게 의화는 환자의 병 증세로 천하의 정세까지 예측해 낸 능력으로 후세에 유명해진 것이다.

하지만 동파가 이 글을 읽으면서 주목한 것은 여색이 건강에 미치는 부작용이었다. 당시 일부 지식인들은 성행위가 건강에 대단히 안 좋다고 생각했던 경향이 있다[제1권 「양생의 난제는 성욕(養生難在去慾)」편 참조]. 그러한 인식에 공감하고 있었던 동파는 광동 혜주惠州로 귀양 갔던 60세 무렵부터 애첩 조운朝雲과 각방을 쓰고 철저한 금욕생활을 실천하였다. 그러므로 이 글은 어쩌면 그 직전에 금욕생활에 대한 각오를 다지며 쓴 것으로 추정할 수도 있겠다. 그만큼 동파의 건강이 안 좋았다는 반증도 된다.

동파의 同道者, 왕조운. 왼쪽은 淸, 王愫의 그림. 중앙은 혜주 동파기념관의 동상.
오른쪽은 조운의 무덤 앞에 있는 동상임.

구양문충공歐陽文忠公과의 대화

해제

동파가 55세에 영주潁州태수로 부임하던 길에, 20년 전 같은 장소에서 구양수를 만나 담소를 즐기던 순간을 떠올리며 적은 글이다.

번역

옛날에 구양歐陽 문충공文忠公께서 이런 말을 하신 적이 있다. 어느 의사가 환자에게 그 병을 얻게 된 사연을 물었더니, 배를 탔다가 풍랑을 만나 깜짝 놀란 뒤부터 그 병을 얻게 되었노라고 말했다. 이에 의사가 오래 된 키를 구해 뱃사공의 손 땀이 스며든 곳을 긁어서 분말을 만든 뒤에 단사丹砂 복신茯神 등을 섞어 물에 타서 마시게 하였더니 병이 나았다는 것이었다.

이제 『본초경本草經』의 「약성藥性 구별론」 부분을 보니 "땀이 나지 않게 하려면 마황麻黃의 뿌리 한 마디와 오래 된 부채를 갈아서 먹는다"고 나와 있었다. 문충공께서 이를 보고 말씀하셨다.

"의사들이 이런 식으로 약 처방을 많이 쓰려는 것은, 처음에는 장난삼아 처방했다가 우연히 효과가 있자 깊이 따지지 않고 사용했을 것이네."

내가 문충공에게 말씀드렸다.

"그렇다면 지필묵을 태운 가루를 학생들에게 먹이면 아둔하고 게으른 증세를 고칠 수 있겠네요? 그런 방식을 응용하면 백이伯夷가 세수한 대야 물을 먹이면 탐욕스러운 마음을 치료할 수 있고, 비간比干이 먹다 남긴 음식을 먹이면 아첨하는 버릇을 고칠 수 있으며, 번쾌樊噲가 사용하던 방패를 핥게 하면 겁이 없어지고, 서시西施의 귀걸이 냄새를 맡으면 악질惡疾을 고칠 수 있겠습니다그려."

그러자 문충공께서 파안대소破顔大笑를 하셨다. 원우元祐 6년 윤팔월 17일 날 배를 타고 영주穎州 경내로 진입하면서, 20년 전에 이곳에서 문충공을 만나 뵙던 때를 회상하다 보니 우연히 담소를 나누던 그 순간이 떠올라서 잠시 그때의 그 말을 기록하여 본다.

원문과 주석

記與歐公語❶

歐陽文忠公嘗言: 有患疾者, 醫問其得疾之由, 曰:「乘船遇風, 驚而得之。」醫取多年柂牙為柂工手汗所漬處, 刮末, 雜丹砂、茯神之流, 飲之而愈。❷ 今《本草注 · 別藥性論》云:「止汗, 用麻黃根節及故竹扇為末服之。」❸ 文忠因言:「醫以意用藥多此比, 初似兒戲, 然或有驗, 殆未易致詰也。」❹ 予因謂公:「以筆墨燒灰飲學者, 當治昏惰耶? 推此而廣之, 則飲伯夷之盥水, 可以療貪; 食比干之餕餘, 可以已佞; 舐樊噲之盾, 可以治怯; 嗅西子之珥, 可以療惡疾矣。」❺ 公遂大笑。元祐六年閏八月十七日, 舟行入潁州界, 坐念二十年前見文忠公於此, 偶記一時談笑之語, 聊復識之。❻

❶ ▪ 歐公: 구양수를 지칭함.

❷ ▪ 柂[타; duò]牙: 배의 방향키, 핸들. 柂는 舵와 같은 글자.

▪ 柂工: 키잡이. 뱃사공

▪ 漬[지; zì]: 적시다.

▪ 刮末: 긁어낸 분말.

▪ 茯神: 소나무의 뿌리에 난 茯苓. 이뇨제로 쓰인다. 복령은 공 모양 또는 타원형의 덩어리로 땅속에서 소나무 따위의 뿌리에 기생하는 갈색의 버섯.

❸ ▪ 本草注: 『神農本草經』을 지칭함. 後漢에서 삼국시대 사이에 성립된 의약서적. 365종의 약물을 약효에 따라 상약, 중약, 하약으로 나누어 각각 氣味, 藥效, 異名 따위를 서술하였다. 4권.

▪ 麻黃: 마황과의 상록 관목. 높이는 30~70cm이며, 속새와 비슷한 가지가 많이 갈라지고 줄기에 뚜렷한 마디가 있다. 암수딴그루로 여름에 흰 單性花가 피며 열매는 붉게 익고 두 개의 씨가 들어 있다. 그 줄기는 땀을 내게 하는 작용이 강하여 중의학에서 오한, 두통, 기침에 약으로 쓴다.

▪ 故: 오래 된

❹ ▪ 比: 類. 부류, 무리, 동아리, 패거리

▪ 致詰: 詢問. 따지며 알아보다, 물어보다.

❺ ▪ 昏惰[혼타]: 정신이 흐리멍텅하고 게으르다.

▪ 伯夷: 商나라 말기 孤竹國 영주의 맏아들. 고죽국의 영주가 임종 전에 동생인 叔齊를 후계자로 지목하였으나, 부친의 사망 후에 숙제가 형에게 영주의 자리를 양보하자, 부친의 명을 거역할 수 없다 하여 도망가 버렸음. 이에 아우인 숙제도 영주의 자리에 오르기를 거부하고 도망가 버렸음. 마침 姬發이 상나라의 紂 임금을 죽이고 周나라를 세우며 스스로 武王이 되자, 주나라의 음식을 먹을 수 없다 하여 형제가 함께 수양산에서 고사리만 캐어먹고 지내다가 餓死하였음. 욕심이 없는 상징적 인물.

▪ 盥水[관수]: 대야에 받아놓은 물. 대야로 씻은 물.

▪ 比干: 商나라 紂王의 숙부. 紂王이 음란을 일삼으며 暴政을 하자 諫言하다가 심장을 도려내는 죽음을 당했다. 微子, 箕子와 함께 商 말기의 '세 명의 어진 사람(三仁)'으로 꼽힌다.

- 餕[준; jùn]: 제사음식, 남이 먹다 남긴 것을 먹음.
- 已佞: 아첨하는 것을 없애다. 佞[녕; nìng]: 아첨하다
- 樊噲[번쾌]: 漢나라 초기의 장군. 鴻門의 宴會에서 項羽에게 모살될 위기에 처한 劉邦을 극적으로 구해내었다. 한나라 건국 후 유방이 즉위하자 左丞相 相國이 되었으며 여러 반란을 평정하여 舞陽侯로 봉해졌다.
- 西子: 西施. 전국시대 越나라의 미녀.
- 珥: 귀거리.

❻ • 元祐六年閏八月十七日: 元祐는 북송 철종의 연호. 元祐6년은 1091년. 동파 나이 55세. 원문에는 元祐三年으로 되어 있으나 王松齡 교감본에서 元祐六年으로 수정하였다. 그 근거는 다음과 같다. 元祐3년의 팔월은 윤달이 아니며 그 당시 동파는 한림학사였으므로 穎州에 갈 수 없었다. 반면 元祐6년은 동파가 穎州太守로 부임한 해이며 윤팔월도 있다. 그 해로부터 20년을 거슬러 올라가면 熙寧4年인데, 바로 그해 6월에 구양수가 벼슬길에서 은퇴하고 穎州로 돌아왔다. 그리고 11월에 동파가 항주통판으로 부임하면서 穎州를 지나는 길에 구양수를 만날 수 있었을 것이다. 그러므로 元祐3年은 元祐6年으로 고쳐야 마땅하다는 것이 王松齡의 주장이다. (王松齡 校勘本 『東坡志林』, 中華書局, 1981.9 참조)
- 穎州: 오늘날의 安徽省 阜陽市.
- 識: 기록하다, 기억하다

해설

『동파지림』 속의 의술에 관한 글은 전문적인 의술 이야기라기보다는 대부분 그에 얽힌 에피소드를 담고 있다. 흔히 병 이야기를 하다보면 무거운 분위기로 빠지기 쉬운데 동파는 이 심각한 소재를 언제나 유쾌하고 즐겁게 풀어낸다. 이 글도 마찬가지다. 탐욕과 아첨과 겁쟁이들을 치료하는 방법을 떠올리는 동파의 순간적인 위트에, 그 어느 독자가 빙그레 웃음을 짓지 않을까? 그러면서도 당시 의술의 맹점을 예리하게 비

동파가 쓴 스승 구양수의 대표작《醉翁亭記》(부분)

판하는 솜씨를 보라. 위트 속에 담긴 비판, 그것이 동파 글의 가장 큰 특징이다.

구양수와 소동파! 중국문학사상 가장 빛나는 두 위대한 문인의 재미난 대화와, 20년 전에 스승을 만났던 순간을 회상하는 동파의 마음속에 담긴 따스한 사제師弟 간의 정을 음미하는 것도 이 글의 또 다른 감상 포인트가 될 것이다.

삼료자參寥子가 의사를 찾아가다

해제 스님인 삼료자參寥子나 귀머거리 의사인 방안상龐安常은 모두 동파가 황주黃州 유배시기 이후에 친해진 사람들이다. 동파는 당시에는 미천한 신분이었던 스님이나 의사들과도 진실한 마음을 주고받는 교분을 맺었음을 짐작하게 하는 글이다.

번역 방안상龐安常은 의료행위를 하면서 영리에 뜻을 두지 않았다. 그 대신 그 답례로 훌륭한 글씨나 그림을 받으면 좋아서 어쩔 줄 몰라 했다. 구강九江의 호도사胡道士가 방안상의 의술을 썩 잘 익혀서 나에게 약을 써주었다. 따로 보답을 할 방법이 없는지라 종이에 행서行書나 초서草書 글씨를 몇 장 써줄 수밖에 없었다. 그러면서 호도사에게 말했다. "이게 방안상이 하던 방식이니 우리가 폐기할 수는 없지 않겠소?"

삼료자가 병에 걸려 호도사를 찾아가게 되었다. 스스로 생각해보니 돈도 없고 서화書畵에도 능숙치 못한지라 나를 찾아와 급하게 졸라 대었다. 내가 그를 놀리며 말했다. "당신도 승찬僧璨 스님이나 혜가慧可 스님, 교연皎然 스님과 영철靈徹 스님이나 다 같은 스님인데, 어찌 부드럽게 말을 돌려서 시 한두 수首 읊어보려 하지 않으시는고?"

방안상이나 호도사는 모두 우리 무리와 함께 어울리는 이들이니, "건어물 가게에서 나를 찾아보라"며 모른 척하지는 않을 사람들이로다.

원문과 주석

參寥求醫❶

龐安常為醫, 不志於利, 得善書古畫, 喜輒不自勝。❷ 九江胡道士頗得其術, 與予用藥, 無以酬之, 為作行草數紙而已, 且告之曰:「此安常故事, 不可廢也。」❸ 參寥子病, 求醫於胡, 自度無錢, 且不善書畫, 求予甚急。❹ 予戲之曰:「子粲、可、皎、徹之徒, 何不下轉語作兩首詩乎?」❺ 龐、胡二君與吾輩游, 不曰「索我於枯魚之肆」矣。❻

❶ ▪ 參寥: 參寥子. 송나라 때의 승려 道潛의 별호. 道潛은 浙江省 於潛(오늘날의 臨安縣) 사람으로 詩歌에 뛰어나 동파나 秦觀 등과 자주 어울렸음. 조정에서 紫衣를 하사하고 '妙總'이라는 법호를 내린 적이 있어서 동파는 그를 '妙總師' 또는 '妙總大師'로 부르기도 하였음.

❷ ▪ 龐安常: 字는 時安. 湖北 蘄水 사람이다. 어렸을 때부터 책을 한 번 읽으면 잊어버리지 않아 古今의 일을 모르는 것이 없었다. 나이가 들며 귀가 먹었으나, 독학으로 의학을 익혀 침술로 수많은 사람들을 치료하였다. 치료를 받은 이들이 마을 입구에 공덕비를 세울 정도였다. 『東坡集』에 「與龐安常」이 전해진다. 『東坡志林』에도 그에 관한 글이 자주 등장한다.

▪ 不志於利: 營利에 뜻을 두지 않다.

▪ 善書: 훌륭한 서예 작품.

❸ ▪ 九江: 장강 중류에 위치한 江西省 북부의 대도시. 옛날 명칭은 江州·潯陽·柴桑·汝南·湓城·德化 등이다. 인근에 유명한 廬山이 있다.

❹ ▪ 度[탁, duó]: 추측하다, 짐작하다, 헤아리다.

❺ ▪ 粲(?~606): 初唐시대의 승려 시인. 禪宗의 三祖 僧粲(또는 僧璨)을 지칭한다.

▪ 可: 달마의 제자. 선종의 二祖 慧可(487~593)를 지칭한다.

▪ 皎: 皎然. 당나라 때의 승려 시인. 정확한 생졸연도는 미상. 俗名은 謝晝, 字는 淸晝이다. 남조시대 謝靈運의 십대손이다. 大曆, 貞元 년간에 詩名을 떨쳤다. 『皎然集』이 전해진다.

▪ 徹: 당나라 때의 승려 시인. 靈澈. 俗姓은 湯이며 字는 源澄. 중당시대의 시인 嚴維에게서 시를 배웠다.

❻ ▪ 不曰: 商本에는 '不日'로 잘못 기재되어 있다. 王松齡本을 따른다.

▪ 枯魚之肆: 건어물 가게

▪ 索我於枯魚之肆: 건어물 가게에서 나를 찾아보라는 뜻. 『莊子 · 外物』편에 등장하는 '말라 있는 바퀴 자국 안의 붕어(涸轍之鮒)' 故事에 등장하는 말. 매우 위급한 상황에 처한 자를 당장 도와주지는 않고 거창한 주장만 내세울 경우에 쓰는 말이다. 참고삼아 전문을 소개한다.

> 장주는 집안이 매우 가난하여 감하후에게 쌀을 빌리러 갔다. 감하후가 말했다. "좋소이다. 영지에서 세금을 걷어서 3백금을 빌려 주면 되겠소이까?" 장주가 화를 내며 말했다. "내가 어제 오는데 길에서 나를 애타게 부르는 소리가 있더이다. 바라보니 길바닥의 수레바퀴 자국 속에 붕어 한 마리가 있었소. 내가 무슨 일이냐고 묻자, 붕어가 자기가 동해 용왕의 신하라면서 물 한 바가지를 부어 자신을 살려달라고 합디다. 그래서 그랬지요. '좋소이다. 내가 지금 오월(吳越)의 왕들에게 유세하러 가는 중이니, 서강(西江)의 물을 길어 와서 그대를 맞이하도록 하면 되겠소이까?' 붕어가 화를 내며 말하더군요. '나는 지금 보통 때의 환경이 아니라오. 기댈 곳이 없소. 물 한 바가지만 부어주면 살아날 수 있는데 이런 식으로 말하다니! 차라리 일찌감치 건어물 가게에서 나를 찾는 게 낫겠소이다!'"
>
> (莊周家貧, 故往貸粟于監河侯。監河侯曰: "諾。我將得邑金, 將貸子三百金, 可乎?" 莊周忿然作色 曰: "周昨來, 有中道而呼者。周顧視車轍中, 有鮒魚焉。周問之曰: '鮒魚來! 子何爲者邪?' 對曰: '我, 東海之波臣也。君豈有斗升之水而活我哉?' 周曰: '諾。我且南游吳越之王, 激西江

之水而迎子, 可乎?'鮒魚忿然作色曰: '吾失我常與, 我無所處。吾得斗升之水然活耳, 君乃言此, 曾不如早索我枯魚之肆!)

해설

동파의 교유交遊 원칙을 짐작할 수 있는 글이다. 삼료자參寥子 스님은 『동파지림』에 단골로 등장하는 동파의 벗이다. 병에 걸린 스님은 동파를 찾아와 치료의 보수로 줄 글씨를 한 장 써달라고 동파에게 졸라대고, 동파는 그런 스님을 놀려댈 수 있을 정도로 두 사람은 허물없는 사이다. 그리고 이제 머지않아 스님에게는 새로운 벗들이 생길 듯싶다. 동파가 황주에 유배 와서 알게 된 의사, 방안상龐安常과 호도사胡道士이다.

방안상은 탁월한 의술을 갖춘 귀머거리 의사로, 『동파지림』에 두세 번 언급된 바 있는 인물이다. 처음 등장하는 호도사는 방안상에게서 의술을 배운 그의 제자다. 그들 사제師弟는 공통점이 있었다. 뛰어난 의술을 갖춘 그들은 돈을 바라고 치료를 해주는 의사가 아니었다. 돈을 밝히지 않는다는 그 점 때문에 그들은 당대 최고의 명사名士 동파의 마음에 들어 함께 어울리기 시작하였던 것이다.

방안상과 호도사는 또 서화書畵를 좋아한다는 취미도 같았다. 보답을 바라고 환자를 치료해 준 것은 아니었지만 답례로 훌륭한 글씨나 그림을 받으면 좋아서 어쩔 줄 몰라 했다. 그들이 비록 답례를 바란 것은 아니었지만 환자의 입장에서 맨손으로 치료를 받으러 가기란 어려운 일. 그래서 돈이 없는 삼료자 스님은 치료의 보답으로 주기 위해 동파를 찾아가 글씨를 써달라고 했던 것이다.

그런데 동파는 과연 스님의 청을 들어주었을까? 이 글에서는 거기에 대해서 아무 이야기도 하지 않는다. 다만 스님에게 방안상이나 호도사는 "건어물 가게에서 나를 찾아보라"는 식의 말을 할 사람이 아니라고 말할 뿐이다. 다시 말해서 그들은 어려운 처지에 처한 사람을 돈이 없다고 돌보지 않을 그런 사람이 아니라는 말이었다. 동파는 앞에 수록된 「의사醫生」에서 장의張宜라는 실력 있는 젊은 의사의 인품을 크게 칭찬한 바 있다. 동파는 뛰어난 의술 못지않게 훌륭한 인품을 갖추어야만 진정한 의사로 인정해주었던 것이다.

추측컨대 동파는 삼료자 스님을 실컷 약 올리다가 일필휘지一筆揮之로 멋들어진 글귀를 써주었을 것 같다. 그리고 그 작품을 들고 찾아간 스님에게 호도사는 아마도 "뭘 이런 걸 다 가져오시느냐. 다음부터는 그냥 오시라" 하면서도 입이 함박 벌어지지 않았을까? 동파의 글은 그 당시에도 수많은 애호가들의 수집 대상이지 않았던가. 몇 푼의 돈에 비길 바가 아니었던 것이다.

왕원룡王元龍의 문둥병 치료법

해제

난치병에 대한 옛날 사람들의 견해를 알 수 있는 글이다. 그러나 그보다는 동파의 건강한 가치관이 더욱 돋보인다.

번역

왕유王斿 원룡元龍이 이런 이야기를 해주었다. “전자비錢子飛라는 사람이 문둥병 치료법을 알고 있는데 효과가 매우 좋아 여러 사람들에게 치료를 해주었지요. 그런데 어느 날 꿈에 웬 인간이 나타나 그랬다는군요. ‘하늘이 나로 하여금 사람들에게 문둥병을 걸리게 하였는데 네가 천리天理를 어기고 있으니 하늘이 대노하셨노라! 더 이상 사람들을 치료해주었다가는 네 놈이 이 병에 걸릴 것이다. 그때는 네 약방도 소용이 없을 것이야!’ 그 말에 전자비가 겁이 나서 더 이상 치료를 안 한다는군요.”

내 생각건대 하늘이 내린 병이라면 치료가 근본적으로 불가능할 것인즉 약을 먹어도 효과가 없을 것이다. 그런데 약을 먹으니 효과가 있었다는 것은 하늘이 내린 병이 아니라는 이야기다. 이는 필시 그 병귀病鬼의 장난이다. 왕원룡의 약이 두려워 하늘을 가장하여 치료를 못하게 하려는 수작일 뿐이다.

옛날 진경공晉景公의 병이 두 명의 동자童子로 변한 이야기라던가, 이자예李子豫의 적환赤丸이 꿈에 먼저 보였다는 일화로 볼 때, 병귀가 그런 식으로 장난을 치는 경우가 있을 것이다. 전자비는 그것도 모르고 병귀에게 협박을 받았지만, 나라면 그처럼 행동하지 않을 것이다. 정말로 환자가 치유될 수만 있다면 그들의 고통을 대신 받아주고 싶다.

우리 집안에 뱃속의 더러운 것들을 제거할 수 있는 비방이 전해져 온다. 황주黃州에서 시험해 보았더니 병이 아주 잘 나았다. 앞으로 이 비방으로 많은 사람들을 치료해주어야 하리라.

원문과 주석

王元龍治大風方❶

王斿元龍言:「錢子飛有治大風方, 極驗, 常以施人。❷ 一日夢人自云:『天使已以此病人, 君違天怒, 若施不已, 君當得此病, 藥不能愈。』❸ 子飛懼, 遂不施。」僕以為天之所病, 不可療耶, 則藥不應服有效; 藥有效者, 則是天不能病。當是病之祟, 畏是藥而假天以禁人耳。❹ 晉侯之病, 為二豎子; 李子豫赤丸, 亦先見於夢, 蓋有或使之者。❺ 子飛不察, 為鬼所脅。❻ 若余則不然, 苟病者得愈, 願代受其苦。家有一方, 能下腹中穢惡, 在黃州試之, 病良已。❼ 今後當常以施人。

❶ • 王斿元龍: 이름은 王斿, 元龍은 字이다.
　• 大風: 나병, 문둥병.
❷ • 施人: 시료를 하다. 치료해주다.
❸ • 天使已以此病人: 하늘이 자신으로 하여금 이것으로 사람들을 병들게 하다. 하늘이 나를 시켜 사람들을 문둥병에 걸리게 했다는 뜻.
❹ • 祟[수; suì]: 귀신의 장난. 귀신이 장난치다.

- 是病之祟: 이 병(문둥병)의 귀신이 장난을 친 것이라는 뜻.

❺ • 晉侯之病, 爲二豎子: 춘추시대 晉나라 景公의 병이 동자(童子) 두 명으로 변했다는 뜻. 『左傳 · 成公十年』에 등장하는 故事. 그 스토리 얼개는 다음과 같다.

  晉景公은 꿈에 惡鬼를 만난 후 악질에 걸려 秦나라의 太醫인 高緩을 초청한다. 그가 아직 도착하기 전에 진경공은 다시 꿈을 꾼다. 자신의 病이 동자 두 명으로 변하여 대화를 나누는 꿈이었다. 동자 한 명이 명의로 소문난 의사가 온다는 말에 걱정을 하자, 다른 동자가 염통(膏)과 횡격막(肓) 사이 깊은 곳에 숨으면 아무리 명의라도 어쩌지 못할 것이라고 하는 것이었다. 다음 날 고완이 도착하여 진경공을 진찰한 후, 병이 이미 고황 사이에 숨어버린지라 고칠 수 없다는 진단을 내렸다는 이야기다. 후세에 고치기 어려운 병을 '膏肓之疾'이라고 부르게 된 사연은 바로 여기서 출전된 것이다.

- 李子豫赤丸, 亦先見於夢: 『續搜神記』에 나오는 이야기. 豫州刺史 許永의 동생이 심한 복통을 앓게 되었는데 어느 날 밤 허영의 꿈에 병풍 뒤에서 病鬼들이 하는 이야기를 엿듣게 되었다. 어느 병귀가 허영의 동생에게 달라붙은 병귀에게, 李子豫가 赤丸으로 너를 죽이기 전에 빨리 환자를 죽여버리라고 권하는 말이었다. 이에 허영은 잠에서 깨자마자 이자예라는 사람을 찾아와 환자에게 적환를 복용하게 하여 치료하였다는 故事다.
- 或使之: 或은 病鬼를 지칭함. 어떤 병귀가 일을 그렇게 꾸미다. 즉 병귀가 장난을 쳤다는 뜻.

❻ • 不察: 잘 헤아리지 못하다. 제대로 이해하지 못하다.

❼ • 一方: 어떤 약 처방전.

- 病良已: 병이 잘 치료되다.

해설

이 글의 감상 포인트는 두 가지이다. 첫째, 문둥병에 대한 옛날 사람들의 인식이다. 문둥병을 잘 치료했던 의사 전자비錢子飛는 꿈에 문둥병의 치료행위는 천리天理를 거스르는 것이니, 더 이상 치료를 하면 네가 그 병에 걸리는 천벌을 받을 것이라는 경고를 받고 혼비백산하여 치료행위를 중단하고야 만다. 즉 그 당시 사람들은 나병을 천형天刑으로 인식하고 있었다는 증거다. 하기야 어디 옛날 사람만 그런 인식을 갖고 있었겠느냐만.

이 글의 초점은 두 번째 감상 포인트에 있다. 진정한 의사 상像의 창출이다. 동파는 그 이야기를 전해 듣고 매우 노여워한다. 자신에게 그러한 의술이 있다면 환자들의 고통을 대신 받아주고 싶다고 한다. 그 말이 무슨 뜻인가? 자신이 문둥병에 걸리더라도 그런 의술을 지니고 있다면 끝까지 치료에 임할 것이라는 뜻 아닌가? 동파가 공연히 빈 소리로 한 번 해 본 말일까? 평소의 다른 모습으로 보아 그럴 동파가 아니다. 진정한 의사라면 환자의 고통을 대신 받아줄 수 있어야 한다는 그의 주장! 진정한 의사 상을 창출한 동파의 모습에서 우리는 히포크라테스를 연상하게 된다.

그나저나 전자비에게는 정말로 문둥병을 치료할 줄 아는 능력이 있었을까? 십중팔구 아닐 것 같다. 헛소문이 발각될 것 같으니 꿈을 핑계대고 꽁무니를 뺀 것 아닐까?

연년술延年術

해제

연년술延年術이란 수명을 연장시킬 수 있는 도술道術이라는 뜻이니, 다른 말로 한다면 불로장생不老長生의 양생술養生術이라는 말이다. 동파는 이 글에서 이에 대해 짙은 회의를 표출하고 있다.

번역

내가 공무公務를 보기 시작한 이래로 세상에서 말하는 연년술延年術을 익힌 도인道人들, 예컨대 조포일趙抱一이라든가 서등徐登, 장원몽張元夢 등은 모두 백 살 가까이 살기는 하였으나 필경 여염사람들과 마찬가지로 죽고야 말았다. 황주黃州에 온 후로 부광浮光 땅의 주원경朱元經이 특별한 이인異人이라고 소문이 나서 그를 스승으로 떠받드는 공경대부公卿大夫들이 허다하였으나 그 역시 병으로 죽고 말았다. 그것도 중풍中風에 걸려 온몸에 경련이 일어나 죽었던 것이다. 하지만 황백술黃白術만은 익혔던지 그가 남긴 단약과 황금을 관아에서 가져갔다고 한다.

이 세상에는 과연 이인異人이란 존재하지 않는 것일까? 아니면 존재하는데 남의 눈에 띄지 않을 뿐인가? 위에서 말한 이들은 모두 가짜인 것인가? 옛날 기록에 등장하는 이인異人들의 허실虛實을 모르겠구나. 어쩌면 이들과 별반 다를 것도 없는데 호사가好事家들이 그럴 듯하게 과장한 것 아닐까?

원문과 주석

延年術❶

自省事以來, 聞世所謂道人有延年之術者, 如趙抱一、徐登、張元夢, 皆近百歲, 然竟死, 與常人無異。❷ 及來黃州, 聞浮光有朱元經尤異, 公卿尊師之者甚眾, 然卒亦病, 死時中風搐搦。❸ 但實能黃白, 有餘藥金皆入官。❹ 不知世果無異人耶? 抑有而人不見, 此等舉非耶?❺ 不知古所記異人虛實, 無乃與此等不大相遠, 而好事者緣飾之耶?❻

❶ ▪ 延年術: 수명을 연장하는 도술.

❷ ▪ 省事: 공무를 보다.
▪ 張元夢: 蘇東坡集에는 '張無夢'으로 되어 있다.

❸ ▪ 搐搦[축닉; chùnuò]: 쥐가 나다. 경련이 일어나다.

❹ ▪ 黃白: 黃白術. 金銀을 제련하는 연단술.
▪ 有餘藥金: (주원경이) 남긴 단약과 황금.
▪ 入官: 관청에 귀속되다.

❺ ▪ 抑: 혹은, 그렇지 않으면.
▪ 此等: 이러한 사람들. 위에서 거론한 趙抱一·徐登·張元夢·朱元經과 같은 사람들.
▪ 舉: 모두.

❻ ▪ 無乃: 어떤 사건 또는 문제에 대해 완곡하게 자신의 견해를 표시함. 현대중국어의 恐怕 또는 只怕에 해당한다.
▪ 緣飾: 테두리에 장식하다. 꾸미다.

해설

불로장생은 인류의 오랜 꿈이다. 그러나 그게 과연 가능한 일인 것인가? 위진남북조 시대 이래로 중국의 수많은 지식인들은 가능하다고 믿었다. 그리고 실제로 그 꿈을 실천한 도인들이 존재한다고 생각했다. 하지만 동파는 이 글에서 그에 대해 의문을 던지고 있다. 자신이 알고 있는 범위 내의 모든 도인들도 결국 모두 죽어갔으며, 심지어는 연년술을 익힌 부작용 때문인지 비명횡사하는 사람도 있었기 때문이다.

과학의 힘을 맹신하고 있는 현대인들은 오늘날에 이르러 더욱 불로장생에 집착하고 있다. 그러나 불로장생에 대한 집착은 심각한 부작용을 낳는다. 중국역사가 그를 증명하고 있는 사실이다. 위진남북조 시대 이후로 도교가 크게 홍성하고 연년술과 같은 수명 연장의 비법이 대유행한 것은, 당시의 지식인 사회 역시 과학의 힘을 맹신했기 때문임을 알아야 한다. 연년술이 유행한 것은 실크로드의 개척과 함께 중국에 유입된 연금술의 영향 때문이었다. 연금술은 당시로서는 획기적인 과학기술이었다. 아마도 오늘날의 유전자 복제기술에 비견할 만했을 것이다. 사회의 지도층 명사들은 앞을 다투어 연금술을 활용한 불로장생의 신약을 제조하였고, 그렇게 만든 단약을 먹고 약물중독으로 죽은 사람이 부지기수였던 것이다.

하지만 동파는 불로장생이 절대로 불가능한 것이라고 완전히 부정하지는 않는다. 단지 회의懷疑할 뿐이다. 불로장생은 어쩌면 가능할지도 모른다. 그러나 과학기술의 힘을 지나치게 과신하면 반드시 예기치 못한 부작용이 생기게 마련이다. 그 중에서도 집착과 탐욕과 교만의 마음을 키워 나가는 것은 그 무엇보다도 커다란 부작용이 아니겠는가.

섬양單驤과 손조孫兆

해제

동파가 만 45세에 황주 유배시기에 쓴 글이다. 왼손에 종기가 생긴 동파는 방안상龐安常을 찾아가 침 한 방을 맞고 곧바로 치유된다. 그의 뛰어난 의술은 동파로 하여금 어의御醫였던 섬양單驤과 손조孫兆를 상기하게 하여 이 글을 쓰게 되었다. 손조는 일찍 죽었지만, 당시 아직 생존해 있던 섬양과 방안상에게는 공통점이 있다. 그 점을 헤아려보는 것이 이 글의 감상 포인트가 아닐까.

번역

촉蜀 지방의 섬양單驤은 진사進士에 합격하지 못하고 단지 의술로서 이름을 떨치었다. 그의 의술은 『난경難經』『소문素問』 등의 고대 의서에 기본을 두고 있지만 새로운 경지를 개척하여 왕왕 놀라운 효과를 거두었다. 그러나 그 역시 모든 면에 다 뛰어나지는 못했다.

인종仁宗 황제께서 병환病患이 있으시자 손조孫兆와 섬양을 불러 옆에 두고 치료하게 하시니 그동안 헤아릴 수 없이 많은 하사품을 내리셨다. 그러나 이윽고 황제의 병세가 매우 위급해지자 두 사람은 모두 하옥되어 죽음을 기다리게 되었다. 다행히도 인자하시고 영명하신 황태후께서 그들이 죄가 없음을 헤아리시고 몇 년 동안 파직당하는 것으로 일이 무마되었다. 지금은 섬양은 조정에 복직되었고 손조는 이미 죽고 없다.

내가 황주에 와 보니 인근 마을의 방안상龐安常이라는 자가 의술이 뛰어나다고 소문이 나 있었다. 그의 의술은 섬양과 매우 유사했는데, 거기에 더하여 절묘한 침술까지 지니고 있었다. 헌데 그는 귀머거리였다. 자기 자신은 고치지 못하고 남들의 병은 귀신 같이 고쳐주다니, 이것이 바로 옛사람들이 말한 "눈目은 먼 곳은 볼 수 있으나 제일 가까운 곳에 있는 눈썹睫은 보지 못한다"는 말 아니겠는가?

섬양이나 방안상은 모두 치료의 대가代價로 재물을 밝히지 않으며 고금古今의 삼라만상 모든 것에 걸쳐 두루두루 많이 알고 있으니, 남들보다 더 뛰어난 까닭이 여기에 있다. 원풍元豐 5년 3월, 우연히 왼손에 종기가 생겼는데 방안상에게 침 한 방을 맞자마자 금세 나았기에 잠시 그 일을 기록해둔다.

원문과 주석

單驤孫兆❶

蜀人單驤者, 舉進士不第, 顧以醫聞。❷ 其術雖本於《難經》、《素問》, 而別出新意, 往往巧發奇中, 然未能十全也。❸ 仁宗皇帝不豫, 詔孫兆與驤入侍, 有間, 賞賚不貲。❹ 已而大漸, 二子皆坐誅, 賴皇太后仁聖, 察其非罪, 坐廢數年。❺ 今驤為朝官, 而兆已死矣。予來黃州, 鄰邑人龐安常者, 亦以醫聞, 其術大類驤, 而加之以鍼術絕妙。❻ 然患聾, 自不能愈, 而愈人之病如神。此古人所以寄論於目睫也耶?❼ 驤、安常皆不以賄謝為急, 又頗博物, 通古今, 此所以過人也。❽ 元豐五年

三月, 予偶患左手腫, 安常一鍼而愈, 聊為記之。❾

❶ ▪ 單驤[섬양; shànxīang]: 북송 仁宗 때의 의사. 單은 地名이나 姓으로 사용될 때 '섬'으로 읽는다.

❷ ▪ 顧: 단지, 오로지.

❸ ▪ 難經: 중의학 이론서. 原名은 『黃帝八十一難經』. 전국시대 秦나라의 명의인 越人(扁鵲)이 지었다고 함. 내용 중 81개의 어려운 부분에 대해 문답과 토론 형식으로 저술했기 때문에 '81難'이라고 이름하였다고 함. 그 중 1번부터 22번까지는 脈에 대해서, 23번부터 29번까지는 經絡, 30부터 47은 오장육부, 48부터 61은 질병, 62부터 68까지는 腧穴, 69부터 81까지는 침놓는 방법에 대한 내용으로 이루어져 있음.

▪ 素問: 현존하는 중의학 서적 중 가장 오래된 이론서. 원명은 『黃帝內經素問』. 黃帝가 지었다고 전해지지만 사실은 춘추전국시기의 여러 의학이론들을 집대성한 것으로 추정됨. 원래는 9권이었으나 唐나라 王氷의 增補를 거쳐 모두 81편 24권이 되었음. 인체와 자연을 통일된 것으로 인식하고 음양오행과 臟腑經絡을 主線으로 삼아 섭생, 病因, 질병의 동기, 치료준칙, 약물 및 양생예방법 등에 걸쳐 20여 종의 고대 이론서를 종합한 책으로 중의학 이론의 가장 기본적인 서적인 동시에 고대중국의 철학사상을 엿볼 수 있는 소중한 자료가 되고 있음.

▪ 巧發奇中: 원래는 빼어난 궁술을 의미하나 여기서는 빼어난 의술을 뜻함.

❹ ▪ 不豫: 황제의 질병을 이르는 말.

▪ 賞賚[뇌(뢰); lài]: 하사하다, 상을 주다.

▪ 不貲[자; zī]: 헤아릴 수 없이 많다. 貲는 財物, 資本, 값 등의 뜻이나 여기서처럼 '세다, 헤아리다'의 뜻으로도 사용됨.

❺ ▪ 已而: 시간이 어느 정도 경과함을 알려줌.

▪ 大漸: 병의 상태가 크게 악화됨.

▪ 坐誅: 옥에 갇혀서 죽음을 기다림.

▪ 賴: ~에 힘입다.

▪ 坐廢: 죄를 지어 停職을 당함.

❻ ▪ 龐安常: 字는 安時. 湖北 蘄水 사람이다. 어렸을 때부터 책을 한 번 읽으면 잊어버리지 않아 古今의 일을 모르는 것이 없었다. 나이가 들며 귀가 먹었으나, 독학으로 의학을 익혀 침술로 수많은 사람들을 치료하였다. 치료를 받은 이들이 마을 입구에 공덕비를 세울 정도였다. 『東坡志林』에 그에 관한 글이 자주 등장한다.

▪ 大類: 매우 유사하다.

❼ ▪ 寄論: 확고한 자신만의 지론 없이 남의 말에 부화뇌동하다.

▪ 目睫: 눈과 눈썹.

▪ 寄論於目睫: 『韓非子 · 喩老』에서 출전된 故事. 目不見睫. 눈(目)은 먼 곳은 볼 수 있으나 제일 가까운 곳에 있는 눈썹(睫)은 보지 못한다는 뜻. 바로 옆에 있는 것도 보지 못하는 어리석음을 비유하거나, 남의 결점만 보고 자신의 결점은 모른다는 말로도 쓰임.

❽ ▪ 不以賄謝爲急: 재물로 사례받는 것을 급하게 여기지 않는다는 뜻.

❾ ▪ 元豐五年: 元豐은 북송 神宗의 연호. 元豐5년은 1082년으로 동파 나이 46세. 黃州에서 유배생활을 하던 시기다.

해설

이 글에서 다룬 소재는 크게 두 가지다. 하나는 어의御醫였던 섬양과 손조가 인종仁宗의 병세가 악화되자 하옥되어 죽음에 직면했던 사건이다. 드라마 허준에서도 볼 수 있듯이 옛날에는 임금이 붕어하면 어의에게 죄를 묻는 예가 비일비재했다. 어의 자리는 의사로서 최고의 영예였지만 동시에 위험천만한 자리이기도 했던 셈이다.

또 다른 소재는 방안상龐安常의 의술과 인품이다. 제목은 섬양과 손조이지만 사실 동파가 이 글에서 이야기하고 싶었던 것은 그들이 아니라 방안상이었다. 당시 손조는 이미 죽었고 섬양만 살아 있었기 때문에, 동파는 섬양에 비중을 두어 방안상의 의술과 은근히 비교하고 있다.

동파의 판단에 의하면 섭양과 방안상은 세 가지 공통점과 한 가지 다른 점이 있었다. 첫째, 의술이 뛰어나다. 둘째, 치료의 대가로 재물을 밝히지 않는다. 즉 인품도 뛰어나다는 뜻. 셋째, 의술 외의 다른 분야에 있어서도 아주 박학다식하다. 두 사람은 의술과 관련된 동파의 다른 글 속에서 누누이 강조한 진정한 의사 상像을 갖춘 의사들이었던 것이다. 그래서 동파는 그들 두 사람을 크게 칭송한다.

그러나 섭양과 방안상은 다른 점이 하나 있었다. 두 사람 다 모두 의술이 뛰어나긴 하지만, 방안상은 섭양과 달리 침술까지 뛰어나다는 점이었다. 바로 그 점이 이 글의 핵심이다. 방안상의 침술이 얼마나 신통한지에 대해서는 동파 자신이 증언하고 있다. 종기가 생겨 찾아갔더니 침 한 방에 금세 나았다는 이야기다. 탄복한 동파는 이 글을 통하여 초야에 묻힌 귀머거리 의사인 방안상이 어의였던 섭양보다도 더 뛰어난 의술을 가지고 있다고 칭송한 것이다. 글의 제목은 섭양과 손조로 삼았지만 사실 그는 방안상을 이야기한 것이다. 노골적으로 방안상의 의술이 더 낫다고 칭송하는 것은 모두에게 덕이 되지 않는다고 생각한 것이 아닐까? 글이란 이렇게 은근하게 써야 하는 것이라고 일러주는 듯하다.

승려가 구양공歐陽公의 관상을 보다

해제

옛날 언제인가 스승 구양수와 만나 대화를 나눈 내용을 회상하며 쓴 글이다. 그때 구양수는 어린 시절 어느 승려가 자신의 관상을 보고 해 준 말을 동파에게 들려준다. 스승이 어렵기만 했던 동파는 구양수가 해주는 이야기 속에 궁금한 점이 있었으나 감히 물어보지 못하고 오랫동안 의문을 품고 있다가, 아주 많은 세월이 흐른 후 당시를 회상하며 이 글을 쓴 것이다.

번역

예전에 구양문충공歐陽文忠公이 이런 말을 한 적이 있었다. "소싯적에 한 승려가 내 관상을 보고서 그러더군. '귀가 얼굴을 환하게 하여주니 필시 온 천하에 이름을 떨칠 상이로세. 헌데 입술이 잇몸에 붙어 있지를 않으니 공연히 남들에게 비방을 많이 받겠구먼.' 그 말이 아주 딱 들어맞네 그려."

공의 귀가 얼굴을 환하게 밝혀주는 것이야 사람들에게 다 보이는 것이지만, 입술이 잇몸에 붙어 있지 않다는 말이 무슨 소리인지 감히 공에게 물어볼 수 없었다. 그게 어찌 된 연고일까?

원문과 주석

僧相歐陽公

歐陽文忠公嘗語:「少時有僧相我:『耳白於面, 名滿天下; 脣不著齒, 無事得謗。』其言頗驗。」❶ 耳白於面, 則衆所共見, 脣不著齒, 余亦不敢問公, 不知其何如也。

❶ ▪ 相: 관상을 보다.
▪ 白: 뚜렷하다, 환하다, 환하게 하다.
▪ 脣不著齒: 입술이 잇몸에 붙어 있지 않다.
▪ 無事得謗: 아무 일 없이 비방을 받다. 공연히 남에게 비방을 받다.

해설

필자가 옛날 대학 시절 수업시간에 시詩를 배울 때의 일이다. 선생님은 언제나 시를 해석해 주신 후 탄복을 하시며 우리에게 물어보셨다. "이야, 참 기가 막히네. 얘들아, 참 좋지?" 뭐가 좋다는 것인지 알 수 없었지만 감히 물어볼 수 없었다. 구체적으로 가르쳐주지 않는 선생님이 은근히 원망스럽기도 했다. 대체 뭐가 좋다는 걸까…. 오랜 세월 동안 두고두고 저절로 의문이 떠올랐다. 수십 년이 지나 대학 강단에 서서 강의를 하다 보니 그제야 '아하, 이게 그런 이치로구나.' 감탄하게 된 경우가 한두 번이 아니었다. 선생님이 의문만 던져주신 채 구체적으로 설명해주시지 않은 덕분에 얻을 수 있었던 작은 깨달음들이었다. 바로 그것이 동양전통의 교육방법이다.

동파는 "입술이 잇몸에 붙어 있지 않아서 공연히 남들의 비방을 받을 것"이라는 말이 당최 이해가 되지 않았다. 그러나 감히 스승의 신체와 관련된 이야기를 물어볼 수 없었기에 그저 마음속으로 의문만 품고 그저 생각날 때마다 궁금해할 뿐이었다. 아마도 그 궁금증은 날이 갈수록 더욱 커져갔을 것이다. 동파 역시 공연히 남들의 비방을 많이 받기 시작했으므로.

동파는 이 글을 쓰고 있는 순간까지 그 뜻을 깨닫지 못하고 있다. 과연 그는 죽기 전까지는 깨달았을까? 그나저나 "입술이 잇몸에 붙어 있지 않은 것"은 어떤 상태를 말하는 것일까? 그런 관상이면 왜 "공연히 남들의 비방을 많이 받게 된다"는 것일까? 필자에게 또 하나의 화두가 생기는 느낌이다. 독자들도 함께 의문을 품어보심이 어떠할지?

진군眞君의 점괘

해제 동파가 만 58세에 혜주惠州로 유배를 가면서 점괘를 뽑아보고 마음을 새롭게 다지며 쓴 글이다.

번역 충묘선생沖妙先生 계사총季思聰 군이 길흉화복의 점괘를 만들었다. 이에 동파거사는 우환이 겹친 나머지, 진적眞寂에 귀의하여 정갈한 마음으로 절을 하고 점괘를 뽑아보았다. 내 욕망의 씨앗이 깊고도 무거우니 가슴속의 뜻을 펼치지 못할까 염려되었기 때문이다. 오진군吳眞君의 세 번째 제비가 뽑혔다. 점괘는 이러했다.

> 평생토록 언제나 근심걱정 없었구나,
> 선한 열매 만나니 어찌 즐겁지 아니하랴.
> 마음을 다잡고 뜻을 공고히 하였으니,
> 선한 열매 거두도록 배움과 수련에 힘쓸진저!

정중하게 재배再拜하며 그 가르침을 받았다. 『장자莊子 · 양생養生』편을 글로 쓰면서 감히 해이함이 없도록 스스로 독려

하며, 참된 성인聖人의 검증을 받고자 했다.

소성紹聖 원년元年 8월 21일, 남행길에 나선 동파거사는 건주虔州를 지나게 되었다. 왕암王嵒 옹翁과 함께 상부궁祥符宮을 찾아가 구천사자九天使者의 당하堂下에서 절을 하고 점괘를 뽑아보니 똑같은 말이 쓰여 있었다.

원문과 주석

記真君籤❶

沖妙先生季君思聰所制觀妙法象。❷ 居士以憂患之餘, 稽首洗心, 歸命真寂, 自惟塵緣深重, 恐此志未遂, 敢以籤卜, 得吳真君第三籤, 云:「平生常無患, 見善其何樂。執心既堅固, 見善勤修學。」❸ 敬再拜受教, 書《莊子 · 養生》一篇, 致自厲之意, 不敢廢墜, 真聖驗之。❹ 紹聖元年八月二十一日, 東坡居士南遷過虔, 與王嵒翁同謁祥符宮, 拜九天使者堂下, 觀之妙象, 實同此言。❺

❶ • 眞君: 도교 용어. 신선 수련으로 득도한 사람을 칭함. 여기서는 吳眞君을 지칭함.
  • 籤: 사원이나 절에서 神에게 길흉화복을 물어볼 때 사용하는 竹片. 그 위에는 대부분 韻文의 형식으로 길흉화복에 대한 구절이 쓰여 있다.

❷ • 觀妙法象: 기묘한 자연계의 모든 현상을 관찰하다. 자연현상으로 인간의 길흉화복을 점치다.
  • 이 부분은 문법적으로는 완전한 한 문장을 이루지 못하나, 의미상으로는 완전한 한 문장으로 보는 것이 해석할 경우에 보다 편리하다고 판단됨.

❸ • 居士: 집에 거하며 수도하는 도사. 여기서는 동파 자신을 칭함.
  • 稽首[계수; qǐshǒu]: 무릎을 꿇고 머리가 땅에 닿게 조아리는 옛날

의 절하는 방식.

- 歸命: 귀의하다.
- 眞寂: 자연 본래의 정적 상태.
- 塵緣: 속된 욕망을 일으키는 씨앗. 불교에서는 色, 聲, 香, 味, 觸, 法 등 6가지를 六塵이라 하여, 마음을 오염시켜 욕망을 일으키는 근본 요인이라 인식하였음.
- 見善: 선한 결과(열매)를 보게 되다.

❹ ▪ 自厲: 스스로 연마하다. 스스로 경계하며 격려하다.
- 廢墜: 해이하다.
- 眞聖驗之: 참된 聖人으로 하여금 (나의) 진심을 시험하게 하다.

❺ ▪ 紹聖元年: 紹聖은 북송 哲宗의 연호. 紹聖 원년은 1094년. 동파 나이 58세. 惠州로 유배가던 길이다.
- 虔: 虔州. 오늘날의 江西省 贛州.
- 九天使者: 도교의 신선 이름.
- 妙象: 자연계의 신묘한 현상. 여기서는 점괘를 의미함.

해설 인간은 누구나 어려운 곤경에 처할 때마다 마음이 나약해지기 마련이다. 자신의 미래에 닥쳐올 길흉화복이 더욱 궁금해지고, 그 무엇인가의 힘에 의지하고 싶어진다. 동파 역시 마찬가지였다. 일품一品벼슬의 재상 신분에서 졸지에 구품九品 말단 관리로 일락천장一落千丈하여 머나먼 땅으로 유배 길에 올랐으니 어찌 아니 그러하랴! 두 번이나 점을 치니 모두 똑같은 점괘가 나왔단다.

평생토록 언제나 근심걱정 없었구나,
선한 열매 만나니 어찌 즐겁지 아니하랴.
마음을 다잡고 뜻을 공고히 하였으니,
선한 열매 거두도록 배움과 수련에 힘쓸진저!

평범하기 이를 데 없는 점괘다. 우리가 그 상황에 처했다면 이 점괘를 보고 어찌 행동했을까? 혹시 "에이, 뭐 이런 점괘가 다 있어?" 신통치 않게 여기며 무심코 지나쳐버리지 않았을까? 하지만 동파는 마음을 경건히 하고 붓을 들어 평소 마음에 담아두었던 『장자莊子 · 양생養生』 편을 적어보며 흐트러진 정신을 가다듬고 있다.

木製 八卦牌(19×30×1.2cm)

믿음의 도道와 지혜의 법

해제

해남에서 유배생활을 하고 있던 동파가 만 62세이던 1098년 9월의 마지막 날, 자신의 운명을 예견하는 점괘를 뽑아보고 스스로 새롭게 각오를 다지며 쓴 글이다.

번역

동파거사는 해남도海南島에 옮겨 살게 되었다. 우환이 겹친 나머지, 무인년戊寅年 9월 마지막 날, 여생의 길흉화복을 판단해 보고자 천경관天慶觀 북극진성北極眞聖을 찾아가 영험한 점괘를 얻고자 하였다. 점괘는 이러했다.

믿음으로 도(道)에 부합하도록 하고,
지혜로 법(法)의 첫 번째로 삼는구나!
이 두 가지와 분리되지 않으면,
목숨은 연장될 수 없도다!

읽어보니 모골이 송연해졌다. 무엇인가를 깨달은 것 같았다. '신도信道'와 '지법智法'의 두 가치관과 헤어질 수 없다는 뜻을 잊지 않기 위해, 글을 써서 깊숙이 보관하려 한다. 소식蘇軾

은 공경한 마음으로 아래와 같이 써보았다.

옛날의 진인眞人 중에 남에게 믿음을 주지 못한 자가 없으니, 자사子思가 "정성精誠으로 덕德을 밝히는 것이 참된 본성"이라고 말한 것이 바로 이를 두고 한 말이다. 맹자는 말했다. "중도中道를 취하여 저울질을 하지 않으니 하나만을 붙잡는다." 법이 지혜롭지 못하다면 천하의 법은 모두 사법死法에 불과하다. 도道는 남들이 몰라주는 것을 두려워하지 않고, 나 자신의 정신을 하나로 모으지 못하는 것을 두려워한다. 법法은 그 법을 만들지 못하는 것을 두려워하지 않고, 생명력이 없어지는 것을 두려워한다. 믿음으로써 도에 부합하도록 하면 정신이 하나로 모이고, 지혜를 법의 최우선으로 삼으면 법에 생명력이 생긴다. 이리 되면 속세를 떠나도 되리라! 하물며 목숨 연장에 연연해 무엇하랴!

원문과 주석

信道智法說

東坡居士遷於海南, 憂患之餘, 戊寅九月晦, 遊天慶觀, 謁北極真聖, 探靈簽, 以決餘生之禍福吉凶。❶ 其辭曰: 「道以信為合, 法以智為先。❷ 二者不離析, 壽命不得延。❸」 覽之竦然, 若有所得, 書而藏之, 以無忘信道、法智二者不相離之意。❹ 軾恭書: 古之真人未有不以信人者, 子思則曰: 「自誠明謂之性」, 此之謂也。❺ 孟子曰: 「執中無權, 由執一也。」❻ 法而不智, 則天下之死法也。❼ 道不患不知, 患不凝: 法不患不立, 患不活。❽ 以信合道, 則道凝; 以智先法, 則法活。道凝而法活, 雖度世可也, 況延壽乎?❾

❶ ▪ 戊寅九月晦: 元符 元年(1098) 9월 29일 또는 30일. 晦: 매월 마지막 날. 동파 나이 62세.
▪ 北極眞聖: 도교의 神 이름.
▪ 探靈籤: 영험한 제비를 뽑아 점괘를 보다. 探: 뽑다.
▪ 決: 판단하다. 선택하다.
❷ ▪ 道以信爲合: 信義로써 道에 부합하게 하다.
▪ 法以智爲先: 지혜로써 法의 첫 번째로 삼다.
❸ ▪ 離析: 분리하다. 분리되다.
▪ 二者不離析, 壽命不得延: 위에서 말한 信道와 智法의 두 가지 가치관과 분리되지 않으면, 즉 동파의 기존 가치관을 포기하지 않으면 수명을 연장할 수 없다는 뜻.
❹ ▪ 信道法智: 信義의 道와 지혜의 法.
❺ ▪ 子思: 공자의 손자. 『中庸』을 지었다고 함.
▪ 自誠明謂之性: 『禮記 · 中庸』에서 출전된 말. 精誠으로 德을 밝히는 것이 참된 性이라는 뜻.
❻ ▪ 執中無權, 由執一也: 『孟子 · 盡心上』에서 출전된 말. 좌고우면, 이리저리 저울질하지 않고 中道 하나만을 택한다는 뜻.
❼ ▪ 法而不智, 則天下之死法也: 지혜롭지 못하게 법을 지킨다면 죽은 법이라는 뜻.
❽ ▪ 道不患不知, 患不凝: 道는 사람들이 몰라주는 것을 염려하지 않고 정신을 집중하지 않는 것을 염려한다. 凝: 정신을 집중하다.
❾ ▪ 度世: 속세를 떠나다.

해설

참으로 감동적인 글이다. 동파의 말년은 비참했다. 공직은 모두 박탈되고 사랑하던 이들과 헤어져 머나먼 오지, 해남 땅에서 고난의 유배생활을 보내게 되었다. 자신의 여생이 어떻게 전개될지 궁금했던 동파는 마음을 정성스럽게 하고 조심스레 점괘를 뽑아본다. 점괘를 뽑아본 동파는 모골이 송연해진다. 도道와 법法을 분리시키지 않으면 목숨이 연장될 수 없다니!

이렇게 불길한 점괘가 또 어디 있겠는가!

만약 우리가 동파처럼 어려운 곤경에 처해 이런 점괘를 뽑게 된다면 어떻게 행동할까? 대부분 절망에 빠져 우울증에 걸리거나, 성직자 또는 무속인을 찾아가 뭔가 이름 모를 신비한 힘에 의존하려 하지 않을까? 그러나 동파는 잠시 몸을 떨고는 자신의 문제점이 무엇인지 깊이 사색에 잠긴다. 그리고 가장 중요한 원칙이 무엇인지 재확인한 후, 그 원칙을 지극한 정성으로 지켜나갈 것을 다짐한다. 동파는 말한다. 남들이 몰라주는 것을 두려워하지 말고, 나 자신의 정신을 하나로 모으지 못하는 것을 두려워하자고. 그렇게만 할 수 있다면 목숨 연장에 집착하지 않으리라고. 가슴이 뭉클해지는 장면이다.

점이란 단순히 미래의 길흉화복을 알기 위해서 치는 것이 아니다. 불길한 점괘가 나오면 그를 면해보기 위해 굿판 따위를 벌이는 것은 미신에 불과하다. 점은 자신을 겸허하게 돌이켜보며 스스로의 문제점을 찾아내고, 새롭게 마음을 다지고 고쳐나가기 위해 치는 것이다.

시초蓍草 점의 점괘

해제

동파가 만 62세이던 1098년 10월 5일에 쓴 글이다. 해남에서 유배생활 중이던 동파는 오랫동안 아우 소철蘇轍에게서 아무 연락이 없자 걱정이 되어 『주역周易』으로 시초 점괘를 뽑아보고 그 괘사의 내용을 음미하며 스스로를 격려하고 경계한다.

번역

무인년戊寅年 10월 5일이었다. 오랫동안 아우 자유子由의 서신을 받지 못해 걱정을 떨칠 수가 없었다. 『주역周易』으로 시초蓍草 점을 쳐보았다. 환괘渙卦(䷺)의 삼효三爻를 만나니 맨 아래의 초륙初六이 변하여 중부괘中孚卦(䷼)가 되었다. 환괘 초륙의 효사爻辭는 이러했다.

건장한 준마로 부족함을 보충하니 길조吉兆로다!

중부괘는 다시 밑에서 두 번째인 구이九二가 변하여 익괘益卦(䷩)로 되었는데, 중부 구이의 효사는 또 이러했다.

학이 나무그늘에서 우니 새끼가 화답하네.

내게 좋은 술이 있으니 취할 때까지 그대와 함께 즐기리라.

익괘(䷩)의 초륙이 변하여 다시 가인家人괘(䷤)가 되었는데, 익괘 초륙의 효사는 또 이러했다.

흉사凶事가 생겼으나 더욱 치성을 드리니 재난이 없어지네.
중정中正에 근거하여 올바르게 행동하니 성과도 거두누나.
웃어른에게 알리고 치성을 드리노라.

가인 괘의 괘사卦辭는 이러했다.

가인 괘는 여인에 관한 일을 바로잡는 데 이롭다

그 상사象辭는 이러했다.

괘상卦象은 바람이 불에서 나오는 모습이다.
군자는 언어에 내용이 있도록 하고, 그 행동이 한결 같아야 한다.

나는 이 괘들을 매우 정확하고 상세하게 음미해 본 다음, 아들 과過에게 구두口頭로 전해주고는 다시 글로 써서 깊이 간직해 두었다.

원문과 주석

記筮卦

戊寅十月五日, 以久不得子由書, 憂不去心, 以《周易》筮之。❶ 遇渙之三爻, 初六變中孚, 其繇曰:「用拯馬壯, 吉。」❷

中孚之九二變為益, 其繇曰: 「鳴鶴在陰, 其子和之。我有好爵, 吾與爾靡之。」❸ 益之初六變為家人, 其繇曰: 「益之, 用凶事, 無咎。有孚, 中行告公用圭。」❹ 家人之繇曰: 「家人利女貞。」❺ 象曰: 「風自火出, 家人。君子以言有物, 而行有恒也。」❻ 吾考此卦極精詳, 口以授過, 又書而藏之。❼

❶ ▪ 戊寅: 元符 元年(1098). 동파 나이 만 62세.
  ▪ 筮[서; shì]: 蓍草로 길흉을 점치다.

❷ ▪ 渙: 易의 59번째 渙卦(䷺). 巽卦(☴)와 坎卦(☵)가 겹쳐있는 모습. 물 위를 덮고 있는 모든 더러운 것을 바람이 불어서 씻어내 버림을 상징함. 지금까지의 모든 고난이 사라지고 만사가 형통하는 괘.
  ▪ 爻: 易의 卦를 나타내는 부호. 陽을 '—'로 표시하고 '九'라고 이름한다. 陰은 '--'로 표시하고 '六'이라고 이름 한다. 맨 아래 爻를 初爻, 맨 아래에서 두 번째 爻를 二爻, 세 번째 爻를 三爻라 한다. 乾(☰), 兌(☱), 離(☲), 震(☳), 巽(☴), 坎(☵), 艮(☶), 坤(☷)의 여덟 괘(八卦)는 三爻로만 구성되어 있다. 이처럼 三爻로만 구성된 卦를 小成의 卦라 한다.
  ▪ 初六: 八卦 중에서 어느 두 개의 卦가 上下로 겹쳐 구성된 괘를 重卦, 또는 大成의 卦라고 한다. 이때 위에 있는 것을 上卦 또는 外卦라고 하고, 밑에 있는 것을 下卦 또는 內卦라고 한다. 卦爻는 반드시 아래에서 위로 표기하고 그 순서대로 이름을 붙인다.
  예를 들어보자. 上卦(外卦)는 離卦이고 下卦(內卦)는 坎卦인 重卦 ䷿의 경우, 맨 아래 첫 번째 爻는 '--'이므로 陰이다. 陰은 '六'이라고 호칭하므로 맨 아래에 위치한 첫 번째 陰爻를 '初六'이라고 하는 것이다. 이때 두 번째 효는 陽爻이므로 '九二'라 하고, 세 번째는 陰爻이므로 '六三', 네 번째는 陽爻이므로 '九四', 다섯 번째는 陰이므로 '六五', 맨 위의 上爻는 陽이므로 '上九'라고 한다.
  ▪ 中孚: 64괘 중에서 61번째 괘. 上卦(外卦)는 巽(☴)이고, 下卦(內卦)는 兌(☱)이다. 어떤 방식으로 백성에게 믿음을 얻을 수 있을 것인지에 대해 논술한 괘이다.

- 繇[주; zhòu]: 占辭. [요; yáo]로 읽으면 賦役, 勞役, 歌謠의 뜻이고, [유; yóu]로 읽으면 '말미암다'는 뜻이 된다.
- 用拯馬壯: 건장한 준마로 부족한 힘을 보충한다는 뜻.

❸ • 中孚之九二: 中孚 괘의 아래에서 두 번째 爻. 陽爻이므로 九二라 이름 함. (위의 '初六' 注 참조)
- 益: 64괘 중 42번째 益卦. 下卦는 震(☳)이고, 上卦는 巽(☴)이다. 괘의 내용은 '損卦'와 함께 損益의 이치에 대해 다루었다.
- 陰: 나무 그늘.
- 爵: 술잔. 여기서는 술을 뜻함.
- 爾: 2인칭 대명사. 你.
- 靡: 쓰러지다, 넘어지다, 자빠지다. 여기서는 즐겁게 취해 쓰러질 때까지 술을 마시자는 뜻.

❹ • 益之初六: 益卦(䷩)의 初爻는 陰爻가 아니므로 益卦에는 初六이 없다. 益之六三의 誤記이다.
- 家人: 64괘 중 37번째 괘. 하괘는 離(☲)이고, 상괘는 巽(☴)이다. 가정을 다스리는 일에 대한 내용이다.
- 用: 因. ~ 때문에.
- 凶事: 喪事.
- 咎: 재앙. 재난.
- 有孚中行: 두 가지로 생각할 수 있음. 첫째, 趙學智의 주장에 의하면 '中行'은 '中正에 입각한 행위'를 뜻함. '孚'에는 '玉이 빛나는 모양'이라는 뜻이 있으니, 전체적으로 보면 '中正에 입각한 올바른 행동을 하면 좋은 성과가 있다'는 뜻임. 둘째, 易學者 高亨의 주장에 의하면, '中行'은 殷나라의 마지막 임금 紂王의 이복형인 '仲衍(中

衎)'이라고 함. 이 경우, '孚'는 '俘'의 異體字로 해석이 가능함. 따라서 '有孚'는 '포로를 잡는 성과를 거두었다'고 해석할 수 있음. 이때 표점은 '有孚, 中行告公用圭'로 찍혀야 할 것임.

- 用圭: '笏을 사용하다'는 뜻. 圭는 珪. 옥으로 만든 笏. 上端은 뾰족하고 아래는 네모졌다. 天子가 제후를 봉하거나 제사를 지낼 때 사용했다. 그러므로 '用圭'는 '제사를 지내다', '치성을 드리다'는 뜻.
- 益之, 用凶事, 無咎。有孚中行告公用圭: 益卦 六三의 爻辭. 직역을 하면 "凶事가 생겨서 더욱 치성을 드리니 재난이 없었다. 中正에 근거하여 올바른 행동을 하니 좋은 성과를 거두었다. 웃어른에게 알리고 치성을 드린다"는 뜻임. 그러나 '中行'을 인명으로 해석할 경우, 이 爻辭는 周나라 초기의 역사적 스토리와 관련이 있음. "주나라 武王이 서거하는 凶事가 생겼으나 더욱 치성을 드리니 재난이 없었다. 은나라 紂王의 아들인 武庚이 그 틈을 타서 난을 일으켰으나 周公이 그를 토벌하고 많은 포로를 붙잡았다. 이에 仲衎이 周公에게 칭송의 글을 올리고 제사를 지냈다"는 뜻임. 그러나 어느 것으로 해석해도 '凶事가 생기더라도 더욱 치성을 드리면 재난을 면한다'는 益卦의 취지는 마찬가지다.

❺ ▪ 家人利女貞: 家人卦의 卦辭. 卦辭는 上卦와 下卦를 전체적으로 종합 판단한 점괘. 彖이라고도 함. 貞은 正. '家人卦는 여인에 관한 일을 바로잡는 데 이롭다'는 뜻.

❻ ▪ 象: 괘 전체의 윤곽을 서술한 것. 爻辭를 지칭하기도 한다.

- 言有物: 언어에는 내용(物)이 있어야 공허해지지 않는다는 뜻.
- 行有恒: 행동은 언제나 한결같아야 한다는 뜻.
- 風自火出, 家人。君子以言有物, 而行有恒也: 家人卦의 象辭. 家人卦의 外卦(上卦)인 巽(☴)은 바람(風)을 상징하고 內卦(下卦)인 離(☲)는 불(火)을 상징한다. 바람과 불은 서로 도움으로써 서로 완성된다. 그래서 家人卦의 卦象은 바람이 불에서 나오는 모습인 것이다. 君子는 이러한 卦辭로부터 그 언어에 내용이 있도록 하고, 그 행동이 언제나 한결 같도록 해야 한다는 뜻이다.

❼ ▪ 過: 동파의 셋째 아들 蘇過. 당시 蘇過는 26세로 부친의 해남 유배생활의 유일한 동반자였다.

해설

동파는 해남도에서 힘든 유배생활을 하면서 열심히 『주역』을 연구하였다. 그 결과 부친인 소순蘇洵의 유지遺志를 이어 『주역』의 해설서인 『동파역전東坡易傳』 9권을 저술하였다. 이 글은 당시 동파가 이 방면에 얼마나 조예가 깊었는지 잘 증명해 주고 있다. 아울러 『주역』은 단순히 미래를 예측하기 위한 점술서가 아니라, 점괘를 뽑아보는 과정을 통해 자신의 문제점을 발견하고, 매일매일 지극정성으로 그 문제점을 교정하고 경계하여, 장차 통계학적으로 발생할 가능성이 많은 위험성에 미리 대비하고자 하는 매우 과학적인 수양 지침서임을 알려주고 있다. 자신이 정성을 다해 얻은 그 점괘의 괘사를 그 무렵 유일한 동반자였던 아들 소과蘇過에게 일러주고 있는 이유는 바로 그 때문이다.

비효선費孝先의 괘영卦影

해제

괘영술卦影術의 유래를 소개한 글이다. 괘영술을 세상에 널리 전파한 사람은 동파와 촉蜀 지방 동향同鄕인 비효선費孝先이라는 이인異人이었다. 동파는 만 18세이던 해에 고향 미산眉山을 찾아온 비효선을 통해 괘영술의 유래에 얽힌 에피소드를 자세히 알 수 있었다. 이 글은 만년의 동파가 그 당시를 회상하며 적은 것이다.

번역

지화至和 2년의 일이었다. 성도成都 사람 비효선費孝先이 미산眉山에 와서는 이런 이야기를 하고 다녔다.

"근자에 청성산青城山에 놀러가 어느 노인 마을을 찾았는데 거기서 그만 대나무 침상 하나를 부숴버렸지 뭡니까. 그래서 제가 어리석은 행동을 사죄드리며 그 값을 물어드리고자 했지요. 그랬더니 한 노인이 웃으며 말하더군요.

'그 침상 밑에 쓰여 있는 글씨를 한 번 보시구려. 이 침상은 모년某年 모월某月 모일某日에 아무개가 만들고, 모년 모월 모일에 비효선이라는 자가 망가뜨렸다. 그렇게 쓰여 있지 않소? 만들고 부숴지는 것도 모두 운수運數로 정해진 것이니 보

상할 필요가 무에 있겠소이까!'

저는 그분이 이인異人임을 알아채고 그곳에 머무르며 스승으로 모셨지요. 어르신께서는 『주역周易』의 궤혁軌革과 괘영술卦影術을 전수해주셨는데, 그 이전에는 이런 술법이 있는지조차 몰랐답니다."

5, 6년 후, 비효선은 그 술법으로 크게 부자가 되었다. 지금 그는 죽고 없으나 사방에 그 술법을 익혔다는 자들이 도처에 넘치게 되었다. 그들은 모두 비효선에게 술법을 배웠다고 하나 그 진위眞僞는 알 수 없다. 잠시 그 때의 기억을 되살려 적어보는 것은 후인들에게 괘영술의 내력을 알리고자 함이다.

원문과 주석

費孝先卦影❶

至和二年, 成都人有費孝先者始來眉山, 云: 近遊青城山, 訪老人村, 壞其一竹牀。❷ 孝先謝不敏, 且欲償其直。❸ 老人笑曰: 「子視其下字云: 此牀以某年月日某造, 至某年月日為費孝先所壞。❹ 成壞自有數, 子何以償為!」 孝先知其異, 乃留師事之, 老人受以《易》軌革卦影之術, 前此未知有此學者。❺ 後五六年, 孝先以致富。❻ 今死矣, 然四方治其學者, 所在而有, 皆自託於孝先, 真偽不可知也。聊復記之, 使後人知卦影之所自也。❼

❶ ▪ 費孝先: 북송 仁宗 시기의 易學者. 四川省 成都 사람. 생년월일로 길흉을 점치는 軌革術과 人物, 鳥獸 등의 그림을 그려 吉凶을 예측하는 卦影術로 그 당시 크게 이름을 떨쳤다.

▪ 卦影: 詩書畵나 圖案 등의 이미지를 근거로 길흉화복을 점치는 술법. 宋代의 江湖 術士들에게 크게 유행하여 宋元 시대 筆記文에

자주 등장한다. 후세에 圓光術이라고도 불렀다.

❷ ▪ 至和二年: 至和는 북송 仁宗의 年號. 至和 2년은 1055년으로, 동파의 나이는 19세였다.
▪ 靑城山: 사천성 성도 부근에 있는 山. 도교의 본산지 중의 하나로 유명하다.

❸ ▪ 謝不敏: 불민함을 사과하다. 어리석은 행동을 사죄하다.
▪ 償其直: 그(대나무 침상) 값을 보상하다(물어주다). 여기서 直은 値와 통함.

❹ ▪ 下字: (침상) 아래에 쓰여 있는 글자.

❺ ▪ 軌革: 고대의 術士들이 사람의 생년월일로 미래의 길흉을 예측하던 점술법.

❻ ▪ 後五六年: 張本과 學津本에는 이 뒤에 '孝先名聞天下, 王公大人皆不遠千里以金錢求其卦影'의 구절이 더 첨가되어 있음.

❼ ▪ 自: 내력.

해설

괘영술이란 시서화詩書畵나 도안圖案 등에 나타난 이미지를 근거로 인간의 길흉화복을 점치는 술법이다. 이 글에 소개된 에피소드를 보면 괘영술에서는 그 길흉화복은 이미 인간의 정해진 운명으로 여기고 있다. 이런 종류의 역술은 진정한 역술易術이 아니라 나약한 인간의 마음을 현혹하는 사술邪術에 불과하다. 동파의 이 글은 단지 그 당시 세상에 크게 유행하던 괘영술의 유래를 소개한 것뿐이다.

木製 洛書八卦牌
(28×28×4cm)

『주역周易』, 즉 『역경易經』의 키포인트는 '역易'이란 글자에 있다. '역易'이란 "바뀐다 또는 바꾼다"는 뜻이다. 주어진 여건과 환경 속에서 발생할 수 있는 가능성을 통계학적으로 예측하고, 그를 조심하고 경계하며 대비하는 것이다. 그러므로 이른바 '운명'이란 것도 인간의 정성과 노력으로 충분히 바꾸어나갈 수 있는 성격의 것임을 알아야 하겠다.

천심정법天心正法의 주문呪文

해제

동파가 자신이 알고 있는 주문呪文을 세상에 알리기 위해 기록한 글이다.

번역

왕군王君은 부적을 곧잘 쓰고 천심정법天心正法의 주문을 외워 마을 사람들의 질병을 치료하고 귀신을 쫓아주었다. 나는 예전에 그 주문 비법을 타인에게 전수해준 적이 있다. 왕군에게도 전해주어야 하리라. 그 주문은 이렇다.

"당신은 이미 죽은 나이며, 나는 아직 죽지 않은 당신이로다. 당신이 나에게 해코지를 하지 않으면 나도 당신을 힘들게 하지 않으리!"

원문과 주석

記天心正法呪❶

王君善書符, 行天心正法, 為里人療疾驅邪。❷ 僕嘗傳此呪法, 當以傳王君。其辭曰:「汝是已死我, 我是未死汝。汝若不吾祟, 吾亦不汝苦。」❸

❶ ▪ 天心正法: '하늘의 뜻을 정통으로 삼는 법술'이라는 뜻.
▪ 呪: 기도하다, 주문을 외다. 주문.
❷ ▪ 書符: 부적을 쓰다.
▪ 行天心正法: 天心正法 주문을 외우다.
❸ ▪ 祟: 귀신이 장난을 치다.

해설

일반적으로 '주문呪文'은 미신으로 인식되고 있다. 그러한 인식은 상당 부분 옳은 것이다. '주문'을 삿되게 이용하여 타인을 현혹시키고 그 재산을 갈취하는 것에 뜻을 둔 무속인(종교인)들 때문이다. 그러나 '주문'에 신비한 힘이 내재되어 있는 것은 사실이다. 엄격히 말하자면 주문 그 자체라기보다는 주문을 읊을 때 나오는 '소리'의 효과라고 말하는 것이 보다 정확한 표현이겠다.

'소리'에는 '영성靈性'이 있다(졸저, 『달마의 소리』 참조). 때문에 모든 종교에서는 그 소리의 효과를 십분 활용한다. 옴마니 밤메훔! 하루 종일 똑같은 주문을 외우는 티베트불교는 말할 나위도 없고, 우리나라의 불교와 천주교에서도 주문을 외운다. 기독교에서도 찬송가를 부르고 주기도문과 사도신경을 소리 내어 외우며 마음의 평안함을 얻는다. 그러나 우리는 일반적으로 그 종교들을 미신이라고 하지 않는다. 물론 무신론자들은 예외겠지만.

마찬가지 아닐까? 이 글에 나오는 왕군王君이 주문으로 질병을 치료하고 귀신을 쫓아주는 것도, 과장은 있을지 모르겠으나 원리는 비슷한 것이 아닐까? 설령 종교로 인정받는 조직 내에서의 행위라고 할지라도 신도들을 현혹하여 결국 신도들의 재산을 갈취한다면 마찬가지로 '미신'일 것이다.

《十六羅漢·降龍》(부분)
宋, 陸信忠

'미신'과 '종교'는 별개로 구분할 수 있는 성격이 아니다. '미신迷信'이 무슨 뜻인가? '홀릴 미迷', '믿을 신信' 아닌가? 교주敎主의 가르침이 아무리 훌륭하다 하더라도 사역자使役者가 그 말을 자신의 입맛에 맞게 왜곡되게 전하거나, 신도가 멋대로 잘못된 믿음에 홀려 있으면 그게 바로 '미신'이다.

그러므로 동파가 이 글에서 전해주는 주문을 우리는 미신이라고 단정할 수 없다. 최소한 그는 사람들의 재물을 얻고자 하는 마음은 추호도 없었다. 오로지 타인의 곤경을 도와주겠다는 마음뿐이었음을 기억하자.

동정東井에 오성五星이 모인 현상을 따져보다

해제

천문현상에 대한 역대의 토론에 참여한 글이다. 고대의 동양에서는 밤하늘을 28개의 구역으로 구분한 뒤, 각각의 구역을 수宿라고 했다. 그리고 그 별자리를 성수星宿라고 불렀다. 동정東井; 井宿은 그 28수宿 중의 하나로 오늘날의 쌍둥이자리에 해당한다. 『한서漢書』에 의하면 유방劉邦 당시에, 이 동정에 별 다섯 개가 모인 현상이 나타났다. 그때 감덕甘德과 석신石申 등 천문학자들은 이 현상이 유방이 천하를 차지할 조짐으로 해석해준 적이 있었다. 그런데 남북조 시대 북위北魏의 군사지략가인 최호崔浩는 그런 현상이 있었던 사실 자체를 부정하였다. 동파는 『위서魏書·최호전崔浩傳』을 읽다가 이 글을 써서 최호의 주장을 다시 반박하고 있다.

번역

하늘에서 형혹성熒惑星; 화성이 사라지자 최호崔浩는 그 별이 동정東井 별자리에 출현할 것이라고 예언했다. 시간이 지나보니 과연 그러했다. 그것은 흔히 말하는 '계속해서 때려 맞힌 것'인가?

한漢 고조高祖 원년 10월에 다섯 개의 별이 동정 별자리에 모인 현상이 있었다고 한다. 금성과 수성은 태양에서 멀지 않은 곳에 위치해 있다. 그러나 10월이 되면 태양은 기수箕宿와 미수尾宿 별자리에 위치한다. 그래서 최호는 다섯 개의 별이 동정에 모인 현상이 있었다는 사실이 거짓이 아닌지 의심했던 것이다.

내 생각건대 당시에는 10월을 세수歲首인 정월正月로 삼았으므로, 당시의 10월이면 오늘날의 8월에 해당할 것이다. 8월에 7월의 절기節氣를 만났다면 태양은 아직도 익수翼宿와 진수軫宿 사이에 위치해 있어야 한다. 즉 금성과 수성도 동정 별자리에서 별로 멀지 않은 곳에 모여 있어야 하는 것이다. 별이 모였던 시기는 패공沛公이 아직 천하를 얻지 못했을 때이니 감덕甘德과 석신石申이 무엇 때문에 아부를 했겠는가? 최호의 주장은 믿을 만하지 못하다.

원문과 주석

辨五星聚東井❶

天上失星, 崔浩乃云:「當出東井」。❷ 已而果然, 所謂「億則屢中」者耶?❸ 漢十月, 五星聚東井, 金、水嘗附日不遠; 而十月, 日在箕、尾, 此浩所以疑其妄。❹ 以余度之, 十月為正, 蓋十月乃今之八月爾。❺ 八月而得七月節, 則日猶在翼、軫間, 則金、水聚於井亦不甚遠。❻ 方是時, 沛公未得天下, 甘、石何意諂之?❼ 浩之說, 未足信也。

❶ • 東井: 星宿(별자리) 이름. 井宿라고도 함. 28宿 중의 하나. 南方 7宿 중 첫 번째로 오늘날의 쌍둥이 자리에 해당함.
 • 五星聚東井: 다섯 개의 별이 井宿(東井)에 모였다는 뜻으로 『漢書·高帝紀上』과 『漢書天文志』에 나오는 이야기. 漢나라 高祖 元

年 10월에 다섯 개의 별이 井宿에 모이자, 이 현상을 고조 劉邦이 천하를 차지하는 명분으로 삼았다는 이야기.

❷ ▪ 崔浩(?~450): 남북조시대 北魏의 정치가. 字는 伯淵. 河北 淸河의 명문세족 출신. 崔宏의 맏아들로 북위의 道武, 明元, 太武帝 등 三朝를 섬기는 동안 司徒 벼슬을 하며 국가 주요대사에 참여하여 북위가 북방을 통일하는 데 큰 기여를 하였음. 어려서부터 문학에 뛰어나고 經書와 음양오행 및 天文曆法에 정통하였음. 후세에 남북조시대 최고의 군사지략가로 칭송받음.

▪ 天上失星, 當出東井: 『魏書 · 崔浩傳』에 나오는 이야기. 어느 날 熒惑星(화성)이 갑자기 사라지자 北魏의 太宗이 크게 놀라 當代 최고의 석학들을 불러 모아 그 종적을 찾으라고 하였음. 이때 최호가 天文을 따져보더니 後秦의 姚興 땅으로 들어갔다고 말함. 모두들 비웃었으나 80여 일이 지나자 과연 사라진 형혹성이 井宿(東井)에 나타났다고 함(당시 井宿는 秦나라의 分野로 인식하고 있었음).

❸ ▪ 億: 臆. 추측하다, 억측하다, 생각하다.

▪ 億則屢中: 억측한 것이 계속 들어맞다.

❹ ▪ 漢十月: 漢나라 高祖 元年 10월을 지칭함.

▪ 金、水: 金星과 水星.

▪ 附日不遠: 태양에서 멀지 않은 곳에 붙어 있다. 고대 중국에서도 일찌감치 금성과 수성이 태양에서 멀지 않은 곳에 위치해 있다는 사실을 알고 있었음.

▪ 箕、尾: 箕宿와 尾宿. 모두 28宿 중의 하나임.

▪ 此浩所以疑其妄: 10월에는 태양이 箕宿와 尾宿에 위치해야 하므로, 이 때문에 崔浩가 그것(다섯 개의 별이 井宿에 모였던 현상)이 거짓이 아닐까 의심했다는 뜻.

❺ ▪ 度: 헤아리다. 생각하다.

▪ 十月爲正: 한고조 당시에는 10월을 歲首(한 해의 첫 번째 달)로 삼았다는 뜻. 훗날 漢武帝가 太初 曆을 시행하면서부터 오늘날의 正月을 歲首로 삼게 됨.

▪ 蓋十月乃今之八月爾: (한고조 당시의) 10월은 (동파 당시의) 오늘날의 8월에 해당한다는 뜻. 劉文忠에 의하면 한고조 유방은 秦나

라의 曆法을 그대로 사용하였던 바, 秦曆의 10월은 夏曆(오늘날의 음력) 7월에 해당하므로, 이 구절에 나오는 8월은 7월의 誤記라고 주장함.

⑥ ▪ 八月而得七月節: 8월에 7월의 節氣를 맞다. 고대에는 일 년을 立春, 春分, 立夏, 夏至, 立秋, 秋分, 立冬, 冬至 등 8개의 절기로 구분하였던 바, 각 절기마다 한 달반 가량의 시간 간격이 생김. 따라서 7월의 절기가 8월에 나타날 수 있음. 立秋가 8월 15일 이전에 나타나기만 하면 7월의 절기임.

▪ 翼、軫: 모두 28宿 중의 하나임.

⑦ ▪ 沛公: 漢高祖 劉邦.

▪ 甘、石: 甘德과 石申. 모두 秦末 漢初의 천문학자임. 오늘날까지 전해지는 그들의 공저인 『甘石星經』은 세계 최초로 恒星을 측정한 기록임.

해설 고대 동양에서는 밤하늘의 별자리를 성수星宿라고 불렀다. 달이 매일 유숙하는 곳이라는 뜻에서 유래한 말이다. 그리고 밤하늘 전체를 28개로 나누어 28수宿라 하였다. 학자들은 달의 항성에 대한 공전주기가 27.32일이기 때문에 이렇게 분류한

《五星二十八宿神形圖》(부분) 唐, 梁令瓚

것으로 추측한다. 그러나 각 수의 폭(넓이)은 모두 다르다. 그리고 각 수마다 가장 밝은 별을 거성巨星이라고 불렀으며, 다른 별의 위치를 표현하는 기준점으로 삼았다. B.C. 2400~B.C. 1100년, 즉 요순堯舜시대와 주周나라 초기부터 사용되기 시작한 이 천문관측법은 누구에 의해 어떤 과정을 거쳐 탄생한 것인지 아직은 밝혀지지 않았다. 인도에서 들어왔다는 설도 있고, 바빌로니아에서 전해졌다는 설도 있으나, 고대에 어떻게 이렇게 정교한 천문관측법이 탄생할 수 있었는지 여전히 미스터리다.

제3부

사민 四民

東坡志林

가난한 선비

해제

다섯 개의 사례를 들어 가난한 사람들의 삶을 묘사하는 가운데, 세상을 바라보는 빈자貧者와 부자富者의 극명하게 다른 인식의 차이를 풍자한 잡문雜文 형식의 소품이다.

번역

시정市井에 돌아다니는 이야기가 있다. 어느 서생이 관아官衙의 창고 안에 들어갔는데 돈을 보고도 그게 뭔지 몰라보더라는 것이었다. 어떤 이가 이상하게 여기고 물어본즉 그 서생이 이렇게 말하더란다. "물론 그게 돈인 줄이야 알지요. 근데 왜 그걸 종이로 싸지 않은 거죠?"

우연히 도연명陶淵明의 「귀거래사歸去來辭」를 읽어보니 이런 구절이 눈에 뜨였다. "어린 자식들은 많은데 병에는 곡식 한 톨 없도다." 비로소 증거를 찾았으니 세상에서 하는 말이 사실임을 알게 되었다. 병에 곡식을 담아봤자 얼마나 담을 수 있겠는가! 도연명은 평생 곡식을 병속에 저장해 놓은 것만 보았던 것인가?

『후한서後漢書·황후기皇后紀』의 『마황후기馬皇后紀』를 보면 비빈妃嬪들이 황후가 입은 명주옷을 신기한 고급 옷으로 여겼다 하고, 진晉나라 혜제惠帝는 배고파 굶어죽어 가는 백성들에게 왜 고기로 쑨 죽을 먹지 않느냐고 물었다 하니, 이런 사례들을 가만히 잘 생각해보면 모두 한 가지 이치라서, 잠시 호사가들의 우스갯거리로 삼고자 한다. 구양영숙歐陽永叔께서 자주 하시던 말씀이 있다.

"맹교孟郊의 시詩에 이런 구절이 있지. '귀耳 밑에 하얀 실이 생겼으나, 추위 견딜 옷 지을 분량은 못되누나.' 설령 옷을 지을 분량이 된다고 해도 그렇지, 그래봤자 몇 벌이나 만들겠어?"

원문과 주석

論貧士

俗傳書生入官庫, 見錢不識。或怪而問之, 生曰: 「固知其為錢, 但怪其不在紙裹中耳。」❶ 予偶讀淵明《歸去來詞》云: 「幼稚盈室, 瓶無儲粟。」❷ 乃知俗傳信而有徵。❸ 使瓶有儲粟, 亦甚微矣, 此翁平生只於瓶中見粟也耶?❹《馬后紀》: 夫人見大練以為異物; 晉惠帝問飢民何不食肉糜, 細思之皆一理也, 聊為好事者一笑。❺ 永叔常言: 「孟郊詩: 『鬢邊雖有絲, 不堪織寒衣』, 縱使堪織, 能得多少?」❻

❶ • 但怪其不在紙裹中耳: 돈을 종이로 싸지 않은 것을 이상하게 여겼을 뿐이라는 뜻. 그 서생은 가난 하여 돈이 얼마 없는지라 늘 종이로 포장했기 때문에, 원래 돈은 반드시 종이로 포장하는 것인 줄로만 알다가, 관아의 창고에 포장도 안 한 돈이 가득 쌓인 것을 보고 어리둥절하였다는 이야기임.

❷ • 幼稚盈室, 瓶無儲粟: 陶淵明 「歸去來辭」의 서문에 나오는 구절. 幼稚: 어린 아이. 어린 자식. 瓶: 쌀을 풀 때 사용하는 작은 사기 그릇. "어린 자식들은 집에 잔뜩 있는데, 병에는 곡식 한 톨 저장해놓

은 것이 없구나."

❸ ▪ 徵: 증명하다.

❹ ▪ 使甁有儲粟, 亦甚微矣: 병에 곡식을 저장한다 한들 아주 조금만 담을 수 있을 뿐이라는 뜻.

❺ ▪ 馬后: 後漢 明帝의 황후인 明德馬皇后를 지칭함. 후한의 개국공신인 馬援의 딸. 대단히 검소한 삶을 살았던 부친처럼 거친 베옷을 즐겨 입고 옷에 장식도 전혀 하지 않았다고 함. 한 번은 황제가 참여한 연회에서, 妃嬪들이 그녀가 입은 옷을 멀리서 보고 최고급 비단옷인줄로 알았다가 가까이서 보니 명주로 만든 옷이어서 놀랐다는 이야기가 전해짐.

▪ 馬后紀: 《後漢書 · 皇后紀》의 일부. 원본에는 '紀'字가 없으나 商本 및 《後漢書 · 皇后紀》를 근거로 王松齡이 校註 시에 추가함.

▪ 大練: 명주옷.

▪ 夫人見大練以爲異物: '夫人'은 明帝의 妃嬪들을 지칭함. 황제가 베푼 연회에서 비빈들이 마황후가 입은 명주옷을 멀리서 보고 최고급의 신기한 비단옷으로 여겼다는 故事를 말함.

▪ 晉惠帝: 晉나라의 황제. 이름은 司馬衷. 字는 正度. 晉武帝의 둘째 아들로 '역대 최고의 어리석은 황제'로 손꼽힘.

▪ 糜[미; mí]: 죽.

❻ ▪ 永叔: 구양수의 字.

▪ 孟郊: 中唐시대의 시인. 字는 東野. 가난하기로 유명하였음. 당시 그와 함께 이름을 떨친 賈島와 병칭하여 '가난뱅이 맹교, 홀쭉이 賈島(郊寒島瘦)'라는 말을 들을 정도였음.

▪ 鬢邊雖有絲, 不堪織寒衣: 孟郊의 「손님이 기뻐하면(客喜)」의 일부. "귀밑머리 하얀 실은 있으나 / 차가운 옷 한 벌 지을 정도는 못 되누나." 실처럼 하얗게 변한 귀밑머리로 추위를 면할 옷을 만들려고 해도 한 벌을 만들 정도로 많지는 않다는 뜻. '가난'과 '늙어감'을 자조한 내용임.

해설

다섯 개의 가난과 관련된 짧은 이야기가 옴니버스 형식으로 이어진 풍자 소품이다.

① 돈을 보고도 그게 돈인 줄 몰라보았던 선비 이야기. "언제 그렇게 많은 돈을 본 적이 있어야지. 난 언제나 종이에 싸서 품안에 넣고 다니는 것만 돈인 줄 알았는데." 선비의 목소리가 들리는 듯.

② 먹을 곡식이 별로 없어 실제로 병에 넣고 보관했던 도연명의 이야기. "아니, 그럼 다른 사람들은 쌀을 어디다가 보관하는데? 아니, 저렇게 큰 항아리에?" 도연명의 놀란 눈이 보이는 듯.

③ 검소하게 살았던 마원馬援의 딸이 황후가 된 뒤에도 명주옷을 입고 나타나자 비빈妃嬪들은 황후가 입은 옷이 새로 나온 명품인 줄 알았다는 이야기. "어머, 너무 멋지다! 나도 저런 옷 입어 봤으면." 그 뒤로 궁중에서는 명주옷이 유행했대나 어쨌대나? 어이없어 하는 백성들의 눈동자가 보이는 듯.

④ 중국 역사상 최고의 바보 황제, 진혜제晉惠帝가 굶어죽기 일보 직전인 백성에게 물어보는 인자한 목소리 이야기. "아니, 그대는 배고프면 고기 죽粥이라도 먹지, 왜 굶고 그러는 겐가?" 쌀값이 폭등하면 빵을 사 먹어라, 대중교통요금이 폭등하면 택시를 타고 다녀라. 인자하게 대책을 내놓는 오늘날 이 땅의 관료들 목소리가 오버랩 되는 듯.

⑤ 중당中唐 시대의 가난뱅이 시인 맹교孟郊가 추위에 벌벌 떨다가 거울을 보니 자신의 귀밑머리가 하얗게 변한 것을 보고서, "저걸로 옷을 지어 입으면 어떨까? 쩝. 한 벌을 지어 입기엔 좀 모자라겠군." 아쉬워했다는 이야기.

도연명의 《歸去來兮圖》 明, 李在

작가는 주관적인 묘사와 판단을 완전히 배제한 채, 서민들의 궁핍함이 어느 정도로 심각한지, 부유층의 삶이 얼마나 서민들과 괴리되어 있는지, 지극히 유머러스한 말투로 그 삶의 단면들을 독자들 앞에 생생하게 보여주고 있다. 찰리 채플린의 풍자 코미디극을 보는 느낌이다.

양주梁州 땅의 상인

해제

사서史書의 전기傳記 형태로 쓴 우언寓言 소설이다. 가난할 때는 쉽게 비굴해지고, 돈이 많아지면 쉽게 교만해지는 양주梁州 땅의 어느 상인의 행태를 풍자한 내용이다.

번역

양주梁州 땅의 어느 상인이 남방에서 장사를 하다가 7년 만에 고향에 돌아왔다. 상인이 남방에서 지낼 때는 언제나 은행銀杏과 해초海草를 먹었고, 빼어난 산천의 공기를 호흡하며 향기로운 물을 마셨고, 깨끗한 땅에서 나는 좋은 음식을 먹었다. 청량한 바람과 온화한 기후가 언제나 그의 곁에 있는 듯하였다. 세월의 흐름에 따라 목에 있던 혹도 없어져갔다. 멀리서 보면 목덜미가 하얀 누에고치의 유충처럼 뽀얗게 예뻤다.

상인은 노는 것도 지쳐서 고향에 돌아왔다. 자신의 외모를 살펴보니 날이 갈수록 점점 더 멋있어지는지라, 득의양양한 모습으로 고향 여기저기를 으스대며 돌아다녔다. 고향 마을 사람들 열의 아홉 명은 자신보다 못나 보였다.

집에 돌아와 규중閨中 안채에 들어선 상인은, 자신의 아내를 보고는 깜짝 놀라며 몸을 돌려 나가려 했다. "아니, 이게 웬 괴물이야?" 아내가 달래며 말했다. "서방님에게 누를 끼치지 않도록 할게요." 상인은 아내가 미음을 쒀다줘도 씩씩대며 마시려 하지 않았고, 주안상을 차려가서 먹이려 해도 씩씩대며 먹지 않았다. 아내가 말을 걸면 벽을 쳐다보며 휴우 한숨을 쉬었고, 몸단장을 하면서 바라보면 침을 뱉으며 돌아섰다. 상인이 아내에게 말했다. "너 따위가 나한테 어찌 어울리겠느냐? 썩 꺼지거라!"

고개를 숙이고 창피해하던 아내가 하늘을 바라보며 탄식을 했다. "소첩이 듣건대 부자가 되었어도 조강지처는 버리지 않고, 권세를 쥐었다 할지라도 천한 여인이라고 버리지 않는다 하더이다. 서방님은 혹이 없어져서 돌아오셨지만, 소첩은 혹 때문에 쫓겨나네요. 아! 혹이 문제이지, 소첩의 잘못은 아니네요." 그리고 아내는 집을 나가버렸다.

상인이 집에 돌아온 지 어언 3년이 지났다. 고향 사람들은 그의 소행머리가 괘씸하여 아무도 상인과 통혼通婚하려 하지 않았다. 그동안 북방의 기후와 풍토는 그의 머리카락과 혈맥血脈에 차츰 영향을 주었다. 거친 음식을 먹으며 힘들게 지내다보니 피부도 영향을 받아서 점점 예전의 추했던 모습으로 되돌아갔다. 그리하여 마침내 전처前妻를 다시 불러들이고, 다시 처음처럼 서로 공경하며 지내게 되었다.

군자君子는 말한다. "상인의 이러한 행동은 예禮와 의義에 크게 어긋난다는 사실을 알게 되었노라." 거사居士는 말한다. "가난할 때는 쉽게 비굴해지고, 돈이 많아지면 쉽게 교만해지누나! 자신이 지킬 바를 한결같이 하지 못하니, 이런 자가 바로 정명正名의 가르침을 어기는 죄인이로다. 배움을 모르는 자는 함부로 일을 저질러놓고도 부끄러운 줄을 모르누나. 이해利害가 엇갈릴 때마다 서로 싸우고, 시시비비의 경계선상에서 서로 이기려 하며, 때로는 충신을 적으로 여기고 효자를 고집스러운 하인으로 취급하며, 전후좌우를 어지럽히는 경우가 어찌 양주 땅의 상인뿐이랴!"

원문과 주석

梁賈說

梁民有賈於南者, 七年而後返。❶ 茹杏實海藻, 呼吸山川之秀, 飲泉之香, 食土之潔, 泠泠風氣, 如在其左右, 朔易弦化, 磨去風瘤, 望之蝤蠐然, 蓋項領也。❷ 倦游以歸, 顧視形影, 日有德色, 徜徉舊都, 躊躇顧乎四鄰, 意都之人與鄰之人, 十九莫己若也。❸

入其閨, 登其堂, 視其妻, 反驚以走: 「是何怪耶?」 妻勞之, 則曰: 「何關於汝!」❹ 饋之漿, 則憤不飲; 舉案而飼之, 則憤不食; 與之語, 則向牆而欷歔; 披巾櫛而視之, 則唾而不顧。❺ 謂其妻曰: 「若何足以當我? 亟去之!」❻ 妻俛而怍, 仰而歎曰: 「聞之: 居富貴者不易糟糠, 有姬姜者不棄憔悴。❼ 子以無癭歸, 我以有癭逐。❽ 嗚呼, 癭邪! 非妾婦之罪也!」 妻竟出。

於是賈歸家三年, 鄉之人憎其行, 不與婚。而土地風氣, 蒸變其毛脈, 啜菽飲水, 動搖其肌膚, 前之醜稍稍復故。❾ 於是還其室, 敬相待如初。❿ 君子謂是行也, 知賈之薄於禮義多矣。⓫

居士曰: 貧易主, 貴易交, 不常其所守, 茲名教之罪人, 而不知學術者, 蹈而不知恥也。⓬ 交戰乎利害之場, 而相勝於是非之境, 往往以忠臣為敵國, 孝子為格虜, 前後紛紜, 何獨梁賈哉!⓭

❶ ▪ 梁: 梁州. 古代 九州의 하나. 동쪽으로는 화산, 남쪽으로는 장강, 북쪽으로는 雍州에 이르렀다 함.
▪ 賈: 장사를 하다.

❷ ▪ 茹: 먹다.
▪ 杏實: 은행열매.
▪ 泠泠風氣: (남방의) 청량한 바람과 온화한 날씨.
▪ 朔易: 북방에서 歲時가 바뀜에 따라 생활방식도 변한다는 뜻.
▪ 弦化: 弦은 弦月, 즉 반달을 지칭함. 弦化는 그러므로 반달의 변화.
▪ 朔易弦化: 세월의 흐름에 따라 변화한다는 뜻.
▪ 風瘤: 혹. 여기서는 목에 생긴 혹.
▪ 蝤蠐[추제; qiúqí]: 굼벵이. 天牛(하늘소) 또는 누에고치의 유충. 중국 고대 사람들은 여인의 아름다운 목의 곡선을 비유하는 말로 많이 사용하였음.
▪ 項領: 목덜미
▪ 望之蝤蠐然, 蓋項領也: 직역을 하면 "멀리서 보면 누에고치의 유충처럼 하얀 것이 있었으니, 그것은 목덜미였다"로 해석됨. 즉 예전에는 목덜미 여기저기에 혹이 달려서 보기 흉했으나, 남방의 좋은 환경에서 잘 먹고 잘 지내다보니 목덜미 곡선이 하얀 누에고치 유충처럼 뽀얗게 예뻐졌다는 뜻.

❸ ▪ 德色: 멋있어 보인다는 뜻.
▪ 徜徉: 배회하다. 어슬렁거리다.
▪ 舊都: 고향 마을.
▪ 躊躇: 득의양양해 하는 모습.
▪ 十九莫己若也: 열의 아홉 명은 자신보다 못났다고 여기다.

❹ ▪ 勞: 위로하다, 달래다.

❺ ▪ 饋之漿: 미음을 먹이다. 饋[궤; kuì] 먹이다, 음식을 대접하다.
▪ 擧案: 小盤에 음식을 차려 들고 가다.
▪ 欷歔: 의성어. 한숨을 쉬는 소리. 한숨을 쉬다.
▪ 披: 옷 따위를 어깨에 걸치다.
▪ 巾: 수건으로 얼굴이나 손을 닦다.
▪ 櫛[즐; zhì]: 빗, 빗질을 하다.
▪ 披巾櫛: 여인이 몸을 씻고, 머리를 빗고, 옷을 차려입으며 몸단장

을 하는 것을 말함.

❻ ▪ 亟[극; jí]: 빨리, 조속히

❼ ▪ 俛而怍: 고개를 숙이고 부끄러워함. 怍[작; zuò] 부끄러워하다, 창피해하다.

▪ 糟糠: 糟糠之妻. 어렵게 지낼 때의 아내.

▪ 姬姜: 姬氏와 姜氏. 여기서는 모든 통치계급을 통칭함. 전설에 의하면 炎帝의 姓은 姜氏였으며 黃帝의 姓은 姬氏였다고 함. 훗날 周나라 때 王과 제후들의 姓은 모두 姬氏였음. 단 주나라 건국의 일등공신인 姜子牙(강태공)에게 하사했던 齊나라의 領主들은 대대로 姜氏였으므로, 姬氏와 姜氏는 춘추전국시대의 통치계급이었음.

▪ 憔悴: 초췌하다. 여기서는 신분이 초췌한(미천한) 여인을 지칭함.

❽ ▪ 癭[영; yǐng]: 목덜미에 생기는 혹.

❾ ▪ 蒸變: 물들어 변하다.

▪ 毛脈: 모발과 혈맥

▪ 啜菽[철숙; chuòshū]: 콩을 먹다. 거친 밥을 먹다. 힘든 생활을 하다.

❿ ▪ 還其室: 그 아내를 다시 돌아오게 하다.

⓫ ▪ 是行: 이러한 행위

⓬ ▪ 貧易主, 貴易交: 가난한 자는 주인을 쉽게 섬기고, 부유한 자는 친구를 쉽게 사귄다는 뜻. 또는 가난할 때는 쉽게 남의 종이 되고 돈이 생기면 쉽게 친구를 사귀려 한다는 뜻. 또는 가난할 때는 쉽게 비굴해지고 부자가 되면 쉽게 거들먹을 피운다는 뜻.

▪ 名教: 참된 명분의 가르침. 禮教.

▪ 不知學術者: 배움이 없는 사람.

▪ 蹈: 불쑥 ~ 길을 가다. 저지르다.

▪ 蹈而不知恥也: 그러한 일을 저지르고도 부끄러운 줄 모른다는 뜻.

⓭ ▪ 格虜: 사납고 고집스러운 하인.

해설

이 글은 이 뒤에 수록된 「양주 땅의 대장장이梁工說」와 함께 사서史書의 전기문傳記文 형식으로 쓴 우언 소설로, 중당中唐 시대의 문인 유종원柳宗元 전기 소설의 영향을 받은 것으로 판단된다. 이에 대해서는 두 편의 작품을 모두 감상한 연후에 상세히 알아보도록 하자.

《淸明上河圖》(부분) 宋, 張擇端
송대의 상 행위를 엿볼 수 있다.

양주梁州 땅의 대장장이

해제

사서史書의 전기傳記 형태로 쓴 우언寓言 소설이다. 연단鍊丹에 홀려 세월과 재산을 탕진한 어느 대장장이의 어리석은 행태의 묘사를 통해, 당시 사회에 크게 유행하고 있던 양생술養生術 풍조의 문제점을 고발하고 있다.

번역

양주梁州 땅에 오랫동안 연단鍊丹용 화로를 만들어온 대장장이가 있었다. 어느 날 삼봉산三峯山에서 왔다는 한 방사方士가 『회남자淮南子』 책 한 권을 끼고서 찾아와 베갯머리 비방秘方인 감리坎離 양생법과, 음양 구륙九六의 셈법 및 남녀의 방위方位에 대한 비법을 가르쳐주고자 했다.

또한 누런 금金과 하얀 은銀을 하염없이 만들어내어 그 돈으로 군사력을 강화하고 나머지는 널리 백성들을 구제해줄 수 있는 비법도 가르쳐주었다. "먼저 밀실의 빈 터에 화로를 설치하고, 그 바깥에 은은한 숯불 위에 천일天一을 끓여 놓으시오. 부뚜막과 가마솥 안에는 납과 수은 등의 재료를 집어넣고 제련을 하시오. 완성이 된 후에도 몇 번이고 불을 때어 보양保養을 해야 하오. 그러면 바람과 불이 어지러이 교차한 후에 마침내 기와조각이 금은으로 변화하여 탄생할 것이오."

방사의 말이 끝나기도 전에 대장장이는 모든 일이 다 이루어진 것처럼 좋아했다. 물러나 가르쳐 준 술법을 시험해보았는데 한 달 만에 화로를 열어보니 벌써 황금이 싹트고 있는지라 방사에게 매우 고마워했다. 그러자 방사가 말했다. "그대는 아직 내 비방의 정수精髓를 깨치지 못했으니, 하나만 알고 둘은 모르는 단계라오. 내가 그대에게 어떤 이익을 얻고자 함이 아니니, 훗날 성취를 얻지 못한다 할지라도 원수 취급하지 않는다면 그 또한 그대의 은혜일 것이오." 대장장이는 다시금 고마워하며 말했다. "선생께서 이처럼 남김없이 가르쳐주셨음을 내가 너무나 잘 아는데, 어찌 저를 놀리십니까!" 그리고는 「여구驪駒」의 노래를 불러 전송하니, 방사는 허리에 『회남자』 책을 둘러매고 길게 읍揖을 하고는 떠나갔다.

대장장이는 매일 그 비결을 공부하면서 조제한 재료의 양을 점점 더 늘려갔는데, 그 욕심에 끝이 없었다. 동산東山의 나무를 모조리 베어내고 서강西江의 물을 깡그리 길어와, 밤이면 달月의 혼백을 연이어 불사르고 낮에는 해日의 빛마저 끊임없이 불에 태우면서 열심히 제련을 하였다. 그러나 비술秘術은 점점 더 효과가 없어져 아무리 일을 해도 끝이 보이지가 않았다. 경비經費도 점점 더 많이 필요해져서 소와 말을 팔아 납과 수은을 사게 되었고, 집을 팔아 쇠 집게와 장도리를 샀으며, 마침내 논밭도 팔고 마누라까지 저당을 잡히기에 이르렀으니, 그 처지는 처량하고 몰골은 남루하기 짝이 없게 되었다. 그러나 그는 늙어죽을 때까지 끝내 깨닫지를 못했다.

군자君子는 말한다. "그 술법을 행함에 있어 조심스럽지 못했던 것은 제대로 배우지 못했던 탓이니, 스승의 잘못이 아니로다!" 거사居士는 말한다. "흙을 바른 벽에 또 흙을 발랐구나. 이 세상의 그 어떤 형편없는 장인匠人이라도 스승이 없는 자는 없는 법. 겸허하게 배움을 추구하지 않고, 생각이 무르익지 않는다면 스승이 없는 것과 매한가지로다. 배움의 경지에 이르지를 못했으니, 흙을 바른 벽에 또 흙을 바른 것보다도 못하구나. 경지에 이르지를 못하면 자기 자신을 속이거나 타인을 속이게 되는 법. 자기 자신을 속인 자는 자기 혼자 가난하게 되고, 타인을 속이면 타인까지 가난하게 만든다. 양주 땅의 대장장이와 같은 자는 자기 혼자 가난하게 되었을 뿐, 타인까지 가난하게 만들지는 못했구나!"

원문과 주석

梁工說

梁工治丹竈有日矣。❶ 或有自三峯來, 持淮南王書, 欲授枕中奇祕坎離生養之法, 陰陽九六之數, 子女南北之位, 或黃或白, 生生而不窮, 以是強兵, 以是緖餘以博施濟眾。❷ 而其始也, 密室為場, 空地為爐, 外爐山木之上煮天一, 坏父鼎母, 養以既濟, 風火絪縕, 而瓦礫化生。❸

方士未畢其說, 工悅之, 然以為盡之矣。退試其術, 逾月破竈, 而黃金已芽矣。❹ 於是謝方士, 方士曰:「子得予之方, 未得究其良, 知其一不知其二。余弗邀利於子, 後日不成, 不以相仇, 則子之惠也。」❺ 工重謝之曰:「若之術殫於是矣, 予固知之矣, 豈若愚我者哉!」❻ 遂歌《驪駒》以遣送之。❼ 束書在於腰, 長揖而去。❽

工日治其訣, 更增益劑量, 其貪婪無厭。❾ 童東山之木, 汲西江之水, 夜火屬月魄, 晝火屬日光, 操之彌勤, 而其術愈疎,為之不已。⑩ 而其費滋甚, 牛馬銷於鉛汞, 室廬盡於鉗鎚, 券土田, 質妻子, 蕭條繼縷, 而其效不進。⑪ 至老以死, 終不悟。

君子曰: 術之不慎, 學之不至者然也, 非師之罪也。居士曰: 杇牆畫墁, 天下之賤工, 而莫不有師。⑫ 問之不下, 思之不熟, 與無師同。其師之不至, 杇牆畫墁之不若也。⑬ 不至, 則欺其中, 亦以欺其外。⑭ 欺其中者己窮, 欺外者人窮。如梁工蓋自窮, 亦安能窮人哉!

❶ ▪ 工: 工匠, 대장장이.
▪ 丹竈: 煉丹을 하기 위해 만든 부뚜막. 화로.

❷ ▪ 三峯: 산 이름. 하나는 河南 禹縣에 있고, 또 하나는 江西 貴溪에 있다.
▪ 淮南王書: 『淮南子』를 지칭한다. 漢나라 淮南王 劉安 등이 편찬한 책이다. 현재는 內篇만이 전해지는데, 내용은 대체로 道家의 天道自然觀에 입각한 것이나 先秦諸子들의 학설을 골고루 융합시킨 부분도 적지 않다.
▪ 枕中奇祕: 베갯머리의 오묘함. 房中術을 지칭함.
▪ 坎離生養之法: 역시 房中術을 지칭함. 앞에서 나온 '枕中奇祕'와 문법적으로 同格이다. 坎(☵)은 陰 속에 陽이 들어간 형상이고, 離(☲)는 陽 속에 陰이 들어간 형상이니, 坎離란 男女의 房事를 상징한다. 房中術은 道敎에서 말하는 采陰補陽, 陰陽互補의 秘術을 말한다.
▪ 九六之數: 64괘의 각 爻를 숫자로 부르는 원칙. 八卦 중에서 어느 두 개의 卦가 上下로 겹쳐 구성된 괘를 重卦, 또는 大成의 卦라고 한다. 重卦는 몇 가지 기본 원칙이 있다. 첫째, 위에 있는 것을 上卦 또는 外卦라고 하고, 밑에 있는 것을 下卦 또는 內卦라고 한다. 둘째, 陰陽은 각기 숫자 6과 9로 代稱한다. 셋째, 卦爻는 반드시 아래에서 위로 표기하고 그 순서대로 이름을 붙인다. 重卦 ䷿의 예를 들어보면, 맨 아래 첫 번째 爻는 '--'이므로 陰이다. 陰은 숫자로는 '六'이고 맨 아래에 위치한 첫 번째 爻이므로 '初六'이라고 부른

다. 두 번째 효는 陽이므로 '九二'라 하고, 세 번째는 陰爻이므로 '六三', 네 번째는 陽爻이므로 '九四', 다섯 번째는 陰이므로 '六五', 맨 위의 上爻 는 陽이므로 '上九'라고 한다.

- 子女南北之位: 음양오행술에서 男女에게 정해진 方位를 지칭한다.
- 或黃或白: 黃白術. 黃은 金, 白은 銀을 뜻하니, 도교에서 金銀을 만드는 煉丹法을 말한다.
- 以是强兵: 연단술을 사용하여 군사력을 강화시키다.
- 緖餘: 나머지 부분.
- 博施濟衆: 널리 백성들을 구제하다.

❸ ▪ 燼[신; jìn]: 불에 타다가 남은 부분.

- 燼山木: 산에서 베어 온 나무를 불에 태워 남은 부분. 숯. 목탄.
- 天一: 별 이름. 또는 도교의 神 이름. 여기서는 연단에 사용되는 약 이름으로 추정됨.
- 坏[배péi]: 아직 굽지 않은 상태의 질그릇 또는 기와. 연단에 사용되는 도구.
- 鼎: 가마솥. 鍊丹에 사용되는 도구.
- 坏父鼎母: 연단에 사용되는 도구와 재료. 父母: 가마솥 등에 집어 넣는 납과 수은 등의 원자재.
- 旣濟: 周易의 64괘 중의 하나. 여기서는 다 완성된 상태임을 뜻함. 濟: 이루다.
- 養以旣濟: 연단술로 金銀을 제련해 낸 뒤에도 계속 불을 때어 몇 차례 保養했다는 뜻.
- 絪縕: 음양의 기운이 天地 간에 서로 교차되어 어지러운 모양.
- 瓦礫化生: 기와 조각이 변하여 金銀이 생겨난다는 뜻.

❹ ▪ 破: 열어보다.

❺ ▪ 邀利: 이익을 추구하다.

❻ ▪ 若之術殫於是矣: 당신의 도술이 이미 다 발휘되었다는 뜻. 若은 2인칭 대명사. 殫은 盡. 다하다.

❼ ▪ 驪駒: 『詩經』의 篇名. 지금은 전해지지 않음. 이별할 때 부르는 노래.

❽ ▪ 束書在於腰: (方士가) 허리에 책(회남자)을 둘러메었다는 뜻.

❾ ▪ 貪婪[탐람; tānlán]: 탐욕.

❿ ▪ 童東山之木: 東山의 나무를 다 베어버리다. 童은 벗어진, 대머리의, 민둥민둥한. 여기서는 벗기다. 베어버리다의 動詞로 사용됨.
▪ 屬: 연속으로, 계속해서.
▪ 彌勤: 훨씬 더 열심히 하다.
▪ 疎: 천박하다. 실속 없다. 모자라다. 거칠다. 변변치 않다.
▪ 其術愈疎, 爲之不已: 그 술법은 날로 실속이 없어져서 열심히 일을 해도 끝이 보이지 않았다는 뜻.

⓫ ▪ 滋甚: (돈을) 매우 더 쓰다. 滋: 增益. 더하다.
▪ 鉛汞[연홍; qiāngǒng]: 납과 수은.
▪ 牛馬銷於鉛汞: 소와 말을 팔아서 납과 수은 등의 연단에 필요한 원자재를 사다.
▪ 鉗鎚[겸추; qiánchuí]: 집게와 장도리(쇠망치).
▪ 室廬盡於鉗鎚: 집을 팔아서 집게와 쇠망치 등 연단에 필요한 공구를 사다.
▪ 券: 계약서. 여기서는 토지를 팔다.
▪ 券土田: 전밭을 팔다.

⓬ ▪ 杇[오; wū]: 흙손(벽에 흙을 바르는 도구). 벽에 흙을 바르다.
▪ 墁[만; màn]; 흙손.
▪ 杇牆晝墁: 흙을 바른 벽에 또 흙을 바르다. 헛된 힘만 쓰다.

⓭ ▪ 問之不下: 겸손하지 않게 가르침을 청하다. 問: 가르침을 청하다. 下: 겸손하다.
▪ 師之不至: 배움의 경지에 이르지 못하다. 師: 배우다, 본받다.
▪ 不若: 不如. ~보다 못하다.

⓮ ▪ 欺其中: 자기 자신을 속이다.
▪ 欺其外: 타인을 속이다.

해설

이 글은 앞에 수록된 「양주 땅의 상인梁賈說」과 함께 사서史書의 전기문傳記文 형식으로 쓴 우언 소설로, 중당中唐 시대의 문인 유종원柳宗元 전기 소설의 영향을 받은 것으로 판단된다. 전기문과 소설은 그 성격상 원래부터 밀접한 관계가 있다. 소설이란 결국 어떤 사람이 언제 어디서 어떻게 살아 왔는지 전하는 삶의 이야기인바, 전기문 역시 기본적으로 한 인물이 행한 사건을 기록하여 타인에게 전달하는 것을 목적으로 삼기 때문에, 이야기를 들려준다는 소설적 성격을 처음부터 지니고 있는 것이다.

전기문은 원래 사마천司馬遷의 『사기史記』로부터 비롯되었다. 『사기』 열전列傳은 역사 산문이라는 성격으로 보면 '비문학적 산문'의 영역에 속하지만, 동시에 작가의 강렬한 정감情感을 곳곳에 노출시키며 고도의 문학성을 농축하고 있는 훌륭한 '문학적 산문'이기도 하다. 그러나 그 이후의 일반 사관史官들은 형식적으로는 사마천의 전기문 형태를 그대로 사용하였으면서도, 내용적으로는 감정을 노출시키는 사마천의 주관적 역사 기술 방법에 동의하지 않았다. 후세에 포폄褒貶의 교훈을 전하기 위해서는 반드시 객관적이고 냉철한 언어의 기록이어야만 한다고 생각한 것이다. 그로부터 전기문은 '비문학적 산문'의 영역에 갇혀, 사관史官이라는 직책으로 임명받은 자만이 쓸 수 있는 엄정한 역사 기록문이 되었다.

이러한 전통은 한대漢代와 위진남북조시대를 거치며 점차 깨지기 시작한다. 역사가가 아닌 일반 문인들도 사적私的으로 전기문 형태를 모방하여 글을 쓰는 풍조가 일어나기 시작한 것이다. 예컨대 유향劉向의 「열선전列仙傳」·「열녀전列女傳」이나 도연명陶淵明의 「오류선생전五柳先生傳」이 바로 그것이다. 하지만 이 시기의 작품들은 대체로 황당무계한 이야기를 단순 기술하고 있어서 '문학적 산문'의 수준에 이르지는 못했다. 단순히 재미있는 이야기를 전달하는 것만으로는 소설의 영역에 속한다고 말할 수 없기 때문이다.

전기문이 소설의 영역에 들어서기 시작한 것은 중당 시대의 유종원부터였다. 유종원은 오랜 기간 동안의 유배생활을 통하여 자신의 속마음을 직설적으로 털어놓기 어려웠기 때문에 상징과 허구, 비유와 우언적 성분을 농후하게 지닌 6~8편 가량의 성공적인 전기문을 썼다.

《礪劍圖》 明, 黃濟
날카롭게 칼을 갈고 있는 대장장이

여기에 실린 동파의 「양주 땅의 상인梁賈說」과 「양주 땅의 대장장이梁工說」는 유종원의 「종수곽탁타전種樹郭橐駝傳」·「재인전梓人傳」·「송청전宋淸傳」과 유사한 면이 많은 것으로 보아, 그의 영향을 크게 받았다고 할 수 있다. 이 다섯 편의 작품은 우선 등장하는 주인공의 직업이 모두 당시로서는 미천한 신분이라는 공통점을 지녔다. 유종원 작품의 주인공은 정원사 곽탁타郭橐駝·목공 양잠楊潛·약장수 송청宋淸이며, 동파 작품의 주인공은 양주梁州 땅의 어느 상인과 대장장이인 것이다.

등장인물들의 직업은 작가의 사실주의적 태도와 큰 연관성을 지닌다. 근대 소설의 가장 중요한 근간은 시민계급의 일상적이고 구체적인 생활에 기반을 두고 출발하는 사실주의적인 태도이다(노스롭 프라이, 임철규 번역, 한길사 1982, 『비평의 해부』, 50쪽 참조). 이런 각도로 볼 때, 유종원과 동파가 전통 사회에서 멸시받던 이른바 '사민四民' 중의 농공상農工商을 대표하고 있는 미천한 신분의 인물들을 주인공으로 삼았다는 것은, 리얼리즘을 근간으로 하는 근대 소설로 나아갈 수 있는 강력한 추진력을 제공한 것으로 볼 수 있겠다.

이들 다섯 편의 작품은 허구와 우언적 성분을 농후하게 지니고 있다. 이 글 속의 인물과 내용이 정말로 역사 속에 실존했느냐의 여부는 별로 중요하지 않다. 그들의 허구는 자신이 생각하고 있는 삶에 대한 견해를 밝히기 위한, 그러나 언제든지 현실 속에서 진짜로 일어날 수 있는 허구이기 때문이다.

그러나 여기에 실린 동파의 작품 두 편은 유종원의 그것보다 문학적 성취 면에서 훨씬 떨어진다. 유종원의 주인공들은 미천한 신분이지만 소위 '사회의 지도층 계급'보다 훨씬 더 지혜로운 존재들이므로 우언적 성분이 강하지만, 동파의 주인공들은 미천한 신분답게 여전히 지혜롭지 못하기 때문에 사회비판적 기능을 제대로 담당하지 못하였다고 하겠다.

제4부

여첩 女妾

東坡志林

가씨賈氏가 안 되는 이유는 다섯 가지

해제

여기서 말하는 가씨賈氏는 위진魏晉 시대 진혜제晉惠帝의 황후인 가태후賈太后 가남풍賈南風을 지칭한다. 혜제가 태자일 당시, 진무제晉武帝는 태자비 후보로 물망에 오른 가씨가 간택되어서는 안 될 다섯 가지 이유를 거론하며 난색을 표했다. 본문에서는 가씨 불가론不可論을 제기한 사람이 위관衛瓘으로 나와 있지만, 이는 동파의 착각이다. 이 글은 그 사건을 평한 역사평론이다.

번역

진晉나라 무제武帝가 태자비太子妃를 간택하려고 할 때 위관衛瓘이 말했다. "가씨賈氏가 간택되면 안 되는 다섯 가지 이유가 있습니다. 얼굴이 푸르고, 피부가 검으며, 키가 작고, 질투가 심하며, 가문家門에 남자 자식이 없습니다." 그럼에도 불구하고 가씨는 여러 신하들의 칭송을 받으니, 결국 그녀를 태자비로 간택하였다가 진나라는 끝내 멸망하고 말았다.

여인네의 피부색이 검고 하얗거나 얼굴이 예쁘고 못생긴 것은 누구나 쉽게 알 수 있다. 또한 자식 사랑의 마음에, 며느리를 맞이할 때 자식을 많이 가질 수 있기를 바라는 마음은 누구나 마찬가지 아닌가. 그런데도 여러 사람들의 입방아에 혹하여 사리판단을 이처럼 거꾸로 하다니!

저자거리에 "거북이를 자라라고 증명해냈다네." 그런 속된 말도 있지만, 그 정도는 별로 괴이한 일도 아니니, 이런 경우는 마땅히 "거북이가 뱀인 것을 증명해냈다"고 말해야 할 것이다. 소인배들이 사람을 엉뚱하게 바꿔놓는 행위는 이렇게 거북이와 뱀의 뜻도 바꿔놓을 지경이니, 하물며 그 마음속에서의 올바름과 사악함에 대해서야 말해 무엇 하겠는가! 무엇이 진정한 이익과 손해인지, 그저 세월이 지나간 다음에 다시 생각해보자는 것이로구나!

원문과 주석

賈氏五不可

晉武帝欲為太子娶婦, 衛瓘曰:「賈氏有五不可: 青、黑、短、妬而無子。」❶ 竟為羣臣所譽, 娶之, 竟以亡晉。❷ 婦人黑白美惡, 人人知之, 而愛其子, 欲為娶婦, 且使多子者, 人人同也。然至其惑於衆口, 則顛倒錯繆如此。 俚語曰:「證龜成鼈」, 此未足怪也。❸ 以此觀之, 當云「證龜成蛇」。小人之移人也, 使龜蛇易位, 而況邪正之在其心, 利害之在歲月後者耶!❹

❶ ▪ 晉武帝: 司馬炎.
- 太子: 司馬衷. 즉위 후의 惠帝.
- 衛瓘: 字는 伯玉. 河東 安邑 사람. 西晉의 台輔大臣. 晉나라 武帝 때 汝南王 司馬亮과 함께 정사를 보필하였음. 성품이 嚴整하고 청렴한 정치를 베풀어 朝野의 칭송을 받았으나 후에 賈皇后에게 죽임을 당하였음. 『晉書』 36권에 그의 전기가 전해짐.
- 賈氏: 晉나라 惠帝의 황후인 賈南風을 지칭함. 賈充의 딸로 15세

에 입궁하여 太子妃에 봉해짐. 질투가 많고 권모술수에 능했으며 잔인한 성품으로 전해짐. 혜제가 즉위한 후 황후가 된 후, 행패가 더욱 심해지고 荒淫을 일삼았다고 함. 후에 趙王 司馬倫에 의해 폐위된 후 賜死되었음.

- 賈氏有五不可: 『晉書 · 后妃上 · 惠賈皇后傳』에 나오는 일화. '賈氏를 태자비로 간택하면 안 되는 이유 다섯 가지'라는 뜻. 『晉書』의 기록에 의하면 이 주장을 펼친 사람은 衛瓘이 아니라 晉 武帝임. 태자비 후보로는 衛瓘의 딸과 가충의 딸이 있었는데, 무제는 위관의 딸은 다섯 가지 장점이 있고 가충의 딸에게는 그와 상반되는 다섯 가지 단점이 있다면서 위관의 딸을 태자비로 간택하려 하였음. 다섯 가지 단점은 賈氏 가문은 자손이 적고, 질투가 많으며, 얼굴이 추하고, 키가 작으며, 피부가 검다는 것이었음. 한편 동파는 이 글에서 '얼굴이 추하다'는 이유 대신 '(얼굴이) 푸르다(靑)'고 기록하였는데 이는 동파의 착각으로 판단됨.

❷ ▪ 爲羣臣所譽: 무제의 주장에도 불구하고 賈氏는 여러 신하들에게 칭송을 받았다는 뜻. 『晉書 · 后妃 上 · 惠賈皇后傳』을 보면 무제가 賈氏의 다섯 가지 단점을 거론하며 衛氏를 간택하려 하였으나, 武帝의 황후인 元皇后와 荀顗, 荀勖 등이 賈氏가 실은 매우 현명하다고 강력 주장하여 결국 賈氏를 간택하였다고 함.

❸ ▪ 證龜成鼈: 거북이를 자라로 만들다. 사람들을 홀려 함축된 의미를 왜곡하고 黑白을 顚倒시키다.

❹ ▪ 移人: 사람을 엉뚱한 다른 사람으로 만들어놓다. 移: 바꾸어놓다.

- 利害之在歲月後者: 무엇이 이익과 손해인지 지금 당장 깊이 헤아려보려 하지 않고, 일단 저질러 놓은 다음에, 세월이 지나간 후 생각해보려고 한다는 뜻.

해설

진무제晉武帝 사마염司馬炎이 세운 진晉나라가 신속하게 멸망한 결정적 이유는 백치 아들인 사마충司馬衷을 보위 계승자인 태자로 세웠기 때문이다. 그리고 멸망의 두 번째 원인은 아마도 훗날 황후가 될 태자비를 잘못 간택하였던 일쯤 될 것이다.

당시 태자비 후보로 물망에 오른 여인은 대신 위관衛瓘과 가충賈充의 딸들이었다. 사마염은 그 중 가충의 딸인 가남풍賈男風은 전혀 마음에 들지 않았기에 위관의 딸을 간택하려 하였다. 가씨賈氏 가문은 자손이 귀했고, 질투가 많으며, 얼굴이 추하고, 키가 작으며, 피부가 검다는 이유였다. 그러나 무제武帝의 황후인 원황후元皇后와 대신 순의荀顗, 순욱荀勖 등은 가남풍이 매우 현명한 여인이라고 강력 주장하여 결국 가씨賈氏를 간택하였던 것이다.

훗날 바보 사마충이 혜제로 옹립되어 황후의 자리에 오른 가남풍은 과연 시아버지의 우려대로 바보 남편을 허수아비로 세우고 권모술수로 조정을 마음대로 농단하며 반대세력을 잔인하게 제거하였다. 또한 자신은 외간남자를 불러들여 황음을 일삼았으니, 그녀가 그때 태자비로 간택된 것은 진나라가 신속하게 멸망한 또 하나의 계기가 되었던 것이다.

이 글은 그 당시 끝까지 자신의 생각을 밀어붙이지 못하고 여러 사람의 입방아에 혹하여 사리판단을 거꾸로 했던 진무제의 어리석음을 비판한 역사평론이다. 아울러 무엇이 진정한 이익과 손해인지 정확한 판단을 미룬 채, 그저 자신의 정략적 이익에만 매달려 무작정 일을 저질러놓는 동파의 정적政敵들을 에둘러 비판한 것이라 하겠다.

가씨賈氏 할멈이 창조昌朝를 추천한 일

해제

이 글의 제목에서 말하는 '가씨賈氏 할멈'은 북송北宋 인종仁宗의 후궁이었던 장귀비張貴妃; 死後에 溫成皇后로 추존됨의 유모를 말한다. 그녀는 한갓 후궁의 유모 신분이었지만 황제와 상당한 친분이 있었던지라, 조정의 대신들도 그녀에게 연줄을 대기 바빴던 모양이었다. 동파는 이 글을 통해 인종이 가씨 할멈에게서 가창조賈昌朝를 사사롭게 추천받아 중용했던 사건을 폭로하고 있다.

번역

온성황후溫成皇后의 유모였던 가씨賈氏는 궁중에서 가씨 할멈으로 불렸다. 가창조賈昌朝가 연줄을 대어 그녀를 고모姑母라고 불렀다. 대간臺諫에서 그 일의 옳지 못함을 논하게 되니, 오춘경吳春卿이 그 실상을 알아내고자 했으나 불가능하였다. 황제폐하의 한 시종이 상소문에 대해 말했다.

"근자에 대간에서 언급하고 있는 일은 허虛와 실實이 섞여 있는 듯합니다. 가씨 할멈을 고모라고 하다니요! 어찌 그런 일이 있을 수 있겠습니까?"

주상께서 한동안 침묵을 지키시다가 말씀하셨다. "실제로 가씨가 가창조를 추천했던 것일세." 우리 인종황제께서 덕망이 넘치지 않으셨다면, 어찌 그와 같은 일을 신하에게 사실대로 말씀하셨겠는가!

원문과 주석

賈婆婆薦昌朝

溫成皇后乳母賈氏, 宮中謂之賈婆婆。❶ 賈昌朝連結之, 謂之姑姑。❷ 臺諫論其姦, 吳春卿欲得其實而不可。❸ 近侍有進對者曰: 「近日臺諫言事, 虛實相半, 如賈姑姑事, 豈有是哉!」❹ 上默然久之, 曰: 「賈氏實曾薦昌朝。」 非吾仁宗盛德, 豈肯以實語臣下耶!

❶ ▪ 溫成皇后: 北宋 仁宗의 張貴妃를 지칭한다. 장귀비는 河南 永安 사람으로 慶曆 원년에 淸河郡君으로 봉해졌으며 같은 해 才人(正5品)이 되었다가 이어서 修媛(正2品)으로 승격되었다. 그러나 갑자기 怪疾을 앓게 되자 스스로 美人(正4品)으로 강등을 청하였다. 皇祐 초에 貴妃(正1品)로 승격된 후 5년 만에 31세의 나이로 병사하였다. 仁宗은 그녀를 애도하여 皇后로 추증하고 溫成이라는 시호를 내려주었다.

❷ ▪ 賈昌朝(998~1065): 字는 子明. 眞定 獲鹿 사람. 북송 인종 연간의 재상, 문학가. 『宋史』 285권에 그의 전기가 전해진다.

❸ ▪ 臺諫: 당송 시대에 비리를 규탄하는 어사인 臺官과 황제에게 충고하는 직책인 諫官을 통칭하는 말.

▪ 吳春卿: 본명은 吳育(1004~1058). 春卿은 그의 字이다. 어려서부터 박학다식하여 禮部 과거시험에 장원으로 급제하였다. 臨安 및 襄城太守 등의 지방관과 大理寺丞著作郞, 擧賢良方正 등을 역임했다. 智謀가 뛰어났고 直言을 잘하여 政局과 邊防의 안정에 큰 공을 세웠다. 그 과정에서 재상이던 가창조와 누차 쟁의를 일으키며 충돌하여, 둘 사이에 깊은 원한을 지니고 있었다. 『宋史』 291권

에 그의 전기가 있다.

❹ ▪ 近侍: 황제를 지근거리에서 모시는 시종.

▪ 進: 임금에게 바쳐진 諫言.

해설

황제가 사사롭게 후궁의 유모의 추천을 받아 대신을 중용했다는 것은 있을 수 없는 일이다. 동파는 그 사실을 측근에게 털어놓은 인종을 "덕망이 넘쳤기 때문에 그와 같은 일을 사실대로 신하에게 고백했다"고 칭송했지만, 어찌 그 말이 동파의 속마음 그대로이겠는가? 이 글은 동파가 그처럼 어리석은 일을 저지른 인종을 비판하기 위해 쓴 것일 터이다. 만일 동파가 진정 인종을 두둔해 줄 마음이었다면 이런 폭로의 글을 아예 쓰지도 않았을 터이므로.

《宋仁宗皇后像》 宋, 작가 미상

석숭石崇의 비녀

해제

위진시대 진晋나라의 권신權臣인 석숭石崇은 중국 오천 년 역사 속에서 '돈 많은 부자'의 대명사로 꼽힐 만큼 유명한 대부호大富豪였다. 그는 온갖 기행을 일삼으며 무수한 일화를 남긴 매우 특이한 괴짜였다. 이 글은 그와 관련된 에피소드를 소개하며, 그의 능력에 대해 짧게 촌평한 역사인물비평이다.

번역

왕돈王敦은 석숭石崇의 집에 방문했을 때 변소에 가서 새 옷으로 갈아입으면서도 창피해하지 않았다. 이에 변소에서 일하던 비녀가 말했다. "이 양반은 필히 반란을 일으킬 사람 같아." 이 비녀는 참으로 사람을 알아보는 재주를 지녔구나. 그러나 석숭은 그런 사람을 변소에서 일하게 하다니, 아마도 사람을 제대로 알아보지 못했던 것 같구나.

원문과 주석

石崇家婢

元王敦至石崇家如廁, 脫故著新, 意色不怍。❶ 廁中婢曰:「此客必能作賊也。」❷ 此婢能知人, 而崇乃令執事廁中, 殆是無

所知也。❸

❶ ▪ 石崇(246~300): 西晉 시대의 정치가이자 문학가. 중국 역사상 富豪의 상징적 인물. 字는 季倫, 兒名은 齊奴. 渤海 南皮 사람. 어렸을 때부터 지혜롭고 용기가 있었음. 元康 초에 荊州刺史로 부임했을 때 貿易商들을 갈취하여 많은 재산을 축적하였음. 河陽에 초호화판 별장 金谷園을 지어놓고 온갖 사치를 다 누렸음. 훗날 吳나라 토벌에 공을 세워 安陽鄉侯로 봉해졌고, 벼슬이 散騎常侍와 侍中에 이르렀음. 황제의 인척 賈謐에게 붙어 권세를 누리다가 그가 파직되자, 결국 정적 孫秀에게 죽음을 당하였음.

▪ 王敦(266~324): 東晋 시대 초기의 權臣. 西晉 武帝 司馬炎의 딸인 襄城公主의 남편이자, 東晋의 건국 공신인 王導의 從兄. 字는 處仲. 琅邪 臨沂 사람. 西晉 멸망 이후 왕도와 함께 司馬睿를 도와 東晋 정권의 수립에 큰 공을 세워 대장군 및 荊州太守로 임명됨. 훗날 사마예가 元帝가 되자 황제의 자리에 야심을 가지기 시작함. 이에 원제는 劉隗, 戴淵 등에게 각기 만 명의 군사를 주고 合肥, 泗口에서 진을 치고 왕돈을 감시하게 함. 그러자 왕돈은 군사를 일으켜 戴淵을 죽이고 劉隗를 공격함(322). 이때 元帝가 죽고 태자 司馬紹가 즉위하여(晉明帝) 王導로 하여금 왕돈을 토벌하게 함. 얼마 후 왕돈이 病死하여 왕돈의 난이 평정되었음.

▪ 如: 가다.

▪ 脫故著新: 옛 것을 벗고 새 것을 입다. 전에 입던 옷을 새 옷으로 갈아입다.

▪ 怍: 창피해하다.

❷ ▪ 廁中婢: 변소에서 일하던 비녀. 石崇은 자신의 財力을 과시하기 위해 여러 가지 奇行을 저질렀는데, 그 중 제일 흥미로운 것이 변소에 관한 일화다. 『世說新語』 등의 기록에 의하면 석숭은 화려하기 이를 데 없는 변소를 지어놓고, 내부에 모기장, 방석 및 최고급 향수 등을 비치하였다고 한다. 특히 비단옷을 입은 십여 명의 미녀들로 하여금 찾아오는 손님에게 온갖 서비스를 시켰으며, 볼일을 다 본 손님은 반드시 온 몸에 걸친 옷을 다 벗고 새 옷으로 갈아입게

하였다. 이에 그녀들 앞에서 옷을 갈아입는 것이 창피했던 손님들은 아무도 변소를 가려하지 않았으나 왕돈만이 태연자약하게 볼일을 보고 옷을 갈아입었다고 한다.

- 作賊: 반역을 저지르다.

❸ ▪ 殆: 아마도

- 無所知: 사람을 적재적소에 쓸 줄을 몰랐다는 뜻.

해설

이 글의 초점은 석숭石崇과 왕돈王敦이라는 두 괴짜의 위인 됨과 관련된 에피소드를 소개함으로써, 진晉나라 귀족들의 사치와 황음무도한 생활상을 폭로 비판하는 데 있다. 엄청난 부호였던 석숭은 거대한 인공 산을 만들어놓고 그곳에 금곡원金谷圓이라는 초호화판 별장을 지었다. 그리고 늘 손님을 초대하여 연회를 베풀었는데 그때마다 손님 옆에 미녀를 앉힌 것은 물론이었다. 문제는 그 미녀들을 시켜 손님에게 술을 권하게 하여, 만약 손님이 마시지 않으면 그 자리에서 여인을 죽여 버렸다는 사실이다. 세상에 이런 만행이 어디 있겠는가! 손님들은 어쩔 수 없이 억지로 주는 대로 술을 받아먹을 수밖에 없었을 것이다.

《杏園宴集圖》(부분) 明, 崔子忠
부호들의 사치스러운 연회 모습을 엿볼 수 있다.

그러나 대장군 왕돈王敦만큼은 달랐다. 그와 함께 금곡원의 연회에 참여한 종형從兄인 승상 왕도王導는 원래 술을 입에도 대지 못하던 사람이었으나 할 수 없이 술을 마시고 있었지만, 두주불사斗酒不辭이던 왕돈은 일부러 한 잔도 술을 마시지 않았다. 결국 석숭은 미녀를 세 명이나 죽였지만 왕돈은 그래도 술을 마시지 않았다. 참다못한 왕도가 왕돈을 나무라자 왕돈은 이렇게 말했다. “자기네 집 사람들을 죽이는 건데, 나하고 무슨 상관이 있단 말이오!” 왕돈은 이처럼 무서운 인간이었다. 훗날 왕돈은 반란을 일으켜 조정의 정권을 완전히 장악하였다가 병으로 죽었다.

이 글에 등장하는 비녀는 그의 인간성을 보고 훗날 역모를 저지를 사람이라는 것을 대번에 예견하였으니, 동파는 그처럼 총명한 여인을 변소에서 일하는 비녀로 부린 석숭의 어리석음을 비웃은 것이다. 동파는 『동파지림』 속에서 이 글 외에도 진晉나라 왕실과 귀족들의 황음무도한 생활과 어리석음에 대해 여러 편의 글을 남기고 있다.

제5부

도적 盜賊

東坡志林

도적이 행수재幸秀才의 술을 빼앗지 아니하다

해제 도적들마저도 존경했던 행사순幸思順 수재秀才의 덕망을 칭송하며 소개한 글이다.

번역 행사순幸思順은 금릉金陵 땅의 늙은 선비였다. 그는 황우皇祐 연간에 강주江州에서 술을 팔았는데 현자賢者나 어리석은 자를 막론하고 모두 그를 좋아하였다. 그 당시는 강주에 도적들이 들끓고 있을 무렵이었다. 한 관리가 주막 아래 배를 정박하고 우연히 행사순과 재미있게 이야기를 주고받게 되니, 행사순이 그에게 술 10병을 선물로 주었다.

얼마 후 그 관리는 기주蘄州와 황주黃州 사이에서 도적을 만나 물건을 빼앗기게 되었다. 그런데 여러 도적들이 그 술을 마셔보더니만 놀라며 말하는 것이었다. "이게 혹시 행수재幸秀才의 술 아니오?" 관리가 얼른 눈치를 채고 사기를 쳤다. "나와 행수재는 친구라오." 도적들이 서로 얼굴을 쳐다보더니 탄식하며 말했다. "우리들이 어찌 행 어르신 친구 물건을 빼앗을 수 있겠소!" 빼앗었던 물건을 모아 돌려주며 당부를 하는 것이었다. "어르신을 만나면 절대 우리 얘기일랑은 하지 말아주시오.”

행사순은 일흔두 살의 나이에도 하루에 이백 리 길을 걸었으며, 삼복더위 폭염 속에서도 목마른 줄을 몰랐으니, 아마도 평소 음식을 먹어도 물을 마시지 않는 습관 때문일 것이라고 한다.

원문과 주석

盜不劫幸秀才酒

幸思順, 金陵老儒也。❶ 皇祐中, 沽酒江州, 人無賢愚, 皆喜之。❷ 時劫江賊方熾, 有一官人艤舟酒壚下, 偶與思順往來相善, 思順以酒十壺餉之。❸ 已而被劫於蘄、黃間, 羣盜飮此酒, 驚曰: 「此幸秀才酒邪?」❹ 官人識其意, 即紿曰: 「僕與幸秀才親舊。」❺ 賊相顧歎曰: 「吾儕何為劫幸老所親哉!」❻ 斂所劫還之, 且戒曰: 「見幸愼勿言。」 思順年七十二, 日行二百里, 盛夏曝日中不渴, 蓋嘗啖物而不飮水云。❼

❶ ▪ 金陵: 오늘날의 南京.
❷ ▪ 皇祐: 북송 仁宗의 연호. 1049~1054년.
▪ 沽[고; gū]: 술을 팔다.
▪ 江州: 오늘날의 江西 九江.
▪ 無: 막론하고. 無論, 莫論.
❸ ▪ 熾: 불이 활활 타오르다. 세력이 왕성하다.
▪ 艤[의; yǐ]舟: 배를 정박하다.
▪ 餉[향; xiǎng]: 군량, 군자금, 세금으로 주다.
❹ ▪ 蘄[기; qí]、黃: 蘄州(오늘날의 湖北省 蘄春)와 黃州(湖北省 黃岡)
❺ ▪ 紿[태; dài]: 속이다.
❻ ▪ 儕[주; chóu]: 同伴, 同輩.
▪ 吾儕: 我們. 우리들.
❼ ▪ 啖[담; dàn]: 먹다.

《捧花老人圖》 清, 黃愼

해설

남북조시대의 지인소설志人小說을 연상케 하는 글이다. 만약 이 작품의 맨 뒤에 "태사공은 말하노라太史公曰" 하고, 서술한 인물의 행적에 대해 주관적 평가를 내리는 '찬贊' 부분이 있었다면, 그리고 제목을 「행수재전幸秀才傳」이라고 하였더라면 정식 역사책의 전기문傳記文이라고도 할 수 있다. 동파가 그런 형식을 취하지 않은 것은 사관史官의 직책을 부여받지 않았기 때문일 것이다.

양상군자梁上君子

해제

도둑맞은 이야기를 간단하게 기록한 글이다.

번역

근자에 도둑이 아주 많아졌다. 이틀 밤 연속 우리 집에 들어왔다. 내가 근자에 위씨魏氏와 왕씨王氏의 장례를 치러주면서 수천 민緡을 받아서 대충 다 써버렸는데, 양상군자梁上君子는 보나마나 그 사실을 몰랐나보다.

원문과 주석

梁上君子❶

近日頗多賊, 兩夜皆來入吾室。吾近護魏王葬, 得數千緡, 略已散去, 此梁上君子當是不知耳。❷

❶ ▪ 梁上君子: 대들보 위의 君子. 도둑을 점잖게 일컫는 말. 『後漢書 · 陳寔傳』에서 출전되었다. 陳寔이 太丘縣 縣令으로 있던 때의 일이었다. 흉년이 들었던 어느 해의 어느 날 밤, 진식이 대청에서 책을 읽고 있는데 도적이 몰래 들어와 대들보 위에 숨었다. 진식은

모르는 척하고 아들과 손자들을 불러 모아 훈계를 했다. "사람은 스스로 노력하지 않으면 안 되느니라. 선하지 않은 사람이라 할지라도 본래부터 성품이 나빴다고 할 수는 없느니. 습관이 되다보면 어느덧 성품으로 바뀌게 되어 악행을 하게 되는 법이니, 예컨대 지금 대들보 위에 있는 군자도 그러하리라." 그 말에 도적이 깜짝 놀라 땅에 내려와 백배 사죄하였고, 진식은 그에게 비단 두 필을 주어 돌려보냈다는 이야기다.

❷ ▪ 魏王: 누구를 지칭하는지 정확하지 않다. 劉文忠은 魏王을 宋 太祖 趙匡胤의 동생인 魏悼王 趙廷美로 추측하였으나, 동파와는 시대가 맞지 않다. 東坡集에도 魏王의 장례를 치러주었다는 기록은 없다. 아마도 魏氏와 王氏의 장례를 치러주었다는 이야기가 아닐까 싶다.

▪ 護魏王葬: 魏氏, 王氏의 장례를 집전해주다.

▪ 緡[민; mín]: 돈 꾸러미.

▪ 略: 대략

해설

이틀이나 연속으로 집에 도둑이 들어왔는데도 개인적인 걱정이나 분노는 전혀 보이지 않는다. 그저 근자에 도둑이 많아진 것을 우려하고 있다. 도둑을 양상군자梁上君子라고 점잖게 호칭한 것을 보니 혹시 오십대 초반 지방관으로 나가있을 때가 아닌가 싶다. 그에게 일시나마 수천 민緡이나 되는 돈이 있었던 시기가 또 언제 있었으랴.

제6부

오랑캐 夷狄

東坡志林

조위曹瑋가 중국의 우환을 예언하다

해제

원제목은 「원호元昊가 중국의 우환임을 조위曹瑋가 왕종王鬷에게 예언하다」임. 원호元昊는 유목민족인 척발씨拓跋氏의 후예로, 동파가 두 살이던 1038년에 오늘날의 영하寧夏 은천銀川 지역에 서하西夏를 건국한 인물이다. 그는 송나라와의 교전에서 연전연승하여 중국 대륙에서 송나라, 요遼나라와 함께 삼국이 정립鼎立하는 정세를 형성한 인물로 송나라의 입장에서 보면 나라의 큰 우환이었다.

인종仁宗 때 국경을 수비하였던 정주定州 절도사 조위曹瑋는 이 같은 상황을 미리 예측하고서 때마침 삼사부사三司副使 왕종王鬷이 업무차 찾아왔을 때, 원호가 비범한 인물이니 나라의 우환이 될 것이라고 예언하며 이를 대비할 필요가 있다고 충고해주었다. 이 글은 그 상황을 소개한 것이다.

번역

천성天聖 연간에 조위曹瑋가 정주定州 절도사였을 때의 일이다. 왕종王鬷이 삼사三司 부사副使가 되어 하북河北의 죄수들을 판결 처리하기 위해 정주에 도착하였다. 조위가 왕종에게 말했다.

"그대는 귀인貴人이 될 관상이니 틀림없이 장차 추밀사樞密

使가 될 것이오. 내가 예전에 진주秦州태수로 나갔을 때 들은 이야기를 해드리다. 그 당시 하夏 땅의 덕명德明이란 자가 우리와의 변경 지역에 사람을 보내 양羊, 말馬 따위와 우리 물건을 교환하게 했지요. 그 성과를 심사하여 상벌賞罰을 준다 하였는데, 성과가 안 좋아서 사람을 죽이려고 했다는군요. 헌데 열세 살 먹은 그 아들 원호元昊라는 자가 이렇게 간언諫言을 했다지 뭡니까.

'우리는 원래 양이나 말을 키워서 지내는 나라올시다. 그런데 이제 도리어 이를 중원中原 사람들에게 제공하게 하고, 찻잎이나 비단 따위의 경박한 물건을 얻어오게 하시다니요! 이는 우리 백성들을 족히 경시한 것인데 게다가 이제 그 일로 사람까지 죽이려 하신다니요! 찻잎이나 비단이 날로 많아질수록 양이나 말은 점점 더 없어질 테니, 그러면 우리나라는 망하고 맙니다!'

원호의 말에 덕명이 살육을 멈추었답디다. 그 이야기를 듣고 기이하게 여겨 원호의 초상을 그려보게 하였는데 참으로 비범하게 생겼더이다. 만약 덕명이 죽으면 그 아들은 필히 중국의 우환이 될 것이오. 그 때쯤 그대는 필경 추밀사가 되어 있을 터! 어찌 지금부터 병법을 익히고 변방의 정세를 공부해 두시지 않는 게요?"

왕종은 비록 가르침을 받았지만 그 말을 사실로 믿지는 않았던 모양이었다. 훗날 왕종이 장관張觀, 진집중陳執中과 함께 추밀사로 재직할 때였다. 원호가 반란을 일으키고, 양의楊義가 상소를 올려 토번土蕃과의 전세戰勢를 논하게 되자, 주상께서 그들 세 사람에게 하문下問하셨는데 아무도 그에 대해 제대로 알지 못했다. 이에 세 사람은 모두 파직되었다. 나는 왕종의 손자가 자유子由의 사위이기 때문에 그 사실을 알게 된 것이다.

원문과 주석

曹瑋語王鬷元昊為中國患❶

天聖中, 曹瑋以節鎮定州。❷ 王鬷為三司副使, 疏決河北囚徒, 至定州。❸ 瑋謂鬷曰: 「君相甚貴, 當為樞密使。❹ 然吾昔為秦州, 聞德明歲使人以羊馬貨易於邊, 課所獲多少為賞罰, 時將以此殺人。❺ 其子元昊年十三, 諫曰: 『吾本以羊馬為國, 今反以資中原, 所得皆茶綵輕浮之物, 適足以驕惰吾民, 今又欲以此戮人。❻ 茶綵日增, 羊馬日減, 吾國其削乎!』 乃止不戮。吾聞而異之, 使人圖其形, 信奇偉。❼ 若德明死, 此子必為中國患, 其當君之為樞密時乎? 盍自今學兵講邊事?❽」 鬷雖受教, 蓋亦未必信也。其後鬷與張觀、陳執中在樞府, 元昊反, 楊義上書論土兵事, 上問三人, 皆不知, 遂皆罷之。❾ 鬷之孫為子由壻, 故知之。

❶ ▪ 曹瑋(973~1070): 字는 寶臣. 북송 초기 太宗, 眞宗 때의 名將. 관직이 御史大夫에 이르렀다. 명장 曹彬의 아들로, 소년 시절부터 부친을 따라다니며 전술을 익혔다. 군을 엄격하게 통솔하였으며 상벌이 분명하였다. 특히 지략이 뛰어나고 용맹하여 西夏 및 吐蕃과의 전투에서 큰 공을 세웠다. 사후에 侍中으로 追贈되었고, 諡號를 武穆이라 하였다. 『宋史』 258권에 그의 傳記가 있다.

▪ 王鬷(종; zōng): 字는 總之. 越州 臨城(오늘날의 河北 邢台) 사람이다. 科擧에 급제한 후 출중한 외모가 眞宗의 주목을 받아 요직을 많이 담당하였다. 말년에 樞密院의 장관에 올랐으나, 邊防의 일을 묻는 仁宗에게 제대로 답변하지 못해 파직되었다. 파직 후 河南太守로 폄적되었으나 부임지에 도착하기 전에 病死하였다. 『宋

史』 291권에 그의 傳記가 있다.

- 元昊(1003~1048): 西夏의 開國 君主. 曩霄라는 이름도 있다. 拓跋氏의 후예. 唐나라 때는 그 조상에게 李氏 姓을 하사하여 李元昊라고도 하고, 宋나라 때는 趙氏 姓을 하사하였기 때문에 趙元昊라고도 한다. 佛教를 숭상하였고 토번문자와 漢字에 모두 능했다. 특히 兵法에 뛰어나서 포부가 컸다. 1032년 부친 德明이 사망하고 왕위를 계승하자, 1038년 國號를 大夏라 하고 스스로 황제의 자리에 올랐다. 도읍지는 興慶府(오늘날의 寧夏 銀川). 그는 西夏 문자를 만들고 각종 문물제도를 수립하는 동시에 티베트문화를 적극 수용하였다. 宋나라와의 교전에서 연전연승하여 宋나라, 遼나라와 함께 三國이 鼎立하는 정세를 형성하게 하였다. 死後에 시호를 武烈皇帝라 하였으며 廟號를 景宗이라 하였다.

❷ ▪ 天聖: 북송 仁宗의 연호. 1023~1032년.
- 節鎭: 절도사.
- 定州: 地名. 오늘날의 河北省 定州市.

❸ ▪ 三司: 唐宋 시대에 설치된 관직. 당나라 때는 鹽鐵, 度支(탁지: 국가의 재정을 담당하는 부서), 戶部를 統管하였으나, 송나라 때는 재정만을 담당하였다.
- 疏決: 판결 처리하다.

❹ ▪ 樞密使: 관직 명. 樞密院의 장관. 同平章事와 함께 국가의 군사와 정치를 책임지는 핵심 요직임.

❺ ▪ 爲秦州: 秦州 태수가 되다. 秦州는 오늘날의 감숙성 天水.
- 德明: 西夏의 군왕. 李繼遷의 아들이자 元昊의 부친. 시호는 光聖皇帝이며 廟號는 太宗이다.
- 歲: 時節, 年間, 歲月.
- 課: 심사하다, 조사하다.

❻ ▪ 資: 재물로 돕다, 제공하다.
- 茶綵: 茶와 비단.
- 戮: 죽이다.

❼ ▪ 信: 정말로, 참으로.

❽ ▪ 盍: 何不. 어찌 ~하지 않는가.

❾ ▪ 張觀: 字는 思正. 북송 시대의 大臣. 仁宗 연간에 審官員으로 同知

樞密院 일을 맡았다. 康定 연간에 西域의 정세가 불리해졌는데도 오랫동안 아무 대책을 내놓지 못해 파직되었다. 『宋史』 292권에 그의 傳記가 있다.

- 陳執中: 字는 昭譽. 북송 시대의 大臣. 仁宗 연간에 同知樞密院 일을 맡았다. 康定 연간에 西域의 정세가 불리해졌는데도 아무 대책을 내놓지 못해 파직되었다. 『宋史』 285권에 그의 傳記가 있다.
- 樞府: 樞密院.
- 楊義: 본명은 楊信. 楊義는 첫 번째 이름. 북송 초기의 대신. 瀛州 사람.
- 土兵事: 土蕃과의 군사적 다툼에 관한 일.

해설

동파가 살았던 북송北宋은 군사적으로 매우 나약한 국가였기 때문에 늘 북방의 유목민족들에게 시달림을 받았다. 동북부 지역에 자리잡은 요遼나라와 서북부 지역에 자리잡은 서하西夏가 그 대표적인 사례다. 그리고 북송 후기에는 요나라의 북쪽에서 일어난 금金나라의 침공으로 결국 멸망당하고, 도읍지를 남쪽 장강 유역으로 천도하여 남송南宋 시대를 맞이하게 된다.

북송 초기 태종太宗 진종眞宗 때의 명장名將이었던 조위曹瑋는 척발 씨의 원호元昊가 비범한 인물이어서 장차 송나라의 큰 우환이 될 것임을 정확하게 예측한다. 그리고 때마침 찾아온 삼사부사三司副使 왕종王鬷에게 이를 대비해야 한다고 신신당부를 한다. 그러나 조정의 대신들은 그의 충고를 한 귀로 듣고 흘려버린다. 마치 임진왜란이 일어나기 전에 율곡 이이李珥가 십만 양병설을 주장했으나 미친 사람 취급을 받았던 것처럼.

결국 원호가 1038년 서하제국을 건국하고 송나라의 국경을 침범하자 조정에서는 그때서야 허둥대지만 속수무책 연전연패를 당하고 만다. 1044년, 동파가 만 7세이던 해에 송나라는 간신히 서하와 평화조약을 맺고 그들에게서 송나라 황제를 '아버지 황제父大宋皇帝'로 부르겠다는 약조까지 받아냈지만, 그 대가는 치욕적이었다. 매년 25.5만 냥에 해당하는 은銀과 견직물, 그리고 차茶를 '하사下賜'하겠다고 서하에게 약속했기 때문에 얻어낸 평화였던 것이다. 조공을 바치면서도 끝내 '하사'라는 표현으로 알량한 자존심을 지킨 것이니, 이런 시대배경을 이해하면 훗날 동파가 이 글을 쓸 때 얼마나 치욕적으로 느꼈을지 충분히 짐작할 수 있을 것이다.

《胡人出獵圖》 明, 張龍章

고 려高麗

해제

북송 시기의 동북아시아 정세와 역학 관계를 짐작할 수 있는 귀중한 사료이다.

번역

어제 만난 사주부관泗州副官인 고도固道 진돈陳敦이 이런 말을 했다. "호손胡孫; 원숭이이 사람 흉내를 낼 때 뱅글뱅글 몸을 돌리고 아래위로 고갯짓을 하는 것도 다 법도가 있답니다. 자세히 보면 그놈이 우릴 아주 업신여기고 있는 거지요. 사람들은 '호손을 가지고 논다'고 하지만, 사실은 호손한테 조롱당하고 있는 줄 모르고 하는 소리지요." 그 말에 매우 일리가 있어 기록해 두었다.

또 회동제거淮東提擧 황실黃實을 만났는데, 이런저런 이야기를 해주었다. "고려국高麗國에 사신으로 나갔던 자한테 들은 말이라오. 우리가 금정金錠 은정銀錠을 하사품으로 주었더니, 고려인들이 가짜가 있을 수 있다며 상자를 모두 다 까보고 확인하는 바람에 무척이나 불쾌했다고 하더이다. 그들이 '북로北虜; 遼나라에서 온 첩자들은 이것을 모두 다 진짜로 여길 터이니, 소홀히 할 수가 없다'고 하더랍니다."

그 말로 미루어본즉, 고려는 우리들의 하사품을 북로와 나누어 가지고 있는 것이다. 그런데 어떤 이들은 그것도 모르고, 북로는 고려가 우리 편인 줄 모르므로 유사시에 고려로 하여금 북로를 견제할 수 있다고 여기고 있으니, 참으로 잘못된 일이로다!

오늘 삼불제三佛齊국에서 조공을 온 사절단이 사주泗州를 지나는 것을 보았다. 관리들이 교외郊外에서 기생들과 어지럽게 풍악을 즐기는데, 상투머리에 짐승 얼굴을 한 삼불제국의 사절단들이 그 모습을 배 안에서 지켜보며 즐거워하고 있었다. 이에 호손이 사람을 조롱한다는 말이 참으로 일리가 있다 싶어서, 함께 기록해 놓는 것이다.

원문과 주석

高麗

昨日見泗倅陳敦固道言:「胡孫作人狀, 折旋俯仰中度, 細觀之, 其相侮慢也甚矣。❶ 人言『弄胡孫』, 不知為胡孫所弄!」❷ 其言頗有理, 故為記之。又見淮東提舉黃實言:「見奉使高麗人言: 所致贈作有假金銀錠, 夷人皆坼壞, 使露胎素, 使者甚不樂。❸ 夷云: 非敢慢也, 恐北虜有覘者以為真爾。」❹

由此觀之, 高麗所得吾賜物, 北虜皆分之矣。❺ 而或者不察, 謂北虜不知高麗朝我, 或以為異時可使牽制北虜, 豈不誤哉!❻ 今日又見三佛齊朝貢者過泗州, 官吏妓樂, 紛然郊外, 而椎髻獸面, 睢盱船中。❼ 遂記胡孫弄人語良有理, 故并記之。❽

❶ • 泗: 泗州. 오늘날의 江蘇省 泗洪·泗陽·宿遷 일대.

▪ 倅[졸; cuì]: 옛날 지방 마을의 부관.
▪ 陳敦固道: 固道는 陳敦의 字임.
▪ 胡孫: 원숭이의 별칭. 猢猻.
▪ 折旋俯仰: 몸을 뱅뱅 돌고, 위아래로 고갯짓을 하다.
▪ 中度: 법도에 맞다.
▪ 侮慢: 상대방을 업신여기고 깔보다.

❷ ▪ 弄胡孫: 원숭이를 조롱하다.

❸ ▪ 提擧: 관직 명. 송나라 때 추밀원의 宰相이 겸직하여 집정하게 하였다. 提擧常平倉·提擧茶鹽·提擧水利 등의 직책이 있었다.
▪ 錠: 금화 및 은화.
▪ 胎素: 바탕이 되는 기본 성분.
▪ 使露胎素: 금화 은화의 바탕 성분을 드러나게 하다. 즉 위폐 여부를 면밀히 검사하다.

❹ ▪ 北虜: 遼나라를 경시하여 일컫는 말.
▪ 夷: 高麗를 지칭함.
▪ 覘[첨; hān]: 엿보다, 관측하다.
▪ 非敢慢也, 恐北虜有覘者以爲眞爾: (금화 은화의 眞僞 여부를 전수조사하며) 감히 태만할 수 없는 이유는 遼나라의 감시자들이 위폐를 진짜로 여길까 싶어서 그런다는 뜻.

❺ ▪ 北虜皆分之: 宋나라에서 준 돈과 물품을 北虜, 즉 遼나라와 함께 나누었다는 뜻.

❻ ▪ 不察: 알아채지 못하다.
▪ 朝: ~를 향하다. ~의 편에 서다.

❼ ▪ 三佛齊: 7세기 중엽부터 수마트라 섬에 위치했던 고대 國家의 이름. 아랍어로는 Zabadj, 자바어로는 Samboja라고 함. 중국 당나라 때는 室利佛逝(梵文 Sri Vijaya의 음역) 또는 佛逝, 舊港이라고 표기하다가, 904년부터 '三佛齊'로 표기하기 시작함. 宋代 趙汝適의 『諸蕃志』에 보면 남방의 眞臘國과 闍婆國 사이의 해상에 위치해 있었다고 함. 『宋史』 489권 「外國」 5에 그 전기가 있음.
▪ 紛然: 어지럽게 많은 모습.
▪ 椎髻: 상투머리.
▪ 椎髻獸面: 상투머리에 얼굴이 짐승처럼 생긴 三佛齊의 사절단을

지칭함.

- 睢盱[휴우; huīxū]: 기뻐하는 모양. 原本에는 '睢'가 '雎'로 되어 있으나, 王松齡이 趙本 및 商本을 근거로 교정하였음.

❽ ▪ 良: 정말로, 참으로.

해설

북송 당시의 동북아 지역은 송나라와 요나라, 그리고 고려의 삼국이 정립하고 있던 형세였다. 요나라는 993년 이후 1010년과 1019년에 세 번이나 고려를 침공하여 강감찬 장군에게 대패당하기도 하였으나, 고려 역시 큰 피해를 입었으므로 결국 그들의 요구조건대로 송나라와의 국교를 단절하지 않을 수 없었다.

한편 요나라의 성종聖宗은 1004년에 대군을 이끌고 송나라를 침공하니, 송나라 진종眞宗은 재상 구준寇準의 권유에 따라 친히 출정하여 그들과 대치하였다. 송나라의 강경한 태도에 요나라도 평화조약을 맺는 데 동의하여 양국은 이른바 전연澶淵의 맹약을 맺게 되었다. 그 핵심 내용은 송나라가 매년 은 10만 냥과 명주 20만 필을 '하사'한다는 것이었다. 이로써 송나라는 돈으로 평화를 얻었으나 요나라는 늘 송나라의 우환으로 남아 있었다.

요나라가 계속 송나라를 침공하지 못한 이유는 맹약 외에도 요나라의 뒤에 고려가 존재했기 때문이었다. 송나라 역시 고려의 존재 가치를 인식하고 있던 차에, 신종神宗이 등극하자 왕안석 일파의 외교정책을 적극 채택하여 1070년에 고려의 문종文宗과 40년 동안 중단된 고려와의 국교를 다시 재개하였다. 그러나 동파는 이 외교정책에 대해 완강하게 반대하였다. 그는 일곱 편이나 되는 주의문奏議文을 써서 고려와의 국교 수립을 반대하는 것은 물론 심지어 서적을 수출하는 것조차 금지해야 한다고 계속 상소를 올렸다.

이 글을 보면 당시 송나라는 고려와의 국교를 강화하여 요나라를 견제하기 위해 고려에게도 금정金錠과 은정銀錠을 '하사'하였던 사실이 있었음을 알 수 있다. 동파는 이 글에서 고려가 그 '하사품'을 받으면서 위조 여부를 확인한다는 것과, 다시 그 '하사품'을 요나라에게 공물로 바치고 있다는 점에 대해 크게 분노하고 있다.

"그런데도 혹자들은 일단 유사시에 고려로 하여금 요나라를 견제할 수 있다고 믿다니, 말도 안 되는 헛소리"라고 주장하는 동파의 견해는 상당히 잘못된 인식이지만, 이는 그가 원래부터 특별히 고려를 싫어해서가 아니라 송나라의 나약한 외교정책에 대해 분개했기 때문으로 보는 것이 타당하겠다.

고려공안高麗公案

해제

동파가 만 54세이던 1090년, 항주태수로 있을 때 쓴 글이다. 1070년에 송나라와 고려가 다시 국교를 재개하게 된 과정에 얽힌 에피소드를 소개하고 있다.

번역

원우元祐 5년 2월 17일의 일이었다. 왕백호王伯虎 병지炳之를 만나니 그가 이런 이야기를 해주었다.

"예전에 추밀원 예방禮房에서 문서를 상세히 점검하다가 '고려공안高麗公案'을 발견했다오. 사건은 처음에 장성일張誠一이 거란에 사신으로 나갔을 때부터 비롯되었지요. 오랑캐 장막에서 어느 고려 사람을 만났는데, 그 자가 귓속말로 자기 나라 군주가 중국을 흠모한다고 했답니다. 장성일이 귀국한 후 그 일을 주상께 아뢰니, 선제께서 고려의 임금을 불러서 만나보고 싶은 마음이 생기셨지요. 추밀사樞密使 여공필呂公弼이 주상에게 영합하려고 친필로 서찰을 써서 초청을 하려 했는데, 발운사發運使 최극崔極더러 장사치를 시켜서 불러오라고 명했다더군요."

온 천하 사람들은 최극을 비난할 줄만 알고 여공필의 죄는 모르고 있구나. 장성일과 같은 자는 언급할 필요도 없을 것이다.

원문과 주석

高麗公案

元祐五年二月十七日, 見王伯虎炳之言: 「昔為樞密院禮房檢詳文字, 見高麗公案。❶ 始因張誠一使契丹, 於虜帳中見高麗人, 私語本國主向慕中國之意, 歸而奏之, 先帝始有招徠之意。❷ 樞密使呂公弼因而迎合, 親書劄子乞招致, 遂命發運使崔極遣商人招之。」❸ 天下知非極, 而不知罪公弼。如誠一, 蓋不足道也。❹

❶ • 元祐五年: 北宋 哲宗의 연호. 元祐 5年이면 1090년으로 동파 나이만 54세. 항주태수로 근무하던 때다. 商本 및 蘇東坡集에는 元祐二年으로 되어 있는 것을 王松齡이 校正하였다.

❷ • 向慕: 흠모하다.

• 先帝: 북송 神宗을 지칭함.

• 招徠: (손님 등을) 불러오다.

❸ • 呂公弼(1007~1073): 원래는 '李公弼'로 기록되어 있다. 그러나 추밀사까지 지낸 인물이라면 『宋史』에 반드시 전기가 있을 터인데도, 이공필이란 인물에 대해서는 아무 기록도 없다. 王松齡本은 蘇東坡集에 근거하여 '呂公弼'로 고쳤다. 呂公弼은 呂夷簡의 아들로 神宗 熙寧 元年(1068)부터 6년간 추밀사를 역임한 적이 있다. 한편 劉文忠은 '李公弼'이란 인물에 대해 의문을 표시하면서도 그대로 '李公弼'로 표기하였고, 趙學智도 '李公弼'로 표기하였다. 여기서는 王松齡의 견해를 따른다.

• 劄[차, zhá]子: 札子라고도 함. 古代에 공문으로 보낸 편지. 주로 아래 기관에 명령을 하달할 때 사용함. 송나라 때는 中書省 혹은 尙書省에서 정식으로 내려 보낸 공문 외의 모든 비공식 편지를 札子라고 하였음. 황제 또는 장관에게 진언할 때에도 사용되었음.

- 招致: 불러오다, 초청하다.
- 發運使: 관직 명. 江淮 6路의 漕運을 총괄하는 관리.

❹ - 非極: 崔極을 비난하다.

해설

고려와의 국교 재개를 주선한 장성일張誠一과 여공필呂公弼, 최극崔極 등을 비난한 글이다. 동시에 동파는 이 글에서 송나라와 고려가 다시 국교를 재개하게 된 에피소드를 소개하고 있다. 요나라에 사신으로 간 장성일이 현지에서 고려의 사자使者를 만났는데, 그가 고려의 군주(文宗임)가 중국을 흠모하니 국교를 재개하자고 제의하여, 그 사실을 당시 송나라의 황제인 신종神宗에게 알린 것이 발단이었다는 것이다.

이와 비슷한 이야기가 북송 말 남송 초기의 문인인 엽몽득葉夢得의 『석림시화石林詩話』에도 수록되어 있다. 그에 의하면 거란의 무리한 요구에 시달리던 고려의 문종은 늘 『화엄경』을 독송하며 중국 사람으로 환생하기를 기도했다고 한다. 그러던 문종이 어느 날 꿈에 경사京師: 開封에 가서 으리으리한 궁궐을 보고 흠모하는 마음이 더욱 극진해졌다는 이야기다.

송대의 시화詩話에 수록된 이야기들은 별로 신빙성이 없기로 학자들에게 이미 공인된 사실이다. 특히 엽몽득의 모친 조씨晁氏는 동파의 문하생들인 '소문사학사蘇門四學士' 중의 한 명인 조보지晁補之의 누이동생이므로, 이 일화도 동파의 고려에 대한 편견에 영향을 받아 탄생하였을 가능성이 있다.

참고삼아 말하자면, 우리는 흔히 금강산을 소개할 때 동파가 "고려국에 태어나서 금강산 한 번 구경했으면(願生高麗國, 一見金剛山)"이라는 시구詩句를 남겼다고 말하곤 한다. 그러나

《職工圖》 梁, 蕭繹(宋人摹本) 각국 사절단

동파문집이나 『전송시全宋詩』 등의 자료에는 이런 시구를 찾을 수 없다. 어디에서 출전한 말인지 중국인들도 궁금해 한다. 비록 나약한 송나라의 외교정책과 군사력에 실망한 탓이라지만, 동파의 고려에 대한 인식은 이토록 편견에 사로잡혀 있는데 우리만 동파를 짝사랑한 것은 아닌지 씁쓸한 느낌이 들기도 한다.

東坡志林

卷四

赤壁
金, 武元直의 《赤壁圖》(상)
明, 文嘉의 《前赤壁圖》(하)

제1부

옛 자취 古跡

東坡志林

철묘鐵墓와 액대厄臺

해제

동파가 옛날 진주陳州에서 두 달 가량 묵었을 때를 회상하며, 그 중 인상적이었던 철묘鐵墓라는 무덤 모양의 언덕과, 액대사厄臺寺라는 사찰의 기원起源에 대해 간단히 언급한 글이다.

번역

나는 예전에 진주陳州에서 70여 일을 묵으며 성 근처의 볼 만한 곳을 모두 가보았던 적이 있다. 그 중 유호柳湖 옆에 속칭 '철묘鐵墓'라고 하는 언덕이 있었는데, 사람들이 진호공陳胡公의 묘라고 했다. 성내城內의 도랑물이 몰려들어 그 자리를 깎아먹는지라, 철鐵로 가로막아 놓은 것이 보였다.

'액대사厄臺寺'라는 절도 있었다. 사람들이 하는 말로 공자가 진陳나라와 채蔡나라를 오가며 곤경에 처했을 때 거하던 곳이라고 하지만, 황당무계한 이야기라 믿을 만하지 못하다. 혹자는 동한東漢 시대의 진민왕陳愍王 유총劉寵이 황건적黃巾賊을 제압하던 '산노대散弩臺'라고 하는데, 그 말이 더 사실에 가까울 것이다.

원문과 주석

鐵墓厄臺

元余舊過陳州, 留七十餘日, 近城可游觀者無不至。❶ 柳湖旁有邱, 俗謂之「鐵墓」, 云陳胡公墓也, 城濠水注嚙其址, 見有鐵錮之。❷ 又有寺曰「厄臺」, 云孔子厄於陳、蔡所居者, 其說荒唐, 不可信。❸ 或曰東漢陳愍王寵「散弩臺」, 以控黃巾者, 此說為近之。❹

❶ ▪ 陳州: 지명. 오늘날의 河南省 淮陽. 周나라 초기에는 陳國이었으나 춘추시대에 楚나라에게 멸망되었다. 北周 때에 陳州로 설치되었으나 隋나라 때 淮陽郡으로 바뀐 후, 唐나라 때 다시 陳州로 바뀌었다.

❷ ▪ 陳胡公: 춘추시대 陳나라의 주군. 이름은 滿. 舜 임금의 후손이라는 전설이 있다.
▪ 濠水: 도랑물.
▪ 城濠水注嚙其址: 원본에는 '注'가 '往'으로 되어 있으나 王松齡이 蘇東坡集에 근거하여 '注'로 교정하였다. 왕송령의 설을 따른다.
▪ 嚙[설; niè]: 깨물다, 갉아먹다. 여기서는 침식하다의 뜻.
▪ 鐵錮: 철로 묘를 단단하게 에워싸다.

❸ ▪ 孔子厄於陳、蔡: 공자가 陳나라와 蔡나라에서 곤욕을 치렀다는 뜻. 공자는 천하를 주유할 때 陳나라에서 3년을 묵은 적이 있었다. 그때 楚나라 왕이 공자를 초빙하자, 陳과 蔡의 대부들이 공자가 초나라에 등용되는 것에 위협을 느끼고 들판에서 공자의 초나라행을 가로막았다. 포위된 공자 일행은 시간이 지나자 굶주리고 병이 나게 되었으나, 공자는 태연히 책을 낭송하거나 악기를 연주하면서 지냈다는 일화를 지칭한 것이다.
▪ 不可信: 원본과 王松齡本, 趙學智本에는 이 앞에 '在' 字가 있으나, 商本과 蘇東坡集, 劉文忠本에는 '在' 字가 없다. 後者를 따른다.

❹ ▪ 陳愍王: 後漢의 藩王. 이름은 劉寵(?~ 197) 漢明帝의 아들 陳敬王 劉羨의 第四世 玄孫이며, 陳孝王 劉承의 아들로 陳나라의 영주로

봉해졌다. 매우 용맹하고 궁술에 뛰어나 백발백중에 화살이 같은 곳에 명중했다고 한다. 黃巾賊의 난이 일어났을 때 다른 고을 사람들은 모두 도망갔으나 陳州 백성들은 그를 두려워하여 아무도 배신하지 못했다. 후에 원술이 보낸 자객에게 살해되었다(원본에는 '陳思王'으로 되어 있으나, 王松齡, 趙學智, 劉文忠本은 모두 '陳愍王'으로 교정하였다. 이를 따른다).

▪ 黃巾: 黃巾賊.

해설

동파가 언제 진주陳州에 갔던 것인지, 이 글은 그 뒤로 얼마나 오랜 시간이 지난 후에 쓴 것인지, 이 글만 가지고는 알 수 없다. 그러나 몇 가지 사실은 짐작할 수 있다. "70여 일을 묵으며 근처의 볼 만한 곳은 모두 가보았다"는 것으로 보아, 그 당시 별로 바쁘지 않았던 것 같다. 어쩌면 혼자서 다녔을지도 모르겠다. 타지에서 홀로 여기저기 유유자적 돌아다니며, 그 장소들과 얽힌 옛 사연들을 곰곰 생각해보는 동파의 모습이 그의 이미지와 썩 잘 어울린다. 그나저나, 시간이 꽤 흐른 뒤에 쓴 것 같은데, 기억력이 어쩌면 이리도 좋을까!

황주黃州는 수隋나라 때 영안군永安郡

해제

동파가 오대시안烏臺詩案의 필화로 유배를 갔던 호북성湖北省 황주黃州의 옛날 명칭과 역사에 대해 간단하게 고찰한 글이다. 아마도 황주 유배시기에 쓴 글일 것이다.

번역

어제 『수서隋書 · 지리지』를 읽어보니 황주黃州가 곧 영안군永安郡이었다. 오늘날 황주 동쪽 15리 남짓 되는 곳에 있는 영안성永安城을 속칭 '여왕성女王城'이라고 부르고 있으니 참으로 천박하기 그지없다. 헌데 『도경圖經』에서는 여기를 춘신군春申君의 고성古城이라 하는데, 그 역시 사실이 아니다. 춘신군의 영지領地는 옛날 오吳나라이다. 오늘날 무석無錫 혜산惠山 위에 춘신묘春信廟가 있으니, 십중팔구 그곳이 아니겠는가?

원문과 주석

黃州隋永安郡

昨日讀《隋書 · 地理志》, 黃州乃永安郡。❶ 今黃州東十五里許有永安城, 而俗謂之「女王城」, 其說甚鄙野。❷ 而《圖經》以為春申君故城, 亦非是。❸ 春申君所都, 乃故吳國, 今無錫惠

山上有春申廟, 庶幾是乎?❹

❶ ▪ 永安郡: 隋나라 大業 初에 설치된 郡. 郡內에 黃岡, 黃陂, 木蘭, 麻城 등 4개 縣을 두었다.

❷ ▪ 黃州東: 원본에는 '東' 대신에 '都'로 기록되어 있으나 商本 이후 王松齡, 趙學智, 劉文忠 등이 모두 '東'으로 고쳤다. 이를 따른다.

▪ 鄙野: 천박하다.

❸ ▪ 圖經: 문자 외에 그림이 첨부된 서적으로 地理志에 속한다. 여기에 나오는 『도경』은 아마도 『永安郡圖經』 또는 『黃州圖經』일 것이다.

▪ 春申君: 戰國 시대 楚나라 사람. 이름은 黃歇. 齋나라 孟嘗君, 趙나라 平原君, 魏나라 信陵君과 더불어 '戰國四君' 또는 '戰國四公子'로 불렸다. 秦나라의 공격을 막기 위해 태자 完과 함께 진나라에 인질로 붙잡혀 있다가 계략으로 탈출에 성공하였다. 완이 孝烈王으로 즉위하자 재상에 임명되어 20년간 정치를 보좌하였다. 세력은 왕을 능가하였으며, 筍子를 비롯한 謀士들을 식객으로 두었다. 누이의 아들을 왕에게 바쳐 權臣이 된 李園의 모략으로, 효열왕이 죽은 뒤 일가와 함께 살해되었다.

❹ ▪ 所都: 하사받은 領地.

▪ 故吳國: 춘추 때의 吳國. 즉 姑蘇.(오늘날의 江蘇省 蘇州)

▪ 無錫: 太湖 연변의 도시 이름. 서쪽 교외에서 대량의 주석이 채굴되었으나 한나라 고조 劉邦 때 모두 채굴하여 그 이후로 무석이라고 부르게 되었다고 한다.

▪ 庶幾: 거의. 현대중국어의 幾乎.

한漢나라 때의 강당講堂

해제

동파가 천여 년 전 경전을 강연하던 장소를 방문하고, 그 고풍古風에 감탄하여 저절로 입에서 내뱉은 한 마디 짧은 수상隨想이다.

번역

한漢나라 때의 강당講堂이 지금도 존재한다니! 벽의 그림이 한결같이 완정하다. 단청丹靑의 옛스러움이여! 이보다 더 오래된 것은 없을 것이다.

원문과 주석

漢講堂

漢時講堂今猶在, 畫固儼然。❶ 丹青之古, 無復前比。❷

❶ ▪ 畫: 벽화를 지칭한다.
▪ 儼然: 완정한 모습.

❷ ▪ 丹青: 紅色과 青色의 顔料. 훗날 '그림'을 대칭하는 용어가 되었다.
▪ 無復前比: 이보다 더 오래된 것은 없다는 뜻.

번 산樊山

해제

번산樊山은 동파가 귀양을 갔던 황주黃州와, 장강長江을 사이에 두고 마주보고 있는 번구樊口에 위치한 산 이름이다. 이 글은 '번산'의 지명을 고증한 후, 그 일대의 명승고적을 탐방하며, 그 장소에 얽힌 옛사람들의 발자취를 더듬어 본 기행문이다. 황주 유배기간에 쓴 글일 것이다.

번역

내가 거주하는 임고정臨皐亭 밑에서 서쪽으로 흐르는 거센 물길은, 번산樊山을 만나 머물게 된다. 그곳이 바로 번구樊口이다. 혹자는 가뭄이 든 해에 그 번산을 '불사르면燔' 용龍이 하늘로 올라가 비를 내려준다 해서 '번산燔山'이라고 부르기도 한다. 또 혹자는 번씨樊氏 성을 가진 이가 살았다 해서 지어진 이름이라 하는데, 어떤 이야기가 옳은지 모르겠다.

그 북쪽으로는 노주盧州이다. 중모仲謀 손권孫權이 강에 배를 띄웠다가 큰 바람을 만나자 뱃사공이 어디로 갈 것인지 물었다는 이야기가 있다. 그때 중모는 노주로 가고자 했으나, 중모의 노복인 곡리谷利는 칼로 뱃사공을 위협하여 배를 번구로 향하게 하였다. 그리하여 번구에서 산길을 뚫어 무창武昌으로 돌아갔으니, 오늘날에도 여전히 그곳을 '오왕현吳王峴'이라 부른다.

그곳 동굴의 흙은 보라색인데, 거울을 만들 수 있다. 남쪽으로 산을 돌아가면 한계사寒谿寺에 이른다. 그 위로 구비진 산길을 올라가면 정상의 즉위단卽位壇, 구곡정九曲亭을 만나게 되니, 이는 모두 손권의 유적지이다. 서산사西山寺의 샘물은 달고도 투명하여, 이름을 보살천菩薩泉이라 한다. 샘물이 흘러나오는 바위가 마치 사람이 손을 드리우고 있는 모습이다.

산 아래에는 도간陶侃 장군의 모친 사당이 있다. 도간 장군이 무창 태수일 때, 병에 걸려 배를 타고 왔으나 번구에 도착하자마자 사망하였다. 옛사람의 흔적을 찾아다니다 보니 마음이 처연해진다.

중모가 번구에 사냥을 나갔다가 표범 한 마리를 잡았는데, 문득 그의 노모老母가 나타나 "왜 그 꼬리를 붙잡지 않는 게냐?" 하고는 어디론가 사라졌단다. 오늘날에도 그 산속에는 성모묘聖母廟가 있다. 내가 15년 전에 이곳을 찾았을 때는 나무판자에 "표범 한 마리를 잡다得一豹" 세 글자가 있었던 것 같았는데 지금은 사라지고 없다.

《赤壁賦》宋, 작가 미상

원문과 주석

記樊山

自余所居臨皐亭下, 亂流而西, 泊於樊山, 為樊口。❶ 或曰「燔山」, 歲旱燔之, 起龍致雨; 或曰樊氏居之, 不知孰是。❷ 其上為盧洲, 孫仲謀汎江遇大風, 柂師請所之, 仲謀欲往盧洲, 其僕谷利以刀擬柂師, 使泊樊口。❸ 遂自樊口鑿山通路歸武昌, 今猶謂之「吳王峴」。❹ 有洞穴, 土紫色, 可以磨鏡。循山而南至寒谿寺, 上有曲山, 山頂即位壇、九曲亭, 皆孫氏遺跡。❺ 西山寺泉水白而甘, 名菩薩泉, 泉所出石, 如人垂手也。山下有陶母廟, 陶公治武昌, 既病登舟, 而死於樊口。❻ 尋繹故迹, 使人悽然。❼ 仲謀獵於樊口, 得一豹, 見老母曰:「何不逮其尾?」忽然不見。❽ 今山中有聖母廟, 予十五年前過之, 見彼板仿佛有「得一豹」三字, 今亡矣。❾

❶ ▪ 臨皐亭: 동파가 황주에서 유배생활을 시작했을 당시의 거주지. 맨 먼저 定惠院에 임시 숙소를 두었으나 곧 臨皐亭으로 옮겼다.
- 樊山: 산 이름. 湖北 鄂城 서쪽 5里에 있다. 袁山, 來山, 西山, 壽昌山이라고도 한다. 정상에는 九曲嶺이 있다.
- 樊口: 湖北 鄂城 서쪽 5里에 있는 지명. 장강의 지류인 樊港이 長江과 만나는 곳이다.

❷ ▪ 燔: 불사르다.

❸ ▪ 上爲盧洲: 북쪽은 盧州라는 뜻. 盧州는 오늘날의 安徽省 合肥.
- 孫仲謀: 삼국시대 吳나라의 군주. 본명은 孫權. 仲謀는 字임. 劉備와 연합하여 적벽에서 曹操를 격파하고 三國이 대치하는 형세를 이끌었음.
- 柂師: 뱃사공. 柂는 舵와 同字.
- 谷利以刀擬柂師: 谷利가 칼로 뱃사공을 위협하다. 谷利는 손권의 심복 이름. 擬는 손짓으로 흉내 내다. 여기서는 위협하다의 뜻. 배를 타고 가던 손권이 돌풍을 만나자, 손권은 위험을 무릅쓰고 羅州

金, 武元直의 《赤壁圖》
상상으로 그린 풍경화일 것이다. 실제 黃州를 지나는 강은 폭이 수 km에 달할 정도로 대단히 광활하다. 또한 1950년대의 대홍수로 토사가 밀려와 오늘날의 적벽은 내륙에 위치한 작은 암벽으로 변모하였다.

로 가라고 지시했지만, 谷利는 그 명을 어기고 뱃사공에게 칼을 들이대며 안전한 樊口로 갈 것을 지시하였음. 후에 손권이 그 이유를 물으니 主公의 안전이 무엇보다 중요하여 그리하였다 답하였다는 일화임.

❹ ▪ 鑿山: 산길을 뚫다.
- 武昌: 오늘날의 湖北省 鄂州市.
- 峴: 자그맣고 높이 솟은 산.

❺ ▪ 曲山: 산길이 구비진 곳이 많은 산.
- 卽位壇: 황제 즉위 시에 쌓은 壇. 『吳主傳』에 의하면 손권이 즉위한 곳은 吳西郭門昌門 밖이었으므로, 樊山의 즉위단은 신빙성이 없음.

❻ ▪ 陶母: 陶侃의 모친 湛氏를 지칭함. 중국 역사상 훌륭한 어머니의 표상. 아들 陶侃이 尋陽의 漁業을 관장하는 관리로 재직할 때, 생선젓갈 한 도가니를 모친에게 보냈더니, 도가니를 다시 봉하여 돌려보내며 국가의 재물을 선물로 주는 것은 자신을 이롭게 하는 게

아니라 도리어 욕을 보이는 것이라고 꾸짖었다는 일화가 전해짐. 『晉書 · 列女傳』에 그녀의 전기가 있음.

- 陶公: 東晋 시대의 명장 陶侃(259~334)을 지칭함. 도간의 자는 士行(혹은 士衡), 江西省 鄱陽 사람. 작은 지방의 장관직부터 맡다가 永嘉 5年(311)에 武昌太守, 建興 元年(313)에 형주자사를 맡았음. 후에 형주, 江州刺史를 겸직하고 八州諸軍事都督을 맡았음. 청렴결백하고 근면 성실하였으며 술과 도박을 하지 않아 세인의 칭송을 받았음. 유명한 시인 陶淵明의 증조부임. 『晉書』 66권에 있음.

❼ ▪ 尋繹: 찾다.

❽ ▪ 逮: 잡다, 붙잡다.

❾ ▪ 亡: 사라지다.

적벽赤壁의 동굴

해제

이 글은 동파가 그의 명문名文 「적벽부赤壁賦」의 무대인 황주黃州 적벽赤壁을 찾아가 보고 쓴, 소품 형태의 기행문이다. 황주 유배시기에 쓴 글이겠다.

번역

황주黃州 태수가 거하는 곳에서 수백 보 거리에, 혹자들이 주유周瑜가 조조曹操를 격파한 곳이라고 말하는 적벽赤壁이 있다. 과연 그게 정말일까?

깎아지른 절벽이 우뚝 솟은 그 밑에 깊고 푸른 강물이 흘러가고 있었다. 그 절벽 위에 송골매 두 마리와 뱀 두 마리가 살고 있는 것을 본 사람이 있다고 한다. 풍랑이 조용해진 날, 작은 배를 타고 그 절벽 아래로 가보았다. 배를 버리고 육지에 올라 서공동徐公洞에 들어가 보았다. 서공동은 동굴이 아니라 산이 깊숙하게 들어간 곳이다. 『도경圖經』은 '서공徐公'이 '서막徐邈'을 지칭한다는데, 어느 때 사람인지 모르겠다. 아무튼 위魏나라의 서막徐邈은 아니다.

강변에는 작은 조약돌이 많았다. 옥玉처럼 부드럽게 투명한 돌에, 짙고 옅은 형형색색의 돌들도 왕왕 발견되었다. 어떤 조약돌은 가느다란 무늬가 있는 모습이 꼭 사람 손가락의 나선형螺旋形 지문 같았다. 몇 번 그곳을 다니다보니 조약돌 270개를 모으게 되었다. 대추나 밤 정도로 큰 조약돌도 있었고, 가시연밥 정도의 작은 돌도 있었다. 또 구리로 만든 낡은 그릇 하나도 주웠다. 그 속에 조약돌을 담고 물을 부으니 찬연한 빛이 났다. 그 중 하나는 호랑이나 표범 머리처럼 생겼는데 이목구비耳目口鼻가 뚜렷한 것이 여러 조약돌 중 단연 으뜸이었다.

원문과 주석

赤壁洞穴

黃州守居之數百步為赤壁, 或言即周瑜破曹公處, 不知果是否?❶ 斷崖壁立, 江水深碧, 二鶻巢其上, 有二蛇, 或見之。❷ 遇風浪靜, 輒乘小舟至其下, 捨舟登岸, 入徐公洞。❸ 非有洞穴也, 但山崦深邃耳。❹《圖經》云是徐邈, 不知何時人, 非魏之徐邈也。❺ 岸多細石, 往往有溫瑩如玉者, 深淺紅黃之色, 或細紋如人手指螺紋也。❻ 既數游, 得二百七十枚, 大者如棗栗, 小者如芡實, 又得一古銅盆盛之, 注水粲然。❼ 有一枚如虎豹首, 有口鼻眼處, 以為羣石之長。

❶ ▪ 守居: 태수의 숙소.
▪ 赤壁: 이곳은 동파가 귀양을 간 黃州에 있는 것으로 적벽대전이 일어난 적벽이 아님. 후세에 동파의 착각으로 「적벽부」의 무대가 된 이 황주의 적벽을 文壁이라 하고, 적벽대전이 일어난 곳의 적벽을 武壁이라 하였음.
▪ 周瑜: 삼국시대 오나라의 명장. 字는 公謹. 魯肅과 함께 손권을 도와 劉備와 연합하여 적벽에서 曹操의 백만 대군을 격파함.

▪ 曹公: 曹操.

❷ ▪ 鶻: 송골매.

❸ ▪ 徐公: 아래 문장에 나오는 徐邈을 지칭함.

❹ ▪ 山崦深邃: 崦은 山과 같은 뜻. 邃는 깊숙한 곳을 의미하므로, 전체적으로 '산속 깊은 곳'을 뜻함.

❺ ▪ 魏之徐邈: 魏나라의 徐邈. 字는 景山. 燕나라 薊縣(오늘날의 天津) 사람. 삼국시대 위나라의 대신. 『三國志』 27권에 그의 전기가 있음.

❻ ▪ 瑩: 빛나고 투명하다.

▪ 螺紋: 나선형 지문.

❼ ▪ 芡[검; qiàn]: 가시연. 水生 식물. 못이나 늪에서 자라는 연꽃의 일종.

▪ 芡實: 가시연밥.

해설

'적벽赤壁'이라는 지명을 가진 곳은 상당히 많다. 중국에도 많고, 우리나라에도 제법 있다. 그 중 제일 유명한 곳은 어디일까? 먼저 떠오르는 곳은, 삼국시대 오나라의 주유가 유비와 연합하여 조조의 백만 대군을 격파한 적벽대전의 현장이겠다. 호북성湖北省 가어현嘉魚縣의 북동쪽, 장강 남안에 위치한 그곳이, 아마도 모든 '적벽'의 원조일 것이다.

하지만 오늘날 중국인에게 더욱 유명한 곳은 황주에 있는 '동파의 적벽'이다. 중국문학에 길이 남는 불후의 명작, 「적벽부」는 동파의 착각이 아니었다면 탄생하지 못했을지도 모른다. 동파가 황주에 있는 적벽을 적벽대전의 현장으로 착각하고 「적벽부」를 썼기 때문이다. 그러나 「적벽부」가 후세에 미친 영향은 엄청나게 컸다. 그래서 중국인들은 적벽대전의 적벽을 '무벽武壁', 동파의 적벽을 '문벽文壁'이라고 구분하여 부른다.

이 글은 「적벽부」와 마찬가지로, 동파가 '문벽'을 찾아가보고 쓴 글이다.* 그런데 어떤 글을 먼저 쓴 것일까? 이 글에는 창작시기에 대해서는 아무런 말이 없지만, 짐작할 수는 있다. 글의 모두에서 동파는 '문벽'이 바로 적벽대전의 현장이라고 말하는 현지인들의 말을 반신반의한다. 그러나 「적벽부」에서는 추호의 의심도 없이 "여기가 바로 맹덕孟德이 주랑周郎에게 곤혹을 치르던 그 적벽"이라고 말한다. 그렇다면 이 글을 훨씬 더 먼저 쓴 것임이 분명하다. 유배 온 처음에는 긴가민가하였으나, 시간이 지나면서 현지인들의 말을 하도 많이 듣다보니, 모르는 사이에 사실로 받아들이게 된 것이리라. 이 글을 잘 음미해보시라. 낯선 곳을 처음 찾아온 이방인의 모습이 물씬 묻어나고 있지 않은가?

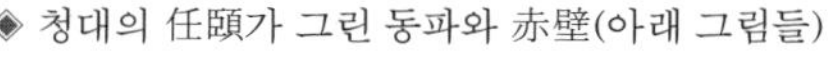
◈ 청대의 任頤가 그린 동파와 赤壁(아래 그림들)

《赤壁泛舟圖》

이 소품을 「적벽부」와 비교해보는 것도 흥미있는 일이겠다. 「적벽부」의 동파는 도인처럼 삶의 철리를 멋들어지게 설파하고 있지만, 이

《赤壁夜遊圖》

* 「적벽부」는 그가 황주 유배생활 3년째 되는 해인 1082년, 그러니까 동파 나이 만 46세에 쓴 작품이다.

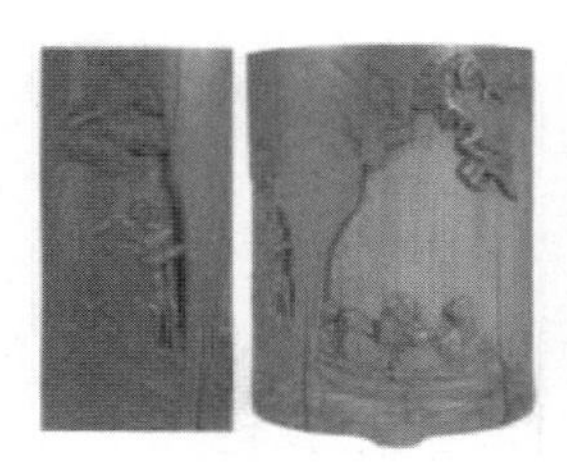

필통(좌측은 옆면)

법랑

감람나무 씨앗

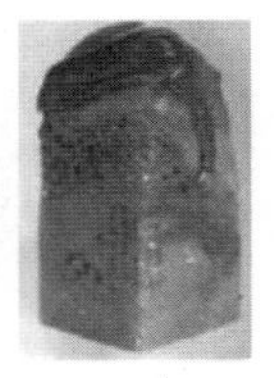

도장

◈ 동파의 「적벽부」를 소재로한 후세의 공예품 (위 그림들)

글 속의 동파는 낯선 땅의 나그네가 되어 할 일 없이 적벽 아래 강가에서 조약돌을 줍고 있다. 심지어 자신이 주은 조약돌의 숫자까지 헤아리고 있다. 하지만 그 조약돌의 모습은 너무나 소박하고 섬세하며 우아하다. 유배 나온 이의 억울함과 외로움보다도, 생활 속의 작은 정취가 더 많이 풍겨난다. 「적벽부」가 일러주는 삶의 철리도 멋지지만, 이 글은 또 이 글 나름대로의 매력이 은은하다.

제2부

옥석 玉石

東坡志林

옥玉의 진위眞僞 판별법

해제

옥玉의 진위眞僞를 판별하는 방법을 적은 메모 형식의 글이다.

번역

요즈음은 진짜 옥玉을 보기가 매우 힘들다. 비록 금이나 철로 연마硏磨해낼 수는 없지만, 반드시 모래로 연마해서 만든 것이어야만 진짜 옥이라고 세인世人들은 여기고 있다. 하지만 그렇게 연마해낸 것도 단지 민석珉石 중의 상품일 뿐이다. 정주定州 도자기의 까끄라기 부분으로 갈아내도 상처가 나지 않아야만 진짜 옥인 것이다. 후원後苑의 늙은 옥공玉工에게 물어보았더니, 그 역시 그 진위 여부의 판별법을 모르고 있었다.

원문과 주석

辨真玉

今世真玉甚少，雖金鐵不可近，須沙碾而後成者，世以為真玉矣，然猶未也，特珉之精者。❶ 真玉須定州磁芒所不能傷者，乃是云。❷ 問後苑老玉工，亦莫知其信否。

❶ ▪ 今世眞玉甚少: 蘇東坡集에는 이 앞에 '步軍指揮使賈逵之子祐爲將

官徐州, 爲予言'의 18 글자가 더 있음.

- 金鐵不可近: 돌을 옥으로 갈아낼 때 금이나 철 따위로 갈면 안 된다는 뜻.
- 碾[년; niǎn]: 맷돌, 맷돌 따위로 갈다. 硏磨하다.
- 珉: 옥과 비슷하게 생긴 예쁜 돌.
- 特珉之精者: 단지 珉石 중에서 뛰어난 것일 뿐이라는 뜻.

❷
- 定州磁: 송나라 때 定州(오늘날의 河北省 定州. 保定市에 속함) 陶窯에서 구운 瓷器. 다채롭고 아름다운 꽃무늬 장식으로 유명함. 北宋 시대에 만든 것을 '北定'이라 하고, 南宋 시대에 만든 것을 '南定'이라고 함. 北定을 최상급으로 쳐줌.
- 芒: 가시, 까끄라기.

동파는 정말 모르는 게 없는 것 같다. 중국에는 예나 제나 가짜가 너무 많다. 중국에 가서 옥을 사게 된다면 정말 유용할 내용인 것 같다. 그런데 정주定州 도자기 파편은 어디서 구한다지?

《東坡博古圖》 淸, 蕭晨
博古란 옛 것에 정통하다는 뜻. 수많은 古書를 읽은 동파는 사상과 학문, 예술, 요리, 골동품 등 모든 분야에서 모르는 게 없을뿐더러 자신의 독창적 견해를 더하여 一家를 이루었다.

홍사석紅絲石

해제

홍사석紅絲石을 예찬한 메모다.

번역

당언유唐彦猷는 청주青州의 홍사석紅絲石을 천하의 으뜸이라고 했다. 그런데 혹자는 "겨우 주사위 그릇으로나 어울리지, 좋은 것을 볼 수가 없다"고 말한다. 이제 설암雪菴이 소장한 것을 보니 옛사람이 괜히 칭찬한 게 아니라는 것을 알게 되었다.

원문과 주석

紅絲石

唐彦猷以青州紅絲石為甲。❶ 或云:「惟堪作骰盆, 蓋亦不見佳者。」❷ 今觀雪菴所藏, 乃知前人不妄許爾。❸

❶ ▪ 唐彦猷: 본명은 唐詢. 彦猷는 그의 字임. 저서 『硯譜』에서 紅絲硯을 上品으로 주장하였음.

▪ 青州: 오늘날의 山東 益都.

▪ 紅絲石: 山東 臨朐에서 출산되는 돌 이름. 石質은 赤黃色이며 붉은 실 무늬가 돌 전체를 에워싸고 있음. 이 돌로 만든 벼루를 紅絲

硯이라고 함. 송나라 蘇易簡의 『硯譜』에서도 紅絲硯을 최고로 쳤음.

❷ • 骰盆: 주사위를 담는 그릇.

❸ • 許: 칭찬하다.

해설

중국에서 벼루나 도장 따위를 살 때 알아두면 좋을 지식 같다. 그러나 먼저 박물관 같은 곳에서 진짜 홍사석에 대해 충분히 관람하고 공부해야만, '주사위 그릇' 수준의 가짜를 속아 사는 일이 없을 것이다. 그리고 그렇게 공부를 하다보면, 홍사석에 대한 물욕物慾보다는 문물文物의 참된 가치를 깨닫고 감탄하는 즐거움을 얻게 되지 않을까?

東坡와 벼루
좌측은 淸代의 任伯이 그린《東坡玩硯圖》, 우측은 동파의 추종자인 宋代 米芾이 제작한 螽斯瓜瓞硯, 즉 오이(瓜瓞) 넝쿨 속의 여치(螽斯)를 조각한 벼루이다. 오이나 여치는 모두 多産과 풍요의 상징이다.

제3부

우물과 강물 井河

東坡志林

염정鹽井에서 물을 길어 올리는 방법*

해제

송나라 당시의 염정鹽井 현황과 그와 관련된 기술 수준을 알 수 있는 소중한 기록이다.

번역

촉蜀 지방은 바다와 멀리 떨어져 있어서 우물에서 소금을 캔다. 능주정陵州井이 가장 오래 되었고, 육정淯井과 부순염富順鹽도 역사가 오래 되었다. 단지 공주邛州 포강현蒲江縣의 염정만 상부祥符 연간에 백성 왕난王鸞이 개척하여 많은 이익을 보았다.

경력慶曆 황우皇祐 연간부터 촉 지방에서는 '통정筒井'이라는 것을 처음으로 만들기 시작했다. 즉 둥근 칼날 모양의 착정기鑿井機로 그릇 정도 크기로 땅을 파는데, 수십 장丈 깊이까지 파기도 했다. 여기에 커다란 대나무 마디를 잘라, 암수의 구멍을 맞춰 길게 이어서 우물에 넣는다. 이렇게 만든 여러 개의 통정에, 하나씩 건너 담수淡水를 주입하면 소금 샘물이 솟구쳐 오르게 되는 것이다.

* 原題를 직역하면 〈통정(筒井)에서 사용하는 수비법(水鞴法)〉이지만 현대한국어에서는 잘 쓰이지 않는 어휘이므로 의역하였다.

여기에 굵기가 작은 대나무 장대를 우물 속에 집어넣는 통으로 삼는다. 장대의 한쪽 바닥은 완전히 뚫어 놓고, 반대편의 끝 부분에는 구멍을 뚫어 놓는다. 이때 대나무의 익은 껍질 몇 마디를 물속에 집어 넣는다. 그리고 호흡을 하면서 바람을 주입하며 구멍을 열고 닫으면 대나무 한 통에 몇 되의 물을 받아낼 수 있는 것이다. 이런 통정은 모두 기계를 사용하고 있는바, 그 이로움은 모르는 사람이 없다.

『후한서後漢書』를 보면 '수비水鞴'라는 말이 나오는데, 이 방법은 촉 지방에서만 사용한 것으로 철鐵로 만들어서 사용했으니, 대체로 염정에서 물을 길러 올리는 대나무 수통手筒 같은 것이리라. 장회태자章懷太子 이현李賢은 그 이치를 모르고 경망되게 해석하였으니, 이는 잘못된 것이다.

원문과 주석

筒井用水鞴法❶

蜀去海遠, 取鹽於井。❷ 陵州井最古, 淯井、富順鹽亦久矣, 惟邛州蒲江縣井, 乃祥符中民王鸞所開, 利入至厚。❸ 自慶曆、皇祐以來, 蜀始創「筒井」, 用圜刃鑿如碗大, 深者數十丈, 以巨竹去節, 牝牡相銜為井, 以隔橫入淡水, 則鹹泉自上。❹ 又以竹之差小者出入井中為桶, 無底而竅其上, 懸熟皮數寸, 出入水中, 氣自呼吸而啟閉之, 一筒致水數斗。❺ 凡筒井皆用機械, 利之所在, 人無不知。❻《後漢書》有「水鞴」, 此法惟蜀中鐵冶用之, 大略似鹽井取水筒。太子賢不識, 妄以意解, 非也。❼

❶ • 筒井: 직경이 아주 작은 우물.

▪ 水韛[비; bèi]: 문맥으로 보아 염정에서 물을 퍼 올리는 도구로 추정됨. 韛는 원래 고삐, 안장 등의 馬具를 갖춰 길 떠날 준비를 한다는 뜻. 또는 화살 등을 담아두는 통을 의미하기도 한다.

❷ ▪ 去: 떨어져 있다.

❸ ▪ 陵州: 오늘날의 四川 仁壽.

▪ 淯井: 四川 長寧 북쪽에 있는 鹽井. 두 줄기에서 샘이 솟는데 하나는 민물이고 다른 하나는 소금물임. 한쪽을 막으면 두 곳이 모두 물이 흐르지 않기 때문에 雌雄井이라고도 함.

▪ 富順: 四川 自貢 동남쪽 沱江의 우측 강변에 있는 고을 이름.

▪ 邛州: 오늘날의 사천 邛崍, 大邑, 蒲江 등을 포함한 지역.

▪ 祥符: 북송 眞宗의 연호인 大中祥符를 지칭함.

❹ ▪ 慶曆、皇祐: 모두 북송 仁宗의 연호임.

▪ 圜刃: 둥근 칼. 둥근 구멍을 파거나 뚫을 수 있는 공구. 鑿井機.

▪ 牝牡[빈모; pìnmǔ]: 암수. 암컷과 수컷.

▪ 牝牡相銜: 여러 개의 대나무 장대를 암수가 맞물리듯 끝 부분을 이어서 사용한다는 뜻.

▪ 醎泉: 짠 샘물. 염분이 포함된 샘물.

❺ ▪ 差小者: 조금 작은 竹筒.

▪ 竅其上: 끝부분에 구멍을 뚫다.

▪ 無底而竅其上: (대나무 장대의) 바닥은 없도록 만들고 맨 끝 부분에만 구멍을 뚫는다는 뜻. 즉 장대의 한쪽 끝은 막히는 부분이 없도록 완전히 뚫어 놓고, 다른 한쪽 끝은 작은 구멍을 뚫어서 삼투압의 원리로 소금 샘물을 끌어올린다는 뜻.

▪ 啓閉: 열고 닫는 장치.

❻ ▪ 人無不知: 蘇東坡集에는 '知' 字가 '智'로 되어 있으나 '知'가 옳다.

❼ ▪ 太子賢: 당나라의 章懷太子 李賢. 字는 明允. 高宗과 武則天의 아들. 『後漢書』에 注를 달았다. 王先謙에 의하면 顔師古의 『漢書』注에 비견할 만큼 우수하다고 한다.

해설

서양의 문인들도 이런 글을 썼을까? 서양에서는 이런 글이 '문학'의 범주에 들어갈까? 동양의 문인들은 이런 글도 쓴다. 동양에서는 이런 글도 '문학'이다. 동양에서 말하는 '문학'이란 우리들의 삶, 그 자체이기 때문이다. 어떻게 하면 그 삶의 질을 끌어올릴 수 있을까, 그 방법을 강구하여 널리 알리는 것이 '문학'의 임무이자 사명이었다. 그래서 동양의 문인은 동시에 사상가이자 정치가이자 교육자이자 행정가여야만 했던 것이다.

동파와 수리사업(Ⅰ)
동파는 농사와 직결된 수리사업에 지대한 관심을 보였다. 첫 임관지인 鳳翔에서는 東湖를 만들었고(卷三, 《태백산의 예전 작위는 공작》의 해설 및 사진 참조), 항주태수로 부임했을 때는 수리 기능을 상실한 西湖에 제방을 쌓는 등 새롭게 치장하여 오늘날과 같이 아름다운 호수로 변모시켰다(淸, 董邦達의 《蘇堤春曉圖》).

이 글은 육지에서 소금을 캘 수 있는 우물의 현황과, 소금을 캐는 방법에 대해 아주 상세하게 과학적으로 기록하고 있다. 완전히 전문가 수준이다. 동파는 왜 이런 글을 썼을까? 당연히 백성들의 삶에 대해 그만큼 관심이 많았기 때문이겠다. 소금은 누구나 알듯 음식문화의 가장 기본이다. 그런데 중국 땅의 대부분은 해안선과 너무나 멀기 때문에 소금을 구하기가 어려웠으므로, 옛날부터 소금은 국가의 전매사업품이었다. 동파가 이런 글을 쓸 수 있었다는 것은, 그가 책상머리에서 글재주나 부리는 '사이비 문인'이 아니라, 백성들과 함께 삶의 현장에서 땀을 흘린 '참된 행정가'이자 '참된 문인'이었다는 증거가 아닐까?

동파와 수리사업(Ⅱ)
동파는 새로운 유배지에 도착할 때마다 농민들의 요청에 곳곳마다 우물터를 지정해주어, 오늘날에도 많은 東坡井이 남아 있다. 상단의 사진들은 해남도 儋耳 마을 외곽에 위치한 동파정이며, 하단의 사진들은 儋耳에서의 거처였던 東坡書院 내의 우물이다.

변하汴河의 갑문

해제

장강長江과 황하를 잇는 대운하 주변의 수리水利 문제에 대해 고민한 글이다.

번역

몇 년 전, 조정에서 변하汴河에 갑문을 만들어 토지를 개간하고자 했다. 식자識者들은 모두 불가능하다고 반대하였으나 조정에서는 끝내 밀어붙였다. 하지만 아무 효과도 없었다. 번산樊山에 수량이 많아졌을 때 갑문을 열면, 강변의 전답과 분묘墳墓와 가옥들이 모두 피해를 입었다. 가을이 깊어 수량이 적어졌을 때 갑문을 열면, 개간한 토지에 진흙이 충분히 쌓이지 않아 '증병어蒸餅淤; 떡을 찐 것처럼 무른 상태의 진흙 토지' 상태가 되고 말았다. 그리하여 조정에서도 지쳐서 포기하고야 말았다.

우연히 백거이白居易의 「갑을판甲乙判」이란 글을 읽으니 이런 대목이 있었다. "전운사轉運使를 보내니, 변하의 수심이 얕아 수운水運이 불가능하다고 판단하였다. 그리하여 강변 양쪽에 갑문을 축조하고, 지방 절도사로 하여금 강변의 땅을 둔전屯田으로 관리하게 해달라고 요청하였다. 갑문을 막아버리면 군량을 조달할 수가 없다."

이로써 당나라 때에는 변하의 강변 양쪽에 모두 둔전과 갑문이 있었음을 알 수 있겠다. 만약 수심이 얕아 배를 띄울 수가 없다면 비옥한 관개지를 만들 수 있는 것이다. 옛날에는 그렇게 했는데 지금은 불가능하다는 이유가 무엇인가? 알 만한 사람들에게 다시 한 번 물어볼 일이다.

원문과 주석

汴河斗門❶

數年前朝廷作汴河斗門以淤田, 識者皆以為不可, 竟為之, 然卒亦無功。❷ 方樊山水盛時放斗門, 則河田墳墓廬舍皆被害, 及秋深水退而放, 則淤不能厚, 謂之「蒸餅淤」, 朝廷亦厭之而罷。❸ 偶讀白居易《甲乙判》, 有云:「得轉運使以汴河水淺不通運, 請築塞兩河斗門, 節度使以當管營田悉在河次, 在斗門築塞, 無以供軍。」❹ 乃知唐時汴河兩岸皆有營田斗門, 若運水不乏, 即可沃灌。❺ 古有之而今不能, 何也? 當更問知者。

❶ ▪ 汴河: 隋나라 煬帝 때 만든 인공 하류. 通濟渠라고도 함. 여러 지류에 따라 구체적인 명칭이 있지만, 汴水 일대에 위치한 대운하의 主線을 습관적으로 汴水라고 호칭함. 오늘날에는 대부분 사라졌고, 강소성 泗陽 일대에 일부 남아 있음.
▪ 斗門: 갑문. 홍수를 방지하기 위해 강변 제방에 설치해 놓은 갑문. 관개용으로도 사용함.

❷ ▪ 淤[어; yū]田: 淤는 진흙, 뻘, 갯벌. 淤田은 갯벌을 제방으로 막아 다진 땅.

❸ ▪ 方~時: ~할 때에.
▪ 蒸餅淤: 아직 굳게 다져지지 않은 상태의 진흙 토지. 땅이 말랑말랑하기 때문에 '쪄놓은 떡'과 같은 상태라 하여 붙여진 말.

❹ ▪ 轉運使: 당나라 때부터 설치한 관직 명. 초기에는 水陸運使라 하여 長安과 洛陽 간의 양식 運輸 업무를 관장하는 직책이었음. 玄宗 開元 연간 때부터 理財에 밝은 신하로 하여금 江南 또는 淮南 轉運使라는 명칭으로 東南 각지의 쌀과 재물을 운반하는 총괄 직책으로 하였음. 그 후 각 지방마다 전운사를 두어 해당 지역의 재물 출납과 운반을 책임지게 하였음.

▪ 不通運: 水運이 막히다. 수상 운반이 막히다.

▪ 築塞: 제방을 쌓아 막다.

▪ 兩河: 하류의 양쪽 강변.

▪ 營田: 屯田. 漢代부터 시작된 제도. 군 병력 및 농민과 상인들로 하여금 여가 시간에 개간하게 한 토지. 이곳에서 나온 농산물로 군량을 삼았음. 軍屯, 民屯, 商屯으로 구분하였음.

▪ 河次: 하류에 가까이 붙어 있는 땅. 여기서 次는 가깝다는 뜻.

▪ 供軍: 軍에 식량을 공급하다.

❺ ▪ 運水: 水深이 漕運을 할 수 있을 정도로 깊은 하류.

해설

동파는 언제나 농업용수의 수리사업에 많은 관심을 가지고 있었다. 그는 옛 문서를 검색해본 후, 변하汴河가 수심이 얕아져 운하로서의 기능을 상실하였다면 갑문을 만들면 둔전을 개간할 수 있을 것이라고 주장한다. 하지만 글의 상반부에서 제기한 문제점은 어떻게 해결할 수 있다는 것인지에 대해서는 언급하지 않고 있다. 생각이 완성되어 정식으로 문제 제기를 하고 있는 글이 아니라, 고민하다가 답답해서 쓴 메모임을 짐작할 수 있게 한다.

제4부

복거卜居

東坡志林

태행산太行山에 주거지를 고르다

《湖山書屋圖》(부분) 明, 王紱

해제

동파가 52세에 경사京師에서 한림학사翰林學士 지제고知制誥 벼슬을 하고 있을 때 쓴 메모 형식의 글이다.

번역

유중거柳仲擧가 공성共城에서 대관미大官米를 가지고 와 밥을 해 주었다. 그리고는 백천百泉 땅의 멋진 풍광을 소개하며 그 근처에 주거할 만한 곳을 골라보라고 권하였다. 이 마음은 벌써 태행산의 산록으로 표연히 날아가고 있구나! 원우元祐 3년 9월 7일에 동파거사 쓰다.

원문과 주석

太行卜居❶

柳仲舉自共城來，摶大官米作飯食我，且言百泉之奇勝，勸我卜鄰。❷ 此心飄然已在太行之麓矣!❸ 元祐三年九月七日，東坡居士書。❹

❶ ▪ 太行: 太行山. 太行山脈. 北京 西山부터 남쪽으로 豫北 황하의 북쪽 지역까지 약 400km, 東西로는 山西高原부터 華北平原에 이르는 산악 지역.
▪ 卜居: 점을 쳐서 주거지를 정한다는 뜻. 그러나 후세에서는 단순히 주거지를 선택한다는 뜻으로 사용됨. 여기서 卜은 고르다, 선택하다의 뜻임.

❷ ▪ 共城: 오늘날의 河南省 輝縣.
▪ 摶[단; tuán]: 뭉치다. 여기서는 가져오다, 지니고 오다는 뜻.
▪ 大官米: 輝縣의 特産米. 품질이 좋기로 유명하다.
▪ 百泉: 지명. 오늘날의 하남성 輝縣 서북쪽 일대. 물길이 사방에서 모이는 지역이라고 해서 붙여진 이름이다.
▪ 卜鄰: 근처에 살 만한 곳을 고르다.

❸ ▪ 太行之麓: 태행산의 산록. 共城과 百泉은 모두 태행산 지역에 위치해 있다.

❹ ▪ 元祐三年: 元祐는 북송 철종의 연호. 元祐 3년은 1088년으로 동파 나이 52세. 당시 수도인 개봉에서 翰林學士 知制誥로 재직하고 있었다.

해설

동파는 이 글을 쓸 당시 신법新法을 폐지하는 문제로 구파舊派와 첨예하게 대립하고 있었다. 게다가 늘 풍광이 명미한 곳에서 은거생활을 하고 싶었던 동파 아니었던가! 그러던 차에 친지가 찾아와 그럴 듯한 곳을 소개해주니 얼마나 그곳에 가서 살고 싶었겠는가! 이 짧은 몇 글자 속에서, 두근두근 그의 가슴이 뛰는 소리가 들리는 것 같다.

범촉공范蜀公이 내게 인근에 살기를 권하다

해제

이 글 역시 주거住居에 관한 문제를 소재로 다루었다. 그러나 주제는 다르다. 그 주제를 포착하는 것으로 감상의 포인트를 삼아보도록 하자.

번역

범촉공范蜀公이 내게 허창許昌에 와서 살기를 권하셨다. 허창에는 지체 높으신 공경대부公卿大夫들이 많이 산다. 하지만 나는 도롱이 옷에 대나무 모자를 쓰고 동쪽 언덕 위에서 떠도는 사람이니, 어찌 다시 공경대부를 모실 수 있겠는가? 오랫동안 방랑하며 지내면서 어느덧 걸린 병인데, 갑자기 요양하며 지내게 되면 온갖 병이 다 생기게 마련인 법.

지방 고을을 오랫동안 제대로 다스리지 않으면 구습舊習만 따르고 대충대충 일을 처리하게 되므로, 별다른 일이 없다고 말하게 된다. 그러나 능력 있는 관리가 부임하면 온갖 폐단이 어지럽게 드러나게 마련이라. 결코 문제를 몇 달 안에 깨끗하게 처리할 수 없는 법이다. 굳은 마음으로 인내하며 물러서지 않아야만 한다. 한 번 고생으로 영원히 편하게 지낸다는 말도 있지 않은가.

원문과 주석

范蜀公呼我卜鄰

范蜀公呼我卜鄰許下，許下多公卿，而我蓑衣篛笠，放蕩於東坡之上，豈復能事公卿哉?❶ 居人久放浪，不覺有病，或然持養，百病皆作。❷ 如州縣久不治，因循苟簡，亦曰無事，忽遇能吏，百弊紛然，非數月不能淸淨也。❸ 要且堅忍不退，所謂一勞永逸也。❹

❶ ▪ 范蜀公: 范鎭을 지칭함. 제3권의 「범촉공이 남긴 이야기(記范蜀公遺事)」의 주석 참조.
▪ 許下: 하남성 許昌.
▪ 蓑衣篛[약; ruò]笠: 풀로 만든 도롱이 옷과 대나무 껍질로 만든 모자.

❷ ▪ 居人: 商本에서는 '若人'으로 표기되어 있다.
▪ 或然: 혹은.
▪ 持養: 몸을 잘 保養하다.

❸ ▪ 因循: 옛 것만 따르고 변화를 추구하지 않다.
▪ 苟簡: 여기서 苟는 미봉하다, 대충 때워 넘긴다는 뜻이므로, 전체적으로는 어떤 어려움에 봉착했을 때 심층적으로 분석하여 근본적인 해결법을 세워 대처하지 않고, 간략하게 대충대충 때워 넘긴다는 의미임.
▪ 百弊紛然: 온갖 폐단이 어지럽게 나타난다는 뜻.

❹ ▪ 堅忍不退: 굳은 의지로 인내하며 물러서지 않는다는 뜻.

해설

범촉공范蜀公 범진范鎭은 신법新法을 놓고 왕안석과 갈등이 생겨 은퇴까지 하였다가 다시 복귀한 인물이므로, 기본적으로 동파와 같은 정치적 견해를 가진 사람이다. 동파도 그의 덕망을 존경하였다(제3권의 「범촉공이 남긴 이야기(記范蜀公遺事)」 참조). 하지만 동파는 그가 자신의 집 근처에서 같이 살자는

《松溪淸朝》
宋, 馬遠

제의를 단호히 거절한다. 그 주변에 모두 공경대부들만 살고 있으니, 그들과 어울려 지내다보면 보나마나 골치 아픈 정치 이야기만 나올 게 뻔하지 않겠는가? 동파가 원하는 삶은 그런 성격이 아니다.

합강루合江樓 아래에서 탄식하다

해제

동파가 58세에 광동 혜주惠州로 폄적되었을 때 최초의 주거지였던 합강루合江樓에서 쓴 글이다.

번역

합강루合江樓 아래에 가을은 에메랄드빛으로 허공에 떠 있다. 작은 탁상과 의자 위에는 물빛이 어른거리고 있다. 섬돌 계단 아래로는 초가집 가게들 예닐곱 칸이 비스듬히 누워 있다. 금년은 또 다시 큰물이 들어 이곳 사는 백성들은 피신하느라 정신이 없었다. 옮겨갈 만한 땅 한 평도 없는지라, 미련이 남아 여기를 떠나지 못하고 있는 것은 늘 사람들의 눈에 가시였기 때문일까?

원문과 주석

合江樓下戲❶

合江樓下, 秋碧浮空, 光搖几席之上, 而有茅店廬屋七八間, 橫斜砌下。❷ 今歲大水再至, 居人散避不暇。豈無寸土可遷, 而乃眷眷不去, 常為人眼中沙乎?❸

❶ ▪ 合江樓: 廣東 惠州의 외곽에 있는 누각.
▪ 戲: 일반적으로 [희; xì]로 읽으며 '놀다, 장난치다'의 뜻으로 사용될 경우가 많으나 본문의 내용으로 보아 '탄식, 탄식하는 소리'로 번역해야 어울린다. 이 경우 [호; hū]로 읽힌다.
❷ ▪ 光搖: 강물 빛이 흔들린다는 뜻.
▪ 几席: 작은 탁자와 의자. 几는 작은 탁상.
▪ 砌下: 섬돌로 된 계단 아래.
❸ ▪ 眷眷: 미련이 남아 그리워하다.
▪ 眼中沙: 눈 안의 모래, 눈 안의 가시, 눈에 가시.

해설

합강루合江樓는 혜주惠州를 지나는 두 갈래의 강이 서로 만나는 지점에 세워진 누각이라 전망이 그지없이 아름다웠다. 가을이 에메랄드빛으로 허공에 떠 있고, 탁상과 의자 위엔 물빛이 어른거린다지 않는가! 그러나 유배 온 동파가 이곳에 거처를 정한 것은 전망이 좋아서가 아니었다. 달리 머무를 곳이 없어서였다. 그래서 물난리로 인근 백성들은 모두 대피하는데도, 갈 곳 없는 동파는 그대로 눌러앉아 지내고 있단다. 정적政敵들의 명령으로 지방관이 그를 도와주고 싶어도 어쩔 수가 없었다. 기막히게 아름다운 풍광과 동파의 기막히게 쓰린 심정이 담담하게 대비되어, 읽는 이의 마음을 더욱 아프게 한다.

동파는 이 글을 쓴 후 곧 가우사嘉祐寺라는 절의 송풍정松風亭이라는 정자로 거처를 옮기게 된다. 더욱 기가 막힌 곳이다. 절의 뒷산 맨 꼭대기에 위치한 정자였기 때문이다. 늙고 병든 동파가 그곳을 오르려면 숨이 가빠 몇 번이나 쉬어야만 했다(제1권의 「송풍정 유람기記遊松風亭」) 참조). 산꼭대기에서 지낸 그 해, 동파의 겨울은 유난히 추웠을 것이다. 그때마다 동

合江樓에서 바라본 惠州 시내. 우측이 東江, 좌측은 西枝江. 강 건너편의 테라스가 합강루의 원위치다. 이 글에서처럼 태풍으로 큰물이 들어 있다.

파는 중얼거렸을지 모르겠다. 내가 이 정도로 그들 눈의 가시였던 것일까?

서쪽 누각의 이름을 짓다

해제

이 글은 동파가 48세에 장강 하류에 있는 어느 누각의 이름을 짓느라 고심하면서 쓴 메모이다.

번역

원풍元豐 7년 동짓날, 산양山陽을 방문하여 서쪽 누각에 올라가 보았다. 당시 경번景繁 채승희蔡承禧는 지방 순시를 나가서 아직 돌아오지 않았을 때였다. 상주常州에 살게 해달라는 나의 간청이 이제 막 윤허를 얻었으니, 봄이 되면 이곳을 다시 찾게 되리라. 옛날부터 있던 이 누각에 이름을 붙여주고자 하나 좋은 이름이 생각나지 않았다. 채모蔡謨와 채곽蔡廓은 진陳나라 송宋나라에 걸쳐 으뜸가는 명문세가였으니, 그들의 가문을 칭송해주는 이름이면 어떨지 모르겠구나.

원문과 주석

名西閣

元豐七年冬至, 過山陽, 登西閣, 時景繁出巡未歸。❶ 軾方乞歸常州, 得請, 春中方當復過此。❷ 故有閣欲名, 思之未有佳者。❸ 蔡謨、廓, 名父子也, 晉、宋間第一流, 輒以仰公家, 不

知可否?❹

❶ ▪ 元豐七年: 元豐은 북송 神宗의 연호. 원풍 7년은 1084년. 동파 나이 48세로 황주에서의 유배생활을 끝내고 常州로 갔던 해이다. 원본에 보면 '元豐三年'으로 기재되어 있으나, 王松齡의 교정에 의해 7년으로 고친다. 원풍 3년은 동파가 황주에서 유배생활을 시작하던 때이다. 아래 문장에 나오는 '동파가 山陽을 지나간 것'은, 다른 기록에 의하면 원풍 7년 겨울이 맞다.

▪ 山陽: 江蘇省 長江 삼각주 지역에 위치했던 고대의 지명. 남송 시기에 淮安으로 이름을 바꾸었다. 대운하가 지나가며, 중국 5대 담수호 중의 하나인 洪澤湖가 경내에 있다.

▪ 西閣: 山陽(淮安)에 있는 누각 이름.

▪ 景繁: 원본에는 景熕繁으로 되어 있으나 王松齡의 고증으로 '熕'字를 삭제한다. 景繁은 蔡承禧의 字임. 채승희는 당시 淮南計度轉運副使였던 인물. 『東坡七集 · 前集』 35권에 보면 「祭蔡景繁文」이 수록되어 있다.

❷ ▪ 常州: 강소성 장강 삼각지의 중심에 있는 도시 이름.

▪ 軾方乞歸常州, 得請: 蘇軾이 常州로 가서 거주할 것을 간청하여 허락을 받았다는 뜻. 동파는 원풍 7년에 黃州에서 汝州로 量移되어 그해 겨울에 山陽과 泗州를 지나갔다. 이때 泗州에서 常州에 살게 해달라는 상소를 올려 윤허를 받았다.

❸ ▪ 欲名: 이름을 붙이려고 하다.

❹ ▪ 蔡謨: 字는 道明. 晉나라 때의 정치가. 陳留 考城(오늘날의 河南蘭考) 사람. 진나라 康帝 때 侍中 벼슬에 이르렀다. 『晉書』 77권에 그의 전기가 있다.

▪ 廓: 蔡廓. 字는 子度. 蔡謨의 증손자이다. 『宋書』 57권에 그의 전기가 있다.

▪ 名父子: 蔡謨는 蔡廓의 증조부이므로 그들은 父子 관계가 아니다. '명가 집 자제(名家子)'로 기록해야 옳다.

▪ 宋: 남북조시대의 나라 이름. 劉宋 왕조. 420년에 건국하여 479년에 멸망하였다.

- 晉、宋間第一流: 채씨 집안이 위진남북조시대의 晉나라 宋나라에 걸쳐 대대로 관직을 맡았던 명문세가였다는 뜻.
- 輒以仰公家: 원본에는 '公家'가 '公名'으로 되어 있다. 孔凡禮는 蘇東坡集에 근거하여 '輒以似公家'로 고쳤으며, 王松齡과 劉文忠은 '輒以仰公家'로 표기하였다. 王과 劉를 따른다. '公家'는 채씨 집안을 지칭한다.

해설

이 글은 동파가 황주 유배에서 풀려나 새로운 거주지를 정하기 직전에 쓴 것이다. 당시 동파는 48세. 혼탁한 정치판에서 물러나 조용히 은거생활을 즐기려는 계획에 들떠 있을 무렵이다. 이 글 속에서 그가 찾아간 산양山陽은 오늘날의 회안淮安이니, 장강 삼각주의 산자수명山紫水明한 땅이다.

동파는 아마 그곳에서 전운사轉運使 벼슬을 하고 있던 채승희蔡承禧를 찾아갔다가 만나지 못하고, 심심파적으로 어느 누각에 올라가 풍광을 감상하였던 모양이다. 그 누각에 현판이 없는 것을 발견한 동파는 누각의 이름을 지어보려고 고심한다. 그러나 동파는 자신이 찾아갔던 지인이 채씨蔡氏이므로, 그의 조상 중에서 높은 벼슬을 했던 이들과 관련된 이름을 지으면 어떨까 궁리해볼 뿐, 끝내 적당한 명칭을 생각해내지 못한다.

천하의 동파가 이게 웬 일인가! 중국문학사상 최고의 천재 문인이라는 동파 아닌가! 그런 천재도 때로는 이렇게 글 쓰는 일로 고민할 때가 있다니! 글쓰기가 괴로운 우리네 보통 사람들에게 작은 위로가 되는 듯싶어 빙긋 미소를 짓게 만드는 글이다.

제5부

정자와 집 亭堂

東坡志林

임고정臨皐亭의 한가함

해제

황주로 유배를 간 중년의 동파가 장강長江을 굽어보는 전망 좋은 정자에 임시 거처를 정한 후, 스스로의 처지와 환경에 대한 심경을 읊은 글이다.

번역

임고정臨皐亭에서 아래로 팔십여 걸음만 내려가면 큰 강물이 흐른다. 그 중의 절반은 내 고향 아미산峨眉山의 눈 녹은 물이다. 내가 밥을 해먹고 목욕을 하는 물은 다 거기서 얻어오는 것이니, 구태여 고향에 돌아가야 할 필요가 있겠는가? 강산江山의 바람과 달은 원래 임자가 없는 법. 한가로운 사람만이 그 주인이 될 수 있는 것이다. 듣건대 범자풍范子豐이 새로이 정원과 연못이 달린 큰 저택을 지었다고? 강산의 명월明月과 비교할 때 무엇이 더 나을까? 그러므로 군자君子의 노님만은 못하리라. 양세兩稅도 내지 않고 조역전助役錢도 없지 아니한가!

원문과 주석

臨皐閑題

臨皐亭下八十數步, 便是大江, 其半是峨嵋雪水, 吾飮食沐浴皆取焉, 何必歸鄕哉!❶ 江山風月, 本無常主, 閑者便是主人。❷ 聞范子豐新第園池, 與此孰勝?❸ 所以不如君子, 上無兩稅及助役錢爾。❹

❶ ▪ 臨皐亭: 동파가 황주에서 유배생활을 시작했을 당시의 거주지. 맨 먼저 定惠院에 임시 숙소를 두었으나 곧 臨皐亭으로 옮겼다.
▪ 臨皐亭下八十數步: 蘇東坡集에는 '八十數步' 대신 '不數十步'로 되어 있다.
▪ 峨嵋: 아미산. 사천에 있는 명산으로 동파의 고향 眉山과 매우 근접해 있다.

❷ ▪ 閑者便是主人: 한가하게 여유가 있는 사람만이 山川의 아름다움을 즐길 수 있다는 뜻.

❸ ▪ 范子豐: 未詳의 인물.

❹ ▪ 兩稅: 당나라 德宗 때부터 시행해 오던 조세법. 6월 이전의 여름에 한 번, 11월 이전의 가을에 한 번 세금을 내는 조세법. 송나라 때는 穀物이나 織物로 세금을 대신 납부하게 허락해 주었다.
▪ 助役錢: 북송 신종 때 시행했던 王安石 신법 중의 하나. 원래 賦役이 면제되었던 지방의 土豪, 관리, 승려와 도사 등에게 규정액의 절반을 납부하게 하여 관아에서 부리는 일의 품삯으로 지불하게 하였던 세금의 일종.

해설

기가 막히도록 멋들어진 명문이다. 황주로 유배 온 동파가 거주하게 된 곳은 강변에 있는 정자였다. 아무리 유배를 왔어도 그렇지, 공공장소인 정자에서 살아야만 한다니, 그 불편이 오죽하겠는가! 보통 사람이라면 가슴이 쓰라리고 우울증이라도 걸릴 그 순간에, 동파가 보여주는 이 호방한 정신세계는 읽는 이의 가슴을 탁 트이게 하여 준다.

동파의 고향은 사천四川 미산眉山. 유명한 아미산峨眉山을 인근에 두었다. 그 아미산의 계곡물은 민강岷江과 대도하大渡河로 들어가, 의빈宜賓에서 금사강金沙江과 만나 장강이 되어 수천 리를 달려 내려와 황주 임고정 밑을 지나간다. 그 물을 마시고 그 물로 목욕하니 고향과 다를 바가 무엇이냐고 말한다.

일부러 거금을 마련하여 아무리 멋진 정원을 만든다 한들, 임자 없는 이 바람과 저 달이 둥두렷한 대자연만 하겠는가! 그런데 이 대자연은 오직 한가로운 사람만이 그 주인이 될 수 있단다. 여기서 잠깐, 동파가 말하는 이 한가로움이란 대체 무엇일까? 단지 시간적인 여유일까?

《江亭覽勝圖》 宋, 朱惟德

그럴 리가 없다. 세상을 거시적으로 바라볼 줄 아는 참된 지혜에서 우러나온 마음의 한가로움일 것이다. 유배를 와서 아무 할 일이 없는 처지이니 몸이야 물론 한가롭겠지만, 동파처럼 거시적인 시각으로 세상을 바라보고, 모든 것을 초월하여 마음마저 한가로울 수 있는 사람이 과연 몇이나 되겠는가! 그의 「초연대기超然臺記」와 함께 감상하면 이 글에서 나타난 동파의 정신세계를 좀 더 잘 이해할 수 있을 것 같다.

용안정容安亭의 이름을 짓다

해제

황주 유배시기에 쓴 메모인 것으로 추측된다.

번역

정절선생靖節先生 도연명陶淵明이 이런 말을 남겼다. "남쪽 창문을 열고 고고한 기개를 펼쳐보며, 겨우 무릎 하나 들여 놓을 작은 방에서의 편안함을 만끽하네." 그래서 늘 작은 방 하나를 만들어 '용안容安'이라는 이름을 붙이고 싶었다.

원문과 주석

名容安亭

陶靖節云: 「倚南窗以寄傲, 審容膝之易安。」❶ 故常欲作小軒, 以容安名之。❷

❶ ▪ 陶靖節: 남북조시대의 시인 陶淵明을 지칭함. 靖節은 그의 號. 字는 元亮.
▪ 倚南窗以寄傲, 審容膝之易安: 남쪽 창문을 열고 맑은 정신 뿜어보니, 겨우 무릎 하나 들여놓을 이 작은 방에서도 쉽게 안락함이 느

껴지는 이유를 생각해본다는 뜻. 容은 포용하다. 容膝은 '무릎을 포용하다'는 뜻이니 '겨우 한 사람의 무릎 하나 놓을 수 없을 정도로 작은 방'이라는 뜻임. 도연명 「歸去來辭」의 한 구절.

❷ ▪ 軒: 창문이 있는 긴 복도, 또는 작은 방.

▪ 作小軒: 劉文忠本에서는 '作' 대신에 '用' 字를 사용하였음. 다른 판본은 모두 '作'으로 나옴.

▪ 容安: 도연명 「歸去來辭」의 한 구절인 '審容膝之易安'에서 두 글자를 따온 것임.

해설

'용안容安'은 도연명陶淵明 「귀거래사歸去來辭」의 "무릎 하나 들여놓을 작은 방에서의 편안함容膝之易安"이라는 글귀에서 앞 뒤 글자를 하나씩 따온 것이다. 동파는 황주 유배시기에 처음으로 도연명의 문집을 대하면서, 그의 임진자득任眞自得의 세계에 흠뻑 빠져 지내게 되었다.

《陶淵明像》 明, 王仲玉

진씨陳氏의 초당

해제

자호慈湖는 절강성浙江省 항주와 영파寧波 사이에 위치한 자계慈溪에 있는 호수다. 동파가 이 근처에서 거주한 것은 35세부터 3년간 항주통판杭州通判으로 있었을 때와 53세부터 2년간 항주태수杭州太守로 재직했을 때였다. 그런데 이 글에서 '동파거사'라고 자칭한 것으로 보아 53세 무렵 항주태수로 있을 때 쓴 글로 추정된다. '동파거사'란 호칭은 그가 40대 후반에 황주 유배시기에 지은 것이기 때문이다.

번역

자호慈湖에 있는 진씨陳氏 초당에는, 그 뒤로 산봉우리 사이에서 거세게 쏟아져 나오는 폭포가 있다. 백포白布가 걸린 듯, 흰 눈이 무너지는 듯, 바람 속에 휘날리는 버들개지인 듯, 백학白鶴이 군무群舞를 추는 듯.

삼료자參寥子가 초당의 주인에게 그곳에서 노년을 보낼 수 있도록 간청을 하니, 그 주인이 허락을 하였다. 동파거사東坡居士도 명첩名帖을 보내어 공양주供養主 되기를 간청하고, 용구자龍邱子도 창고지기가 되고자 하였다. 삼료자가 허락하지 않으며 한 마디 하였다. "자네들이 저 폭포 물을 한 입에 다 마서버린다면 그렇게 해줌세."

원문과 주석

陳氏草堂

慈湖陳氏草堂, 瀑流出兩山間, 落於堂後, 如懸布崩雪, 如風中絮, 如羣鶴舞。❶ 參寥子問主人乞此地養老, 主人許之。❷ 東坡居士投名作供養主, 龍邱子欲作庫頭。❸ 參寥不納, 云:「待汝一口吸盡此水, 令汝作。」

❶ ▪ 慈湖: 浙江省 慈溪縣 동북쪽에 있는 호수 이름.

❷ ▪ 參寥子: 송나라 때의 승려 道潛의 별호. 道潛은 浙江省 於潛(오늘날의 臨安縣) 사람으로 詩歌에 뛰어나 동파나 秦觀 등과 자주 어울렸음. 조정에서 紫衣를 하사하고 '妙總'이라는 법호를 내린 적이 있어서 동파는 그를 '妙總師' 또는 '妙總大師'로 부르기도 하였음.

▪ 乞此地養老: 이곳에서 노년을 보낼 수 있도록 간청하다.

❸ ▪ 投名: 名帖을 건네고 만나기를 청하다.

▪ 供養主: 불교 용어. 불상에 祭物을 바치거나 스님에게 식사 등을 바치는 행위를 供養이라 하고, 그 경비를 제공하는 사람을 일러 하는 말.

▪ 龍邱子: 陳慥. 소동파의 절친한 벗. 字는 季常. 자칭 龍邱子 先生이라 하였음.

▪ 庫頭: 창고지기. 창고의 재물을 담당하는 관리인.

해설

동파의 귀신같은 글 솜씨가 빛을 발하는 멋진 소품이다. 그림같이 아름다운 풍광 속에서 허물없이 함께 늙어가는 벗들의 훈훈한 우정이 저절로 미소를 짓게 만든다.

자호慈湖 주변의 풍광이 어디 폭포 하나뿐이겠는가? 그러나 동파는 오직 폭포가 쏟아지는 모습만 우리에게 보여준다. "백포白布가 걸린 듯, 흰 눈이 무너지는 듯, 바람 속에 휘날리는 버들개지인 듯, 백학白鶴이 군무群舞를 추는 듯!" 간결하기 그지없는 묘사로 독자들을 폭포 앞으로 인도한다. 휘날리는 폭포수에 우리 읽는 이들의 온몸이 흠뻑 젖어버린 느낌이다. 빠르고 느린 셔터 스피드로 찍은 네 장의 조금씩 다른 폭포 사진만 보았을 뿐인데, 자호를 에워싼 주변의 풍광이 얼마나 아름다울지 충분히 짐작할 수 있을 것 같다.

벗들의 허물없는 모습들이 어디 한 순간뿐이겠는가? 그러나 동파는 오직 에피소드 하나만을 소개한다. 아니, 이렇게 멋진 곳에서 자네 혼자 살겠다는 말인가? 에이, 몹쓸 사람! 밥은 내가 먹여줄 테니 나도 좀 끼어주게. 하하, 나는 창고지기 노릇을 잘 하여줄 테니, 나도 좀 끼어주게나. 부러움에 가득 찬 벗들의 청원을 일언지하에 거절하는? 목소리, "자네들이 저 폭포 물을 한 입에 다 마셔버린다면 그렇게 해줌세." 그 얼굴에 미소가 가득 피어나는 모습이 독자들은 눈에 선하지 않으신가?

《山水二幀》宋, 夏圭

이토록 짧은 글 속에 이토록 풍성한 삶의 정취를 가득 담아내는 동파! "글이란 이렇게 쓰는 거야." 삼료자, 용구자와 함께 앉아 있던 동파가 문득 뒤돌아보며, 입을 벌린 채 감탄하고 있는 우리를 향해 빙긋 미소를 던지는 것 같다.

설당雪堂에서 반빈로潘邠老에게 물어보다

해제

동파는 황주로 유배 간 후 3년째 되는 해에 정착생활을 하기 시작한다. 성문 밖 동쪽 언덕 위에 '설당雪堂'이라는 집을 짓고 농사를 지어 가족을 먹여 살리기 시작한 것이다. 이 글은 그 당시의 감회를 상징과 은유의 수법으로 서술하고 있다. 문장이 상당히 길기 때문에 일곱 문단으로 나누어 살펴보도록 하겠다.

번역 1

소자蘇子는 동쪽 언덕 가장자리에 있는 황폐한 땅을 구해 집을 짓고 담을 쌓았으니, 그 한가운데 있는 본채의 이름을 '설당雪堂'이라 하였다. 이는 집을 짓는 동안 큰 눈이 내렸으며, 또 실내 사방의 벽에 빈틈없이 눈 그림을 그렸기 때문이다. 소자는 그곳에 유유자적하게 기거하며 사방을 곁눈질로 둘러보니 눈이 아닌 것이 없는지라, 참으로 살 만한 곳을 얻은 것이었다.

소자는 대낮에 작은 책상에 몸을 기대어 눈을 붙여보았다. 황홀한 꿈속에서 흡족해하고 있는 것 같았다. 그러나 막 홍이 오를 무렵, 자신도 모르게 그 어떤 물체와 부딪쳐서 잠에서 깨어나고 말았다. 그 흡족했던 느낌이 못내 아쉬웠다. 마치 무엇인가 잃어버린 것 같은 느낌에, 눈을 비비며 짚신을 끌고 밖으로 나가보았다.

원문과 주석 1

雪堂問潘邠老❶

蘇子得廢園於東坡之脅, 築而垣之, 作堂焉, 號其正曰「雪堂」。❷ 堂以大雪中為, 因繪雪於四壁之間, 無容隙也。❸ 起居偃仰, 環顧睥睨, 無非雪者, 蘇子居之, 真得其所居者也。❹ 蘇子隱几而晝瞑, 栩栩然若有所適, 而方興也, 未覺, 為物觸而寤。❺ 其適未厭也, 若有失焉, 以掌抵目, 以足就屨, 曳於堂下。❻

❶ ▪ 雪堂: 동파가 47세에(元豐 6년; 1083) 黃州 유배시기에 성의 동쪽 언덕 위에 지은 건물. 성문에서 百餘步 떨어진 거리에 위치해 있었다고 한다.
▪ 潘邠老: 潘大臨. 북송 江西派의 시인. 黃岡 사람. 邠老는 그의 字임. 아우인 潘大觀과 함께 뛰어난 詩文으로 東坡와 黃庭堅, 張耒 등의 칭찬을 받았음. 매우 가난했으나 담백한 성품으로 속세를 초탈한 道人의 풍모를 보였음. 徽宗 大觀 연간에 蘄春에서 50세도 안 되는 나이에 객사하였음. 『柯山集』을 남겼음.

❷ ▪ 蘇子: 동파가 스스로를 자칭하여 부른 말.
▪ 廢園: 버려진 전답.
▪ 脅: 옆구리, 가장자리.
▪ 垣之: 나지막한 담을 쌓다.
▪ 正: 正堂. 집의 정 중앙에 위치한 방.

❸ ▪ 無容隙: 틈 하나 남기지 않고. 빈틈없이.

❹ ▪ 偃仰: 넘어진 채로 하늘을 향해 바라보다. 그 어떤 것에도 쫓기지 않고 유유자적하게 생활하는 모습을 표현한 것.

《雪堂客話圖》 宋, 夏圭

- 睥睨[비예; bì nì]: 옆 눈질로 보다. 곁눈질하다.

❺ ▪ 隱几[궤]: 앉은뱅이책상에 기대다.
- 瞑: 눈을 감다.
- 栩栩然: 황홀하고 즐거운 모양.
- 適: 편안하다, 편안해하다. 만족하다. 흡족하다.
- 方興也: 이제 막 홍이 일어나려고 할 무렵.
- 爲物觸而寤: (어떤) 물체에 부딪쳐서 (잠에서) 깨어나다.

❻ ▪ 其適未厭: 그 편안한 느낌이 싫증나지 않아서. 그 편안했던 느낌이 못내 아쉬워서.
- 抵目: 눈을 비비다.
- 曳[예; yè]: 끌다. 끌리다.

***　　　***　　　***

어느 나그네가 와 있었다. 그가 내게 물었다.

"그대는 이 세상의 굴레를 벗어던진 산인散人이시오, 아니면 구속에서 벗어나지 못한 속인俗人이시오? 산인이라고 친다면 아직 경지에 이르지 못하였고, 속인이라고 하기에는 그쪽을 향한 욕망이 너무 크구려. 이제 이렇게 고삐에 묶인 말처럼 멈추어 있으니, 그 무엇인가를 얻으신 게요, 아니면 잃으신 게요?"

소자蘇子는 마음속으로 스스로를 돌이켜보려는 듯, 아무 말도 하지 않고 어떻게 답변해야 할지 천천히 생각하며, 그를 집안으로 모시었다. 나그네가 계속 말하였다.

"아하, 그렇구려. 그대는 산인이 되려다가 못된 것이구려. 내가 그대에게 산인이 될 수 있는 방법을 일러드리리다. 옛날

우禹임금이 치수治水에 성공하고, 포정庖丁이 칼을 들어 성공적으로 소를 잡을 수 있었던 까닭은, 수많은 장애물을 극복하고 세상에서 흔히 말하는 '지혜'의 굴레에서 벗어날 수 있었기 때문이라오. 그러므로 가장 부드러운 물체인 물이 가장 딱딱한 물체인 바위에 부딪히게 되더라도 때로는 바위가 갈라지는 법이며, 가장 딱딱한 물체인 칼로 가장 부드러운 물체인 소고기를 해체할 때에도, 소의 외형外形은 보이지 않고 그 내면의 구조構造가 보일 수 있는 것이지요.

내가 만약 세상일의 굴레에서 벗어날 수 있다면, 세상일이란 게 원래부터 나를 구속하고 있지 않기 때문이요, 굴레에서 벗어날 수 없다면 세상일이라는 것이 원래부터 나를 놓아주지 않기 때문이지요. 그대도 지혜가 있을 터이니, 내심 잘 생각해보면 알 것이오. 지금 그대는 호주머니에 고슴도치를 집어넣고 있는 격이지요. 툭하면 가시가 척추 뼈를 찔러댈 텐데, 밖으로 보이는 가시만 해도 한두 개가 아니구려.

바람과 그림자를 붙잡을 수 없다는 것쯤은 어린아이도 알지요. 사람에게 있어서 이름 따위는 바람이나 그림자 같은 것인데, 그대는 홀로 그것을 붙잡고 있구려. 그래서 어리석은 자들은 그림자를 보고 그저 놀라기만 하고, 지혜로운 사람들은 일어나서 확인을 하지요. 그대가 이제야 오늘에 이르렀음을 단호하게 나무라고 싶소. 그나마 나를 만났으니 다행이구려. 이제 내가 그대를 울타리 밖으로 초청하여 나들이를 가고 싶은데, 괜찮겠소이까?"

원문과 주석2

客有至而問者, 曰:「子世之散人耶? 拘人耶?❶ 散人也而未能, 拘人也而嗜慾深。今似繫馬止也, 有得乎? 而有失乎?❷」蘇子心若省而口未嘗言, 徐思其應, 揖而進之堂上。❸ 客曰:「嘻, 是矣! 子之欲為散人而未得者也。予今告子以散人之道: 夫禹之行水, 庖丁之提刀, 避衆礙而散其智者也。❹ 是故以至柔馳至剛, 故石有時以泐; 以至剛遇至柔, 故未嘗見全牛也。❺ 予能散也, 物固不能縛; 不能散也, 物固不能釋。❻ 子有惠矣, 用之於內可也, 今也如蝟之在囊, 而時動其脊脅, 見於外者不特一毛二毛而已。❼ 風不可摶, 影不可捕, 童子知之。❽ 名之於人, 猶風之與影也, 子獨留之。❾ 故愚者視而驚, 智者起而軋。❿ 吾固怪子為今日之晚也, 子之遇我, 幸矣!⓫ 吾今邀子為藩外之游, 可乎?」⓬

❶ ▪ 散人: 원래는 할 일없이 한가롭게 지내며 세상에 쓰임을 받지 못하는 사람을 지칭했음. 『莊子 · 人間世』에 나오는 말. 그러나 唐나라 때 陸龜蒙이 벼슬길로 나가지 않고 은거하면서 자칭 散人이라 호칭한 이후로, 주로 세상일에 얽매이지 않고 숨어 지내는 隱士의 뜻으로 사용됨.
　▪ 拘人: 세상일에 얽매여 지내는 사람.
❷ ▪ 繫馬止: 줄에 묶여서 돌아다니지 못하고 있는 말(馬).
　▪ 有得乎? 而有失乎?: 散人이 된 것이오, 아니면 못된 것이오? 즉 진정으로 세상일에서 초탈한 경지에 이르렀느냐는 뜻.
❸ ▪ 徐思其應: 어떻게 답변할지 천천히 생각해본다는 뜻.
　▪ 揖: 읍을 하다. 손님에게 머리를 숙여 인사를 하다.
　▪ 進之: 손님을 안으로 들어오게 하다. 안으로 모시다.
❹ ▪ 禹之行水: 禹 임금이 治水를 하다.
　▪ 庖丁之提刀: 庖丁이 칼을 들어 소를 잡다. 庖丁은 주방장. 『莊子 · 養生主』에 나오는 일화.

- 避衆礙而散其智: 많은 장애물을 극복하고 세상에서 말하는 지혜의 굴레에서 벗어나다. 여기서 散은 '~의 속박에서 벗어나다'의 뜻.

❺ - 以至柔馳至剛: 가장 부드러운 물체인 물로 하여금 가장 딱딱한 바위에 부딪치게 한다는 뜻.
- 泐[늑(륵); lè]: 갈라지다.
- 以至剛遇至柔: 가장 딱딱한 물체인 칼을 써서 가장 부드러운 물체인 소고기를 해체하게 한다는 뜻.
- 全牛: 한 마리의 소 전체. 『莊子 · 養生主』의 '庖丁解牛' 일화에서 나온 말. 주방장(庖丁)이 소를 잡을 때, 외형적인 '소 한 마리'가 눈에 보이는 것이 아니라 내면적인 '소의 내부 구조'가 눈에 보인다는 이야기. '目無全牛'라는 고사성어는 여기에서 출전된 것임.

❻ - 予能散也, 物固不能縛: 내가 굴레에서 벗어날 수 있었던 것은, 삼라만상의 모든 사물/사건이 원래부터 나를 구속하고 있지 않기 때문이라는 뜻.
- 不能散也, 物固不能釋: 내가 굴레에서 벗어날 수 없는 것은, 삼라만상의 모든 사물/사건이 원래부터 나를 놓아주지 않기 때문이라는 뜻.

❼ - 惠: 지혜.
- 子有惠矣, 用之於內可也: 당신도 지혜가 있을 터이니, 속으로 잘 생각해보면 알 수 있을 것이라는 뜻. 用은 여기서 지혜를 활용해보라는 뜻.
- 蝟之在囊: 호주머니 안에 있는 고슴도치.
- 脊脅: 등에 붙은 갈비뼈.

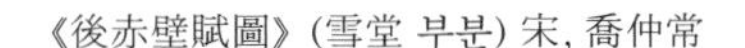
《後赤壁賦圖》(雪堂 부분) 宋, 喬仲常

▪ 不特~而已: 단지 ~뿐만이 아니다.
❽ ▪ 搏: 잡다, 붙잡다.
❾ ▪ 名之於人: 사람에게 있어서 명예(이름)란.
❿ ▪ 軋[알; gá]: 대조하다, 점검하다.
⓫ ▪ 固: 단호하게
⓬ ▪ 邀: 초대하다
▪ 藩外之游: 울타리 바깥으로 나들이를 가다.

*** *** ***

번역3

소자蘇子가 말했다.

"내가 여기 살면서 스스로 울타리 밖에 나온 지 이미 오래 되었다고 여기고 있었는데, 그대는 또 나를 어디로 데려가려고 하신다는 말이오?"

나그네가 말했다.

"그대는 참으로 어리석구려! 무릇 권세도 의지할 바가 못 되고, 명예라는 것도 의지할 바가 못 되지요. 남녀 간의 음양陰陽도 의지할 바가 못 되며, 도덕道德과 같은 것도 의지할 바가 못 된답니다. 의지할 수 있는 것은 오로지 그대의 지혜뿐이라오. 지혜가 그대의 내면에 축적되어 밖으로 언어言語가 되어 나와야만 그 언어에 힘이 실리는 것이며, 그 언어가 육체의 행동으로 실천되어야만 그 행위에 힘이 실리는 것이라오.

그대를 침묵하게 하고 싶지만 그대는 침묵하려 하지 않고, 휴식을 취하게 하고 싶으나 쉬려고 하지를 않는구려. 취객이 술주정을 하듯, 광인狂人이 미친 짓을 하듯, 입을 틀어막고 팔을 붙잡아도 그저 한없이 흐느끼며 발버둥치는 것만 같소이다. 어떤 사람에게는 그 굴레가 참으로 고집스럽구려.

인간은 육체가 있음으로써 우환이 생기고, 육체는 마음이 있기 때문에 걱정이 생기지요. 이 땅에 집을 지었으니 장차 그대의 몸이 안일해질 것이며, 이 집에 눈을 그려 놓았으니 장차 그대의 마음도 편안해질 것이오. 몸이 설당雪堂에 의지하여 안일해지면 현상에 고착되어 그대의 울타리에서 벗어날 수 없고, 눈雪 따위에 의지하여 마음을 달래고자 하면, 정신이 완강하게 고착되어 하나로 집중하지 못하게 되는 법. 그대도 불이 꺼지고 난 재에서 다시 불씨가 타오르는 이치를 알고 계시렷다? 그러므로 이 집을 지은 것은 비단 아무 도움이 안 될 뿐만 아니라 그대의 시야視野를 또 다시 가리게 할 것이오.

저 하얀 눈을 보시오그려! 황홀하게 우리의 시각을 어지럽히고 있지 않소? 저 눈은 또 얼마나 차갑소이까? 모골毛骨이 송연竦然하게 일어날 정도이지 않소? 인간의 다섯 가지 감각이 미치는 해로움 중에서도 시각視覺이 으뜸이라서, 성인聖人들은 그로써 위해危害를 입을 만한 행동일랑은 아예 하지 않았지요. 아, 눈雪이여! 그대도 저 눈이 그대의 눈을 어지럽히고 있는지 잘 알고 있는 것 같소이다만, 그대는 참으로 위험하구려!"

원문과 주석3

蘇子曰:「予之於此, 自以為藩外久矣, 子又將安之乎?」❶ 客曰:「甚矣, 子之難曉也!❷ 夫勢利不足以為藩也, 名譽不足以為藩也, 陰陽不足以為藩也, 人道不足以為藩也, 所以藩子者, 特智也爾。❸ 智存諸內, 發而為言, 則言有謂也, 形而為行, 則行有謂也。❹ 使子欲嘿不欲嘿, 欲息不欲息, 如醉者之恚言, 如狂者之妄行, 雖掩其口, 執其臂, 猶且喑嗚蹁蹴之不已。❺ 則藩之於人, 抑又固矣。❻ 人之為患以有身, 身之為患以有心。是圃之構堂, 將以佚子之身也, 是堂之繪雪, 將以佚子之心也。❼ 身待堂而安, 則形固不能釋, 心以雪而警, 則神固不能凝。❽ 子之知既焚而燼矣, 燼又復然, 則是堂之作也, 非徒無益, 而又重子蔽蒙也。❾ 子見雪之白乎? 則恍然而目眩。子見雪之寒乎? 則竦然而毛起。❿ 五官之為害, 惟目為甚, 故聖人不為。⓫ 雪乎雪乎, 吾見子知為目也, 子其殆矣!⓬」

❶ ▪ 子又將安之乎: 그대는 또 나를 데리고 어디로 가려 한단 말이오? 여기서 安은 '어디로'의 뜻.

❷ ▪ 難曉: 깨닫지를 못하다. 어리석다.

❸ ▪ 勢利: 상황의 유리함. 유리한 상황. 유리한 주변 여건(환경).

▪ 藩: 울타리. 여기서는 의지할 수 있는 것.

▪ 陰陽: 여기서는 남녀관계를 뜻함.

▪ 人道: 사람으로서 걸어가야 할 길. 즉 도덕이나 휴머니즘 따위를 지칭함.

▪ 所以藩子者, 特智也爾: 진정으로 그대가 의지할 수 있는 것은 오로지 지혜일뿐이라는 뜻. 特: 오로지, 단지. 여기서 '藩子'를 原本에서는 '藩予'로 되어 있으나 張本과 學津本, 商本, 王松齡本 등에 근거하여 '藩子'로 고쳤음.

❹ ▪ 智存諸內, 發而爲言, 則言有謂也: 내면에 지혜를 저장해 놓고 말을 해야만 그 말에 의미가 있게 된다는 뜻. '諸'는 '之于'의 합성자. '有謂'는 의미가 있다는 뜻.

▪ 形而爲行, 則行有謂也: (그 말이) 외형적으로 나타나 행동으로 실천되어야만 의미 있는 행동이라 할 수 있다는 뜻.

❺ ▪ 嘿[묵; mò]: 입을 다물다.

▪ 息: 쉬다, 휴식하다.

▪ 恚[예; huì]言: 성을 내며 하는 말. 원망의 말.

- 喑嗚: 목소리를 죽이고 흐느끼다.
- 跼蹴[국축; júcù]: 한쪽 발을 들어 곤궁하게 하다(되다). 몰아붙이다. 구속하다(되다). 힘들게 하다 (되다).
- 不已: 끝없이. 原本에는 '而已'로 되어 있으나 문맥상 '不已'가 맞다. 蘇東坡集과 商本에 근거하여 고친다.

❻ ▪ 藩之於人, 抑又固矣: 사람에게 있어서 굴레(울타리)는 어쩌면 대단히 공고하다. 즉 어떤 사람이 지니고 있는 굴레는 대단히 완강하다는 뜻.

❼ ▪ 是圃: 이 밭. 즉 동파가 雪堂을 지은 땅.
- 構堂: 집을 짓다.
- 佚: 逸과 같은 글자로 쓰임. 안일하다, 편안하다.

❽ ▪ 身待堂而安, 則形固不能釋: 육신이 雪堂에 의지하여 편안해지면, 형태에 고착되어 굴레가 사라질 수 없다. 즉 雪堂에서 편하게 거주하면 외형적 현상에 고착되어 자신을 억누르고 있는 굴레에서 벗어날 수 없다는 뜻.
- 心以雪而警, 則神固不能凝: 마음을 눈(雪) 따위에 의지하여 타이르면, 정신상태가 고착되어 마음을 하나로 집중시킬 수 없다. 즉 눈 따위에 의지하여 마음을 달래고자 하면, 정신이 하나로 집중되지 않고 고착되어 버린다는 뜻. 警은 여기서 타이르다, 달래다의 뜻임.

❾ ▪ 燼: 타다가 남은 재.
- 復然: 다시 타오르다. 然은 여기서 燃과 같은 뜻으로 사용됨.
- 非徒A而又B: A뿐만 아니라 B도 그러하다. 현대중국어의 不但A而且B와 같음.
- 重子蔽蒙: 그대의 덮개를 중복하다. 즉 그대의 정확한 시야를 가리고 있는 덮개를 다시 뒤집어쓴다는 뜻. 重은 중복하다의 뜻.

《雪景寒林圖》 北宋, 范寬

❿ ▪ 竦然而毛起: 털끝이 일어설 정도로 두려워지다. 모골이 송연하다.
⓫ ▪ 五官: 다섯 가지 감각. 즉 視覺, 聽覺, 觸覺, 嗅覺, 味覺.
▪ 聖人不爲: 視覺의 착각으로 危害를 입는 일을 하지 않는다는 뜻.
⓬ ▪ 子知爲目也: 그대도 저 눈(雪)이 당신의 눈(目)을 어지럽히고 있는 줄 잘 알고 있다는 뜻.

***　　***　　***

번역 4

나그네가 다시 지팡이를 들어 벽을 가리키며 말했다.

"이곳은 오목하게 들어갔고, 여기는 불룩 튀어나왔구려. 눈이 어지럽게 휘날릴 때에야 그 어느 곳에든 다 똑같이 내리지 않겠소? 하지만 사나운 바람이 지나가면 오목한 곳에 쌓인 눈은 남아 있고, 불룩 튀어나온 곳의 눈은 흩어지게 마련이지요. 그러나 하늘이 어찌 그 땅의 오목하고 불룩함을 사사로이 예뻐하거나 미워하겠소? 단지 여건이 그리 형성되었을 뿐. 형세形勢의 흐름은 하늘도 거스를 수가 없는 법이거늘, 하물며 인간이 어찌 할 수 있겠소이까! 그대의 이 거처는 비록 속세에서 멀리 떨어져 있지만, 밭에는 이 집을 지어 놓고 설당이라는 이름까지 지었으니, 이는 사실 그대의 장애물일 뿐이라오. 눈은 여전히 오목한 곳에 쌓여 있지 않소이까?"

원문과 주석 4

客又擧杖而指諸壁, 曰:「此凹也, 此凸也。方雪之雜下也, 均矣, 厲風過焉, 則凹者留而凸者散。❶ 天豈私於凹凸哉? 勢使然也。❷ 勢之所在, 天且不能違, 而況於人乎! 子之居此, 雖遠人也, 而圃有是堂, 堂有是名, 實礙人耳, 不猶雪之在凹者乎?❸」

❶ ▪ 方A也: A할 때에는. 현대중국어의 'A的時候兒'.
▪ 方雪之雜下也, 均矣: 눈이 어지럽게 휘날리며 내릴 때에는 움푹 패어진 곳이나 볼록 튀어나온 곳을 막론하고 모두 똑같이 눈이 쌓인다는 뜻.
▪ 厲風: 사나운 바람, 거센 바람.
❷ ▪ 天豈私於凹凸哉: 하늘이 어찌 사사로이 움푹 패어진 곳의 편을 들고 볼록 튀어나온 곳이라 해서 미워하겠는가?
▪ 勢使然也: 形勢, 즉 여건이 그렇게 형성하게 만들었을 뿐이라는 뜻.
❸ ▪ 遠人: 인간세계(속세)에서 멀리 떨어지다.
▪ 不猶雪之在凹者乎?: 눈은 여전히 움푹 파여진 곳에 쌓여 있지 아니한가?

《雪夜訪普圖》 明, 劉俊

***　　***　　***

번역 5

소자蘇子가 말했다.
"내가 그리 한 것은 우연일 뿐이요. 어찌 특별한 마음을 먹고 한 일이겠소? 위험하다니, 어째서요?"
나그네가 말했다.
"그대가 한 일이 우연이라? 그렇다면 때마침 비가 내린다면 비를 그리겠다는 것이오? 때마침 바람이 불면 바람을 그리겠다는 말이오? 비를 그려서는 아니 되오. 먹구름이 시커멓게 몰려오는 것을 보면 그대의 마음에 분노가 생기게 되는 법. 바람을 그려서도 아니 되지요. 초목이 쓰러지는 모습을 보면 그대의 뜻에 두려움이 생기게 되니까요. 저기 저 눈 그림을 보게 되면 그대의 내면 역시 흔들리지 않을 수가 없지요. 만약 마음에 흔들림이 있다면, 그것은 단아해야 할 단청丹青에 화려함이 있는 것이나, 순백純白이어야 할 빙설氷雪에 돌멩이가 박혀 있는 것과 마찬가지 이치지요. 덕망德望이란 것도 그 마음이 작용하여 존재하게 된 것이며, 그 마음도 인간의 눈眼이 작용하여 존재하게 된 것 아니겠소. 삼라만상의 모든 사물이 외적 요인에 의해 영향을 받는 이치가 어찌 서로 다르겠소이까!"

원문과 주석 5

蘇子曰:「予之所為, 適然而已, 豈有心哉?❶ 殆也, 奈何?」客曰:「子之適然也? 適有雨, 則將繪以雨乎? 適有風, 則將繪以風乎? 雨不可繪也, 觀雲氣之洶湧, 則使子有怒心; 風不可繪也, 見草木之披靡, 則使子有懼意。❷ 覩是雪也, 子之内亦不能無動矣。❸ 苟有動焉, 丹青之有靡麗, 氷雪之有水石, 一也。❹ 德有心, 心有眼, 物之所襲, 豈有異哉!❺」

❶ ▪ 適然: 우연.
❷ ▪ 披靡: 초목이 바람에 쓰러지다.
❸ ▪ 覩[도; dǔ]: 목도하다. 보다. 睹와 같은 글자임.
❹ ▪ 苟有動焉: 만약 마음에 움직임이 있다면.
▪ 靡麗: 화려함.

- 氷雪之有水石: 原本에는 '氷雪'이 '水雪'로 표기되어 있으나 이는 문맥상 타당하지 않다. 稗海本에 근거하여 '氷雪'로 고쳤음.

❺ - 德有心, 心有眼: 덕망은 그 덕망이 생기도록 만든 마음이란 것이 존재하고, 그 마음은 다시 그 마 음이 생기도록 눈(眼)이 영향을 주었다는 뜻.
- 襲: 영향을 미치다, 영향을 끼치다.
- 物之所襲: 사물이 영향을 받은 것. 즉 삼라만상의 모든 사물은 모두 외적 요소에 의해 영향을 받게 되어 있다는 뜻.

동파가 친 梅花
(儋州 東坡書院 비석 석각본)

***　　***　　***

번역6

소자蘇子가 말했다.

"그대의 말씀이 매우 올바르니 제가 어찌 감히 명命을 따르지 않겠습니까? 다만 미진한 부분이 있으니 침묵만 지킬 수는 없을 것 같습니다. 이는 사람들 사이에서 송사訟事가 벌어질 때에 상대방의 논리에 굴복하면서도 변명을 하지 않을 수 없는 것과 마찬가지겠지요.

그대는 봄의 풍광을 감상하기 위해 전망대에 올라가는 것과 이 설당雪堂 안으로 들어오는 것이 다르다고 생각하십니까? 눈 구경하는 것을 봄 풍경을 감상하는 것으로 여긴다면 눈을 보아도 마음이 고요하게 가라앉을 수 있고, 전망대를 이 집으로 여긴다면 이 안에서도 평정심을 얻을 수 있을 것입니다. 마음이 평정해지면 득得이요, 마음이 흔들리면 실失인 것이지요.

옛날 신화 속의 황제黃帝는 적수赤水 북쪽으로 유람을 나가서 곤륜산崑崙山 언덕 위에 올라 남쪽의 풍광을 구경하고 돌아오는 길에 검은 진주眞珠를 놓고 왔다지요. 유람을 나가면 기분이 좋아져서 풍광을 구경하며 자신의 정서情緖를 드러내게 마련입니다. 기분이 좋아지는 것은 유람나간 때문이요, 감정을 드러낸 것은 좋은 풍광을 바라보았기 때문이지요. 그래서 황제黃帝도 유람을 나가 구경을 하다 보니 마음이 홍겨워지고 즐거운 감정이 솟구치다보니 깜박 잊고 진주를 놓고 온 것입니다. 비록 진귀한 물건이기는 하지만 그것을 얻고 보물로 여긴 것은 아니지 않습니까? 때문에 진주를 놓고 오는 실수를 면하기 어려웠던 것입니다. 그러나 기분이 좋다 해서 오래 머물 수는 없고, 감정을 더 이상 자꾸만 펼쳐내서도 안 되는 법. 반드시 초심初心으로 돌아와야만 하는 것이지요. 그래서 황제도 깜짝 놀라 다시 분실한 장소로 찾아간 것입니다.

내 이 설당 안의 그림은 원경遠景은 가깝게 그리려 하였고, 가까운 곳의 풍광은 방안의 물건으로 놓아 두었답니다. 미첩지간眉睫之間의 작은 공간이지만 이 안에서 사면팔방 황야를 바라보는 정취를 느낄 수 있도록 추구하였지요. 지혜로운 사람이 이 방에 들어서면, 깊이 생각해보지 않아도 어렴풋하게나마 느낄 수 있을 것입니다. 이곳이 춥지도 않은데 몸이 떨리거나 피부가 서늘해진다면 그것은 내면의 근심걱정이 씻겨 나갔기 때문이겠지요. 누군가의 손에 뜸을 놓으려는 비난의 마음도, 차가운 음식을 먹여서 질병에 걸리게 하고픈 마음도 없었답니다. 지독하게 걸어가기 힘든 그 길, 근심걱정이 창궐하는 그 땅이, 펄펄 끓는 국물에 손을 집어넣거나 뜨거운 것을 맨손으로 잡은 후에 찬 물로 씻어내고자 하는 것과 다를 게 뭐가 있겠습니까?

그대의 말씀은 최상입니다. 제가 말한 것은 하품下品에 속하지요. 나는 장차 그대의 행동을 본받을 수 있으나, 그대는 절대 내 행동을 따라 하지 마시길. 비유를 들지요. 고량膏粱과 같이 맛난 음식에 질린 사람에게 조강糟糠과 같은 찌꺼기를 준다면 반드시 욕을 먹겠지요. 문수紋繡를 입는 사람에게 피변皮弁과 같은 관모冠帽만 쓰게 한다면 틀림없이 창피해 할 거구요. 그대가 말한 도道는 최상품의 고량이나 문수를 얻은 것입니다. 나는 그대를 스승으로 삼고자 하니, 그대는 나를 밑천으로 부리시지요. 사람에게 의식衣食 중 어느 하나가 없어도 아니 되듯 말입니다. 이제 그만 그대와 함께 유람을 나가려 하니, 오늘 일은 잠시 미루어 두었다가 나중에 다시 이야기 하십시다. 내 그대를 위해 잠깐 노래 한 곡조 부르겠소이다." 그 가사는 이러했다.

원문과 주석6

蘇子曰:「子之所言是也, 敢不聞命?❶ 然未盡也, 予不能默, 此正如與人訟者, 其理雖已屈, 猶未能絕辭者也。❷ 子以為登春臺與入雪堂, 有以異乎?❸ 以雪觀春, 則雪為靜, 以臺觀堂, 則堂為靜。❹ 靜則得, 動則失。黃帝, 古之神也, 游乎赤水之北, 登乎崑崙之邱, 南望而還, 遺其玄珠焉。❺ 游以適意也, 望以寓情也, 意適於游, 情寓於望, 則意暢情出而忘其本矣, 雖有良貴, 豈得而寶哉?❻ 是以不免有遺珠之失也。雖然, 意不久留, 情不再至, 必復其初而已矣, 是又驚其遺而索之也。❼

余之此堂, 追其遠者近之, 收其近者內之, 求之眉睫之間, 是有八荒之趣。❽ 人而有知也, 升是堂者, 將見其不遡而僾, 不寒而栗, 淒凜其肌膚, 洗滌其煩鬱, 既無炙手之譏, 又免飲冰之疾。❾ 彼其趦趄利害之途, 猖狂憂患之域者, 何異探湯執熱之俟濯乎?❿ 子之所言者, 上也; 余之所言者, 下也。我將能為子之所為, 而子不能為我之為矣。譬之厭膏粱者與之糟糠, 則必有忿詞; 衣文繡者被之以皮弁, 則必有愧色。⓫ 子之於道, 膏粱文繡之謂也, 得其上者耳。我以子為師, 子以我為資, 猶人之於衣食, 缺一不可。⓬ 將其與子游, 今日之事姑置之以待後論, 予且為子作歌以道之。」歌曰:

❶ ▪ 聞命: 명령을 따르다.

❷ ▪ 絶辭: 아무 말도 하지 않다.

▪ 其理雖已屈, 猶未能絶辭者也: 이론적으로는 이미 할 말이 없을 정도로 굴복했으나, 그래도 몇 마디 변명은 하지 않을 수 없다는 뜻.

❸ ▪ 春臺: 봄 풍경을 감상하며 즐길 수 있는 높은 곳. 조망대. 전망대.

❹ ▪ 以雪觀春, 則雪爲靜: 눈을 봄 풍광으로 바라본다면 눈을 보아도 마음이 평정해진다는 뜻.

❺ ▪ 黃帝: 고대신화 속의 존재. 司馬遷에 의해 五帝 중의 첫 번째 인물

로 인정되면서 훗날 중국역사의 출발이자 중국인의 시조로 자리매김 되었음.

- 赤水: 신화에 등장하는 강물 이름.
- 崑崙: 곤륜산. 古代에는 뭇 산의 으뜸이 되는 산으로 수많은 神들이 이곳에 거주한다고 여겼음.
- 玄珠: 검은 구슬. 진리의 근본을 상징하는 물건. 『莊子 · 天地』를 보면, "黃帝가 赤水의 북쪽에서 노닐다가 崑崙 언덕 위에 올라 남쪽을 바라보고 돌아오다가 검은 구슬을 잃어버렸다"는 신화가 기록되어 있음.

❻ ▪ 適意: 마음에 들다. 기분이 좋다.

- 意暢情出: 뜻이 펼쳐지고 감정이 솟구치다. 유람하고 구경을 하다 보니 마음이 홍겨워지고 즐거운 감정이 솟구쳤다는 뜻.
- 忘其本: 근본을 망각하다. 여기서 '本'은 '진리의 근본' 즉 '검은 구슬(玄珠)'을 지칭함. 道家와 佛家에서는 모두 '玄珠'로 '道의 본체'를 비유하였음.
- 良貴: 귀중한 물건. '玄珠'를 지칭함.

❼ ▪ 復其初: 다시 初心으로 돌아가다.

- 驚其遺而索之: 검은 진주를 분실했다는 사실을 알고 깜짝 놀라 찾으러 갔다는 뜻.

❽ ▪ 追其遠者近之: 먼 곳의 풍광을 가깝게 느껴지도록 추구(노력)했다는 뜻. 追: 추구하다.

- 收其近者內之: 가까운 곳의 풍광을 (방안에) 收納하였다는 뜻. 여기서 內는 納과 통한다.
- 眉睫之間: 눈썹과 속눈썹 사이. 즉 매우 가까운 거리. 매우 작은 공간.
- 八荒之趣: 사면팔방에 펼쳐진 황야의 드넓은 공간을 바라보는 情趣.

❾ ▪ 不遡而僾: 역류를 거슬러 올라가지 않아도 어렴풋하게나마 알 수 있다는 뜻. 遡: 역류를 거슬러 올라가다. 사물의 근본을 추적하다. 僾[애; ài]: 어렴풋하다, 희미하다.

- 炙手之譏: 남의 손을 데게 하려는 신랄한 의도.
- 飮冰之疾: 차가운 음식을 먹어서 생기는 병.

❿ ▪ 趦趄[자저; zījū]: 걷기가 곤란하다. 주저하다, 망설이다, 머뭇거리다.
▪ 猖狂: 미쳐 날뛰다.
▪ 趦趄利害之途, 猖狂憂患之域: 지독하게 걷기 어려운 길이자 근심걱정이 창궐한 지역. 즉 벼슬길을 뜻함.
▪ 探湯執熱: 뜨거운 국물에 손을 집어넣거나, 맨손으로 뜨거운 물체를 집는다는 뜻.
▪ 俟[사; sì]濯: 씻기를 기다리다. 즉 차가운 물로 화상 입은 곳을 씻어내기를 기다린다는 뜻.

⓫ ▪ 厭膏粱者與之糟糠: 膏粱을 먹다가 싫증이 난 사람에게 糟糠을 먹으라고 주다. 膏粱처럼 좋은 음식만 먹다가 질린 사람에게 형편없는 술지게미 따위의 음식을 주다.
▪ 文繡: 紋繡. 즉 繡를 놓은 華服. 고관대작이 입는 官服.
▪ 被: 옷 따위를 몸에 걸치다.
▪ 皮弁[변; biàn]: 옛날 고관대작이 머리에 쓰는 冠帽 이름. 白鹿 가죽으로 만들었음. 隋唐시대 이후로 皇太子부터 六品 이상의 高官은 모두 이 모자를 착용하였음.

⓬ ▪ 以我爲資: 나를 밑천으로 삼다. 資: 밑천. 資源.

***　***　***

번역 7

설당雪堂의 앞뒤에는 가지런히 돋아난 봄풀,
설당의 좌우로 희미하게 보이는 비탈진 오솔길.
설당 위로는 아리따운 미녀 살고,
나는야 여기서 베옷 입고 짚신 신고 어슬렁거린다네.
맑은 샘물 길러 가세, 항아리 안고 세상 시름 잊어보세.
광주리를 메었구나, 노래하며 고사리를 캐어보세.

59년을 잘못 살다가 이제야 제대로 사는 건가?
59년을 제대로 살다가 이제는 잘못 살고 있는 건가?
천지天地가 얼마나 넓은지, 추운 계절이 여름으로 변했는지.
나는 아무 것도 모르겠노라!
예전엔 말랐는데 지금은 살쪘다는 사실 외엔.

그대의 말을 듣고 느꼈다오.
처음에는 방정맞은 이 주둥아리에 채찍질을 하였지만,
나중에는 밧줄 풀고 굴레에서 벗어날 수 있었다오.
이 건물을 지은 것은 거센 눈보라의 세勢를 취한 것이 아니라오.
그저 다만 조용하게 쌓여 있는 설경의 뜻意을 취하려 했을 뿐.
세상의 모든 일에서 도망을 친 게 아니라오.
세상의 골치 아픈 일에서 도망을 친 것일 뿐.

이 설경을 어찌 감상해야 할지 나는 모르겠소이다.
세상일을 어찌 피하고 의지할지 그것도 모르겠소이다.
천성이 단순하고 기분이 흡족한 건 다른 이유 아니라오.
조용히 잠들었던 생명들이 벌써 태동하고 있지 않소!
오호라, 태양이 떠올랐구려?
새벽 공기 속에 흩날리는 먼지를 겨우 한 번 둘러보았는데?
그대여, 나를 버리지 마소! 내 그대를 따르리다!

나그네가 즐겁게 껄껄 웃음으로 화답하며 밖으로 나갔다. 소자蘇子도 그 뒤를 따라갔다. 나그네가 돌아보며 고개를 끄덕이면서 말했다. "하하, 당신 같은 사람도 다 있구려!"

원문과 주석7

雪堂之前後兮春草齊, 雪堂之左右兮斜徑微。

雪堂之上兮有碩人之頎頎, 考槃於此兮芒鞋而葛衣。❶

挹清泉兮, 抱瓮而忘其機; 負頃筐兮, 行歌而采薇。❷

吾不知五十九年之非而今日之是, 又不知五十九年之是而今日之非,❸

吾不知天地之大也寒暑之變, 悟昔日之癯而今日之肥。❹

感子之言兮, 始也抑吾之縱而鞭吾之口, 終也釋吾之縛而脫吾之鞿。❺

是堂之作也, 吾非取雪之勢, 而取雪之意; 吾非逃世之事, 而逃世之機。❻

吾不知雪之為可觀賞, 吾不知世之為可依違。

性之便, 意之適, 不在於他, 在於羣息已動,❼

大明既升, 吾方輾轉一觀曉隙之塵飛。❽

子不棄兮, 我其子歸!❾

客忻然而笑, 唯然而出, 蘇子隨之。❿ 客顧而頷之曰: 「有若人哉!」⓫

❶ ▪ 碩人: 美人. 劉文忠은 동파 자신을 비유한 것으로 풀이했으나, 그보다는 동파의 妻妾으로 보는 것이 타당하다. 雪堂의 후면에 정자가 있었고, 다시 그 후면의 언덕 정상에는 살림집이 있었다.

▪ 頎頎[기; qí]: 날씬한 모양.

▪ 考槃[반; pán]: 『詩經 · 衛風』의 篇名. 考는 두드리다. 槃은 악기 이름. 악기를 두드리며 즐긴다는 뜻. 또 배회하다는 뜻도 있음. 모두 은거생활을 즐긴다는 의미임.

▪ 芒鞋: 짚신.

▪ 葛衣: 베옷.

❷ ▪ 挹: 물을 뜨다.
▪ 忘其機: 세월 흐르는 것을 잊는다, 골치 아픈 人間事를 잊는다는 뜻. 機는 모든 사물의 중추, 핵심 관건적인 요소를 뜻함.
▪ 頃筐: 입구가 기울어진 광주리. 앞은 낮고 뒤가 높은 모양의 광주리.
❸ ▪ 五十九年: 동파가 雪堂을 지은 것은 1083년임. 동파는 음력으로는 1036년 12월 29일생이고, 양력으로는 1037년 1월 8일생임. 따라서 당시 동파의 나이는 계산법에 따라 46~48세이므로 59년이라는 표기는 잘못된 것으로 판단됨.
❹ ▪ 癯[구; qú]: 여위다, 마르다.
❺ ▪ 抑吾之縱而鞭吾之口: 나의 방종함을 억누르고, 나의 입에 채찍질을 하다.
▪ 釋吾之縛而脫吾之鞿: 나를 묶은 밧줄을 풀고, 내 굴레에서 벗어나다. 鞿: 재갈, 굴레.
❻ ▪ 雪之勢: 눈이 펄펄 날리는 모습. 즉 마음이 분노 등으로 격렬하게 움직인 상태를 비유한 것임.
▪ 雪之意: 눈이 조용히 쌓인 모습. 또는 눈 내리는 내면의 조용한 경지. 즉 마음이 차분하게 가라앉은 상태를 비유한 것임.
▪ 逃世之機: 이 세상일의 골치 아픈 일에서 도망가다. 즉 벼슬길에서 도망가다.
❼ ▪ 性之便: 천성이 단순하다는 뜻. 便은 간편하다, 간단하다.
▪ 羣息: 휴식상태에 있는 삼라만상의 모든 생물.
❽ ▪ 大明: 태양.
▪ 曉隙: 동 틀 무렵, 새벽녘.
❾ ▪ 子歸: 歸子의 도치 용법. 그대에게 돌아가리.
❿ ▪ 忻然: 유쾌하게. 忻은 欣과 같은 글자.
▪ 唯然: 소리를 내어 동의하는 모습.
⓫ ▪ 頷[함; hàn]: 턱. 턱을 끄덕이다. 고개를 끄덕이다.
▪ 有若人哉: 당신 같은 사람도 다 있구려!

해설

동파는 황주로 유배 온 지 3년 째 되는 해의 겨울에 성城의 '동쪽 언덕東坡' 가장자리에 있는 황폐한 땅에 집을 짓고 농사를 지으며 살게 되었다. 그가 자칭 '동파거사東坡居士'라고 한 것은 바로 여기에서 유래한다. '설당雪堂'은 그 집의 본채 이름이었다. 그가 이렇게 이름한 이유는 두 가지였다. 집을 짓는 동안 큰 눈이 내렸으며, 실내 사방의 벽에 빈틈없이 눈 그림을 그렸기 때문이었다.

동파는 이 '설당'을 얻고 무척이나 기뻤다. 범인凡人들이라면 유배지에서 작은 집 하나 지어놓고 직접 농사를 지으며 사는 삶이 무엇이 그리 기쁘겠는가? 그러나 예전부터 은거생활을 꿈꿔오던 동파로서는 공경대부公卿大夫가 되어 온갖 부귀영화를 누리는 것보다 훨씬 더 좋았던 것 같다. 동파는 마치 신선이라도 된 기분으로 이 글을 쓴다.

글의 제목은 「설당에서 반빈로에게 물어보다」이다. 그래서 본문도 주객主客의 문답 형식으로 이루어져 있지만, 반빈로라는 인물의 이름은 단 한 번도 등장하지 않는다. 반빈로가 누구인가? 북송北宋 시대 강서파江西派의 시인, 반대림潘大臨을 말한다. 그러나 글을 잘 음미해보면 그와 동파의 대화가 아니라 동파 스스로의 자문자답自問自答일 것이라는 추측이 든다. 반대림이 아무리 속세를 초탈한 도인의 풍모를 보였다지만, 이 정도로 높은 수준의 정신세계를 지녔다고는 믿어지지 않기 때문이다. 동파가 아니면 불가능한 이야기다. 몇 달 전, 그가 전후前後 「적벽부」에서 보여주었던 노장老莊의 심원한 세계가 이 글에서 다시 한 번 펼쳐지고 있는 것이다.

동파는 객客의 훈계를 통해 이른바 '산인散人'의 개념을 등장시킨다. 『장자莊子 · 인간세人間世』에 나오는 말로, 세상일에 관여하지 않고 한가롭게 숨어 지내는 은사隱士라는 뜻이었다. 하지만 동파는 이 글에서 '마음의 장애물을 극복하고 세상의 굴레에서 벗어난 인물'이라는 뜻으로 그 개념을 한 단계 위로 승화시킨다. 그리고는 객의 입을 빌려, 자신이 혹시 '설당'이라는 외형에 의지하여 일시적으로 마음을 달래고자 하는 것은 아닌지, 그렇다면 '설당'은 또 다른 장애물이나 울타리가 아닌지, 자신을 돌이켜본다. 우리도 몇 번이고 읽어보며 마음에 다가오는 구절을 골라 평생의 경계警戒로 삼으면 좋을 잠언 모음 같다.

《後赤壁賦圖》(雪堂 부분) 明, 文徵明

제6부

인물 人物

東坡志林

요순堯舜 임금 때의 일

해제

이 글은 사마천司馬遷의 『사기史記 · 백이열전伯夷列傳』의 첫머리에 나오는 부분을 그대로 인용한 후, 맨 마지막 부분에서 간단히 그에 대한 동파 자신의 소감을 밝히고 있다. 『사기 · 백이열전』의 한 대목을 읽으면서 떠오른 자신의 느낌을 기록한 독서 메모임을 알 수 있다.

번역

무릇 배움의 길에 나선 사람들에게 공부해야 할 서적은 너무나 많다. 하지만 그래도 가장 신뢰성이 높은 것은 역시 육경六經이라고 하겠다. 『시경詩經』과 『서경書經』에 비록 누락된 부분이 많다지만, 그래도 우리는 그 책들을 통하여 우虞 · 하夏 시대의 문물文物과 제도制度를 충분히 짐작할 수 있다.

요堯 임금이 순舜에게, 또 순 임금이 다시 우禹에게 선양禪讓하려 했을 때의 예를 들어보자. 먼저 모든 지방관들의 만장일치 추천을 받아 그들을 시험삼아 임용해보았다. 그리고 수십 년 동안 자리를 맡기어 확연히 효과가 있었을 때 대권을 넘겼다. 왕자王者의 대통大統은 천하에 더 없이 중요한 일이니, 보위寶位를 계승할 때는 이렇게 어려운 과정을 거쳤음을 보여주고 있는 것이다.

그런데 또 어떤 이들은 이렇게 말하기도 하였다. "요堯 임금이 허유許由에게 천하를 넘기려 하매 허유가 그를 거절하고, 그 제의를 들은 사실조차 부끄럽게 여기어 도망쳐 은둔하였다. 하夏 나라 때에도 비슷한 예로 변수卞隨와 무광務光 같은 이가 있었다." 이게 대체 어찌 된 이야기인가?

동파선생이 말하노라. "소쿠리에 담은 콩국 하나만 먹고 지내면, 그 티가 얼굴에 그대로 드러나 보이는 선비도 있더라. 내 보기에 역시 믿지 못할 이야기로다."

원문과 주석

堯舜之事

夫學者載籍極博, 猶考信於六藝。❶《詩》、《書》雖闕, 然虞、夏之文可知也。❷ 堯將遜位, 讓於虞舜, 舜、禹之間, 岳牧咸薦, 乃試之於位, 典職數十年, 功用既興, 然後授政。❸ 示天下重器, 王者大統, 傳天下若斯之難也。❹ 而說者曰堯讓天下於許由, 由不受, 恥之, 逃隱。❺ 及夏之時, 有卞隨、務光者。此何以稱焉?❻ 東坡先生曰: 士有以簞食豆羹見於色者。❼ 自吾觀之, 亦不信也。

❶ ▪ 載籍; 서적, 책.
▪ 極博: 매우 많다.
▪ 考: 근거, 또는 근거로 삼다.
▪ 六藝: 詩·書·禮·樂·春秋·易經 등 六經을 지칭함.

❷ ▪ 文: 文物과 制度 등.

❸ ▪ 遜位: 양위하다.
▪ 岳牧: 岳은 제후를 말하며, 牧은 천하 十二州의 長을 말하는바, 즉

公卿諸侯들을 뜻함.

- 咸: 모두. 현대중국어의 都임.
- 典職: 직책을 맡기다. 典은 맡기다, 주관하다. 舜 임금은 왕위에 오르기 전 28년 동안, 禹 임금은 17년 동안 미리 천하의 행정을 맡아 다스려보았던 사실을 지칭함.
- 授政: 정권을 내 줌. 禪讓함.

❹ ▪ '天下重器'와 '王者大統'은 同格임. 임금의 보위를 말함.

❺ ▪ 說者: 여기서는 정통성을 인정받지 못하는 孔·孟 외의 諸子百家들을 말함.

- 許由: 上古 시대의 隱者. 堯 임금이 그에게 讓位하려 하자 箕山 아래 潁水 가에서 은거하여 농사를 지었다 함. 그 후, 堯 임금이 다시 그를 불러 九州의 長으로 삼으려 하자, 그 말을 들은 자신의 귀를 강물로 닦았다 함. 箕山 정상에 장사지냈다고 함.

❻ ▪ 卞隨, 務光: 모두 夏 나라 때의 隱者. 湯 임금이 자신들에게 寶位를 넘기려 하자, 潁水에 투신 자살하였다 함.

- 此何以稱焉: 이게 대체 무슨 말인가? 이게 대체 무슨 말도 안 되는 소리인가?

❼ ▪ 簞食[단사; dānsì]: 대나무로 만든 소쿠리 그릇에 담은 밥.

- 豆羹: 콩국.
- 簞食豆羹見於色者: 소쿠리 그릇에 담긴 콩국만 먹은 티가 얼굴에 그대로 드러나 보인다는 뜻.

해설

이 글의 소재는 요순堯舜 시대에 있었던 선양禪讓이다. '선양'의 '선禪'이란 '조상 앞에서 적극 추천한다'는 뜻이며, '양讓'이란 '임금의 자리를 양보한다'는 의미다. 그러므로 '선양'이란 재위在位 중인 임금과 혈연관계가 아닌 인재를 추천받아 그에게 임금 자리를 양보한다는 뜻이다.

동서고금을 막론하고 인간은 대부분 권력을 잡기 위해 피비린내 나는 혈전을 벌인다. 국가 최고 통치자의 자리라면 더 말할 나위가 없다. 자식이나 종실宗室의 근친에게 임금 자리를 물려주는 계승繼承제도에서도 그러했고, 현대 민주사회라 해도 예외가 아닐 것이다. 때문에 '선양'은 유가儒家에서 꼽는 가장 이상적인 지도자 선출방법이었다.

전설에 의하면 최초의 선양은 황제黃帝 때부터라지만 믿을 수 없는 이야기이고, 『상서尙書』에 나오는 요堯 임금이 순舜 임금에게, 순 임금은 다시 우禹 임금에게 선양했다는 기록은 사실인 것 같다. 그러나 그들이 아무렇게나 선양을 한 것은 아니었다. 많은 지방관들에게 추천을 받아서 수십 년 동안 자리를 맡기어 본 후 좋은 결과를 낳았을 때 비로소 보위를 넘겼다는 것이다.

문제는 이와 유사해 보이는 또 다른 일화가 기록에 종종 등장한다는 점이다. 즉 요 임금이 허유許由라는 은사에게 찾아가 "당신이 왕을 하시지 않겠소?" 했더니만, 허유가 "원 별 더러운 소리를 다 듣겠네." 흐르는 물에 더러워진 자신의 귀를 씻고 도망을 쳤다는 것이다. 또 탕왕湯王이 변수卞隨와 무광務光을 찾아가 보위에 오르지 않겠느냐는 제의를 하자, 그들은 한술 더 떠서 수치를 느낀 나머지 강물에 몸을 던져 자살했다는 이야기도 전해진다.

요 임금이나 허유, 변수, 무광 등은 모두 권력에 집착하지 않았던 인물이므로 일견 상당히 유사한 스타일로 보이기도 한다. 그러나 사마천은 이 글에서 요 임금과 허유 등은 완전히 다른 부류의 인물들이라고 판단하였다(이 글은 맨 마지막 두 문장만 동파의 말이고, 나머지 부분은 사마천의 『사기 · 백이열전』 첫 부분을 그대로 인용한 것임을 상기하자). 요 임금은 권력에 대한 욕망은 없었지만, 백성들을 중시하고 사랑하였기에 후계자 선정에 대단히 신중하였다. 그러나 허유 등은 권력욕이 없다는 면에서는 유사할지 몰라도 천하 만민들을 아주 가볍게 생각했던 것이다. 양자揚子는 "온 천하를 준다 해도 내 몸의 터럭 하나와도 바꾸지 않겠다"고 말했다. 허유와 같은 인물들도 '나'를 위해서는 천하가 어찌된다 해도 전혀 개의치 않는 극단적인 위아주의爲我主義라고 하겠다.

동파는 이와 같은 일화를 수록한 사마천의 기록을 그대로 인용한 후, 맨 마지막에 딱 한 마디를 던진다. "소쿠리에 담은 콩국 하나만 먹고 지내면, 그 티가 얼굴에 그대로 드러나 보이는 선비도 있더라." 그만큼 속이 번연히 들여다보인다는 이야기 아니겠는가? 위선자를 극도로 미워하는 동파의 마음이 이 시니컬한 한 마디에 그대로 엿보인다.

한고조漢高祖와 갱갈후羹頡侯

해제

이 글은 동파가 『사기史記』를 읽으며 느낀 한고조漢高祖 유방劉邦의 위인 됨에 대해 촌평을 한 독서 메모이다. '국 한 그릇을 나누어달라고 했던 말分杯之語'에 담긴 일화를 이해해야만 유방의 위인 됨을 정확히 파악할 수 있다.

번역

한고조漢高祖가 미천한 신분일 때의 일이다. 고조는 시시때때로 할 일을 하지 않고 자신을 찾아온 손님과 함께 큰형수를 찾아가 밥을 얻어먹었다. 시동생이 손님과 함께 찾아오는 것이 싫었던 형수는, 주걱으로 가마솥 밑바닥을 박박 긁는 소리를 내어, 죽을 다 먹은 것처럼 위장하여 손님을 돌아가게 하였다. 고조가 나중에 그 솥을 열어보니 죽이 남아 있는지라, 그때부터 형수를 원망하게 되었다.

훗날 고조가 황제의 자리에 오르고 난 후, 제왕齊王과 대왕代王 등은 모두 제후로 봉해졌지만, 큰 형인 유백劉伯의 아들만은 제후로 봉하지 않았다. 태상황太上皇이 이를 지적하자 고조가 말했다. "그때 그 일을 잊지 못합니다. 그 어미의 위인 됨이 선량하지 않으니까요." 그 후, 그 아들 유신劉信을 갱갈후羹

頡侯로 봉하였다.

고조는 넓은 도량으로 타인이 자신에게 잘못한 과오를 따지지 않겠노라고 큰 소리를 쳤으면서도, 가마솥을 긁은 원한을 잊어버리지 않았으니, 태상황이 이 일 때문에 '국 한 그릇을 나누어달라고 했던 말分杯之語'을 기억하는 것이 두렵지도 않았단 말인가?

원문과 주석

論漢高祖羹頡侯事❶

高祖微時, 嘗避事, 時時與賓客過其丘嫂食。❷ 嫂厭叔與客來, 陽為羹盡轑釜, 客以故去。❸ 已而視其釜中有羹, 由是怨嫂。及立齊、代王, 而伯子獨不侯。❹ 太上皇以為言, 高祖曰:「非敢忘之也, 為其母不長者。」❺ 封其子信為羹頡侯。高祖號為大度不記人過者, 然不置轑釜之怨, 不畏太上皇緣此記分杯之語乎?❻

❶ ▪ 漢高祖: 劉邦.
▪ 羹頡[갈; jié]侯: 劉信. 漢高祖 劉邦의 조카. 즉 유방의 큰형인 劉伯의 아들. 高祖 7년(B.C.200) 10월에 羹頡侯로 봉해졌음.

❷ ▪ 微時: 신분이 비천했을 때, 아직 이름이 알려지지 않았을 때. 어렸을 때.
▪ 避事: 어떤 일에 부딪쳤을 때 그 일을 회피하다. 일하기 싫어서 도망치다.
▪ 丘嫂: 큰 형수. 巨嫂, 大嫂라고도 함.

❸ ▪ 陽: ~척 하다. 假裝하다. 『史記』의 관련 기록에는 '佯'으로 나옴. '陽'과 '佯'은 서로 통함.
▪ 轑[료; láo]釜: 주걱으로 가마솥 바닥을 긁다.

❹ ▪ 齊、代王: 齊王은 劉邦의 서자인 劉肥를 지칭함. 고조 6년(B.C.

201)에 齊王으로 봉해짐. 代王은 유방의 형인 劉仲으로 추정됨. 유방이 薄夫人에게서 얻은 아들인 劉恒도 代王으로 봉해졌으나, 그것은 고조 11년의 일로, 劉信이 羹頡侯로 봉해진 4년 후의 일임. 劉仲은 고조 7년 정월에 봉해졌으므로 여기서 말하는 代王은 劉仲일 것임.

- 伯子: 劉伯의 아들. 즉 劉信을 지칭함.
- 不侯: 諸侯로 봉하지 않았다는 뜻.

❺ ▪ 太上皇: 유방의 아버지를 지칭함.

- 長: 장점. 좋은 점. 여기서는 착하다는 뜻으로 사용됨.

❻ ▪ 置: 사면하다. 버리다. 폐기하다.

- 分杯之語: 국 한 그릇을 나누어 달라고 했던 말. 『史記·項羽本紀』에 나오는 이야기다. 항우와 유방이 廣武山에서 오랫동안 대치하고 있을 때의 일이다. 항우는 전세가 불리해지자 유방의 아비를 포로로 붙잡아 와서 항복하지 않으면 끓는 물에 삶아 죽이겠다고 협박하였다. 그러자 유방은 과거 항우와 형제의 의를 맺은 사실을 상기시키면서 자신의 아비는 곧 네 아비이니, 네 아비를 삶아 먹겠다면 나에게도 그 삶은 국 한 그릇을 나누어달라고 말하였다. 결국 유방의 부친은 項伯의 만류로 목숨을 부지하였다.

해설

한고조漢高祖 유방劉邦의 가식과 위선을 지적한 글이다. 항복하지 않으면 아버지를 끓는 물에 삶아 죽이겠다고 협박하는 항우에게 태연자약하게 그 삶은 국물 한 그릇을 자기에게도 나누어달라고 했던 유방. 직접 목격하지 못했으니 사서史書의 그 기록이 100% 진실인지 확신할 수는 없지만, 만약 그게 사실이라면 우리는 그 위인 됨을 대체 어떻게 판단해야 하는 걸까?

그의 형수인들 그렇게 행동하고 싶었겠는가? 겨우 죽 한 그릇인데, 오죽 생활하기가 힘들었으면 그렇게 거짓 행동을 했겠는가. 그것도 모르고 뻔뻔하게 허구한 날 손님을 데리고 찾아가서 밥을 얻어먹는 거지꼴의 시동생이 얄미운 건 인지상정人之常情 아닐까? 만약 유방이 조금이라도 미안한 마음을 가지고 행동했다면, 그 형수도 다르게 행동하지 않았을까?

유방은 임금이 된 후 과거 자신에게 잘못 대했던 사람들의 과오를 따지지 않겠다고 온 세상에 고했지만, 그것은 사실 가식과 위선이었다. 어려운 살림의 형수가 가마솥 바닥을 박박 긁는 소리를 내었다고 그 사실을 두고두고 가슴에 담아두는 쫌생이 유방. 부친이 그 형수의 아들에게도 작위를 주어야 하지 않겠느냐고 부탁하자, 마지못해 조카 유신劉信에게 책봉해준 그 호칭은 '갱갈후羹頡侯'였다. '갱갈후'가 무슨 뜻인가? '죽 갱羹', '빼앗을 갈頡'이니, '죽을 빼앗아갔다'는 뜻 아닌가? 기왕 책봉을 해주려면 기분 좋게 해줄 일이지, 이렇게 사람을 모욕

.《漢殿論功圖》明, 劉俊
漢高祖 유방이 건국 초기에 대신들과 함께 논공행상을 하고 있다. 과열된 분위기 속에서 심지어 어느 흥분한 대신은 칼을 뽑아 기둥을 내리치기도 했다. 이에 유방은 叔孫通의 건의로 朝儀(朝會 규정)를 만들어 群臣을 제압하게 된다. 인간의 내면세계를 대상으로 삼던 공자의 儒家思想이 기득권자의 정치적 도구로 전락하게 된 계기였다.

할 수가 있는가! 유방의 형 유백劉伯 일가가 속으로 얼마나 욕을 했겠는가? 온 천하 사람들이 얼마나 그를 비웃었겠는가?

유방은 그 후 자신을 도와 한漢나라를 건국하는 데 결정적인 도움을 주었던 개국공신들을 하나씩하나씩 모두 제거하였다. 토끼를 잡은 후에 쓸모없어진 사냥개는 삶아 먹는다는 '토사구팽兎死狗烹'이란 성어成語는 바로 그를 위해 준비된 말이었다. 동파는 이런 위선자들을 가장 증오하였다.

한무제漢武帝가 측간에 앉아 위청衛青을 접견하다

해제

이 글은 동파가 『한서漢書』를 읽으면서 한무제漢武帝와 그의 심복이자 대장군이었던 위청衛青의 위인 됨에 대해 느낀 바를 기록한 독서 메모다.

번역

한무제漢武帝는 무도하기 짝이 없어 언급할 만한 가치조차 없다. 단지 측간에 쭈그려 앉아 위청衛青을 접견한 일이나, 급장유汲長孺가 접견을 요청했을 때 관모冠帽도 쓰지 않고 만나주지도 않았던 것은 아주 잘 한 일이라고 할 수 있다. 위청衛青과 같은 노비奴婢는 남의 치질이나 핥게 하면 딱 어울릴 위인이다. 측간에 쭈그려 앉아 대변을 보며 만나주었다니, 대단히 마땅한 행동이었도다!

원문과 주석

武帝踞厠見衛青❶

漢武帝無道, 無足觀者, 惟踞厠見衛青, 不冠不見汲長孺, 為可佳耳。❷ 若青奴才, 雅宜舐痔, 踞厠見之, 正其宜也。❸

❶ ▪ 無足觀者: 살펴볼 만한 가치가 부족하다. 즉 언급할 가치가 없다는 뜻.
▪ 踞厠: 측간에 쭈그리고 앉다.
▪ 衛靑(?~B.C.106): 漢武帝 때의 장군. 河東 平陽 사람. 字는 仲卿. 무제와 상호 二重으로 처남 매부 관계였음. 즉 무제는 위청의 누이동생인 衛子夫를 후궁으로 들였고, 위청은 훗날 무제의 누이 동생인 平陽公主의 남편이 되었음. 흉노와의 7번 전쟁에 나서 누차 큰 공을 세워 세상의 칭송을 받았으나, 늘 자신을 낮춤으로써 무제의 신임을 잃지 않는 절묘한 처세술을 보였음.
▪ 踞厠見衛靑: 측간에 쭈그려 앉아 대변을 보면서 위청을 접견했다는 뜻. 『漢書 · 汲黯傳』을 보면, 한무제는 대변을 보면서 侍中인 위청을 접견했고, 승상인 公孫弘이 접견을 요청했을 때는 冠帽를 갖추지 않을 때가 많았으며, 汲黯이 접견을 요청했을 때는 관모도 쓰지 않고 만나주지도 않았다고 한다.

❷ ▪ 不冠: 冠帽를 쓰고 만나는 예의를 갖추지 않다.
▪ 汲長孺: 汲黯(?~B.C.112). 한무제 때의 名臣. 字는 長孺. 河南 濮陽 사람. 7대에 걸쳐 공경대부를 배출한 명문 집안 출신임. 바른 말로 황제의 귀에 거슬리는 直言을 많이 하고, 성품이 지나치게 강직하여 타인의 잘못을 용납하지 않아서 한무제가 매우 싫어하였으나, 東海太守 등 지방관으로 내쳤을 때 워낙 큰 치적을 쌓았으므로 다시 조정으로 불러들였다고 함. 『漢書』 50권에 그의 전기가 전해짐.

❸ ▪ 若靑奴才: 위청은 노비와 같다는 뜻. 위청의 모친은 원래 무제의 누이동생인 平陽公主의 비녀로, 衛氏에게 시집갔다가 平陽縣의 하급관리인 鄭系와 사통하여 衛靑을 낳았음. 위청은 어린 시절 親父의 집에서 養母의 구박을 받으며 노비처럼 지내다가, 견디지 못하고 다시 친모에게 돌아와 衛氏로 성을 바꾸었음. 그 후 異父同腹의 누이동생 衛子夫가 무제의 눈에 들어 궁녀로 들어간 뒤로 완전히 다른 인생을 살게 되었음. 흉노와의 전투에서 큰 공을 세운 후로, 동생인 衛夫人을 배경으로 막강한 권력을 장악하여 마침내 주인으로 섬겼던 平陽公主를 아내로 맞이하게 됨. 동파가 여기서 위청을 노비와 같다고 표현한 것은 그의 이러한 인생경력을 두고 한 말임.

▪ 雅宜: 딱 어울린다는 뜻.
▪ 舐痔[지치; shìzhì]: 타인의 치질 부분을 핥아주다. 후안무치하게 아첨하다.

해설

동파의 독설毒舌이 돋보이는 글이다. 요강에 앉아 똥을 누면서 대신을 접견하다니. 그 사실 하나만으로도 한무제漢武帝는 참으로 오만하고 무도한 군주였음을 짐작할 수 있겠다. 그런데 동파는 그런 한무제를 비난하면서도, 위청衛青과 같은 '노비'에게는 그렇게 대하는 게 마땅했다고 한다. 왜 그랬을까?

위청은 무제의 누이동생 평양공주平陽公主의 남편이니, 그 두 사람은 처남 매제 사이이다. 그런데 위청이 그렇게 출세를 하게 된 것에는 다 사연이 있다. 그의 모친은 원래 그의 아내 평양공주의 비녀였다. 그녀는 위씨衛氏에게 시집갔다가 정계鄭系라는 하급관리와 사통하여 위청을 낳았다. 그러니까 위청은 사생아였으며 원래의 이름은 정청鄭青이었다는 얘기다. 어린 시절 친부親父의 집에서 살았던 정청은 양모의 구박을 견디지 못해, 친모에게 돌아와 양부養父와 같이 살았다. 정청에서 위청이 된 것이다. 여기까지는 위청이 동파에게 욕먹을 하등의 이유가 없다. 오히려 기구한 어린 시절이 측은하기 짝이 없다.

그러나 그 후의 삶에는 문제가 있었다. 계기는 양부와 친모 사이에서 생긴 여동생 위자부衛子夫가 궁녀로 들어가면서부터였다. 복잡한 사건이 많았겠지만 어쨌든 궁녀 위자부는 무제의 눈에 들어 후궁이 되는 데 성공한다. 그리고 위청은 여동생을 배경으로 하여 끝내 막강한 권력을 손에 쥐게 된다. 그리고 마침내 어머니와 자신이 주인으로 섬겼던 평양공주를 아내로 맞이한다. 그 과정에서 위청의 뛰어난(?) 처세술이 크게 작용했으리라는 것쯤은 불문가지不問可知의 사실이겠다. 동파는 그 권모술수가 증오스러웠던 것이리라.

그런데 장유長孺 급암汲黯은 또 왜 미워했던 것일까? 명문대가 출신이었던 급암은 성품이 강직하여 한무제에게 직언을 서슴지 않아 한무제가 무척 싫어했다고 한다. 예를 하나만 들어보자. 어느 날 한무제가 급암에게 물었다.

"나는 정치를 부흥시키고자 요순堯舜을 본받으려고 하는데 어떠하오?"

"폐하께서는 속으로 욕심이 많으시면서 겉으로만 인의를 행하려고 하시는데 어찌 요순의 정치를 본받으실 수 있겠습니까?"

늘 이런 식으로 대답했으니 한무제가 좋아할 리 만무였으리라는 사실은 이해가 가는데, 동파는 무슨 이유로 그를 미워한 것인지 모르겠다. 나름대로 이것저것 자료를 뒤져봤지만, 천학과문淺學寡聞한 필자는 아직 그 이유를 알아내지 못하였다. 강호제현江湖諸賢의 가르침을 기다린다.

원제元帝의 조서詔書와 『시경』, 『효경』의 작은 차이점

해제

이 글은 동파가 『한서漢書』를 읽으면서 문맥상 잘못된 부분을 발견하고 이를 바로 잡는 내용의 독서 메모이다.

번역

초효왕楚孝王 유효劉囂가 병에 걸리매, 성제成帝가 조서를 내려 말했다. "공자께서도 가슴 아파하시면서 탄식하셨도다. '이렇게 죽게 되다니, 하늘의 뜻이로구나!'" 동평왕東平王이 태후의 마음에 들지 않으니, 원제元帝가 조서를 내려 말했다. "제후들은 그 자리에 있으면서 교만하지 않아야만 부귀영화가 '몸에서 떠나가고離其身' 사직社稷도 보존될 수 있는 법이다."

이는 『논어論語』와 『효경孝經』을 인용한 것이지만, 모두 원문의 기록과는 조금 차이가 있다. 여기서 '離'는 '부착附着되다'의 뜻이므로, 이제 그 부분을 '몸에서 떠나가지 않고不離於身'로 고친다. 아마도 저속한 유학자儒學者들이 잘못 보탠 기록일 것이다.

원문과 주석

元帝詔與《論語》、《孝經》小異

楚孝王囂疾, 成帝詔云:「夫子所痛,『蔑之, 命矣夫』。」❶ 東平王不得於太后, 元帝詔曰:「諸侯在位不驕, 然後富貴離其身, 而社稷可保。」❷ 皆與今《論語》、《孝經》小異。離, 附離也, 今作「不離於身」, 疑為俗儒所增也。❸

❶ ▪ 楚孝王囂[효; xiāo]: 劉囂(?~B.C.25). 西漢 10대 황제인 宣帝 劉詢의 세 번째 아들. 衛婕妤의 소생. 甘露 2년 정월에 定陶王이 되었고, 甘露 4년에 楚王이 되었다. 효성이 지극했으며 매우 인자했다고 한다.

▪ 成帝(B.C.51~B.C.7): 西漢의 12대 황제인 劉驁. 趙飛燕과 趙合德 자매에게 고혹되어 政事를 그르치고 주야로 房事를 과도히 즐기다가 끝내 조합덕의 침상에서 腹上死하였음.

▪ 成帝詔: 成帝가 삼촌인 劉囂에게 내린 詔書. 河平 3년(B.C.26) 정월, 유효가 병든 몸으로 成帝를 배알하자, 성제는 삼촌인 유효를 격려하기 위해 조서를 내려 그의 성품을 칭송하며 차남인 劉勛을 廣戚侯에 봉하였다. 그 다음 해에 유효가 病死하자 시호를 孝라하고, 楚王의 작위는 그의 아들인 劉文으로 하여금 계승하게 하였다.

▪ 夫子: 孔子를 지칭함.

▪ 夫子所痛: 공자가 그의 제자인 伯牛(冉耕. 伯牛는 그의 字임)가 병에 걸린 것에 대해 가슴 아파한 일을 말함.

▪ 蔑: 소멸하다.

▪ 命矣夫: 운명이로구나.

▪ 蔑之, 命矣夫: 『論語 · 雍也』에 나오는 말. 공자가 제자인 伯牛가 죽을병에 걸렸다는 말을 듣고 병문안을 가서 그의 손을 잡고 했다는 말. 원문에는 "亡也, 命也夫! 斯人也而有斯疾也!"로 나와 있으나, 『漢書』에 실린 成帝의 詔書에는 "蔑之, 命矣夫!"로 기록되어 있음. "이렇게 죽게 되다니, 하늘의 뜻이로구나! 이런 사람이 이런 병에 걸리다니!"

❷ ▪ 東平王: 劉宇. 西漢 10대 황제인 宣帝의 네 번째 아들. 公孫婕妤의 소생. 甘露 2년 정월에 東平王이 되었고, 형인 元帝가 즉위한 후 山東 東平을 영지로 다스리게 하였음. 그러나 위인 됨이 잔인 하고 불효막심한데다가 교활하고 간사하며 犯法 행위를 능사로 저질러 元帝와 成帝에게 늘 비판 받았음.

▪ 東平王不得於太后: 東平王의 범법 행위가 있어도 형인 元帝는 동생을 직접 治罪하지 않고 그를 보필하는 신하들에게 죄를 물었으나, 훗날 太后가 그 사실을 알고 元帝에게 상소를 올려 동평왕으로 하여금 아버지인 宣帝의 陵을 지키는 벌을 주라고 청원한 사실을 지칭함.

▪ 元帝: 西漢 11대 황제인 劉奭. B.C.48년부터 B.C.33년까지 15년간 재위했음. 궁녀였던 王昭君을 흉노에게 시집보낸 일화로 유명함.

▪ 元帝詔: 동평왕의 잔인하고 불효막심한 행위를 꾸짖어달라는 태후의 청원으로 동평왕에게 내린 元帝의 조서.

▪ 諸侯在位不驕, 然後富貴離其身, 而社稷可保: 제후들은 그 자리에 있으면서도 교만하지 않아야 부귀영화가 따라다니며 社稷도 보전될 수 있다는 뜻. 『孝經 · 諸侯章』에 나오는 내용으로, 元帝가 동평왕을 타이르는 조서에서 인용하였다.

❸ ▪ 附離: 부착되다, 첨부되다. 따라다니다.

해설

이 글은 동파가 착각하고 쓴 것이다. 『한서漢書 · 선원육왕전宣元六王傳』를 읽던 동파는 어딘지 모르게 문맥이 이상한 부분을 발견하였다. 원제元帝가 내린 조서詔書의 한 대목이었다. 그런데 그 부분은 『효경孝經 · 제후장諸侯章』에서 출전出典된 것으로 문자의 표현만 조금 바꾼 것이었는지라, 동파는 여기서 그 부분의 표현을 다시 매끄럽게 고쳐놓은 것이다.

그러나 동파가 몰랐던 사실이 있다. 그가 읽은 『한서』의 판본에 '아닐 불不' 자字 하나가 누락되어 있었던 것이다. 원제의 조서 원문의 해당 부분 기록을 비교해보자.

* 동파가 읽은 『한서』 판본 : "富貴離其身, 而社稷可保。"
* 역자가 찾은 『한서』 판본: "富貴<u>不</u>離于身, 而社稷可保。"

'불不' 자字 하나가 누락되어 있음을 알 수 있다. 동파는 판본에 문제가 있었던 것인지도 모르고 "저속한 유학자儒學者들이 잘못 고친 것"으로 짐작한 것이다.

이후주李後主 사詞의 발문跋文을 쓰다

해제

이 글은 동파가 남당南唐의 마지막 황제인 이후주李後主가 지은 「파진자破陣子」라는 사詞를 읽고 난 후의 단상斷想을 기록한 독후 메모이다.

번역

삼십여 년 이어져 온 나라와 집,
수천 리 땅 산하山河의 강토에,
몇 번이나 전쟁이란 말을 들어봤던가?

하루아침 신하 되어 포로로 잡혔으니,
허리는 심약沈約처럼 말라가고,
머리는 반악潘岳 같이 백발 되어 스러져 가누나.

종묘사직과 이별하던 그 날의 두려움과 당혹이여!
교방敎坊에서 들려오는 이별가離別歌의 연주에,
궁녀들과 마주보며 피눈물을 뿌렸구나.

이후주李後主는 번약수樊若水의 배신으로 온 나라와 백성들을 팔아넘겼으니, 당연히 아홉 곳 종묘宗廟 밖에서 통곡하고 백성들에게 사죄한 후 떠나야만 했으리라. 그런데도 겨우 궁녀들을 향해 눈물을 뿌리며 교방教坊에서 연주하는 이별가나 들었다니!

원문과 주석

跋李主詞❶

「三十餘年家國, 數千里地山河, 幾曾慣干戈?❷ 一旦歸為臣虜, 沈腰潘鬢消磨。最是倉惶辭廟日, 教坊猶奏別離歌, 揮淚對宮娥。❸」後主既為樊若水所賣, 舉國與人, 故當慟哭於九廟之外, 謝其民而後行, 顧乃揮淚宮娥, 聽教坊離曲!❹

❶ ▪ 跋: 跋文. 後記.
▪ 李主: 南唐의 마지막 임금인 李後主, 李煜(937~978)을 지칭함. 號는 鍾隱, 또는 蓮峰居士. 李璟의 여섯 번째 아들로 25세에 즉위하였음. 예술적 재능이 뛰어났고, 특히 詞를 잘 지어 花間派의 으뜸가는 시인으로 손꼽힘. 그러나 周氏 자매를 妃嬪으로 맞아 政事를 돌보지 않고 달콤한 생활만 즐기다가 40세에 宋太祖 趙匡胤의 포로가 되었음. 그 이후에 망국의 한을 노래한 작품들이 특히 우수함. 42세에 독살당하는 비참한 최후를 맞이하였음.
▪ 李主詞: 여기서 동파가 발문을 달은 작품은 「破陣子」임. 아래에 인용된 부분은 그 일부 節錄임.

❷ ▪ 三十餘年家國: 원작에는 '四十年來家國'로 되어 있음. 南唐은 937년에 개국하였고, 이욱이 이 작품을 지은 것은 975년의 일이므로, 개국 이래 거의 40년의 세월이 흘렀음을 지칭함.
▪ 數千里地山河: 원작에는 '三千里地山河'로 되어 있음.
▪ 干戈: 방패와 창. 兵器. 일반적으로 전쟁을 뜻함.
▪ 幾曾慣干戈: 한평생 몇 번이나 전쟁을 겪었겠는가! 원작에는 '幾曾識干戈'로 되어 있음.

❸ ▪ 沈腰: 魏晋南北朝 시기 梁 나라의 '沈約의 허리'를 지칭함. 심약은 병약하여 허리가 점점 가늘어졌던 것으로 유명함. 이에 후세에 '沈腰'라는 어휘로 '병약하여 허리가 가는 사람'을 대신하게 되었음.
▪ 潘鬢: 위진남북조 시기 晉나라의 시인인 '潘岳의 귀밑머리'를 지칭함. 반악은 32세에 머리가 완전히 백발이 되어, 후세에 청장년 시기에 백발이 된 사람을 일러 '潘鬢'이라 하였음.
▪ 辭廟: 宗廟社稷과 이별하다. 조상이 세운 나라를 떠나다.
▪ 教坊: 황궁에서 궁녀 및 妓女에게 전문적으로 音樂과 춤을 가르치던 기구.
▪ 揮淚: 눈물을 뿌리다. 원작에는 '눈물을 흘리다(垂淚)'로 되어 있음.
▪ 宮娥: 궁녀.

❹ ▪ 樊若水: 樊知古. 若水는 兒名임. 첫 번째 字는 叔清이었다가 이름을 바꾼 후 字도 仲師로 바꾸었다. 본시 南唐의 서생이었으나 과거시험에 계속 떨어지자, 북방의 신흥 강국으로 떠오른 宋의 조광윤에게 상소를 올려 남방을 취할 수 있는 계책을 바치며 벼슬을 요구하였다. 이에 조광윤은 그에게 舒州軍事推官 벼슬을 주고, 그를 향도로 삼아 南唐 정벌에 나섰다. 번지고는 渡江에 어려움을 겪고 있던 宋軍을 위해 부교를 설치하는 계책을 바쳐 南唐 멸망에 앞장섰던 공으로 拜侍御史 벼슬에 오른다.
▪ 九廟: 고대에는 天子는 9곳의 종묘를 두었고, 諸侯는 7곳의 종묘를 두었다.
▪ 顧: 단지, 겨우.

해설

이후주李後主는 남당南唐 왕조의 마지막 임금으로, 화간파花間派의 대표적 시인이다. 그는 경국지색의 자매, 두 여인을 황후로 삼고 꿈같이 행복한 나날을 보냈던 행운아였다. 그는 음악과 미술과 문학, 무엇 하나 빼어나지 않은 것이 없었던 다재다능한 천재 예술가였다. 그러나 정치적으로는 너무나 무능했던 인물이었다. 사치스러운 궁정생활을 일삼았던 인과응보로, 그는 끝내 나라를 망친 망국의 한을 안고 비참하게 죽어가는 기막힌 운명을 맞이하고야 말았다. 송宋 나라를 세운 조광윤趙匡胤에게 끌려가 포로 생활을 하다가 독살당하고야 만 것이다.

동파는 이 글에서 이후주를 통렬히 비난한다. 나라를 망쳐놓고서도 겨우 궁녀들을 향해 눈물을 뿌리며 교방에서 연주하는 이별가나 들었다며 한탄한다. 그런데 동파는 알았을까? 역사는 되풀이되는 것! 자신이 죽고 나면 불과 20여 년 뒤에, 이번에는 그가 그렇게도 사랑했던 조국, 송나라가 그보다 훨씬 더 비참한 운명에 처하리라는 것을!

동파가 절해고도인 유배지 해남도에서 사면을 받고 다시 육지로 돌아올 수 있었던 것은, 철종哲宗의 뒤를 이어 즉위한 휘종徽宗 조길趙佶이 대사면령을 내린 덕택이었다. 경사京師로 돌아오던 동파는 1101년 여름에 만 64세의 나이로 세상을 떠난다. 차라리 그게 나았을지도 모른다. 그가 만약 20여 년을 더 살았더라면 지금 이 글 속에서 한탄한 상황보다 더 기막힌 일을 목격하고 피눈물을 흘렸을 터이므로!

동파에게 사면령을 내려주었던 임금, 휘종은 이후주보다도 훨씬 더 다재다능한 천재 예술가였다. 그리고 이후주보다도 훨씬 더 정치적으로 무능하였으며, 훨씬 더 많은 궁녀들과 훨씬 더 사치스러운 생활로 세월을 보내다가 기어이 금金나라 군사들에게 도성을 짓밟히고, 통곡하는 백성들을 뒤로 한 채 그의 아들 흠종欽宗과 함께 북으로 끌려가 비참한 최후를 맞이하였다. 후세 중국인들이 치를 떨며 부끄러워하는 이른바 '정강靖康의 변變'이다. 동파 당시부터 북송은 이미 그 멸망의

《聽琴圖》(부분) 宋, 趙佶(徽宗皇帝)
나라를 망친 휘종 황제가 신하들에게
자신의 거문고 솜씨를 자랑하고 있다.

순간을 향해 내리막길을 달려가고 있었던 것이다.

참고삼아 말한다면 오늘날 중국문학사에 길이 남는 이후주의 위치는 전적으로 후반기 포로시절에 남긴 작품 덕이다. 그가 후반기 포로시절에 쓴 작품인 「상견환相見歡」을 감상하며, 여기 동파가 소개한 「파진자」와 비교해보자.

말없이 홀로 서쪽 누각에 오르니
갈고리 같은 초승달.
오동나무 적막한 정원 깊이
가두어진 맑은 가을.
베어도,
베어도 끊어지지 않고,
챙겨도,
챙겨도 헝클어져 버리는
이것은, 이별의 서글픈 실인가.
무엇인가! 가슴 속 깊은 곳에 전에 없던
이 심정은.

無言獨上西樓, 月如鈎。寂寞梧桐深園, 鎖淸秋。

剪不斷, 理還亂, 是離愁。別是一般滋味, 在心頭!

때는 늦가을. 오동잎 떨어지는 이 계절마저 자신의 신세처럼 이 깊고 깊은 정원에 갇히었는데, 누각에 올라보니 달마저 이지러져 갈고리처럼 자신의 마음을 찍어내듯 파고든다. 그리운 그대여. 어디서 무얼 하고 있는가. 그리운 고향이여, 그리운 내 나라여! 어찌 다 내 손으로 망쳐버리고 말았던가! 괴로운 생각思은 길고 긴 실絲이 되어(같은 발음을 이용함) 끊으면 이어지고, 애써 가지런히 정돈하면 헝클어져 버린다. 아, 가슴을 에는 이 심정. 한 번도 경험해 본 적이 없는 이 심정은 대체 무엇이라 부르는 것일까.

불과 한 컷의 이미지만으로 구성된 간결한 언어. 참으로 기

《瑞鶴圖》(부분) 宋, 趙佶(徽宗皇帝)
지붕만 보이는 궁궐 宣德門 상공에서 학이 상서로운 群舞를 추고 있다. 기발한 화면 구성으로 花鳥圖의 전통 수법을 일신한 수작이다. 그러나 그의 천진난만한 소망과는 달리, 현실은 亡國의 어두운 먹구름이 짙게 깔려오고 있었다. 황제가 되지 말아야 했을 藝人이었다.

가 막힌 가을과, 나라를 잃어버린 기가 막힌 심정과, 기가 막힌 시어들이, 이 한 장의 적막한 사진 속에서 낙엽처럼 우리들의 마음으로 한 잎, 두 잎, 날아온다.

어쩌다가 임금으로 잘못 태어났던가, 슬픈 천재 시인 이욱이여! 하지만 행복과 불행의 이분법을 초월한 시각에서 다시 한 번 그의 삶을 바라볼진대, 길고 긴 역사의 흐름 속에서 과연 어떤 것이 그의 이름을 더욱 빛나게 하였던 것일까? 그러나 북송을 망친 휘종은 후반기의 포로 인생에서 무엇을 깨닫게 되었는지, 단 한 편의 작품조차 후세에 전하지 못하고 있다. 단지 너무나도 비참하게 죽어갔다는 사실밖에. 동파는 그 사실을 짐작이나 하고 이 발문을 쓴 것일까?

진종眞宗과 인종仁宗의 신임信任

해제

이 글은 진종眞宗의 신임을 받았던 재상 이항李沆과, 인종仁宗의 신임을 얻었던 재상 진집중陳執中이 각기 후임을 추천했을 때의 일화를 소개하고 있다. 그러나 단지 일화의 소개뿐만 아니라, 그들이 황제의 신임을 얻을 수 있었던 원인을 분석하고 있다. 나아가 최고 통치자는 어떠한 사람을 신임해야 할 것인지에 대해서도 완곡하게 자신의 주장을 펼치고 있다. 동파가 하고 싶은 말은 따로 있었던 것이다.

번역

진종眞宗황제 때의 일이었다. 어떤 이가 매순梅詢을 중용할 만하다고 추천하자 황상께서 말씀하셨다. "예전에 이항李沆이 그는 군자가 아니라고 하였다네." 그 당시는 이항이 죽은 지 20여 년이 지난 후였다.

구양歐陽 문충공文忠公께서 소자용蘇子容에게 물어보셨다. "이항 재상이 죽은 지 20년이 지났는데도 황상으로 하여금 그의 말을 돌이켜보게 할 수 있었던 것은 무슨 까닭일꼬?" 소자용이 말했다. "그 말에 아무런 사심이 없어서 그랬겠지요."

소식蘇軾은 그 말을 칭송하며 한 마디 더 보태어 말한다.

"저속한 관료에 불과한 진집중陳執中도 단지 공평무사함만으로 주상의 신임을 얻었는데, 하물며 재주와 견식을 겸비한 이 항공公이야 말할 나위가 있겠는가! 그에게 있어 공평무사함은 단지 보조輔助 역할만 했을 뿐이다."

원우元祐 3년에 흥룡절興龍節을 맞아 주상께서 상서성尙書省에서 연회를 베풀어주셨을 때, 그 일을 거론한 적이 있었다. 그 날 왕공王鞏이 그의 부친 중의仲儀에게 이런 말을 하는 것을 들었다.

"진집중陳執中이 재상직에서 물러날 때 인종 황제께서 누가 그대를 대신할 만하냐고 하문하신 적이 있었지요. 진집중이 오육吳育을 추천하자마자, 황제께서는 그 즉시 오육을 궁궐로 불러오라고 하셨답니다. 때마침 건원절乾元節이었는지라 오육이 연회에 배석하게 되었는데, 그만 술에 취해 앉은 채 졸아버렸지 뭡니까. 그리곤 깜짝 놀라 깨어나서 좌우를 두리번거리더니 탁자를 두드리며 시종侍從을 불렀답니다. 황제께서 어안이 없어 하시다가 그 즉시 그를 서경유대西京留臺로 임명하여 내보내셨지요."

그 사실을 보면 비록 저속한 관리이긴 하지만 진집중도 현명한 구석이 있다 하겠다. 오육이 재상이 못된 것은 운명이 아닌가 싶구나! 하지만 그 만년晩年에 심장병이 있었으니 어차피 중용하기는 어려웠겠다. 인종 황제께서는 인재를 내치는 임금이 아니셨도다.

원문과 주석

真宗仁宗之信任❶

真宗時, 或薦梅詢可用者, 上曰: 「李沆嘗言其非君子。」❷ 時沆之沒, 蓋二十餘年矣。歐陽文忠公嘗問蘇子容曰: 「宰相沒二十年, 能使人主追信其言, 以何道?」❸ 子容言: 「以無心, 故爾。」❹ 軾因贊其語, 且言: 「陳執中俗吏耳, 特以至公猶能取信主上, 況如李公之才識, 而濟之無心耶!」❺ 時元祐三年興龍節, 賜宴尚書省, 論此。❻ 是日, 又見王鞏云其父仲儀言: 「陳執中罷相, 仁宗問: 『誰可代卿者?』❼ 執中舉吳育, 上即召赴闕。❽ 會乾元節侍宴, 偶醉坐睡, 忽驚顧拊牀呼其從者。❾ 上愕然, 即除西京留臺。」❿ 以此觀之, 執中雖俗吏, 亦可賢也。育之不相, 命矣夫! 然晚節有心疾, 亦難大用, 仁宗非棄材之主也。

❶ ▪ 眞宗: 趙恒(968~1022). 북송의 세 번째 황제. 등극 전에 韓王, 襄王, 壽王에 봉해진 바 있으며 首都인 開封府尹도 역임하였다.
▪ 仁宗: 趙禎(1010~1063). 북송의 네 번째 황제. 眞宗의 여섯 번째 아들. 在位 기간이 42년에 달해, 宋代의 황제 중 가장 오래 執政하였음.
▪ 信任: 인간에 대한 믿음. 또는 직책을 맡기는 것에 대한 믿음.

❷ ▪ 梅詢: 북송 眞宗 시기의 관료. 字는 昌言. 宣州 宣城 사람. 秘書省 著作佐郎, 御史臺 推勘官 등을 역임함. 누차 상소를 올려 北方의 防禦를 논하며 아무개를 중용해야 하고 아무개는 쫓아내야 한다는 등의 호언장담을 일삼아, 진종이 知制誥로 임명하려 하였으나 李沆이 그의 경박한 위인 됨을 역설하여 重用되지 못하였음. 『宋史』 301권에 그의 전기가 전해짐.
▪ 李沆: 북송 眞宗 때의 재상. 字는 太初. 직무에 충실하고 상황을 멀리 내다보는 탁월한 시야를 지니고 있어, 당시 '聖相'의 별명을 얻었음. 景德 元年에 58세로 사망함. 시호는 文靖. 『宋史』 282권

에 그의 전기가 전해짐.

❸ ▪ 歐陽文忠公: 歐陽脩.

▪ 蘇子容: 蘇頌. 字는 子容. 북송 仁宗 시기의 재상. 福建 泉州 사람. 벼슬이 右僕射 겸 中書門下侍郎에 이름. 紹聖 4년에 太子少師의 명예직을 받고 은퇴함. 『宋史』 340권에 그의 전기가 전해짐.

▪ 追: 회고하다, 회상하다, 돌이켜보다.

❹ ▪ 無心: 여기서는 私心이 없다는 뜻.

❺ ▪ 陳執中: 北宋 仁宗 시기의 재상. 字는 昭譽. 벼슬이 同中書門下平章事, 集賢殿大學士 겸 樞密使에 이르렀음. 張貴妃가 죽자 융숭한 장례를 치러주어 탄핵을 받아 재상 자리에서 물러남. 훗날 여러 관직을 제수받았으나 모두 관직에 나가지 아니함. 『宋史』 285권에 그의 전기가 전해짐.

▪ 特以至公: 단지 최선의 公平無私함으로 대했다는 뜻. 陳執中이 집권했던 8년 동안에는, 자신의 집에서 일체 손님을 받지 않는 등 청렴하고 공정한 생활을 하여 아무도 감히 사사로이 청탁을 하지 못했던 사실을 지칭함.

▪ 取信主上: 主上, 즉 인종황제의 신임을 얻었다는 뜻.

▪ 濟: 돕다. 도움이 되다.

▪ 況如李公之才識, 而濟之無心耶: 陳執中은 단지 공정함만으로 인종의 신임을 얻었지만, 이항은 탁월한 재주와 見識으로 眞宗의 신임을 얻었으며, 공평무사함은 단지 신임을 얻는 데 있어서 보조적인 역할만 했다는 뜻.

❻ ▪ 元祐三年: 元祐는 북송 철종의 연호임. 元祐 3년은 1088년으로 당시 동파는 52세로 조정에서 翰林學士 知制誥를 맡고 있었음.

▪ 興龍節: 北宋 哲宗이 태어난 뒤에 방 안에 붉은 빛이 비추었다고 하여, 철종이 보위에 오른 후, 신하들의 청원으로 그의 생일 다음 날인 12월 8일을 興龍節로 정하였음. 『宋史』 17권에 자세한 이야기가 전해짐.

❼ ▪ 王鞏: 蘇軾의 벗. 工部尙書 王素(字는 仲儀)의 아들. 시를 잘 쓰고 빼어난 재주가 있었으나 동파가 유배되자, 그에 연루되어 賓州로 폄적되었음. 훗날 관직을 除授받을 때마다 타인의 비방과 견제를 받아 이름이 크게 드러나지 못하였음. 『宋史』 320권에 「王素傳」의

부록으로 그의 전기가 전해짐.

❽ ▪ 吳育(1004~1058): 字는 春卿. 어려서부터 박학다식하여 禮部 과거 시험에 장원으로 급제하였다. 臨安 및 襄城太守 등의 지방관과 大理寺丞著作郎, 擧賢良方正 등을 역임했다. 智謀가 뛰어났고 直言을 잘하여 政局과 邊防의 안정에 큰 공을 세웠다. 그 과정에서 재상이던 가창조와 누차 쟁의를 일으키며 충돌하여, 둘 사이에 깊은 원한을 지니고 있었다. 훗날 陳執中의 추천을 받아 재상이 될 뻔하였으나, 持病이 있음이 드러나 자리에 오르지 못하고 한직으로 밀려났다. 『宋史』 291권에 그의 전기가 있다. 제3권의 〈賈婆婆薦昌朝〉에서 그의 이름이 등장한 적이 있다.

❾ ▪ 乾元節: 북송 仁宗의 생일인 4월 14일을 지칭함.

▪ 拊: 가볍게 두드리다.

❿ ▪ 除: 除授받다. 관직을 임명받다.

▪ 西京留臺: 西京留司御史臺의 줄임말. 西京은 洛陽을 지칭함. 실제로 업무가 없는 한직임.

⓫ ▪ 晩節: 晩年.

이 글을 통해 알 수 있는 사실 몇 가지를 논리적으로 정리해 보자.

1-1_ 진종眞宗 황제는 이항李沆을 매우 신임하였다.

1-2_ 동파는 그 이유가 이항에게 사심이 없었고 재주와 견식이 뛰어났기 때문이라고 판단하고 있다. 즉 동파는 이항을 대단히 높게 평가하고 있다.

2-1_ 인종仁宗 황제는 진집중陳執中을 매우 신임하였다.

2-2_ 그러나 동파는 진집중을 '저속한 관료俗吏'라며 낮게 평가하고 있다.

2-3_ 동파는 인종이 진집중을 신임한 것은 단지 공평무사公

平無私했기 때문이라고 판단하고 있다.

2-4_ 동파가 진집중을 공평무사한 인물이라고 평한 이유는 그가 오육吳育을 추천했기 때문이다.

2-5_ 그러므로 동파는 오육을 높게 평가했음을 알 수 있다.

2-6_ 그러나 인종은 결국 오육을 중용하지 않았다.

2-7_ 동파는 인종이 오육을 등용하지 않은 것은 오육의 팔자였지, 인종이 인재를 내치는 임금이기 때문이 아니라고 말한다.

이상의 분석에서 우리는 아주 재미있는 사실을 발견하게 된다. 2-6까지는 대단히 논리적으로 부드럽게 연결이 되는데, 맨 마지막 항목에서는 갑자기 논리의 실타래가 확 얽혀버린 느낌을 받게 된다. 이것은 무엇을 말해줄까? 동파가 하고 싶은 말을 차마 제대로 하지 못했다는 이야기다. 즉 진집중과 같은 인물을 중용하면서도 오육과 같은 인재는 중용하지 않은 인종에 대한 아쉬움, 나아가 원망하는 마음이 담긴 것이다. 그것이 이 글의 주제다. 맨 마지막에 "인종 황제께서는 인재를 내치는 임금이 아니었다"고 말한 것은 차마 직설적으로 임금을 원망할 수가 없었기 때문에 돌려서 쓴 우회 화법이라고 하겠다.

공자孔子가 소정묘少正卯를 죽이다

해제

공자孔子가 벼슬을 하자마자 소정묘少正卯를 죽인 사실은 역대로 많은 논란을 불러일으킨 사건이다. 그런데 동파는 이 글에서 어쩐지 은근히 공자를 시니컬하게 비웃는 듯한 모습을 보인다. 어째서 이런 불경不敬스러운 말투를 사용한 것일까?

번역

공자가 노나라의 사구司寇가 된 지 7일 만에 소정묘少正卯를 죽이자, 어떤 이들은 왜 그렇게 빨리 일을 처리해야 했는지 의아하게 생각했다. 아마도 이 양반은 자신의 두상頭狀이 사각형이라 팔자가 기구하여 머지않아 벼슬을 내놓아야 할 게 틀림없으리라 여기고, 서둘러 자리에서 물러나기 전에 일을 추진했을 것이다. 2, 3일 더 머뭇거렸다가는 소정묘에게 선수를 빼앗겨 자신이 먼저 당할 수도 있을 테니까.

원문과 주석

孔子誅少正卯❶

孔子為魯司寇七日而誅少正卯, 或以為太速。❷ 此叟蓋自知其頭方命薄, 必不久在相位, 故汲汲及其未去發之。❸ 使更遲

疑兩三日, 已為少正卯所圖矣。❹

❶ ▪ 少正卯(~B.C.496): 춘추시대 魯 나라의 大夫. '少正'은 '姓'이 아니라 '氏'이며, '卯'는 그의 이름이다(춘추전국 시기에는 姓과 氏는 서로 분리된 개념이었음. 姓은 원래 血族과 血統을 구분하기 위해 사용된 것이었고, 氏는 신분의 貴賤을 알려주는 역할을 하였음. 秦 이후에는 姓과 氏에 아무 구별 없이 오늘날과 같은 개념으로 쓰이기 시작함. 少正은 원래 周나라 때 만든 관직 이름임). 소정묘는 공자와 마찬가지로 노나라에서 私學을 개설하고 학생을 가르쳤는데 큰 인기를 끌어 공자의 학생들이 왕왕 그쪽으로 몰려가서 강의를 들었다고 함. 공자의 텅빈 강의실에는 顔回만이 남아 있는 경우도 있었다고 함. 그리하여 소정묘는 노나라의 유명인물이 되어 '깨우친 사람(聞人)'으로 불렸다고도 함. 그가 어떤 학설을 주장했는지 오늘날에는 전해지지 않음.

❷ ▪ 司寇: 춘추시대의 관직명. 六卿 중의 하나로 刑罰을 관장하였음.

❸ ▪ 叟: 늙은이의 존칭. 여기서는 공자를 지칭함.
▪ 頭方命薄: 머리 모양, 즉 頭狀이 네모나고 팔자가 드세다는 뜻. 사마천 『史記 · 孔子世家』에 의하면 공자가 태어날 때 두개골의 윗부분이 움푹 파이고 頭狀이 전체적으로 사각형이었다고 함.
▪ 汲汲: 급한 모습, 서두르는 모습.
▪ 及其未去發之: 직책에서 물러나기 전에 때맞춰 일을 추진하다. 즉 大司寇 벼슬에서 쫓겨나기 전에 서둘러 소정묘를 제거하는 일을 추진했다는 뜻.

❹ ▪ 圖: 企圖하다, 시도하다.

해설

공자가 소정묘를 죽인 사건은 『순자荀子』와 사마천 『사기 · 공자세가』에 나온다. 이 이야기를 하려면 당연히 먼저 소정묘라는 인물이 누구인지 알아야 하겠다. 문제는 그에 대한 기록이 그다지 많지 않고 신빙성도 떨어진다는 데 있다. 기록에 근거해서 과감하게 추측해본다면, 소정묘는 이를테면 공자의 라이벌이라고 해도 과언이 아닌 인물이었다.

그는 공자와 동 시대의 인물로 노나라에서 사학을 개설하고 학생들을 가르쳤는데, 어찌나 인기가 있었는지 공자의 제자들도 왕왕 그쪽으로 몰려가버린 바람에, 공자의 강의실에는 안회顔回만 남아 있는 경우도 있었다고 한다. 그러나 인기강사 소정묘가 무슨 내용의 강의를 했는지에 대해서는 아무 기록도 전해지지 않는지라, 우리는 아무것도 알 수가 없다.

아무튼 노나라 정공定公 14년(B.C.496), 대사구大司寇가 된 공자는 부임한 지 7일 만에 소정묘를 죽이고 난 후, 그 시신을 3일 동안 햇볕에 방치했다고 한다. 놀란 자공子貢이 그 이유를 묻자, 공자는 아래와 같은 '다섯 가지 죄五惡'를 열거했다는 것이다.

① 사상이 경지에 이르렀으나 위험하다(心達而險).
② 행동이 굳건하나 허물이 많다(行辟而堅).
③ 거짓된 언변만 뛰어나다(言僞而辯).
④ 추악한 사실만 많이 알고 있다(記醜而博).
⑤ 순리가 아닌 것을 선택하였다(順非而澤).

죄명이 너무나 추상적이다. 이렇게 모호하고 주관적인 이유만으로 사람을 죽인다면, 그것이야말로 오히려 더 위험한 발상 아니겠는가? 라이벌을 죽인 구차하기 짝이 없는 변명 같아 보인다. 위의 다섯 가지 죄명에서 짐작할 수 있는 사실을 추리해보자.

① 소정묘는 사상이 경지에 이르렀고, 행동이 굳건하며, 언변이 뛰어나고, 박학다식했다.

② 공자가 위험인물로 판단한 것으로 보아, 소정묘는 민중을 선동하여 모반을 일으킬 수도 있을 정도로 대중들에게 어필하는 친화력을 지니고 있었을 것이다. 그러나 그것은 어디까지나 추측이었을 뿐, 그는 모반을 일으킨 적이 없다.

③ 소정묘가 대중에게 미치는 영향력은 공자보다도 훨씬 더 컸다.

공자가 열거한 이 '다섯 가지 죄'는 후세에 많은 옥사獄事를 불러 일으켰다. 정권을 장악한 자들이 이것을 구실로 자신들에게 위협적인 존재를 제거하였던 것이다. 수많은 사람들이 또 다른 '소정묘'가 되어 또 다른 '공자'에게 죽어갔다. 공자가 소정묘를 죽인 사건은 '성인聖人이 간악한 자를 징벌한 사례'로 둔갑되어, 권력을 장악한 자가 자신의 라이벌을 제거하는 좋은 핑곗거리가 된 것이다.

동파는 '공자가 소정묘를 죽인 사건'의 가장 대표적인 피해자 중의 한 사람이었다. 그가 오대시안烏臺詩案 사건으로 옥에 갇혔을 때 정적이었던 이정李定이 열거한 동파의 죄목이 공자가 말하는 소정묘의 '다섯 가지 죄명'과 논조가 거의 똑같았던 것이다. 그러므로 이 글에서 동파가 빈정대는 말투로 공자를 비웃은 것은 사실상 공자가 아닌 그의 정적들을 비웃은 것임을 짐작할 수 있겠다.

동파는 평소 형벌을 가할 때는 대단히 신중해야 한다고 일관되게 주장한 사람이었다. 그러나 그는 '공자가 소정묘를 죽인 사건'에 대해 근본적으로 의심해보지는 않았던 것 같다.

이 사실의 유무有無에 대해 최초로 근본적인 의문을 던진 사람은 남송南宋 시대의 주희朱熹였다. 그는 아래의 논점을 근거로 하여 '공자가 소정묘를 죽인 사건'은 절대로 없었을 것이라고 주장한다.

① 선진시대 제자백가들의 저작 중에는 신빙성이 떨어지는 기록이 아주 많다. 『순자』보다 더 일찍 출현한 『좌전』·『국어國語』·『논어論語』·『맹자孟子』에는 이와 관련된 기록이 전혀 없다. 『논어』·『맹자』는 그렇다 치더라도 특히 『좌전』과 『국어』는 공자에게 억울한 '누명'을 씌우고 있는 기록도 많은데, 이 사실은 거론하지 않고 있다는 것은 실제로 이런 일이 발생하지 않았다는 증거가 될 수 있다.

② 대부大夫의 신분인 공자가, 대사구 벼슬을 한 지 겨우 7일 만에 또 다른 대부 신분인 소정묘를 죽일 수 있을 정도로 강력한 권력을 장악했다는 것은 불가능한 일이다.

③ 공자의 주요 사상은 인仁이다. 경솔하게 사람을 죽이거나 형벌에 처하는 것에 대해 굳건한 신념으로 초지일관 반대한 인물이다. 노나라의 대부가 "덕망과 도를 갖춘 사람은 무도한 자를 죽여도 된다(殺無道以就有道)"는 주장을 펼쳤을 때 적극 반대하였다. 이런 공자가 소정묘만 함부로 죽였다는 것은 이치에 맞지 않는다.

주희가 이렇게 공자가 소정묘를 죽인 사실에 대해 의문을 표시하자, 많은 학자들이 이에 동조하고 나섰다. 무엇보다 공자보다 훨씬 뒤에 출현한 순자가 제시하고, 순자보다 훨씬 뒤에 출현한 사마천이 기록한 것 외에 다른 자료를 찾아볼 수 없다는 점이 이 이야기의 신빙성에 의심을 품게 하였던 것이다.

그러나 이 사건은 오늘날까지 많은 논쟁을 불러일으키고 있다. 5·4 신문화운동 시기에는 이 사건을 '공자의 오점汚點'으로 인식하였고, 문화대혁명 기간에는 공자를 비판하는 시대적 흐름을 타고 '개혁 인물인 소정묘를 죽인 공자의 죄악'으로 몰아가기까지 하였다. 그리고 오늘날 인터넷상에서는 아직도 수많은 중국 네티즌들이 이에 대해 치열한 논쟁이 벌이고 있다. 물론 이 사건의 진위眞僞 여부에 초점을 맞춘 논쟁이 주류를 이루고 있다.

《孔子像》 宋, 馬遠

안회顔回를 소재로 글 장난을 해보다

해제

안회顔回는 공자가 가장 사랑한 제자다. 오로지 학문에 일로 매진하였기 때문이다. 그러나 동시에 그는 가장 불우했던 제자였다. 찢어지게 가난한 환경에서 고생하다가 젊은 나이에 요절하였기 때문이다. 그의 집을 방문했던 공자는 "광주리에 담긴 밥 한 공기와 표주박에 담긴 물 한 모금만 먹고 지내면서도(一簞食, 一瓢飮)" 안분자족安分自足할 줄 알았던 그를 크게 칭찬했다.

그의 부음訃音을 들은 공자는 크게 슬퍼했다. 평소 아무리 슬플지라도 자중자애하며 감정을 절제해야 한다고 가르쳤던 공자였으므로, 다른 제자들이 의문을 품고 질문을 던지자, 공자는 다른 사람이라면 몰라도 안회가 죽었는데 어찌 크게 슬퍼하지 않을 수 있겠느냐고 답변한다.

이렇게 공자가 아끼고 사랑하고 슬퍼했던 안회를 소재로 동파는 장난 글을 쓴다. 그 이유는 무엇이었을까? 너무 지나친 것은 아닐지, 생각해보며 읽는 것도 작품 감상의 한 방법이겠다.

번역

안회顔回는 광주리에 담긴 밥 한 공기와 표주박에 담긴 물 한 모금만 먹고 지냈으니, 조물주가 별로 공을 들이지 않고 그를 만들었구나 싶다. 그러니 요절夭折을 면치 못했겠지. 만약 안회가 광주리에 담긴 밥을 한 공기 더 먹고, 그 대신 표주박의 물을 반 모금만 먹고 지낼 수 있었다면 29년은 더 살 수 있지 않았을까? 그나저나 조물주가 도척盜跖에게 준 이틀치 녹미祿米라면 충분히 안회가 70년 동안 먹을 수 있는 식량일 게다. 하지만 아마 안회가 싫다고 하겠지?

원문과 주석

戱書顔回事

顔回簞食瓢飮, 其為造物者費亦省矣, 然且不免於夭折。❶ 使回更喫得兩簞食半瓢飮, 當更不活得二十九歲。❷ 然造物者輒支盜跖兩日祿料, 足為回七十年糧矣, 但恐回不要耳。❸

❶ ▪ 顔回: 공자의 수제자, 顔淵. 춘추시대 노나라 사람. 回는 그의 이름임. 학문을 좋아하고 安貧樂道 하여 공자의 제자 중에서 덕행이 가장 탁월했음. 요절함.

▪ 簞食瓢飮: '一簞食一瓢飮'의 준말. 광주리에 담긴 밥 한 그릇을 먹고, 표주박에 담긴 물 한 모금을 마시다. 그렇게 형편없는 음식을 먹고 굶주리며 살다. 또는 가난하고 힘들지만 맑고 고운 생활로 여기며 그를 즐기는 삶을 뜻함. 『論語 · 雍也』에서 공자가 안회를 칭찬한 부분에서 나온 말. "광주리에 담긴 한 그릇의 밥과 물 한 쪽박을 먹으면서 누추한 마을에서 살게 되면, 사람들은 그 근심을 견지지 못하지만 안회는 그렇게 살면서도 그 즐거움을 바꾸려하지 않는구나!(一簞食一瓢飮, 在陋巷, 人不堪其憂, 回也, 不改其樂!)"

▪ 費亦省矣: 비용도 절약했다. 즉 조물주가 별로 힘들이지 않고 안회를 만들었다는 뜻.

❷ ▪ 使: 만약, 가령. 假使.
▪ 二十九歲: 『史記 · 仲尼弟子列傳』에 보면 안회는 29세에 머리가 백발이 되어 요절했다고 하며, 『孔子家語』를 보면 29세에 백발이 되고 32세에 사망했다고 나옴. 동파는 여기서 안회는 29세에 사망한 것으로 여기고 있음.

❸ ▪ 支: 지급하다.
▪ 盜跖: 춘추시대 말기의 유명한 도적 이름. 賢者로 유명한 柳下惠의 동생 柳下跖이라고도 함.
▪ 祿料: 唐宋 시기에 관리들에게 녹봉 외에 보너스로 주던 쌀과 물품.

해설

동파 글의 최대 특징 중의 하나는 유머다. 해학이다. 그러나 단순한 조롱이나 희롱이 아니다. 그 속에는 세상을 거시적으로 바라보는 호방한 인생관이 담겨 있다. 안회를 소재로 재미있게 써 본 낙서 형식의 이 소품에는 안회의 가치관에 대한 존중의 마음과, 그가 요절한 것에 대한 안타까움과 아쉬움, 그리고 불공평한 세상 이치에 대한 불만과 분노가 유머로 승화되어, 부드럽고 따스하게 독자의 마음 속 깊이 각인되고 있다.

순자荀子의 '청출어람青出於藍'을 따져보다

해제 성악설性惡說을 제시한 순자의 사상과 화법話法에 대해 신랄하게 공박하고 있는 글이다. 동파는 무엇 때문에 이렇게 순자를 비난한 것인지, 곰곰 생각해볼 필요가 있겠다.

번역 순경荀卿이 말했다. "청색青色은 남색藍色에서 나왔으나 남색보다 더 푸르고, 얼음은 물에서 생겼으나 물보다 더 차갑다." 세상에서는 스승보다 더 뛰어난 제자를 말할 때 이 말을 구실로 삼고 있지만, 이 말은 사실 잠꼬대나 다름없는 헛소리다. 청색이 곧 남색이요, 얼음이 곧 물 아닌가. 쌀을 빚어 술을 빚고, 양과 돼지를 잡아 맛난 반찬을 만들어서 "술이 쌀보다 달고, 맛난 반찬이 양고기보다 더 맛있다"고 한다면 아이들도 웃을 것이다. 그런데도 순경은 그런 말로 교묘히 말장난을 하고, 사람들은 술 취하여 뒤죽박죽 잠꼬대를 해댄 것을 사실로 믿고 있다니! 인성人性에 대해 논한 그의 주장은 다 이런 식이다.

원문과 주석

辨荀卿言青出於藍❶

荀卿云:「青出於藍而青於藍, 冰生於水而寒於水。」❷ 世之言弟子勝師者, 輒以此為口實, 此無異夢中語! 青即藍也, 冰即水也。釀米為酒, 殺羊豕以為膳羞, 曰「酒甘於米, 膳羞美於羊」,❸ 雖兒童必笑之, 而荀卿以是為辨, 信其醉夢顛倒之言!❹ 以至論人之性, 皆此類也。❺

❶ • 荀卿(B.C.313?~B.C.238): 戰國時代의 사상가이자 儒學者. 姓은 荀, 이름은 況, 卿은 당시 사람들이 부른 그의 존칭이다. 孫卿으로 쓰이기도 했는데, 이는 荀과 孫의 古音이 서로 통했기 때문이다. 孟子의 性善說을 비판하여 性惡說을 주장했으며, 禮를 강조하였다. 사마천『史記 · 荀卿列傳』에 따르면 그는 趙나라 출신으로, 50세 무렵에 齊나라에 遊學하여 세 차례나 祭酒(대학 총장)를 지냈다. 후에 참소를 받아 齊나라를 떠나, 楚나라로 가서 宰相 春申君의 천거로 蘭陵의 수령이 되었다. 그러나 춘신군이 암살되자(BC 238), 벼슬자리에서 물러나 난릉에서 교육과 저술에 전념하며 여생을 마쳤다.

❷ • 靑出於藍而靑於藍, 冰生於水而寒於水: 청색은 남색에서 나왔으나 남색보다 더 푸르고, 얼음은 물에서 생겼으나 물보다 더 차갑다는 뜻.『荀子 · 勸學』에 나오는 말.

❸ • 豕: 돼지.
• 膳羞: 맛있는 음식, 좋은 반찬. 羞는 饈와 통한다.

❹ • 以是爲辨: 이를 근거로 교묘한 말장난을 하였다는 뜻.

❺ • 論人之性:『荀子 · 性惡』에서 주장한 性惡說을 지칭함.

해설

순자荀子가 제시한 '청출어람青出於藍'을 명제로 논리의 곡예를 부리고 있는 글이다. 청색과 남색은 같은 계통의 색깔이지만 분명 다르다. 물과 얼음도 같은 재질이지만 하나는 액체이고 또 하나는 고체이다. 그런데 동파는 청색과 남색을 동일시하고 물과 얼음을 똑같은 물체로 취급하고 있다. 그렇게 모든 사물을 단순화하고 동일시한다면 삼라만상 역시 모두가 하나 아니겠는가?

동파는 왜 이렇게 말도 안 되는 트집을 잡은 것일까? 글의 맨 뒤에서 한 말로 짐작해보니 이유는 간단하다. 필경 순자가 제시한 성악설性惡說이 영 마음에 들지 않았던 게다. 물론 맹자의 성선설性善說이나 순자의 성악설은 일정 부분 시대적 한계를 안고 있다. 하지만 아무리 그렇다고 해도 "잠꼬대나 다름없는 헛소리" 취급을 한 것은 지나친 느낌이다.

그 어떤 사상에도 구애받지 않고 유불선儒佛仙의 경계선을 자유자재로 넘나드는 동파는 이따금 전국시대 종횡가縱橫家들이 주장하는 권모술수權謀術數의 필요성을 강조하기도 한다. 그의 「대신론大臣論 하편」에서는 이런 말도 한다.

> 소인배들은 자신이 천하의 원망을 짊어지고 있으며 군자들이 용서해주지 않을 것을 알고 있기 때문에, 밤낮을 가리지 않고 계책을 꾸며 어느 날 아침 갑자기 닥칠지도 모르는 재앙에 대비한다. … (중략) … (그러므로 군자는 마땅히) 안으로는 군자들끼리의 사귐을 두텁게 하여 그 세력을 두터이 결집하도록 해야 하며, 밖으로는 양동작전을 구사하여 소인배의 뜻을 거스르지 않도록 조심하면서 때를 기다려야 한다. … (중략) … 때가 무르익기를 기다리고 그 틈을 노려서, 마침내 기회가 오면 절벽에서 소인배의 무리를 밀어 떨어뜨려 후환을 철저히 없애버려야 한다. 그렇게 되면 힘도 절약되고 후환도 없어지게 되는 것이다.
>
> [小人之心, 自知其負天下之怨, 而君子之莫吾赦也, 則將日夜爲

東坡像
혜주 동파기념관
경내의 동파상.
자유분방한 그의 풍
모가 잘 엿보인다.

計, 以備一旦卒然不可測之患 …(中略)… 君子內以自固其君子之交, 而厚集其勢; 外以陽浮而不逆於小人之意, 以待其間。…(中略)… 後待其發而乘其隙, 推其墜而挽其絕。故其用力也約, 而無後患。]

그런가 하면 이따금 이 글에서처럼 궤변을 일삼는 명가名家의 모습을 보이기도 한다. 이는 그의 성격이 워낙 자유분방하고 생각에 구애받음이 없는데다가, 금기의 영역을 두지 않고 다양한 분야의 책을 섭렵한 영향을 받은 탓일 것이다.

가난에 잘 적응한 안촉顔蠋

해제

이 글은 『전국책戰國策』에 나오는 제齊나라 선왕宣王과 처사 안촉顔蠋에 관한 에피소드에 대한 동파의 독서 메모이다(「齊策四·齊宣王見顔斶」 참조. 『전국책』에는 '顔蠋'이 아니라 '顔斶'으로 나와 있다). 유명한 고사성어인 "편안하게 산책하는 것으로 수레 타는 것을 대신한다(安步當車)"는 여기서 출전된 말이다.

번역

안촉顔蠋이 제나라 왕의 초청을 받았을 때, 제왕齊王이 자신과 함께 하면 맛난 고기 음식을 먹여주고, 외출을 할 때는 반드시 수레에 태워주며, 아내에게는 귀인들이 입는 화려한 옷을 입혀주겠다고 말하였다. 이에 안촉이 이별을 고하며 말하였다.

"옥玉은 산에서 생기지요. 그런데 그걸로 무언가를 만든다면 이미 파괴되는 것이지요. 물론 보배가 아닌 것은 아니지만, 큰 옥돌은 완전하지가 않은 법이랍니다. 선비는 시골구석에서 생기지요. 그런데 누군가에게 추천을 받아 녹祿을 먹기 시작하면 남에게 존중도 받고 성공했다고 아니할 수도 없겠지만, 원래의 행동과 사상을 온전히 보전하기는 어려운 법이지요. 저는 돌아가렵니다. 느지막하게 밥을 먹는 것을 고기

반찬으로 삼고, 느긋하게 산책하는 것으로 수레를 타는 것으로 삼으며, 죄짓지 않고 사는 것을 출세한 것으로 여기고, 청정淸淨하고 정결하며 정직하게 지내는 것으로 즐거움을 삼으렵니다."

아하, 전국시대의 선비 중에서 노중련魯仲連과 안촉 같은 이가 누가 또 있겠는가! 하지만 아직 도를 깨쳤다고 말할 수는 없겠다. 느지막하게 밥을 먹는 것을 고기반찬으로 삼고, 느긋하게 산책하는 것으로 수레를 타는 것으로 삼겠다니, 그렇다면 여전히 고기반찬과 수레 따위에 뜻이 있다는 말 아닌가. 느지막하게 밥을 먹는 것을 미식美食으로 삼고, 느긋하게 산책하는 것으로 자적自適해야 하느니. 그 미美와 적適을 취하면 족하지, 어찌 고기와 수레를 운운한단 말인가. 비록 그러하다 하나, 안촉은 가난한 삶에 잘 적응했다고 할 만하다. 굶주리지 않고 먹을 수만 있다면, 여덟 가지 진미珍味라 해도 나물이나 다름없고 나물이라 해도 여덟 가지 진미와 진배없는 법이니, 단지 느지막하게 밥을 먹는 것이 중요할 뿐이다. 안촉도 물론 훌륭했지만, 나처럼 오랫동안 가난하게 지내보지 못한 사람은 안촉의 훌륭함을 이해할 수 없을 것이다.

원문과 주석

顔蠋巧於安貧❶

顔蠋與齊王遊, 食必太牢, 出必乘車, 妻子衣服麗都。❷ 蠋辭去, 曰:「玉生於山, 制則破焉, 非不寶貴也, 然而太璞不完。❸ 士生於鄙野, 推選則祿焉, 非不尊遂也, 然而形神不全。❹ 蠋願得歸, 晩食以當肉, 安步以當車, 無罪以當貴, 淸靜貞正以自娛。」❺ 嗟乎! 戰國之士未有如魯連、顔蠋之賢者也, 然而未聞道也。❻ 晩食以當肉，安步以當車，是猶有意於肉於車也。晩食自美，安步自適，取其美與適足矣，何以當肉與車為哉！雖然，蠋可謂巧於居貧者也。未飢而食，雖八珍猶草木也；使草木如八珍，惟晩食為然。❼ 蠋固巧矣，然非我之久於貧，不能知蠋之巧也。

❶ ▪ 顔蠋[촉; zhú]: 齊나라의 處士. 『戰國策』에는 '顔㑒'으로 나와 있다.
 ▪ 巧於安貧: 가난한 생활에 잘 적응하다. 巧는 '~에 능하다'의 뜻.
❷ ▪ 齊王: 齊宣王.
 ▪ 太牢: 牢는 고기를 담는 食器. 연회석상에서 또는 제사를 지낼 때 소고기 양고기 돼지고기를 담는 커다란 식기를 말함. 여기서는 고기음식을 지칭함.
 ▪ 麗都: 화려하고 귀티가 난다는 뜻.
❸ ▪ 太璞不完: 『戰國策』에는 '大璞不完'으로 나와 있다. 커다란 옥돌은 완전함을 추구하지 않는다는 뜻임.
❹ ▪ 鄙野: 시골의 촌 동네.
 ▪ 非不尊遂: 남에게 존중도 받고 성공했다고 말하지 아니할 수는 없다는 뜻. 여기서 遂는 잘 도달하다, 즉 성공하다는 뜻임.
 ▪ 形神不全: 육체와 마음이 완전하지 못하다. 즉 벼슬을 하게 되면 자신의 행동과 사상이 온전히 보전되지 못한다는 뜻.
❺ ▪ 淸靜貞正: 淸淨無爲와 貞潔正直함.
❻ ▪ 魯連: 魯仲連. 戰國時代 齊나라 사람. 아무 대가 없이 타인의 어려움과 분규를 도와주기를 즐겨서, '排難解紛'의 고사성어를 탄생하게 하였음. 秦昭王의 군사가 趙나라의 도읍지인 邯鄲을 포위하자, 조나라의 孝成王은 魏나라에 원조를 요청하였음. 위나라는 장군 晉鄙를 파견하였으나 진비는 辛垣衍을 조나라에 사신으로 보내 진나라에 항복을 권유하였음. 이때 마침 조나라를 방문 중이던 노중련이 신원연을 타일러 타협안을 포기하게 하였음. 그 후, 위나라의 信陵君이 군사를 이끌고 와서 진비를 죽이고 진나라 군대를 물리치어 한단의 포위를 풀어주었음. 이에 조나라의 재상 平原君

이 노중련에게 감사의 뜻으로 영토를 주려고 하였으나, 노중련은 그것을 거절하고 대가를 받지 않았음. 『戰國策 · 趙策』과 『史記 · 魯仲連鄒陽列傳』에 그 에 대한 기록이 나옴.

- 未聞道: 아직 도를 깨치지 못하다.

❼ ▪ 八珍: 흔히 龍肝 · 鳳髓 · 豹胎 · 鯉尾 · 鴞炙 · 猩脣 · 熊掌 · 酥酪蟬 등의 여덟 가지 음식을 말하나 여기서는 진귀한 음식의 총칭임.

해설

동파는 장생長生의 비결을 일러달라고 유배지까지 찾아온 장악張鶚에게 자신의 몇 가지 생활원칙을 밝힌다[제1권에 수록된 「장악 군에게(贈張鶚)」 참조].

첫째는 아무 일도 없이 지내는 생활을 귀하게 여기고, 둘째는 일찍 잠자리에 드는 것을 돈 버는 일로 생각하며, 셋째는 편히 걸어 다니는 것을 수레를 타는 것으로 여기고, 넷째는 늦게 식사하는 것을 맛난 고기 먹는 것으로 생각하는 것이었다. 이 글에 나오는 안촉顔蠋의 삶과 대동소이하다.

동파는 장악에게 다시 일러준다. 그 정도면 가히 곤궁한 삶에 잘 대처한다고 할 만하나, 아직 도道의 경지에 이른 것은 아니라고. 수레와 고기는 가슴속에 담아두었다가는 아예 지워버려야 한다고. 편히 걸어 다니는 것 자체를 즐기고, 늦게 밥 먹는 것 자체를 맛난 반찬으로 삼아야 한다고 말한다. 이 글에서 안촉을 칭찬하면서도 아직 도를 깨치지는 못했다고 말하며, 수레와 고기 따위는 아예 뜻을 두지 말아야 진짜라고 말하는 것과 완전히 일치하는 내용이다, 동파의 양생養生에 관한 관점은 바로 전국시대의 안촉이라는 인물의 생활관에서 깨달음을 얻어 형성된 것임을 알 수 있겠다.

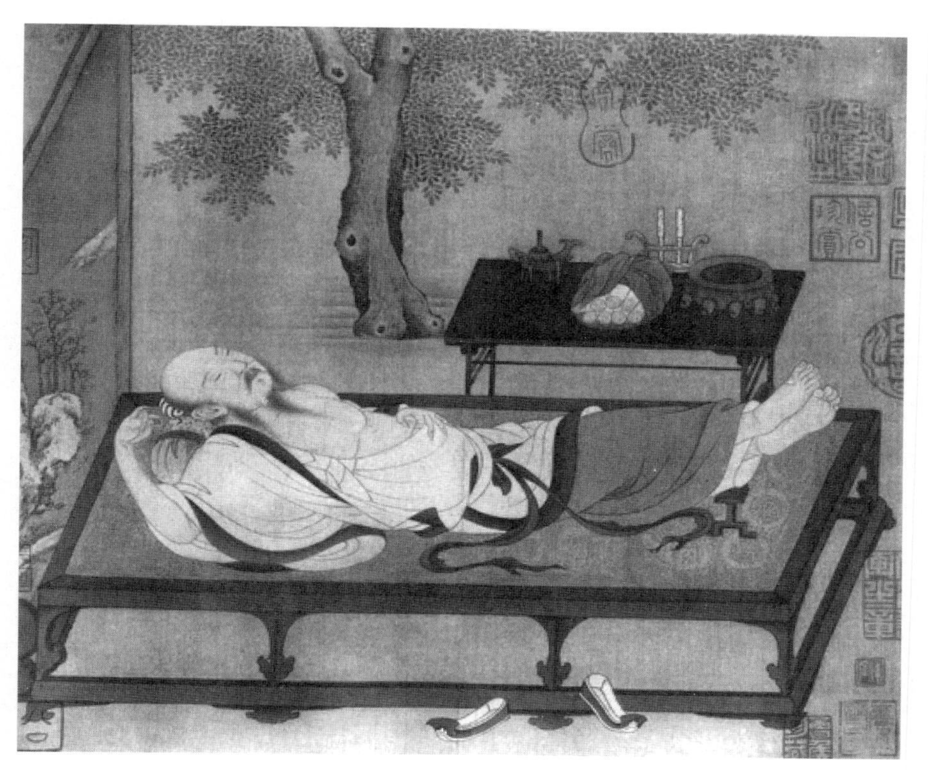

《槐蔭消夏》宋, 작가 미상

장의張儀가 상어商於 땅을 주겠다며 초楚나라를 속이다

해제

이 글은 동파가 『한서漢書 · 조착전鼂錯傳』을 읽고 쓴 독후감이다. 흥미로운 점은 『한서 · 조착전』에는 장의張儀가 초회왕楚懷王을 속인 일에 대해서는 전혀 언급하지 않고 있다는 사실이다. 그런데도 동파는 줄곧 장의가 초회왕을 속인 사실에 대해서만 언급하다가, 맨 마지막에 이르러서야 이 글이 『한서 · 조착전』을 읽고 난 후에 쓴 독후감임을 간단하게 밝힌다. 왜 그랬을까? 그 이유를 음미하며 읽어보는 것이 감상의 포인트이다.

번역

장의張儀는 초왕楚王에게 상어商於의 육백 리 땅을 주마고 속인 후에, 일이 성사되자 그에게 말했다. "신臣에게는 육 리 땅의 봉읍지封邑地밖에 없나이다." 이는 어린아이 장난이나 다름없는 일이다. 온 천하 사람들은 장의가 속인 사실을 미워하기보다는 초나라 임금의 어리석음을 비웃는다. 육백 리 땅이 뭐가 그리 대단하단 말인가! 게다가 장의는 초나라 신하도 아니고 진나라를 위해 일을 꾸민 것이니, 뭐가 그리 심한 잘못이겠는가!

만약 후세의 신하가 임금에게 "제 말대로 하신다면 온 천하가 태평해지며, 사방의 오랑캐가 복종해오고, 예악禮樂이 흥하고 형벌刑罰제도는 사라지고 말 것입니다." 그렇게 사기를 친다면 어떠할까? 그 임금이 얻고자 하는 바는 단지 육백 리 땅만이 아닐 것이다. 그러나 끝내 터럭 하나의 수확도 얻지 못할 것이다. 아니, 단지 얻지 못할 뿐만이 아니라 상실하는 것이 헤아릴 수 없이 많을 것이다. 그러한 자들이 임금을 모시는 것은 장의가 초왕을 대하는 것보다 못하다. 「조착전晁錯傳」을 읽고서 이 글을 쓴다.

원문과 주석

張儀欺楚商於地❶

張儀欺楚王以商於之地六百里, 既而曰: 「臣有奉邑六里。」❷ 此與兒戲無異, 天下無不疾張子之詐而笑楚王之愚也, 夫六百里豈足道哉!❸ 而張又非楚之臣, 為秦謀耳, 何足深過?❹ 若後世之臣欺其君者, 曰: 「行吾言, 天下舉安, 四夷畢服, 禮樂興而刑罰措。」❺ 其君之所欲得者, 非特六百里也, 而卒無絲毫之獲, 豈特無獲, 所喪已不勝言矣。❻ 則其所以事君者, 乃不如張儀之事楚。因讀《晁錯傳》, 書此。❼

❶ ▪ 張儀: 전국시대 魏나라 사람. 蘇秦과 함께 鬼谷子 先生에게 학문을 배움. 훗날 蘇秦은 최대 강국으로 부상한 秦나라에 대항하여, 齊와 楚 등의 여섯 나라가 연합해야 한다는 이른바 合縱策으로 열강의 외교관계를 정립시켰음. 그러자 張儀는 여기에 맞서 楚懷王을 유혹하여 齊나라와의 동맹관계를 파기하고 秦나라와 동맹하자는 이른바 連橫策을 내놓아 이를 성공시켰음. 이때 초회왕에게 제시한 유인책이 商於의 6백리 땅을 주겠다는 것이었으나, 막상 초나라가 제나라와 단교하자 장의는 그의 1/100인 六里만 내놓았다고 함. 결과적으로 장의의 연횡책 덕분에 진시황이 천하를 통일하

는 결정적인 계기가 되었음.

- 商於: 지명. 오늘날의 섬서성 商南에서 하남성 內鄕 일대에 이르는 땅.

❷ ▪ 楚王: 楚懷王.

- 旣而: 시간이 경과함을 뜻함.

❸ ▪ 疾: 미워하다. 증오하다.

❹ ▪ 深過: 매우 잘못된 과오.

❺ ▪ 措: 폐기하다.

❻ ▪ 特: 단지.

- 非特六百里: 원본에는 '特'이 '欲'으로 되어 있음. 蘇東坡集과 商本 등에 근거하여 고침.

❼ ▪ 晁錯(B.C.200~B.C.154): 西漢 文帝와 景帝 때의 재상. 河南 潁川 사람. 출중한 재주와 비범한 지혜로 '智囊'이라는 별명을 얻었음. 景帝가 즉위하자 황제의 비서인 內史가 되었다가 부승상인 御史大夫가 됨. 농업을 중시하고, 강력한 중앙집권정책으로 변방 제후들의 세력 삭감을 추구하여 제후들의 미움을 샀음. 훗날 吳와 楚 등 7國이 연합하여 반란을 일으켰을 때 景帝의 어리석음으로 인해 저자거리에서 허리를 잘려죽는 비참한 최후를 맞이하였음. 「論貴粟疏」 등의 글을 남겼음.

- 晁錯傳: 『漢書 · 晁錯傳』을 지칭함.

해설

이 글은 『한서漢書 · 조착전晁錯傳』을 읽고 쓴 독후감이다. 그런데 제목을 보면 '장의張儀가 초나라 임금을 속인 일'에 대한 이야기 같다. 「조착전」에는 단 한 마디도 장의를 언급하지 않았는데도 말이다. 왜 그랬을까? 당연히 그 책을 읽다가 장의가 생각났기 때문이다. 장의는 남의 나라 임금을 속였지만, 조착은 자기 나라 임금을 속인 자이니, 그보다 더 나쁜 인간이라는 생각을 했기 때문일 것이다.

그러면서도 동파는 조착 당사자가 아니라, 조착처럼 '임금에게 뺑(?)을 치는 후세의 신하'를 비난하고 있다. 따라서 이 글은 '임금을 속이는 후세의 사악한 신하'에 대한 성토문임을 알 수 있겠다. 그렇다면 과연 누구를 겨냥하고 쓴 글일까? 자명한 이치다. 정적政敵인 왕안석 일파에 대한 비판이 아니면 또 무엇이겠는가? 아울러 그들의 그럴 듯한 말에 '속은' 한심한 임금 신종神宗에 대한 불만을 털어놓은 것이다. "온 천하 사람들은 장의가 속인 것을 미워하기보다는 초나라 임금을 비웃는다"고 말하지 않고 있는가?

동파는 조착을 어떤 인물로 평가하고 있었을까? 『동파지림』에서도 종종 그에 대한 평가가 엿보이지만, 그는 특별히 「조착론晁錯論」이라는 글을 써서 그를 평가한 적이 있다. 그의 판단에 의하면 조착은 일견 '지혜주머니智囊'이라는 호칭을 얻을 만큼 똑똑하고, 나

《伏生授經圖》明, 杜堇
伏生에게 經書를 전해 받는 晁錯. 진시황의 焚書坑儒로 인하여 儒家의 경전들이 모두 사라지자 한나라 황제는 경전의 내용을 모두 암송하고 있는 伏生에게 복원을 명하고, 완성되었다는 보고를 받고 晁錯을 파견하여 새로운 경서를 받아오게 한다. 이른바 今文經의 탄생이다.

라와 임금에게 충성스럽고, 경제에도 밝은 자로 인식되고 있지만, 기실은 목소리만 컸지 현실적으로 아무런 구체적인 대책도 없이 변방 제후들의 세력을 삭감해야 한다고 주장하였다가 결국 칠왕七王의 난을 유발하여 나라를 극도의 혼란에 빠트리게 한 소영웅주의자이며, 임금을 기망한 대역 죄인이라는 것이다. 동파가 조착을 이렇게까지 혹평한 이유는 간단하다. 그를 왕안석 일파와 동일시했기 때문이다.

주창周昌의 자리를 노린 조요趙堯의 계교

해제

이 글은 한고조漢高祖 유방劉邦의 어사대부御史大夫였던 주창周昌이 부하 조요趙堯의 계교에 넘어가 그 자리를 빼앗겼던 사건을 논한 역사인물평론이다.

번역

방여공方與公은 주창周昌의 부하 관리인 조요趙堯가 비록 나이는 어리지만 기재奇才를 지녔으므로, 주창에게 "황상께서 틀림없이 그를 특별하게 대하시어 장차 그대의 자리를 대신하게 할 것"이라고 말했다. 주창이 그 말에 웃으며 대답했다. "조요는 문서나 담당하는 도필리刀筆吏에 불과한데 그럴 리가 있겠소!"

그러나 얼마 후 조요는 고조高祖를 설득하여 조왕趙王을 보호하려면 신분이 높고 강력한 권위를 지닌 재상을 둘 필요가 있다며 그 일에 주창이 적임이라고 하였다. 고조가 그의 계책을 받아들이자, 조요는 결국 주창을 대신하여 어사대부御史大夫가 되었다. 하지만 훗날 여후呂后가 조왕을 죽이자, 주창은 아무 역할도 못하고 그저 병이 나서 조정에서 은퇴했을 뿐이었다.

그 사실로 미루어볼 때, 조요의 이 계책은 단지 주창의 벼슬을 자신이 대신하고 싶어서였을 뿐이었음을 알 수 있겠다. 그 계책이 어찌 고조를 위한 것이었겠는가! 그리하여 여후도 조요의 그 계책을 괘씸하게 여겨 그의 죄를 물었던 것이다. 조요는 비단 고조를 위한 계책을 내놓지 못했을 뿐 아니라, 자신을 위한 계책으로도 좋은 결과를 가져오지 못했구나. 주창이 조요는 문서나 담당하는 도필리일 뿐이라고 말한 것이 어찌 험담이라 할 수 있겠는가!

원문과 주석

趙堯設計代周昌❶

方與公謂周昌之吏趙堯年雖少, 奇士, 「君必異之, 且代君」。❷ 昌笑曰: 「堯, 刀筆吏爾. 何至是!」❸ 居頃之, 堯說高祖為趙王置貴強相, 周昌為可。❹ 高祖用其策, 堯竟代昌為御史大夫。呂后殺趙王, 昌亦無能為, 特謝病不朝爾。❺ 由此觀之, 堯特為此計代昌爾, 安能為高祖謀哉! 呂后怨堯為此計, 亦抵堯罪。❻ 堯非特不能為高祖謀, 其自為謀亦不善矣, 昌謂之刀筆吏, 豈誣也哉!

❶ ▪ 周昌: 漢高祖 유방 시기의 大臣. 泗水 沛縣(오늘날의 江蘇省 徐州) 사람. 소년 시절부터 유방을 따라다니며 공을 세웠음. 위인 됨이 강직하여 直言을 서슴지 않아 많은 사람들이 두려워하였음. 御史大夫(부승상) 벼슬을 하다가 趙堯의 계략으로 趙國의 丞相이 되었음. 훗날 유방이 죽고 呂后가 趙王 劉如意를 독살하자 자책하며 우울하게 지내다가 사망함.

▪ 趙堯: 漢高祖 劉邦 시기의 관료. 周昌의 부하로 符璽御史를 하고 있다가 유방에게 계략을 바쳐 周昌이 맡고 있던 御史大夫 벼슬을

대신하게 됨.

- 趙堯設計代周昌: 조요가 계략을 세워 주창이 맡고 있던 御史大夫 벼슬을 대신하였다는 말. 『漢書 · 周昌傳』에 나오는 이야기다.

❷ ▪ 方與公: 人名. 方與는 地名임. 오늘날의 山東 魚臺. 옛날에는 지명으로 사람을 호칭하는 경우가 많았음. 公은 사람을 지칭하는 높임말.

- 君必異之: 여기서 君은 임금. 즉 漢高祖를 지칭함. 異는 특별히 대할 것이라는 뜻. 황상께서 조요를 특별히 대하실 것이라는 뜻임.
- 且代君: 且는 장차. 여기서 君은 周昌을 지칭하는 말임. 장차 그대의 벼슬을 대신하게 될 것이라는 뜻임.

❸ ▪ 刀筆吏: 문서 작성을 맡은 관리.

❹ ▪ 居頃之: 얼마 지나지 않아서.

- 說[세; shui]: 설득하다, 설복하다.
- 高祖: 漢高祖 劉邦.
- 趙王: 劉如意. 유방과 戚姬 소생의 아들. 유방은 太子 劉盈을 폐위시키고 그를 太子로 세우려 했으나 周昌의 반대로 무산됨. 유방이 죽자 정권을 장악한 呂后에게 독살당함.
- 貴强相: 신분이 높고 강력한 권위를 지닌 재상.
- 置貴强相: 원본에는 '置' 字가 없으나 王松齡의 校勘에 따라 추가함.

❺ ▪ 謝病不朝: 병이 나서 물러나 조정에서 은퇴하였다는 뜻. 呂后가 조왕 유여의를 독살한 후, 周昌이 자책하다가 우울증에 걸려 은퇴한 사실을 지칭함.

❻ ▪ 抵堯罪: 조요의 죄를 묻다. 조요의 죄와 상쇄하게 하다.

❼ ▪ 誣: 무고하다, 모함하다, 중상하다.

해설

천하를 얻은 한고조漢高祖 유방에게는 한 가지 고민이 있었다. 황후인 여태후呂太后의 성격이 불과 같고 질투가 많은지라, 자신이 죽은 후, 애첩 척희戚姬의 소생인 조왕趙王 유여의劉如意가 황후에게 해를 입을 것 같은 예감 때문이었다.

주로 문서 따위나 관리하던 조요趙堯는 황제 유방의 비서가 되는 행운을 얻었다. 눈치가 빠르고 언변이 좋아서 윗사람에게 잘 보이는 체질이었던 조요는 황제의 고민을 금세 알아채고, 그를 위하는 척하며 간언(?)을 드렸다. 강직한 성품으로 누구나 두려워하는 어사대부 주창周昌을 조趙나라로 보내어 유여의劉如意의 승상으로 삼고 그를 보필하게 하면 여태후라 할지라도 어찌할 수 없을 것이라는 진언進言이었다. 유방은 그 말에 솔깃하여 주창을 조나라로 보내고, 그가 맡고 있던 어사대부 벼슬은 조요에게 맡겼다. 유방은 그의 진언이 어사대부 벼슬을 노린 사심에서 비롯된 간계인 줄은 꿈에도 몰랐던 것이다.

조요의 계책은 현실적으로 아무 쓸모가 없었다. 훗날 유방이 죽자 여태후는 구실을 찾아 유여의를 장안長安에 잠시 방문하게 한 다음, 그 틈을 타서 몰래 그를 독살하였기 때문이다. 그 결과, 임무를 완수하지 못한 주창은 자책하다가 우울증에 걸려 죽었고, 그 계책을 바친 조요는 여태후에게 벼슬을 박탈당하고 쫓겨났다.

동파가 이 글을 통해 우리에게 가르쳐주는 교훈은 무엇일까? 사심에서 비롯된 계략은 결국 그 누구에게도 득이 되지 못한다는 것을 알려주려는 것이 아닐까?

황패黃霸가 할단새를 신조神鳥로 여기다

해제

이 글은 서한西漢 시대의 명재상으로 알려진 황패黃霸가 목민관으로 있을 때 백성들의 교화를 목적으로 잔꾀를 부렸던 행동을 비판한 일종의 역사인물 평론이다.

번역

선군先君의 벗인 사경신史經臣 언보彦輔는 매우 호탕하신 분이었다. 그 분이 이런 말씀을 하신 적이 있다.

"황패黃霸는 원래 교화를 중시했다네. 대체로 먼저 백성들을 잘 살게 한 연후에 교화를 시키자는 주장이었지. 그래서 까마귀가 고기를 빼앗아먹은 일을 이용한 것처럼 작은 꼼수를 부리곤 하였는데, 그런 건 추한 일이었지. 영천穎川 땅에 봉황이 나타났다는 이야기도 의심스럽다네. 그 사람은 할단새도 신조神鳥로 여긴 적이 있지 않았는가? 영천에 나타났다는 봉황새는 또 뭘 보고 그런 것인지 모르겠구먼."

비록 농담조로 하신 말씀이지만 일리 있는 이야기였다.

원문과 주석

黃霸以鶡爲神爵❶

吾先君友人史經臣彥輔, 豪偉人也,❷ 嘗言: 「黃霸本尙教化, 庶幾於富而教之者, 乃復用烏攫小數, 陋哉!❸ 潁川鳳皇, 蓋可疑也, 霸以鶡爲神爵, 不知潁川之鳳以何物爲之?」❹ 雖近於戲, 亦有理也。

❶ ▪ 黃霸(B.C.130~B.C.51): 西漢 시기의 유명한 大臣. 字는 次公. 淮陽 陽夏(오늘날의 하남성 太康) 사람. 漢宣帝 때에 揚州刺史, 潁川太守 등을 역임하면서 어질고 너그러운 정책으로 백성들을 교화하여 탁월한 업적을 쌓아 백성들의 칭송을 받았음. 京兆尹을 거쳐 재상이 되었으며 建成侯에 봉해져 食邑이 6百戶에 이르렀음. 『漢書 · 循吏傳』에 그의 전기가 전해짐.

▪ 鶡[할; hé]: 할단새. 꿩과에 속하는 새. 꿩보다 크며 청색의 털이 있고 싸움을 잘한다고 함.

▪ 神爵: 神鳥. 爵은 雀과 통함.

❷ ▪ 先君: 돌아가신 아버지를 일컫는 말. 여기서는 동파의 아버지 蘇洵을 지칭함.

▪ 史經臣: 字는 彥輔. 眉山 사람. 박학다식하고 문장에 능했으나 끝내 과거에 급제하지 못하였음.

❸ ▪ 黃霸本尙敎化: 황패는 먼저 최선을 다해 백성들을 교화한 다음, 최후의 수단으로 형벌을 주었음.

▪ 庶幾: 대체로. 거의. ~에 가깝게.

▪ 烏攫小數: 까마귀가 빼앗아 먹은 것을 이용한 작은 術數(꼼수). 황패가 潁川太守로 있을 때의 일화를 지칭한 말이다. 황패는 청렴한 관리를 골라 미복을 입혀 민정을 시찰시키기를 즐겨했다. 한 번은 미복을 입고 파견나간 관리가 길에서 식사를 했는데 까마귀가 날아와 그의 고기반찬을 빼앗아 먹었다. 때마침 관아에 볼 일이 있어서 오던 백성이 그 광경을 목격하고 황패에게 이야기하였다. 관리가 돌아오자 황패는 시치미를 떼고 "까마귀가 자네 고기를 빼앗아 먹었다며? 고생이 많았네."라고 말하자, 그 관리가 깜짝 놀라 황패

가 무엇이든 다 알고 있을 것으로 짐작하고, 자신이 파견 나가서 보고 느낀 것을 하나도 빠짐없이 보고하였다는 일화다. 황패는 그런 식으로 관리들을 다스려 백성들의 억울함을 풀어주어 큰 호응을 얻었다.

- 陋: 추하다, 보기 흉하다.

❹
- 潁川: 지명. 秦王政 17년(B.C.230)부터 설치했던 郡. 그 지역을 흐르는 潁水 때문에 붙여진 이름이다. 오늘날의 하남성 禹州와 登封 일대이다.
- 潁川鳳皇: 황패가 영천태수로 재직했을 당시에 봉황이 나타났던 일을 지칭한다. 황패는 京兆尹으로 재직하다가 과오를 저질러 다시 영천태수로 임명되었는데, 임명된 후 8년 만에 고을이 잘 다스려져 많은 사람들의 칭송을 받았다. 이때 수많은 봉황이 영천으로 날아왔다고 한다.

《王世禎放鷴圖》(부분) 淸, 禹之鼎

- 霸以鶡爲神爵: 황패가 할단새를 神鳥로 착각했다는 뜻. 『漢書·黃霸傳』에 보면, 황패가 승상이었를 때 승상부로 날아온 할단새를 신조로 착각하고 그 사실을 황제에게 보고하였음. 그러나 후에 京兆尹 張敞의 집에서 기르던 새임이 밝혀져 황패가 부끄러워했다는 일을 지칭하는 것임.

해설

좋은 목적으로 잔꾀를 부리는 것은 문제가 있는 것일까? 하물며 백성들을 잘 교화하기 위하여 잠시 꾀를 쓰는 것뿐인데? 그러나 사경신史經臣 언보彦輔는 넌지시 그 문제점을 지적한다. 그러다보면 타인에게 신뢰를 상실하게 된다고. 동파는 선친先親의 벗인 사경신의 가르침을 조용히 마음에 새기기 위해

이 글을 쓴 것이다. 더구나 황패는 목민관으로써 큰 치적을 쌓았지만, 은근히 자신의 공적을 남에게 과시하고 싶어 했던 욕심이 있지 않았던가. 동파가 충분히 경계할 만한 일이었으리라.

왕가王嘉가 형법을 완화한 사실이 「양통전梁統傳」에 나오다니

해제

왕가王嘉는 서한西漢 애제哀帝 때의 재상으로 진秦나라 이후 답습해 내려오던 가혹한 형벌을 경감시킨 인물이다. 늘 형벌을 가볍게 하고 어진 정치를 베풀어야 한다고 주장했던 동파로서는 크게 칭송할 만한 위인이다. 그러나 왕가가 형벌을 경감시켰다는 이 중요한 사실을 동파는 『후한서後漢書』의 「양통전梁統傳」을 읽어보고서야 비로소 알게 된다. 그 이전의 역사책인 반고班固의 『한서漢書』가 이에 대해 아무런 언급도 없이 지나쳤기 때문이다. 동파의 형법에 대한 인식과 역사의식이 잘 부각되어 있는 글이다.

번역

한漢나라는 진秦나라의 형법을 그대로 사용하였던바, 매우 잔혹하였다. 한고조漢高祖와 혜제惠帝는 원래 잔인한 임금이 아니었으나 습관적으로 늘 보다보니 그 잔혹함을 알지 못했다. 효문제孝文帝 때에 이르러 비로소 육형肉刑과 삼족三族을 멸하는 형벌을 없애게 되었으나, 경제景帝는 다시 조착晁錯의 처자식을 모두 죽였으며, 무제武帝의 죄악상은 그보다 더하면 더했지 못하지 않았다. 선제宣帝도 엄격한 정치를 숭상하여 무제 때의 구악舊惡을 그대로 따랐다.

왕가王嘉가 재상이 된 후로 비로소 형법을 완화하여 동한東漢시대에 이르기까지 바꾸지 않고 그대로 사용하였다. 그런데도 반고班固는 그 일을 기록하지 않고, 『후한서後漢書』의 「양통전梁統傳」에서야 그 기록이 엿보이니, 참으로 소홀하게 책을 썼다고 하겠다. 왕가는 어진 재상이었다. 형벌을 가볍게 한 것은 특히 아름다운 일인데 어찌 기록하지 않을 수 있다는 말인가?

양통은 고조와 혜제, 문제, 경제 때에는 형법을 엄히 다스림으로써 나라가 흥성하였고, 애제와 평제 때에는 형벌을 가벼이 함으로써 나라가 쇠약해졌다고 주장하며, 상소를 올려 형법을 무겁게 강화하자고 주청을 하였다. 다행히도 그 당시에는 그의 주장이 받아들여지지 않았다. 이것은 마치 청년시절에는 주색酒色을 절제하지 않아도 건강하고, 노년에는 절제생활을 해도 병에 걸리는 것과 마찬가지 이치다. 이것을 보고 주색을 가까이 해야 오래 살 수 있다고 말한다면 그게 말이 되는 소리이겠는가?

양통 역시 동한시대의 훌륭한 신하였으나, 그 말을 내뱉고 나서 하늘에 죄를 얻어 그 아들 양송梁松과 양송梁竦은 모두 비명에 죽고 말았으며, 손자인 양기梁冀에 이르러서는 멸족을 당하고야 말았다. 오호라, 슬프구나! 경계할진저! 하늘의 이치가 엉성해 보이지만 사실은 물샐 틈 없다 하였으니, 참으로 두려운 일이로다!

원문과 주석

王嘉輕減法律事見梁統傳❶

漢仍秦法, 至重。高、惠固非虐主, 然習所見以為常, 不知其重也, 至孝文始罷肉刑與參夷之誅。❷ 景帝復孥戮晁錯, 武帝罪戾有增無損, 宣帝治尚嚴, 因武之舊。❸ 至王嘉為相, 始輕減法律, 遂至東京, 因而不改。班固不記其事, 事見《梁統傳》, 固可謂疎略矣。❹ 嘉, 賢相也, 輕刑, 又其盛德之事, 可不記乎? 統乃言高、惠、文、景以重法興, 哀、平以輕法衰, 因上書乞增重法律, 賴當時不從其議。❺ 此如人年少時不節酒色而安, 老後雖節而病, 見此便謂酒可以延年, 可乎?❻ 統亦東京名臣, 一出此言, 遂獲罪於天, 其子松、竦皆以非命而死, 冀卒滅族。❼ 嗚呼, 悲夫, 戒哉!「疎而不漏」, 可不懼乎?❽

❶ ▪ 王嘉(?~B.C.2): 西漢 哀帝 때의 재상. 平陵(오늘날의 섬서성 咸陽 북쪽) 사람. 字는 公仲. 建昭 연간에 光祿掾, 建平 연간에는 御史大夫를 지냈고 哀帝 때에는 丞相이 되었다. 元壽 원년에 애제가 총애하던 董賢을 侯爵에 봉하는 것을 반대하였다가 하옥되었다. 옥중에서 20여 일을 금식하다가 피를 토하고 죽었다고 한다.『漢書』 86권에 그의 전기가 전해지나 이 글에 나오는 형법을 경감했다는 내용은 없다. 여기에 나오는 내용은『後漢書』34권의「梁統傳」에 등장한다.

▪ 輕減法律: 형법에 정해진 가혹한 형벌을 완화하다.

▪ 梁統: 字는 仲寧. 安定 烏氏(오늘날의 甘肅省 平涼 서북쪽) 사람. 西漢 말 東漢 초기의 정치가. 성격이 굳세고 과감하여 법률 연구에 관심을 가졌다. 王莽의 新나라 때에는 武威太守로 변방에서 할거하다가 劉秀가 東漢을 건립하자 투항하여 成義侯 및 高山侯로 봉해졌다가 太中大夫 벼슬을 하였음. 만년에 九江太守로 부임해 가다가 길에서 사망함.

❷ ▪ 仍: 이전의 방법, 규칙 등을 따르다.

- 高、惠: 高祖 劉邦과 惠帝 劉盈을 지칭함.
- 固非虐主: 원래 잔인하고 포악한 임금이 아니라는 뜻.
- 孝文: 漢文帝 劉恒을 지칭함. 西漢의 5번째 황제. 재위 기간 동안 백성들을 괴롭히지 않고 일을 벌이지 않는 老莊의 정치를 베풀어 경제회복에 큰 도움을 주었음. 역대 제왕 중 가장 검소한 생활을 했던 것으로 유명함. 후세에서 景帝와 더불어 그의 노장정치를 '文景之治'라고 함.
- 肉刑: 죄인의 육체 일부분에 위해를 가하여 장애인을 만드는 형벌. 廣義의 육형에는 다섯 가지가 있다. ① 먹물로 문신을 놓는 墨刑. ② 코를 베는 劓(의)刑. ③ 발뒤꿈치를 베는 剕(비)刑. ④ 睾丸을 제거하는 宮刑. ⑤ 참수형인 大辟 등이다. 혹은 大辟을 제외한 네 가지 형벌을 지칭하기도 한다.
- 參夷之誅: 三族을 멸하는 형벌. 參은 三과 통한다.

❸
- 景帝(B.C.188~B.C.141): 西漢의 6번째 황제. 劉啓. 漢武帝의 부친. 晁錯의 건의를 받아들여 제후들의 封地를 삭감하고 중앙집권을 공고히 하였다.
- 孥[노; nú]戮: 처와 자식을 모두 죽이다.
- 武帝: 漢武帝 劉徹. 西漢의 7번째 임금.
- 罪戾: 죄악.
- 有增無損: 줄어들지 않고 증가하였다는 뜻. 損은 줄어들다.
- 宣帝: 漢宣帝 劉詢(B.C.91~B.C.49). 西漢의 10번째 임금. 漢武帝의 증손자.
- 因武之舊: 武帝 때의 舊習을 따르다.

❹
- 東京: 洛陽. 여기서는 낙양을 도읍지로 하였던 東漢 시대를 의미한다.
- 班固: 『漢書』의 저자. 字는 孟堅.
- 班固不記其事, 事見《梁統傳》: 반고의 『한서』는 그 사실(王嘉가 형법을 완화했다는)을 기록하지 않았고, (엉뚱하게) 『후한서』의 「양통전」에 기록되어 있다는 뜻.
- 疎略: 소홀히 하다.

❺
- 統: 梁統.
- 賴: 다행히도.

❻
- 節: 절제하다.

❼ ▪ 松、竦: 梁統의 두 아들. 큰 아들 梁松은 東漢의 첫 번째 임금 光武帝 劉秀의 사위로 光武帝 死後에 황제를 보필하기까지 하였으나 결국 하옥되어 비참하게 죽었음. 둘째 아들 梁竦은 딸이 漢章 帝의 貴人이 되기까지 하였으나 결국 바위에 묶인 채 강물에 던져져 비참하게 죽었음.

▪ 冀: 梁統의 손자인 梁冀. 東漢 順帝 때의 대장군으로 위세를 떨치다가, 桓帝 때 三族이 滅門을 당하는 禍를 입었음. 그 시신들은 저자거리에 버려졌다고 함.

❽ ▪ 疎而不漏: 엉성한 것 같지만 사실 물이 새지 않는다는 뜻. '하늘의 이치(天網)'가 허술해 보이지만 사실은 꼼꼼하기 이를 데 없어 모든 것을 놓치지 않는다는 뜻. 『老子』에 나오는 말.

해설

우리는 이 글을 통해 동파의 중요한 사상을 알 수 있다. 바로 '인의仁義의 정치사상'이다. 새삼 부각시킬 것도 없는 구태의연한 이야기 같지만 아무리 강조해도 지나침이 없는 삶과 정치의 핵심이 아닐 수 없다. 그 실천의 핵심이론으로 동파는 '형벌의 관용寬容'을 주장한다.

동파는 만 20세였을 때 처음으로 과거에 응시한다. 당시 시험을 관장하는 책임자인 지공거知貢擧를 맡게 된 사람은 다름 아닌 구양수. 그리고 그가 출제한 시험 제목은 '상벌 시행의 원칙은 충직함과 후덕함(刑賞忠厚之至論)'이었다. 응시자는 이 주제에 대해 자유롭게 찬반 의견을 개진하는 논설문을 쓰는 것이 시험 방식이었다.

동파는 이 제목의 답안지를 가지고 과거에 2등으로 급제하였다. 2등만 해도 대단한 것이었지만 사연을 알고 보면 장원급제를 놓친 것이 대단히 아쉬운 일이었다. 너무나도 훌륭한 내용에 감탄한 구양수가 생각하기에, 이런 글을 쓸 수 있는 사람은 당대에 오직 자신의 수제자인 증공曾鞏뿐인데, 그에게 장원을 주면 혹시 남들의 입방아에 오를까 염려했던 탓에 2등을 준 것이다.

나중에 그 문장의 주인이 소식蘇軾이라는 처음 보는 새파란 청년임을 알게 된 구양수는 깜짝 놀란 입을 다물 수가 없었다. 청년 소식을 만난 구양수는 탄복하며 말한다. "앞으로 그대가 우리나라 문단의 최고 자리에 앉을 것이오!" 그리하여 그의 이름은 삽시간에 온 천하로 퍼져나가 졸지에 송나라 최고의 유명인사가 되었다는 에피소드가 전해진다.

동파의 답안지에는 과연 어떤 내용이 쓰여 있었을까? 요점만 말하자면 법의 정신은 관용에 있다는 것이었다. 상賞은 주어도 되고 안 주어도 될 때에는 주어야 하고, 벌은 주어도 되고 안 주어도 될 때에는 주지 말아야 한다. 죄인이라는 사실이 확정되기 전까지는 모두 상을 주어야 할 사람이다. 상은 주고 나서도 노래로 칭송해야 하고, 벌은 어쩔 수 없이 줄 경우에도 안타까워하고 동정해야 한다. 그런 내용을 적절한 사례를 인용해가면서 간결하고 논리정연하게 펼쳐낸 글로써, 오늘날까지도 법의 정신을 다룬 최고의 명문으로 꼽힌다.

그런 사상을 지니고 있던 동파였으므로 그가 가장 증오한 사람들은 당연히 엄격한 법을 강조하는 법가法家 사상을 가진 이들이었다. 가장 대표적인 인물은 진나라 때 가혹한 법을 도입한 상앙商鞅이었다. 그가 만든 형벌은 잔인하기 이를 데 없었다. 죄인에게 먹물로 문신을 놓는 묵형墨刑, 코를 베는 의형劓刑, 발뒤꿈치를 베는 비형剕刑, 남자의 고환을 제거해버리는 궁형宮刑, 그리고 참수형인 대벽大辟에 연좌제로 삼족三族을 멸하는 형벌 등등 잔인하기가 이루 말할 수 없었다. 한 마디로 통치자가 다스리기 편리하도록 공포 정치를 편 것이다.

그러나 동파는 형벌로 다스리려 한 자는 반드시 자신이 그 형벌로 당한다는 사실과, 형벌을 중시했던 나라는 반드시 곧 엄청난 혼란에 빠졌다는 사실을 역사의 교훈을 통해 너무나 잘 알고 있었기에, 충후忠厚의 상벌 시행원칙을 강조하고 또 강조했던 것이다.

그런데 동파가 궁금했던 것이 있었다. 그토록 잔인한 육형肉刑이 언제까지 지속되었나 하는 점이었다. 역사책을 뒤지며 열심히 찾아보던 동파는 마침내 서한西漢 애제哀帝 때의 재상 왕가王嘉의 노력 덕분에 그나마 많이 경감輕減되었다는 사실을 알게 된다. 『후한서後漢書 · 양통전梁統傳』을 통해서였다.

동파가 이처럼 아주 어렵사리 그 사실을 알게 된 것은 전적으로 『한서漢書』의 책임 저자인 반고班固 때문이었다. 서한西漢 시대의 역사적 중요사실을 빠짐없이 기록해야 할 책무를 지니고 있는 『한서』가 그 중요한 사실을 기록하지 않고 누락시킨 것이었다. 이에 동파는 크게 분노하여 이 글을 써서 반고를 꾸짖는 동시에, 형법의 관용정신을 다시 한 번 강조한 것이다.

이방직李邦直이 주유周瑜를 이야기하다

해제

동파가 지인인 방직邦直 이청신李清臣이 삼국시대 오나라의 명장인 주유周瑜와 자신을 비교하며 한탄하는 말을 듣고, 그를 위로한 메모 형식의 글이다.

번역

이방직李邦直이 이런 말을 했다. "주유周瑜는 스물네 살에 중원中原을 경략經略하였는데, 나는 나이 마흔에 잠이나 많이 자고 밥이나 잘 처먹고 지내니, 그의 현명함과는 거리가 너무 멀구나." 숙안叔安 같은 사람도 당신이 즐거워 보인다고 말하는데, 내 생각엔 누구의 삶이 더 현명한지 모르겠구려.

원문과 주석

李邦直言周瑜❶

李邦直言:「周瑜二十四經略中原, 今吾四十, 但多睡善飯, 賢愚相遠。」❷ 如叔安上言吾子似快活, 未知孰賢與否?❸

❶ • 李邦直: 北宋 시기의 정치가. 이름은 李清臣, 邦直은 字이다. 神宗 시기에 兩朝國史編修官을 지냈고 徽宗 시기에는 門下侍郎 벼슬을

하다가 曾布의 모함에 빠져 大名府 지사로 나갔다가 그곳에서 사망했다. 『宋史』 328권에 그의 전기가 있다.

- 周瑜(175~210): 三國時代 吳나라의 장군. 적벽대전에서 조조의 군사를 대파하여 명성을 얻었다.

❷ ▪ 經略中原: 주유가 魏, 蜀을 멸망시키고 吳나라가 중국 전체를 통일하게 하려던 계획. 經略은 나라를 침략하거나 경영하고 다스리는 것을 뜻함.

❸ ▪ 叔安: 人名. 누구인지 알 수 없음. 이 말 뒤에 '上言'이라고 한 것으로 보아 李淸臣의 아랫사람이지만 그와 매우 친밀한 사이로 추정됨.

- 如叔安: 蘇東坡集에는 '如此安'으로 되어 있음.
- 吾子: 고대의 2인칭 존칭어. 현대중국어의 '您'으로 번역 가능함. 그러나 '子'보다 더욱 친밀한 사이에서 사용함. 여기서는 누가 누구를 지칭하는 것인지 애매하나, 동파가 '이방직'을 지칭하는 것으로 보는 것이 문맥상 보다 적합함.
- 吾子似快活: 原本에는 '吾子以快活'로 되어 있으나, 商本과 蘇東坡集에서는 '以'를 '似'로 표기하고 있음. 의미상으로 '似'가 더 적합하므로 이를 따름.
- 未知孰賢與否: 누가 더 현명한지 모르겠다는 뜻. '與否'는 의미상 없어도 되는 衍文임.
- 如叔安上言吾子似快活, 未知孰賢與否?: 王松齡本, 趙學智本, 劉文忠本 등 모든 판본은 이 부분에 대한 標點을 명확하게 하지 않고 있음. 즉 따옴표의 표점을 처음부터 아예 하지 않음으로써 이 방직이 한 말인지, 또는 동파가 한 말인지 판단을 내리지 않고 있음. 이 부분이 누가 한 말인지 에 따라 앞 문장에 나오는 '吾子'의 해석이 완전히 달라짐. 동파가 한 말로 해석한다면 '吾子'는 '이방직'을 지칭함. 즉 동파가 이방직의 自嘲어린 말을 듣고, 사실은 당신의 삶이 주유보다 훨씬 더 낫다고 말해주는 것임. 그러나 이방직이 하는 말이라면 '吾子'가 누구를 지칭하는 것인지 애매해지고, 문맥도 이상하게 변해버림. 따라서 이 부분은 이방직이 한 말이 아니라, 동파가 이방직의 말을 듣고 간단하게 첨가한 評語라고 보는 것이 타당함.

해설

많은 사람들은 습관적으로 타인과 자기 자신의 삶을 비교해 본다. 타인의 삶은 대부분 자신보다 훨씬 우월해보이기 마련이다. 동파의 지인인 이청신李淸臣 역시 그러했다. 옛날 주유周瑜는 스물네 살의 나이에 벌써 오나라의 대장군이 되어 중원 땅을 경략하였건만, 자신은 나이 마흔에 대체 무슨 일을 이루었는지 모르겠다고 한탄한다. 이에 동파는 딱 한 마디로 그의 어리석음을 지적해준다. "내가 보기엔 주유와 당신 중에서 누구의 삶이 더 현명한지 모르겠노라." 삼라만상은 모두 나름대로의 의미와 가치가 있노라고 말했던 동파의 「초연대기超然臺記」의 논지와 일맥상통하는 글이다.

「삼국지」 古書에 등장하는 삽화

주발朱勃 손지遜之

해제

이 글은 국화 품평을 통해 손지遜之의 위인 됨을 평한 인물평론 형식의 메모이다. 손지라는 인물에 대해서 알려진 바는 없으나, 문맥으로 보아 동파와 동 시대의 사람일 것이다.

번역

주발朱勃 손지遜之와 영주潁州에서 만나 회의를 하였다. 누군가 낙양洛陽 사람들이 화훼 접붙이기에 능하여 해마다 신품종의 가지를 출시出市하는데 그 중에서도 국화가 특히 많다는 이야기를 하였다. 그러자 손지가 말했다. "국화는 황색黃色이 정종正宗이지. 다른 건 모두 천박하다오." 옛날 숙향叔向은 종멸鬷滅이 말한 한 마디를 듣고 바로 그의 위인 됨을 알아보았다던데, 나 역시 손지의 말을 듣고 그러한 느낌을 받았다.

원문과 주석

勃遜之❶

與朱勃遜之會議於潁，或言洛人善接花，歲出新枝，而菊品尤多。❷ 遜之曰:「菊當以黃為正，餘可鄙也。」昔叔向聞鬷蔑一言，得其為人，予於遜之亦云然。❸

❶ ▪ 勃遜之: 勃은 朱勃의 이름. 遜之는 朱勃의 字로 추정됨. 동파의 벗으로 추정됨. 여기서 勃遜之로 된 것은 '朱勃遜之'에서 '朱' 字가 누락된 것으로 보임.

❷ ▪ 潁: 潁州(오늘날의 安徽省 阜陽).

▪ 洛人: 낙양 사람. 낙양 사람들은 당나라 때부터 꽃 재배와 감상을 좋아했다.

❸ ▪ 叔向: 춘추시대 晉나라의 대부. 姓은 姬, 氏는 羊舌, 이름은 肹[힐; xī], 叔向은 字이다. 封邑地를 氏로 삼았다. 叔肹, 또는 楊肹이라고도 한다. 晏嬰, 子産과 동시대 인물로써, 정직함과 박학다식함으로 이름을 떨쳤다. 晉나라와 楚나라의 停戰 협정을 맺음으로써 당시의 군사적 위기를 완화시켰다.

▪ 鬷[종; zōng]蔑: 춘추시대 鄭나라의 大夫. 賢人이었으나 얼굴이 추하기로 유명했음. 晉의 叔向이 鄭나라를 방문했을 때, 그를 떠보기 위해 하인들 틈에 위장하고 있다가 딱 한 마디 말을 했더니, 叔向이 그가 바로 종멸임을 알아보았다는 유명한 일화가 있음. 또 鄭나라의 개혁정치가로 유명한 子産이 그에게 爲政의 핵심을 물어보았더니, "백성을 아들처럼 대하고, 어질지 못한 자는 바로 죽여 버려야 합니다.(視民如子, 見不仁者誅之)"라고 대답했다는 일화도 전해진다. 『左傳』의 「昭公30年」과 「襄公25年」 항목에 그에 대한 기록이 등장한다.

▪ 得其爲人: 그의 위인 됨을 알았다는 뜻.

해설

고대의 중국 사람들은 관상용觀賞用 화훼를 재배하여 경염競艶 전시회를 가지며 모두 함께 즐기는 꽃 축제를 자주 가졌다. 이러한 풍습은 수당隋唐 시대에 흥성하기 시작하여 송나라 때는 그 인기가 절정에 달했다. 당나라 때의 화훼 축제는 주로 낙양洛陽에서 많이 개최되었는데 인기 품목은 모란牡丹이었다. 우리나라 선덕여왕이 당나라 사신이 가져온 모란 그림을 보고 향이 없을 것이라고 말했다는 그 모란이 당나라 사람, 특히 낙양 사람들에게 얼마나 사랑을 받았는지는 상상을 불허할 정도다. 오늘날에도 모란은 낙양의 시화市花로 낙양 시민들의 사랑을 받고 있다.

따라서 낙양은 화훼 재배기술이 매우 발달했다. 이 글에서 어떤 사람이 "낙양 사람들이 화훼 접붙이기에 능하여 해마다 신품종을 출시한다"고 말할 수 있었던 것도 바로 그런 이유에서다. 낙양에서는 모란 외의 다른 꽃들도 많이 재배하여 점차 그 기술이 다른 지방에 전파되어 갔다. 그 중의 가장 대표적인 도시가 송나라의 도읍지인 개봉開封이다.

《玉堂富貴》(일부) 五代, 徐熙.
모란은 부귀영화의 상징이다.

개봉 사람들은 모란 대신에 국화를 너무너무 사랑했다. 고결함과 장수長壽를 상징하는 이 꽃은 약용으로도 쓰이고, 차茶로도 만들고, 술도 담고, 죽도 만들어 먹고, 떡도 만들어 먹고, 베갯속으로도 쓰이는 등, 서민생활과 연관된 용도가 헤아릴 수 없이 많아 민간의 큰 사랑을 받았다. 그리하여 송나라 때는 매년 가을 중양절이 되면 어김없이 국화 축제를 열어 온갖 색깔과 온갖 모습의 국화가 인산인해로 몰려든 관중들 앞에 그 미태美態를 뽐내었던 것이다. 당나라와 낙양은 모란, 송나라와 개봉은 국화! 모란과 국화는 중국 화훼 경염대회 역사의 두 주인공이었던 것이다.

그러한 배경을 알고 나서 이 글을 다시 한 번 음미해보자.

《菊叢飛蝶圖》宋, 朱紹宗

동파는 손지遜之와 영주潁州에서 만나 무슨 회의를 하였을까? 문장을 읽어보면 당연히 '국화'가 주제였음을 금방 알 수 있다. 국화 때문에 타지에서 모여 회의까지 하다니. 국화 경염 전시회라도 개최할 모양이다. 이때 손지가 말한다. 아무리 많은 품종이 개발되었다고 하더라도 국화는 역시 황색이 최고라고. 그리고 동파 그 말 한 마디로 손지의 위인 됨을 알아본다. 그렇다. 아무리 기발하고 요염한 자태의 국화가 이목을 끈다고 해도, 국화는 역시 황색의 질박한 모습이 진짜 국화 아니겠는가?

사람 사는 그곳에 오두막 지었다.	結廬在人境,
수레 마차 시끄러움은 들리지 않는다.	而無車馬喧。
어떻게 그럴 수 있느냐 물으시는가?	問君何能爾?
마음만 멀리 있으면 공간은 저절로 심심산골…	心遠地自偏。

동쪽 울타리 아래서 국화꽃을 따노라니,	采菊東籬下,
아아, 유유자적함이여! 남산이 보이누나!	悠然見南山。
산 이내 속에 아름다운 저녁 노을	山氣日夕佳,
공중의 새는 짝을 지어 돌아온다.	飛鳥相與還。

— 도연명, 「술을 마시며(飮酒) 5」

국화의 시인詩人 도연명이 동쪽 울타리 앞에서 따고 있는 국화꽃이 황색이 아닌 홍색, 분홍색, 백색이라고 가정해보라. 중국문학에 길이 남는 이 작품의 분위기가 어떻게 되겠는가! 동파가 손지의 말 한 마디에 크게 공감한 것은 바로 그 때문이 아닐까? 황색의 국화 덕분에 도연명은 비로소 동파가 사랑하고 존경하는 도연명일 수 있는 것이겠다.

유총劉聰과 오吳나라의 고상한 선비

해제

이 글은 오호십육국五胡十六國 시기 한漢나라의 소무昭武 황제 유총劉聰과 오吳나라 지역의 어느 선비가 부귀영화와 명예를 자신의 목숨보다도 더 소중히 여긴 것을 풍자한 역사평론 형식의 소품이다.

번역

유총劉聰은 자신이 저승세계의 수차국왕須遮國王이 될 것이라는 말을 듣고 더 이상 죽음을 두려워하지 않았다고 한다. 부귀영화를 자기 목숨보다도 더 좋아하는 사람들도 있구나! 달이 소미성少微星을 가리자, 오吳나라의 고상한 선비는 죽을 듯이 괴로워했다고 한다. 명예를 자기 목숨보다도 더 추구하는 사람들도 있구나!

원문과 주석

劉聰吳中高士二事❶

劉聰聞當為須遮國王, 則不復懼死, 人之愛富貴, 有甚於生者。❷ 月犯少微, 吳中高士求死不得, 人之好名, 有甚於生者。❸

❶ ▪ 劉聰: 五胡十六國 시기의 흉노족 정권인 漢나라의 烈宗 昭武皇帝(?~318)를 지칭함. 字는 玄明. 光文帝 劉淵의 네 번째 아들. 어렸을 때부터 총명하고 漢族의 문화에 심취하였다. 학문을 좋아하여 대단히 박학다식했다. 특히 손자병법을 숙독하였고, 글을 잘 썼으며 무예에도 능하였다. 그러나 형인 劉和를 죽이고 황제가 된 후 酒色에 빠져 政事를 소홀히했고 잔인한 살육을 벌이기도 했다.

▪ 吳中高士: 吳나라 지방의 高人. 高士는 뜻이 크고 인격이 높은 선비, 주로 隱士를 말함. 여기서 동파가 구체적으로 누구를 지칭한 것인지는 확실치 않다.

❷ ▪ 須遮國: 『晉書・劉聰傳』에 실린 일화 속에 나오는 가상의 왕국 이름. 『진서・유총전』에는 遮須夷國으로 되어 있다. 유총의 아들인 劉約이 죽었다가 다시 소생하여 저승에서 겪은 이야기를 들려준다. 이때 저승에서 만난 할아버지 劉淵은, 유총이 3년 후에 저승에 와서 저승세계의 동북쪽에 위치한 遮須夷國의 국왕이 될 것이라고 예언하였다. 유총은 그 말을 듣고 3년 후의 죽음을 두려워하기보다는 죽은 후에도 왕 노릇을 할 수 있게 되었다고 좋아했다는 일화가 전해진다.

❸ ▪ 月犯少微: 달이 少微星을 가렸다는 뜻.

▪ 少微: 고대 중국의 星官 이름. 處士星이라고도 함. 네 개의 별로 이루어져 있음. 오늘날의 獅子座에 속함. 고대 중국의 점성술에 의하면 이 별이 황색으로 윤기 있고 밝게 빛나면 어진 선비가 重用되고, 흐려지면 그 반대의 경우가 발생한다고 믿었음. 또한 달이 이 별을 가리면 나라의 宰相이 바뀌고 處士들은 근심 걱정에 빠지게 된다고 함.

▪ 求死不得: 매우 어려운 곤경에 빠져 괴로워하다. 즉 점성술을 믿는 오나라의 어느 '고매한 선비'가 달이 소미성을 가리는 현상이 나타나자, 이제 곧 어진 선비들이 박해를 받는 일이 발생할 것으로 생각하고 괴로워하고 힘들어했다는 뜻.

해설

세상에는 정말 별의 별 사람이 다 있다. 동파는 그 중에서 두 사람을 소개해준다. 한 사람은 오호십육국五胡十六國의 하나인 한漢나라 소무황제昭武皇帝 유총劉聰. 그는 대체 얼마나 별난 인간이었을까? 그의 아들 유약劉約이 죽었다가 다시 살아났단다. 그런데 저승에서 할아버지(그러니까 유총의 아버지)를 만났단다. 그런데 그 할아버지 왈, 네 아버지(그러니까 유총)가 3년 후에 여기에 올 것이라고 했단다. 와서 이곳 어느 지방의 왕이 될 것이라고 했다는 것이었다.

그 말을 들은 유총은 너무나 좋아했다. 우리 같으면 3년밖에 남지 않았다는 선고를 받으면 얼굴이 하얗게 질릴 텐데, 그는 저승에서 계속 왕 노릇을 할 수 있다는 사실이 너무 즐거워 죽음을 전혀 두려워하지 않았다는 것이다. 3년이여, 빨리 가라!

두 번째 인간. 이름은 동파도 모르는 모양이다. 주소는 오나라. 직업은 은거해서 할 일 없이 지내는 고상한 선비. 그것만 아는 모양이다. 이 고상한 선비께서 어느 날 밤, 하늘을 쳐다보니 달이 소미성少微星을 가리고 있었다. 그걸 보자마자 선비께서는 죽을 듯이 괴로워했다는 것이었다. 으악, 소리라도 지르지 않았을까?

왜 그랬을까? 점성술에 의하면 소미성이 밝게 빛나면 어질고 고상한 선비가 중용되어 높은 벼슬에 오르게 된단다. 그렇다면 나에게도 곧 연락이 오겠군. 그런데 달이 별을 가렸으니 이게 어찌 된 일이란 말인가! 괴로워할 만도 하지 않은가? 동파의 소품은 유쾌한 해학 속에 교훈이 숨어 있다. 물론 모든 소품이 다 그러한 것은 아니지만.

역모의 편지로 부친의 상심傷心을 달랜 극초郗超*

해제

이 글은 위진남북조 시대 동진東晋의 정치가인 극초郗超의 어긋난 효심孝心을 비판한 역사평론이다.

번역

극초郗超는 환온桓溫의 심복이었으나, 왕실에 충성을 다 바치고 있는 아버지 극음郗愔이 그 사실을 알지 못하게 하였다. 그가 이제 곧 죽게 되자 상자 하나를 꺼내 문하생들에게 주면서 말했다.

"이것은 원래 불살라 없애고 싶었다. 하지만 연로하신 아버님이 내가 먼저 죽으면 필히 상심하여 쓰러지실까 염려되는구나. 내가 죽은 후 아버님이 만약 식사나 수면을 제대로 못 하시게 되면 이 상자를 드리려무나. 그렇지 않으면 불살라 없애버리고."

극초가 죽은 후, 극음은 과연 상심하여 병이 나고 말았다. 그러자 극초의 문하생들이 그 상자를 극음에게 바쳤다. 상자를 열어본즉슨 모두 환온과 모반의 밀계密計를 주고받은 편지

* 원래 제목을 직역하면 〈극초(郗超)가 환온(桓溫)과 역모(逆謀)를 꾀한 편지를 꺼내게 하여 아버지의 아픈 마음을 달래다〉임.

들이었다. 극음이 대노하여 말했다. "이 놈이 너무 늦게 죽었구나!" 그리고는 더 이상 울지 않았다.

방회方回: 극음와 같은 이는 참으로 충신이구나! 그 옛날 석작石碏과 비견할 수 있겠다. 하지만 극초는 불효라고 할 수 있지 않겠는가? 가령 극초가 군자君子의 참된 효를 알았다면 환온을 따르지 말았어야 했다. 동파선생이 말하노라. 극초가 행한 효는 소인배의 것이도다!

원문과 주석

郄超出與桓溫密謀書以解父❶

郄超雖為桓溫腹心, 以其父愔忠於王室, 不知之。❷ 將死, 出一箱付門生, 曰: 「本欲焚之, 恐公年尊, 必以相傷為斃。❸ 我死後, 公若大損眠食, 可呈此箱, 不爾便燒之。❹」 愔後果哀悼成疾, 門生以指呈之, 則悉與溫往反密計。愔大怒, 曰: 「小子死晚矣!」 更不復哭矣。 若方回者, 可謂忠臣矣, 當與石碏比。❺ 然超謂之不孝, 可乎? 使超知君子之孝, 則不從溫矣。❻ 東坡先生曰: 超, 小人之孝也。

❶ ▪ 郄超(336~378): 郗超라고도 함. 위진남북조시대 東晋의 정치가. 字는 景輿, 또는 敬輿. 어렸을 때의 字는 嘉賓. 高平 金鄕(오늘날의 山西省 高平縣) 사람. 祖父인 郄鑒과 부친인 郄愔은 모두 東進 왕실의 절대적인 충신이었음. 그러나 극초는 대장군 桓溫의 막료로 일하면서 그의 반역을 은밀히 도왔음. 中書侍郞을 지내다가 42세에 부친 극음보다 먼저 사망함. 『晉書』 67권에 그의 전기가 전해짐.

▪ 桓溫(312~373): 字는 元子. 위진남북조시대 東晋의 權臣이자 대장군. 관직이 大司馬, 揚州刺史, 錄尚書事에 이르렀음. 흉노 정권

인 漢나라를 멸망시킨 것으로 큰 명성을 얻고 세 번에 걸친 北伐을 통해 나라의 전권을 장악하자, 帝位를 노리고 역모를 꾀했음. 그러나 최후의 북벌에서 대패한 후 朝廷의 王氏와 謝氏 세력의 견제를 받아 뜻을 이루지 못함. 훗날 그 아들 桓玄이 東晉의 帝位를 찬탈하여 桓楚를 건국한 후 '楚宣武帝'로 추존됨. 『晉書』 98권에 그의 전기가 전해짐.

- 書以解父: 편지로 부친의 상심한 마음을 풀어주다. 郄超는 부친 郄愔보다 먼저 죽으면서 아버지가 자신의 죽음 때문에 상심할 것을 염려하여, 자신이 죽은 후 자기가 역적 환온과 역모를 꾀했던 증거인 편지를 아버지에게 건네주게 하였다. 충신인 아버지가 그 사실을 알면 자신의 죽음을 더 이상 슬퍼하지 않을 것임을 짐작했던 것이다.

❷ ▪ 腹心: 심복 부하.
- 愔: 郄超의 부친 郄愔.
- 以其父愔忠於王室, 不知之: 왕실에 충성을 바치고 있는 아버지 郄愔이 그 사실을 모르게 하였다는 뜻.

❸ ▪ 將死: 임종에 임박하여. 생략된 주어는 郄超.
- 恐公年尊, 必以相傷爲斃: 연로한 公(극초의 아버지를 지칭함)께서 아들의 죽음에 상심하여 쓰러져 버릴까 염려된다는 뜻. 斃는 쓰러지다, 넘어지다, 죽다.

❹ ▪ 不爾: 그렇지 않다면.

❺ ▪ 方回: 극초의 부친, 극음의 字.
- 石碏[작; què]: 춘추시대 衛나라의 賢臣. 衛靖伯의 손자로 石姓의 始祖임. 衛莊公의 애첩 嬖妾의 소생인 州吁가 부친의 총애를 믿고 함부로 무력을 행사하자 諫言을 했으나 무시당함. 이때 석작의 아들인 石厚가 주우와 함께 어울리자 이를 만류했으나 석후 역시 부친 석작의 권고를 따르지 않았음. 훗날 衛莊公이 죽고 衛桓公이 주군의 자리에 오르자, 주우는 그를 죽이고 자신이 주군이 됨. 그러나 백성들이 그를 따르지 않자 석후는 부친 석작에게 민심을 얻을 방법을 가르쳐달라고 함. 이에 석작은 陳나라를 통해 周王을 알현하고 주군의 지위를 인정받으라는 계책을 일러준 후, 陳나라에 밀사를 보내 주우와 석후를 죽이게 함. 후세 사람들은 석작의 이러

한 행위를 大義滅親의 사례로 칭송하였음.

❻ ▪ 超: 극초.

▪ 溫: 환온.

해설

이 세상에서 가장 큰 슬픔은 무엇일까? 아마도 자식이 먼저 세상을 떠나는 것을 지켜보는 일이 아닐까? 임종을 앞둔 극초郄超는 늙은 아버지 극음郄愔이 자기 때문에 너무 상심하여 건강을 해칠까 두려워, 자신이 죽은 뒤 환온桓溫과 함께 반역을 도모한 편지를 아버지에게 전하게 한다. 작전(?)은 대성공이었다. 너무 상심하여 쓰러지기 일보 직전이었던 아버지 극음은 그 편지를 보고 대노하여 더 이상 슬퍼하지 않았다는 이야기.

극초는 효성스러운 마음으로 아버지를 살렸다. 하지만 동파는 그것은 참된 효가 아니라 소인배의 효성에 불과하다고 일갈한다. 그렇다면 참된 효란 무엇일까? 충忠이다. 충과 효는 불가분의 것이다. 충이란 또 무엇일까? 공평무사함, 정성, 인류와 국가와 민족과 사회를 위한 대의大義 앞에서 공평무사하게 지극정성을 쏟는 것, 그것이 충성이며 진정한 효성이다. 그것이 배제된 효는 소인배의 가짜 효이며 소집단 이기주의에 불과한 것이다.

환범桓範과 진궁陳宮

해제

이 글은 동파가 52세에 경사京師에서 한림학사翰林學士 지제고知制誥였을 때, 삼국시대의 지혜로운 인물로 알려진 환범桓範과 진궁陳宮의 행적을 비판한 역사평론이다.

번역

사마의司馬懿가 조상曹爽을 토벌하려 하자, 환범桓范은 조상에게 가서 그의 편이 되었다. 사마의가 장제蔣濟에게 말했다. "꾀주머니가 가버렸구려!" 장제가 말했다. "환범은 꾀가 많은 인물이지만, 어리석은 말은 마구간에 있는 사료에나 욕심을 부릴 테니, 반드시 중용되지 못할 것입니다." 환범은 어가御駕를 옮겨 허창許昌으로 몽진을 가서 외부의 병력을 불러오자고 조상에게 간언했으나, 조상은 그의 말을 따르지 않았다. 환범이 말했다. "군량이 걱정이긴 하지만, 대사농大司農의 관인官印은 저에게 있습니다." 그러나 조상은 그의 말을 따르지 않았다.

진궁陳宮과 여포呂布가 포로로 붙잡힌 후, 조조曹操가 진궁에게 말했다. "공대公臺, 당신은 스스로 꾀가 많다고 평생 떠들더니만 오늘은 어떻게 된 게요?" 진궁이 말했다. "여기 이 사람이 내 말을 듣지 않았던 탓이오. 그렇지 않았다면 어떻게 되었을지 모르는 일이오."

나는 전에 이 두 사람에 대해 논평을 한 적이 있었다. 여포나 조상이 어떤 위인들이던가? 그런데도 그런 자들을 위해 일하려 하다니, 그러고도 '지혜'를 언급한단 말인가? 장무중臧武仲은 이런 말을 했다. "임금 당신은 쥐새끼 같을 뿐이오." 이 정도는 되어야 '지혜'라고 할 수 있는 것이다. 원우元祐 3년 9월 18일에 쓰다.

원문과 주석

論桓範陳宮❶

司馬懿討曹爽, 桓範往奔之。❷ 懿謂蔣濟曰: 「智囊往矣!」❸ 濟曰: 「範則智矣, 駑馬戀棧豆, 必不能用也。」❹ 範說爽移車駕幸許昌, 招外兵, 爽不從。❺ 範曰: 「所憂在兵食, 而大司農印在吾許。」❻ 爽不能用。陳宮、呂布既擒, 曹操謂宮曰: 「公臺平生自謂智有餘, 今日何如?」❼ 宮曰: 「此子不用宮言, 不然, 未可知也!」❽ 僕嘗論此二人: 呂布、曹爽, 何人也? 而為之用, 尚何言知!❾ 臧武仲曰: 「抑君似鼠, 此之謂智。」❿ 元祐三年九月十八日書。⓫

❶ ▪ 桓範(~249): 삼국시대 魏나라 哀帝(齊王이라고도 함) 曹芳의 신하. 字는 元則. 꾀가 많아 '꾀주머니(智囊)'라는 별명이 있었다. 벼슬이 大司農에 이르렀다. 249년 사마의가 쿠데타를 일으킨 후 휘하에 두려고 하였으나, 환범은 당시 권력을 장악하고 있던 曹爽의 편에 서서 여러 가지 계책을 바친다. 그러나 조상은 환범의 진언에 따르지 않고 사마의에게 항복하였으며, 조상과 환범은 모두 처형당하였다.

▪ 陳宮(~199): 後漢 말의 정치가. 字는 公臺. 兗州 東郡 사람. 강직

하고 기백이 충만하여 젊을 적부터 천하의 명사들과 적극적으로 교류하였다. 초기에는 조조를 돕다가 그의 잔인한 성격에 회의가 생겨 呂布의 謀士가 되었다. 그러나 여포는 그의 계책을 듣지 않아 조조에게 패배하였고, 진궁은 포로가 되었다. 항복을 권유하는 조조의 제의를 거절하고 처형장으로 가서 죽음을 택했다. 소설 『三國志演義』에서는 中牟縣 縣令으로 등장해, 董卓 암살 실패로 도망치던 조조를 잡았다가 그를 풀어주면서 동행했지만, 呂伯奢의 집에 묵은 조조가 그들이 자신을 밀고하려는 것으로 오해하고 일가족을 몰살하는 것을 보고 실망하여 서로 헤어지는 역할을 맡았다.

❷ ▪ 司馬懿(179~251): 삼국시대 魏나라의 정치가이자 군략가로, 西晋 건국의 기초를 세웠다. 字는 仲達. 京兆尹을 지낸 司馬防의 둘째 아들로 태어났다. 曹操·曹丕·曹叡·曹芳 등 4代를 보필하며 공을 세워 舞陽侯에 봉해졌다. 손자인 司馬炎이 西晉을 세운 뒤에는 宣帝로 追尊되었다. 220년 조조가 죽고, 조비가 왕위에 오르자 중용되었다. 226년 조비가 죽자, 曹眞·陳群·曹休 등과 함께 輔政大臣으로 明帝 曹叡를 보좌하였다. 239년 明帝가 임종할 때 조진의 아들인 曹爽과 함께 哀帝 曹芳의 보좌를 부탁받았다. 조상은 사마의의 軍權을 빼앗으려 하였으나, 그는 吳의 공격을 물리치며 騎兵 중심의 군사력을 유지하였다. 그 뒤 병이 든 것처럼 꾸미며 隱忍自重하였으나, 249년(正始 10년) 曹爽이 哀帝와 함께 高平陵을 방문한 틈을 타서 政變을 일으켜 조상을 살해하고, 魏의 권력을 장악하였다. 그 뒤 安平郡公에 봉해졌으나, 251년(嘉平 3년)에 병으로 죽었다.

▪ 曹爽(?~249): 삼국시대 魏나라의 대장군 曹眞의 아들. 字는 昭伯. 위나라 2대 황제 曹叡에게 중용되었다. 조예가 병을 얻어 자리에 눕게 되자 사마의와 함께 曹芳을 보좌하였다. 그러나 권력을 독점하자 자만심과 주색에 빠져 실정을 하였고 자신의 세를 과시하기 위해 나섰던 촉나라 정벌에서 패배하였다. 사마의에 의해 처형되었다. 『三國志·魏志』에 그의 전기가 있다.

❸ ▪ 蔣濟(~249): 삼국시대 魏나라의 정치가. 字는 子通. 揚州 楚國 平阿 사람. 사마의와 조상이 권력 투쟁을 벌일 때 사마의 편에 서서 조상을 죽이는 데 공을 세워 都鄕侯에 봉해졌다. 『三國志·魏志』

에 그의 전기가 있다.

❹ ▪ 駑馬戀棧豆: 어리석은 말이 마구간의 콩(飼料)을 더 먹으려고 욕심을 부리다. 어리석은 曹爽은 눈앞의 이익에 탐하여 桓范의 계책을 받아들이지 않을 터이니 걱정하지 말라는 뜻. 棧: 馬板. 마구간의 바닥에 깔아 놓은 널빤지.

❺ ▪ 幸: 임금의 나들이를 뜻함.

▪ 許昌: 河南省에 위치한 지명. 삼국시대 魏나라 曹操 가문의 정치적 군사적 근거지였다.

❻ ▪ 大司農: 漢나라 때의 관직명. 秦代와 漢初에는 治俗內史라 하여 국가의 재정을 담당했다. 漢武帝 때 大司農으로 이름을 바꾸면서 租稅와 錢穀, 鹽鐵 등 국가재정의 收支를 관장했다.

▪ 許: 장소. 곳.

❼ ▪ 公臺: 陳宮의 字.

❽ ▪ 此子: 이 사람. 呂布를 지칭함.

❾ ▪ 尙何言知: 그러면서도 어떻게 '知'를 언급한단 말인가. 여기서 '知'는 지혜의 뜻.

❿ ▪ 臧武仲: 춘추시대 魯나라의 大夫. 이름은 紇, 臧孫氏이며, 武仲은 그의 諡號다. 덕망과 재주를 겸비한 인물로 魯成公과 魯襄公을 보좌하며 당시 정권을 장악했던 三桓氏의 횡포에 불만을 가졌으나, 결국 그들과의 투쟁에서 실패하여 邾나라와 齊나라 등지로 도망을 다녔다.

▪ 抑君似鼠: 하지만 당신은 쥐새끼 같다는 뜻. 抑: 逆接詞. 그러나, 하지만, 단지. 『左傳 · 襄公23年』에 나오는 일화. 臧武仲이 齊나라에 피신했을 때, 齊侯가 晉나라가 위기에 처한 틈을 타서 공격하려 하면서 장무중에게 영토를 하사하자, 장무중이 이를 거절하며 齊侯에게 했던 말임. 쥐새끼가 인간이 두려워 낮에는 활동하지 못하다가 밤이 되어서야 활개를 치는 것처럼, 齊侯 당신은 평소에는 晉나라에 꼼짝 못하다가 위기에 처하자 공격하려고 한다는 뜻. 장무중은 이미 齊侯의 공격이 실패로 돌아갈 것임을 예견하고 있었음. 공자는 장무중이 이 말을 한 용기와 지혜를 크게 칭찬하였음.

⓫ ▪ 元祐三年: 元祐는 북송 哲宗의 연호. 元祐3年은 1088년. 당시 동파는 만 51세로 翰林學士 知制誥였음. 한편 商本에는 '元祐三年'

이 아니라 '元祐二年'으로 기재되어 있음.

해설

참된 지혜에 대해 설명한 글이다. 환범桓範과 진궁陳宮은 모두 삼국시대에 지혜로운 인물로 손꼽혔던 사람들이다. 그러나 그들은 어리석은 조상曹爽과 여포呂布를 주군으로 섬기었기에 큰일을 도모하지 못하고 죽음을 당하였다. 동파는 그들에게 말한다. 당신들은 참된 지혜를 가진 사람이 아니었다고. 사람을 봐가면서 주군으로 섬겨야 하는 것 아니겠느냐고. 어떻게 그런 사람들을 위해 일하려고 했느냐고 야단을 친다. 그리고는 장무중臧武仲처럼 어리석은 임금에게는 '쥐새끼 같은 놈'이라고 욕을 해 줄 수 있어야 참된 지혜라고 외친다. 춘추시대에는 군주의 면전에서 그런 말을 하고도 무사했나 보다. 많은 생각을 들게 하는 글이다.

온교溫嶠와 곽문郭文의 문답을 기록하다

해제

이 글은 동파가 해남 담주儋州의 유배생활 시기에, 『진서晉書』를 읽다가 30대 후반 항주에서 유람 나갔던 기억을 떠올리며 쓴 독서 메모다. 본문에 수록된 일문일답은 『진서 · 곽문전郭文傳』에 나오는 것으로, 동진東晋시대 최고 권력자인 온교溫嶠와 속세를 버리고 맑은 삶을 사는 은사 곽문郭文의 대화를 동파가 간략하게 재구성한 것이다.

번역

온교溫嶠가 곽문郭文에게 물었다. "사람에게는 모두 서로 포용해주는 육친이 있게 마련인데, 선생은 그걸 포기하고 지내시니 무슨 낙으로 사시오?"

곽문이 대답하였다. "본래 도道를 배워보려고 했었지요. 그런데 뜻하지 않게 전란을 만나 의탁할 곳을 찾으려 해도 길이 없었을 따름이외다."

온교: "사람은 누구나 배가 고파지면 먹을 것을 생각하게 되고, 나이가 들면 가정을 이루고 싶은 생각이 드는 것이 자연의 이치이거늘, 선생은 어찌 홀로 그런 감정이 없소이까?"

곽문: "감정은 생각이 만드는 것. 생각을 하지 않으니 감정

이 없을 밖에요."

온교: "선생은 인적 없는 심산深山에 사시는데, 죽어서 까마귀나 소리개가 시신을 뜯어먹으면 어찌 하오?"

곽문: "땅에 매장한 시신을 땅강아지나 개미가 먹는 것과 또 무엇이 다르겠소?"

온교: "사나운 호랑이가 해칠 것이 겁나지도 않으시오?"

곽문: "사람에게 동물을 해칠 마음이 없으면 동물도 사람을 해치지 않는 법이지요."

온교: "세상이 평화롭지 못하면 나 자신의 평안도 얻을 수 없는 법이니, 선생께서 세상에 나와 난세를 구제해보지 않으시려오?"

곽문: "산야에 묻혀 지내는 이로서는 알지 못하는 일이올시다."

나는 예전에 전당군錢塘郡 감관監官으로 지내면서 여항餘杭의 구진산九鎭山을 유람한 적이 있었다. 그때 찾아갔던 계곡과 동굴이 바로 곽문이 옛날 은거했던 곳이었구나. 동굴이 무척 컸었다. 그 안에 황제가 보낸 칙사가 조서詔書를 던진 곳이라고들 말하는, 깊이를 헤아릴 수 없는 거대한 골짜기가 있었다. 무인년戊寅年 9월 7일에 쓰다.

원문과 주석

錄溫嶠問郭文語❶

溫嶠問郭文曰:「人皆有六親相容, 先生棄之, 何樂?」❷ 文曰:「本行學道, 不謂遭世亂, 欲歸無路耳。」❸ 又曰:「飢思食, 壯思室, 自然之理, 先生獨無情乎?」❹ 曰:「情由憶生, 不憶故無情。」❺ 又問:「先生處窮山, 死為烏鳶所食, 奈何?」❻ 曰:「埋藏者食於螻蟻, 復何異?」又問:「猛虎害人, 先生不畏耶?」曰:「人無害獸心, 則獸亦不害人。」❼ 又問:「世不寧則身不安, 先生不出濟世乎?」曰:「非野人之所知也。」❽ 予嘗監錢塘郡, 游餘杭九鎮山, 訪大滌洞天, 即郭生之舊隱。❾ 洞大, 有巨壑, 深不可測, 蓋嘗有勑使投龍簡云。❿ 戊寅九月七日書。⓫

❶ ▪ 溫嶠(288~329): 위진남북조 시대 東晋 왕조의 정치가. 字는 泰眞, 또는 太眞. 太原 祁縣(오늘날의 山西 祁縣)사람. 晉元帝와 明帝의 즉위에 공을 세워 中書令과 參與機要 벼슬을 하였으며, 王敦의 亂이 평정되자 공을 인정받아 建甯縣 開國公이 되었다. 成帝가 즉위하자 江州刺史로 나갔다가 蘇峻의 亂이 평정되자 驃騎將軍, 開府儀同三司 및 散騎常侍, 始安郡公이 되었다. 死後에는 侍中과 大將軍 벼슬을 추증 받았다. 시호는 忠武. 『晉書』 67권에 그의 전기가 있다.

▪ 郭文: 위진남북조 시대 東晋의 異人. 字는 文擧. 어려서부터 산수유람을 좋아하여 은거생활을 꿈꾸었다. 13세에 부모가 죽은 뒤 喪을 마친 후에 결혼도 하지 않고 산수를 돌아다니다가 華陰山 절벽에 위치한 석실의 유골이 안치된 石函을 구경하며 지냈다. 東晋이 멸망한 후에는 餘杭 大辟山의 맹수들이 들끓는 심산유곡에서 거적 지붕만 덮인 거처를 짓고 10년을 살았으나 아무런 해를 입지 않았다고 한다. 언제나 누추한 가죽옷이나 베옷을 입고 자신이 직접 경작한 잡곡만 먹고 살았으며, 산에서 캔 식물을 내다팔아 생긴 돈으로 자신이 필요한 약간의 소금을 구매한 것 외에는 모두 빈민들을 도와주어 세인들의 칭송을 받았다. 소문을 들은 餘杭太守 顧颺이 그를 초빙하여 고급 가죽옷을 선물하였으나 거절하고 돌아가자, 당대 최고의 권력자 王導가 초빙하여 자신의 산림 庭園에서 거하게 하였다. 그러나 곽문은 7년 동안 그 거처에서 한 발짝도 나가지 않고 지내다가 홀연 臨安의 산 속으로 도망갔다고 한다. 그 후 蘇峻의 반란으로 餘杭은 쑥대밭이 되었으나 臨安은 아무 피해도

없었다. 그 뒤로 더 이상 한 마디 말도 하지 않고 손짓으로 대화를 하고 지내다가 병이 들자 20여 일을 굶고 정정한 모습으로 죽었다. 葛洪이 전기를 써서 그의 삶을 칭송하였다. 『晉書』 94권에 그의 전기가 있다.

- 溫嶠問郭文語: 이 글은 『晉書』 94권의 「郭文傳」에 나오는 이야기를 동파가 간략하게 재구성한 것이다.

❷ ▪ 六親: 여러 가지 설이 있으나 일반적으로 父母兄弟妻子를 지칭한다.

❸ ▪ 不謂: 뜻하지 않게, 생각지도 못하게. 현대중국어의 不料.
- 遭世亂: 西晉 멸망의 대 혼란기를 만나서.
- 歸: 몸을 의탁하다. ~를 따르다.

❹ ▪ 飢思食, 壯思室: 배가 고프면 먹고 싶은 생각이 나고, 나이가 들면 장가갈 생각이 난다는 뜻.

❺ ▪ 憶: 상념, 잡생각.

❻ ▪ 鳶[연; yuān]: 솔개. 매.

❼ ▪ 人無害獸心, 則獸亦不害人: 사람에게 동물을 해칠 마음이 없으면 동물도 사람을 해치지 않는다는 뜻. 『晉書 · 郭文傳』을 보면, 어느 날 맹수가 곽문의 얼굴을 향해 입을 크게 벌리며 덤벼들었는데, 곽문은 태연자약하게 그 입속을 살핀 후 목에 걸린 가시를 발견하고 빼줬다고 함.

❽ ▪ 野人: 山野에 묻혀 사는 사람. 곽문 자신을 지칭하는 말.

❾ ▪ 監錢塘郡: 錢塘郡 監官. 동파는 35세 때부터 3년 간 杭州通判 겸 監官으로 지냈음. 錢塘은 餘杭과 함께 杭州 권역에 속함.
- 餘杭: 地名. 浙江省 杭州의 관할 지역 중의 하나.
- 九鎖山: 蘇東坡集에는 '九鎖山'으로 나와 있음.
- 大滌[척; dí]: 큰 물줄기. 수량이 많은 계곡. 滌: 씻다, 세척하다.

❿ ▪ 勑使: 칙사. 황제가 파견한 使者.
- 龍簡: 황제의 서찰. 詔書.

⓫ ▪ 戊寅: 元符 元年임. 즉 1098년으로 당시 동파는 만 61세로 해남 담주에서 유배생활을 하고 있었음.

해설

당대 최고의 권력자 온교溫嶠와 심산유곡에서 아무 것도 없이 사는 곽문郭文의 문답이 마치 기자記者가 인터뷰하듯이 펼쳐지고 있다. 도사티를 내려는 모습은 전혀 보이지 않는다. 그저 자신의 생각을 조금도 꾸밈없이 진솔하게 답변하는 곽문의 모습에서, 우리는 외딴 산속에 홀로 사는 순박한 나무꾼을 만나기도 하고, 장자莊子의 모습을 보기도 하고, 위대한 성자 석가모니를 만나기도 한다. 무슨 해설이 따로 필요하랴. 그의 말을 화두삼아 두고두고 사색에 잠겨보자.

《老子圖》 宋, 法常

유백륜劉伯倫

해제

이 글은 서진西晉 시대의 유명한 죽림칠현竹林七賢 중의 대표적 인물인 유령劉伶을 비판한 역사평론이다.

번역

유백륜劉伯倫은 언제나 "내가 죽으면 바로 묻어버리라"고 말하면서, 하인에게 삽을 들고 자신의 뒤를 따라다니게 하였다.

소자蘇子가 말하노라. "유백륜은 달관한 자가 아니다. 관곽棺槨이나 의복 침구 따위가 달관의 경지에 이르는 것과 무슨 상관이 있는가! 만약 그렇지 않다 해도 죽으면 그뿐인데, 왜 꼭 묻어야만 한단 말인가.

원문과 주석

劉伯倫

劉伯倫常以鍤自隨, 曰:「死即埋我。」❶ 蘇子曰: 伯倫非達者也, 棺槨衣衾, 不害為達。❷ 苟為不然, 死則已矣, 何必更埋!❸

❶ ▪ 劉伯倫(221?~300?): 劉伶. 西晉 시대 竹林七賢 중의 한 명. 伯倫은 그의 字이다. 신장이 매우 작고 용모가 추했다고 한다. 建威參軍

을 지낸 적이 있다. 晉武帝 泰始 초기에 老莊의 無爲政治를 강조하는 策問을 올렸다가 무능하다고 파면되었다. 죽림칠현 중 가장 술을 즐겼으며 이와 관련된 수많은 일화로 유명하다. 대표작 「酒德頌」은 노장사상을 숭상하고 전통 禮法을 멸시하며 마음껏 술에 취해 방탕하는 모습을 그린 것으로 유명하다.

▪ 鍤: 삽.

▪ 以鍤自隨: 삽을 들고 자신의 뒤를 따라다니게 하다.

❷ ▪ 不害爲達: 달관의 경지를 깨치는 것에 방해가 되지 않는다는 뜻.

❸ ▪ 苟: 만약.

해설

죽림칠현 중의 하나인 유령劉伶은 아마도 중국 역사상 출현했던 최고의 술주정뱅이일 것이다. 도사연道士然하면서 언제나 술에 취해 있었던 그의 허세虛勢가 동파의 예리함에 여지없이 폭로되고 있다.

대나무 필통에 조각된
죽림칠현(淸代)

방관房琯의 진도사陳濤斜 전투

해제

이 글은 당唐나라 현종 때 난을 일으킨 안녹산安祿山 토벌군의 총사령관이었던 방관房琯이 큰소리만 치다가 진도사陳濤斜 전투에서 대패당하여, 나라를 위기에 몰아넣었던 행위를 비판한 역사평론이다.

번역

방차율房次律은 진도사陳濤斜에서 대패하여 4만 명을 죽였으니 슬픈 일이로다! 세상에서 용병술에 대해 언급하는 이들은 때로 『통전通典』을 배우기도 하는데, 그 책은 비록 두우杜佑가 편찬한 것이지만 그 근원은 유질劉秩에게서 비롯된 것이다. 진도사의 패전에는 유질의 책임이 크다. 방차율은 "사나운 역적 도당들이 비록 숫자가 많다 하나 어찌 우리의 유질을 당해낼 수 있겠는가!" 큰소리를 쳤다. 구구한 말재주 따위로 사나운 역적 도당들과 맞서려 했으니, 참으로 엉성하기 그지없구나!

원문과 주석

房琯陳濤斜事❶

房次律敗於陳濤斜, 殺四萬人, 悲哉!❷ 世之言兵者, 或取《通典》,《通典》雖杜佑所集, 然其源出於劉秩。❸ 陳濤之敗, 秩有力焉。❹ 次律云: 「熱洛河雖多, 安能當我劉秩!」❺ 挾區區之辨以待熱洛河, 疎矣。❻

❶ ▪ 房琯(696~763): 唐나라의 정치가이자 장군. 字는 次律. 河南 緱氏 사람이다. 어려서부터 학문을 좋아하여 박학다식했다. 唐 玄宗 開元 12年(724)에 「封禪書」를 바쳐 給事中이 되었다. 安史의 난이 일어나기 직전 左庶子를 제수받고 刑部侍郞이 되었다. 蜀으로 몽진하는 현종을 수행하다가 肅宗이 즉위하자 재상이 되었다. 車戰法을 사용하여 長安을 수복하겠다고 큰소리를 쳤으나, 陳濤斜에서 안록산의 반군에 대패하여 4만 명의 官軍이 전멸하고 말았다. 그 과실로 邠州刺史로 폄적 되었다가, 다시 收賂 사건에 연루되어 명예직인 太子少師로 폄적되었다. 代宗이 즉위한 후로 刑部尙書를 제수받고 장안으로 오던 중 사망하였다.

《鹿鳴之什圖》 宋, 馬和之

▪ 陳濤斜: 地名. 陳陶斜라고도 하고 咸陽斜라고도 한다. 오늘날의 섬서성 咸陽의 동쪽.

❷ ▪ 房次律: 房琯. 次律은 그의 字이다.

❸ ▪ 通典: 唐나라의 宰相 杜佑가 편찬한 制度史. 200권. 766년에 착수하여 30여 년에 걸쳐 초고를 완성한 이후 많은 補筆이 있었다. 玄宗 시대에 劉秩이 편찬한 『政典』 35권을 기초로 하여, 역대 正史의 志類와 紀傳·雜史·經子·법령·開元禮(玄宗 때의 禮制) 등

의 자료를 참조, 食貨(經濟)·選擧(관리 등용)·職官·禮·樂·兵·刑·州郡·邊防의 각 부문으로 나누어, 上古부터 中唐 시대에 이르는 國制의 要項을 종합하였다. 때에 따라서는 저자의 의견도 삽입하였다. 구성이 질서정연하고, 내용이 풍부하여 중당 이전의 제도를 통람하는 데 가장 유용한 책으로 꼽힌다.

- 杜佑(735~812): 中唐 시대의 정치가. 字는 君卿. 長安 출생. 증조부 이래 관료를 지낸 귀족 집안에서 태어나 일찍부터 여러 관직을 역임한 후, 德宗·順宗·憲宗 등 三代에 걸쳐 宰相을 지냈다. 안녹산의 난 이후 격변하는 사회의 움직임에 민감하고 정치에 밝았으며, 富國安民을 사명으로 인식하였다. 司馬遷 이후 최고의 역사가로 인정받았으며, 그가 편찬한 『通典』 200권은 上古로부터 당 현종까지 역대의 제도를 9부분으로 분류하여 수록한 역사서로서, 오늘날에도 제도사 연구에 있어 불가결한 자료이다.
- 劉秩: 盛唐 시기의 정치가. 字는 祚卿. 유명한 역사학자 劉知幾의 넷째 아들이다. 玄宗 시대에 그가 편찬한 『政典』 35권은 훗날 『通典』 편찬의 가장 중요한 기초자료가 되었다. 房琯이 陳濤斜에서 대패할 때 그의 참모로 있었다.

❹ ▪ 陳濤之敗, 秩有力焉: 陳濤斜에서 관군이 대패한 것에는 劉秩에게도 책임이 있다는 뜻. '有力'은 '공로가 있다'는 뜻이나, 여기서는 '책임이 있다'는 뜻으로 사용되었다고 봐야 한다. 劉文忠은 이 부분에 대해 "비록 진도사의 전투에서 대패하기는 하였지만 劉秩은 훌륭한 將帥"라는 뜻으로 주석을 달았지만, 전체의 문맥을 보면 이는 타당하지 못한 해석이다. 동파는 이 글에서 실제 전투경험이 전혀 없는 儒學者들이 서적에만 의지하여 허풍을 친 것에 대해 비판하고 있는 것이다. 『舊唐書·房琯傳』에도 "방관은 賓客들과 담론을 나누는 것이나 좋아했지, 用兵術에 대해서는 뛰어나지 못했으나 天子는 그의 虛名만 듣고 實效를 얻을 수 있기를 바랬다. 방관은 승리에 대한 묘책이 없으면서도 虛名만 있었던 장수와 관리들을 선택하여 패배를 자초했다. 방관은 군대를 출정하면서 軍務 일체를 李揖과 劉秩에게 맡겼다. 그러나 劉秩 역시 用兵術을 익힌 바 없는 儒學者에 불과했다(琯好賓客, 喜談論, 用兵素非所長, 而天子采其虛聲, 冀成實效。琯既自无廟胜, 又以虛名擇 將吏, 以至

于敗。琯之出師, 戎務一委于、劉秩, 秩等亦儒家子, 未嘗習軍旅之事。)"고 비판하고 있다.

❺ ▪ 熱洛河: 뜻이 불분명하다. 百度百科에 의하면 '사슴피와 내장으로 만든 먹거리'라고 하나, 여기서는 전혀 타당하지 않다. 喬麗華는 돌궐어로 '健兒'의 뜻이라고 주석을 달았으나, 여기서는 매우 부정적인 뜻으로 사용되었으므로 타당하지 못한 해석이다. 『舊唐書·房琯傳』에는 '曳洛河'라고 표기되어 있다. 劉文忠은 여기에 근거하여, '熱洛河'는 '曳洛河'의 誤記이며, '曳洛河'는 '반군이 끌어들인 오합지졸'의 뜻으로 해석하고 있다. 그러나 이 글에서 사용된 두 문장의 用例를 보면, 前者의 경우에는 '오합지졸'로 해석해도 무리가 없으나, 後者의 경우는 어색하다. '사나운 반역의 徒黨' 정도로 해석해야 무리가 없을 것 같다.

❻ ▪ 區區: 떳떳하지 못하고 苟且스러움. 잘고 庸劣함.

▪ 挾區區之辨: 원본에는 '挾'이 없다. 王松齡은 商本과 蘇東坡集에 근거하여 '挾'을 집어넣었고, 趙學智, 劉文忠, 喬麗華本에는 원본을 따랐다.

▪ 疎: 허술하다.

해설

방관房琯은 『통전通典』에 나오는 용병술만 믿고 전쟁에 나섰다가 대패하고 말았다. 현장 돌아가는 사정은 전혀 모르면서 책상에 앉아 그저 펜대만 굴리며 큰소리치는 방관과 같은 사람들이 오늘날 우리들 주변에는 없는지? 뉴스를 보면 대한민국은 온통 '방관'으로 넘쳐나는 듯. 동파의 슬퍼하는 목소리가 매일 같이 귓가에 울려온다.

장화張華의 「초료부鷦鷯賦」

해제

서진西晉 시대의 문인인 장화張華의 행적을 비판한 역사평론이다. 초료鷦鷯는 작은 뱁새라는 뜻. 「초료부鷦鷯賦」는 장화의 대표작으로, 아무 장기長技도 없는 초료새가 오히려 큰 새들보다 더 안전하게 지낼 수 있는 이치를 설명하면서, 자신도 그와 같은 삶을 염원한다는 내용으로 이루어져 있다.

번역

완적阮籍은 장화張華의 「초료부鷦鷯賦」를 읽어보고 "이 사람은 제왕을 보필할 재목이로다!"하며 감탄하였다. 하지만 내가 장화의 내면세계를 관찰해보니, 오로지 화禍와 복福 사이에서 자신의 안전만을 도모한 인물일 뿐, 어찌 제왕을 보필할 재목이라 할 수 있겠는가? 장화는 유변劉卞의 계책을 따르지 않았다가 결국 가씨賈氏에게 화를 입고 말았으며, 팔왕八王이 시비를 걸까 봐 두려워하다가 사마륜司馬倫과 손수孫秀에게 해를 당하고야 말았다. 이것이 바로 장화가 안전만을 추구한 과오이니, 「초료부」를 지었을 때의 취지를 상실한 탓이다.

원문과 주석

張華鷦鷯賦

阮籍見張華《鷦鷯賦》, 歎曰: 「此王佐才也!」❶ 觀其意, 獨欲自全於禍福之間耳, 何足為王佐乎?❷ 華不從劉卞言, 竟與賈氏之禍, 畏八王之難, 而不免倫、秀之虐。❸ 此正求全之過, 失《鷦鷯》之本意。❹

❶ • 阮籍(210~263): 삼국시대 魏나라의 사상가 겸 문인. 竹林七賢 중의 대표인물. 字는 嗣宗. 曹操의 막료인 建安七子의 한 사람인 阮瑀의 아들이다. 曹氏 정권을 빼앗으려는 司馬氏의 막료였으나, 권력과의 밀착을 싫어했다. 강한 개성과 自我 및 反禮敎的 사상을 실천하기 위하여 술과 奇行으로 자신을 위장하고 살았다. 連作詩인 「詠懷」 85首를 지어 삶의 懷疑와 고독, 원초적인 老莊思想을 노래하였다.

• 張華(232~300): 西晉시대의 정치가이자 문인. 字는 茂先. 阮籍에게 文才를 인정받아 中書郎에 올랐고, 晉武帝 때 吳나라 토벌에 공을 세워 武侯에 봉해졌고, 惠帝 때는 司空이 되었다. 趙王 司馬倫의 반란 때 살해당하였다. 화려한 文才로 당시 張載 · 張協과 함께 三張으로 이름을 날렸다. 출세작인 「鷦鷯賦」와 혜제의 황후인 賈后의 난행을 충고한 「女史箴」이 유명하고, 일종의 백과사전인 『博物志』과 문집인 『張司空集』 등을 저술하였다.

• 鷦鷯賦[초료부; jiāoliáofù]: 장화의 대표작. 아무 長技가 없는 작은 뱁새가 아무런 재난도 당하지 않는 이치를 설명하는 가운데, 작가 자신이 염원하는 삶을 비유하여 구현한 작품.

• 王佐才: 제왕을 보필할 재주를 지닌 賢士.

❷ • 自全於禍福之間: 길흉화복이 어지러이 교차하는 세상에서 자신의 안전만을 도모한다는 뜻.

❸ • 劉卞(?~299): 西晉시대의 정치가. 字는 叔龍. 武人 집안에 태어나 과묵하고 올곧았다. 혜제 때 散騎侍郎, 并州刺史를 지내다가 조정에 들어와 左衛率 벼슬을 하였다. 賈皇后가 태자를 폐위시키려는 음모를 알아채고 張華에게 계책을 건의하였으나 받아들여지지 않

았다. 그 사실을 알아챈 가황후 일당이 雍州刺史로 내치자, 가황후에게 암살을 당할까 두려워 독약을 먹고 자살하였다.

- 賈氏: 賈南風(256~300). 西晉 惠帝 司馬衷의 황후인 賈皇后를 지칭함. 용모가 추악하고 질투가 많았으나 혜제의 나약함 덕에 전권을 장악하여, 혜제 사후에 많은 만행을 저질러 '八王의 亂'을 야기하였음. 趙王 司馬倫에게 살해당함.
- 八王: 晉武帝가 등극한 후 왕으로 봉한 8명의 宗室. 武帝가 죽고 惠帝가 즉위하자 서로 정권을 장악하기 위하여 16년간에 걸쳐 전쟁을 벌인 사건을 '八王의 亂'이라고 함.
- 倫、秀: 趙王 司馬倫과 그의 심복 孫秀.
- 畏八王之難, 而不免倫、秀之虐: 張華가 司馬氏의 여덟 종실의 왕들이 해코지를 할까 두려워 趙王 司馬倫과 孫秀를 제거하지 못하다가 결국 그들에게 살해당하는 일을 면치 못했다는 뜻.
- 而不免倫秀之虐: 蘇東坡集에는 '虐'이 '害'로 되어 있음.

❹ ▪ 求全之過: 張華가 자신의 안전만을 추구한 過誤.

해설

장화張華는 「초료부鷦鷯賦」에서 두 가지 이미지를 지닌 초료새의 모습을 성공적으로 창출하였다. 첫째, 몸집이 아주 작아서 사냥을 당하지 않는다. 둘째, 언제나 주어진 여건에 만족하고 순응하며 즐겁게 산다. 그리고 자신도 그와 같은 삶을 염원한다는 희망을 담았다. 장화보다 20여 세가 더 많은 완적阮籍은 이 작품을 읽어보고 그가 "제왕을 보필할 재목"이라고 극찬한다.

장화는 어려서 고아가 된 후 양羊을 치는 가난한 목동 생활을 하였지만, 천성이 명랑하고 독서를 많이 하여 박학다식하였기에 사람들의 추천을 받아 태상박사太常博士가 된 인물이다. 「초료부」는 그의 초기 작품이니 사람들이 좋아했던 청년시절의 맑은 영혼이 그대로 투영되었을 것이다. 그런데 동파는 그를 "자신의 안전만을 도모한 인물"로 평한다. 어찌 된 일일까? 필경은 고관대작이 되면서 사람이 변했기 때문일 것이다.

결국 그는 극도로 혼란했던 당시의 정국政局 속에서 일신의 안일을 위해 이리저리 눈치만 보다가 죽음을 당했다. 그 자신이 「초료부」에서 노래했듯이 아예 작은 벼슬만 하였다면 그런 변은 당하지 않았을 것이다. 혹은 기왕 고관대작이 되었으니 자신의 뚜렷한 주관으로 혼미한 정국을 헤쳐 나갔다면, 설령 마찬가지로 죽음을 당했다 하더라도 후세에 이런 평가를 받기야 했겠는가?

《榴枝黃鳥》 宋, 작가 미상

왕제王濟와 왕개王愷

해제

이 글은 서진西晉 시대의 귀족인 왕제王濟와 왕개王愷의 무도하고 사치스러운 생활을 조명하는 가운데 당시 왕실과 귀족들의 혼란상을 비판한 역사평론이다.

번역

왕제王濟는 인유人乳로 돼지고기 찜 요리를 만들었고, 왕개王愷는 기녀에게 피리를 불게 하고는 음률이 조금만 틀려도 죽여 버렸다. 또 미녀를 시켜 술을 권하게 하고 손님이 잔을 다 비우지 않아도 죽여 버렸다. 당시 임금인 무제武帝가 자리에 있었는데도 귀족들은 감히 이런 짓을 저질렀으니, 진晉나라 왕실의 어지러움이 얼마나 뿌리 깊었는지 잘 알 수 있겠구나!

원문과 주석

王濟王愷❶

王濟以人乳蒸豚，王愷使妓吹笛，小失聲韻便殺之，使美人行酒，客飮不盡，亦殺之。❷ 時武帝在也，而貴戚敢如此，知晉室之亂也久矣。❸

❶ ▪ 王濟(246?~291): 西晉 시대의 정치가. 字는 武子. 대장군 王渾의 次子. 용모가 특별나게 준수하고 재주가 많았으며 勇力이 뛰어나서 晉武帝의 딸 常山公主의 배필이 되었다. 약관의 나이에 中書郎이 되었고 모친상을 마친 후에는 驍騎將軍을 거쳐 侍中이 되었다. 武帝의 총애로 매우 빨리 승진하였으나, 駙馬 때문이 아니라 재능이 그만큼 탁월하였기 때문이었다고 한다. 그러나 질투가 많고 속이 좁았으며 매우 사치스러운 생활을 즐겼다. 堂兄인 王佑와의 불화로 배척당해 낙양 북망산에서 거하다가 46세의 나이로 사망하였다. 『晉書』 42권에 그의 전기가 전해진다.

▪ 王愷: 東晋 시대의 정치가. 字는 茂仁. 권문세가 출신으로 王坦之의 아들이다. 부친의 작위를 세습하여 侍中과 右衛將軍이 되었다. 훗날 吳郡太守를 하다가 병으로 사망하였다. 매우 사치스러운 생활을 하였으며 잔인하였다는 일화가 많다. 『晉書』 75권에 그의 전기가 전해진다.

❷ ▪ 豚[돈; tún]: 새끼 돼지.

▪ 以人乳蒸豚: 人乳로 돼지고기 찜 요리를 만들다. 『晉書』 42권의 「王濟傳」에 나오는 일화. 晉武帝가 王濟의 집에 가서 식사를 한 적이 있었다. 풍성한 요리가 당시에는 매우 희귀했던 유리그릇 속에 보관되어 있어 황제를 놀라게 하였다. 특히 돼지고기가 매우 맛있는지라 그 비법을 물어본즉 人乳로 만든 것이라 하여 진무제가 화를 내고 식사도 마치지 않고 돌아갔다는 일화다.

▪ 使妓吹笛, 小失聲韻便殺之: 기녀에게 피리를 불게 하여 조금만 音律이 안 맞아도 바로 기녀를 죽여 버렸다는 뜻. 『晉書』 98권의 「王敦傳」에 나오는 이야기다. 王敦과 그의 종형 王導가 王愷의 집에 놀러갔는데, 왕개가 술자리에 기녀를 불러 생황을 불게 했더니 음률이 조금 틀렸다. 그러자 왕개는 그 즉시 기녀를 죽여 버리고 다시 태연자약하게 술을 권하자, 왕돈 역시 태연자약하게 술을 마셨다는 일화가 있다. 역대의 많은 사람들이 이 사실의 眞僞 여부에 대해 논란을 벌였다.

▪ 使美人行酒, 客飮不盡, 亦殺之: 미녀를 시켜 손님에게 술을 따르게 하고, 손님이 술을 다 마시지 않으면 죽여 버렸다는 일화, 역시 『晉書』 98권의 「王敦傳」에 나오는 이야기다. 왕돈과 왕도가 또 왕

개의 집에 놀러갔는데 이번에는 미녀에게 술을 따르게 하더니, 왕돈과 왕도가 술잔에 따른 술을 다 마시지 않을 때마다 미녀를 죽여 버렸다. 이에 평상시에 술을 잘 마시지 않던 왕도는 억지로 술을 다 마셨지만, 왕돈은 끝내 마시지 않았다는 일화다. 그러나 『世說新語 · 汰侈第30』에 보면 보다 자세한 이야기가 있지만, 단지 王愷가 아니라 石崇의 집에 놀러갔던 것으로 기록되어 있다. 아울러 왕도는 술잔을 다 비웠지만 왕돈은 세 명의 미녀가 죽어나가도록 끝내 잔을 비우지 않았다고 한다. 이에 왕도가 잔을 비우라고 권하자, 왕돈은 "자기 집 여자들을 죽이는 건데 나와 무슨 상관이 있느냐"면서 끝내 잔을 비우지 않았다고 한다. 이 사실의 眞僞에 대해서도 후세에 많은 논란이 있다.

- 使美人行酒: 원작에는 '行'이 '飮'으로 되어 있다. 王松齡本과 劉文忠本은 蘇東坡集과 商本에 근거하여 '行'으로 고쳤으며, 趙學智本과 喬麗華本은 원작대로 표기하였다.

❸ ▪ 武帝: 晉武帝 司馬炎.
- 久: 오래되다. 뿌리가 깊다.

해설

진나라 왕실과 귀족들의 사치와 황음무도함은 동파에게 몹시 충격이었나 보다. 『동파지림』 속에는 그들을 비판하는 글이 수없이 많다. 그 중에서도 제3권에 실린 「석숭의 비녀石崇家婢」는 이 글과 자매편이라 할 만하다. 당연히 함께 위치해야 좋을 텐데 이렇게 분산되어 있는 것을 보면 『동파지림』의 편제와 목록 순서에 많은 문제가 있음을 알 수 있겠다. 합당한 기준을 마련하여 편제와 목록의 순서를 재편성한다면 독자들의 감상에 큰 도움을 줄 수 있을 것 같다.

왕이보王夷甫

해제

이 글은 서진西晉이 멸망할 당시의 재상이었던 왕연王衍이 후조後趙의 석륵石勒에게 나라를 바친 매국 행위와, 그의 딸인 혜풍惠風의 상반된 행위를 비교한 역사평론이다.

번역

왕이보王夷甫는 석륵石勒에게 항복한 후, 자신에게는 아무 죄가 없다고 변명하며 석륵에게 참람한 호칭을 사용할 것을 권유하였다. 또 자신의 딸인 혜풍惠風이 민회태자愍懷太子의 태자비임에도 불구하고, 유요劉曜가 낙양을 함락하자 그의 부하장수인 교속喬屬에게 선물로 주었다. 교속이 그녀를 아내로 삼으려 하자 혜풍은 칼을 들고 욕을 하며 대항하다가 죽임을 당하였다. 왕이보는 저승에 가서 먼저 간 진晉나라의 공경대부公卿大夫들에게 부끄러워할 게 아니라, 자신의 딸에게 부끄러워해야 마땅하다는 것을 이제야 알게 되었다.

원문과 주석

王夷甫

王夷甫既降石勒, 自解無罪, 且勸僭號。❶ 其女惠風為愍懷太子妃, 劉曜陷洛, 以惠風賜其將喬屬。❷ 將妻之, 惠風杖劍大罵而死。❸ 乃知王夷甫之死, 非慙見晉公卿, 乃當羞見其女也。❹

❶ ▪ 王夷甫: 西晉의 정치가인 王衍(256~311)을 지칭함. 夷甫는 그의 字이다. 瑯琊 王氏 출신으로 현령 벼슬에서 시작하여 승상의 자리까지 오른 인물이다. 그러나 淸談思想에 심취하여 政事에 참여하기를 싫어하였으며, 많은 사람이 모인 자리에서 淸談思想을 주제로 강연하기를 좋아하였다. 하지만 앞뒤가 안 맞는 말을 되는 대로 떠들기를 좋아해, 타인이 그를 지적해도 아랑곳하지 않고 마음대로 말을 바꾸어 信口雌黃 또는 口中雌黃이라는 고사성어를 탄생시키기도 하였다. 그는 승상의 자리에 있으면서도 위기에 처한 나라를 돌보기보다는 일신의 안일만을 도모하다가, 石勒에게 항복하였으나 끝내 살해되었다. 후세에서는 그의 행위를 '淸談誤國'으로 규정짓고 西晉이 멸망한 원인 중의 하나로 꼽는다.

▪ 石勒(274~333): 五胡十六國의 하나인 後趙의 초대 황제. 字는 世龍. 諡號는 明帝, 廟號는 高祖이다. 山西省 武鄕縣에 살고 있던 匈奴族 羯種의 추장 아들로 태어났다. 20세 무렵에 東晉 병사에게 잡혀 노예로 팔렸으나, 그 후 群盜의 수령이 되었다. 흉노의 劉淵이 漢國을 세우자 장군으로 임명 되어, 山東과 河南의 경영을 맡았다가, 晉의 장군 王浚을 격파한 후 왕위에 올라 국호를 趙라 하였다. 그 후 前趙의 劉曜를 洛陽에서 대파하고 전조를 멸망시켰다. 유능한 통치자였으며 항복한 漢人들을 잘 컨트롤하였다. 학교도 세우고, 학자도 중용하였으며, 유능한 관리 등용에 힘썼다. 훗날 승려 佛圖澄에 귀의하였다.

▪ 自解無罪, 且勸僭號: 자신의 무죄를 해명하면서, 상대방에게 참람한 호칭 사용을 권유하다. 石勒이 항복한 王衍에게 西晉 멸망의 원인을 물어보자, 왕연은 여러 이유를 대면서 자신에게는 아무 책

임이 없다고 강조하였다. 아울러 자신은 어려서부터 벼슬을 하기 싫었다며 세상일에 관여하기 싫으니 그저 편하게 지낼 수 있기만 바란다고 말한다. 또한 석륵에게 稱帝를 권하니, 석륵은 대노하여 말한다. "네놈은 일생동안 고관대직을 지내면서 막중한 임무를 맡아 온 세상에 이름을 알려 놓고서 세상일에 관여하기 싫다는 소리를 어찌 할 수 있느냐! 나라를 망쳐놓은 건 바로 네놈 때문이다!" 힐난한 후, 칼에 피를 묻히는 것도 더럽다며 담벼락에 壓死시켰다. 『晉書 · 王衍傳』에 나오는 이야기다.

❷ ▪ 愍懷太子: 司馬遹(278~300). 晉武帝 司馬炎의 손자이자 晉惠帝 司馬衷의 아들. 字는 熙祖. 性情이 포악하였고 미신에 심취하였음. 계모인 賈皇后가 보낸 자객에 의해 암살됨.

▪ 惠風: 민회태자의 태자비. 王衍의 딸. 민회태자가 가황후의 음모에 의해 구금되자, 상황이 불리해 졌다고 판단한 부친 왕연이 이혼하기를 권유했으나 눈물을 흘리며 거부함. 훗날 劉曜가 낙양을 함락하자, 왕연은 다시 그녀를 유요의 장수 喬屬의 아내로 주었음. 그러나 혜풍은 신방에서 칼을 들고 반항하다가 喬屬에게 살해당함.

▪ 劉曜(?~329): 字는 永明. 五胡十六國 시기 흉노족이 세운 漢趙의 마지막 임금. 漢趙가 建國할 때부터 西晉과의 전쟁에 참여하였음. 西晉 멸망 이후에 長安에 주둔하고 있다가, 靳準의 亂 때 스스로 제위에 오른 후, 漢으로 불리던 國號를 趙로 변경함(곧 등장하는 石勒의 趙나라와 구별하기 위하여 후세에서는 이 왕조를 前趙, 또는 漢趙라고 지칭함). 그러나 부하장수 石勒이 배반하여 稱帝하면서 나라 이름을 역시 趙라고 함(후세에서는 이 왕조를 後趙로 지칭함). 결국 석륵에게 패배하여 포로가 된 후 죽임을 당함.

▪ 喬屬: 원본에는 '高屬'으로 잘못 나와 있음. 王松齡이 商本과 蘇東坡集, 『晉書』 96권에 근거하여 '喬屬'으로 고침.

❸ ▪ 將: ~하려고 하다.

❹ ▪ 慙: 慚과 같은 글자. 부끄러워하다.

해설

불과 68자로 이루어진 짧은 글 속에 너무나도 기가 막히고 어이없는 역사의 비극적 순간들이 파노라마처럼 스쳐 지나간다. 그 주인공은 서진西晉 왕조의 마지막 승상이었던 왕연王淵이다. 『동파지림』에는 서진 시대의 인물이 적지 않게 등장한다. 그리고 그들 대부분이 황음무도하거나 어리석고 잔인한 인간들이었다. 하지만 왕연만큼 파렴치한 인간은 없었다.

승상이었을 때는 전혀 정사政事를 돌보지 않고 쓸데없는 공리공담空理空談만 일삼으며 잘난 체만 하다가, 전란이 일어나자 앞장서서 석륵石勒에게 나라를 팔아넘긴 인간! 그것도 모자라서 딸까지 팔아넘겨 끝내 자진自盡하게 만든 비정의 아버지라니! 그리고도 모자라 일신의 안녕을 위해 적장 석륵에게 어서 황제의 자리에 오르라고 아첨한 인간, 왕연이었다. 이렇게 파렴치하고 부도덕한 인간이 또 있을까? 석륵이 오죽 기가 막혔으면 자신에게 나라를 바치고 아부하는 그를 보다 못해 죽여 버리고 말았을까!

그런 그가 어쩌면 이런 딸을 낳을 수 있었을까! 저승에 간 왕연은 진나라의 황제나 대신들을 만날 때보다, 자신의 딸을 만날 때 더욱 부끄러워해야 할 것이라고 동파는 일갈한다. 그러나 그가 과연 부끄러움이 무엇인지 아는 인간이었을까? 역사상 가장 추악한 인간으로 추천하고 싶구나!

위관衛瓘이 진혜제晉惠帝를 폐위시키려 하다

해제

이 글의 제목은 잘못된 것이다. 진혜제晉惠帝 사마충司馬衷은 중국 역사상 가장 어리석은 백치에 가까운 인물이었다. 그 사실을 잘 알고 있던 부친인 무제武帝 사마염司馬炎도 그래서 늘 태자 폐위 문제로 망설이며 고민하고 있었다. 이 글의 내용은 그 당시 위관衛瓘이라는 대신이 술에 취하여 폐위 문제를 거론하려 했다는 일화를 언급하며 비판한 것이다. 그러므로 이 글의 제목은 "위관이 태자 사마충을 폐위시키려 하다"가 되어야 마땅할 것 같다.

번역

진혜제晉惠帝가 태자였을 때, 위관衛瓘은 그를 폐위하자는 주청奏請을 올리려다가 실행에 옮기지 못한 적이 있었다. 능운대凌雲臺에서 연회를 베풀 때, 위관은 술기운에 황제 앞에 무릎을 꿇고 말했다. "소신에게 주청을 드리고 싶은 것이 있나이다." 그가 계속 말을 하고자 하였으나 세 사람이 나서서 만류했다. 그러자 위관이 용상龍床을 가볍게 두드리며 중얼거렸다. "이 자리가 참 아깝군." 황제가 그제야 무슨 뜻인지 깨닫고 말했다. "경이 정말 많이 취했구려." 가황후賈皇后는 그때부터 위관에게 앙심을 품었다.

그것이 어떤 말이라고 그 많은 사람들 속에서 이야기를 한단 말인가. 이른바 '기밀이 새면 목숨을 부지하지 못하는 것' 아니겠는가? 위관의 지혜가 이 정도로 어리석어서는 아니 될 일이다. 등애鄧艾가 억울한 죽음을 당한 것은, 십중팔구 하늘이 그 혼백을 거두어간 것일 게다.

원문과 주석

衛瓘欲廢晉惠帝❶

晉惠帝為太子, 衛瓘欲陳啟廢立之策而未敢發。❷ 會燕淩雲臺, 瓘託醉跪帝前, 曰: 「臣欲有所啟。」❸ 欲言之而止者三, 因拊牀曰: 「此座可惜!」❹ 帝意乃悟, 曰: 「公真大醉。」賈后由是怨之。此何等語, 乃於眾中言之, 豈所謂「不密失身」者耶? 以瓘之智, 不宜暗此, 殆鄧艾之冤, 天奪其魄爾。❺

❶ • 衛瓘欲廢晉惠帝: 잘못된 제목이다. 衛瓘은 晉惠帝 司馬衷이 太子였을 때 폐위시키려 한 것이므로 마땅히 〈衛瓘欲廢太子司馬衷〉으로 해야 옳다.

❷ • 晉惠帝: 司馬衷(259~307). 西晉의 두 번째 황제. 晉武帝 司馬炎의 次子. 字는 正度. 267년에 태자가 되었고, 290년에 즉위하였다. 역대 최고의 어리석은 임금으로 손꼽힌다. 황제에 등극한 초기에는 太傅 楊駿이 대신 정치를 보필하다가 황후 賈南風이 양준을 죽인 후에 정권을 장악하였다. 그러나 八王의 亂 와중에 叔祖인 趙王 司馬倫에게 제위를 찬탈당하고 金墉城에 구금당하였다. 그 후 齊王 司馬冏과 成都王 司馬穎이 합동으로 군사를 일으키고 群臣들이 공모하여 사마륜 일당을 죽이자 다시 복위하였다. 하지만 여러 왕들의 괴뢰나 다름없이 지내며 뭇사람들에게 온갖 굴욕을 당했다. 東海王 司馬越에게 죽임을 당했다는 설이 있다.

- 衛瓘(220~291): 字는 伯玉. 삼국시대 魏나라와 西晉의 대신. 魏나라의 侍中을 지냈던 衛覬의 아들로, 청년 시절에는 위나라 조정에서 廷尉, 鎭西將軍 벼슬을 했다. 蜀漢 원정에 참가하여 鍾會의 명으로 魏의 將軍인 鄧艾 부자를 체포하였다. 그 후 종회가 반란을 일으키자 군사를 이끌고 진압한 다음, 종회와 姜維를 죽이고, 자신의 과오를 감추기 위해 등애 부자까지 살해하였다. 西晉 때에는 靑州刺史, 幽州刺史, 征東大將軍 및 司空 벼슬을 역임하였다. 晉惠帝가 즉위한 뒤로 賈皇后와 대립하였다가 八王의 亂 와중에 가황후에게 피살되었다.
- 陳啓: 진술하다, 아뢰다.
- 晉惠帝爲太子, 衛瓘欲陳啓廢立之策而未敢發: 晉惠帝가 태자일 때 衛瓘이 그를 폐위시키자는 건의를 하려 했으나 실행에 옮기지 않았다는 뜻.

❸ ▪ 凌雲臺: 『晉書 · 衛瓘傳』에는 '陵雲臺'로 되어 있다.

❹ ▪ 拊牀: 龍床을 가볍게 두드리다.

- 此座可惜: 원본에는 '此坐可惜'로 기록되어 있으나, 稗海本과 『晉書』에는 '座'로 되어 있다. 문맥상 후자가 맞으므로 그를 따른다.

❺ ▪ 不宜暗此: 이 정도로 어리석어서는 안 된다는 뜻. 暗은 어리석다.

- 鄧艾(~264): 삼국시대 魏나라의 장수. 本名은 鄧範, 字는 士則이었으나 同鄕人 중에 같은 同名人이 있어 改名하였다. 蜀漢을 침공하였을 때 姜維에게 항복을 설득하여 촉한 멸망에 큰 공을 세웠으나, 종회의 모함으로 衛瓘에게 체포되어 長安으로 압송되는 도중에, 종회가 모반을 했다가 실패하자, 자신의 과오가 탄로날까 염려했던 위관에 의해 억울하게 피살되었다.

위관衛瓘은 아직 사마염이 진나라를 건국하기 이전, 삼국시대에 촉한蜀漢을 멸망시키는 데 큰 공을 세운 장군 등애鄧艾를 모함하고 살해했던 인물이다. 그런 위관이 진나라 건국 후 조정의 연회 자리에서 술에 취하여 평소 마음에 담아 두었던 황태자 사마충의 폐위 문제를 거론하려고 했다는 것이다. 동파는

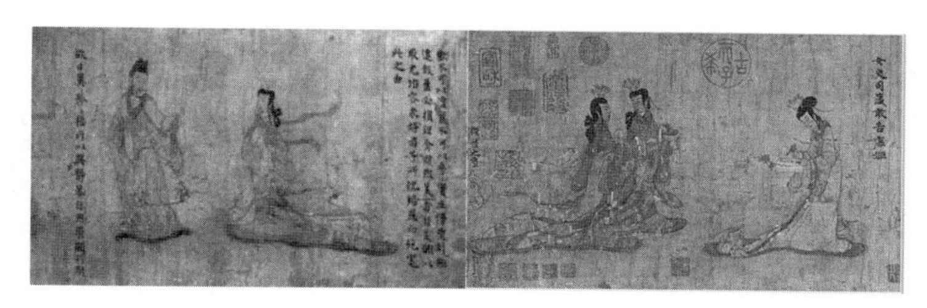

《女史箴圖》(부분) 東晉, 顧愷之
진혜제의 정실인 가황후가 황음방탕하고 권모술수로 국정을 농단하자, 張華가 이를 경계하고 여인네의 정숙한 도덕관을 선양하기 위해 지은 『女史箴』의 내용을 그림으로 그린 것이다.

그렇게 엄청난 이야기를 술기운에 거론하려고 했던 위관을 한심하다고 말한다. 그러나 사실 그렇게 해서라도 백치였던 사마충을 태자에서 폐위시킬 수 있었다면, 위관은 역사 속에서 영웅으로 인정받았을지 모른다. 진나라는 사마충이 혜제로 옹립되면서 신속하게 멸망의 구렁텅이로 일락천장一落千丈하였기 때문이다.

무제武帝에게 아첨한 배위裴頠

해제

이 글은 동파가 위진魏晉시대 진나라의 역사인 『진서晉書』를 읽다가, 황제가 뽑은 불길한 점괘를 왜곡하여 좋은 뜻으로 해석해 준 사건을 보고 얻은 소감을 적은 독후 메모이다. 그러나 진무제晉武帝의 점괘를 해석해준 사람은 배위裴頠가 아니라 배해裴楷였다. 동파의 착각이다.

번역

진무제晉武帝가 시초蓍草를 뽑아 점을 쳤을 때 점괘에 나온 대로 답변하였던가? 어리석고 못난 혜제惠帝는 점괘로 '하나'를 뽑았으니, 하늘이 사실대로 가르쳐준 것이다. 배위裴頠가 아첨으로 답변한 사실에 대해서 선비와 군자君子들은 부끄럽게 여기거늘, 역사가들은 그것을 미담美談으로 꾸미고 있으니, 참으로 천박한 일이로다! 혜제와 회제懷帝, 민제愍帝는 모두 인생의 마무리가 좋지 못했다. 우둔한 소를 달리는 말 뒤에 묶어 놓았으니 어찌 멸망에 이르지 않으리오!

원문과 주석

裴頠對武帝

晉武帝探策, 豈亦如籤也耶?❶ 惠帝不肖, 得一, 蓋神以實告。❷ 裴頠諂對, 士君子恥之, 而史以為美談, 鄙哉!❸ 惠、懷、愍皆不終, 牛繫馬後, 豈及亡乎!❹

❶ ▪ 探策: 蓍草를 뽑아 점을 치다. 策: 점을 칠 때 사용하던 蓍草.
 ▪ 籤: 점을 칠 때 사용하던 얇은 대나무 조각. 대나무 조각 위에 쓰인 점괘.
 ▪ 豈亦如籤也耶: 점괘대로 되었는가? 점괘에 적힌 대로 해석되었는가?
❷ ▪ 不肖: 아비를 닮지 못해서 못나고 어리석다.
 ▪ 得一: '一'이 적힌 점괘를 뽑다.
❸ ▪ 裴頠[위; wěi](267~300): 西晉 시대의 사상가이자 정치가. 字는 逸民. 散騎常侍, 國子祭酒, 右軍 將軍, 尙書左僕射 등의 벼슬을 역임하였다. 王弼, 何晏의 貴無論을 반대하고 崇有論을 제시하였다.
 ▪ 裴頠諂對: 배위가 아첨으로 대답했다는 뜻. 동파의 착각이다. 황제에게 아첨으로 대답한 인물은 裴頠가 아니라 裴楷이다. 裴楷(237~291): 字는 叔則. 西晉 시대의 名士이자 중요한 대신으로, 裴頠는 그의 조카이다.
❹ ▪ 惠、懷、愍皆不終: 惠帝는 떡을 먹다가 중독되어 죽었다. 일설에 의하면 東海王 司馬越이 독살한 것이라고 한다. 懷帝는 30살의 나이에 劉聰에게 포로가 되어 살해당했으며, 愍帝 역시 18살의 나이에 劉聰에게 피살되었다. 여기서 終은 善終한다는 뜻.
 ▪ 牛繫馬後, 豈及亡乎: 우둔한 소가 달리는 말 뒤에 묶여 따라가듯이, 어리석고 우매한 惠帝·懷帝·愍帝가 司馬氏의 王室을 이어 나가니 어찌 빨리 멸망하지 않겠느냐는 뜻임.

해설

진무제晉武帝 사마염司馬炎은 나라를 세우고 등극하면서 왕조의 제위帝位가 몇 대까지 전해질지 시초 점을 뽑아보았다. '하나(一)'라는 점괘가 나왔다. 사마염은 크게 불쾌했다. 군신群臣들도 안색이 하얘졌다. 진무제 자신의 대代에서 나라가 멸망한다는 의미 아닌가! 조정이 쥐 죽은 듯이 조용해졌을 때 배해裴楷가 나서서 말했다.

"『노자老子』에 이르기를 하늘이 하나를 얻으면 맑아지고, 땅이 하나를 얻으면 편안해지며, 제왕이 하나를 얻으면 올곧아진다고 하였나이다. 이 점괘는 국가의 홍복이오니 경하 드리옵나이다" (『老子 39章』). 그의 말이 끝나자마자 모든 신하들이 만세를 외쳤다. 그리고 진무제 사마염도 그의 해석을 듣고 크게 기뻐했다는 이야기가 『진서晉書』 35권과 『세설신어世說新語 · 언어言語 19』에 나온다.

동파는 여기서 황제의 나쁜 점괘를 왜곡하여 좋게 해석해준 것을 아첨이라고 비난했다. 하지만 그 행위를 아첨이라고 비난만 할 수 있는 것일까? 그렇다면 어떻게 행동해야 했단 말인가? "점괘가 그리 나왔으니 당신이 죽으면 곧 나라가 멸망할 것입니다. 최악의 경우 당신 생전에 나라가 멸망할 징조입니다." 그렇게 말해야 할까? 또는 그저 입을 다물고 쥐 죽은 듯이 엎드려 있어야만 할까? 나라가 이제 막 건국한 마당에 당연히 모두의 사기를 북돋는 말을 해야 하는 것 아닐까?

문제는 점괘 해석에 있는 것이 아닐 터였다. 황제의 잘못된 정치행위를 목숨을 걸고 막지 못하는 것을 비난해야 옳을 것이었다. 진무제 사마염은 26명의 왕자들 중에서 가장 어리석은 혜제惠帝 사마충司馬衷이 거의 백치 수준이라는 사실을 알면서도 황후의 반대에 부딪쳐 그대로 태자를 삼았으니, 그 때 신하들이 목숨을 걸고 간언하여 백치 황태자를 폐위시키고 새로운 태자를 옹립하게 하지 못한 사실을 비판했어야 옳았을 것이다. 참고로 사마염의 진晉나라는 겨우 4대 만에 멸망하였음을 알아두자.

유응지劉凝之와 심린사沈麟士

해제

이 글은 동파가 남조南朝 시대의 역사를 기록한 『남사南史』를 읽다가, 유응지劉凝之와 심린사沈麟士라는 두 은사隱士들의 대조적인 대인관계를 보고 느낀 바를 간단하게 서술한 독후감이다.

번역

『남사南史』에 이런 이야기가 전해진다. 유응지劉凝之가 신고 있는 신발을 어떤 이가 자신의 것이라고 주장하자, 신발을 그에게 내주었다. 나중에 그 사람이 잃어버렸던 신발을 되찾고서, 유응지의 신발을 보내왔다. 그러나 유응지는 그 신발을 받지 않았다. 심린사沈麟士 역시 신고 있는 신발을 이웃사람이 자기 것이라고 주장했다. 심린사가 웃으며 말했다. "당신 것이었소?" 그리고는 신발을 내주었다. 이웃사람이 잃어버렸던 신발을 되찾자 가져갔던 신발을 다시 돌려주었다. 심린사가 말했다. "당신 것이 아니었소?" 그리고는 웃으면서 신발을 받았다.

이것은 비록 아주 작은 경우이지만, 세상일에 대처함에 있어서 마땅히 심린사와 같아야 할 것이며 유응지와 같아서는 아니 될 것이다.

원문과 주석

劉凝之沈麟士

《南史》: 劉凝之為人認所著履, 即與之, 此人後得所失履, 送還, 不肯復取。❶ 又沈麟士亦為鄰人認所著履, 麟士笑曰: 「是卿履耶?」 即與之。❷ 鄰人得所失履, 送還, 麟士曰: 「非卿履耶?」 笑而受之。此雖小事, 然處事當如麟士, 不當如凝之也。

❶ ▪ 南史: 원작에는 『梁史』로 잘못 기재되어 있다. 王松齡은 먼저 『梁史』라는 史書는 존재하지 않으니 『梁書』일텐데, 이 글에 나오는 劉凝之와 沈麟士의 일은 『梁書』가 아니라 『南史』에 등장한다는 사실을 지적하였다. 이를 따른다.

▪ 劉凝之: 南朝 宋나라의 隱士. 字는 隱安. 南郡 枝江 사람. 『南史·隱逸上』에 전기가 있다.

▪ 認: 인식하다. 여기서는 誤認하다의 뜻.

▪ 所著履: 신고 있는 신발

❷ ▪ 沈麟士: 南朝 宋나라의 隱士. 字는 雲禎. 吳興 武康 사람. 『南史·隱逸下』에 전기가 있다.

해설

유응지와 심린사는 똑같이 타인의 착각으로 자신의 신발을 빼앗기는 황당한 일을 겪었다. 그리고 모두 상대방이 뒤늦게나마 착각이었음을 인정하고 신발을 돌려준다. 이때 두 사람의 반응은 서로 달랐다. 유응지는 끝까지 신발을 돌려받지 않았다. 작은 일이지만 타인의 실수를 용납하지 않는 모진 성격임을 충분히 짐작할 수 있다.

하지만 심린사는 달랐다. 자신의 신발을 억울하게 빼앗길 때는 "당신 것이었소?" 겸연쩍게 넘겨주고, 돌려받았을 때는 "당신 것이 아니었소?" 껄껄 웃으며 돌려받았다. 타인의 미안

《羅漢圖》 清, 歸莊

마주 앉은 얼굴에 불만의 표정이 가득하다. 서로의 가치관에 이견이 있는 모양이다. 유웅지와 심린사의 대조적인 삶의 모습을 상징하는 것 같다. 참고로 '나한'은 '깨달음을 얻은 자'라는 뜻. 그러나 실상은 '깨달음을 추구하는 자'라는 뜻임을 알아두자.

한 심정을 고려해주며 상대방의 실수를 감싸안아준 그의 태도는 생활 속의 모든 작은 일을 통해서도, 적敵이라 해도 내 편으로 만들 수 있는 대인관계의 지혜를 가르쳐준다.

유달리 적이 많았던 동파는 그들의 에피소드를 통해 특별히 자신을 돌아보며 경계하는 계기를 삼기 위해 이 글을 썼던 것이 아닐까? 아마도 심린사의 유머와 여유가 특히 마음에 들었을 것이다. 동파 글의 최대 특징이 바로 유머와 여유 아니던가!

감히 거짓말을 한 유종원柳宗元

해제

이 글은 중당中唐 시대의 문인인 유종원柳宗元이 친구 여온呂溫과 그의 동생인 여공呂恭의 죽음을 애도하며 쓴 두 편의 묘지명을 읽고 쓴 독후감이다. 동파는 유종원이 그 두 편의 글에서 여온과 여공을 칭찬한 것에 대해서 크게 불만을 품고, 이 글을 써서 유종원이 감히 거짓말로 글을 썼다고 반박한 것이다. 유종원과 동파는 왜 이런 견해 차이를 보인 것일까? 과연 누구의 견해가 더 타당성이 있는 것일까? 생각해보며 글을 읽어보도록 하자.

번역

유종원柳宗元은 감히 조금도 의심하지 않고 거짓을 이야기했다. 그의 말에 의하면, 여온呂溫이 도주道州와 형주衡州에서 태수로 재직하다가 사망했을 때, "두 고을 백성들이 달포가 넘도록 곡哭을 하였으며, 배를 타고 그 지방을 지나던 과객過客들도 모두 흐느껴 울었다"고 한다. 정자산鄭子産이 죽었다 해도 이에 이르지는 못할 텐데, 여온이 어찌 그런 평가를 받았겠는가!

또 유종원은 여온의 동생 여공呂恭 역시 빼어나게 현명한 호걸이라 하였다. 그러면서 여공의 아내가 배연령裵延齡의 딸이라고도 했다. 이 세상에 그 어떤 선비나 군자君子가 배연령과 같은 자의 사위가 되기를 원하겠는가? 유종원이 왕비王伾나 왕숙문王叔文 같은 자들과 어울린 것은, 여공이 배연령의 집안과 혼인을 맺은 것보다 못하지 않다. 여공이 배연령의 사위였다는 사실은 역사서에 기록되어 있지 않는데, 마땅히 표기하여 그 사실을 드러나게 해야 할 것이다. 유종원의 문집文集에 있는 여공의 묘지명을 읽다가 이 글을 쓴다.

원문과 주석

柳宗元敢為誕妄

柳宗元敢為誕妄, 居之不疑。❶ 呂溫為道州、衡州, 及死, 「二州之人哭之逾月, 客舟之過於此者, 必呱呱然。」❷ 雖子產不至此, 溫何以得之!❸ 其稱溫之弟恭亦賢豪絕人者, 又云恭之妻裴延齡之女也。❹ 孰有士君子肯為裴延齡壻者乎?❺ 柳宗元與伾、叔文交, 蓋亦不差於延齡姻也。❻ 恭為延齡壻不見於史, 宜表而出之, 見宗元文集恭墓誌云。❼

❶ • 柳宗元(773~819): 中唐 시기의 정치가이자 뛰어난 문인. 唐宋八大家 중의 한 사람. 字는 子厚. 柳河東, 柳柳州라고도 부른다. 관직에 있을 때 韓愈·劉禹錫 등과 친교를 맺었다. 합리주의적 개혁론자로 順宗 永貞 연간에 王叔文의 新政에 참여하였으나 守舊세력의 저항에 부딪쳐 개혁은 실패하고 변방 오지였던 永州司馬로 폄적되었다. 유배생활 중 창작한 山水遊記와 寓言文 등의 탁월한 성취로 중국산문의 경지를 예술적 차원으로 끌어올렸다. 王維·孟浩然·韋執誼로 이어져 내려 온 山水詩派의 대표 시인이기도 하다.
• 誕妄: 근거 없는 말, 거짓말.

- 敢爲誕妄, 居之不疑: 감히 거짓말을 하고서도 의심 없이 자신의 주장을 고집했다는 뜻. 여기서 '居'는 지키다, 고집하다.

❷ ▪ 呂溫(771~811): 中唐 시기의 정치인. 字는 和叔, 또는 化光. 山西 河中(오늘날의 永濟) 사람. 柳宗元의 외사촌 형임. 유종원과 함께 왕숙문의 개혁정치의 뜻에 동조하였으나, 永貞改革이 실패하고 왕숙문과 유종원 등이 폄적당할 때에 마침 토번에 使者로 나가 있는 덕분에 화를 면하였다. 귀국한 후 戶部員外郞과 刑部郞中 등을 역임하다가 재상 李吉甫와의 갈등으로 道州刺史로 폄적되었음. 다시 衡州刺史로 量移되어 治積을 쌓아 민심을 얻었으나, 나이 40에 衡州에서 재직 중 사망함.

- 道州: 오늘날의 湖南省 道縣.
- 衡州: 오늘날의 湖南省 衡陽.
- 呱呱: 아기가 우는 소리. 여기서는 成人이 아이들처럼 우는 소리.
- 二州之人哭之逾月, 客舟之過於此者, 必呱呱然: 유종원이 呂溫의 죽음을 애도하여 쓴 「唐故衡州刺史東平呂君誄」에 나오는 文句임.

❸ ▪ 子産: 春秋時代 鄭나라의 귀족. 본명은 姬僑(?~B.C.522). 子産은 그의 字이다. 공자와 동 시대의 인물이다. 鄭穆公의 손자로 公孫僑, 또는 鄭子産으로 호칭되기도 한다. 20여 년 동안 鄭나라의 國政을 장악하여 춘추시대에 많은 영향을 미쳤다. 본인이 직접 저술한 서적은 없으나 『左傳』·『史記』 등에 등장하는 기록을 보면, 너그러운 관용정책과 엄격한 법치정책을 동시에 추진하였던 것으로 판단된다.

❹ ▪ 恭: 呂恭. 呂溫의 동생. 字는 敬叔. 유종원의 외사촌 동생으로 37세에 사망하였다. 유종원이 그의 죽음을 애도하여 쓴 「呂侍御恭墓誌」가 전해진다.

- 裴延齡: 中唐 시대의 정치가. 呂恭의 장인. 山西 河中(오늘날의 永濟) 사람. 위인 됨이 가혹하고 각박하여, 아랫사람을 착취하는 데 능하였고 윗사람에게는 아부를 잘하였다. 德宗의 총애를 믿고 衆臣들을 능욕하여 69세에 사망하였을 당시에, 덕종 외에는 모두 축하하였을 정도라고 한다.

❺ ▪ 孰有士君子肯爲裴延齡壻者乎: 그 어떤 선비와 君子가 배연령 같은 자의 사위가 되려고 하겠는가!

❻ ▪ 伾、叔文: 王伾와 王叔文.

▪ 王叔文(753~806): 중당 시대의 개혁정치가. 德宗 재위 당시 太子의 侍讀으로 있으면서, 태자와 함께 바둑을 자주 두며 천하의 일을 논하였음. 태자가 그가 주장하는 改革의 필요성을 적극 공감하자, 은밀히 개혁정치에 참여할 인재들을 불러 모았음. 順宗이 즉위하자 그는 韋執誼, 陸質, 呂溫, 柳宗元, 劉禹錫 등과 함께 개혁정치를 주도하였으나, 순종이 돌연 병으로 쓰러져 누우면서 개혁은 수포로 돌아가고 말았음. 순종의 태자에 의해 渝州로 폄적된 후 賜死되었음.

▪ 王伾: 중당시대의 정치가. 德宗 때 太子宮侍書였다가, 順宗이 즉위하자 左散騎常侍로써 왕숙문의 개혁집단에 참여하였음.

❼ ▪ 恭墓誌: 유종원이 쓴 「呂侍御恭墓誌」를 지칭함.

해설

중당 시대의 유종원은 후세 역사가에게 많은 비판을 받은 인물이었다. 그 이유는 오로지 유종원이 여온, 유우석 등과 함께 순종順宗 정원貞元 연간의 왕숙문王叔文 당黨에 가입하였기 때문이다.

그들의 활동을 기록한 최초의 역사기록인 한유韓愈의 『순종실록』에 의하면, 순종이 태자일 때 왕숙문과 친하게 지낸 것을 기화로, 권력욕에 사로잡힌 그의 일당이 정권을 장악한 후 무리한 정책을 펼치다가 불과 10개월 만에 축출되었다고 한다. 『자치통감』 등 후세의 모든 역사책은 유종원과 정치적으로 대립관계에 있었던 한유의 주장을 그대로 옮겨 적었다. 그리하여 유종원은 천여 년 동안 정권욕에 사로잡힌 역사의 죄인으로 폄하되고 말았던 것이다.

그러나 20세기 이후로 유종원과 왕숙문 당파에 대한 평가는 완전히 달라졌다. 사실 그들은 중당시대의 뿌리 깊은 환관과 문벌, 그리고 번진藩鎭 세력의 피해를 막고 기울어져가는 당나라의 중흥을 위해 순종과 함께 개혁정치를 펼쳐보려고 했던 인물들이었음이 역사학자들의 연구로 새롭게 조명된 것이다.

때문에 동파 역시 다른 사람들과 마찬가지로 왕숙문 당파에 대해 심한 거부감을 지니고 있었다. 유종원과 여온의 정치적 성향과 그들의 활동상황에 대해 심한 편견을 가지고 있을 수밖에 없었던 시대적 한계가 있었던 것이다.

하지만 동파는 말년의 혜주 유배시기 이후로 유종원의 문집을 읽어보기 시작하면서 그의 문학세계에 깊이 탄복한다. 그리하여 유종원은 도연명과 더불어 동파가 가장 좋아하는 문인이 되었다. 특히 자신처럼 오지로 귀양을 갔던 유종원의 처지에 짙은 동류同類 의식을 보였다. 하지만 동파는 끝내 유종원의 정치적 입장에 대해서는 왜곡된 역사의 함정에 빠져 오해를 풀지 못하였다. 이 글은 그런 상황 속에서 유종원의 문집을 읽다가 쓴 것임을 알아야겠다.

東坡志林

卷五

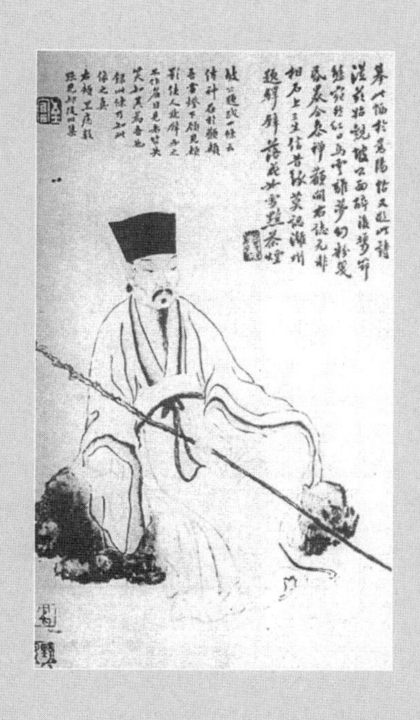

《東坡像》 宋, 李公麟

鎭江 金山寺에서 李龍眠(李公麟)이 그린 동파상. 題文에 관자노리와 뺨 부분이 동파와 매우 닮아서, 동파의 주변 인물 한 사람은 희미한 불빛 속에서 이 그림을 보고 진짜 동파인 줄 알았다는 일화를 소개하고 있다. 훗날 해남도 유배에서 돌아온 동파가 죽기 직전 금산사에 들렀을 때 이 그림을 보고 아래의 시를 지었다고 한다.

마음은 이미 재가 된 나무 같고,
육체는 마치 줄이 풀린 배와 같네.
평생에 이룬 일이 무엇이냐 묻는가?
오로지 황주, 혜주, 담주의 유배생활이로세.

心似已灰之木, 身如不繫之舟。
問汝平生功業, 黃州惠州儋州。

『卷五』에서 다루고 있는 역사적 사건 또는 인물 비평은 대부분 그 유배시기에 쓴 것으로 추정된다.

제1부

옛날을 논함 論古

東坡志林

무왕武王은 성인聖人이 아니다

해제

주周나라를 건국한 무왕武王은 중국 고대의 지식인에게 성인聖人처럼 대접받아온 존재다. 요堯·순舜·우禹·탕湯·문왕文王·무왕武王·주공周公·공자孔子·맹자孟子로 이어지는 계보가 이른바 '중국 역사의 정통성'이요, 위대한 '참 스승'들의 맥락인 것으로 인식되어 왔다. 그런데 동파는 여기서 대담하기 짝이 없게도 무왕은 성인이 아니라고 외친다. 그 근거는 무엇일까? 동파의 주장을 잘 음미해보며 읽어볼 필요가 있다. 이것은 단순히 흘러가버린 케케묵은 옛날이야기가 아니다. 오늘날 우리들에게도 대단히 중요한 과제이기 때문이다. 단, 주나라 건국 초기의 역사적 사실을 잘 알아야 하므로, 주석註釋을 빠짐없이 챙겨 읽어야 그 흐름을 이해할 수 있을 것이다.

번역 1

무왕武王은 은殷나라를 제압하고, 은나라의 유민遺民 신분으로서 주紂 임금의 아들인 무경武庚 녹보祿父를 제후국으로 책봉하였다. 그리고는 자신의 동생들인 관숙管叔 선鮮과 채숙蔡叔 도度로 하여금 녹보의 재상이 되어 은나라를 다스리게 하였다. 무왕이 붕어하자 녹보는 관숙·채숙과 함께 반란을 일으키니, 성왕成王은 주공周公에게 그들을 토벌할 것을 명한 다음, 미자微子에게 송宋 지역의 땅을 준 후, 그곳의 주군으로 삼았다.

원문과 주석 1

武王非聖人

武王克殷，以殷遺民封紂子武庚祿父，使其弟管叔鮮、蔡叔度相祿父治殷。❶ 武王崩，祿父與管、蔡作亂，成王命周公誅之，而立微子於宋。❷

❶ ▪ 武王(B.C.1087?~B.C.1043): 周 武王 姬發을 지칭함. 殷商의 西伯(훗날 文王으로 추존됨) 姬昌의 次子. 領主의 자리를 계승한 후 姜尙(姜太公)을 軍師로 삼고, 동생인 周公 姬旦의 보좌를 받아 힘을 키운 뒤 牧野에서 殷商의 군대를 대파함. 紂임금이 鹿臺에서 분신자살한 후, 鎬京(오늘날의 西安)에 도읍지를 두고 周나라를 건국함. 건국 후 4년 만에 병사함.

▪ 克: 싸움에 이겨서 적을 복종시키다. 그 싸움에 정당성을 부여할 때 사용함.

▪ 殷: 朝代 이름. 商王 盤庚이 奄(오늘날의 山東 曲阜)에서 殷(오늘날의 河南 安陽)으로 천도한 이후 紂임금 때 나라가 멸망하기까지 8명의 임금이 재위했던 시기를 지칭함.

▪ 遺民: 일반적으로 朝代가 바뀐 후 새로운 왕조에 出仕하지 않는 사람들을 말함.

▪ 武庚祿父: 殷나라의 마지막 임금 紂의 아들. 祿父는 그의 이름임.

▪ 管叔鮮、蔡叔度: 管叔과 蔡叔은 武王의 두 동생. 管叔의 이름은 鮮, 蔡叔의 이름은 度임. 각각 管과 蔡 지방의 領主로 봉해졌으므로 管叔, 蔡叔이라고 호칭한 것임.

▪ 管叔鮮、蔡叔度相祿父: 管叔과 蔡叔이 武庚의 재상이 되어 도왔다는 뜻. 무왕은 殷나라를 멸망시킨 후, 紂임금의 아들인 武庚에게 王畿의 일부분의 땅을 주고, 자신의 동생들인 管叔, 蔡叔, 霍叔에게 武庚을 감시하게 하였으니 이를 三監이라고 함. 그러나 武王이

죽고 무왕의 또 다른 동생인 周公 姬旦이 나이 어린 成王을 도와 섭정을 하게 되자, 이에 불복한 三監은 武庚 및 東夷族과 연합하여 반란을 일으켰으나 周公에 의해 평정되었음.
- 治殷: 제후국으로서의 殷나라를 다스리게 함.

❷ - 崩: 천자의 죽음을 일컫는 말.
- 成王: 周 武王의 아들 姬誦. 7세에 즉위하여 성인이 될 때까지 숙부인 周公 姬旦이 섭정하였음. 親政을 한 후에는 德政을 베풀어 그 아들 康王과 함께 周나라의 황금시대를 열었음.
- 周公: 武王의 동생 姬旦. 어린 조카인 成王 姬誦을 도와 周나라를 반석 위에 올려놓은 인물. 후세에 聖人으로 추앙받음.
- 微子: 周나라의 諸侯國인 宋나라의 始祖. 微는 領地로 하사받은 땅 이름. 子는 姓, 이름은 啓임. 紂임금의 庶兄으로 동생의 暴政과 음란함을 누차 간하였으나 듣지 않자 外地로 피신하였다가 武王이 周나라를 건국하자 귀순하였음. 훗날 周公 姬旦이 武庚과 三監의 반란을 평정한 후, 商나라의 古都인 商丘 일대의 領地를 하사받고 宋나라를 건국함.

***　　　***　　　***

번역 2

소자蘇子가 말한다. 무왕은 성인聖人이라고 할 수 없다. 옛날 공자도 탕왕湯王과 무왕武王을 죄인으로 여겼을 것이다. 단지 공자는 자신이 은나라의 후손이자 주周나라의 백성이라고 여겼기에 감히 노골적으로 비난하지 못했을 것이다. 하지만 공자는 자신의 생각을 여러 번 밝힌 바 있다.

공자는 이런 말을 하였다. "위대하도다! 요堯 순舜 임금이여!" "나는 우禹 임금에게서 허물을 찾을 수가 없구나!" 여기에서 공자가 탕왕과 무왕에게 만족하지 않고 있음이 분명히 드러난다. 공자는 또 이런 말도 하였다. "무왕 때의 음악은 지극히 아름답기는 하지만 지극히 선하지는 못하다." "이미 천하의 삼분의 이를 차지하고서도 여전히 은나라를 섬겼으니, 주나라의 덕망은 가히 지극함에 이르렀다고 하겠다."

백이伯夷와 숙제叔齊는 무왕에게 임금을 시해한 자라고 비난하며, 그 땅에서 나는 곡식을 먹는 것을 부끄럽게 여겼다. 그런데 공자는 그들을 칭송했으니, 그가 무왕의 죄를 얼마나 중히 여겼는지 알 수 있는 것이다. 이것이 공씨 가문의 법도였다. 진실로 공씨에게 뿌리를 둔 군자君子들이라면 누구나 반드시 이 법도를 지켜야만 했던 것이다. 나라의 존망과 백성들의 생사生死가 장차 여기에 달려 있으니, 그 누가 감히 엄격하게 지키지 않을 수 있었겠는가!

원문과 주석2

蘇子曰: 武王非聖人也。昔孔子蓋罪湯、武, 顧自以為殷之子孫而周人也, 故不敢, 然數致意焉, 曰: 大哉, 巍巍乎, 堯、舜也!❶「禹, 吾無間然」。❷ 其不足於湯、武也亦明矣, 曰:「武盡美矣, 未盡善也。」❸ 又曰:「三分天下有其二, 以服事殷, 周之德, 其可謂至德也已矣。」❹ 伯夷、叔齊之於武王也, 蓋謂之弑君, 至恥之不食其粟, 而孔子予之, 其罪武王也甚矣。❺ 此孔氏之家法也, 世之君子苟自孔氏, 必守此法。國之存亡, 民之死生, 將於是乎在, 其孰敢不嚴?❻

❶ ▪ 蓋: 추측을 나타내는 語氣助詞.
▪ 罪湯、武: 商나라의 湯 임금과 周나라의 武王을 罪人으로 여겼다는 뜻. 湯 임금은 종주국으로 받들던 夏나라의 桀 임금을 멸망시켰고, 무왕은 殷나라의 紂 임금을 멸망시킨 일을 지칭함.
▪ 顧: 단지.

▪ 顧自以爲殷之子孫而周人也, 故不敢: 공자는 단지 자신이 殷나라의 후손이자 周나라 백성이기 때문에 감히 노골적으로 湯 임금과 武王을 비난하지 못했을 뿐이라는 뜻.

▪ 數致意焉: 몇 번이나 자신의 뜻을 표명했다는 의미임.

▪ 大哉, 巍巍乎, 堯、舜也: 『論語 · 泰伯 18, 19』에 나오는 공자의 말을 개괄한 것임. "위대하구나! 舜임금과 禹임금은 천하를 차지하려는 마음을 가지지 않고서도 천하를 얻었도다. 거룩하도다! 堯임금의 공덕이여! 하늘만이 할 수 있는 일을 堯임금만이 하셨다. 끝이 없도다! 백성들이 무어라 이름 할 수 없을 정도로. 위대하구나! 堯 임금의 성공이여. 빛나도다! 그 문화와 제도가. (子曰: 巍 巍乎! 舜禹之有天下也, 而不與焉。子曰: 大哉, 堯之爲君也! 巍巍乎! 唯天爲大, 唯堯則之。蕩蕩乎! 民無能名焉, 巍巍乎! 其有成功也; 煥乎, 其有文章!)"

❷ ▪ 禹, 吾無間然: 禹 임금에게서 나는 흠잡을 데를 찾지 못했다는 뜻. 『論語 · 泰伯 20』에서 공자가 한 말임.

❸ ▪ 不足: 만족스러워하지 않다.

▪ 武盡美矣, 未盡善也: 『論語 · 八佾 25』에 나오는 공자의 말임. "공자께서 韶樂(舜임금의 음악)은 盡善盡美하다고 말씀하셨다. 그러나 武樂(武王 시절의 음악)은 지극히 아름답지만 지극히 선하지는 못하다고 말씀하셨다.(子謂韶: 盡美矣, 又盡善也。謂武, 盡美矣, 未盡善也。)"

❹ ▪ 三分天下有其二: 천하의 삼분의 이를 이미 차지하고 있었다는 뜻.

❺ ▪ 伯夷、叔齊: 孤竹國 君主의 두 아들로 서로 군주의 자리를 양보하다가 함께 도피함. 덕망이 높은 西伯 姬昌을 찾아가다가 그의 訃音을 듣고 슬퍼함. 姬昌의 아들 姬發이 아버지의 장례도 치르지 않은 채 스스로 武王이라 하고 紂임금을 토벌하러 나선 것을 만류하였으나 듣지 않자, 수양산에 들어가 周나라의 음식을 먹을 수 없다 하여 고사리만 캐어먹고 살다가 굶어 죽었음.

▪ 予之: 칭찬하다. 공자는 『논어』에서 伯夷 叔弟를 여러 차례에 걸쳐 칭찬한 바 있다.

❻ ▪ 不嚴: 엄격하게 지키지 않다.

伯夷 叔齊의
《采薇圖》(부분),
宋, 李唐

***　　　***　　　***

번역 3

분란은 맹가孟軻로부터 비롯되었다. "나는 무왕이 잔인무도한 주紂를 죽였다는 이야기는 들었어도, 그가 임금을 시해했다는 말은 들은 바 없소이다." 그가 그렇게 말한 후로, 학자들은 탕왕과 무왕이 당연히 성인聖人인 줄로만 알게 되었으니, 그들 모두가 공씨 문중의 죄인인 것이다. 만약 그 당시 동호董狐와 같은 훌륭한 역사학자가 있었다면, 걸桀 임금을 남소南巢로 귀양 보내 죽게 한 일은 반드시 '모반'이라고 기록했을 것이며, 목야牧野에서 은나라 군사를 궤멸시킨 사건은 틀림없이 '임금을 시해한 것'이라고 기록했을 것이다. 그런데 맹자는 탕왕과 무왕을 어진 사람이라고 하였으니, 그는 장차 반드시 올바른 역사필법에 의해 악행을 저지른 자로 기록될 것이다.

주공周公이 지은 『무일無逸』편에 이런 말이 있다. "은나라 왕은 중종中宗에서 고종高宗으로 이어지고, 조갑祖甲과 우리 주문왕周文王으로 이어지니, 이렇게 네 임금이 밝은 길로 나아갔다." 주공이 여기서 위로는 탕왕, 아래로는 무왕을 언급하지 않았던 것도 바로 이런 연유 때문 아니겠는가?

문왕이 생존해 있을 때는 구태여 추구하지 않았어도 제후들이 스스로 찾아왔다. 그리하여 천명을 받들어 칭왕稱王한 후 천자가 하는 일을 행하였으므로, 주나라가 천하의 왕으로 군림하느냐의 여부는 주紂 임금의 존재 여부와는 아무 상관도 없는 일이었다. 그러므로 만약 문왕이 계속 생존했다면 결코 주 임금을 정벌하러 나서지 않았을 것이며, 주 임금도 정벌당하지 않고 천수를 누렸을 것이다. 혹시 어지러운 정국 속에 죽었다면, 은나라 사람들이 새로운 주군을 모시고 주周나라를 섬기게 했을 것이다. 그리고 하夏나라와 은나라 왕조의 후손들을 이왕二王으로 옹립하고 은나라의 종묘사직에 제사드릴 수 있도록 하였을 것이다. 그렇게 하였다면 군신君臣의 도리를 지킬 수 있었을 터이니, 두 가지 명제를 모두 온전히 이룰 수 있지 않았겠는가!

무왕은 맹진孟津에서 제후들의 군대를 열병한 후에 주紂를 공격하지 않고 그대로 귀국하였다. 그렇게 조금만 더 기다렸더라면, 주 임금이 그래도 과오를 고치지 않으면 은나라 사람들이 새로이 임금을 세웠을 것이다. 무왕은 겨우 그 정도로

《孟母斷杼教子圖》 清, 康壽
맹자가 공부를 하다 말고 일찍 귀가하자 맹자의 어머니가 베틀에서 짜고 있던 베를 잘라버렸다는 일화를 소재로 한 그림. 학업의 중단은 고생해서 짜고 있던 베를 잘라버리는 것과 마찬가지라는 교훈을 준다. 유향의 『열녀전』에 나오는 일화다.

은나라를 대했을 뿐이었다.

원문과 주석3

而孟軻始亂之, 曰:「吾聞武王誅獨夫紂, 未聞弒君也。」❶ 自是學者以湯、武為聖人之正若當然者, 皆孔氏之罪人也。使當時有良史如董狐者, 南巢之事必以叛書, 牧野之事必以弒書。❷ 而湯、武仁人也, 必將為法受惡。❸ 周公作《無逸》曰:「殷王中宗, 及高宗, 及祖甲, 及我周文王, 玆四人迪哲。」❹ 上不及湯, 下不及武王, 亦以是哉?❺ 文王之時, 諸侯不求而自至, 是以受命稱王, 行天子之事, 周之王不王, 不計紂之存亡也。❻ 使文王在, 必不伐紂, 紂不見伐而以考終, 或死於亂, 殷人立君以事周, 命為二王後以祀殷, 君臣之道, 豈不兩全也哉!❼ 武王觀兵於孟津而歸, 紂若改過, 否則殷人改立君, 武王之待殷亦若是而已矣。❽

❶ • 吾聞武王誅獨夫紂, 未聞弒君也: 나는 武王이 단지 잔인무도한 紂를 토벌했다는 말만 들었지, 임금을 시해했다는 말을 들은 적이 없다는 뜻. 『孟子 · 梁惠王下』에 나오는 말. 齊宣王이 湯임금과 武王이 桀임금과 紂임금을 죽인 사실을 거론하며 "신하가 자신의 임금을 시해해도 된단 말이오?(臣弑其君可乎?)" 따지자 孟子가 대답한 말임. 獨夫는 잔인무도한 통치자라는 뜻.

❷ • 董狐: 春秋時代 晉나라의 역사가. 『左傳 · 宣公 2年』에 그에 관해 아래와 같은 일화가 소개되어 있다. 晉나라의 강직한 신하 趙盾이 晉靈公의 無道함을 계속 지적하자, 晉靈公이 그를 죽이려고 하였다. 이에 조순은 국외로 도피하고, 그의 친척인 趙穿이 晉靈公을 살해하였다. 그 후 조순은 다시 晉나라로 귀국하였다. 董狐는 이 일을 역사에 "趙盾이 그 주군을 시해하였다"고 기록하여, 공자의 칭송을 얻었다.

▪ 南巢之事: 南巢는 오늘날의 安徽省 巢湖 지역. 湯 임금이 夏나라를 멸망시킨 후 桀 임금을 귀양 보낸 지역. 桀은 이곳에서 죽었다.

▪ 牧野之事: 牧野는 오늘날의 河南 淇縣. 무왕이 殷나라의 군대를 대파한 곳.

❸ ▪ 而湯、武仁人也, 必將爲法受惡: 湯王과 武王이 어진 사람이라는 기록은 장차 틀림없이 올바른 역사필법에 의해 악행을 저지른 자로 기록될 것이라는 뜻.

❹ ▪ 無逸:『尙書』의 篇名. 周公이 지었다고 함.

▪ 中宗: 商나라의 9번째 국왕인 帝太戊을 지칭함. 姓은 子이며 이름은 密. 湯王의 五世孫. 帝雍己의 동생. 商은 帝雍己에 이르러 크게 쇠퇴하여 제후국들이 조공을 바치지 않는 경우도 많았으나, 帝太戊에 이르러 크게 부흥하였다. 死後에 中宗으로 추존되었다.

▪ 高宗: 商나라의 23번째 국왕인 武丁을 지칭함. 姓은 子, 이름은 昭. 盤庚의 조카이며 小乙의 아들임. 재위 59년 동안 賢政을 베풀어 역사에서 말하는 '武丁中興'의 시대를 이끌었다. 高宗은 廟號임.

▪ 祖甲: 商나라의 25번째 국왕. 姓은 子, 이름은 載. 武丁의 셋째 아들이자 祖庚의 동생. 祖庚의 사후에 즉위하였음. 황음무도하여 商나라는 다시금 쇠락의 길을 걸었으나 伊尹에게 3년 동안 추방당한 후 개과천선하여 후기에는 올바른 정치를 베풀었다고 함.

▪ 迪哲: 밝은(올바른) 길로 나아가다.

❺ ▪ 亦以是哉: 역시 이것(湯王과 武王이 桀紂를 토벌한 것) 때문인가?

❻ ▪ 周之王不王, 不計紂之存亡也: 周나라가 천하에 王으로 군림할 수 있는 것인가의 문제는 紂임금의 殷나라 존재 여부와는 상관없는 일이라는 뜻. 不計: 따지지 않다, 상관없다.

❼ ▪ 紂不見伐而以考終: 紂임금은 (周 나라 군대에게) 정벌당하지 않고 天壽를 누렸을 것이라는 뜻.

▪ 二王: 고대에 새로운 왕조가 들어섰을 때, 과거 두 왕조의 왕족과 제후들을 대접하는 차원에서 불러주었던 호칭. 예컨대 周文王은 禹임금의 후예를 杞 지방의 영주로 봉하였고, 湯王의 후예를 宋 지방의 영주로 봉하였음.

❽ ▪ 孟津: 오늘날의 洛陽 孟津縣 東北. 당시에는 黃河의 중요한 浦口였음.

▪ 觀兵於孟津: 孟津에서 열병식을 하다. 武王 2년에 800여 명의 제

후가 각기 군사를 이끌고 孟津에서 모인 일을 지칭함. 당시 제후들 은 모두 紂임금을 정벌하자고 주장했으나 武王이 아직 시기상조라 하여 군사를 물렸음.

- 殷人: 원본에는 '人' 字가 없으나 王松齡이 百川本과 『東坡七集 · 後集』 11권 및 『續集』 8권을 근거로 추가하였음. 이를 따르기로 함.

*** *** ***

번역 4

천하에 덕망 있는 왕이 없다면 성인聖人이 출현하여 온 천하 사람들의 마음을 얻게 되니, 그때 가서는 성인도 사양할 수가 없게 되는 것이다. 그런데 군사를 일으켜 폭군을 체포하여 유배를 보내거나 죽인다면, 그게 말이 되는 일이겠는가?

한漢나라 말기에 나라가 크게 어지러우니 호걸들이 여기저기서 등장하였다. 그 중 순문약荀文若은 성인聖人에 속하는 사람이었다. 그는 조조曹操가 아니면 아무도 해내海內의 어지러움을 평정할 수 없을 것으로 여기고, 나서서 그를 도왔다. 그가 조조와 함께 도모하려 했던 이유는 덕망을 갖춘 왕으로의 길로 인도하기 위함이었다. 순문약이 어찌 조조에게 모반의 길을 가르치려 했겠는가? 인의仁義로 천하를 구제하여 천하가 평정된 후, 보위寶位가 저절로 굴러들어오는 경우라면 만부득이 대권을 인수하고, 그렇지 않은 경우라면 대권을 취하지 않아야 한다. 이것이 문왕이 취한 길이었고, 순문약의 생각이었다.

그러나 조조는 끝내 찬탈의 욕심에 들떠 구석九錫을 도모하니, 그리하여 순문약이 죽게 된 것이다. 때문에 나는 순문약은 성인聖人의 무리에 속한다고 생각하였다. 그의 재능은 장자방張子房과 같고, 그가 걸어간 길은 백이伯夷와 같다.

원문과 주석4

天下無王, 有聖人者出而天下歸之, 聖人所以不得辭也。而以兵取之, 而放之, 而殺之, 可乎?❶ 漢末大亂, 豪傑並起。荀文若, 聖人之徒也, 以為非曹操莫與定海內, 故起而佐之。❷ 所以與操謀者, 皆王者之事也, 文若豈教操反者哉? 以仁義救天下, 天下既平, 神器自至, 將不得已而受之, 不至不取也, 此文王之道, 文若之心也。❸ 及操謀九錫, 則文若死之, 故吾嘗以文若為聖人之徒者, 以其才似張子房而道似伯夷也。❹

❶ ▪ 以兵取之, 而放之, 而殺之, 可乎: 무력으로 체포하여 귀양을 보내거나 죽이는 것이 말이 되는가?

❷ ▪ 荀文若: 荀彧(163~212). 字는 文若. 曹操의 참모로 수많은 공을 세워 벼슬이 侍中과 尙書令에 이르렀다. 漢나라를 유지하겠다는 정치적 이상을 가진 인물로 후세 역사가들의 칭송을 받았다.

❸ ▪ 神器: 王位, 政權.

❹ ▪ 九錫: 고대의 제왕이 큰 공을 세웠거나 권문세가 또는 제후에게 하사하는 아홉 가지의 물품.

▪ 及操謀九錫, 則文若死之: A.D.203년 무렵부터 조조는 서서히 찬탈의사를 비추기 시작하여 魏公의 지위를 얻고 九錫을 받으려고 하였다. 순욱은 이에 맹렬히 반대하여 조조와 사이가 틀어지게 되었다. 순욱은 212년 조조의 손권 정벌에 함께 출정하였다가 陣中에서 50세의 나이로 죽었다. 그의 죽음에는 의혹이 많다. 적어도 그 배경에 조조와의 불화가 있다는 것은 확실하다. 후한서는 조조가 순욱에게 빈 찬합을 보내자 그 뜻을 간파하고(빈 그릇처럼 더 이상 필요치 않다는 뜻) 독주를 마시고 자살했다고 기록했다. 순욱이 죽은 다음해 조조는 魏公이 되어 九錫을 받았다.

▪ 張子房: 張良. 子房은 그의 字이다. 漢나라의 개국공신으로 劉邦을 도와 項羽를 격파한 일등공신이다. 留侯로 봉해졌다.

▪ 才似張子房: 재주가 張子房과 같다는 뜻으로, 조조가 순욱을 얻고 했던 말이다.

*** *** ***

번역 5

아비를 죽이고 대신 그 아들을 책봉하다니! 만약 그 아들이 인간이 아니라면 그 방법이 통할지 몰라도, 그렇지 않다면 그 아들은 반드시 죽음을 선택할 수밖에 없을 것이다.

옛날 초楚나라 사람들이 영윤令尹 자남子南을 죽이려 할 때, 그의 아들 기질棄疾은 초왕楚王의 마부였던바, 왕은 사전에 눈물을 흘리며 자신의 계획을 기질에게 알려주었다. 왕이 자남을 죽이고 난 후, 기질의 벗이 기질에게 물었다.

"어디론가 떠날 생각인가?"

"내가 부친을 죽이는 일에 참여하였으니, 떠나봤자 어디로 가겠는가?"

"그럼 계속 신하로 왕을 모실 것인가?"

"아비를 버리고 원수를 모시다니, 나는 그런 일은 견딜 수가 없네." 그리고는 목을 매어 자진하였다.

무왕은 직접 황금 도끼를 들어 이미 죽은 주紂의 목을 베어 놓고서도, 그의 아들 무경武庚으로 하여금 책봉을 받게 하고 배반하지 말라 하였다. 이런 사람을 어찌 인간이라 하겠는가? 때문에 무경이 틀림없이 반란을 일으키리라는 것은 지혜로운 자가 아니라도 누구든지 알 수 있는 일이었다.

무왕이 그렇게 무경을 책봉한 것은 사실 부득이한 이유가 있었을 것이다. 은나라가 600년간 천하를 다스리는 동안 예닐곱 명의 어진 현군賢君이 등장하였으니, 아무리 주紂 임금이 포악무도했다 할지라도 그 후손과 유민을 모두 죽일 수는 없는 노릇이었다. 주나라가 천하의 삼분의 이를 차지하고 있을 때에도, 종주국인 은나라는 제후국인 주나라를 정벌하지 않았다. 그런데 오히려 주나라는 은나라를 정벌한 후 그 임금을 죽이고 종묘사직을 멸망시켰으니, 틀림없이 이를 불쾌하게 생각한 제후들이 있었을 것이다. 그래서 무왕이 무경에게 영지를 주고 책봉하여 그들을 위로하려 한 것 아니었겠는가? 그러므로 무왕은 성인이 아니라고 말하는 바이다.

원문과 주석 5

殺其父, 封其子, 其子非人也則可, 使其子而果人也, 則必死之。楚人將殺令尹子南, 子南之子棄疾為王馭士, 王泣而告之。❶ 既殺子南, 其徒曰:「行乎?」曰:「吾與殺吾父, 行將焉入?」「然則臣王乎?」曰:「棄父事讐, 吾弗忍也!」遂縊而死。武王親以黃鉞誅紂, 使武庚受封而不叛, 豈復人也哉?❷ 故武庚之必叛, 不待智者而後知也。武王之封, 蓋亦有不得已焉耳。殷有天下六百年, 賢聖之君六七作, 紂雖無道, 其故家遺民未盡滅也。❸ 三分天下有其二, 殷不伐周, 而周伐之, 誅其君, 夷其社稷, 諸侯必有不悅者, 故封武庚以慰之, 此豈武之意哉?❹ 故曰: 武王非聖人也。

❶ ▪ 令尹: 春秋時代 楚나라의 관직명. 宰相에 해당함.
▪ 子南(B.C.460~B.C.551): 春秋時代 楚나라의 令尹. 姓은 芈(미), 氏는 熊, 이름은 追舒. 子南은 그의 字임. 楚莊王의 아들.
▪ 楚人將殺令尹子南, 子南之子棄疾爲王馭士, 王泣而告之: 『左傳·襄公 22年』에 나오는 일화. B.C.551년, 令尹 子南이 작위가 없는 자는 木車 한 필의 말만 소유할 수 있는 법을 무시하고, 작위와 봉록을 받지 못한 觀起를 총애하여 수십 량의 수레를 보유하게 방치하자, 楚康王이 그들을 제거할 계획을 세웠음. 그때 영윤 자남의 아들 棄疾은 楚康王의 御士였음. 楚康王은 그의 얼굴을 볼 때마다 눈물을 흘리니, 棄疾이 그 연유를 물어보자 楚康王이 자신의 계획

을 알려주고 어찌할 것이냐고 물어보았음. 기질은 부친에게 기밀이 새어나가지 않도록 할 것이라고 맹세하고, 그러나 자신도 더 이상 관직을 맡을 수 없을 것이라고 말함. 이윽고 초강왕이 영윤 자남을 四肢를 찢어 죽이는 車裂刑에 처하자, 기질은 3일 후 부친의 시체를 수습하여 安葬한 후 목 매달아 자살하였음.

❷ ▪ 黃鉞: 황금으로 치장한 도끼. 고대에 제왕이 專用하였음. 혹은 征伐의 중책을 맡은 신하에게 특별히 하사하기도 하였음. 殷나라 때는 청동기시대였으므로 銅으로 제작하였음.

▪ 武王親以黃鉞誅紂: 武王이 친히 황금도끼로 紂임금을 죽였다는 뜻. 무왕은 직접 兵器를 들어 분신 자살한 紂의 시신의 목을 베었다고 함.

❸ ▪ 六七作: 예닐곱 사람. 여기서 作은 位.

❹ ▪ 夷: 죽이다, 멸하다.

해설

이 글의 주제는 '무력 사용의 위험성'이다. 옛날부터 중국 역사에는 이른바 '정통론正統論'이라는 것이 존재해왔다. 요堯, 순舜, 우禹, 탕湯, 문왕文王, 무왕武王, 주공周公, 공자孔子, 맹자孟子, 한유韓愈로 이어지는 '참 스승'들의 계보가 바로 그것이다. 여기에 의문을 달고 반박한 사람은 거의 없었다. 그런데 동파는 이 글에서 무왕의 행적에 대해 비판하고 나선다. 나아가 탕왕에 대해서도 부정적인 시선을 던진다. 그 이유는 간단하다. 바로 그들이 폭력무력을 사용했기 때문이다.

혹자들은 말한다. 불의를 타도하고 정의를 세우기 위한 무력은 정당한 것이라고. 역사 속에서 그러한 인식을 맨 먼저 드러낸 사람은, 이 글에서 동파가 지적했듯이, 맹자였다. 맹자는 잔인무도한 통치자는 이미 주군의 자격을 상실한 자이므로 죽여야 한다는 인식을 드러내 보인다. 『동파지림』에 주석을 달고 간단하게 촌평을 단 대륙의 학자들도 맹자와 인식을 같이 하고 있다.

그렇다. 불의를 타도하고 정의를 세워야 한다. 공자도 그걸 알면서도 행하지 않는 것은 비겁한 일이라 하였다. 그러나 여기에는 간과해서는 안 될 중요한 문제가 있다. '정의'란 과연 무엇인가? 어디까지가 '불의'이며, 어디서부터가 '정의'인가? 그 가치 판단은 누가 해주는 것인가? 그 가치 판단이 잘못되었을 경우, 심각한 부작용이 발생할 수밖에 없다.

대륙학자 챠오리화喬麗華는 이 글에 대한 촌평에서 동파를 비웃으며, 시행착오에서 빚어지는 악惡은 역사를 전진시키는 필요악이라고 말한다. 그러나 잘못된 가치 판단으로부터 비롯된 시행착오는 시행착오가 아니라 단지 '죄악' 그 자체일 뿐이다. 고금동서의 역사를 살펴보면 무력으로 정권을 장악한 모든 독재자들은 한결같이 '정의'를 내세웠다. 그러나 과연 그러한가?

그래서 동파는 이 글에서 아무리 명분이 있는 '정의 실천'이라 하더라도 무력을 사용하는 것은 옳지 못하다고 주장한 것이다. 시간이 걸리더라도 인의도덕仁義道德으로 사람의 마음을 감화시켜 나가야만 부작용이 없다고 말한다. 세상물정을 모르고 정치현실을 모르는 유치한 이야기가 아니다. 무왕의 부친인 문왕文王은 무력을 사용하지도 않았고 대권에도 뜻을 두지 않았지만, 온 천하 사람들이 그의 덕망을 추앙하고 스스로 모여들었다. 그러나 무력으로 천하를 장악한 무왕이 건국했던 주나라는 금세 혼돈에 빠지고 말았다. 그것이 역사가 증명해주는 '팩트(fact)'이다. 오늘날 한국의 정치인들도 마음 속 깊이 새겨들어야 할 일 아닐까?

동쪽으로 천도遷都했던 주周나라의 실책

해제

이 글에서 다루고 있는 소재는 천도遷都, 즉 수도 이전에 관한 문제이다. 주周나라의 도읍지는 원래 호경鎬京, 즉 오늘날의 서안西安 부근이었다. 그러나 호경은 12대 유왕幽王 때에 이르러 참혹한 잿더미로 변하고 만다. 유왕이 애첩 포사褒似의 웃음을 얻기 위해 거짓으로 봉화를 올려 제후들을 기만하였기 때문이었다. 결국 견융족犬戎族이 쳐들어왔을 때 황급히 봉화를 올렸으나, 매번 기만당했던 제후들은 아무도 구원하러 오지 않았던 것이다. 유왕의 아들, 평왕平王은 폐허로 변한 호경을 버리고 동쪽 낙읍洛邑, 즉 오늘날의 낙양洛陽으로 도읍지를 옮긴다. 이른바 동주東周 시대가 시작된 것이다.

동파는 이 글에서 평왕이 호경을 버리고 낙읍으로 천도한 것이 큰 잘못이라고 주장한다. 그 바람에 제후들이 왕실을 우습게 알고 저마다 발호하여 춘추전국春秋戰國의 혼란상이 야기된 것이라며, 역사적 사례를 구체적으로 거론하며 자신의 주장을 증명한다. 여기서 우리는 의문점을 가지게 된다. 도읍지를 옮기는 것과 나라의 흥망성쇠는 어떤 함수관계가 있는 것일까? 현대 한국사회에서도 수도 이전 문제로 큰 혼란을 야기했던 만큼, 동파의 주장을 잘 음미해볼 필요가 있겠다.

번역 1

태사공太史公은 이렇게 말했다. "학자들은 모두 주周나라가 주紂임금을 정벌한 후에 낙읍洛邑에 도읍지를 정했다고 말하지만, 사실은 그렇지 않다. 무왕武王이 그곳에 도시를 건설하고, 성왕成王이 소공召公을 시켜 점을 쳐서 그곳에 구정九鼎을 두게 한 것은 사실이지만, 주周나라의 도읍지는 여전히 전처럼 풍읍豐邑과 호경鎬京이었다. 견융족犬戎族이 유왕幽王을 패퇴시킨 연후에야 주나라는 비로소 동쪽 낙읍으로 천도하였다."

원문과 주석 1

周東遷失計

太史公曰:「學者皆稱周伐紂, 居洛邑, 其實不然。❶ 武王營之, 成王使召公卜居九鼎焉, 而周復都豐、鎬。❷ 至犬戎敗幽王, 周乃東徙於洛。」❸

❶ ▪ 太史公: 司馬遷을 지칭함. 이하의 인용문은 『史記 · 周本紀』에 등장하는 내용으로 原文과는 약간의 오차가 있다.
▪ 洛邑: 오늘날의 洛陽 洛水의 북쪽.

❷ ▪ 營: 경영하다, 건설하다, 짓다, 계획하다, 재다, 측량하다.
▪ 召公: 周武王의 신하로 周나라의 제후국인 燕나라의 시조. 姓은 姬, 이름은 奭. 召 땅을 영지로 하사받았으므로 召公 또는 召伯으로 불리었다. 무왕을 도와 殷나라 격파에 공을 세워 燕 땅을 하사받았다.
▪ 居: 점을 쳐서 거주지를 정하다.
▪ 九鼎: 禹 임금이 만들었다는 전설의 솥. 구주(九州)천하를 상징하는 것으로 上古時代에는 國璽의 역할을 담당하였으므로, 훗날 국가 政權의 상징이 되었다.
▪ 豐、鎬: 豊京과 鎬京. 모두 周나라(西周)의 도읍지였다. 오늘날의 陝西省 西安 남쪽 長安縣 灃河 이남 지역에 위치해 있었다. 周나라는 건국 이후 岐山에서 이곳으로 천도하였다.

❸ ▪ 犬戎: 고대 戎族의 한 지파. 殷, 周 시대에 중국 서부지역에 주거하였음. 周나라 幽王 11년(B.C.771)에 幽王의 폐비인 申后의 아버지인 申侯가 幽王을 공격하기 위해 犬戎의 군사를 끌어들여 鎬京을 함락하고 西周 시대의 종말을 고하게 하였음.

▪ 幽王: 周나라의 12대 왕. 향락과 주색에 빠져 정사를 돌보지 않았고 天災地變까지 겹쳐 민심이 극도로 흉흉하였다. 褒似를 총애하여 궁정의 내란을 야기하였다. 申侯가 끌어들인 犬戎의 침공으로 驪山 기슭에서 살해되어 西周의 마지막 임금이 되었다.

***　　***　　***

번역 2

소자蘇子는 말한다. 주周나라가 저지른 실책 중에서, 동쪽으로 천도한 것보다 더 큰 잘못은 없다. 평왕平王 이후로 주나라가 멸망할 때까지, 동주東周에는 크게 무도無道한 임금은 없었다. 자왕頔王의 신성함으로 제후들은 모두 왕실에 복종하였으나, 주나라는 끝내 부흥하지 못했으니 이는 동쪽으로 천도한 잘못 때문인 것이다.

옛날에 무왕이 상商나라를 정벌하고 낙읍으로 구정九鼎을 옮긴 것이나, 성왕과 주공周公이 다시 낙읍에 도시를 증설增設한 것, 그리고 주공이 죽은 후 군진君陳과 필공畢公이 그곳으로 이사를 한 것은 왕실을 소중히 여겼던 것일 뿐, 천도에 뜻이 있었던 것이 아니다. 주공은 자신을 낙읍의 성주成周에 장사지내주길 원했으나, 성왕은 그를 필畢 땅에 장사지냈으니, 이 사실만 보아도 어찌 천도에 뜻이 있었다고 할 수 있겠는가?

부유한 백성들이 자손에게 물려주려는 것은 오직 전답과 가택뿐이다. 불행하게도 가문이 쇠락해서 빌어먹어야 생계가 유지될 형편에 처했어도 끝내 전답과 가택을 팔 의논조차 하지 않는다. 그런데 평왕은 문왕과 무왕, 성왕과 강왕康王의 대업大業을 버렸으니, 이는 왕실이 쇠락하자 그 전답과 가옥을 팔아버린 것과 마찬가지인 것이다.

하夏나라와 상商나라 왕실은 모두 오륙백 년 동안 지속되었다. 그 선왕先王들의 덕망은 주나라보다 더 낫지 않았고, 그 후손되는 왕들의 패악질 역시 유왕幽王이나 여왕厲王보다 결코 못하지 않았다. 그럼에도 불구하고 하나라와 상나라는 걸桀 임금이나 주紂 임금이 등장하고 난 다음에야 멸망했다. 그 두 왕조가 멸망하지 않았을 때는 천하의 제후국들이 모두 그들을 종주국으로 받들었으니, 이름만 존재했지 사실상 멸망한 것이나 마찬가지였던 동주東周와는 상황이 달랐다. 그 이유는 무엇일까? 바로 전답과 가택을 팔지 않았던 효과인 것이다.

원문과 주석2

蘇子曰: 周之失計, 未有如東遷之繆者也。❶ 自平王至於亡, 非有大無道者也。❷ 顯王之神聖, 諸侯服享, 然終以不振, 則東遷之過也。❸ 昔武王克商, 遷九鼎於洛邑, 成王、周公復增營之, 周公既沒, 蓋君陳、畢公更居焉, 以重王室而已, 非有意於遷也。❹ 周公欲葬成周, 而成王葬之畢, 此豈有意於遷哉?❺ 今夫富民之家, 所以遺其子孫者, 田宅而已。不幸而有敗, 至於乞假以生可也, 然終不可議田宅。❻ 今平王擧文、武、成、康之業而大棄之, 此一敗而鬻田宅者也。❼ 夏、商之王, 皆五六百年, 其先王之德無以過周, 而後王之敗亦不滅幽、厲, 然至於桀、紂而後亡。❽ 其未亡也, 天下宗之, 不如東周之名存而實亡也。是何也? 則不鬻田宅之效也。

❶ ▪ 繆: 착오, 잘못.

❷ ▪ 平王: 東周의 첫 번째 임금. 姓은 姬, 이름은 宜臼임. 西周의 마지막 임금 幽王의 아들로 申后 소생이다. 유왕이 褒似를 총애하여 왕비 신후와 태자 희의구를 폐하고, 포사 소생의 伯服을 태자로 책봉하자, 이에 분개한 申后의 아버지 申侯가 犬戎·西夷·繒 등을 끌어들여 유왕을 살해하고 제후들의 추대를 받아 희의구를 평왕으로 즉위시켰다. 당시 주나라는 여러 이민족의 침공을 받았기 때문에 평왕은 도읍인 鎬京을 버리고 BC 770년 동쪽의 洛邑으로 천도하였다. 이 사건 이전을 西周, 이후를 東周라 한다. 평왕의 천도 뒤 제후들의 세력이 강해지다가, BC 8세기 말에 왕의 명령에 불복종하는 자들이 나타나게 되어 이후 약 550년간에 걸친 춘추전국시대가 시작되었다.

❸ ▪ 頿[자; zī]王: 東周의 11대 국왕인 周靈王을 지칭함. 姓은 姬, 이름은 泄心. 태어날 때부터 코밑에 수염이 있었다 하여 頿王이라 불리었다고 함. 頿: 코밑수염.

▪ 服享: 제후가 천자에게 귀순하여 조공을 바침.

❹ ▪ 君陳: 周平公. 周公 姬旦의 次子. 成王은 그의 長兄 伯禽을 魯나라의 군주로 책봉하고, 그는 부친 周公을 계승하여 계속 왕실을 보필하게 하였음. 『尚書』에 「君陳」편이 있음.

▪ 畢公: 姬高. 周文王의 15번째 아들. 무왕이 商나라를 멸망시킨 후에 畢(오늘날의 陝西 咸陽 동북 쪽. 一說에는 西安 서남쪽이라고도 함) 땅의 영주로 책봉되었기에 畢公이라고 함. 成王이 임종할 때 그와 召公에게 周康王을 보필해달라는 유언을 남겼음.

❺ ▪ 成周: 周나라 때의 洛陽城.

▪ 成王葬之畢: 成王이 周公을 文王과 武王이 묻힌 畢 땅에 장사지냈다는 뜻.

❻ ▪ 乞假以生: 돈이나 물건 따위를 빌려서 생활하다.

▪ 議田宅: 논밭과 집을 팔 논의를 하다.

❼ ▪ 敗: 쇠락하다.

▪ 粥: 팔다. 鬻과 통함.

❽ ▪ 厲: 厲王. 西周의 10대 임금인 姬胡. 周夷王의 아들. 귀족의 권력을 박탈하고 백성을 갈취하는 폭정을 일삼아 원성이 높았음. 주변

이민족과의 관계도 매우 악화되었음. 결국 폭동이 일어나 周나라의 변경지역인 彘(오늘날의 山西 永安) 땅으로 도망가서 죽었음.

*** *** ***

번역 3

반경盤庚이 천도한 것은 은殷나라의 옛 터로 돌아간 것이다. 고공단보古公亶父는 기岐 땅으로 천도했지만, 그 당시의 주나라 사람들은 오랑캐들처럼 수초水草를 따라 거주지를 옮기곤 하였으니, 천도하는 데 무슨 어려움이 있었겠는가? 위문공衛文公이 동쪽으로 강을 건너 천도한 것은 제齊나라에 의지해야만 나라를 유지시킬 수 있었기 때문이다. 제나라가 임치臨淄로 천도하고, 진晉나라가 강絳이나 신전新田으로 천도한 것은, 모두 국력이 강성했을 때였지, 적의 침략을 두려워했기 때문이 아니었다. 그 외에도 오랑캐를 피하여 천도한 나라들은 멸망하지 않은 경우가 없었다. 그 즉시 멸망하지 않았더라도 다시는 부흥하지 못했다.

춘추시대에 초楚나라에 큰 기근이 들자, 주변의 여러 이민족들이 반란을 일으킨 적이 있었다. 신申과 식息 땅에 사는 초나라 사람들은 북문을 굳게 닫고 방어하면서, 요새인 판고阪高로 이주할 계획을 세웠다. 그때 위가蔿賈가 나서서 말했다. "아니 되오. 우리가 갈 수 있는 곳이라면 오랑캐들도 따라올 수 있을 것이오." 그리하여 진秦나라와 파인巴人들의 힘을 빌려 용庸을 멸망시킨 이후로 초나라는 비로소 강성해질 수 있었다.

소준蘇峻이 반란을 일으켰을 때 진晉나라는 거의 멸망 일보 직전으로, 종묘와 궁궐이 모두 불에 타서 재만 남아 있었다. 이때 온교溫嶠는 예장豫章으로 천도하려 했고, 삼오三吳 지역의 호걸들은 회계會稽로 천도하자고 하여, 그 주장을 따르게 되었다. 그때 왕도王導가 홀로 반대하고 나서며 말했다.

"이곳 금릉金陵 땅은 임금의 터전이오! 무릇 왕王이란 그 땅의 풍요로움 여부 따위를 보고 도읍지를 옮기지 않는 법이오. 만약 우리가 옛날 위문공이 하얀 천으로 만든 관冠을 쓰고 검소한 정치로 나라를 부흥시킨 경우를 널리 본받는다면, 어디인들 못가겠소? 그런 정치를 못한다면 천국이라 해도 폐허로 변해 버릴 것이오. 게다가 북쪽 오랑캐 세력이 강성한데, 우리가 나약한 모습을 보인다면 남만南蠻이나 월越로 도망가 숨어야 할 터이니, 그때 가서는 명분과 실속을 다 잃어버리게 될 것이오!"

그리하여 도읍지를 옮기지 않은 결과 진晉나라는 다시 평안을 되찾을 수 있었다. 현명하구나, 왕도王導여! 가히 큰일의 결정을 맡길 수 있는 인물이로다!

원문과 주석 3

盤庚之遷也, 復殷之舊也。❶ 古公遷於岐, 方是時, 周人如狄人也, 逐水草而居, 豈所難哉?❷ 衛文公東徙渡河, 恃齊而存耳。❸ 齊遷臨菑, 晉遷於絳、於新田, 皆其盛時, 非有所畏也。❹ 其餘避寇而遷都, 未有不亡; 雖不即亡, 未有能復振者也。春秋時楚大饑, 羣蠻叛之, 申、息之北門不啟。❺ 楚人謀徙於阪高, 蔿賈曰:「不可。我能往, 寇亦能往。」❻ 於是乎以秦人巴人滅庸, 而楚始大。❼ 蘇峻之亂, 晉幾亡矣, 宗廟宮室盡為灰燼。❽ 溫嶠欲遷都豫章, 三吳之豪欲遷會稽, 將從之矣, 獨王導不可, 曰: 「金陵, 王者之都也。❾ 王者不以豐儉移都, 若弘衛文大帛之冠, 何適而不可?❿ 不然, 雖樂土為墟矣。且北寇方強, 一旦示弱, 竄於蠻越, 望實皆喪矣!」⓫ 乃不果遷, 而晉復安。賢哉導也, 可謂能定大事矣!

❶ ▪ 盤庚: 商나라 中後期의 군주. 姓은 子, 이름은 旬. 湯王의 9代孫으로 帝祖丁의 아들이다. 형인 帝 陽甲의 뒤를 이어 즉위했다. 국력이 쇠퇴하고 왕실이 어지러워지자 奄(山東 曲阜)에서 殷(河南 安陽)으로 천도하여 나라를 부흥시켜 殷商時代를 열었다. 盤庚이 천도한 곳은 西亳(오늘날 河南 偃師)이었고, 훗날 武乙이 다시 殷(河南 安陽)으로 천도하였다는 설도 있음.

▪ 復殷之舊: 殷나라의 옛 터를 회복하다. 은나라의 옛 터전이 되는 땅으로 천도했다는 뜻. 商나라는 盤庚 이전에 다섯 번 遷都했다. ① 湯王: 南亳(오늘날 河南 商丘 일대)에서 西亳(오늘날 河南 偃師)으로. ② 仲丁: 西亳에서 隞(오늘날의 河南 榮陽古城)로. ③ 河亶甲: 隞에서 相(오늘날 河南 內黃 殷城)으로. ④ 祖乙: 相에서 耿(오늘날 山西 絳州)으로. ⑤ 盤庚 당시의 도읍지는 奄(山東 曲阜)이었음.

❷ ▪ 古公: 古公亶父. 고대 周族의 영수. 后稷의 12代孫으로 周文王의 祖父임. 周族은 원래 豳(오늘날의 陝西 彬縣 일대)에 근거지를 두었으나 外侵이 많아 古公亶父 때 岐山으로 천도하였음. 천도 후 고 공단보는 황무지를 개간하고 官吏를 두어 발전에 힘써 나라를 강성하게 하여 훗날 太公王으로 추존받았음.

▪ 豈所難哉: 遷都하는 것에 무슨 어려움이 있었겠느냐는 뜻.

❸ ▪ 衛文公: 춘추시대 衛나라의 군주. 이름은 辟疆. 어린 시절 내란으로 齊나라에서 망명생활을 하였음. 훗날 衛懿公 9년(B.C.660)에 狄의 침략으로 衛나라가 멸망하자, 齊桓公이 狄을 물리치고 그를 군주로 옹립함. 楚丘(오늘날의 河南 滑縣)에 도읍지를 정하고 衛나라를 重建, 정치에 힘써 재위 25년 동안 국력을 회복하였음.

▪ 東徙渡河: 동쪽으로 강을 건너 이사하였다는 뜻. 즉 衛文公이 楚

丘로 천도한 일을 지칭한 것임.

❹ ▪ 臨菑[치; zī]: 오늘날의 山東 淄博.

▪ 齊遷臨菑: 齊나라의 최초 도읍지는 營丘(오늘날 山東 淄博 경내)였으나, 薄姑(오늘날 山東 博興), 臨淄 등으로 수 차례 천도하였음. 그러나 敵의 外侵을 받아 부득불 천도한 것이 아니었고, 천도한 지역의 거리도 별로 멀지 않았음.

▪ 絳: 고대의 邑名. 오늘날 山西 翼城 서남쪽. 晉穆侯 때 曲沃에서 이곳으로 천도하였음. 晉孝侯 때 지명을 翼으로 개명하였음. 그 후 晉景公이 천도한 新田을 絳이라고 호칭하자, 그와 구별하기 위해 이곳을 故絳이라고 하였음.

▪ 新田: 오늘날의 山西 曲沃 서남 지역. 晋景公이 이곳으로 천도하면서 新絳이라고 하였음.

❺ ▪ 申、息: 모두 周나라 때의 제후국 이름임. 그러나 이 글에서 언급되는 시기에는 이미 楚나라에 흡수되어 있었음. 申은 오늘날의 河南 南陽 북쪽 일대. 息은 河南 息縣 일대임.

▪ 春秋時楚大饑, 羣蠻叛之, 申、息之北門不啓: 『左傳 · 文公 16年』에 나오는 이야기임. 춘추시대에 楚나라에 큰 기근이 들었음. 庸나라를 위시한 주변의 群小 이민족들이 반란을 일으키자, 申과 息에서 살고 있던 楚나라 사람들은 적의 공격을 막기 위해 북문을 폐쇄하고 대책을 상의하였음. 일부는 험준한 요새인 阪高로 도망가자고 하였으나, 蔿賈가 나서서 맞서 싸우자고 주장하여 마침내 庸나라를 멸망시키고 난을 평정함. 그 후 楚나라의 국력은 더욱 강성해졌음.

❻ ▪ 阪高: 楚나라의 군사적 요새 이름.

▪ 蔿[위; wěi]賈: 楚나라의 大夫.

❼ ▪ 巴人: 고대 중국 서남부에 살던 민족. 商나라 후기 때부터 남북조시대까지 四川 동부지역, 陝西 남부지역, 湖北과 湖南의 서부지역에 거주하였음. 西周 초기에 漢水 유역에 巴國을 건립하였으나 秦惠文王 更元 9年(B.C.316)에 秦나라에 의해 멸망함. 그 후 분화되어 漢族化되다가 남북조시대에 이르러 완전히 소멸됨.

▪ 庸: 楚나라의 附屬 國家. 上庸 지역이 근거지였음.

❽ ▪ 蘇峻: 東晋시대의 장군. 字는 子高. 長廣郡 掖縣 사람. 書生 출신

으로 재능이 있었음. 永嘉의 亂 때 數千 家口의 백성을 모아 요새를 쌓고 自衛하였음. 그 이야기를 들은 元帝가 安集將軍으로 삼았음. 王敦의 반란 토벌에도 참여하여 공을 세웠으나, 庾亮이 집정하자 그 兵權을 노리고 327년 반란을 일으켰음. 328년, 도읍지인 建康(南京)을 침공하여 朝政을 장악하였으나, 329년 溫嶠의 토벌군에게 패배하여 사망함.

⑨ ▪ 溫嶠(288~329): 東晋의 정치가. 太原 祁縣 사람. 字는 太眞. 처음에는 劉琨을 위해 일하다가, 晉의 벼슬을 받음. 中壘將軍으로 王敦의 반란을 평정하여 建甯縣 開國公으로 봉해짐. 成帝 때 江州刺史로 나갔다가 蘇峻의 반란을 평정한 후 驃騎將軍, 開府儀同三司, 散騎常侍의 벼슬을 받고 始安 郡公에 봉해짐. 死後에 侍中과 大將軍 벼슬을 추증받음. 諡號는 忠武.

▪ 豫章: 郡名. 楚漢 시기에 설치됨. 治所는 오늘날의 江西 南昌, 淸江 및 錦江 유역이었음.

▪ 王導: 東晋의 大臣. 字는 茂弘. 琅邪 臨沂 사람. 당시 사대부 권문세가 출신으로 司馬睿에게 建康 으로 천도할 것을 건의하였음. 司馬睿가 稱帝한 이후 丞相이 되어 東晋 初期의 정치를 안정시켰음.

▪ 金陵: 南京.

⑩ ▪ 弘: 발양하다, 진작시키다.

▪ 衛文大帛之冠: 衛文公이 楚丘로 천도하였을 무렵 검박한 옷과 모자를 쓰고 정치에 힘을 썼던 일을 지칭함. 大帛: 하얀 천으로 만든 관.

⑪ ▪ 望實皆喪: 명분과 실속을 모두 잃는다는 뜻임.

***　　　***　　　***

번역 4

아, 슬프다! 평왕 초기의 주나라가 비록 초나라만큼 강성하지는 않았지만, 동진東晋시대의 국력보다 더 약하기야 했겠는가? 평왕에게 왕도 같은 신하가 있었다면, 그래서 천도하지 않겠다는 방침을 정하고 풍읍과 호경의 유민들을 모아 문왕, 무왕, 성왕, 강왕의 정치를 베풀어 세력을 형성하고 동쪽 제후들과 맞섰다면, 제齊나라와 진晉나라의 국력이 비록 강성했다 하나 감히 다른 마음을 품지 못했을 것이다. 그랬으면 어찌 진秦나라가 패자覇者로 등장할 수 있었겠는가?

위혜왕魏惠王은 진秦나라가 두려워 대량大梁으로 천도했고, 초소왕楚昭王은 오吳나라가 두려워 약鄀으로 천도했다. 경양왕頃襄王은 진秦나라가 두려워 진陳으로 천도했고, 고열왕考烈王도 진秦나라가 두려워 수춘壽春으로 천도했다. 이들은 모두 다시는 부흥하지 못했으니, 그것은 바로 멸망의 상징이었다. 동한東漢 말기에 동탁董卓이 황제를 겁박하여 장안長安으로 천도하니 한나라가 멸망했고, 근세近世의 이경李景 역시 예장豫章으로 천도하였다가 멸망했다. 그러므로 말하노라. 주나라가 저지른 실책 중에서 동쪽으로 천도한 것보다 더 큰 잘못은 없노라고.

원문과 주석4

嗟夫, 平王之初, 周雖不如楚強, 顧不愈於東晉之微乎?❶ 使平王有一王導, 定不遷之計, 收豐、鎬之遺民, 修文、武、成、康之政, 以形勢臨東諸侯, 齊、晉雖強, 未敢貳也, 而秦何自霸哉?❷ 魏惠王畏秦, 遷於大梁; 楚昭王畏吳, 遷於鄀; 頃襄王畏秦, 遷於陳; 考烈王畏秦, 遷於壽春: 皆不復振, 有亡徵焉。❸ 東漢之末, 董卓劫帝遷於長安, 漢遂以亡。❹ 近世李景遷於豫章, 亦亡。故曰: 周之失計, 未有如東遷之繆者也。

❶ • 顧不愈於東晉之微: (平王 때의 國力이 비록 약했지만) 그러나 東晉 때 국력이 미약했을 때를 넘지는 못했다, 즉 東晉 때의 미약했

던 국력보다는 나은 상황이었다는 뜻.

❷ ▪ 形勢: 세력을 형성하다, 세력을 구축하다.

▪ 貳: 두 마음.

❸ ▪ 魏惠王(B.C.400~B.C.319): 戰國時代 魏나라의 3번째 군주. 『孟子』에서는 梁惠王이라고 하였음. 原名은 魏罃 혹은 魏嬰, 魏武侯의 아들. 秦나라의 잦은 침공으로 도읍지를 安邑에서 大梁으로 옮긴 이후 梁惠王이라고 불렀음.

▪ 大梁: 오늘날의 河南 開封.

▪ 楚昭王(?~B.C.489): 전국시대 초나라의 군주. 原名은 熊珍. 楚平王의 아들임. 楚昭王 10년(B.C.506)에 吳王 闔閭가 침공하자 雲夢澤, 鄖國, 隨國 등지로 도망함. 申包胥를 시켜 秦나라에 구원을 요청함. 처음에 秦王은 원조를 거절하였으나 申包胥가 궁정에 꿇어앉아 7일 동안 통곡을 하자 그 충성에 감동하여 군사를 지원하여 吳軍을 물리침. 그 후, 도읍지를 郢(湖北 江陵 서북쪽 지역)에서 鄀으로 옮김. B.C.489년, 吳王 夫差가 陳나라를 공격하자, 陳나라를 지원하러 출병하였다가 軍中에서 사망함.

▪ 鄀[약; ruò]: 오늘날의 湖北 宜城.

▪ 頃襄王(?~B.C.263): 전국시대 초나라의 군주. 楚頃襄王 또는 楚襄王이라고도 함. 이름은 熊橫. 楚 懷王의 아들. 태자 신분으로 齊나라의 인질이 되었다가 B.C.299년, 楚懷王이 秦나라에 억류되자 齊湣王의 석방으로 귀국하여 頃襄王이 됨. 황음무도하여 나라를 어지럽히다가 경양왕 19년(B.C.280)에 秦나라의 침공을 받고 대패하여 上庸 땅과 漢水 以北의 땅을 넘겨준 뒤, 도읍지를 陳으로 옮겼음.

▪ 陳: 오늘날의 河南 淮陽.

▪ 考烈王(?~B.C.238): 전국시대 초나라의 군주. 楚頃襄王의 아들. 姓은 芈, 氏는 熊, 이름은 完임. 태자 시절 秦나라의 인질로 잡혀 있다가 楚頃襄王이 죽자 黃歇의 계략으로 秦나라를 탈출하여 繼位하였음. 즉위 후 黃歇을 令尹으로 삼고 春申君의 호칭을 하사함. B.C.241년, 제후들과 연합하여 秦나라를 공격하였으나 상황이 불리해지자 귀국하여 壽春으로 천도하였음. 아들이 없어서 春申君 이 趙나라 여인에게서 얻은 아들을 태자로 삼아 훗날 楚幽王이

되게 하였음.
- 壽春: 오늘날의 安徽 壽縣. 楚考烈王이 이곳으로 천도하여 郢으로 改名하였음.

❹ ▪ 董卓(?~192): 東漢 末期의 權臣. 字는 仲穎. 隴西 臨洮(오늘날의 甘肅 岷縣) 사람. 동한 말기의 전란과 조정이 쇠약해진 틈을 타서 정권을 장악하고 皇帝를 멋대로 폐위하고 옹립시킴으로써, 사실상 東漢을 멸망시켰음. 잔혹한 성격으로 수많은 죄행을 저질러 각 지방의 군벌들이 연합하여 공격함. 그러나 연합군은 내부의 갈등으로 서로 내전이 벌어지고, 동탁은 조정 대신들의 연합작전으로 주살당함. 이때 황제는 행방불명이 되고 조정은 붕괴되었으며 군벌들은 중앙의 통제에서 완전히 벗어나 마침내 三國時代가 시작되었음.
- 董卓劫帝遷於長安: 190年, 동탁이 少帝 劉辯을 죽이고 陳留王 劉協을 獻帝로 옹립한 후, 황제를 겁박하여 長安으로 천도한 사건을 지칭함.

❺ ▪ 近世: 五代十六國 시대를 지칭함.
- 李景(916~961): 五代十六國 시대 南唐의 元宗을 지칭함. 字는 伯玉. 兒名은 徐景通, 南唐이 建立된 이후에는 본래의 姓인 李氏를 되찾고 이름을 바꾸어 璟이라 하였음. 그러나 後周의 신하를 자처하면서 後周 조상의 이름을 避諱하여 다시 李景으로 改名함. 南唐 烈祖 李昪의 長子. 南唐의 2번째 임금이었으므로 中主, 嗣主라고도 함. 서예에 능했고, 詞를 잘 지어서 그 아들 李煜과 함께 '南唐二主'로 병칭됨.

해설

이 글의 소재는 '수도 이전移轉'이지만, 동파가 다루고 있는 주제는 사실 '위정자의 마음가짐'이다. 얼른 이 글을 읽어보면, 동파는 도읍지 이전을 강력하게 반대하는 것처럼 보인다. 나라의 기반을 함부로 옮겨서는 안 된다는 주장 때문이다. 그러나 동파는 도읍지 이전을 일률적으로 반대한 것이 아니었다.

위정자들이 적敵이 두려워 소극적인 자세와 나약한 마음으로 천도하는 것을 반대한 것이다.

때문에 그는 은殷나라의 반경盤庚과, 주周나라 왕실의 조상인 고공단보古公亶父, 그리고 제나라가 천도한 것에 대해서는 긍정적으로 평가하고 있다는 사실을 간과하지 않아야겠다. 필요하다면 기반을 포기하더라도 적극적으로 천도를 고려해야 한다. 하지만 적이 두려워서, 나약한 마음으로 도망가는 식의 천도는 나라를 멸망으로 이끄는 지름길이라는 것이 동파의 결론이다. 우리의 경우는 어떠한가? 타산지석으로 삼을 만한 글이다.

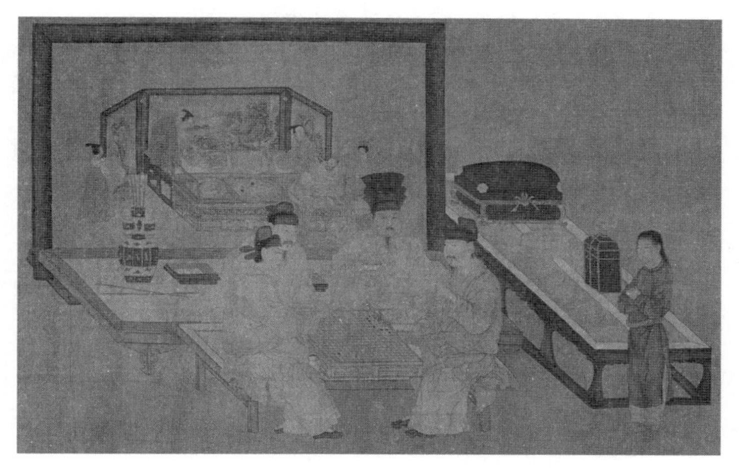

《重屛會棋圖》 南唐, 周文矩

五代十六國 시대 南唐의 中主인 李璟이 아우들과 함께 모여 바둑을 두고 있다. 가운데에서 높은 모자를 쓰고 있는 이가 李璟이다. 뒤의 병풍 그림 속에 또 병풍이 있어서 작품 이름에 '重屛'이라 한 것이다.

어리석은 계략으로 초나라를 점령한 진秦나라

해제

이 글은 진시황이 천하를 통일하던 당시의 상황에 대해 논하고 있다. 춘추시대에 200여 개에 달하던 중국의 국가들은, 전국시대 초기에 이르자 겨우 20여 개만 남게 되었다. 그 중에서도 진秦·초楚·제齊·위魏·조趙·한韓·연燕 등 7개국이 가장 강하였고, 또 그들은 늘 전쟁을 일삼았기 때문에 후세에서는 이들을 전국칠웅戰國七雄이라고 불렀다. 또 그 중에서도 더욱 강력한 국가는 진·초·제 삼국이었다. 진시황에게 있어서 천하 통일의 가장 큰 장애물은 사실상 초나라와 제나라였던 것이다.

그러므로 이 글에서 다루고 있는 내용도 주로 진나라가 초나라와 제나라를 멸망시킨 방법에 대해서이다. 동파의 주장에 의하면, 제나라에 대한 진나라의 계략은 매우 교묘하였으나, 초나라를 침공해 갔던 것은 대단히 어리석은 계략이었다. 그럼에도 불구하고 결국 초나라를 멸망시킬 수 있었던 것은 순전히 '요행' 덕분이라는 동파의 결론이다. 그러나 우리는 이 글에서 그 '요행' 뒤에 숨어 있는 또 다른 요인도 발견할 수 있다. 동파가 지적하고 싶었던 것은 사실 그 요인인지도 모르므로, 그 점에 유념하며 이 글을 읽어보자.

진시황제는 재위 18년 만에 한韓나라를 취했고, 22년에는 위魏나라를, 25년에는 조趙나라와 초楚나라를, 그리고 26년에는 연燕나라와 제齊나라를 점령하여 처음으로 천하를 병합하였다.

소자蘇子는 말한다. 진秦나라가 천하를 합병한 것은 천도天道에 부합해서가 아니었다. 단지 교묘한 계책을 사용한 덕분이었다. 요행은 아니었다. 그러나 제나라를 점령한 것은 교묘한 계책이었지만, 초나라를 점령했을 때는 어리석은 계책을 사용하였지만 요행으로 성공하였다고 나는 생각한다.

오호라, 하지만 진나라의 그 교묘함 역시 단지 지백智伯을 흉내내었을 뿐이었다. 위환자魏桓子와 한강자韓康子는 서로 팔꿈치와 발을 부딪쳐서 신호를 보내어 지백을 죽였다. 진나라는 지백을 흉내낼 줄 알았건만 제후들은 한강자와 위환자의 꾀를 배울 줄 몰랐으니, 진나라가 천하를 합병한 것도 당연한 일이 아니겠는가!

제민왕齊湣王이 죽자 법장法章이 주군이 되었고 군왕후君王后가 제나라의 정치를 도왔을 때, 진나라는 여전히 제나라를 공격하였다. 법장이 죽은 후, 제왕齊王 전건田建이 계위繼位한 지 6년째 되던 해에 진나라는 조趙나라를 공격하였다. 제나라와 초나라가 조나라를 구해주었지만, 제나라는 식량이 부족했던 조나라의 곡식 지원요청을 거절하고 말았다. 그리하여 진나라가 한단邯鄲을 포위하니 조나라는 거의 멸망하고야 말았다. 조나라가 비록 아직 멸망하기 전이었지만, 제나라가 멸망할 형세는 이미 굳어진 것이다. 진나라는 그 사실을 알고 있었기에 40여 년 동안 제나라를 침공하지 않았던 것이었다.

원문과 주석 1

秦拙取楚

秦始皇帝十八年, 取韓; 二十二年, 取魏; 二十五年, 取趙、取楚; 二十六年, 取燕、取齊, 初并天下。

蘇子曰: 秦并天下, 非有道也, 特巧耳, 非幸也。❶ 然吾以為巧於取齊而拙於取楚, 其不敗於楚者, 幸也。烏乎, 秦之巧, 亦創智伯而已。❷ 魏、韓肘足接而智伯死, 秦知創智伯而諸侯終不知師韓、魏, 秦并天下, 不亦宜乎!❸ 齊湣王死, 法章立, 君王后佐之, 秦猶伐齊也。❹ 法章死, 王建立六年而秦攻趙, 齊、楚救之, 趙乏食, 請粟於齊, 而齊不予。❺ 秦遂圍邯鄲, 幾亡趙。趙雖未亡, 而齊之亡形成矣。秦人知之, 故不加兵於齊者四十餘年。

❶ ▪ 幸: 요행.

❷ ▪ 智伯(?~B.C.453): 『左傳』『戰國策』 및 『史記』에서는 모두 知伯으로 나와 있다. 姓은 姬, 氏는 智이며, 이름은 知瑤, 또는 荀瑤이다. 당시 사람들이 智伯이라고 존칭했다. 晉나라의 六卿 중 의 한 명으로 탐욕으로 비극적 종말을 맞이한 인물이다. 그는 趙襄子, 韓康子, 魏桓子와 결합하여 范氏, 中行氏를 멸망시키고 그 땅을 나누어 가졌다. 智伯은 자신이 제일 많은 땅을 가졌음에도 불구하고 더 많은 땅을 요구하여, 韓康子와 魏桓子는 땅을 내놓았으나 趙襄子가 거부하자, 韓康子와 魏桓子를 설득하여 趙襄子를 정벌하여 그 땅을 나누어 가지기로 하고 토벌에 나섰다. 智伯은 趙襄子의 晉陽城이 좀처럼 함락되지 않자 水攻을 하기로 결정했으나, 趙襄子에게 설복된 韓康子와 魏桓子의 연합공격에 의해 도리어 水攻을 당해 대패하고 죽임을 당했다. 晉나라는 그 후로 韓,趙, 魏의 三家로 분할되었고, 그는 지나친 탐욕으로 온 천하의 웃음거리가 되었다.

▪ 秦之巧, 亦創智伯而已: 秦나라가 六國을 쟁취한 교묘한 계책은 단지 智伯이 만든 계략, 즉 어느 한쪽과 연합하여 나라를 뺏은 후, 또

다른 한쪽과 결탁하여 또 다른 나라를 공격했던 계략을 이용했을 뿐이라는 뜻.

❸ ▪ 肘: 팔꿈치.

▪ 魏、韓肘足接而智伯死: 魏桓子와 韓康子가 서로 팔꿈치와 발을 접촉하여 신호를 보내, 智伯을 죽였다는 일화. 『左傳 · 哀公 27年』에 보면, 智伯이 韓康子, 魏桓子와 연합으로 趙襄子를 水攻할 계획을 세울 때, 지백이 득의양양하여 같은 방법으로 韓과 魏의 거점도 공격할 수 있다고 말하며 거드름을 피웠다. 이에 분노한 魏桓子가 팔꿈치로 韓康子를 건드려 신호를 보내자, 韓康子도 魏桓子의 발을 밟아 同意한다는 의사를 표명하였다. 그 날 밤 趙, 韓, 魏 三家가 연합으로 水攻하여 지백의 군사를 격파하고 지백을 잡아 죽였다.

❹ ▪ 齊湣王: 전국시대 齊나라의 군주. 齊宣王의 아들로 田齊政權의 6대 군주였다. 본명은 田地. 강력한 군사력을 보유하여 한때 秦昭王은 西帝, 齊湣王은 東帝로 호칭하기도 했다. 周나라 왕실과 더불어 天子가 되려고 하여 燕, 秦, 楚, 三晋의 연합공격을 받아 도망을 다니다 莒國에서 죽음을 당했다.

▪ 法章(?~B.C.265): 전국시대 齊나라의 군주. 齊湣王의 아들로 田齊政權의 7대 군주. 본명은 田法 章. 제민왕과 함께 莒國으로 피신했다가 부친이 죽자 평민으로 가장하고 姓을 法으로 바꾼 후에, 太史敫의 집안에 하인으로 들어갔다가 그의 딸과 私通하였다. 훗날 田單이 燕나라를 격퇴하고 제나라를 수복하자 齊襄王으로 옹립되었다. 太史敫의 딸을 왕후로 삼으니 바로 君王后이다.

▪ 君王后(?~B.C.249): 齊襄王의 왕후이자, 亡國의 군주가 된 田建의 모친. 太史敫의 딸로 家僕으로 위장한 太子 法章과 사통하였다가 왕후가 되었다. 齊襄王이 죽자 아들 田建을 도와 41년 동안 執政하였다. 秦나라에 대해 매우 조심스럽게 대했으며, 다른 제후국들에게도 높은 신임을 얻어 40년간 태평세월을 유지할 수 있었다. 그러나 秦나라에 지나치게 양보하여 他國을 지원하지 않아, 他國이 멸망한 후 제나라 역시 秦나라에 의해 멸망하게 된 脣亡齒寒의 결과를 초래하였다고 보는 견해도 있다.

❺ ▪ 王建: 齊王 建. 齊襄王과 君王后의 아들. 본명은 田建. 齊나라의

마지막 군주. 秦나라의 장군 王賁의 포로가 되었다.

***　***　***

번역 2

유능했던 법장이 군주로 있었을 때는 제나라 정벌에 나섰던 진나라가, 무능했던 전건이 군주로 있었을 때는 공격하지 않았던 이유는 무엇일까? 태사공은 "군왕후가 진나라를 조심스럽게 대하며 양보하는 정책을 펼쳤기 때문에 공격을 받지 않았다"고 설명한다. 하지만 천하를 병합하려던 진나라가 자신에게 양보하는 정책을 썼다고 해서 제나라를 그대로 놓아두었겠는가! 내가 진나라는 "교묘한 계책으로 제나라를 점령했다"고 말한 이유는, 진나라가 제나라의 환심을 얻어 삼진三晋과의 교류를 차단했기 때문이다.

제나라와 진나라는 양립兩立할 수 없는 사이였다. 진나라는 한 순간도 제나라의 존재를 망각한 적이 없었다. 그런데 40여 년 동안 공격하지 않은 것이 그런 정情 때문이었겠는가? 제나라는 그 이치를 깨닫지 못하고 진나라와 연합하였으니, 진나라는 그 틈을 타서 삼진三晋을 점령하였던 것이다.

삼진이 망하자 제나라는 매우 위태롭게 되었다. 그러나 그때에도 아직 초나라와 연燕나라가 남아 있었으니, 삼국이 연합하면 충분히 진나라에 맞설 수 있었다. 그러나 진나라가 대군을 동원하여 초나라와 연나라를 공격할 때에도 제나라는 그들을 구원하러 나서지 않았다. 그리하여 두 나라가 망하자, 일 년도 지나지 않아 제나라의 군주 역시 포로가 되고 말았다. 이는 마치 예전에 진晉나라가 우虞나라와 괵虢나라를 점령한 것과 마찬가지 계략이었으니, 어찌 교묘하다 하지 않겠는가! 제나라는 두 나라가 멸망하고 난 뒤에야, 군대를 보내어 서쪽 국경國境을 지키게 하며 진나라 사절과의 교통을 단절시켰으나, 오호라, 너무 늦었구나!

원문과 주석2

夫以法章之才而秦伐之, 建之不才而秦不伐, 何也? 太史公曰: 「君王后事秦謹, 故不被兵。」❶ 夫秦欲并天下耳, 豈以謹故置齊也哉!❷ 吾故曰 「巧於取齊」者, 所以慰齊之心而解三晉之交也。❸ 齊、秦不兩立, 秦未嘗須臾忘齊也, 而四十餘年不加兵者, 豈其情乎? 齊人不悟而與秦合, 故秦得以其間取三晉。❹ 三晉亡, 齊蓋岌岌矣。❺ 方是時, 猶有楚與燕也, 三國合, 猶足以拒秦。秦大出兵伐楚伐燕而齊不救, 故二國亡, 而齊亦虜不閱歲, 如晉取虞、虢也, 可不謂巧乎!❻ 二國既滅, 齊乃發兵守西界, 不通秦使。嗚呼, 亦晚矣!

❶ ▪ 事秦謹: 秦나라를 매우 조심스럽게 대하며 매사 양보하는 정책을 폈다는 뜻.

❷ ▪ 豈以謹故置齊也哉: 어찌 君王后의 양보 정책 때문에 齊나라를 공격하지 않고 그대로 놓아두었겠느냐는 뜻.

❸ ▪ 解三晉之交: (제나라가) 三晋과 교류할 가능성을 제거하다.

❹ ▪ 間: 틈. 시간.

❺ ▪ 岌岌: 위태로운 모양.

❻ ▪ 秦大出兵伐楚伐燕而齊不救: 원본에는 '秦' 字가 없으나 王松齡이 百川本, 『東坡七集 · 後集』 등에 근거하여 교정한 것을 따라 '秦' 字를 추가함.

▪ 虜不閱歲: 포로로 붙잡히는 것이 일 년을 지나지 않았다. 즉 일 년도 되지 않아 포로로 붙잡혔다는 뜻. 閱: 겪다, 지나다.

▪ 晉取虞、虢: 晉나라가 虢을 치기 위해 虞나라에게 길을 빌려 달라 하여 虢國을 멸망시킨 후, 歸路에 虞나라마저 멸망시켰던 일을 지칭함.

*** *** ***

번역 3

진나라는 당초 이신李信을 보내어 이십만 병력으로 초나라를 공격하였으나 정복하지 못했다. 이에 왕전王翦으로 하여금 육십만 병력으로 공격에 나서니, 이는 나라를 텅 비운 채 전쟁을 벌인 것이다. 제나라의 평범한 임금과 숫자만 채우는 허당 신하들이, 만약 자신의 나라가 멸망할 날이 멀지 않았다는 사실을 알았더라면, 그래서 국경을 활짝 열고 진나라 정벌에 나섰더라면, 오랜 기간 편히 지냈던 제나라 군사가 전쟁에 지쳐 있고 나라를 텅 비운 진나라를 공격해 들어갔다면, 그랬다면 진나라를 멸망시키는 것은 손바닥을 뒤집는 것처럼 쉬운 일이었을 것이다. 그래서 내가 진나라는 "어리석은 계책으로 초나라를 점령했다"고 말한 것이다. 그러나 어쩌겠는가?

세상에서 하는 말이 있다. "옛날부터 타국他國을 점령하는 것에는 반드시 하늘의 운세가 따라야 한다. 마치 어린아이가 영구치永久齒로 치아를 가는 것처럼 반드시 점진적으로 점령해야만 한다. 그래야만 이가 빠져도 어린아이가 알지 못한다." 그런데 진나라는 초나라를 우습게 알고, 어린아이가 이빨을 갈 때 단숨에 뽑아버려도 괜찮은 것으로 여겼다. 그리하여 그 입을 우격다짐으로 벌리고 단숨에 뽑아버렸으니, 아이는 필경 다치고, 자신의 손가락도 이빨에 물리게 마련이었다.

그러므로 그 당시 진나라가 멸망하지 않은 것은 요행이었다. 하늘의 운세가 아니었다.

원문과 주석3

秦初遣李信以二十萬人取楚, 不克, 乃使王翦以六十萬攻之, 蓋空國而戰也。❶ 使齊有中主具臣知亡之無日, 而掃境以伐秦, 以久安之齊而入厭兵空虛之秦, 覆秦如反掌也。❷ 吾故曰「拙於取楚」。然則奈何? 曰:「古之取國者必有數, 如取齠齒也必以漸, 故齒脫而兒不知。」❸ 今秦易楚, 以為齠齒也可拔, 遂抉其口, 一拔而取之, 兒必傷, 吾指為齧。❹ 故秦之不亡者, 幸也, 非數也。❺

❶ ▪ 李信: 秦나라의 장군. 漢나라 때의 명장 李廣의 先祖. 燕나라를 멸망시키는 데 큰 공을 세워 진시황의 신임을 얻음. 그러나 20만 병력으로 초나라를 침공했으나 大敗하여, 그 뒤 행적에 대한 자세한 기록은 전해지지 않음.

▪ 王翦: 秦나라의 장군. 진시황이 초나라를 침공할 때의 기록이 『史記 · 白起王翦列傳』에 등장함. 이에 의하면, 진시황이 초나라 침공에 필요한 병력을 묻자, 李信은 20만 군사만 있으면 성공할 수 있다고 대답하고 王翦은 60만이 필요하다고 답변함. 이에 진시황이 "왕장군은 늙었구려. 어찌 그리 겁이 많소? 젊고 용감한 이장군의 말이 옳소이다." 하며 李信에게 20만 군사를 주어 초나라 정벌에 나서게 하자 稱病하고 은퇴하였으나, 李信이 대패하자 진시황이 다시 그에게 60만 병력을 내주어 초나라를 멸망시켰다. 후에 武成侯로 봉해졌다.

❷ ▪ 中主: 평범한 수준의 재능을 지닌 임금.

▪ 具臣: 아무 구실도 하지 못하고 단지 숫자만 채우는 신하.

❸ ▪ 齠[초; tiáo]齒: 어린아이가 永久 齒牙로 이를 갈다.

❹ ▪ 易楚: 초나라를 쉽게 생각하다. 초나라를 가볍게 여기다.

▪ 抉: 후벼 파다.

▪ 齧[설; niè]: 물다. 깨물다.

❺ ▪ 數: 運數, 天命.

***　　***　　***

번역 4

과거 오나라는 삼군三軍이 번갈아가며 온 힘을 다해 초나라를 공격하여 3년 만에 도읍지인 영郢에 진군할 수 있었다. 훗날 진晉나라가 오나라를 평정한 것이나, 수隋나라가 진陳나라를 평정한 것도 모두 같은 계략을 사용한 것이다. 오로지 부견符堅만은 그 계략을 사용하지 않았다. 만약 부견이 이 사실을 알고서, 백 배나 많은 병력으로 번갈아 출병하는 계책을 사용했다면 한신韓信이나 백기白起와 같은 명장이라도 당해내지 못했을 것이다. 하물며 사현謝玄이나 유뢰지劉牢之 따위야 말할 나위가 있겠는가! 그래서 나는 이 두 진秦나라가 모두 마찬가지로 어리석다는 것을 알게 되었다. 진시황은 요행히 이겼지만, 부견에게는 그 요행이 없었을 따름이었다.

원문과 주석 4

吳為三軍迭出以肆楚, 三年而入郢。❶ 晉之平吳, 隋之平陳, 皆以是物也。❷ 惟苻堅不然, 使堅知出此, 以百倍之衆, 為迭出之計, 雖韓、白不能支, 而況謝玄、牢之之流乎!❸ 吾以是知二秦之一律也: 始皇幸勝; 而堅不幸耳。❹

❶ ▪ 迭: 교체하다, 번갈아 하다.

▪ 肆: 마음껏. 여기서는 극력 공격하다.

- 迭出以肄楚: 계속 번갈아 출병하여 초나라를 마음껏 공격하다.
- 三年而入郢: 吳王 闔閭 3년에 드디어 초나라의 도읍지인 郢을 함락했다는 뜻.

❷ ▪ 晉之平吳: 279년 11월에 晉武帝가 吳나라를 정벌한 사건. 280년 3월에 孫皓의 항복을 받아냄.
- 隋之平陳: 588년 10월에 隋文帝가 陳나라를 정벌한 사건. 589년 정월에 陳나라의 마지막 임금 叔寶를 포로로 붙잡고 위진남북조시대를 끝나게 하였음.
- 是物: 車輪戰으로 三軍이 번갈아 가면서 적을 공격한 방법을 지칭함.

❸ ▪ 苻堅(338~385): 五胡十六國時代 前秦의 世祖 宣昭皇帝. 박학다식하고 재능이 많아 거의 北方을 통일했으나 晉나라 원정에 나선 '淝水 전투'(383)에서 대패한 뒤로 국력이 급격히 기울게 됨. 게다가 과거에 투항하였던 鮮卑族과 羌人들의 배신으로 도망가다가 살해되었음.
- 百倍之衆: 淝水의 전투 당시, 前秦의 苻堅이 동원한 병력은 백만 대군이었으나 晉의 병력은 8만이었음. 그러나 先鋒隊를 이끈 謝玄은 정예병 팔천으로 맞서 싸워 이겼으므로 일백 배라고 한 것임.
- 韓、白: 漢나라의 명장 韓信과 秦나라의 명장 白起를 지칭함. 모두 용병술에 뛰어난 軍事家였음.
- 謝玄(343~388): 東晉의 名將. 謝奕의 아들이자, 名宰相인 謝安의 조카임. 經國의 재능을 지녔고 용병술에 능하여 21세에 大司馬 桓溫의 部將이 되었음. 377년, 前秦의 침략에 대비하여 謝安의 추천으로 建武將軍, 兗州刺史가 되어 날랜 용사들을 모집하여 정예병을 조직 훈련하였음. 383년, 부견이 남침하자 선봉장이 되어 정예병을 이끌고 淝水에서 대승을 거둠.
- 牢之: 東晉의 명장 劉牢之(?~402)를 지칭함. 彭城(오늘날의 江蘇徐州) 사람. 字는 道堅. 武人의 집안에서 태어나 謝玄이 모집하는 정예병에 들어가 部將이 된 후 淝水 전투에서 용맹을 떨쳐 백전백승하였음. 그 후 謝玄을 따라 북벌에 나서 故土 회복에 큰 공을 세움. 그러나 훗날 東晉 朝廷의 내분이 격화되자 어느 편에 설지 우왕좌왕하다가 모두에게 신임을 잃었음. 桓玄에게 兵權을 뺏긴 다

《臨戴進謝安東山圖》(부분)
明, 沈周
淝水의 전투를 승리로 이끈 東晋의 총사령관 謝安이 뜻을 이루고 은퇴하여 은거지인 東山으로 향하는 모습. 이 그림의 작가인 沈周가 스승 戴進이 은퇴하는 모습을 謝安에 비견하여 그린 작품임.

음, 결국 목매달아 자살하였음.

❹ ▪ 二秦: 秦始皇의 秦나라와 符堅의 前秦을 지칭함.
▪ 一律: 마찬가지, 똑같다는 뜻.

동파는 진시황의 제나라에 대한 계략이 매우 교묘했다고 평가한다. 그것은 절대 '요행'이 아니었다. 반면 초나라를 침공해 들어간 것은 매우 어리석은 계략이었다고 말한다. 자칫 그 바람에 나라가 멸망할 수도 있었지만, 그 위기를 넘긴 것은 '요행' 덕분이라는 것이다.

그게 무슨 말일까? 진나라가 모든 군사력을 총동원하여 초나라를 침공했을 때, 제나라가 텅 빈 진나라를 쳐들어갔다면 진나라는 그대로 멸망하고 말았을 것이라고 동파는 판단하고 있다. 동파는 이 글의 제목에서 '진나라의 어리석음'을 말하고 있지만, 사실상 그는 그 절호의 기회를 못 살린 '제나라의 어리석음'을 지적하고 있다. 그 어리석음이 진나라에게 '요행'을 선물해 준 것이다.

그렇다면 제나라는 왜 진나라로 쳐들어가지 않았던 것일

까? 왜 그 좋은 기회를 놓친 것일까? 첫째, 진나라가 두려워 소극적인 자세로 현실에 안주했기 때문이다. 둘째, 제나라는 진나라가 자신을 지켜주는 우방으로 착각하였기 때문이다. 진나라는 모든 나라를 침공했으면서도, 제나라만큼은 40년 동안이나 공격한 적이 없었기 때문에 우방으로 여기고 있었던 것이다. 철저한 착각이었다.

진나라가 그동안 제나라를 공격하지 않았던 이유는 두 가지다. 첫째, 제나라에게 언제나 양보를 받았기 때문이었다. 둘째, 제나라와 인근의 국가들을 단절시켜 놓으려는 교묘한 장기적 계략 때문이었다. 그것도 모르고 어리석은 제나라는 진나라를 자신의 우방으로 철석같이 믿었던 것이다. 그리고는 마침내 배후의 걱정거리를 없앤 진나라의 공격을 받고 끝내 멸망하고야 만다. 동파가 비판하고 싶었던 것은 바로 그 점이었다. 이것이 어찌 남의 나라의 흘러간 옛날이야기일 뿐이겠는가.

봉건제도를 폐지한 진秦나라

해제

봉건제도의 문제점에 대해 다룬 글이다. 봉건제도는 주周나라 때의 통치 체계로, 수많은 제후들이 난립하여 왕실의 통제에 따르지 않고 춘추전국의 어지러운 형세를 이루게 만든 가장 큰 원인이었다. 이 때문에 진시황은 천하를 통일한 후에 봉건제도를 폐지하였지만, 그 진나라가 빠른 시간 안에 멸망하고 말자, 후세의 임금들은 다시 봉건제도에 대해 강한 유혹을 느끼게 되었다.

그리하여 오랜 세월에 걸쳐 수많은 논객들이 봉건제도의 시행 여부를 놓고 치열한 논쟁을 벌인다. 그 중 가장 탁월한 논지를 펼친 사람은 당나라 때의 유종원柳宗元이었다. 동파는 이 글에서 그의 논지를 칭송하며, 여기에 덧붙여 봉건제도가 지니는 또 다른 폐해를 거론하고 있다. 그 폐해는 과연 무엇일까?

번역 1

진秦나라가 처음 천하를 합병했을 때였다. 승상 왕관王綰 등이 건의했다. "연燕나라, 제齊나라, 형荊 땅은 멀리 떨어져 있어 왕王을 두지 않으면 다스릴 수가 없으니 왕자들을 왕으로 책봉하시옵소서."

진시황이 이에 대해 논의해보라고 하명하니 군신群臣들은 모두 적절하다고 여겼다. 이때 정위廷尉 이사李斯가 말했다. "주문왕周文王과 무왕武王은 수많은 종실의 동성同姓 자제子弟들을 왕으로 책봉했습니다. 그러나 후대로 내려갈수록 서로 소원해지고 원수처럼 서로 공격하여, 제후들은 번갈아가며 서로를 죽이고 토벌하였으니, 천자도 이를 막지 못했습니다. 이제 해내海內가 신령하신 폐하 덕분에 모두 군현郡縣으로 통일되었고, 여러 왕자와 공신들도 조정에서 걷은 세금으로 큰 상賞을 하사받아, 모두들 제도가 바뀐 것에 크게 만족하고 있습니다. 온 천하가 이에 이의異意가 없으니, 이는 천하를 안녕케 하는 제도입니다. 제후를 세우심은 적절하지 않습니다."

진시황이 말했다. "온 천하가 끊임없이 싸우느라 함께 고생한 것은 제후와 왕들이 있었기 때문이다. 종묘사직 덕분에 천하가 이제 막 안정된 시점에 다시 제후국을 세운다는 것은 바로 분란의 씨를 뿌리는 것이다. 봉건제도를 종식시키는 것이 무에 그리 어려운 일이랴! 정위의 말이 옳도다!"

이에 천하를 36개의 군郡으로 나누어, 각 군마다 군수郡守와 군위郡尉, 감군監郡을 두게 되었다.

원문과 주석1

秦廢封建

秦初并天下, 丞相綰等言: 「燕、齊、荊地遠, 不置王無以鎮之, 請立諸子。」❶ 始皇下其議, 羣臣皆以為便。廷尉斯曰: 「周文、武所封子弟同姓甚眾, 然後屬疎遠, 相攻擊如仇讐, 諸侯更相誅伐, 天子不能禁止。❷ 今海內賴陛下神靈, 一統皆為郡縣, 諸子功臣以公賦稅重賞賜之, 甚足易制。❸ 天下無異意,則安寧之術也, 置諸侯不便。」始皇曰:「天下共苦戰鬪不休, 以有侯王。賴宗廟天下初定, 又復立國, 是樹兵也, 求其寧息, 豈不難哉! 廷尉議是。❹」分天下為三十六郡, 郡置守、尉、監。❺

❶ ▪ 綰: 王綰. 진시황 당시의 丞相. 구체적인 행적을 전하고 있는 기록은 없음. 이 글에서 나오는 내용은 『史記 · 秦始皇本紀』에 기초한 것임.

▪ 荊: 초나라의 별칭. 초나라는 원래 荊山(오늘날의 湖北 南漳) 일대에서 건국하였기 때문에 붙은 별칭임.

▪ 置王: 同姓의 宗室을 王으로 봉하는 제도를 두다. 즉 봉건제도를 채택하다.

▪ 鎭: 진압하다, 지키다.

❷ ▪ 廷尉: 秦나라의 관직명. 九卿 중의 하나로 刑獄을 관장했음.

▪ 斯: 李斯. 진시황 시절의 정치가이자 문학가, 서예가. 上蔡(河南 上蔡縣) 사람. 荀子에게 배운 法家流의 정치가로, 秦나라의 丞相 呂不韋에게 발탁되었다. 鄭國渠(운하)를 완성하는 데 노력하였으며, 六國을 각개 격파하자는 계책을 바쳐 통일에 결정적 공을 세웠다. 통일 후에는 봉건제를 반대하고 郡縣制를 진언하여 廷尉에서 丞相으로 진급하였고, 焚書坑儒를 단행시켰다. 통일시대 진나라의 정국을 담당한 실력자로, 文字와 度量衡을 통일하는 등, 획기적인 정치를 추진하였다. 시황제의 死後, 환관 趙高와 공모하여 막내아들 胡亥를 2세 황제로 옹립하고 시황제의 장자 扶蘇와 장군 蒙恬을 자살하게 만들었다. 그러나 얼마 후 趙高의 讒訴로 투옥되어 咸陽의 저자거리에서 처형되었다.

▪ 後屬: 後代.

❸ ▪ 公賦稅: 朝廷에서 얻은 세금.

▪ 諸子功臣以公賦稅重賞賜之: 원작에는 '以公' 부분이 '供'으로 되어 있으나, 『史記』 6권에 나오는 해당 구절에는 '諸子功臣以公賦稅重賞賜之'로 기재되어 있다. 王松齡이 이에 근거하여 校正한 것을

따른다.

❹ ▪ 立國: 제후국을 세운다는 뜻.

▪ 樹兵: 싸움을 심는다, 즉 전쟁의 가능성을 심는다, 분란의 씨를 뿌린다는 뜻임.

❺ ▪ 守: 郡守. 郡의 최고 행정관.

▪ 尉: 郡尉. 郡守의 보좌관이자 郡內의 兵務 책임자.

▪ 監: 監郡. 監御史 또는 監公이라고도 한다. 郡內 관리들의 言行을 감독하는 책임자.

*** *** ***

번역 2

소자蘇子가 말한다. 성인聖人은 때를 만들 수 있는 존재는 아니지만, 때를 놓치지는 아니한다. 때는 성인이 어찌할 수 있는 바가 아니다. 단지 때를 놓치지 않을 뿐이다. 삼대三代가 흥성했던 시절에도 제후들이 죄가 없으면 그 직을 삭탈할 수 없었으니, 임금이 비록 제후 제도를 폐하고 군수郡守를 두고 싶다 해도, 그것이 가능한 일이었겠는가?

주周나라가 쇠퇴하고 제후들이 서로 병립하였을 때, 제나라 진晉나라 진秦나라 초나라는 모두 천 리 먼 곳에 떨어져 있었으니, 제후들을 세워 족히 병풍을 둘러칠 수 있는 형세였다. 전국시대에 이르러 일곱 나라가 모두 왕王을 칭하고 천자의 일을 행하였으나, 끝내 나름대로 제후를 봉하지 않고 강력한 권문세가의 등장을 막았으니, 이는 노나라의 삼환三桓과 진晉나라의 육경六卿, 그리고 제나라 전씨田氏의 사례를 보고 경계한 탓이었다. 그렇게 오랜 세월이 흘렀으니, 온 천하가 제후가 일으키는 재앙을 두려워하였으니, 이사나 진시황만이 그 문제점을 알고 있었던 것은 아니었다.

진시황이 천하를 합병한 후에 군郡과 읍邑을 나누고 군수와 현령을 둔 것은 당연한 이치였다. 마치 겨울에는 가죽 옷을 입고 여름에 베옷을 입는 것처럼 시의 적절하였으니, 사사로운 개인의 지혜로운 견해가 아니었다. 이른바 때를 놓치지 말아야 한다는 점에 있어서, 대부분의 사대부들은 잘못된 생각을 지니고 있었다.

한고조漢高祖가 여섯 나라에 왕을 책봉하려고 할 때에 장자방張子房이 반대하였으니, 세상에는 잘못된 생각을 가진 자만 있는 것은 아니었다. 이사의 주장과 장자방의 견해가 무엇이 다르겠는가? 세상 사람들은 단지 결과의 성패成敗로 옳고 그름을 판단하려 한다. 고조는 장자방의 충고를 듣고, 식사를 중단한 후 역식기酈食其를 꾸짖었다. 그가 제후를 다시 두어서는 안 된다는 사실을 깨달은 것은 현명한 일이었다. 하지만 훗날 끝내 한신韓信, 팽월彭越, 영포英布, 노관盧綰을 왕으로 책봉하였던 바, 이 일에는 고조뿐만 아니라 반대했던 장자방 역시 참여하였다. 그래서 유종원柳宗元은 이렇게 말했다. "봉건제도는 성인聖人의 뜻으로 만든 것이 아니라, 시대의 흐름이 그렇게 만든 것"이라고.

원문과 주석2

蘇子曰: 聖人不能為時, 亦不失時。❶ 時非聖人之所能為也, 能不失時而已。三代之興, 諸侯無罪, 不可奪削, 因而君之雖欲罷侯置守, 可得乎?❷ 此所謂不能為時者也。周衰, 諸侯相并, 齊、晉、秦、楚皆千餘里, 其勢足以建侯樹屏。❸ 至於七國皆稱王, 行天子之事, 然終不封諸侯, 不立強家世卿者, 以魯三桓、晉六卿、齊田氏為戒也。❹ 久矣, 世之畏諸侯之禍也, 非獨李斯、始皇知之。始皇既并天下, 分郡邑, 置守宰, 理固當然, 如冬裘夏葛, 時之所宜, 非人之私智獨見也, 所謂不失時者, 而學士大夫多非之。❺ 漢高帝欲立六國後, 張子房以為不可, 世未有非之者, 李斯之論與子房何異? 世特以成敗為是非耳。高帝聞子房之言, 吐哺罵酈生, 知諸侯之不可復, 明矣。❻ 然卒王韓、彭、英、盧, 豈獨高帝, 子房亦與焉。❼ 故柳宗元曰:「封建非聖人意也, 勢也。」❽

❶ ▪ 聖人不能爲時, 亦不失時: 聖人은 때(흐름, 時機)를 만들 수는 없어도, 놓치지는 않는다는 뜻.

❷ ▪ 三代: 夏, 商, 周의 세 朝代를 지칭함.

▪ 罷侯置守: 諸侯를 폐하고 郡守를 두다. 즉 封建制를 없애고 郡縣制를 시행하다.

❸ ▪ 千餘里: 지역의 광활함을 뜻하는 표현.

▪ 建侯樹屛: 제후국을 건설하여 병풍을 세우는 것처럼 변방에서 중앙정권을 에워 싸게 하다.

❹ ▪ 魯三桓: 춘추시대 魯나라의 대부인 孟孫, 叔孫, 季孫을 지칭함. 모두 魯桓公의 후손이기 때문에 三桓이라고 함. 文公이 죽은 후 三桓의 세력이 날로 강성하여 三軍을 나누어 장악했으므로 노나라는 사실상 그들이 장악한 것이었음.

▪ 晉六卿: 춘추시대 晉나라의 여섯 가문(范, 中行, 知, 趙, 韓, 魏). 모두 누대에 걸쳐 卿 벼슬을 했으므로 六卿이라고 부름. 훗날 戰國時代 초기에 知伯이 趙, 韓, 魏 三家와 연합하여 范, 中行 두 가문을 멸망시킨 후, 다시 趙, 韓, 魏 三家 연합군에 의해 멸망당함으로써 晉나라는 趙, 韓, 魏 三家에 의해 장악되었음. 후세에서 그 후의 晉을 三晉이라고 부름.

▪ 齊田氏: 齊나라는 원래 周文王이 姜子牙(姜太公)에게 하사한 姜氏의 나라였으나, 戰國時代 齊康公 때에 主君의 昏淫을 틈타, 재

상이던 田和가 대신 寶位에 올랐음. 그 후, 齊나라는 田氏의 나라가 되었으므로 후세에서 田齊라고 불렀음. 田氏는 춘추시대 齊桓公 때에 陳나라에서 피난 온 陳完의 후손임. 고대에는 陳과 田이 같은 발음이었으므로, 망명 온 陳完은 田完으로 改名하였고, 그 후손들은 대대로 제나라의 재상으로 활약하였음.

❺ ▪ 宰: 縣令.

▪ 裘: 가죽 옷.

▪ 葛: 베옷.

❻ ▪ 高帝聞子房之言, 吐哺罵酈生: 漢高祖 3年(204)에 있었던 일. 高祖 劉邦은 酈食其의 말을 듣고 六國을 맡을 王을 두려고 하였다가, 張良이 여덟 가지 불가한 이유를 들어 설명하자 그제야 그 문제점을 깨닫고 밥을 먹다가 말고 먹은 것을 토해낸 다음, "더벅머리 儒生 때문에 큰일을 망칠 뻔했다(豎儒, 幾敗而公事!)" 하며 역식기를 욕했다고 함. 『史記 · 留侯世家』 참조.

❼ ▪ 韓、彭、英、盧: 漢高祖 劉邦이 同姓의 宗室이 아닌데도 王으로 책봉했던 인물들. 각기 韓信(齊王), 彭越(梁王), 英布(淮南王), 盧綰(燕王)임.

▪ 子房亦與焉: 張子房(張良) 역시 왕으로 책봉한 일에 참여했다는 뜻.

❽ ▪ 封建非聖人意也, 勢也: 봉건제도는 聖人이 의도하여 만든 것이 아니라 시대의 흐름이 만든 것이라는 뜻. 唐代의 柳宗元이 「封建論」에서 한 말임. 그의 「봉건론」은 역대 사회제도를 비교 · 분석하는 가운데, 군현제가 지니는 장점에 대해 상세히 논한 柳宗元의 대표적인 정치 논문임.

***　　***　　***

번역 3

옛날에 봉건제도에 대해 견해를 밝힌 사람으로는 조원수曹元首, 육기陸機, 유송劉頌이 있다. 당태종唐太宗 때에 이르러서는 위징魏徵, 이백약李百藥, 안사고顔師古가 있었고, 그 후로는 유질劉秩, 두우杜佑, 유종원柳宗元이 있었다. 유종원이 자신의 견해를 밝힌 후로는 여러 사람들의 주장은 다 폐기 처분되었으니, 비록 성인이 다시 출현한다 해도 바꿀 수 없을 정도가 되었다. 때문에 나 역시 그의 주장에 찬성하며 보탬이 되는 말을 덧붙여 보고자 한다.

무릇 인간은 혈기血氣가 붙어 있는 이상 반드시 다투기 마련이다. 그 다툼은 필경 이득을 취하는 것 때문에 비롯되는데, 그 이득 중에서 가장 커다란 이득은 바로 봉건제도이다. 봉건제도야말로 모든 다툼과 어지러움의 시발점인 것이다. 문자의 기록이 생긴 이후로, 신하가 임금을 시해하고, 자식이 아비를 시해하며, 부자형제 간에 골육상쟁을 벌인 사례 중에 책봉된 자리의 세습 문제에서 비롯되지 않은 경우가 있었던가?

삼대三代의 성인들이 예禮와 음악으로 천하를 교화하여 형벌을 폐기하고 사용하지 않은 적은 있었어도, 보위를 찬탈하고 신하와 자식이 임금과 아비를 시해하는 재앙을 멈추게 하지는 못하였다. 한漢나라 이후로 군신부자君臣父子가 서로 살육한 것은 모두 제후와 왕의 자손들이었다. 그 외의 세습하지 않는 공경대부公卿大夫 가문에서는 아마도 그런 경우가 없었을 것이다.

근세에는 다시 봉건제도를 채택하지 않아 이런 재앙은 거의 사라지게 되었다. 어진 현인군자들이 이런 제도가 다시 시행되는 것을 어찌 참고 있겠는가? 그러므로 나는 이사와 진시황, 그리고 유종원의 주장을 만세萬世의 법으로 삼아야 한다고 생각하는 바이다.

원문과 주석3

昔之論封建者，曹元首、陸機、劉頌，及唐太宗時魏徵、李百藥、顏師古，其後有劉秩、杜佑、柳宗元。❶ 宗元之論出，而諸子之論廢矣，雖聖人復起，不能易也。故吾取其說而附益之，曰：凡有血氣必爭，爭必以利，利莫大於封建。❷ 封建者，爭之端而亂之始也。自書契以來，臣弑其君，子弑其父，父子兄弟相賊殺，有不出於襲封而爭位者乎？❸ 自三代聖人以禮樂教化天下，至刑措不用，然終不能已簒弑之禍。❹ 至漢以來，君臣父子相賊虐者，皆諸侯王子孫，其餘卿大夫不世襲者，蓋未嘗有也。❺ 近世無復封建，則此禍幾絕。仁人君子，忍復開之歟？故吾以為李斯、始皇之言，柳宗元之論，當為萬世法也。

❶ ▪ 曹元首: 魏晉時代 魏少帝의 權叔. 본명은 曹冏. 元首는 그의 字임. 「六代論」을 지어 分封制에 대해 논했음.
▪ 陸機: 西晉 시대의 문학가. 字는 士衡.
▪ 劉頌: 晉나라 초기의 대신. 字는 廣雅. 吏部尙書, 光祿大夫를 역임했음. 「除淮南相在郡上疏」에서 封建에 대해 논한 바 있음.
▪ 魏徵: 唐太宗 때의 賢臣. 字는 玄成. 尙書右丞 겸 諫議大夫를 역임했음. 「象古建侯未可議」에서 봉건에 대해 논한 바 있음.
▪ 李百藥: 唐太宗 때의 신하. 字는 重規. 中書舍人, 禮部侍郎 등을 역임했음. 『新唐書』 102권의 「李百藥傳」을 보면, 「封建論」을 지어 당태종에게 바쳤다고 함.
▪ 顏師古: 初唐 시기의 정치가이자 문학가. 이름은 籀. 中書侍郎, 秘書少監 등을 역임했음. 『全唐文』 147권에 「論封建表」가 전해짐.
▪ 劉秩: 盛唐 시기의 정치가. 字는 祚卿. 유명한 역사학자 劉知幾의 넷째 아들이다. 『唐會要 · 政典』에 봉건제에 대해 논한 부분이 있다.
▪ 杜佑: 中唐 시대의 정치가. 字는 君卿. 長安 출생. 증조부 이래 관료를 지낸 귀족 집안에서 태어나 일찍부터 여러 관직을 역임한 후, 德宗 · 順宗 · 憲宗 등 三代에 걸쳐 宰相을 지냈다. 司馬遷 이후 최

고의 역사가로 인정받았으며, 그가 편찬한 『通典』 200권은 上古로 부터 당 현종까지 역대의 제도를 9부분으로 분류하여 수록한 역사 서로서, 오늘날에도 제도사 연구에 있어 불가결한 자료이다. 그러나 『통전』 속에는 봉건제도에 대해 논한 글은 발견되지 않는다. 동파가 말한 것은 무엇에 근거한 것인지 좀 더 연구 조사할 필요가 있겠다.

❷ ▪ 附益: 보탬이 되도록 덧붙여 논하다.
▪ 血氣: 생명.

❸ ▪ 書契: 書는 文字, 契는 나무 따위에 새겨서 기록하는 것을 뜻함. 즉 문자의 기록을 의미함.

❹ ▪ 刑措: 형벌을 폐기하고 사용하지 않다. 措: 폐기하다.

❺ ▪ 賊虐: 살육하다.

해설

봉건제도란 대체 무엇인가? 우리는 흔히 이 단어를 사용하면서도 그 정확한 개념을 설명하지 못하고 있다. 학문적으로 통일된 개념이 없는 것이다. 오늘날 한국사회에서는 이 어휘를 주로 서양의 'feudalism'의 역어譯語로 사용하고 있기 때문이다. 그러나 '봉건封建'이라는 단어는 엄연히 아주 오랜 옛날부터 동양문화에서 사용되어 온 한자漢字 어휘다. 그러므로 이 단어를 사용하려면 먼저 봉건제도를 탄생시켰던 주周나라의 통치 체계에 대한 이해가 선행되어야만 한다. 우리 동양의 것을 모르고서, 우리 동양문화에서 사용하던 단어로 서양식 개념을 먼저 이야기한다는 것은 어불성설 아니겠는가?

'봉건封建'의 특징은 첫째 '혈연성'에 있다. 봉건이란 기본적으로 지배자가 자신의 혈연에게 영토를 나누어주고 그 땅의 주인으로 책봉하는 것을 말한다. 봉건제도를 최초로 채택한 주나라 무왕武王 희발姬發은 나라를 세운 뒤, 자신이 소유하는 영토인 왕기王畿를 제외한 나머지 영토를 혈연들에게 나누어 주고, 그 땅의 주인이라는 증거로 작위爵位를 하사하였다.

보다 가까운 혈연에게는 영토를 조금 더 많이 주면서 공公이라 칭하였고, 그 다음으로 가까운 혈연에게는 후侯라는 호칭을, 그 다음 순으로 백伯·자子·남男과 같은 호칭을 하사했다. 그들을 통칭하여 제후諸侯라고 하였다. 그러므로 제후들은 기본적으로 모두 같은 희씨姬氏 집안의 식구들이었다. 예외는 있었다. 건국에 절대적으로 공헌한 강태공 강자아姜子牙에게는 특별히 제齊나라 땅을 주었으므로, 제나라는 이성국異姓國이었다.

두 번째 특징은 '종가宗家'의 개념이다. 종가宗家인 주나라에 남은 식구들은 왕실王室이라 하였고, 각자 하사받은 영토에서 분가한 제후들의 새로운 종가를 공실公室이라 하였다. 그리고 공실에서 다시 분가한 식구들은 대부大夫라 하였다.

그러나 '봉건'의 핵심은 무엇보다도 '세습'에 있다. 땅은 유한하고, 그 땅의 주인은 계속 세습되는데, 새로 태어나는 혈연들에게도 영토를 나누어주어야 했으니, 여기서 필연적으로 혈연들끼리의 피비린내 나는 투쟁이 일어나게 마련이었다. 그 투쟁이 격화되다 보니 종가를 무시하는 것은 물론이요, 부모자식 간에도 서로 죽이고 죽는 일이 비일비재하게 발생했던 것이다.

동파는 이 글에서 봉건제도가 지니는 '세습'의 요인이야말로 인간의 추악한 소유욕을 끝없이 자극하고 인륜을 파괴하는 가장 큰 요인임을 예리하게 지적한 것이다. 그것이 이 글의 핵심 포인트다. 현대 한국사회의 가장 큰 문제 중의 하나도 '세습' 아니겠는가? 봉건의 핵심이 세습이라면, 아직도 우리 사회는 봉건사회라는 이야기다. 권력과 부의 세습을 시도하는 봉건주의자들로 만연되어 있는 한국사회를 향하여 동파는 말하고 있다. 세습을 일삼는 봉건제도의 폐지를 만세의 법으로 삼아야 한다고.

오자서伍子胥와 문종文種, 범려范蠡

해제

이 글은 동파가 서한西漢 시대의 양웅揚雄이 오자서伍子胥, 문종文種, 범려范蠡를 비판한 글을 읽고 쓴 독후감이다. 오자서와 문종, 범려는 모두 초나라 출신으로 타국인 오吳나라와 월越나라에서 활약한 책략가들로, 유명한 '와신상담臥薪嘗膽'이라는 고사성어를 탄생하게 만든 배경인물들이어서, 독자들의 흥미를 불러일으킨다.

이 글의 감상 포인트는 대체로 두 가지로 집약된다. 그 세 인물에 대한 양웅의 비판과, 이에 대한 동파의 반박이 그 하나일 것이다. 양웅과 동파는 그들의 어떤 사적에 대해 견해를 달리했던 것일까? 또 하나는 그 세 사람 중에서도 특히 범려에 대한 논지의 전개가 가장 많은 분량을 차지한다는 사실이다. 아울러 그것은 대부분 양웅의 비판과는 상관없는 내용이다. 동파는 과연 무엇 때문에 특히 범려를 주목한 것일까?

번역 1

월越나라가 오吳나라를 멸망시킨 뒤, 범려范蠡는 구천句踐의 목이 길고 새부리처럼 입이 튀어나온 생김새를 보고, 그가 환난은 함께할 수 있는 인물이되 안락한 세월은 함께할 수 없는 인물이라고 여겼다. 그리하여 측근들과 함께 배를 타고 바다로 나아가 제나라로 갔다. 범려는 떠나기 전에 대부 문종文種에게 편지를 남겼다. "하늘을 날던 새가 사라지면 좋은 활을 감추는 법이고, 재빠른 토끼를 잡아 죽이면 사냥개는 삶아 먹는 법이라고 하더구려. 그대도 떠나시구려!"

원문과 주석 1

論子胥種蠡❶

越既滅吳, 范蠡以為句踐為人長頸烏喙, 可與共患難, 不可與共逸樂, 乃以其私徒屬浮海而行, 至於齊。❷ 以書遺大夫種曰:「蜚鳥盡, 良弓藏, 狡兔死, 走狗烹。子可以去矣!」

❶ ▪ 子胥: 伍子胥. 춘추시대 말기 吳나라의 大夫이자 軍事家. 이름은 員. 子胥는 그의 字이다. 楚나라 출신이다. 부친인 楚나라의 대부 伍奢와 형인 伍尙이 楚平王에게 살해된 뒤, 吳나라로 도망쳐 吳王 闔閭의 重臣이 되었다. B.C.506년 오나라의 군사를 이끌고 초나라를 공격하여 이미 사망한 楚平王의 무덤을 파헤치고 시신을 삼백 번 채찍질하여 부친의 원수를 갚았다. B.C.483년 吳王 夫差의 명으로 제나라에 사신으로 간 사이에, 참언을 믿은 부차가 보검을 보내어 자살하게 하였다. 이에 보검으로 자진하면서, 오나라가 멸망하는 것을 보고 싶으니 자신의 눈(眼)을 파서 東門에 걸어 달라고 부탁한다. 그리고 그가 죽은 후 9년 후에 오나라는 越나라에게 멸망당했다.

▪ 種: 文種. 춘추시대 말기 越나라의 대부. 文仲이라고도 표기한다. 字는 會, 또는 少禽, 또는 子禽이다. 원래는 초나라 출신으로 越王 句踐의 策士가 되어, 范蠡와 함께 吳王 夫差를 격파하는 데 혁혁한 공을 세웠다. 그러나 오나라의 멸망 후, 稱病하고 사직하라는 범려의 충고를 듣지 않다가 句踐에게 버림받아 자살하라는 명을 받고 죽었다.

- 蠡: 范蠡. 춘추시대 말기 越나라의 대부. 字는 少伯. 초나라 출신으로 博學多識하고 多才多能했으나 당시 초나라 정치가 극히 어지러웠으므로, 文種과 함께 越나라에 가서 吳나라에 패배한 句踐을 20여 년 동안 보좌하였다. 句踐이 臥薪嘗膽하여 마침내 오나라에 복수하자 西施와 함께 일엽편주를 타고 홀연 사라져버렸다. 훗날 제나라에서 鴟夷子皮라는 가명으로 장사를 하여 큰돈을 모았다. 제나라 사람들이 그를 알아보고 재상을 시키려 하자 전 재산을 모두 나누어주고 다시 陶(오늘날의 山東 定陶)로 도망가서 새롭게 장사를 벌여 그곳에서도 큰돈을 벌었다. 훗날 세인들은 그를 '商聖'이라고 불러, 중국 儒商의 鼻祖가 되었다.

❷ ▪ 句踐: 춘추시대 말기 越나라의 군주. 越王 允常의 아들로, 오나라에 會稽에서 大敗당한 후에 臥薪嘗膽하며 文種과 范蠡 등을 임용하여 국력을 회복한 후, 夫差를 죽이고 오나라를 멸망시킨 뒤 霸者로 등극하였다.

- 烏喙[훼; hui]: 새의 부리. 뾰족하게 튀어나온 사람의 입.
- 私徒屬: 개인적으로 가까이 지내는 무리. 측근.

❸ ▪ 蜚鳥: 飛鳥. 나르는 새. 蜚는 飛와 통함.

***　　　***　　　***

번역 2

소자蘇子가 말한다. 범려는 주군主君의 관상만 볼 줄 알았도다. 내가 범려의 관상을 보건대, 그 역시 새부리처럼 입이 튀어나왔구나. 무릇 재물을 좋아하는 것은 천한 선비나 하는 짓이다. 범려처럼 현명한 사람이 어찌 재물을 모은단 말인가? 부자父子가 바닷가에서 힘써 농사를 지어 천금을 경영하여 몇 번이고 많은 재물을 모았다가 다시 나누어주곤 하였다는 것이 대체 무슨 말인가? 재능은 넘치나 도道가 부족한 까닭에, 공명功名을 이루고서 은거한 뒤에도 세속에의 욕심을 끝내 버리지 못한 것이 아니겠는가? 만약 구천句踐이 대인大人의 풍도로 시종일관 범려를 중용하였다 할지라도, 범려는 청정무위淸淨無爲의 심경으로 월나라에서 늙어가지는 않았을 것이다. 그러므로 '범려 역시 새부리'라고 말하는 것이다.

노중련魯仲連은 진秦나라 군대를 물리친 뒤에 평원군平原君이 답례로 생일날 천금을 하사하며 그를 책봉하려 하였지만 웃으며 거절하였다. "온 천하의 선비들은 남들의 어려움을 도와주고서도 아무런 대가를 얻지 않는 것을 소중하게 여긴답니다. 대가를 받는 것은 상인들이나 하는 짓이니 저는 견딜 수 없소이다."

그리고는 떠나가서 죽을 때까지 나타나지 않으며 바다 위에서 숨어 살았다. "나는 부귀영화를 누리면서 남에게 굴복하느니 차라리 가난하게 지내며 세속적인 것을 가벼이 여기며 내 마음대로 지내겠노라!" 노중련의 말이다. 만약 범려가 노중련처럼 떠나갔다면 거의 성인聖人의 경지에 이르렀다고 할 것이다.

원문과 주석 2

蘇子曰: 范蠡知相其君而已, 以吾相蠡, 蠡亦烏喙也。❶ 夫好貨, 天下之賤士也, 以蠡之賢, 豈聚斂積財者?❷ 何至耕於海濱, 父子力作, 以營千金, 屢散而復積, 此何為者哉? 豈非才有餘而道不足, 故功成名遂身退, 而心終不能自放者乎? 使句踐有大度, 能始終用蠡, 蠡亦非清淨無為而老於越者也, 故曰「蠡亦烏喙也」。

魯仲連既退秦軍, 平原君欲封連, 以千金為壽。❸ 笑曰:「所貴於天下士者, 為人排難解紛而無所取也。即有取, 是商賈之事, 連不忍為也。」遂去, 終身不復見, 逃隱於海上。曰: 「吾與其富貴而詘於人, 寧貧賤而輕世肆志焉!」❹ 使范蠡之去如魯連, 則去聖人不遠矣。❺

❶ ▪ 相: 자세히 관찰하다, 살펴보다, 관상을 보다.

❷ ▪ 好貨: 재물을 좋아하다.

❸ ▪ 魯仲連: 전국시대 齊나라의 名士. 平民 思想家이자 論辨家 및 사회 활동가. 늘 各國을 주유하며 어려움에 처한 상황을 아무런 대가도 받지 않고 도와주었음.

▪ 平原君: 전국시대 趙나라의 宗室 大臣. 趙武靈王의 아들이며, 趙惠文王의 동생. 趙惠文王과 趙孝成王 때 재상으로 활동했음. 門下에 食客 수천 명을 먹여 살렸음. 제나라 孟嘗君 田文과 魏나라 信陵君 魏無忌, 초나라 春申君 黃歇 등과 함께 '戰國4公子'로 불렸음.

▪ 魯仲連旣退秦軍, 平原君欲封連, 以千金爲壽: 노중련이 秦나라 군사를 물리치고 난 후, 평원군이 그를 책봉하려 하고 생일을 축하하여 千金을 주려 하였다는 뜻. 『史記 · 魯仲連列傳』에 나오는 일화. 趙孝成王 9년(B.C.257)에 魯仲連이 마침 趙나라를 주유하고 있을 때, 秦나라 군사가 침공하여 도읍지인 邯鄲을 포위하였음. 魏王은 사신을 파견하여 秦王을 황제로 호칭하면 위기에서 벗어날 수 있을 것이라고 충고해 주었으나 趙王은 계속 망설이고 있었음. 이때 노중련이 나서서 趙나라와 魏나라가 연합하여 秦나라에 대항할 것을 설득하였음. 두 나라는 그의 제안을 받아들여 연합하여 진나라 군사를 물리침. 이에 감사의 뜻으로 平原君이 그에게 千金을 하사하고 작위를 주려 하였지만 노중련이 거절하고 떠났다는 일화임. 훗날 燕나라가 齊나라를 침공하자 노중련이 檄文을 써서 연나라 장수를 꾸짖어 물리친 일도 있음. 이에 제나라가 그에게 작위를 하사하려 하자 거절하고 이름 모를 섬에 숨어 살다가 사망하였음.

❹ ▪ 與其富貴而詘於人, 寧貧賤而輕世肆志焉: 부귀영화를 얻고 타인에게 굴복하느니 차라리 가난하게 살더라도 속세의 삶을 가볍게 여기고 내 뜻대로 살겠다는 뜻. 與其A寧B: A하느니 차라리 B하겠다. 원작에는 '吾與其富貴而詘於人'에서 '其'가 빠져 있으나 蘇東

坡集에 근거하여 王松齡이 校正하였음.

❺ ▪ 去聖人不遠: 聖人의 경지에서 멀리 떨어져 있지 않다. 거의 聖人이나 다름 없다는 뜻. 去는 여기서 전치사. '~로부터(from)'의 뜻임.

*** *** ***

번역 3

오호라! 춘추시대 이래로 벼슬에 올랐다가 벼슬을 버린 이들 중에 범려처럼 진퇴進退를 완벽하게 이룬 자가 없도다. 바로 이것이 부족하여 나는 늘 탄식하고 깊이 슬퍼했다.

오자서와 문종, 그리고 범려는 모두 인걸人傑이다. 그러나 고루하고 과문寡聞한 선비인 양웅揚雄은 하찮은 배움으로 이 세 사람의 하자瑕疵를 찾아내려 하였다. 세 번 간언諫言을 해서 받아들여지지 않았는데도 떠나가지 않았던 것, 시신屍身에 채찍질을 가한 것, 관사館舍를 습격한 것을 들어 오자서의 죄라 하였고, 구천句踐이 회계산會稽山에 숨지 않도록 강력하게 간언을 하지 않은 점이 문종과 범려의 과오라 하였다.

양웅은 세 번 간언하여 받아들여지지 않으면 떠나야 한다는 옛말을 들었던 모양이다. 그것으로 천하의 선비를 일률적으로 판단하려 했다니 어찌 고루하다 하지 않으랴! 세 번 간언해서 받아들여지지 않으면 떠난다는 말은, 궁지기宮之奇나 설야洩冶처럼 군신君臣 간의 교분이 얕았을 때나 하는 말이다. 하지만 오자서는 오나라의 중신重臣으로 나라의 존망과 함께 하는 신하였으니, 그런 그가 떠나간다면 어디로 가야 한단 말인가? 백번이고 간언을 하고 그래도 받아들여지지 않으면 또 계속하여 간언을 하다가 죽어야 마땅한 일이다. 공자孔子는 노魯나라를 떠날 때 한 번도 간언을 하지 않았으니, 세 번을 말할 필요가 무엇이겠는가?

아비가 주살誅殺을 당했으면 자식이 복수하는 것은 예禮라고 하겠다. 원수가 살아 있으면 그 목을 베고, 이미 죽었다면 그 시신에 채찍질을 하는 것은, 애통함이 극에 달해서 나온 행동이니 달리 선택할 바가 없는 것이다. 그리하여 옛날 군자들도 모두 슬퍼하며 오자서의 행위를 용서하였거늘, 양웅만이 사람의 자식이 아니란 말인가?

관사를 습격한 것은 합려闔閭와 다른 여러 신하들의 잘못이지 오자서의 본의가 아니었다. 구천이 회계산會稽山에서 곤경에 처한 사건도 그렇다. 구천은 문종과 오자서 두 사람의 의견을 중용重用할 수 있었다. 때문에 만약 그들이 구천이 전투를 벌이기 전에 목숨을 걸고 강력하게 간언을 하며 싸움을 말렸다면, 양웅은 또 그것이 잘못되었다고 오자서를 비난했을 것이다. 이는 모두 어린아이의 생각이나 마찬가지여서 논할 가치도 없는 것이지만, 그 세 사람이 억울하게 비방당하는 것이 견딜 수 없어 말해 보았다.

원문과 주석 3

嗚呼, 春秋以來, 用捨進退未有如蠡之全者, 而不足於此, 吾以是累嘆而深悲焉。❶ 子胥、種、蠡皆人傑, 而揚雄曲士也, 欲以區區之學疵瑕此三人者: 以三諫不去、鞭尸籍館為子胥之罪, 以不強諫句踐而栖之會稽為種、蠡之過。❷ 雄聞古有三諫當去之說, 即欲以律天下士, 豈不陋哉! 三諫而去, 為人臣交淺者言也, 如宮之奇、洩冶乃可耳。❸ 至如子胥, 吳之宗臣, 與國存亡者也, 去將安往哉? 百諫不聽, 繼之以死可也。

孔子去魯, 未嘗一諫, 又安用三?❹

父受誅, 子復讎, 禮也。❺ 生則斬首, 死則鞭屍, 發其至痛, 無所擇也。是以昔之君子皆哀而恕之, 雄獨非人子乎? 至於籍館, 闔閭與羣臣之罪, 非子胥意也。❻ 句踐困於會稽, 乃能用二子, 若先戰而強諫以死之, 則雄又當以子胥之罪罪之矣。❼ 此皆兒童之見, 無足論者, 不忍三子之見誣,❽ 故為之言。

❶ ▪ 用捨: 用은 임용되다, 벼슬을 하다. 捨는 벼슬을 버리다, 은퇴하다의 뜻.

❷ ▪ 揚雄(B.C.53~A.D.18): 西漢 末期의 학자. 字는 子云. 四川 成都 사람. 박학다식하였고 특히 辭賦에 능했다. 成帝 때 給事黃門郎에 임명되었고, 王莽 때 大夫가 되었다. 『法言』·『方言』·『訓纂篇』 등의 저서가 있다.

▪ 曲士: 孤陋하고 寡聞한 선비.

▪ 疵瑕: 玉의 티. 하자. 사람의 過失이나 缺點을 비유하여 사용함.

▪ 三諫: 伍子胥가 吳王 夫差에게 越王 句踐을 죽여서 후환을 없애야 한다고 10여 년에 걸쳐 세 번 간언하였으나 모두 거절당한 것을 지칭함.

▪ 鞭尸: 오자서가 초나라를 침공하여 죽은 楚平王의 무덤을 파내고 그 시신에 채찍질을 300번 가했던 일을 말함.

▪ 籍館: 籍는 藉와 통함. 館舍를 짓밟다. 공자 吳光의 자객 專諸가 館舍에서 吳王 僚를 암살하고, 오광이 왕위에 올라 闔閭가 된 사건을 지칭함. 專諸는 오자서가 추천한 인물임.

▪ 栖之會稽: 會稽山에 숨다. B.C. 494년, 夫差에게 패배한 句踐이 會稽山에 숨었던 사건을 지칭함. 구천은 얼마 버티지 못하고 항복하여 夫差의 신하가 된 다음, 臥薪嘗膽하여 끝내 복수하였다.

❸ ▪ 宮之奇: 춘추시대 虞나라의 大夫. 탁월한 식견으로 百里奚를 추천하여 함께 政事를 돌보았음. 虞 나라는 강대국 晋나라와 접경하고

있었으므로 또 다른 약소국인 虢나라와 연맹하여 晋나라에 맞설 것을 주장하였음. 虢나라를 공격하기 위해 길을 빌려달라는 晋나라의 요청에, 脣亡齒寒의 이치로 주군인 虞公을 설득하였지만 받아들여지지 않자 가족을 거느리고 虞나라를 떠났음. 晋나라는 虢나라를 멸망시키고 귀로에 虞나라까지 멸망시켰음.

- 洩冶: 춘추시대 陳나라의 大夫. 당시 陳나라에는 유명한 미녀인 夏姬가 있었다. 그녀는 원래 鄭穆公의 딸로써 陳나라의 夏御叔에게 시집온 후로 夏姬로 불렸다. 夏御叔이 일찍 죽자 夏姬는 陳靈公과 그의 신하인 孔寧・儀行父와 사통하였다. 3인의 君臣은 朝廷에서 夏姬의 內衣를 꺼내어 장난을 치는 등 淫行이 극심하였다. 이에 洩冶가 諫言을 하자, 陳靈公은 孔寧과 儀行父를 시켜 洩冶를 암살하였다. 그 후 3인의 君臣이 夏姬의 집에서 술을 마시고 놀다가 夏姬의 아들인 夏徵舒의 출생에 대해 농담을 하자, 격분한 夏徵舒가 陳靈公을 죽이고 스스로 陳侯가 되었다. 孔寧과 儀行父는 초나라로 도망갔다.

❹ • 去: 떠나다.

❺ • 父受誅: 원본에는 '不'자가 없으나 王松齡이 『東坡七集・後集』과 『續集』 및 『公羊傳・定公四年』에 근거하여 보충하였다. 그러나 劉文忠本은 원본대로 '不'자를 삭제하였다. 劉文忠本이 문맥상 맞으므로 이를 따른다.

❻ • 闔閭: 춘추시대 吳나라의 군주. 이름은 光. 伍子胥의 도움으로 자객 專諸를 시켜 吳僚를 암살하고 왕위에 오른 후 伍子胥, 孫武 등을 중용하여 국력을 강화한 뒤 徐나라를 멸망시키고 楚나라를 격파하였다. 그러나 越王 句踐에게 패하여 중상을 입고 죽었다.

- 至於籍館, 闔閭與羣臣之罪, 非子胥意也: 館舍에서 吳王 僚를 암살한 사건은 합려와 여러 신하의 잘못이지 오자서의 본의가 아니었다는 뜻. 그러나 이는 東坡의 사견이고, 일반적으로는 자객 專諸를 추천한 인물이 오자서이므로, 그가 암살사건에 깊이 관여했을 것으로 판단하고 있음.

❼ • 二子: 范蠡와 文種.

- 先戰: 싸우기 전에. 越王 句踐이 吳王 夫差와 전투를 벌이기 전에.
- 若先戰而强諫以死之: 越王 句踐이 吳王 夫差와 전투를 벌이기 전

에 伍子胥가 목숨을 걸고 강력하게 간언하였다면. 동파는 句踐이 夫差에게 싸움을 걸기 전에 오자서가 간언하지 않은 것으로 알고 있으나, 기록에 의하면 句踐은 오자서의 의견을 먼저 물어본 연후에 전투를 벌인 것으로 나와 있음.

- 以子胥之罪罪之: 오자서의 잘못을 가지고 비난했을 것이라는 뜻.

❽ ▪ 見誣: 억울함을 당하다. 누명을 쓰다. 見은 被의 뜻임.

해설

동파가 양웅의 견해에 대해서 반박한 것은 이 글을 쓰게 된 동기일 것이다. 그러나 붓을 든 동파의 마음은 다른 곳에 가 있었다. 바로 범려의 '완벽한 진퇴進退'였다. 이 글의 첫 부분을 읽다보면, 범려가 벼슬에서 은퇴한 후에 많은 재물을 모았던 것에 대해 동파는 퍽이나 못마땅해 하는 것처럼 보인다.

그러나 작품을 다 읽어보고 다시 한 번 음미해보면 그게 아니었음을 알 수 있다. 동파는 벼슬길에 나서서 월왕越王 구천句踐을 도와 마침내 뜻한 바 목적을 달성하고 난 후에 홀연 은거해버린 범려가 너무나 부러웠다. 늘 은거를 꿈꾸었지만 세상이 그를 놓아주지 않았기 때문이었다. 양웅과는 전혀 다른 이유로, 공연히 범려의 꼬투리를 잡아본 것은 그가 너무 부러웠던 탓은 아니었을까?

노魯나라의 삼환三桓

해제

춘추시대 초기, 공자孔子의 고향인 노나라의 가장 큰 골칫거리는 삼환三桓 세력의 전횡이었다. 군권軍權을 장악한 그들의 세력은 노나라의 군주보다도 더 강력하였기에, 그 폐단은 이루 말할 수 없었다.

노정공魯定公 12년, 대사구大司寇가 된 공자는 그들의 세력을 견제하고 공실公室의 권력을 강화하기 위해, 삼환의 근거지인 도성都城 세 곳을 허물 계획을 세우고 이를 실행에 옮긴다. 그러나 공자의 이 야심찬 계획은 끝내 실패하고야 만다. 혹자는 그래서 의문을 제시한다. 공자의 정치는 애초부터 너무 위험하고 무모한 것 아니었느냐고. 이 글은 그에 대한 동파의 답변이다. 과연 동파는 어떻게 말하였을까?

번역 1

노魯 나라 정공定公 13년의 일이었다. 공자孔子가 정공定公에게 말했다.

"신하는 사병私兵을 거느려서는 안 되고, 대부大夫는 100치雉가 넘는 성城을 지으면 안 되는 법이옵니다."

그리고 중유仲由; 子路를 계씨季氏의 지방관地方官으로 삼고 도성都城 세 곳을 철거할 계획을 세웠다. 그리하여 숙손씨叔孫氏가 먼저 후읍郈邑을 철거하였다. 이어서 계씨도 비읍費邑을 철거하려고 할 때, 공산불뉴公山不狃와 숙손첩叔孫輒이 비읍 사람들을 거느리고 정공定公을 습격하였다. 정공과 삼환三桓 세 사람은 계씨의 궁궐로 몸을 피신하고, 공자는 신구수申句須와 악기樂頎에게 명하여 그들을 토벌하게 하였다. 비읍 사람들은 패배하였고, 공산불뉴와 숙손첩은 제나라로 도망갔으며, 비읍은 마침내 철거되었다. 이어서 성읍成邑을 철거하려 하니, 공렴처보公斂處父가 성읍에서 반란을 일으켜 정공이 성읍을 포위하고 공격했으나 끝내 함락하지 못하였다. 이 일을 두고 혹자或者는 이렇게 말했다. "위태롭구나! 공자의 정치 역시 위험하고도 이루기 어려웠도다!"

원문과 주석 1

論魯三桓❶

魯定公十三年, 孔子言於公曰: 「臣無藏甲, 大夫無百雉之城。」❷ 使仲由為季氏宰, 將墮三都。❸ 於是叔孫氏先墮郈。❹ 季氏將墮費, 公山不狃、叔孫輒率費人襲公。❺ 公與三子入於季氏之宮, 孔子命申句須、樂頎下伐之, 費人北, 二子奔齊, 遂墮費。❻ 將墮成, 公斂處父以成叛, 公圍成, 弗克。❼ 或曰: 「殆哉, 孔子之為政也, 亦危而難成矣!」

❶ ▪ 魯三桓: 춘추시대 魯나라의 대부인 孟孫, 叔孫, 季孫을 지칭함. 모두 魯桓公의 후손이기 때문에 三桓이라고 함. 文公이 죽은 후 三桓의 세력이 날로 강성하여 三軍을 나누어 장악했으므로 노나라는 사실상 그들이 장악한 것이었음.

❷ ▪ 魯定公十三年: 공자가 삼환씨의 세력 근거지인 세 都城을 허물려

고 했던 시기는 기록에 따라 다르다. 『東坡七集 · 續集』 8권에서는 '12년'으로, 『後集』 11권에는 '13년'으로 표기되어 있다. 한편 『春秋』 · 『左傳』 · 『公羊傳』에는 12년으로, 『史記 · 孔子世家』에는 13년으로 나와 있다. 학자들은 12년(B.C.498)이 맞을 것으로 판단하고 있다.

- 甲: 갑옷. 兵器. 兵士.
- 臣無藏甲: 신하는 私兵을 거느릴 수 없다는 뜻.
- 雉[치; zhì]: 고대에 성벽의 면적을 세는 단위. 길이 3丈에 높이 1丈을 1雉라고 함.
- 大夫無百雉之城: 大夫는 100雉 이상 규모의 성벽을 축조하여 소유할 수 없다는 뜻.

❸ ▪ 仲由(B.C.542~B.C.480): 子路. 季路라고도 함. 춘추시대 魯나라의 정치가이자 무인. 공자의 핵심 제자. 용맹하고 직선적이며 성급한 성격이었으나, 부모에 대한 효성이 뛰어나고 스승의 충직한 侍衛 역할을 하여 공자의 사랑을 한 몸에 받았다. 공자가 노나라에서 司寇 벼슬을 할 때 季孫氏 領地의 현령을 맡았다. 공자가 周遊를 끝내고 노나라로 귀국할 때, 衛나라에 남아서 벼슬을 하였으나 왕실 계승 분쟁에 휘말려 蒯聵의 亂 때 전사하였다. 공자의 제자 중 최 연장자로, 때로는 스승인 공자의 문제점을 지적하고 비판해주는 친구 역할도 담당하였다.

- 宰: 地方官. 縣令.
- 墮: 허물다, 파괴하다.

❹ ▪ 郈[후; hòu]: 郈邑. 叔孫氏의 근거지였던 都城 이름. 오늘날의 山東 東平.

❺ ▪ 費: 費邑. 季孫氏의 근거지였던 都城 이름. 오늘날의 山東 費縣.

- 公山不狃: 춘추시대 노나라 三桓 중의 한 명인 季桓子의 家臣. 姓은 公山, 이름은 不狃, 字는 子泄임. 季桓子의 신임을 받고 계손씨의 근거지인 費邑의 지방관이 되었음.(B.C.505). 그러나 3년 후, 陽虎와 함께 반란을 일으켜 계환자를 체포하였으나, 계환자는 계략으로 齊나라로 탈출함. 費邑 지방관의 신분으로 공자를 초대하여, 공자도 이에 응하려 하였으나 子路의 반대로 무산됨. 魯 定公 12년(B.C.498), 공자가 大司寇가 되자, 私家의 세력을 견제하고

公室의 권력을 강화하기 위해, 三桓의 근거지인 3곳 都城의 규모가 예법에 규정한 것보다 크다는 것을 근거로 세 都城을 철거할 계획을 세웠음. 이에 家臣들의 반란을 겪었던 叔孫氏와 季孫氏는 공자의 계획을 지지하여 郈邑을 순조롭게 철거한 후 費邑도 철거하려 하였으나, 費邑의 지방관인 공산불뉴는 出其不意로 노나라의 都城인 曲阜를 쳐들어갔음. 이에 孔子는 군대를 거느리고 공산불뉴의 군대를 격파하니, 공산불뉴는 齊나라로 도망가고 費邑도 철거당하였음.

- 叔孫輒: 叔孫氏의 族人. 그러나 뜻을 얻지 못하자, 공산불뉴와 연합하여 반란에 참가한 인물.

❻ ▪ 三子: 孟孫, 叔孫, 季孫을 지칭함.
- 宮: 집. 고대에는 貴賤을 막론하고 집을 宮으로 칭했음.
- 申句須、樂頎: 모두 魯나라의 대부.
- 北: 敗北하다.
- 二子: 공산불뉴와 叔孫輒.

❼ ▪ 成: 成邑. 孟孫氏의 근거지였던 都城 이름. 오늘날의 山東 寧陽.
- 公斂處父: 춘추시대 노나라 孟孫氏의 家臣. 姓은 公斂, 이름은 陽, 處父는 字임. 공자가 郈邑과 費邑을 철거하고 孟孫氏의 근거지인 成邑을 마저 철거하려 하자, 맹손씨의 暗中 협력을 받고 모반을 일으켜 成邑 철거를 끝내 저지한 인물.
- 弗克: 이기지 못하다, 함락하지 못하다.

번역 2

공융孔融이 말했다. "옛날에는 도성都城 주위 천 리 땅을 왕기王畿로 정하고, 그 영토 안에는 따로 제후諸侯를 책봉하지 않았습니다." 조조曹操는 그의 주장이 점차 널리 퍼질까 걱정하여 마침내 공융을 죽였다. 공융은 단지 그 말만 했을 뿐인데 어찌 그럴 수 있단 말인가? 조조는 천자天子가 사방 천 리의 왕기王畿를 소유하는 것이 장차 자신에게 불리할까 봐 그를 가차 없이 죽였던 것이다.

계씨季氏는 친히 소공昭公; 魯昭公을 축출하고 소공을 타지에서 죽게 한 인물이었다. 당시 소공을 따르던 자는 모두 다시는 노나라로 돌아오지 못하였으니, 자가기子家羈 역시 그렇게 죽어갔다. 계씨가 정적政敵들을 핍박하고 질투함이 이와 같았으니, 비록 차지한 땅의 규모는 조조에게 못 미쳤지만, 군신君臣 간에 서로 의심함은 결코 조조보다 못하지 않았을 것이니, 그 당시 공자가 어찌 그들의 근거지인 도성을 철거하고 그들의 사병을 없애려 하지 않을 수 있었겠는가!

원문과 주석 2

孔融曰:「古者王畿千里, 寰內不封建諸侯。」❶ 曹操疑其論建漸廣, 遂殺融。融特言之耳, 安能為哉? 操以為天子有千里之畿, 將不利己, 故殺之不旋踵。❷ 季氏親逐昭公, 公死於外, 從公者皆不敢入, 雖子家羈亦亡。❸ 季氏之忌刻忮害如此, 雖地勢不及曹氏, 然君臣相猜, 蓋不減操也, 孔子安能以是時墮其名都而出其藏甲也哉!

❶ ▪ 孔融(153~208): 後漢 말기의 학자. 建安七子의 한 사람. 공자의 20世孫으로 山東 曲阜 출신. 字는 文擧. 學校를 세우고 留學을 전파하여 太中大夫 벼슬을 하였음. 강직한 성격으로 曹操를 비판하다가 一族과 함께 처형되었음.
▪ 王畿: 도읍지 주변 사방 千里의 땅을 王畿, 또는 國畿라고 함.
▪ 寰內: 왕이 직접 통치하는 땅(王畿)의 안.

❷ ▪ 旋踵: 발꿈치를 돌리는 시간. 아주 짧은 시간.

❸ ▪ 昭公: 魯昭公(B.C.560~B.C.510). 춘추시대 노나라의 24대 군주. 이름은 姬裯. 魯襄公의 아들. B.C.517년, 國政을 농단하고 있던 季孫氏 정벌에 나섰으나 大敗하고 齊나라로 망명함(같은 해에 35세의 공자도 齊나라를 방문하여 齊景公의 신임을 얻고 儒學政治

를 펼치려 하였으나, 당시 제나라의 재상이던 晏子의 반대로 뜻을 이루지 못한 적이 있음). B.C.510년, 다시 晋나라로 망명갔다가 乾侯 땅에서 51세의 나이로 사망함.

- 子家羈: 춘추시대 노나라의 정치가. 세칭 子家懿伯, 子家子라고도 함. 魯莊公의 玄孫. 子家文伯의 아들. 魯昭公 때의 大夫로 季平子를 首長으로 한 三桓勢力을 견제하자고 권했으나 받아들여지지 않음. B.C.517년, 魯昭公이 郈昭伯의 권유로 三桓을 토벌하려 하자 아직 때가 되지 않았다며 만류하였으나 역시 받아들여지지 않음. 결국 토벌은 실패로 돌아가고 郈昭伯은 죽음을 당함. 魯昭公이 제나라로 망명가서 晋나라에서 죽을 때까지 따라다니며 옆에서 보필하였음.

❹
- 忌刻: 질투하여 각박하게 대함.
- 忮害: 질투하다.
- 地勢: 근거지의 규모나 형세.
- 猜: 의심하다.

번역 3

『춘추春秋』를 잘 살펴보면, 그 당시 삼환三桓은 비록 불쾌했지만 그렇다고 공자의 뜻을 거스를 수 없었음을 알 수 있다. 하지만 공자가 노나라에 중용重用되어 정권과 민심을 장악하였으며, 그 결과 삼환 세력이 공자를 두려워했다고 말할 수 있을까? 만약 그랬다면 계환자季桓子가 제나라에서 선물로 보낸 여성女性 악공樂工들을 받으려 했을 때, 공자가 받지 못하게 했을 것이다. 그러나 공자는 "저 여인들의 입이여! 내가 떠날 때가 되었구나!" 노래하고 노나라를 떠나갔으니, 공자가 계씨를 두려워한 것이지, 계씨가 공자를 두려워했던 것이 아니다. 공자는 처음 자신의 정치를 펼치면서 삼환끼리의 관계가 소원해지기를 기다린 것이 아닐까? 소자蘇子가 말한다. "이것이 바로 공자를 성인聖人이라고 할 수 있는 이유인 것이다."

원문과 주석3

考於《春秋》, 方是時三桓雖若不悅, 然莫能違孔子也。❶ 以為孔子用事於魯, 得政與民, 三桓畏之歟? 則季桓子之受女樂也, 孔子能卻之矣。❷ 彼婦之口可以出走, 是孔子畏季氏, 季氏不畏孔子也。❸ 孔子蓋始修其政刑, 以俟三桓之隙也哉? ❹ 蘇子曰: 此孔子之所以聖也。

❶ ▪ 方是時: 공자가 三桓의 근거지인 세 都城을 철거하려 할 때.

❷ ▪ 季桓子之受女樂: B.C.496년, 공자가 56세에 大司寇가 되어 정권을 잡자, 이를 두려워한 제나라는 노나라의 國政을 어지럽히기 위해 미녀 80명과 말 120필을 선물로 보냄. 魯定公과 季桓子는 미녀들의 춤과 음악에 정신이 팔려 國政을 돌보지 않게 됨. 이에 실망한 공자는 벼슬을 버리고 천하를 주유하게 된 사건을 지칭함.
▪ 卻: 거절하다, 물리다, 받지 않다.

❸ ▪ 彼婦之口可以出走: 저 여인의 입이여! 떠날 때가 되었구나. 공자가 노나라를 떠나기 전에 불렀다는 「去魯歌」 노래 가사의 첫 부분. 군주가 제나라에서 보낸 여인들의 입에서 나오는 노래에 정신 이 팔려 있으니, 벼슬을 내놓고 떠나야겠다는 뜻임.

❹ ▪ 俟: 기다리다.

번역4

전씨田氏와 육경六卿이 복종하지 않으면 제나라와 진晋나라는 멸망하지 않을 도리가 없고, 삼환三桓이 신하되기를 거부하면 노나라는 다스릴 방법이 없는 것이다. 벼슬을 하게 된 공자가 펼칠 정치에서 이보다 더 급한 일은 없었다.

저 안영晏嬰도 그 점을 깨닫고 이렇게 말한 바 있다. "전씨의 참월함은 오직 예법禮法을 사용해야만 막을 수 있습니다. 예법에 의하면 가문家門의 혜택에 앞서 먼저 나라에 혜택을 미치도록 해야 하고, 대부는 공적公的인 이익을 취해서는 안 되는 법입니다." 제경공齊景公이 말했다. "훌륭하도다! 예법이 나라를 위해 쓸모가 있는 것인 줄은 내 이제야 알았노라!" 안영이 그 점을 알고서도 실천에 옮기지 않은 것은 그가 현인賢人이 아니어서가 아니다. 단지 정직함으로 길러내고 다치지 않게 하여, 천지간에 가득 채워야 할 호연지기浩然之氣가 공자와 맹자보다 부족했을 따름이다.

정처 없이 유랑하던 신하인 공자는, 정권을 맡은 지 몇 개월 만에 예법禮法을 근거로 하여, 나라를 망치게 하는 신하들에게 자신들의 근거지인 도성을 허물고 사병을 없애라고 요구하였다. 하지만 삼환 세력은 그러한 조치가 자신들을 해하려 하는 것이라고 의심하지 않았다. 이는 반드시 말하지 않고서도 믿음을 주어야 했으며, 화내지 않고서도 위엄이 있어야 했다. 이렇게 일을 추진하는 것을 볼 때, 공자가 성인임은 의심할 여지가 없는 것이다.

안영은 공자보다 훨씬 더 오랫동안 제나라에서 중용되었다. 제나라 경공의 신하에 대한 믿음이 노나라 정공보다 더욱 굳건하였으므로, 그가 다스린 기간 동안 전씨들로 인한 재앙은 크게 감소하였던 것이다. 나는 이 같은 사실에서 공자가 처했던 어려움을 알 수 있었다.

원문과 주석4

蓋田氏、六卿不服, 則齊、晉無不亡之道; 三桓不臣, 則魯無可治之理。❶ 孔子之用於世, 其政無急於此者矣。彼晏嬰者亦知之, 曰:「田氏之僭, 惟禮可以已之。❷ 在禮, 家施不及國, 大夫不收公利。❸」齊景公曰:「善哉, 吾今而後知禮之可以為國也!」❹ 嬰能知之而不能為之, 嬰非不賢也, 其浩然之氣,以直養而無害, 塞乎天地之間者, 不及孔、孟也。❺ 孔子以羈旅之臣得政朞月, 而能擧治世之禮, 以律亡國之臣, 墮名都, 出藏甲, 而三桓不疑其害己, 此必有不言而信, 不怒而威者矣。❻ 孔子之聖見於行事, 至此為無疑也。嬰之用於齊也, 久於孔子, 景公之信其臣也, 愈於定公, 而田氏之禍不少衰, 吾是以知孔子之難也。❼

❶ ▪ 田氏: 齊나라는 원래 周文王이 姜子牙(姜太公)에게 하사한 姜氏의 나라였으나, 戰國時代 齊康公 때에 主君의 昏淫을 틈 타, 재상이던 田和가 대신 寶位에 올랐음. 그 후, 齊나라는 田氏의 나라가 되었으므로 후세에서 田齊라고 불렀음. 田氏는 춘추시대 齊桓公 때에 陳나라에서 피난 온 陳完의 후손임. 고대에는 陳과 田이 같은 발음이었으므로, 망명 온 陳完은 田完으로 改名하였고, 그 후손 들은 대대로 제나라의 재상으로 활약하였음.

▪ 六卿: 춘추시대 晉나라의 여섯 가문. (范, 中行, 知, 趙, 韓, 魏) 모두 누대에 걸쳐 卿 벼슬을 했으므로 六卿이라고 부름.

❷ ▪ 晏嬰(?~B.C.500): 춘추시대 제나라의 명재상. 字는 仲, 시호는 平. 晏弱의 아들로, 제나라 萊의 夷維 사람. 제나라 靈公, 莊公, 景公 3대를 섬긴 재상으로서 절약 검소하고 군주에게 기탄없이 간언한 것으로 유명하였음. 晏子라는 존칭으로 불리기도 한다.

▪ 僭: 僭越. 禮法을 어기고 주제넘은 짓을 하다.

▪ 已: 멈추다.

❸ ▪ 在禮: 예법을 지키다. 예법에 근거하다.

▪ 家施不及國: 家門에게 미치는 혜택이 나라에 미치는 것보다 더 커서는 안 된다는 뜻.

❹ ▪ 齊景公: 춘추시대 제나라의 26대 군주. 姓은 姜, 氏는 呂, 이름은 杵臼임. 명재상인 晏嬰의 보필을 받아 58년 동안 在位하는 가운데 제나라의 정치를 안정시켰음. 제나라에서 가장 오랫동안 재위에 있었던 군주임. 공자를 받아들이려 했으나 晏嬰의 반대로 포기함.

❺ ▪ 浩然之氣, 以直養而無害, 塞乎天地之間者: 『孟子 · 公孫丑』에 나

오는 말을 동파가 인용한 것임. 浩然之氣란 정직함으로 培養해내어 다치지 않게 한다면 하늘과 땅 사이에 가득 차게 된다는 뜻.

❻ ▪ 羈旅之臣: 도처를 유랑하며 떠돌아다니는 신하.

▪ 得政朞月: 정치를 맡은 지 꼭 일 년이 되었다는 뜻. 朞: 돌. 滿 하루나 滿 1개월, 또는 滿 1년. 그러나 사실 공자가 정권을 담당한 기간은 단지 3개월뿐이었다. '朞月'이 아니라 '數月'로 해야 옳은 표현일 것이다.

▪ 以律亡國之臣: 亡國之臣(三桓)을 법률로 다스리다.

❼ ▪ 衰: 감소하다, 줄어들다.

▪ 而田氏之禍不少衰: 제나라 경공이 안영을 굳게 신뢰하여 田氏들이 國政을 장악하고 농단하던 재앙의 피해가 대폭 감소하였다는 뜻.

번역 5

공자는 노나라 애공哀公 16년에 사망하였다. 애공 14년의 일이었다. 제나라의 진항陳恒이 자신의 주군을 시해하자, 공자는 목욕재계한 후 조정에 나와 애공에게 말하였다. "진항을 토벌하시옵소서!" 나는 이 사실로 공자가 『춘추春秋』의 법도와 같은 것으로 열국列國의 군신들을 다스리고자 하였다는 것을 알 수 있었다. 공자는 그와 같은 포부를 늙어 죽을 때까지 잊지 않고 있었던 것이다.

혹자는 이렇게 말한다. "공자는 애공과 삼환이 틀림없이 자신의 말을 따르지 않을 것임을 알고 있었을 텐데, 그렇다면 그들에게 예법을 알려주려고 했던 것일까요?" 아니다. 공자는 실제로 제나라를 토벌하고자 했다. 공자가 애공에게 제나라를 토벌해야 한다고 말하자, 애공이 말했다. "노나라는 오랫동안 제나라보다 약소국이었소. 그대가 제나라를 토벌해야 한다니 장차 어찌해야 한단 말이오?" 공자가 대답했다. "진항이 자신의 임금을 시해했으니, 제나라 백성들의 절반이 그에게 동조하지 않을 것입니다. 노나라의 숫자에 제나라의 절반을 더한다면 충분히 이길 수 있습니다." 이것을 어찌 예법을 알려준 것에 불과하다고 하겠는가?

애공은 삼환의 핍박을 우려하여 일찍이 월越나라 군사력을 빌어 노나라를 정벌하여 그들을 제거하고자 한 적이 있었다. 만이蠻夷로 하여금 자신의 나라를 정벌하게 한다면 백성들이 동조하지 않는다. 이는 고여皐如와 위출공衛出公의 사례로 분명히 알 수 있다.

만약 공자의 말대로 제나라를 정벌하였다면 어찌 되었을까? 만약 공자의 말대로 제나라를 정벌하였다면, 공자는 제나라에 승리하는 임무를 맡아 감당하고도 남음이 있었을 것이다. 제나라의 전씨 세력을 제거한 후에는 노나라 공실公室의 힘은 저절로 확장될 것이다. 그렇다면 구태여 삼환 세력을 다스리지 않아도 그들이 스스로 복종해 올 터이니, 이것이 바로 공자가 뜻한 바였던 것이다.

원문과 주석 5

孔子以哀公十六年卒, 十四年, 陳恒弑其君, 孔子沐浴而朝, 告於哀公曰: 「請討之!」❶ 吾是以知孔子之欲治列國之君臣, 使如《春秋》之法者, 至於老且死而不忘也。或曰: 「孔子知哀公與三子之必不從, 而以禮告也歟?」❷ 曰: 否, 孔子實欲伐齊。孔子既告哀公, 公曰: 「魯為齊弱久矣, 子之伐之, 將若之何?」❸ 對曰: 「陳恒弑其君, 民之不予者半。❹ 以魯之衆, 加齊之半, 可克也。」此豈禮告而已哉? 哀公患三桓之偪, 嘗欲以越伐魯而去之。❺ 夫以蠻夷伐國, 民不予也, 皐如、出公之事,斷可見矣, 豈若從孔子而伐齊乎?❻ 若從孔子而伐齊, 則凡所以勝齊之道, 孔子任之有餘矣。既克田氏, 則魯之公室自張, 三桓不治而自服也, 此孔子之志也。❼

❶ ▪ 陳恒: 춘추시대 제나라의 대신. 후세에서 말하는 田常임. 齊桓公 때 난을 피해 제나라로 망명 온 陳厲公의 아들 陳完의 후예임. 陳과 田은 古音이 비슷했으므로, 난을 피해 온 陳完은 田氏姓을 사용하였으므로, 陳恒도 田恒이라고도 하였음. 훗날 司馬遷이 『史記』에 기록할 때, 漢文帝 劉恒의 이름을 피해서 田常으로 기록하였음. 제나라 정권을 농락하다가 齊簡公을 죽이고 스스로 승상이 된 뒤 실질적인 君主 노릇을 하였음. 그 三代 후에 田氏는 姜氏의 제나라 公室을 정식으로 퇴출시키고 제나라의 주인이 되었음.

❷ ▪ 三子: 三桓을 지칭함.

❸ ▪ 魯爲齊弱: 노나라가 제나라에 침략당해 국력이 약해졌다는 뜻.

❹ ▪ 不予: 찬성하지 않음.

❺ ▪ 偪[핍; bī]: 핍박하다.

▪ 哀公患三桓之偪, 嘗欲以越伐魯而去之: 노나라 哀公이 三桓 세력이 핍박해오는 것을 우려하여, 越나라의 병력을 빌려 三桓을 제거하려는 생각을 한 적이 있다는 뜻. 그러나 三桓이 먼저 哀公을 공격하여, 애공은 衛나라로 망명하였음.

❻ ▪ 蠻夷伐國: 오랑캐 군사로 자신의 나라를 공격하게 한다는 뜻. 그 당시, 蠻은 楚나라, 夷는 越나라를 지칭하였음.

▪ 皐如、出公之事: B.C.456년, 衛出公(衛나라의 29대 군주)이 난을 피해 노나라로 도망간 후 원조를 청하자, 노나라의 대부 叔孫舒와 越나라 대부 皐如가 연합으로 군사를 이끌고 衛나라 군대를 대파한 일을 지칭함. 당시 전쟁에 진 衛文子는 衛出公을 다시 받아들이고자 백성들의 의견을 물어보니, 모두들 "오랑캐 군사로 자신의 나라를 공격해왔으니 받아들일 수 없다"고 하여, 결국 衛出公은 越나라로 망명하여 살다가 죽었음.

❼ ▪ 張: 벌리다, 확대하다.

해설

공자는 대사구大司寇가 된 지 몇 개월 만에 오랫동안 국가의 실질적인 권력을 행사해온 삼환 세력에게 그들의 근거지인 도성을 허물고 사병을 없애라고 요구하였다. 일견 공자의 이러한 계획은 매우 위험하고 무모해 보인다. 그들이 이제 막 감투를 쓴 공자를 두려워할 리가 없기 때문이다. 그러나 공자는 도성 세 곳 중에서 두 곳을 허무는 데 성공한다. 어떻게 성공한 것일까? 하지만 마지막 하나는 허물지 못하고 끝내 자리에서 물러난다. 왜 실패한 것일까? 그 두 가지 의문에 대한 설명이 바로 이 글의 핵심 내용이다.

처음에 공자가 성공할 수 있었던 것은 '예법禮法 정치'를 펼쳤기 때문이다. 공자가 "신하는 사병을 거느릴 수 없고, 대부는 100치雉가 넘는 성곽을 지으면 안 된다"는 예법을 근거로 자신들의 성을 허물려고 했을 때, 삼환 세력은 그러한 조치가 자신들을 해하려 하는 것이라고 생각하지 않았다. 왜냐하면 그들 역시 각기 자신들의 혈연 통치조직 내에서 세력을 확장해 온, 가신家臣 대부들의 도전에 직면하여 골머리를 앓고 있었기 때문이다.

이것은 노나라만이 아니라 모든 제후국들이 공통적으로 지니고 있는 봉건제도 자체의 구조적인 모순이자 결함이었다. 상층 구조인 왕과 제후 사이에서 벌어지는 문제는, 중층 구조인 제후와 대부 사이에서도 똑같이 발생하였고, 하층 구조인 대부와 그 신하 대부 사이에서도 마찬가지로 발생하는 모순이었던 것이다. 이러한 피라미드 형태의 봉건제도가 지니는 갈등 구조를 해결해주는 유일한 방법은, 예법을 확립하고 이를 실행하는 것뿐이었다. 그 길만이 종실宗室과 종가宗家의 권위를 회복시켜 주고 나아가 국가를 안정시킬 수 있었다. 공자는 그 이치를 삼환 세력에게 설명하며, 예법을 실천하는 것이 그들 자신에게도 이롭다는 것을 설득했기 때문에, 개혁 초기에는 성공할 수 있었던 것이다.

그러나 공자가 종국적으로 실패한 이유는 무엇 때문일까? 첫째는 하층 구조에서 새롭게 실권을 장악한 삼환의 가신 세력들의 완강한 저항 때문이었다. 그러나 보다 본질적 원인은 중층 구조의 위정자들인 제후와 삼환의 적극적인 지지가 없었기 때문이다. 그들의 관심은 백성들에게 올바른 정치를 펼치는 데 있지 아니 하고, 일신의 안일과 향락에 있었다. 이를 확인한 공자는 어쩔 수 없이 바로 벼슬에서 물러나고 말았던

《孔子聖迹圖》 淸, 焦秉貞
공자가 열국을 주유하면서 제후들에게 자신의 사상을 유세하고 있다.

것이다.

동파가 이 글을 통해 주장하고 싶었던 요지는 '예법 정치의 효용성'이라고 할 수 있다. 예법은 결코 우리들의 현실과 괴리된 고리타분한 관념론이 아니라, 관리들과 백성들에게 권위와 믿음을 주어 나라의 체계를 확립하는 데 결정적 역할을 담당한다는 것을 설명하고 싶었던 것이리라. 다만 위정자들은 예법을 악용하려고만 할 뿐, 그들의 관심은 제사보다는 잿밥에 있음을 공자와 함께 통탄하고 있는 것이다.

사마천司馬遷의 두 가지 죄

해제

공자孔子의 춘추필법春秋筆法 정신을 이어받은 사마천司馬遷의 『사기史記』는 후세 중국 역사의 출발이다. 그 긍정적 가치를 모를 리 없는 동파가, 이 글에서는 사마천이 두 가지 죄를 지었노라 공박하고 나섰다. 그 이유는 무엇일까? 예로부터 중국의 지식인들은 고대 역사를 빌려와 오늘의 현실을 비판하는, 이른바 '차고논금借古論今'의 수법을 즐겨 사용하였다. 예민한 정치적 사안에 대해 우회적인 수법으로 자신의 입장을 밝히는 것이 상대방을 설득하는 데 있어서 보다 유용하기 때문이다. 이 글 역시 그러하다. 사마천에게 죄를 묻고자 하는 것이 아니라, 동파 당시의 정치현실을 비판하고자 한 것이다. 동파가 비판하고자 한 것은 과연 어떤 정치현실이었을까?

번역 1

상앙商鞅이 진秦나라에 등용되어, 법령을 개정하고 10년 동안 시행한 결과 백성들이 크게 기뻐하였다. 길에 물건이 떨어져 있어도 주어가는 사람이 없었고, 산적山賊들이 사라졌으며, 집집마다 풍족하게 지내게 되었다. 백성들은 공익公益을 위한 전쟁터에서는 용감했지만, 사리私利를 위한 싸움을 벌이는 것은 두려워하게 되었다. 이렇게 진나라 백성들이 부강해지자 천자가 효공孝公에게 고기를 하사하였고, 제후들은 모두 축하를 하게 되었다.

소자蘇子가 말한다. 이는 모두 전국戰國 시대에 떠돌던 선비들의 삿된 궤론이다. 그럼에도 불구하고 진정한 도道가 무엇인지 몰랐던 사마천은 위와 같이 역사에 기록하였다. 나는 사마천이 두 가지 큰 죄를 저질렀다고 여기었다. 먼저 그는 육경六經을 경전으로 하는 유가儒家보다 황노黃老의 도가道家를 더 우선시하였으며, 벼슬하지 않은 처사處士들을 낮게 평가하고 협객들과 같은 간웅을 높게 평가하였다, 하지만 이는 아주 자그마한 죄일 뿐이다. 그가 저지른 두 가지 커다란 죄란 바로 상앙과 상홍양桑弘羊의 공적을 논한 것이다.

원문과 주석 1

司馬遷二大罪

商鞅用於秦, 變法定令, 行之十年, 秦民大悅, 道不拾遺, 山無盜賊, 家給人足, 民勇於公戰, 怯於私鬭。❶ 秦人富強, 天子致胙於孝公, 諸侯畢賀。❷ 蘇子曰: 此皆戰國之遊士邪說詭論, 而司馬遷闇於大道, 取以為史。❸ 吾嘗以為遷有大罪二, 其先黃、老, 後六經, 退處士, 進姦雄, 蓋其小小者耳。❹ 所謂大罪二, 則論商鞅、桑弘羊之功也。❺

❶ • 商鞅(B.C.395?~B.C.338): 戰國時代 秦나라의 정치가. 衛鞅 또는 公孫鞅이라고도 한다. 衛나라 公族의 서출 출신. 刑名學에 조예가 깊었다. 衛나라에서 뜻을 펼치지 못해 魏나라로 갔으나 끝내 중용되지 못하여 다시 秦나라로 가서 孝公에게 중용되었다. B.C.359년, 秦나라 변법의 책임자로 발탁되어 保守派와 대립하는 가운데

刑法・가족법・토지법 등 다방면에 걸친 개혁을 단행하였다. 강력해진 국력으로 이웃한 魏나라를 공격하여 대승을 거두어, 그 공으로 列侯에 봉해지고 商(陝西省 商縣)을 領地로 받으면서 商鞅이라고 불리었다. 그 후 20년간 진나라의 宰相으로 있으면서 엄격한 法治로 전국 통일의 기반을 닦았으나, 한편으로는 그 때문에 많은 사람들의 원한을 샀다. B.C.338년 효공이 죽고 아들 惠文王이 즉위하자 궁지에 몰렸다. 혜문왕이 왕이 되기 전 법을 어겨 상앙에게 처벌을 받았기 때문에 그 보복을 당하게 된 것이다. 결국 반역죄로 체포되어, 四肢를 찢는 車裂刑에 처해져 죽었다.

- 家給人足: 집집마다 풍족하게 지내다.

❷ • 天子: 周나라의 왕을 지칭함.

- 致胙[조; zuò]: 고기를 보내다. 고기를 하사하는 것은 천자가 제후에게 보내는 최고의 은총임.
- 孝公: 秦孝公(B.C.381~B.C.338). 이름은 嬴渠梁. 戰國時代 秦나라의 25대 군주. 治國에 힘써 제후들을 마음으로 승복시키고 영을 내려 인재를 찾았다. 衛나라 출신 商鞅을 중용하여 두 번에 걸쳐 변법을 시행한 결과, 급속도로 국력이 신장되어 강대국으로 부상하였다. B.C.350년 咸陽으로 천도한 후 楚・韓・趙・齊 등과 동맹을 맺어, 당시 최대 강국이었던 魏나라를 협공하여 도읍지인 安邑을 점령하고 洛水 동쪽의 땅을 개척했다. 44세에 病死하였다.
- 畢: 모두.

❸ • 闇: 우매하다.

❹ • 先黃老, 後六經, 退處士, 進姦雄: 儒家보다 道家를 우선시하고, 벼슬하지 않은 처사를 낮추고 奸雄을 높이 평가했다는 뜻. 班固가 『漢書・司馬遷傳論』에서 司馬遷 『史記』를 비판한 말을 인용한 것임. 黃老는 黃帝와 老子로 道家의 代稱이며, 六經은 儒家를 지칭한 말임. 處士를 낮게 평가했다는 말은 司馬遷이 공자의 제자인 季次와 原憲을 낮게 평가했던 것을 지칭하며, 奸雄을 높게 평가했다는 것은 俠客들을 높게 평가한 사실을 지칭한 것임.

❺ • 桑弘羊(B.C.152~B.C.80): 漢武帝 때의 大臣. 洛陽 商人의 아들로 태어나 뛰어난 暗算 능력으로 13세에 侍中이 되었다. 당시 무제가 새로운 재정정책을 필요로 하자, 재무 관료로 두각을 나타내 大司

農中丞이 되어 국가의 회계를 관장하고 均輸官을 설치하였다. 治粟都尉와 大司農과 御史大夫를 지내는 동안 鹽鐵과 술의 專賣制度, 均輸法과 平準法을 실시했다. 그의 재정정책은 당시 국가의 경제 위기를 타개하는 데 큰 공을 세웠으나, 국가가 백성과 利益을 다툰다는 점에서 불만이 높아졌다. 결국 B.C.81년, 선비들과 궁정에서 그의 재정 정책을 놓고 격론을 벌였는데, 그때의 기록이 「鹽鐵論」이다. 대장군 霍光과 반목하다가 燕王 劉旦의 모반 사건에 연루되어 처형되었다. 그의 경제정책 중 특히 국가가 물건의 가격이 쌀 때 사들이고 비쌀 때 시장에 내다 파는 平準法은 王安石이 시행한 市易法과 같은 성격으로, 동파가 이 글에서 그를 맹렬히 비판한 주요 원인이 되었다.

***　　***　　***

번역 2

한漢나라 이후로 학자들은 상앙과 상홍양에 대해 언급하는 것조차 부끄러워한다. 그러나 군주君主된 자들만은 그들을 기꺼이 거론하고 있다. 군주들은 표면적으로는 그들의 이름을 밝히지 않지만, 내면적으로는 모두 그들의 주장을 따르려 한다. 심한 경우에는 이름까지 밝히며 공공연하게 그 뜻을 따르면서 자신들의 정책이 성공하기를 바라고 있으니, 이는 모두 사마천의 죄라 할 것이다.

진秦나라는 본시 천하의 강국이었고 효공孝公 역시 큰 뜻을 품은 군주였으니, 그가 10년 동안 정치를 베풀면서 가무歌舞나 여색, 사냥이나 유람 따위에 빠지지만 않는다면, 설령 상앙이 없었더라도 부강해지지 않을 리가 있겠는가? 진나라가 부강해질 수 있었던 것은 효공이 나라의 근본이 되는 농경農耕에 힘썼기 때문이지, 사람들의 피를 흘리게 하고 뼈를 깎게 만들었던 상앙의 공로 때문이 아니었다. 하지만 진나라가 승냥이나 호랑이 또는 독약과 같은 존재로 여겨져 백성들에게 증오의 대상이 된 것이나, 일개 필부가 난을 일으켜서 황실의 자손이 씨가 마르게 된 것은, 확실히 상앙이 그렇게 되도록 만든 것이다.

상홍양으로 말할 것 같으면, 두소斗筲처럼 작은 재능으로 지혜를 도둑질하였으니 언급할 가치도 없는 자인데, 사마천은 "세금을 추가로 걷지 않고서도 황상께서 풍족하게 사용할 수 있도록 하였다"고 그를 칭찬하였다. 이에 대한 사마광司馬光의 평가가 훌륭하다. "천하에 그런 이치가 어디 있겠는가! 천지가 만들어 낸 재화財貨와 온갖 물건들은 일정한 수치에 머물러 있는 법이니, 백성들의 소유가 아니면 관官의 소유일 뿐이다. 이는 마치 비가 내림에 있어 여름에는 장마가 지고 가을에는 가무는 것과 마찬가지 이치다. 세금을 추가로 걷지 않고서도 황상께서 풍족하게 사용할 수 있도록 하였다니! 이는 단지 교묘하게 방법을 강구하여 백성들의 이익을 침탈하는 것으로, 그 피해는 세금을 추가로 징수하는 것보다 더욱 큰 것이다."

원문과 주석2

自漢以來, 學者恥言商鞅、桑弘羊, 而世主獨甘心焉, 皆陽諱其名而陰用其實, 甚者則名實皆宗之, 庶幾其成功, 此則司馬遷之罪也。❶ 秦固天下之強國, 而孝公亦有志之君也, 修其政刑十年, 不為聲色畋游之所敗, 雖微商鞅, 有不富強乎?❷ 秦之所以富強者, 孝公務本力穡之效, 非鞅流血刻骨之功也。❸ 而秦之所以見疾於民, 如豺虎毒藥, 一夫作難而子孫無

遺種, 則鞅實使之。❹

至於桑弘羊, 斗筲之才, 穿窬之智, 無足言者, 而遷稱之, 曰:「不加賦而上用足。」❺ 善乎, 司馬光之言也!❻ 曰:「天下安有此理? 天地所生財貨百物, 止有此數, 不在民則在官, 譬如雨澤, 夏潦則秋旱。不加賦而上用足, 不過設法侵奪民利, 其害甚於加賦也。」

❶ • 世主: 君主들을 지칭함.
 • 庶幾A: 아마도 A할 수 있을 것이다. 희망을 표시함.

❷ • 聲色: 歌舞와 女色.
 • 畋[전;tián]游: 사냥과 유람.
 • 微: 없다. 未. 沒有.

❸ • 務本力穡: 나라의 근본이 되는 농사에 힘쓰다.
 • 流血刻骨: 商鞅의 가혹한 刑法으로 법을 어긴 백성들이 피를 흘리고 뼈를 깎는 고통을 겪게 되었다는 뜻.

❹ • 見: 被. 被動形을 만들어줌.
 • 疾: 미워하다, 증오하다.
 • 一夫作難: 일개 필부가 혼자서 亂을 일으키다. 농민이던 陳涉이 王侯將相의 씨가 따로 있겠느냐며 반란을 일으켜 결국 秦帝國을 멸망시킨 導火線이 되었던 사건을 지칭함.

❺ • 斗筲[소; shāo]: 斗나 筲는 모두 計量 도구임. 斗는 10升을 담을 수 있으며, 대나무로 만든 筲는 12升을 담을 수 있는 것으로, 한 인물의 재능이나 度量이 매우 작음을 비유하여 쓰는 말임.
 • 穿窬[유; yú]: 작은 문을 뚫는다는 말로 절도행위를 뜻함. 窬는 아주 작은 문.

❻ • 司馬光(1019~1086): 北宋 시대의 역사가이자 정치가. 字는 君實. 號는 迂叟, 또는 涑水先生. 陝州 夏縣 출신. 仁宗, 英宗, 神宗, 哲宗 등 四朝를 섬기었고, 死後 文正의 謚號와 溫國公의 작위를 하사받았다. 중국역사상 최초의 편년체 通史인『資治通鑑』의 저자로서 유명하다. 위인됨이 온화하고 겸손하면서도 강직하여 후세

儒學者의 典範이 될 정도로 많은 이들의 존경을 받았다. 蘇東坡와 같이 王安石의 新法에 반대한 舊法派의 영수였다.

*** *** ***

번역 3

온 천하에 알려진 그 두 사람의 이름은 구더기나 파리처럼 더러우니, 그 이름을 입에 올리면 혓바닥이 더러워지고 글로 쓰면 종이가 오염될 정도다. 그 두 사람의 술책을 이 세상에 사용한다면, 나라가 멸망하고 백성들이 피폐해지며 가문家門이 전복되고 몸을 망치게 하는 사례가 끊임없이 이어진다. 그런데도 군주만이 홀로 기꺼워한다. 그 이유는 무엇일까? 자신에게 편리한 그들의 말을 즐기기 때문이다.

대저 요堯·순舜·우禹 임금은 군주들의 아비요 스승이고, 목숨을 걸고 간언諫言을 하는 선비들은 군주들의 약석藥石이며, 공손과 자애慈愛와 근검勤儉과 경외敬畏는 군주들의 금과옥조이다. 그러나 군주들은 매일같이 아비와 스승을 향해 다가서고, 약석을 가까이하며, 금과옥조를 지키는 것을 즐기지 않는다. 때문에 상앙이나 상홍양의 술책을 펼치려 하는 자들은 반드시 먼저 요·순·우 임금을 멸시하게 되어 있다. 그리고는 "현명한 임금이란 오로지 천하를 주상主上의 뜻에 맞도록 만들 뿐"이라고 말한다. 이것이 바로 세상의 모든 군주들이 그들의 술책을 기꺼워하면서 깨닫지 못하는 이유인 것이다.

종유석과 오훼烏喙를 먹고 주색에 빠져 지내면서도 불로장생을 추구하는 이 세상의 풍조는, 아마도 하안何晏으로부터 비롯되었을 것이다. 하안은 어려서부터 부귀한 환경에서 자라났으니 한식산寒食散을 복용하며 욕망을 채우려 한 것도 괴이한 일은 아니겠다. 그의 이러한 행위는 자신의 죽음이나 가문의 멸족과 같은 일이 꼬리를 물고 일어나게 하기에 충분하였다. 한식산 때문에 죽음을 당하다니, 어찌 불행한 일이 아니랴! 그런데 왜 우리는 그를 본받으려 한단 말인가? 한식산을 복용하면 등창이 나고 피를 토하는 일이 끊임없이 발생하며, 상앙과 상홍양의 술책을 사용하는 것은 망국의 근원이라는 점은 모두 진실이다. 그런데도 끝내 깨닫지 못하는 것은, 그들의 달콤한 미사여구美辭麗句만을 즐기며 그 참혹했던 재앙을 잊고 있기 때문이다.

원문과 주석3

二子之名在天下者, 如蛆蠅糞穢也, 言之則汙口舌, 書之則汙簡牘。❶ 二子之術用於世者, 滅國殘民覆族亡軀者相踵也, 而世主獨甘心焉, 何哉?❷ 樂其言之便己也。❸ 夫堯、舜、禹, 世主之父師也; 諫臣拂士, 世主之藥石也; 恭敬慈儉、勤勞憂畏, 世主之繩約也。❹ 今使世主日臨父師而親藥石、履繩約, 非其所樂也。故為商鞅、桑弘羊之術者, 必先鄙堯笑舜而陋禹也, 曰:「所謂賢主, 專以天下適己而已。」❺ 此世主之所以人人甘心而不悟也。

世有食鍾乳烏喙而縱酒色, 所以求長年者, 蓋始於何晏。❻ 晏少而富貴, 故服寒食散以濟其欲, 無足怪者。❼ 彼其所為, 足以殺身滅族者日相繼也, 得死於寒食散, 豈不幸哉! 而吾獨何為效之? 世之服寒食散, 疽背嘔血者相踵也, 用商鞅、桑弘羊之術, 破國亡宗者皆是也。❽ 然而終不悟者, 樂其言之美便, 而忘其禍之慘烈也。❾

❶ ▪ 蛆蠅[저승; qūyíng]: 구더기와 파리.
▪ 糞穢[예; huì]: 더러운 분뇨.
▪ 汙: 더럽히다, 오염시키다.
▪ 簡牘: 종이가 없거나 드물던 시절, 대나무로 만든 편지 또는 편지지. 여기서는 '종이'로 번역한다.
❷ ▪ 相踵: 서로 뒤를 이어 따라가다. 踵은 발뒤꿈치. 발뒤꿈치를 따라가다.
❸ ▪ 便己: 자신에게 편리하다.
❹ ▪ 拂士: 君主가 잘못했을 때 목숨을 걸고 그 뜻을 거스르면서 임금을 보필하는 賢士. 拂은 거스르다.
▪ 藥石: 藥과 돌 바늘 침으로 치료하다. 잘못했을 때 훈계하다.
▪ 憂畏: 행여 자신이 정치를 잘못 행하지 않을까, 근심하고 두려워하다.
▪ 繩約: 밧줄로 묶다, 拘束하다. 여기서는 金科玉條로 삼고 지켜야 할 약속으로 번역한다.
❺ ▪ 鄙堯笑舜而陋禹: 堯, 舜, 禹 임금을 우습게 여기다. 鄙, 笑, 陋는 모두 우습게 알다, 가볍게 여긴다는 뜻.
▪ 適己: 자신의 필요에 맞추다.
❻ ▪ 鍾乳: 종유석. 道教의 方士들이 불로장생의 仙藥을 제조하는 藥材의 하나로 인식했다.
▪ 烏喙: 藥材로 쓰이는 毒性 식물.
▪ 何晏(193?~249): 삼국시대 魏나라의 관리이자 사상가. 魏晉 玄學의 시조. 字는 平叔. 後漢의 대장군 何進의 손자. 부친이 요절하여 모친 尹氏가 曹操의 첩이 된 탓에, 위나라 궁정에서 성장하며 조조의 총애를 받아 공주를 아내로 맞았다. 훗날 曹爽에게 아부하여 吏部尙書로 승진하였으나, 이를 견제한 司馬懿가 권력을 잡자 三族이 살해되는 滅門之禍를 당했다. 玄學과 淸談思想의 대표인물로 道家的 또는 道教的 시각으로 儒學을 해석하였다. 『論語集解』의 대표 편집자이다.
❼ ▪ 寒食散: 道教의 方士들이 사용하던 藥 이름. 복용 후에 몸이 뜨거워지기 때문에 차가운 음식을 먹는 데 적합하다 하여 寒食散이라는 이름이 붙었음. 魏晉 시대의 何晏이 최초로 제조하였다고 하

며, 한때 이를 복용하는 풍조가 크게 유행하였음. 長生不死를 위한 것이라지만 실제로는 주로 性慾을 돋구는 데 사용된 것으로, 일종의 慢性中毒現像을 야기하여 사망하는 부작용이 있는 위험한 약물임. 약재의 성분이 다섯 가지 石物로 구성되어 있다고 하여 五石散이라고도 함. 五石의 성분에 대해 葛洪은 丹砂, 雄黃, 白礬, 曾青, 慈石이라 했고, 隋나라 때의 名醫 巢元方은 鐘乳石, 硫黃, 白石英, 紫石英, 赤石脂라 하였음.

❽ · 疽背: 등에 종기가 나다. 등창이 나다.

❾ · 言之美便: 듣는 이의 마음을 유혹하는 달콤한 언어. 美辭麗句.

해설

동파가 이 글에서 사마천을 비난한 이유는 다름이 아니다. 그가 상앙商鞅과 상홍양桑弘羊이 시행했던 변법變法을 긍정적으로 서술했기 때문이다. 당시 동파의 최대 정적인 왕안석이 시행하고 있는 변법의 원조가 바로 그들이었던 것이다. 그 점을 이해한다 하더라도 이 글에서 주장하고 있는 동파의 논조는 상당히 지나치다. 차분하게 이성적으로 현상을 논하였다기보다는 잔뜩 흥분해 있는 목소리가 귀에 들리는 듯하다.

범증론范增論

해제

범증范增은 영화 〈패왕별희霸王別姬〉의 주인공인 항우項羽가 '아부亞父'로 불렀을 정도로 존중했던 그의 최측근 참모이다. 그러나 항우는 기회 있을 때마다 유방劉邦을 제거해야 한다고 건의한 범증의 말을 번번이 묵살하였다. 그리고 마침내 유방의 이간책에 넘어가 범증을 의심하기에 이른다. 이에 분노한 범증은 항우를 떠나갔고, 항우는 결국 유방에게 패배하여 자결하고야 말았다.

너무나 유명한 스토리다. 하지만 이 글에서 동파가 다루고 있는 주제는 '거취去就'의 문제이다. 동파는 범증이 보다 빨리 항우를 떠났어야 한다고 말한다. 그렇다면 과연 언제 떠났어야 했는가? 그것이 이 글의 내용이다. 그러나 이 글을 곰곰 음미해보면 내면에 잠복한 동파의 미세한 심리상태가 엿보인다. 그 심경을 파악해보는 것이 이 글의 또 다른 감상 포인트가 될 것이다.

번역 1

한왕漢王 유방劉邦은 진평陳平의 이간책離間策을 사용하여 초楚나라 군신君臣 사이의 관계를 소원하게 만들었다. 항우項羽는 범증范增이 한왕과 사통한다고 의심하여 그의 권한을 조금 박탈하였다. 이에 범증이 대노하여 말했다. "이제 천하의 일이 대체로 정해지어 군왕께서 혼자 처리하실 수 있사오니, 귀향하여 평민으로 해골을 묻게 해주시기를 청원하옵나이다." 범증은 귀로에 올라 팽성彭城에 못 미친 지점에서 등창이 나서 죽고 말았다.

소자蘇子가 말한다. 범증이 떠나간 것은 잘한 일이다. 떠나지 않았다면 항우는 틀림없이 범증을 죽였을 것이다. 단지 그가 좀 더 일찍 떠나지 않은 것이 유감일 뿐이다. 그렇다면 범증은 마땅히 어떤 일이 발생했을 때 항우에게서 떠나갔어야 했을까? 범증이 패공沛公 유방을 죽이라고 하였으나 항우가 듣지 않아 마침내 천하를 잃어버리게 만든 그 일이 발생했을 때였을까? 아니다. 범증이 패공을 죽이려 한 것은 신하로서의 직분이며, 항우가 죽이지 않은 것 또한 군왕으로서의 풍도를 보이기 위함이었으니, 어찌 이런 일로 범증이 떠나야 하겠는가?

『주역周易』에 말하기를 "미세한 징조로 알아채니 참으로 신묘하구나!" 하였다. 『시경詩經』에서는 "저기 비바람이 치는구나, 먼저 싸락눈이 내리도다!" 그렇게 노래하였다. 범증이 떠나가야 했던 시점은 마땅히 항우가 경자관군卿子冠軍 송의宋義를 죽인 그때였어야 했다.

원문과 주석 1

論范增

漢用陳平計, 間疎楚君臣。❶ 項羽疑范增與漢有私, 稍奪其權。❷ 增大怒曰:「天下事大定矣, 君王自為之, 願賜骸骨歸卒

伍!」❸ 歸未至彭城, 疽發背死。❹

蘇子曰: 增之去, 善矣, 不去, 羽必殺增, 獨恨其不蚤耳。❺ 然則當以何事去? 增勸羽殺沛公, 羽不聽, 終以此失天下, 當於是去耶?❻ 曰: 否。增之欲殺沛公, 人臣之分也, 羽之不殺, 猶有君人之度也, 增曷為以此去哉?❼《易》曰: 「知幾其神乎。」❽《詩》曰: 「相彼雨雪, 先集維霰。」❾ 增之去, 當以羽殺卿子冠軍時也。❿

❶ ▪ 漢: 劉邦을 지칭한다. 巨鹿의 전투에서 승리한 項羽가 B.C.206년, 關中에 들어가 제후들을 책봉할 때, 劉邦을 漢王으로 봉한 바 있다.
  ▪ 陳平(?~B.C.178): 前漢 초기의 대신. 河南 蘭考 출생. 처음에는 項羽의 謀士였으나 范增에게 죄를 지은 후, 劉邦에게 도망가 項羽와 范增의 사이를 갈라놓는 離間策을 바쳤다. 이는 유방이 항우를 이길 수 있는 결정적인 사건이 되어 漢나라 건국에 큰 공을 세운 셈이 되었다. 한나라 건국 후, 戶牖侯, 曲逆侯를 거쳐 左丞相이 되어, 呂氏의 난을 평정하고 文帝를 옹립하였다.
  ▪ 間疎: 이간책을 사용하여 사이가 소원하게 하다.

❷ ▪ 范增(B.C.277~B.C.204): 秦나라 말기 項羽의 謀士. 항우로부터 '亞父'라는 호칭을 받을 정도로 존중받았다. B.C.206년, 항우가 관중에 들어갔을 때 劉邦의 세력을 견제하기 위해 그를 죽이라 하였으나 받아들여지지 않았다. 그 후, 鴻門에서 연회를 베풀 때에도 수 차례 유방을 죽이려 하였으나 실패하였다. B.C.204년, 滎陽에서 項羽 軍에 포위된 劉邦이 화친을 청해오자 이를 결사반대하였으나, 陳平의 이간책에 빠진 항우가 그의 권한을 줄이자, 관직을 버리고 귀향하던 도중에 病死하였음.

❸ ▪ 愿賜骸骨: 자신의 해골(육체)을 하사해 주기를 희망한다, 즉 자신의 몸을 자유롭게 활동할 수 있도록 해달라는 말로, 은퇴를 청원하는 말임.
  ▪ 歸卒伍: 귀향하여 평민이 되다. 卒伍란 周나라 군대의 編制 명칭

임. 5인을 伍라 하고, 5伍를 兩이라 하며, 4兩을 卒이라 하고, 5卒을 旅라 하였다.

❹ ▪ 彭城: 地名. 오늘날의 江蘇省 徐州.
▪ 疽發背: 등에 종기가 생기다. 등창이 생기다.

❺ ▪ 獨恨其不蚤: 단지 좀 더 일찍 떠나지 못했던 것이 유감이라는 뜻.

❻ ▪ 沛公: 劉邦. B.C.209년 유방이 군사를 일으킨 장소가 沛(오늘날의 江蘇省 徐州)였기 때문에 붙여진 호칭임.

❼ ▪ 分: 職分.
▪ 曷爲: 어째서. 何爲.

❽ ▪ 知幾其神乎: 미세한 징조로 알아채니 참으로 신묘하구나! 『易經 · 繫辭下』에 나오는 공자의 말.

❾ ▪ 相彼雨雪, 先集維霰: 저기 눈보라가 치는구나, 먼저 싸락눈이 내리도다! 『詩經 · 小雅 · 頍弁[규변; kuǐbiàn]』에 나오는 말. 큰 눈이 내리려면 먼저 싸락눈부터 내린다는 뜻으로, 온 천하의 모든 사건은 먼저 아주 작은 일부터 시작하여 점차 발전된다는 의미임. 여기서 雨는 動詞로 사용되었음.

❿ ▪ 卿子冠軍: 秦나라 말기 楚懷王(義帝)의 신하인 宋義를 높여 부르는 호칭. 옛 楚나라의 令尹으로 項梁(項羽의 叔父)과 함께 擧兵하여 秦나라 토벌에 나섰음. 項梁이 范增의 계책을 받아들여 秦나라 토벌의 명분으로 옹립한 楚懷王(義帝)에 의해 討伐軍의 上將軍으로 임명되었기에 '卿子冠軍'이라는 호칭을 얻게 되었음. 秦나라 토벌 연합군의 일원인 趙王이 章邯이 거느린 秦軍에 의해 鉅鹿에 포위되어 지원을 요청하였으나, 강 건너 安陽에 주둔한 채 46일 동안 움직이지 않자 副將인 項羽에 의해 살해당함. 항우는 楚懷王의 밀명을 詐稱하여 모반한 송의를 죽였노라고 선포하고 군사를 이끌어 진나라 군대를 鉅鹿 전투에서 대파하고 關中으로 들어가 천하의 대권을 거의 수중에 넣게 되었음.

***　　***　　***

진섭陳涉이 백성들의 마음을 얻을 수 있었던 것은 항연項燕과 부소扶蘇 때문이었고, 항씨項氏가 흥성할 수 있었던 원인은 초회왕楚懷王의 손자 웅심熊心을 왕으로 옹립하여 명분을 얻었기 때문이었다. 그리고 제후들이 마음을 돌린 이유는 바로 항우가 의제義帝 웅심熊心을 시해하였기 때문이었다. 또한 의제를 옹립하자는 계책은 범증이 내놓은 것이니, 의제의 생사生死가 어찌 초나라의 흥망성쇠에 관한 일이었을 뿐이랴. 이는 범증의 길흉화복과도 연계된 것이니, 의제가 죽은 후에 범증 혼자 오랫동안 생존할 수는 없는 법이었다.

항우가 경자관군 송의를 죽인 일은 그가 의제를 시해한 사건의 전조前兆였다. 그가 의제를 시해한 것이 바로 범증을 의심하게 된 본래의 마음이었던 것이니, 어찌 꼭 진평이 이간책을 쓸 때까지 기다려야 했단 말인가! 모든 사물은 반드시 부패하고 난 연후에야 벌레가 꼬이게 마련이고, 사람에게는 먼저 의심하는 마음이 생기고 난 연후에야 주변의 참언讒言이 귀에 들어가는 법이다. 진평이 비록 꾀가 있었다 하지만, 의심의 마음이 없는 주군에게 어찌 이간책을 쓸 수 있었겠는가?

나는 일찍이 의제는 천하의 현군賢君이라고 논한 바 있다. 그는 관중關中 땅을 공격함에 있어서 패공만 파견하고 항우는 파견하지 않았다. 또 뭇 사람들 앞에서 경자관군의 재능을 알아보고 그를 상장군上將軍으로 발탁하였으니, 이러한 조치를 취하는 것이 현명하지 않으면 가능한 일이겠는가? 하지만 항우는 의제의 밀명密命을 사칭詐稱하여 경자관군을 죽였으니, 의제는 틀림없이 그 일 때문에 견딜 수 없이 분노하였을 것이다. 그러므로 만약 항우가 의제를 죽이지 않았다면, 의제가 항우를 죽였을 것이라는 점은 지혜로운 자가 아니라 할지라도 누구나 알 수 있는 일이다.

범증은 애초에 항량에게 의제의 옹립을 권유하여 제후들이 그때부터 복종하기 시작했으므로, 도중에 의제를 시해한 것은 결코 범증의 뜻이 아니었을 것이다. 단지 자신의 뜻이 아니었던 것에 그칠 뿐이었겠는가? 장차 아무리 다투며 간언을 해도 틀림없이 듣지 않을 것이라는 뜻 아니겠는가? 범증의 의견을 채택하지 않고 자신이 옹립한 군왕을 죽였으니, 항우가 범증을 의심하는 마음은 필경 이때부터 비롯되었을 것이다.

항우가 경자관군을 죽였을 당시에는 범증과 항우는 동등한 위치에서 의제를 섬기고 있었으니, 그들의 군신 관계가 아직 정해지지 않았을 때였다. 범증을 위한 계책을 내어본다면, 항우를 주살할 능력이 있었다면 그를 주살했어야 했고, 없었다면 바로 그를 떠나가는 것이 대장부의 의연한 모습이 아니었을까? 범증은 나이 일흔이 되어서야 뜻에 맞으면 남고, 맞지 않으면 떠나가려 했으니, 이때가 되어서야 거취를 분명하게 밝히려 했음은 온당치 못했다. 그가 항우에 의지하여 공을 이루려 했던 것은 고루한 생각이었다. 비록 그렇다 하나, 범증은 고제高帝 유방이 두려워하던 인물이었다. 범증이 떠나지 않았다면 항우도 망하지 않았을 것이다. 오호라! 범증은 그래도 역시 인걸이었도다!

원문과 주석 2

陳涉之得民也, 以項燕、扶蘇; 項氏之興也, 以立楚懷王孫心。❶ 而諸侯叛之也, 以弒義帝也。❷ 且義帝之立, 增為謀主矣, 義帝之存亡, 豈獨為楚之盛衰, 亦增之所以同禍福也, 未有義帝亡而增獨能久存者也。羽之殺卿子冠軍也, 是弒義帝之兆也。其弑義帝, 則疑增之本心也, 豈必待陳平哉!❸ 物必先腐也而後蟲生之, 人必先疑也而後讒入之, 陳平雖智, 安能間無疑之主哉?

吾嘗論義帝, 天下之賢主也。 獨遣沛公入關而不遣項羽, 識卿子冠軍於稠人之中, 而擢以為上將, 不賢而能如是乎?❹ 羽既矯殺卿子冠軍, 義帝必不能堪, 非羽殺帝, 則帝殺羽, 不待智者而後知也。❺

增始勸項梁立義帝, 諸侯以此服從, 中道而弑之, 非增之意也。❻ 夫豈獨非其意, 將必力爭而不聽也。不用其言, 殺其所立, 項羽之疑增必自是始矣。方羽殺卿子冠軍, 增與羽比肩而事義帝, 君臣之分未定也。❼ 為增計者, 力能誅羽則誅之, 不能則去之, 豈不毅然大丈夫也哉? 增年已七十, 合則留, 不合則去, 不以此時明去就之分, 而欲依羽以成功, 陋矣。雖然, 增, 高帝之所畏也, 增不去, 項羽不亡。❽ 嗚呼, 增亦人傑也哉!

❶ ▪ 陳涉(B.C.208~B.C.169): 본명은 陳勝. 涉은 그의 字임. 陽城의 농민 출신으로 秦나라의 暴政에 저항하여 蘄縣 大澤鄉에서 吳廣과 함께 봉기하였음. 秦始皇의 장남으로 억울하게 죽은 扶蘇와 楚나라의 장군 項燕의 이름을 사칭하여 민심을 얻고 群雄의 호응을 받아 승승장구하였음. 陳縣을 점령하고 스스로 왕이 되어 國號를 張楚라 하였으나 秦나라 장수 章邯에게 패하여 도망가던 중 부하인 莊賈에 의해 살해당함. 그의 농민 봉기는 중국 최초의 획기적인 사건으로, 결국 강력했던 통일 秦나라가 멸망하는 계기가 되었음. 이에 司馬遷은 『史記』에서 「陳涉世家」를 편성하고, 그를 제후로 대접하여 기록하였음.

▪ 項燕: 項羽의 祖父. 戰國時代 말기 초나라의 장군. 진나라의 장수 王翦에게 패하여 자살하였음.

▪ 扶蘇: 진시황의 長子. 진시황의 焚書坑儒를 말리다가 노여움을 사서 변방에 있던 蒙恬軍의 郡監으로 폄적되었다가, 진시황이 죽자 詔書를 위조한 趙高에 의해 살해당함.

▪ 項氏: 項梁과 項羽를 지칭함. 項梁은 초나라의 장군 項燕의 아들이자 項羽의 叔父임. 項氏는 대대로 초나라의 장군을 지냈던 家門으로 項(오늘날 河南 項城) 땅을 領地로 하사받았기 때문에 項氏 姓을 가지게 되었음. 項梁은 秦나라 토벌의 명분과 민심을 얻기 위해, 秦나라에 인질로 억류되었다가 죽은 楚懷王 熊槐의 손자인 熊心을 새로운 楚懷王으로 옹립하자는 范增의 건의를 받아들였음.

▪ 楚懷王孫心: 秦나라에 인질로 억류되었다가 죽은 楚懷王 熊槐의 손자인 熊心. 項氏에 의해 楚懷王으로 옹립되었으나 훗날 項羽에게 살해당하였음. 祖父인 楚懷王과 구분하기 위해 후세에 後懷王 또는 義帝로 불리움.

❷ ▪ 義帝: 楚懷王 熊心. 楚懷王으로 옹립된 후 項羽에게 비우호적인 태도를 취해 항우의 분노를 사게 됨. 항우는 거짓으로 그를 존중한다며 義帝로 추대한 후, 邊方인 長沙 郴縣으로 遷都하기를 권함. 이는 천도를 명목으로 껄끄러운 義帝를 내쫓겠다는 의도였으므로 거절하였다가 끝내 항우에게 암살당하였음. 항우가 의제를 시해한 사건은 천하의 민심을 잃은 결정적인 계기가 되었음.

❸ ▪ 待陳平: 陳平이 離間策을 내놓을 때를 기다리다.

❹ ▪ 獨遣沛公入關而不遣項羽: 沛公(유방)만 파견하여 關中에 들어가게 하고 항우는 보내지 않았다는 뜻. 義帝가 항우를 秦軍에 포위된 趙王을 지원하는 군대의 副將軍으로 보내고, 유방에게는 서쪽 길로 關中을 공격하게 한 후, 항우와 유방 사이에 '咸陽에 먼저 입성하는 사람이 왕이 되자'고 약속하게 하였던 일을 지칭함. 義帝는 이 일로 항우의 큰 불만을 사게 되었음.

▪ 稠[조; chóu]人: 뭇 사람. 衆人.

❺ ▪ 矯殺: 사칭하여 죽이다. 矯는 속이다, 거짓으로 빌린다는 뜻. 項羽가 卿子冠軍 宋義를 죽일 때 楚懷王의 密命으로 죽였다고 거짓 선포하였던 것을 지칭함.

▪ 不能堪: 참을 수 없다는 뜻. 楚懷王은 자신이 上將軍으로 임명한

宋義를, 항우가 멋대로 자신의 밀명을 받고 죽였다고 거짓 선포한 일을 견딜 수 없이 분해했을 것이라는 뜻.

❻ ▪ 中道: 도중에. 가는 길에.

❼ ▪ 比肩: 어깨를 나란히 하다. 동등한 신분이라는 뜻. 즉 항우가 宋義를 죽이기 전까지는 항우와 범증은 똑같이 義帝의 신하요, 宋義의 副將 신분이었으므로, 아직 君臣 관계가 형성되기 이전의 동등한 신분이었다는 뜻임.

❽ ▪ 高帝: 漢高祖 劉邦을 지칭함.

해설

동파는 범증이 나이 일흔이 되어 쫓겨나듯 떠나가지 말고, 애초에 항우의 위인 됨을 파악했을 그 당시에 떠났어야 한다고 주장한다. 이 세상 모든 일은 갑자기 발생하는 것이 아니라 오랫동안 내면에서 그 씨앗이 자라나다가 그 어떤 계기를 맞아 표면화되는 법이니, 진정한 지성인이라면 잠복해 있다가 이따금 모습을 드러내는 '전조前兆'를 눈치채고 과감하게 결단을 내려야 한다고 말하고 있는 것이다.

그러나 오해해서는 안 된다. 동파는 범증을 비판한 것이 아니다. 단지 그를 위해 못내 아쉬워하고 있을 뿐이다. 동파의 말대로 일찌감치 떠났다면 범증은 범증이 아니다. 역사 속에서 범증이 우리에게 던져주고 있는 이미지는, 인연을 소중히 하고 주어진 여건 속에서 최선을 다하는 군자의 모습이다. 그는 항우가 홍문鴻門의 연회에서 약속대로 유방을 죽이지 못한 것에 대해서 대단히 실망하고, 유방이 최종 승자가 되리라는 사실을 예측하고 있었다. 범증은 항우의 그릇이 부족하다는 '전조前兆'를 눈치채었을 뿐 아니라 미래의 결과도 정확하게 알고 있었던 것이다. 그런데도 그가 항우를 떠나지 않았던 것은 자신과 인연의 끈이 닿은 인물이었기 때문이었다.

동파가 그 사실을 과연 모르고 있었을까? 그렇지 않을 것이다. 그런 '전조'를 눈치채지 못한 인물에게 동파가 '인걸人傑'이라고 평가했을 리 없다. 다만 동파는 충신이 아무리 간언을 해도 임금은 귀를 막고 듣지 않는 상황이 안타까웠을 것이다. 왜냐하면 동파 역시 마찬가지 상황에 처해 있었으므로. 그러므로 이 글은 범증이 처했던 상황을 빗대어 자기 자신에게 들려주고 싶은 이야기를 서술했다고도 볼 수 있다. 동파는 언제나 은거 생활을 그리워했으면서도 떠나지 못했다. 혹시 동파는 범증에 대한 역사의 기록을 통해, 자신의 자화상自畵像을 보았던 것은 아닐까?

문객門客의 실직失職이 불러온 재앙

해제

이 글의 제목을 직역하면 '유사遊士의 실직이 불러온 재앙'이다. 그러나 '유사'라는 단어는 우리말에서 잘 사용하지 않기 때문에 '문객門客'으로 번역하였다.

'문객(유사)'이란 춘추전국 시대에 제후나 공경公卿들의 문전에 모여들어 밥을 얻어먹던 무리들을 말한다. 그들 중에는 학문과 재주가 뛰어난 선비도 있었고, 칼 잘 쓰는 무인이나 용력이 뛰어난 자들도 있었지만, 도둑질을 잘 하거나 닭 우는 소리 흉내내기 따위의 하찮은 재주를 장기長技로 삼는 자들도 있었다. 물론 지닌 재주의 수준에 따라 대접받는 정도도 달라지게 마련이었다.

전국시대에 이르러 이들 문객의 숫자는 헤아릴 수 없이 많았다. 그 원인은 인재들을 양성하여 자신의 포부를 달성해보고자 했던 제후와 공경들의 개인적인 야심 때문일 것이다. 위魏나라의 신릉군信陵君·제齊나라의 맹상군孟嘗君·조趙나라의 평원군平原君·초나라의 춘신군春申君 등 이른바 '전국戰國 사공자四公子'와, 진시황의 생부生父로 알려진 여불위呂不韋는 각기 수천 명의 문객을 거느린 것으로 유명하다. 특히 제나라는 국가적으로 직하稷下라는 장소에 접대소를 마련하여 인재들을 적극 초빙하였던바, '백가쟁명百家爭鳴'이라는 말도 바로 여기에서 비롯된 것이다.

이 글은 문객들에 대한 이러한 상황을 소개하면서 그 현상의 장단점을 서술하고 있다. 그러나 본문에 앞서, 이 글의 제목이 먼저 시선을 끈다. '문객들의 실직失職'이라니? 오늘날의 관점에서 본다면 문객이 되었다는 것 자체가 이미 실직자임을 뜻하겠지만, 당시로서는 엄연히 하나의 훌륭한 '직장'이었던 셈이라는 사실을 새삼 깨닫게 된다.

그들은 언제 이 '직장'을 잃게 되었던 것일까? 그것이 불러온 재앙이란 또 무슨 말일까? 결론부터 말하자면, 그 수많은 문객들을 축출한 것은 진秦나라 때였다. 그리고 동파는 진나라가 그렇게 빨리 망했던 이유는 바로 진시황이 그들을 축출했기 때문이라고 주장한다. 얼핏 황당하게 들리는 동파의 논리는 무엇일지, 잘 음미해보도록 하자.

번역 1

춘추春秋 시대 말엽부터 전국戰國 시대에 이르는 동안 제후와 고관대작들은 모두 선비들을 양성하였다. 위로는 책사策士나 세객說客, 담천談天 조룡雕龍 견백堅白 동이同異의 말 잘하는 변사辯士들로부터, 아래로 무예와 용력勇力 있는 자나 계명구도鷄鳴狗盜의 하찮은 재주를 지닌 무리들에 이르기까지, 귀빈의 대접을 받으며 접대소에서 상좌上座를 차지하고 호의호식했던 자들이 헤아릴 수 없이 많았다.

월왕越王 구천句踐은 6천 명의 식객을, 위무기魏無忌·제전문齊田文·조승趙勝·황헐黃歇·여불위呂不韋 등은 모두 3천 명의 식객을 거느렸다.

특히 전문田文은 설薛 땅에서 무사들과 간악한 무리 6만 명을 모았고, 제齊나라 직하稷下에 모였던 변사들 역시 천 명이나 되었다. 위문후魏文侯·연소왕燕昭王·태자 연단燕丹도 모두 무수한 식객들을 불러 모았다. 훗날 진말秦末 한초漢初 시기에 이르러서는 장이張耳와 진여陳餘가 많은 선비들을 불러 모았으니, 그들이 양성했던 빈객賓客들은 모두 천하의 호걸들이었으며, 전횡田橫에게도 선비 오백 명이 있었다.

사서史書의 전기傳記에 대충 엿보이는 자들만 해도 이처럼 많으니, 그 나머지 전해지지 않는 이들까지 헤아려 짐작해보면, 마땅히 관리들 숫자의 두 배요, 농부 숫자의 절반은 되었을 것이다. 이들은 모두 나라와 백성들의 이익을 좀먹는 자들이었으니, 백성들이 어찌 지탱하고 나라가 어떻게 감당해 낼 수 있었겠는가?

원문과 주석 1

遊士失職之禍❶

春秋之末, 至於戰國, 諸侯卿相皆爭養士。自謀夫說客、談天雕龍、堅白同異之流, 下至擊劍扛鼎、鷄鳴狗盜之徒, 莫不賓禮, 靡衣玉食以館於上者, 何可勝數。❷ 越王句踐有君子六千人; 魏無忌、齊田文、趙勝、黃歇、呂不韋, 皆有客三千人; 而田文招致任俠姦人六萬家於薛, 齊稷下談者亦千人; 魏文侯、燕昭王、太子丹, 皆致客無數。❸ 下至秦、漢之間, 張耳、陳餘號多士, 賓客廝養皆天下豪傑, 而田橫亦有士五百人。❹ 其略見於傳記者如此, 度其餘, 當倍官吏而半農夫也。❺ 此皆姦民蠹國者, 民何以支而國何以堪乎?❻

❶ ▪ 遊士: 戰國時代부터 秦漢 시대에 이르기까지 諸侯와 公卿들이 사사롭게 양성하던 선비를 칭하는 말. 劉向의 「戰國策敍錄」에서 처음 사용한 말이다. 여기서는 門客으로 번역한다.

❷ ▪ 謀夫: 謀士. 策士.

▪ 說[세; shuì]客: 某種의 이익을 위하여 능수능란한 말솜씨로 상대방을 설득하러 다니는 사람.

▪ 談天: 전국시대 齊나라의 鄒衍(B.C.324?~B.C.250)을 지칭함. 騶衍이라고도 쓴다. 맹자보다 약간 늦게 등장한 추연은 陰陽五行說과 五德(金, 木, 水, 火, 土)終始說을 제창하여 중국 전통사상 중의 중요한 기초를 세웠다. 그는 언제나 오로지 하늘(天) 이야기만 하였기 때문에, 談天衍이라고도 불리었다.

▪ 雕龍: 전국시대 齊나라의 辯士인 騶爽을 지칭함. 그는 鄒衍이 쓴 글을 龍을 새기는 것처럼 아름답게 꾸미기를 좋아하여 雕龍이라는 별명을 얻었다고 한다.

▪ 堅白: 전국시대 趙나라의 公子인 平原君의 門客이었던 公孫龍(B.C.320~B.C.250)을 지칭함. 惠施와 함께 궤변학파인 名家의 대표적인 인물. '白馬非馬'와 '堅白石' 등의 命題를 제시하여 물체와 속성, 內包와 外延의 문제를 토론하였다. 예컨대 그의 '견고하고 하얀 색의 돌멩이(堅白石)' 論旨는, '견고함(堅)'과 '하얀 색(白)'은 '돌멩이(石)'와는 별개로 이미 존재하고 있었다는 명제에서 시작하여, 모든 사물의 차별성을 지나치게 확대하는 동시에 그 통일성을 일괄 말살해버리는 등의 궤변을 일삼았다.

▪ 同異: 전국시대 宋나라의 辯士이자 철학자인 惠施(B.C. 370?~B.C.310)을 지칭함. 莊子와 同시대의 인물로 공손룡과 함께 名家의 대표자이다. 그는 모든 사물은 '작은 차이점(小異)'은 있으나 '크게 보면 모두 하나(大同)'라는 관점에서, 差別의 객관 존재를 부정하였다.

▪ 擊劍扛鼎: 칼을 다루고 솥을 들을 정도로 무예와 勇力이 뛰어난 자를 뜻함.

▪ 鷄鳴狗盜: 수탉이 우는 소리를 흉내낼 줄 알고, 개구멍으로 도둑질을 하는 무리라는 뜻. 수많은 食客들을 거느린 齊나라의 公子 孟嘗君 휘하에는 다른 재주는 없이 오직 닭 우는 소리를 흉내낼 줄

알거나, 개구멍으로 도둑질을 하는 자들도 있었다. 모두 그들을 쓸모없다고 여겼지만 맹상군은 식객으로 받아들였다. 훗날 秦나라를 방문한 맹상군은 그를 시기한 昭王에게 살해당할 위기에 처했다. 昭王의 애첩에게 도움을 요청했으나, 애첩은 이미 왕에게 진상품으로 바친 狐皮로 만든 가죽옷을 가져오면 도와주겠다는 조건을 제시했다. 이에 '개구멍 전문 식객'이 나서서 옷을 훔쳐와 애첩에게 바쳐서 일단 위기를 모면하게 되었다. 안심할 수 없었던 맹상군은 그 길로 야간도주를 하였다. 그러나 函谷關에 도착하자 관문이 굳게 닫혀 있었다. 이때 '닭 우는 소리 식객'이 나서서 닭 우는 소리를 내자 새벽이 된 것으로 착각한 수비대가 관문을 열어서 탈주에 성공하였다는 이야기가 『史記 · 孟嘗君列傳』에 전한다. 훗날 천박하고 얍삽한 재주나 꾀로 남을 속이는 무리를 지칭하는 成語로 사용되고 있다.

- 靡衣玉食: 호사스러운 옷과 귀한 음식.
- 館於上者: 숙소에서 上座의 자리를 차지하다.

❸
- 魏無忌, 齊田文, 趙勝, 黃歇: 魏無忌는 전국시대 魏나라의 公子 信陵君, 田文은 齊나라의 孟嘗君, 趙勝은 趙나라의 平原君, 黃歇은 楚나라의 公子 春申君을 지칭한다. 모두 門下에 食客 수천 명을 먹여 살려 강력한 勢를 과시하여 '戰國4公子'로 불렸다.
- 呂不韋(?~B.C.235): 姓은 姜, 氏는 呂, 이름이 不韋이다. 전국시대 말기 趙나라 출신의 유명한 商人으로, 조나라에 볼모로 잡혀 있던 秦나라의 공자 嬴子楚를 엄청난 돈으로 치밀하게 도왔다. 훗날 영자초가 귀국하여 莊襄王이 되자 그 공으로 文信侯에 봉해졌다. 『史記』에 의하면, 그가 조나라 에서 영자초에게 바친 趙姬가 낳은 嬴政은 사실 여불위의 아들이라고 한다. 莊襄王이 죽고 13세의 영정이 秦王이 되자 왕의 仲父가 되어 나라를 다스렸다. 영정이 장성하여 나라를 직접 통치하고 戰國을 통일하니 그가 바로 秦始皇이다. 그러나 여불위는 太后가 된 趙姬의 음란행위에 연루되어 지방으로 축출되자 음독자살하였다. 그는 문하에 식객 3천명을 거느리고 그 조직을 이용, 『呂氏春秋』를 편집하여 중국 雜家思想의 대표적 인물이 되었다.
- 薛: 지명. 오늘날의 山東 棗莊.

- 田文招致任俠姦人六萬家於薛: 齊나라의 孟嘗君 田文이 薛 땅에 武士들과 奸惡한 무리 6만 명을 모아 식객으로 양성했다는 뜻. 그러나 『史記 · 孟嘗君列傳』에 의하면 '食客 수천 명'이라고만 했을 뿐, '武士들과 奸惡한 무리 6만 명'이라는 표현은 없다.
- 稷下: '稷'은 齊나라의 도읍지인 臨淄(오늘날의 山東 淄博) 城門의 명칭으로, 그 인근에 齊나라 군주가 세운 저택을 '稷下' 또는 '稷下學宮'이라고 한다. 威王과 宣王은 여기에 천하의 인재를 불러모아 식객으로 두고 학문을 연마하게 하였다. 이는 세계 최초로 官方이 주관하고 개인적으로 주관하는 형태의 독특한 高等學府로, 이른바 百家爭鳴의 중심지가 되었다.
- 亦千人: 原作에는 '六千人'으로 기재되어 있으나, 王松齡이 百川本과 『東坡七集 · 後集』『續集』에 근거하여 교정한 것을 따른다.
- 魏文侯(?~B.C.396): 전국시대 魏나라를 건국한 군주. 姓은 姬, 氏는 魏, 이름은 斯, 또는 都이다. 戰國七雄 중 맨 먼저 變法을 시행하여, 정치를 개혁하고 水利事業에 힘쓰는 등 농업을 장려하여, 재위 38년 동안 경제를 발전시키고 주변 국가들을 복속시켜 위나라를 전국 초기의 强國으로 부상시켰다. 그는 賢人들을 우대하였으나 본격적으로 문객들을 양성하지는 않았다.
- 燕昭王(B.C.335~B.C.279): 전국시대 燕나라의 39대 군주. 姓은 姬, 이름은 職. 등극 초기에 老臣 郭隗와 築宮을 스승으로 모시고 인재들을 적극 불러 모은 결과, 유명한 樂毅가 魏나라에서 달려오고, 騶衍이 齊나라에서, 劇辛이 趙나라에서 오는 등 인재들이 다투어 燕나라로 몰려왔다고 한다. 그가 재위하던 33년 동안 나라가 부강해지고 군사력이 증강되어, 趙 · 楚 · 韓 · 魏와 연합하여 樂毅를 上將軍으로 하고 齊나라를 공격하여 70여 개의 城을 함락시킨 일이 있을 정도로, 燕나라의 최전성기를 구가하였다.
- 太子丹(?~B.C.226): 姓은 姬, 이름은 丹. 燕丹이라고도 한다. 전국시대 말기 燕王 喜의 태자였다. 秦나라에 볼모로 잡혀있을 때 많은 모욕을 당해 보복을 맹세하고 귀국한 후 널리 문객을 모집하여 양성하였다. 훗날 자객 荊軻로 하여금 秦王 嬴政(훗날의 秦始皇)을 암살하려 하였으나 실패로 돌아갔다. 대노한 秦王이 燕나라를 침공해오자 도망치던 중 죽음을 당하였다. 燕王 喜는 신하의 조언

을 받아들여 그 목을 베어 진나라에 보내어 사죄하였다.

❹ ▪ 張耳(?~B.C.202): 大梁(오늘날의 河南 開封 西北) 사람. 秦末 漢初의 인물. 일찍이 魏나라 공자 信陵君의 문객으로 있다가 外黃(오늘날의 河南 民權 西北)의 부잣집 딸이 과부가 되자 그 남편이 되었다. 아내의 재산으로 수많은 문객들을 양성하여 劉邦의 訪問을 받았다. 秦나라가 그와 陳餘를 지명수배하자 도망다니다가 秦末에 농민반란에 가담한 후, 劉邦의 부하가 되어 공을 세워서 漢나라 건국 후에 趙王으로 책봉되었다.

▪ 陳餘(?~B.C.204): 大梁 사람. 秦末의 인물. 張耳를 섬기던 부친 때문에 그와 至交를 맺고 함께 농민반란의 수령인 陳涉을 도왔으나, 陳涉이 그들의 건의를 몇 번이나 받아들이지 않자 武臣을 趙王으로 옹립하고 함께 일을 도모하였다. 그러나 陳餘가 병력 부족을 이유로 진나라 군사에게 포위된 張耳의 구원 요청을 거절하자 서로 원한을 맺게 되었다. 훗날 두 사람 모두 項羽를 섬기게 되었으나, 항우가 張耳는 왕으로 책봉하고 陳餘는 侯로 책봉하자 불만을 품고 張耳를 공격하였다. 패배한 張耳는 劉邦에게 귀순하여 韓信 휘하로 들어가, 다시 陳餘를 공격하여 죽였다.

▪ 田橫: 전국시대 말기 齊나라 田氏의 후예로 귀족 출신. 진시황이 천하를 통일한 후 田榮은 反秦의 구호를 내세우고 齊王이 되자, 진

《田橫五百士》 民國, 徐悲鴻 (1928~1930년간 작품)

시황의 공격을 받아 대패하였다. 田榮의 동생 田橫은 패잔병 3만 명을 모아 田榮의 아들 田廣을 齊王으로 옹립하고 자신은 재상이 되었다. 3년 후 劉邦이 酈食其를 보내어 귀순을 권하자 동의하였으나, 韓信이 유방의 뜻을 어기고 제나라를 습격해오자, 속은 것으로 여기고 酈食其를 삶아 죽였다. 그 후 유방이 항우를 멸하고 帝位에 오르자 보복이 두려워 휘하의 오백 명과 함께 오늘날 靑島 앞바다의 섬(田橫島)으로 들어가 숨어 지냈다. 유방의 사면령을 받고 어쩔 수 없이 육지로 나왔으나, 치욕을 견디지 못해 자살하니, 휘하의 오백 장사들도 함께 자살하였다.

❺ ▪ 當倍官吏而半農夫: 당시 모든 문객들의 숫자를 헤아려본다면, 모든 관리들의 두 배, 모든 농부의 절반 정도가 되었을 것이라는 뜻. 물론 과장법으로 그만큼 많았다는 뜻임.

❻ ▪ 蠹[두; tán]國: 나라를 좀먹다.

***　　***　　***

번역 2

소자蘇子가 말한다. 이는 선왕先王들도 막을 수 없는 현상이다. 새나 짐승에게 맹금猛禽과 맹수猛獸가 있고, 곤충들 중에도 독충毒蟲이 있듯이 나라에도 간신姦臣들이 있게 마련이다. 그들을 따로 구별하여 질서정연하고 적절하게 자리매김한다면 나라에 도道가 서게 되지만, 그들을 몽땅 솎아내어 없애버린다면 오히려 도道가 없어지게 되는 법이다. 내가 세상일이 변화하는 이치를 곰곰 생각해보니, 전국시대의 여섯 나라는 오랫동안 지속되었는데 진秦나라는 금방 멸망한 원인이 바로 여기에 있음을 알게 되었으니, 그 이치를 잘 살펴보지 않을 수 없다.

무릇 지혜로운 자와 용기 있는 자, 말 잘하는 자와 힘이 많은 자는 모두 천하의 빼어난 호걸이라 하겠다. 이들은 대부분

열악한 의식주衣食住 환경을 견디지 못하며, 타인을 먹여 살리지 못하고, 하인들이 자신을 받들어주기를 바란다. 때문에 선왕先王들은 이들 네 부류의 인간들과 함께 천하의 부귀富貴를 나누어 가졌던 것이다. 이 네 부류의 사람들이 직분을 가지게 되면 백성들의 삶이 안정되는 법이다.

이 네 부류는 비록 성격이 서로 다르지만, 선왕들은 관습대로 법령을 정하여 하나의 출로出路를 만들어 주었다. 삼대三代 이전에는 '학술學術'의 출로를, 전국시대부터 진나라 때까지는 '문객'이라는 출로를, 한漢나라 이후에는 '군현郡縣의 관리'라는 출로를 만들어주었다. 위진魏晋 이후로는 '구품중정제九品中正制'를, 그리고 수당隋唐 이후부터 지금까지는 '과거科擧제도'를 출로로 만들어주었다. 이 모두를 다 논할 수는 없지만 그 중의 다수를 거론하며 이야기해 보고자 한다.

전국시대 여섯 나라의 군주들이 그 백성들을 학대한 것은 결코 진시황이나 이세二世 호해胡亥보다 못하지 않았다. 하지만 그 당시에는 그 어떤 백성도 반란을 일으키지 않았다. 이는 백성들 중에 뛰어난 자들이 대부분 문객으로 대접을 받으면서 실직失職을 당하지 않았기 때문이다. 농사를 지어 상부에 바치는 이들은 모두 우둔하고 무능한 자들로써, 조정을 원망하며 반역을 일으키고 싶어도 앞장서서 무리를 이끌 능력이 없었으니, 이것이 바로 여섯 나라가 다소 안정되어 즉시 망하지 않은 이유인 것이다.

원문과 주석 2

蘇子曰: 此先王之所不能免也。國之有姦也, 猶鳥獸之有鷙猛, 昆蟲之有毒螫也。❶ 區處條理, 使各安其處, 則有之矣;

鋤而盡去之, 則無是道也。❷ 吾考之世變, 知六國之所以久存而秦之所以速亡者, 蓋出於此, 不可以不察也。

夫智、勇、辨、力, 此四者, 皆天民之秀傑者也。❸ 類不能惡衣食以養人, 皆役人以自養者也, 故先王分天下之貴富與此四者共之。❹ 此四者不失職, 則民靖矣。❺ 四者雖異, 先王因俗設法, 使出於一: ❻ 三代以上出於學, 戰國至秦出於客, 漢以後出於郡縣吏, 魏、晉以來出於九品中正, 隋、唐至今出於科擧, 雖不盡然, 取其多者論之。❼

六國之君虐用其民, 不減始皇、二世, 然當是時, 百姓無一人叛者, 以凡民之秀傑者多以客養之, 不失職也。❽ 其力耕以奉上, 皆椎魯無能為者, 雖欲怨叛, 而莫為之先, 此其所以少安而不即亡也。❾

❶ ▪ 鷙[지; zhì]猛: 猛禽과 猛獸. 사나운 새와 짐승.
▪ 毒螫[석; shì]: 독침, 독침으로 쏘다.

❷ ▪ 區處條理: (해악한 존재라도) 조리 있게 분별하여 거처하게 하다.

❸ ▪ 辨: 辯. 말을 잘하는 능력을 말함.
▪ 此四者: 原本에서는 '此'가 '其'로 되어 있다. 王松齡이 百川本과 『東坡七集 · 後集』 및 『續集』에 의거하여 교정한 것을 따른다.

❹ ▪ 類: 대개, 大抵, 대부분.
▪ 惡: 조악한.
▪ 類不能惡衣食以養人: (그들은) 대부분 조악한 衣食 환경을 견디지 못하고 타인들을 먹여 살리지 못한다.
▪ 役人: 하인. 노예.

❺ ▪ 靖: 안정되다.

❻ ▪ 先王因俗設法, 使出於一: 先王들이 사회적 풍속(관습)에 의거하여 법을 만들어 그들에게 한 가지 出路를 만들어 주었다는 뜻.

❼ ▪ 出於學: 출로가 학술(공부)에 있었다는 뜻.

- 出於客: 출로가 문객이 되는 것에 있었다는 뜻.
- 出於郡縣吏: 출로가 추천에 의해 郡縣의 관리가 되는 것에 있었다는 뜻.
- 九品中正: 위진남북조시대의 관리 선발제도. 魏文帝 曹丕가 당시의 吏部尙書 陳群의 건의를 받아 들여, 隋나라가 건국할 때까지 사용한 인재등용방법. 州郡마다 聲望 있는 인사가 中正官을 맡아 경내의 인재들을 재능에 따라 9등급으로 나누어 추천하면, 吏部에서 인구 10만 명에 1명씩 채용하는 것을 내용으로 한다. 그러나 당시 중정관은 모두 權門勢家의 豪族들이 담당하였으므로, 재능에 따라 추천한 것이 아니라 家門의 출신 성분에 의해 추천하였으므로, 권문세가들에게 막대한 특권을 주었다.

❽ ▪ 不減: 못하지 않다.

❾ ▪ 椎魯: 우둔하다.

- 莫爲之先: 앞장서서 이끌 만한 능력이 없다는 뜻.

*** *** ***

번역 3

진시황은 축객령逐客令을 내리려다가 이사李斯의 간언諫言을 듣고 중지하였다. 그러나 그가 천하를 통일한 뒤에는 문객들이 아무 쓸모도 없다고 여겼다. 그는 법을 믿고 사람을 믿지 않았다. 진시황은 법으로 백성들을 다스릴 수 있다고 여겼으며, 관리를 재능으로 선발하지 않았고, 오직 자신의 법을 지킬 수만 있으면 된다고 말했다. 그리하여 이름난 성곽들을 허물고 호걸을 죽였으니, 재능 있는 백성들은 흩어져 논밭으로 돌아갔던 것이다.

그 옛날 전국시대의 사공자四公子와 여불위의 문객들은 모두 어디로 갔을까? 자신에게 재능이 있는 줄도 모르고 누리끼리한 얼굴, 초췌한 모습으로 조악한 베옷을 입은 채 늙어 죽었을까? 또는 밭을 갈다가 멈춰 서서 탄식을 하며 때가 오기를 기다렸을까?

진나라는 비록 이세二世 호해 때에 어지러워졌지만, 만약 진시황이 이 네 부류의 인간들을 두려워하고 그들을 적절히 대접하며 실직하지 않게 해주었다면 그렇게 빨리 멸망하지는 않았을 것이다. 백만 마리의 호랑이와 승냥이를 산에 풀어놓고 굶기면서도 장차 그들이 사람을 해칠 것을 몰랐다니! 세상에서 진시황이 지혜로웠다고 하는 말을 나는 믿을 수가 없다.

초楚나라와 한漢나라의 전쟁으로 백성들은 대부분 죽었으니 호걸들도 몇 명 남지 않았을 것이다. 하지만 대代나라의 재상 진희陳豨는 천승千乘의 수레를 타고 다녔으나, 당시 소하蕭何와 조삼曺參이 정권을 장악했어도 그런 행위를 막을 수가 없었다.

그 후, 문제文帝 · 경제景帝 · 무제武帝로 내려가면서 점점 더 법령이 치밀해졌지만, 오왕吳王 유비劉濞 · 회남왕淮南王 · 양왕梁王 · 위기후魏其侯 · 무안후武安侯와 같은 이들이 모두 다투어 문객들을 양성하였지만 군주들은 그를 따지지 않았다.

이는 진나라의 재앙을 경계로 삼아, 작위爵位와 봉록俸祿으로 천하의 선비들을 묶어둘 수는 없다고 여기고, 다소 융통성을 베풀어 그들에게 출구出口를 제공한 것이 아니겠는가? 하지만 만약 선왕先王 시대의 정치라면, 그렇게 하지는 않았을 것이다. 공자 가라사대, "군자들이 도道를 배우면 백성을 사랑하게 되고, 소인배들이 도를 배우면 단지 부려먹기 쉬울 따름"이라고 하였다. 아! 그러나 진나라와 한나라가 어찌 이런 경지에 이를 수 있었겠는가!

원문과 주석 3

始皇初欲逐客, 因李斯之言而止。❶ 既并天下, 則以客為無用, 於是任法而不任人, 謂民可以恃法而治, 謂吏不必才取, 能守吾法而已。❷ 故墮名城, 殺豪傑, 民之秀異者散而歸田畝。❸

向之食於四公子、呂不韋之徒者, 皆安歸哉?❹ 不知其能槁項黃馘以老死於布褐乎?❺ 抑將輟耕太息以俟時也?❻ 秦之亂雖成於二世, 然使始皇知畏此四人者, 有以處之, 使不失職, 秦之亡不至若是速也。❼ 縱百萬虎狼於山林而饑渴之, 不知其將噬人, 世以始皇為智, 吾不信也。❽

楚、漢之禍, 生民盡矣, 豪傑宜無幾, 而代相陳豨從車千乘, 蕭、曹為政, 莫之禁也。❾ 至文、景、武之世, 法令至密, 然吳王濞、淮南、梁王、魏其、武安之流, 皆爭致賓客, 世主不問也。❿ 豈懲秦之禍, 以為爵祿不能盡縻天下士, 故少寬之, 使得或出於此也耶?⓫ 若夫先王之政則不然, 曰:「君子學道則愛人, 小人學道則易使也。」⓬ 嗚呼, 此豈秦、漢之所及也哉!

❶ ▪ 初欲逐客: 진시황이 逐客令을 내려 六國 출신의 관리들을 境內에서 축출하려고 했던 것을 지칭함.
▪ 因李斯之言而止: 李斯가 「諫逐客書」를 써서 진시황에게 바쳐 逐客令을 중지시킨 것을 지칭함.

❷ ▪ 任: 신임하다.

❸ ▪ 故墮名城, 殺豪傑: 이름난 성곽들을 허물고 호걸들을 죽이다. 賈誼의 「過秦論」에 나오는 文句를 인용한 것임.

❹ ▪ 向: 過去에. 지난 날.
▪ 安歸: 어디로 갔느냐는 뜻.

❺ ▪ 不知其: 원본에는 '其'가 '俟'로 되어 있다. 王松齡이 百川本과 『東坡七集 · 後集』 및 『續集』에 의거하여 교정한 것을 따른다.

▪ 槁項黃馘[괵; guó]: 메마른 목과 누렇게 뜬 얼굴. 項은 목, 목덜미. 馘은 얼굴 낯짝.
▪ 死於布褐: 조악한 베옷을 입고 죽다.

❻ ▪ 輟耕太息: 밭을 갈다가 멈추어 서서 탄식하다. 陳涉의 일화에서 나온 말임. 陳涉이 젊어서 머슴 신세였을 때, 밭을 갈다가 멈춰 서서 탄식하며 동료에게 말했다. "나중에 부귀영화를 누리게 되면 우리 서로 잊지 말고 기억해주자." 동료가 비웃으며 말했다. "너나 나나 똑같이 머슴 신세인데 부귀영화라니, 무슨 헛소리?" 그러자 진섭이 "燕雀이 大鵬의 뜻을 어찌 알리요! 王侯將相의 씨가 따로 있다더냐?"라고 말했다는 일화. 훗날 진섭은 농민반란을 주도하여 왕이 된 후, 자신을 찾아온 그때의 동료를 크게 우대해주었으나, 오만방자해지자 주변의 충고로 사형에 처했다고 함.
▪ 俟[사; sì]時: 때를 기다리다.
▪ 以俟時: 원본에는 '俟'가 '候'로 되어 있다. 王松齡이 百川本과 『東坡七集·後集』 및 『續集』에 의거하여 교정한 것을 따른다.

❼ ▪ 此四人: 智、勇、辨、力의 재주를 지닌 네 가지 부류의 인재들.
▪ 有以處之: 방법을 마련하여 그들(네 가지 부류의 인재들)에게 적절한 대우를 해주다.

❽ ▪ 縱: 내버려두다. 방임하다. 풀어놓다.
▪ 噬[서; shì]人: 사람을 물다. 사람을 해치다.

❾ ▪ 生民盡矣: 백성들이 대부분 죽다.
▪ 無幾: 몇 명 남지 않다. 매우 적음을 뜻함.
▪ 陳豨[희; xī](?~B.C.195): 漢나라 건국 초기의 陽夏侯. 宛朐(오늘날의 山東 荷澤) 출신. 건국 초기 오랜 기간 동안 邯鄲에 주둔하면서 많은 식객들을 거느렸다. 이에 불안을 느낀 高祖 劉邦이 太上皇의 사망을 구실로 그를 조정으로 불렀으나, 두려워진 진희는 병을 핑계로 참여하지 않았다가, 스스로 代王이라 칭하며 王黃 등과 함께 반란을 일으켰다(B.C.197). 이듬해 漢軍이 曲逆에서 반란군을 대파하여 도망치다가, 그 다음 해에 樊噲軍에 붙잡혀 살해되었다.
▪ 蕭、曹爲政: 漢初의 승상이었던 蕭何와 曺參을 지칭함.

❿ ▪ 文、景、武: 漢文帝, 景帝, 武帝를 지칭함.
▪ 吳王濞: 西漢 建國 초기의 諸侯인 吳王 劉濞(B.C.215~B.C.154)를

지칭함. 劉邦의 형인 劉仲의 아들로 劉邦이 吳王으로 책봉하였음. 吳 지역 豫章郡에 있는 銅山을 개발하여 멋대로 돈을 주조하고 염전을 만들며 수많은 문객을 모았음. 이에 文帝 때 晁錯이 그 잘못을 지적하며 削奪官職할 것을 주장하였으나 받아들여지지 않았음. 景帝가 즉위하면서 조착이 다시 그가 반란을 일으킬 가능성을 제기하자, 조착을 토벌한다는 것을 구실로 楚, 越 등과 함께 이른바 '七國의 亂'을 일으킴. 그러나 周亞夫의 군대에 의하여 격파되어 피살되었음.

- 吳王濞: 원본에는 '王' 字가 없으나, 王松齡이 百川本과 『東坡七集·後集』 및 『續集』에 의거하여 교정한 것을 따른다.
- 淮南: 西漢 建國 초기의 諸侯인 淮南王 劉安(B.C.179~B.C.122)을 지칭함. 劉邦의 손자이며 劉長의 아들. 相國의 만류로 '七國의 亂'에 가담하지 않아 무사하였으나, 後嗣가 없었던 景帝의 다음 皇位를 노리고 수많은 문객을 모으며 軍備를 확충하자, 반역을 의심한 景帝가 京師로 소환하자 上京하는 길에 자살하였음. 문객들과 함께 편찬한 『鴻烈』이 후세에 『淮南子』라는 이름으로 전해짐.
- 梁王: 西漢 建國 초기의 諸侯인 梁孝王 劉武(B.C.184~B.C.144)를 지칭함. 文帝가 竇太后에게서 얻은 次子로 景帝의 同腹 아우임. 七國의 亂을 평정할 때 큰 공을 세웠고 母后의 총애를 기화로, 수많은 문객들을 불러 모아 千乘萬騎로 사냥을 다니면서 황제처럼 행동하였음. 景帝에게 後嗣가 없어 皇位를 노리었으나 40세에 病死함.
- 魏其: 西漢 建國 초기의 諸侯인 魏其侯 竇嬰을 지칭함. 文帝의 皇后인 竇太后의 조카임. 七國의 亂 때 大將軍으로 임명되어 반란 평정에 큰 공을 세워서 魏其侯에 책봉되자 수많은 인재들이 문객으로 몰려들었음. 武帝 때 丞相이 되었으나, 竇太后에게 밉보여 귀양 간 후 武安侯 田蚡에게 죽음을 당하였음.
- 武安: 西漢 建國 초기의 諸侯인 武安侯 田蚡을 지칭함. 景帝의 皇后인 田太后의 동생임. 魏其侯 竇嬰이 득세했을 당시에 그의 하인처럼 행세했으나, 景帝 말기에 이르러 득세하기 시작한 후 교만방자하며 매우 사치스럽게 지냈음. 나이 어린 武帝가 등극하자 宗親의 신분으로 丞相이 되어 황제보다 더한 권력을 행사하니, 魏其侯

휘하의 문객들이 모두 그에게 몰려들었음. 魏其侯를 모함하여 죽인 후, 밤마다 그 원혼에 시달리다 침대에서 暴死하였음.

⑪ ▪ 懲秦之禍: 진나라의 재앙을 응징하다. 진나라가 잘못한 것을 警戒로 삼아 행동하다.

▪ 縻[미; mí]: 밧줄로 묶다, 얽어매다, 속박하다.

▪ 使得或出於此也耶: 혹시 천하의 문객들로 하여금 이러한 出路를 얻게 할 수 있지 않았을까?

⑫ ▪ 君子學道則愛人, 小人學道則易使也: 군자가 도를 배우면 백성을 사랑하게 되지만, 소인배가 도를 배우면 단지 부림을 받기가 쉬워질 뿐이라는 뜻. 『論語 · 陽貨』에 나오는 말임.

해설

이 글은 진나라의 멸망 원인 분석에 초점을 맞춘 것이 아니다. 그 문제는 동파의 다른 글, 「조고趙高와 이사李斯」에서 본격적으로 다루고 있다. 이 글의 소재는 '문객의 축출'이지만, 초점은 '국가 운영의 효용성'에 맞춰져 있다. 법과 시스템을 중시한 진시황은 관리 선발의 기준을 '재능'에 두지 않았다. 오직 자신이 만든 자신의 법만 지킬 수 있으면 국가의 시스템이 잘 돌아갈 수 있을 것으로 여겼다. 문객 따위는 밥을 축내는 쓸모없는 존재로 생각한 것이다. 다시 말해서 '표면적인 효용성'을 고려하여 문객 수용을 금지시킨 것이다.

그러나 동파는 '내면적인 효용성'을 중시하였다. '문객'을 '무위도식하는 룸펜 집단'이 아니라 '인재를 수용해주는 하나의 출구'로 인식하였다. 그 출구를 봉쇄한 결과, 능력 있는 자들이 불만분자로 바뀌어 반란 등을 주모하게 되었으며, 그 결과 진秦나라가 그렇게 빨리 멸망하게 되었다는 이야기다. 동파는 '법'이 아니라 '인간' 그 자체를 중시한 것이다.

현대사회에서도 법과 시스템의 중요성을 많이 이야기한다.

그러나 결국 그것을 운용하는 것은 인간이다. 인사人事가 만사萬事이다. 우리 사회는 능력 있는 자들을 과연 어떻게 대우하고 있는가? 우리는 과연 인재들에게 합당한 출구를 제공하고 있는지, 우리 사회의 구조를 다시 한 번 돌이켜보게 하는 글이다.

조고趙高와 이사李斯

해제

이 작품은 진秦나라의 멸망 원인을 본격적으로 분석한 글이다. 중국 최초로 천하를 통일시킨 초강대국 진나라는 진시황이 죽자 순식간에 멸망해버리고 만다. 그 이유는 무엇일까? 후세 사람들은 대부분 조고趙高와 이사李斯에게 그 책임을 묻는다. 그러나 동파의 생각은 달랐다. 독자들은 그 원인이 무엇이라고 판단하시는가? 생각해 본 연후에, 동파의 생각과 비교하며 이 글을 읽는다면 더욱 흥미로울 것이다.

번역 1

진시황秦始皇 당시에 조고趙高가 죄를 지어 몽의蒙毅가 그 사건을 심리하니 사형죄에 해당하였으나, 진시황은 그를 사면하고 중용重用하였다. 진시황의 맏아들 부소扶蘇는 직간直諫을 잘하는지라 황제는 화가 나서 그를 북쪽 변경지역의 상군上郡에 주둔하고 있는 몽염蒙恬 군대의 감군監軍으로 보내버렸다. 그리고는 동쪽 회계산會稽山으로 순유巡遊를 떠나 해안선을 따라 낭야琅琊로 향하니, 어린 아들 호해胡亥와 이사李斯·몽의·조고가 그를 수종隨從하였다. 그러다가 진시황은 길에서 병이 나 몽의를 시켜 영험한 산천山川에 가서 병이 낫기를 기도하게 하였다. 그러나 진시황은 끝내 돌아오지 못하고 붕어崩御하고 말았다. 이사와 조고는 거짓으로 조서詔書를 꾸며 호해를 임금으로 옹립하고, 부소와 몽염·몽의를 죽이니, 이리하여 진나라는 마침내 멸망하고 말았다.

원문과 주석 1

趙高李斯

秦始皇帝時, 趙高有罪, 蒙毅案之, 當死, 始皇赦而用之。❶ 長子扶蘇好直諫, 上怒, 使北監蒙恬兵於上郡。❷ 始皇東遊會稽, 並海走瑯琊, 少子胡亥、李斯、蒙毅、趙高從。❸ 道病, 使蒙毅還禱山川, 未反而上崩。李斯、趙高矯詔立胡亥, 殺扶蘇、蒙恬、蒙毅, 卒以亡秦。❹

❶ ▪ 趙高(?~B.C.207): 진시황의 환관. 진시황을 따라 여행을 하다가 진시황이 沙丘(河北 邢台 부근)에서 病死하자, 승상 李斯와 결탁하여 거짓으로 詔書를 작성하여 진시황의 長子인 扶蘇와 대장군 蒙恬을 자결하게 하였다. 그리고 진시황의 우둔한 막내아들 胡奚를 2세 황제로 삼아 마음대로 조종하였다. 이어 진나라의 公子와 公女를 죽이고, 2세 황제에게 참소하여 이사를 처형시킨 뒤(B.C. 208), 각지에서 반란이 일어난 와중에 승상이 되어 모든 권력을 한 손에 쥐었다. 그 후 형세가 위태롭게 되자 2세 황제마저 謀殺하고 부소의 아들 子嬰을 옹립하여 秦王이라 부르게 하였으나, 곧 자영에게 죽임을 당하고 三族이 함께 滅族되었다. 자영은 재위 46일 만에 劉邦에게 항복함으로써 통일 秦나라 제국은 3대 15년 만에 멸망하였다. 자영은 뒤이어 쳐들어온 項羽에게 잡혀 죽었다.

▪ 蒙毅: 진시황의 대장군 蒙恬의 동생. 蒙氏는 대대로 진나라의 장군 가문으로 진시황의 존중을 받았다. 부친 蒙武와 형 蒙恬이 진나라의 전국 통일에 큰 공을 세웠다. 그 후 蒙恬은 30만 대군을 이끌고 변방을 지키고 있었고, 蒙毅는 진시황의 최측근이 되어 나라

의 두 棟梁이었으나, 진시황이 急死하자 형제 모두 趙高와 胡亥에게 죽임을 당하였다.

❷ ▪ 扶蘇: 진시황의 長子. 진시황의 焚書坑儒를 말리다가 노여움을 사서 변방에 있던 蒙恬軍의 郡監으로 폄적되었다가, 진시황이 죽자 詔書를 위조한 趙高에 의해 살해당함.

▪ 蒙恬(B.C.209): 진시황 때의 대장군. 역대로 秦나라의 장군 가문 출신. 蒙武의 아들. B.C.221년, 齊나라를 멸망시켰고, B.C.215년 匈奴 정벌에 혁혁한 공을 세웠다. 이듬해 만리장성을 완성하였다. 북쪽 변경을 경비하는 총사령관으로서, 30만 대군을 이끌고 上郡(陝西省 膚施縣)에 주둔하였다. 始皇帝가 죽자, 환관 趙高와 丞相 李斯의 흉계로 賜死되었다.

❸ ▪ 始皇東遊: 진시황 37년의 일로 그의 마지막 巡遊가 되었다. 먼저 九疑山에 가서 舜임금에게 제사를 지낸 후, 浙江 지역으로 갔다가 會稽山에 올라 大禹에게 제사를 지냈다. 그 후 해안을 따라 북상하여 琅邪(오늘날의 山東 臨沂)와 榮城(오늘날의 山東 榮城)을 거쳐 돌아오다가 沙丘(河北 邢台 부근)에서 병으로 急死하였다.

▪ 會稽: 秦나라 때의 郡 이름. 오늘날의 江蘇省 동부 및 浙江省 서부 지역. 또는 浙江省 紹興 남동쪽에 있는 名山 이름.

❹ ▪ 矯詔: 거짓으로 조서를 내리다.

*** *** ***

번역 2

소자蘇子가 말한다. 진시황은 천하의 경중輕重을 헤아려 안팎에서 서로 호응하는 형세를 만들어 간신들의 난亂에 대비하였으니, 참으로 주도면밀하였다. 몽염蒙恬으로 하여금 북방에서 30만 대군으로 위세를 떨치고 하고, 부소로 하여금 그 군대를 감독케 하였으며, 몽의는 자신의 침실을 지키는 참모로 삼았으니, 설령 엄청나게 교활한 간적奸賊이라 하여도 어찌 감히 그 틈새를 엿볼 수 있었겠는가?

그러나 진시황은 불행히도 여행길에서 병에 걸리고 말았다. 영험한 산천山川에서 기도를 드려야 할 사람이 필요했으므로 몽의를 파견했으나, 그 바람에 조고와 이사는 그들의 음모를 성공시킬 수 있었다. 진시황이 몽의를 파견하려 했을 때, 몽의는 병에 걸린 진시황이 아직 태자를 책봉하지도 않은 상태에서 그 옆을 떠났으니, 모두들 그를 지혜로운 자라고 할 수 없다고 말한다. 하지만 나라의 멸망은 하늘에 달려 있으니, 그 재앙은 필경 인간의 지혜가 미치지 못하는 곳에서부터 비롯되는 것이다.

성인聖人들은 천하를 다스림에 있어 지혜에 의존하여 난을 막으려 하지 않고, 아예 자기 자신이 난의 씨앗을 지니지 않도록 힘썼다. 진시황이 뿌린 난의 씨앗은 조고를 중용한 것에 있다. 무릇 환관들이 일으킨 재앙은 독약이나 맹수와 같았으니, 오장육부를 갈기갈기 찢어놓지 않은 경우가 없었다. 유사有史 이래로 환관 중에서는 오직 동한東漢 시대의 여강呂强과 후당後唐의 장승업張承業 두 사람만이 선량하다고 평가받았을 뿐이니, 어찌 천만 명 중에서 한두 명만을 기대하다가 나라가 멸망하는 재앙에 이르게 하겠는가?

그럼에도 불구하고 군주들은 모두 환관을 기꺼워하며 그 재앙을 후회하지 않았다. 한나라의 환제桓帝나 영제靈帝, 당나라의 숙종肅宗과 대종代宗 같은 군주들이라면 그래도 별로 이상할 게 없다. 하지만 처음에는 영명한 주군이던 진시황이나 한漢나라 선제宣帝와 같은 군주도 조고나 홍공弘恭, 석현石顯에게 빠져 재앙을 불렀다. 그들은 자기 자신을 총명한 인걸로 여기고, 부형腐刑을 받은 노복奴僕 나부랭이가 무엇을 할 수 있겠느냐고 생각하였으나, 결국 그들의 나라가 망하고 조정이 문란해졌으니, 어리석은 임금과 하등의 다를 바가 없었다. 때문에 나는 이 사실을 글로 써 밝힘으로써, 후세에 등장할 제2의 진시황이나 한선제漢宣帝와 같은 군주들에게 경계하는 마음을 심어주고자 한다.

원문과 주석2

蘇子曰: 始皇制天下輕重之勢, 使內外相形以禁姦備亂者, 可謂密矣。❶ 蒙恬將三十萬人, 威振北方, 扶蘇監其軍, 而蒙毅侍帷帳為謀臣, 雖有大姦賊, 敢睥睨其間哉?❷ 不幸道病, 禱祠山川尚有人也, 而遣蒙毅, 故高、斯得成其謀。始皇之遣毅, 毅見始皇病, 太子未立而去左右, 皆不可以言智。然天之亡人國, 其禍敗必出於智所不及。

聖人為天下, 不恃智以防亂, 恃吾無致亂之道耳。始皇致亂之道, 在用趙高。夫閹尹之禍, 如毒藥猛獸, 未有不裂肝碎膽者也。❸ 自書契以來, 惟東漢呂強、後唐張承業二人號稱善良, 豈可望一二於千萬, 以致必亡之禍哉?❹ 然世主皆甘心而不悔, 如漢桓、靈, 唐肅、代, 猶不足深怪, 始皇、漢宣皆英主, 亦湛於趙高、恭、顯之禍。❺ 彼自以為聰明人傑也, 奴僕熏腐之餘何能為, 及其亡國亂朝, 乃與庸主不異。❻ 吾故表而出之, 以戒後世人主如始皇、漢宣者。

❶ ▪ 內外相形: 안과 밖에서 相應하며 국가를 떠받들고 있는 형세. 즉 朝廷에서는 蒙毅가 진시황을 보좌하고, 변방에서는 蒙恬이 30만 대군을 통솔하며 진시황의 長子인 扶蘇가 그 監軍을 맡아보고 있는 상황을 지칭함.

❷ ▪ 睥睨[비예; pìnì]: 눈을 흘겨보다, 곁눈질을 하다.

❸ ▪ 閹[엄; yān]尹: 宦官을 지칭함.

❹ ▪ 書契: 文字를 말하는 것으로, 여기서는 문자로 기록된 역사를 지칭함.

▪ 呂强(?~184): 東漢 말기 靈帝 때의 환관. 字는 漢盛. 河南 成皐(오늘날의 河南 榮陽) 출신. 어려서 환관이 되어 강직하고 충성스러운 성격으로 신임을 받아 中常侍가 되었다. 靈帝 때 都鄕侯로 책봉되었으나 固辭하고 받지 않았다. 상소를 올려 간신을 내치고 忠良을 기용하며 減稅와 농업에 힘쓰며 言路를 열어줄 것을 간언하였지만, 영제는 그의 충성심만 알아주고 중용하지 않았다. 黃巾賊의 난이 일어나자 다시 상소를 올려 지방관으로 있는 자들이 직분에 충실한지 확인하여 탐관오리를 주살해야 한다고 간언하였다. 이에 크게 놀란 다른 환관들이 지방관으로 내보낸 인척들을 급히 소환하기도 하였다. 中常侍 趙忠 등이 그의 형제가 탐관오리라고 모함하여 靈帝가 체포령을 내리자, 분을 이기지 못해 자살하였다.

▪ 張承業(846~922): 唐末 五代 시기의 환관. 同州(오늘날 陜西 大荔) 출신. 字는 繼元으로 원래는 康氏였으나 內常侍 張泰의 양자가 되었으므로 張氏가 되었다. 唐 僖宗 때 환관이 되었고, 昭宗 때 河東監軍의 신분으로 당나라의 使節이 되어 晉나라와 누차 왕복하는 동안 晉王(武皇) 李克用에게 큰 신임을 받았다. 그가 사절로 晉나라에 머무르는 동안 唐나라가 멸망하고 昭宗이 죽자, 武皇을 보필하며 唐나라의 재건에 힘썼다. 武皇이 임종하며 그에게 어린 아들 李存勖을 부탁하였고, 莊宗 李存勖은 그의 모친을 찾아가 義母로 모시고 장승업을 친형처럼 따랐다. 그 후 18년 동안 장승업의 노력으로 국력이 크게 강성해지자 莊宗은 皇位를 찬탈할 생각을 가지게 되었다. 이에 장승업 은 唐나라 재건을 주장하며 극구 만류했지만 莊宗이 듣지 않자 곡기를 끊고 통곡하다가 병으로 죽었다.

❺ ▪ 桓、靈: 東漢 말의 桓帝 劉志와 靈帝 劉宏을 지칭함. 모두 매우 무능한 昏君으로 당시에는 宦官이 국정을 완전히 장악하였음. 특히 靈帝 때는 열두 명의 常侍에게 侯爵을 책봉하여 국정을 극도로 어지럽힌 이른바 '十常侍의 亂'이 있었음.

▪ 肅、代: 唐나라의 肅宗 李亨과 代宗 李豫. 모두 환관을 신임하고 총애했던 군주임.

▪ 漢宣: 西漢의 10대 황제인 宣帝 劉詢(B.C.91~49)을 지칭함. 재위

기간 文武 양면에서 큰 치적을 쌓아 史書에서 말하는 '宣帝中興'을 이끌었음.

- 湛: 빠지다.
- 恭、顯: 西漢 宣帝 때의 내시인 弘恭과 石顯을 지칭함. 모두 어렸을 때 죄를 지어 腐刑(陰囊을 제거하는 형벌)을 받고 내시가 되었다가 宣帝에게 발탁되었음. 宣帝의 死後 元帝 시기에 많은 죄악을 저질렀음.

❻ • 熏腐: 腐刑을 받은 자. 즉 환관을 지칭함.

*** *** ***

번역 3

혹자는 이렇게 말한다. "이사는 진시황을 도와 천하를 확정시켰으니, 지혜로운 자가 아니라고 말할 수는 없을 것이오. 부소는 진시황의 친아들로 진나라 사람들이 오랫동안 떠받들었지요. 그래서 진승陳勝이 그의 이름을 빌린 것만으로도 천하를 어지럽히기에 충분했소이다. 게다가 몽염이 변방에서 막강한 군사력을 거느리고 있었으니, 만약 이 두 사람이 즉각 죽음을 받아들이지 않고 영令의 재고再考를 요청했더라면 이사나 조고는 후손의 씨가 말랐을 것이오이다. 이사의 지혜로 이런 점을 고려하지 않았던 이유는 무엇일까요?"

소자가 말한다. 오호라, 진나라가 길을 잃은 것은 다 연유가 있는 것이다. 어찌 진시황의 잘못뿐이랴? 상앙商鞅이 변법을 시행하여, 사형을 가벼운 형벌로 삼고, 삼족三族을 멸하는 삼이參夷를 보통 수준의 형벌로 삼았으니, 신하들은 두려워 벌벌 떨며 숨을 죽이고 지냈다. 그냥 죽는 것을 다행으로 여기는 상황이었으니, 무슨 여유로 영令의 재고를 요청할 수 있었겠는가!

그 법을 처음 시행할 때는 요구하여 얻지 못하는 것이 없었고, 금지하여 되지 않는 것도 없었으니, 상앙은 자기가 요순堯舜 임금이나 탕왕湯王 무왕武王을 능가하는 인물로 여겼다. 하지만 나중에 자신이 도망치다가 묵을 숙소조차 찾지 못하면서 비로소 자신이 만든 법의 문제점을 알게 되었다. 어찌 상앙만의 후회여야 할까 보냐! 진나라 역시 후회해야 하지 않겠는가!

원문과 주석 3

或曰:「李斯佐始皇定天下, 不可謂不智。扶蘇親始皇子, 秦人戴之久矣, 陳勝假其名猶足以亂天下, 而蒙恬持重兵在外, 使二人不即受誅而復請之, 則斯、高無遺類矣。❶ 以斯之智而不慮此, 何哉?」蘇子曰: 嗚呼, 秦之失道, 有自來矣, 豈獨始皇之罪? 自商鞅變法, 以誅死為輕典, 以參夷為常法, 人臣狼顧脅息, 以得死為幸, 何暇復請!❷ 方其法之行也, 求無不獲, 禁無不止, 鞅自以為軼堯、舜而駕湯、武矣。❸ 及其出亡而無所舍, 然後知為法之弊。❹ 夫豈獨鞅悔之, 秦亦悔之矣。

❶ ▪ 陳勝假其名猶足以亂天下: 秦始皇 死後, 폭정에 시달린 陳涉(陳勝)이 秦始皇의 長子인 扶蘇와 초나라의 장군이었던 項燕의 이름을 거짓으로 내걸고, 그 명분으로 농민반란을 일으키니 천하의 호걸 들이 모두 호응하였던 일을 지칭함.
  ▪ 復請: 명령을 재고해주기를 요청함.
  ▪ 無遺類: 씨를 남기지 않다. 滅族시키다.
❷ ▪ 以誅死爲輕典: 誅殺刑을 法典에서 제일 가벼운 형벌로 삼다.
  ▪ 以參夷爲常法: 三族을 멸하는 參夷刑을 보통 형벌로 삼다. '參'은

'三'과 통함. 원본에는 '參'이 '慘'으로 표기되어 있으나 王松齡이 百川本과 『東坡七集·後集』 및 『續集』에 의거하여 교정한 것을 따른다.

- 狼顧: 늑대가 뒤를 돌아보다. 의심이 많은 늑대가 자꾸만 뒤돌아보며 길을 걷듯 늘 의심하며 두려워하는 모습을 말함.
- 脅息: 갈비뼈로 숨을 쉰다는 뜻이니, 두려워서 숨도 함부로 못 쉬는 모습을 말함.

❸ ▪ 自以爲軼堯、舜而駕湯、武: 스스로 堯·舜·湯王·武王을 능가한다고 여기다. 軼과 駕는 모두 능가하다, 뛰어 넘다는 뜻.

❹ ▪ 其出亡而無所舍, 然後知爲法之弊: 商鞅이 도망치면서 묵을 숙소가 없자 비로소 자신이 만든 법의 폐단을 알게 되었다는 뜻. 孝公이 죽고 惠文王이 즉위하자, 상앙의 법에 피해를 입었던 자들의 공격을 받고 역적으로 몰려 도망치던 商鞅이 밤에 客棧에 묵으려 하자, 그 주인들마다 모두 정체불명의 손님을 받으면 처벌한다는 상앙이 만든 법을 거론하며 투숙을 거절하였다. 그때서야 상앙은 자신이 만든 법이 얼마나 문제가 많은지 비로소 깨닫고 탄식했다는 일화가 『史記·商君列傳』에 전해진다. 결국 그는 반역죄로 체포되어, 자신이 만든 四肢를 찢는 車裂刑에 처해져 죽었다.

*** *** ***

번역 4

형가荊軻가 진시황을 암살하려 했을 때, 무기를 지닌 호위 무사들은 진시황이 형가의 칼을 피해 전상殿上의 기둥을 뱅뱅 돌며 피하는 모습을 빤히 지켜보면서도, 아무도 구하러 올라가지 못하고 어쩔 줄 몰라 했으니, 이는 진나라의 형법刑法이 엄중하였기 때문이다. 이사가 호해를 황제로 옹립하면서 부소와 몽염 두 사람을 두려워하지 않은 이유는 평소 영令이 얼마나 큰 위력으로 시행되었는지, 그리고 신하들은 감히 재고를 요청하지 못할 것이라는 사실을 잘 알고 있었기 때문이다. 그 두 사람이 재고를 요청하지 못한 것 역시 사나운 진시황이 절대로 영을 거두지 않을 것임을 잘 알고 있었기 때문이었다. 그들이 어찌 조서詔書가 가짜이리라고 짐작이나 했겠는가?

주공周公이 말했다. "평이하게 백성에게 다가가면 백성들은 반드시 따르고 복종한다." 공자孔子는 말했다. "평생 실천해야 할 한 마디 말이 있다면, 바로 충서忠恕가 아닐까?" 무릇 마음가짐을 충실하고 따사롭게 하고 쉬운 정치를 베푼다면, 윗사람은 쉽게 알 수 있고 아랫사람에게 쉽게 전달되니, 비록 나라를 팔아먹는 간신이라도 그 틈을 노릴 수 없는 법이며, 창졸간에 변이 일어나더라도 난을 일으킬 수가 없는 것이다. 금지령을 시행하는 것으로는 아마도 누구든지 상앙보다는 하수下手일 터이니, 아무리 성인聖人이라 하더라도 결국 '쉽고 따스한 법'을 '가혹한 법'으로 대체할 수는 없는 법이다.

상앙은 나무를 옮기면 돈을 주겠다는 계책으로 백성들에게 믿음을 얻었고, 길에 쓰레기를 버리면 경형黥刑에 처하는 방법으로 위엄을 세웠다. 그리고 황실의 친척과 스승까지도 형벌에 처함으로써 믿음과 위엄을 최고조로 쌓아올렸다. 게다가 진나라 사람들은 임금인 진시황을 벼락을 내려치는 불가측不可測의 신神적인 존재로 여기고 있었다. 옛날에는 왕실의 종친은 죄를 짓더라도 세 번 용서해준 연후에 형벌을 집행하였다. 그러나 이제 그들은 조서를 거짓으로 꾸며 태자를 죽이면서도 두려워하지 않았고, 태자 역시 감히 재고를 요청하지도 못했으니, 이는 바로 잘못된 위엄과 믿음 때문이었던 것이다.

원문과 주석4

荊軻之變, 持兵者熟視始皇環柱而走, 莫之救者, 以秦法重故也。❶ 李斯之立胡亥, 不復忌二人者, 知威令之素行, 而臣子不敢復請也。❷ 二人之不敢請, 亦知始皇之鷙悍而不可回也, 豈料其僞也哉?

周公曰: 「平易近民, 民必歸之。」❸ 孔子曰: 「有一言而可以終身行之, 其『恕』矣乎?」❹ 夫以忠恕爲心而以平易爲政, 則上易知而下易達, 雖有賣國之姦, 無所投其隙, 倉卒之變, 無自發焉。然其令行禁止, 蓋有不及商鞅者矣, 而聖人終不以彼易此。❺ 商鞅立信於徙木, 立威於棄灰, 刑其親戚師傅, 積威信之極。❻ 以及始皇, 秦人視其君如雷電鬼神, 不可測也。古者公族有罪, 三宥然後制刑。❼ 今至使人矯殺其太子而不忌, 太子亦不敢請, 則威信之過故也。

❶ ▪ 荊軻之變: 자객 荊軻가 진시황을 암살하려고 했던 사건을 지칭함.
▪ 持兵者: 병기를 지닌 무사들. 즉 진시황의 호위무사들을 말함.
▪ 熟視: 빤히 지켜보다.
▪ 荊軻之變, 持兵者熟視始皇環柱而走, 莫之救者: 荊軻가 진시황을 암살하려 했을 때, 진시황이 형가의 칼을 피해 殿上의 기둥을 뱅뱅 돌며 피하는 모습을, 兵器를 지닌 호위병들이 빤히 지켜보면서도 아무도 구하러 올라가지 못하고 어쩔 줄 몰라했다는 뜻. 商鞅이 만든 秦나라 법에 의하면 무기를 지닌 채 殿上에 올라가는 것은 大逆罪에 속했기 때문임.

❷ ▪ 威令之素行: 평소 시행되던 명령의 위엄.

❸ ▪ 平易近民, 民必歸之: 평이하게 백성에게 다가가면 백성들은 반드시 따르고 복종한다는 뜻. 『史記 · 魯周公世家』에 나오는 말임.

❹ ▪ 有一言而可以終身行之, 其恕矣乎: 평생 실천해야 할 한 마디 말이 있다면, 바로 '恕(인자함, 용서함, 사랑)'이 아니겠는가! 『論語 · 衛靈公』에 나오는 말.

❺ ▪ 以彼易此: 상앙의 가혹한 법으로 周公과 孔子의 쉽고 따스한 사랑의 정치를 대신한다는 뜻.

❻ ▪ 商鞅立信於徙木: 상앙이 새 법을 공포하기 전에 백성들에게 믿음을 주기 위하여 사용했던 계책. 그는 높이 3丈의 나무를 城의 南門에 세워놓고 그 나무를 북문에 옮겨놓는 사람에게 10金을 준다고 公布하였다. 그러나 모두들 이상하게만 생각하고 아무도 옮기는 사람이 없자 상금을 올려서 50金을 주겠다고 다시 公布하였다. 한 사람이 虛虛實實로 나무를 옮기자, 상앙은 얼른 그에게 상금을 주었다. 백성들은 그제야 상앙의 새 법이 속이지 않고 실제로 시행되는 것을 믿게 되었다는 일화가 『史記 · 商君列傳』에 전해진다.

▪ 立威於棄灰: 길에 재(灰)나 쓰레기를 버려도 黥刑(이마나 팔뚝 · 귓전에 罪名을 먹실로 써 넣는 刑罰)에 처하여 법의 위엄을 세우다. 商鞅이 만든 법으로 『史記 · 李斯列傳』에 전해진다.

▪ 刑其親戚師傅: 그 친척과 스승을 형벌에 처하다. 『史記 · 商君列傳』에 나오는 일화. 商鞅이 新法을 시행한 지 1년이 지나자 많은 사람들이 도성에 몰려와 그 불편함을 하소연하고 있는 중, 太子가 법을 어긴 사건이 터졌다. 태자는 임금이 될 사람이므로 직접 형벌을 줄 수 없는지라, 태자의 傅育長인 公子 虔에게 형벌을 주고, 스승인 公孫賈를 黥刑에 처하였더니, 그 후로 백성들의 불평불만이 없어졌다는 일화를 지칭한 것이다.

❼ ▪ 公族: 제후국의 君主의 宗室.

▪ 宥: 용서하다.

***　　***　　***

번역 5

무릇 천하를 괴롭히는 악법을 만든 자 중에서, 자기 자신과 후손에게 그 폐해가 미치지 않은 경우가 없었다. 한무제와 진시황은 모두 망설이지 않고 사람을 죽인 군주들이었다. 때문에 부소처럼 어진 아들은 죽음을 택할지언정 영을 거두어달라는 청을 올리지 않았으며, 사나운 여태자戾太子 같은 경우에는 반란을 일으킬지언정 읍소하지 않았다. 읍소해보았자 필경 자신의 억울함을 살펴주지 않으리라는 사실을 알고 있었기 때문이었다. 여태자가 어찌 반란을 일으키고 싶었겠는가? 어쩔 수 없었기 때문이었다. 그 두 임금의 아들 된 자로서는 단지 죽음 아니면 모반을 선택할 수밖에 없었다. 이사의 지략 정도라면 부소가 절대로 반란을 일으키지 않으리라는 것을 충분히 알았을 것이다. 나는 그 사실 또한 지적하고 밝혀내어, 망설이지 않고 살인을 저지르는 후세 군주들의 경계로 삼고자 하는 바이다.

원문과 주석 5

夫以法毒天下者, 未有不反中其身及其子孫者也。漢武與始皇, 皆果於殺者也, 故其子如扶蘇之仁, 則寧死而不請, 如戾太子之悍, 則寧反而不訴, 知訴之必不察也。❶ 戾太子豈欲反者哉? 計出於無聊也。❷ 故為二君之子者, 有死與反而已。李斯之智, 蓋足以知扶蘇之必不反也。吾又表而出之, 以戒後世人主之果於殺者。

❶ ▪ 果於殺: 과감하게 죽이다. 망설이지 않고 사람을 죽이다.
▪ 戾[여; lì]太子: 漢武帝의 長子인 太子 劉據(B.C.128~B.C.91)의 謚號. 衛皇后 소생이므로 衛太子라고도 함. 태어났을 때부터 武帝의 극진한 총애를 받았으나, 나이가 들면서 서로 견해가 달라 부자관계가 점점 소원해졌다. 무제 晩年에 위황후가 총애를 잃고 江充이 重用되었는데, 강충은 衛氏를 비롯한 太子와 사이가 나빴다. 강충은 태자가 즉위한 후 보복할 것이 두려워 태자에게 역적죄를 뒤집어씌웠다. 이에 太子는 어쩔 수 없이 군사를 일으켜 맞섰으나 대패

하여 도망가다가 자살하였다. 훗날 그의 억울함을 알게 된 武帝는 江充 일가를 멸족시키고, 劉據에게 戾太子의 諡號를 내리며 그의 아들 劉詢을 태자로 삼으니 바로 漢宣帝이다.

❷ ▪ 無聊: 어쩔 수 없이. 無奈.

해설

동파가 판단한 진나라 멸망의 원인은 크게 두 가지다. 첫째는 진시황이 환관을 신임했기 때문이었고, 둘째는 보다 거슬러 올라가서 상앙商鞅의 가혹한 변법을 채택했기 때문이다. 하지만 이 글은 단순히 지나간 역사의 문제점을 되짚어 보고자 쓴 것이 아니다. 환관을 믿지 말고, 형벌을 가벼이하지 않으면 안 된다는 점을 후세의 군주들에게 당부하고자 쓴 글이다. 특히 왕안석의 변법을 시행했던 자국自國의 군주에게 하고 싶었던 말 아닐까?

섭 주攝主

해제

섭주攝主란 쉽게 말해서 임금을 대리하여 임시로 섭정攝政을 하는 사람을 말한다. 그러나 그 자격에 대해 엄격하게 말하자면 조금 복잡해진다. 이 글은 공자가 편찬한 『춘추春秋』의 첫머리를 장식하는 노魯나라 은공隱公의 예를 들어, 섭주의 정확한 개념과 자격에 대해서 논한 작품이다.

번역 1

공자孔子는 『춘추春秋』의 〈노魯나라 은공隱公 원년元年〉 항목에서 은공이 노나라 군주의 자리에 즉위한 사실을 기록하지 않고 있다. 이 사실은 그가 섭정을 하였음을 말해준다. 이에 대해 구양자歐陽子는 이렇게 말한다.

"은공은 섭정을 한 것이 아니다. 만약 은공이 정말로 섭정을 하였다면 『춘추』에서 그를 '공公'이라는 호칭으로 기록하지 않았을 것이다. 그를 '공'이라고 호칭하였으니 은공이 섭정자攝政者가 아니라는 것은 의심할 여지가 없는 사실이다."

소자蘇子가 말한다. 그렇지 않다. 『춘추』는 믿을 수 있는 역사서이다. 은공은 섭정을 하고 있는 상태에서 환공桓公에게 시해를 당했다는 사실이, 그 책에 자세히 기록되어 있다. 주공周公은 섭정을 하고 있는 상황에서 정권을 다시 세자世子에게 돌려주었다. 그리고 주공周公의 신분으로 훙서薨逝하였으므로, 그를 '왕王'이라는 표현으로 호칭하지 않은 것이다.

은공은 섭정을 하고 있는 상황에서 세자에게 다시 정권을 돌려주지 못하고, 노나라의 주공主公 신분으로 훙서하였기에 그를 '공公'이라고 호칭한 것이다. 역사서에 보면 그렇게 시호諡號가 기록되어 있고, 나라의 종묘에는 그를 모시는 묘실廟室이 남아 있다. 그런데도 『춘추』만이 그를 '공公'이라고 부르지 말아야 한단 말인가?

원문과 주석 1

攝主❶

魯隱公元年, 不書即位, 攝也。❷ 歐陽子曰: 「隱公非攝也。❸ 使隱而果攝也, 則《春秋》不書為公,《春秋》書為公, 則隱非攝, 無疑也。」蘇子曰: 非也。《春秋》, 信史也, 隱攝而桓弑, 著於史也詳矣。❹ 周公攝而克復子者也, 以周公薨, 故不稱王。❺ 隱公攝而不克復子者也, 以魯公薨, 故稱公。❻ 史有謚, 國有廟,《春秋》獨得不稱公乎?❼

❶ • 攝主: 나이 어린 군주를 대신하여 임시로 섭정을 하는 사람.

❷ • 魯隱公(?~B.C.712): 姓은 姬, 이름은 息姑. 춘추시대 魯나라의 14대 군주. 魯惠公의 庶長子로 嫡子인 太子 姬允(훗날의 桓公)이 나이 어린 관계로 대신 11년 동안 攝政하였다. 隱公 11년(B.C.712) 겨울, 公子 姬翬가 은공에게 태자를 죽이고 정식으로 군주가 될 것을 권했으나, 은공이 거절하자 태자 희윤에게 가서, 은공이 태자를 죽이려 한다고 거짓 고한 후, 은공을 시해하였다. 魯隱公이 특히 역사에서 유명한 것은 孔子가 편찬한 魯나라의 역사책 『春秋』가

魯隱公 元年부터 기재하고 있기 때문이다.

- 書: 기재하다.
- 不書卽位, 攝也: 공자가 『춘추』에 魯隱公이 즉위한 사실을 기록해 놓지 않았으니 섭정한 것이라는 뜻.

❸ ▪ 歐陽子: 歐陽脩를 지칭함.

❹ ▪ 隱攝而桓弑: 隱公이 섭정을 하고 있는 상황에서 桓公(姬允)이 그를 시해하였다는 뜻. 姬允이 隱公을 죽일 당시에는 아직 태자 신분이었으므로 '弑害'라는 표현을 쓴 것임.

❺ ▪ 克復子: 政權을 다시 世子에게 돌려줄 수 있었다는 뜻.

- 周公攝而克復子: 周公 姬旦이 섭정을 하고 있던 상황에서 조카 姬誦에게 王位를 넘겨주었다는 뜻.
- 以周公薨[훙; hōng], 故不稱王: 周公의 신분으로 薨逝하였기 때문에 王이라고 칭하지 않았다는 뜻. 崩御는 天子의 죽음을, 薨逝는 제후의 죽음을 말함.

❻ ▪ 隱公攝而不克復子者: 隱公은 섭정을 하였지만 (살해당하는 바람에) 태자에게 아직 정권을 넘기지 못한 임시 君主의 입장이었다는 뜻.

❼ ▪ 史有謚: 史書에 그의 謚號가 기록되어 있다는 뜻.

- 國有廟: 노나라에 隱公의 宗廟가 남아 있다는 뜻.

***　　***　　***

번역 2

그런데 은공이 섭정을 한 것은 예법에 부합되는 것일까? 그렇다. 예법에 부합된다. 어디에 근거하여 말하는 것일까? 공자에 근거한 말이다. 증자曾子가 이런 질문을 하였다. "주군主君이 홍서하였을 때 세자가 태어나면 어찌 해야 합니까?" 공자가 답변하였다. "경卿과 대부大夫, 선비들은 섭주攝主를 따라 장례를 치루면서, 서쪽 계단 남쪽에서 북향北向을 한 채로 조석朝夕으로 곡哭을 하는 위치를 바꾸어야 한다."

여기서 '섭주攝主'란 무슨 뜻일까? 옛날 천자와 제후, 경대부들이 자신의 세자가 태어나기 전에 먼저 죽었을 때, 그 동생 혹은 형제의 아들 중에서 세자 다음으로 군주의 자리에 오를 자격을 갖춘 자를 '섭주'라고 한다. 나중에 여자아이가 태어나면 섭주가 그대로 군주의 자리에 오르게 되고, 남자아이가 태어나면 섭주가 물러나는 것이다. 이를 섭주라고 하는바, 옛날 인물 중 이렇게 했던 사례로는 계강자季康子의 경우가 있다.

계환자季桓子는 임종 시에 그의 신하 정상正常에게 이렇게 명령하였다. "정실正室인 남유자南孺子가 아들을 낳으면 그 사실을 계강자에게 알리고 아들을 주공主公으로 옹립하도록 하시오. 딸을 낳으면 비肥를 옹립해도 좋소."

계환자가 죽은 후 계강자季康子; 季孫肥가 즉위하였다. 장례를 치른 후 계강자가 조회朝會에 나왔다. 이때 계환자의 정실인 남씨南氏가 아들을 낳았으므로, 정상正常이 조회 석상에서 그 아들을 주공主公으로 추대하며 고하였다.

"계강자께서 유언으로 미천한 소신에게 명령하셨나이다. '남씨가 아들을 낳으면 주공과 대부들에게 알리고 그를 주공으로 옹립하라' 하셨나이다. 이제 아들을 낳은 관계로 감히 알려드리는 바이옵나이다."

이에 계강자가 주공의 자리에서 물러날 것을 요청하였다. 이 계강자를 '섭주'라고 부른 것이 옛날 예법이었고, 공자도 그 예법을 시행하였다.

원문과 주석2

然則隱公之攝也, 禮歟? 曰: 禮也。何自聞之? 曰: 聞之孔子。曾子問曰: 「君薨而世子生, 如之何?」❶ 孔子曰: 「卿、大夫、士從攝主北面於西階南。」❷ 何謂攝主? 曰: 古者天子、諸侯、卿、大夫之世子未生而死, 則其弟若兄弟之子次當立者為攝主。❸ 子生而女也, 則攝主立; 男也, 則攝主退。此之謂攝主, 古之人有為之者, 季康子是也。❹ 季桓子且死, 命其臣正常曰: 「南孺子之子男也, 則以告而立之; 女也, 則肥也可。」❺ 桓子卒, 康子即位。既葬, 康子在朝。南氏生男, 正常載以如朝, 告曰: 「夫子有遺言, 命其圉臣曰: 『南氏生男, 則以告於君與大夫而立之。』❻ 今生矣, 男也, 敢告。」康子請退。康子之謂攝主, 古之道也, 孔子行之。

❶ • 曾子: 孔子의 제자 曾參을 지칭함. 아래의 인용문은 『禮記 · 曾子問』에 나오는 말임.
• 世子生: 제왕 또는 제후가 正室 아내에게 얻은 長子를 世子, 또는 太子라고 함. 生은 여기서 이제 막 태어난 것을 의미함. 또 원본에는 '世子未生'으로 '未' 字가 더 있으나, 王松齡이 百川本과 『東坡七集 · 後集』 『續集』 및 『禮記 · 曾子問』에 의거하여 교정한 것을 따른다.
• 君薨而世子生, 如之何: 주군이 薨逝한 후에 世子가 태어나면 장례를 어떻게 치르느냐는 뜻임.

❷ • 從攝主北面於西階南: 장례를 치룰 때 卿과 大夫와 선비들은 攝主를 따라, 서쪽 계단 남쪽에서 北向을 하고 朝夕으로 곡을 하는 위치를 바꾼다는 뜻.

❸ • 其弟若兄弟之子: 亡子가 된 군주의 동생 혹은 형제의 아들. 其는 망자가 된 군주를 지칭하며, 若은 '혹은'의 뜻임.
• 次當立者: 세자 다음으로 군주에 오를 자격을 갖춘 자.

❹ • 季康子: 춘추시대 노나라의 대부. 이름은 季孫肥. 三桓의 하나인 季孫氏의 主君이었던 季桓子(季孫斯)의 아들. 계환자가 한 번도

그를 세자로 인정하지 않은 것으로 보아 庶子로 추정된다. 哀公 말년에 죽었다. 謚號가 康이었으므로 季康子라고 불린다.

❺ ▪ 季桓子: 춘추시대 노나라의 대부. 이름은 季孫斯. 노나라 三桓 중의 하나로 哀公 2년에 죽었다. 謚號가 桓이었으므로 季桓子라고 불린다.
▪ 且A: A하려고 할 때에. 그 바로 뒤에 나오는 動詞의 동작이 곧 이루어진다는 의미로 사용되는 時間副詞다.
▪ 正常: 季桓子의 신하.
▪ 南孺子: 季桓子의 正室인 南氏.
▪ 肥: 季康子의 이름.

❻ ▪ 圉臣[어신; yǔchén]: 마부가 되어 종노릇을 하는 微賤한 신분의 신하. 신하가 스스로를 낮추어 부르는 말임.

❼ ▪ 孔子行之: 孔子가 행했던 옛날 禮法이라는 뜻.

***　　　***　　　***

번역 3

그러나 진한秦漢 시대 이래로 이 예법은 시행되지 않고, 군주의 모후母后가 섭정을 하게 되었다. 공자가 말했다. “여자와 소인배만은 다루기가 어렵다.” 그리하여 여인들은 집 바깥일은 듣지 못하게 하였다. “새벽에 암탉이 울면 집안이 망한다”는 말도 있다. 그런데 하물며 여인에게 섭주를 맡기어 천하의 일을 다루게 한단 말인가?

여인이 정치를 맡아 나라를 안정시킨 경우는 단지 제齊나라의 군왕후君王后와 우리 송宋나라의 조황후曹皇后 · 고황후高皇后 · 향황후向皇后 정도로, 천 명 중의 하나일 뿐이다. 동한東漢 시대의 마황후馬皇后나 등황후鄧皇后는 후세의 비난을 피할 수 없었으며, 동한의 여태후呂太后나 북위北魏의 선무령황후宣武靈

皇后 호씨胡氏, 당나라 무씨武氏와 같은 부류는 나라를 이루 말할 수 없이 어지럽혔다. 그리고 왕망王莽과 양견楊堅은 여인의 섭정을 틈타서 역성易姓 혁명을 이루었다.

이러한 사실을 볼 때, 대충 그럭저럭 괜찮았던 섭주 제도와 어떻게 비교할 수 있겠는가? 만약 군주의 모후이기 때문에 믿을 수 있다고 한다면, 섭주도 역시 믿을 수 있는 존재인 것이다. 만약 둘 다 못 믿겠다면 섭주가 군주의 자리를 대신 차지한다 하더라도, 여전히 우리 옛 군주의 자손이니 다른 성씨姓氏가 주군의 자리를 차지하는 것보다는 낫지 않겠는가?

원문과 주석3

自秦、漢以來不修是禮也, 而以母后攝。❶ 孔子曰: 「惟女子與小人為難養也。」❷ 使與聞外事且不可, 曰: 「牝雞之晨, 惟家之索」, 而況可使攝位而臨天下乎?❸ 女子為政而國安, 惟齊之君王后、吾宋之曹、高、向也, 蓋亦千一矣。❹ 自東漢馬、鄧不能無譏, 而漢呂后、魏胡武靈、唐武氏之流, 蓋不勝其亂, 王莽、楊堅遂因以易姓。❺ 由此觀之, 豈若攝主之庶幾乎? ❻ 使母后而可信也, 攝主亦可信也, 若均之不可信, 則攝主取之, 猶吾先君之子孫也, 不猶愈於異姓之取哉?

❶ ▪ 修: 시행하다. 실행하다.

❷ ▪ 惟女子與小人爲難養也: 오직 여자와 소인만은 다루기 어렵다는 뜻. 『論語 · 陽貨』에 나오는 말.

❸ ▪ 牝雞之晨, 惟家之索: 암탉이 울면 집안이 망한다는 뜻. 『尙書 · 牧誓』에 나오는 말.

▪ 攝位: 군주의 자리를 대신하다. 원본에는 '攝主'로 되어 있으나, 王松齡이 百川本과 『東坡七集 · 後集』 『續集』 및 『禮記 · 曾子問』에

의거하여 교정한 것을 따른다.

❹ ▪ 君王后(?~B.C.249): 齊襄王의 왕후이자, 亡國의 군주가 된 田建의 모친. 齊襄王이 죽자 아들 田建을 도와 41년 동안 攝政하였다. 秦나라에 대해 매우 조심스럽게 대했으며, 다른 제후국들에게도 높은 신임을 얻어 40년간 태평세월을 유지할 수 있었다.

▪ 曹: 北宋 仁宗의 황후인 曹皇后를 지칭함. 英宗이 즉위한 후 병에 걸리자, 1년의 요양기간 동안 皇太后의 자격으로 섭정을 하였다. 神宗때 東坡가 烏臺詩案으로 투옥되었을 때 太皇太后였던 그녀의 도움으로 목숨을 건질 수 있었다.

▪ 高: 北宋 英宗의 황후인 高皇后를 지칭함. 神宗의 모친. 神宗이 말년에 병이 위중해지자 1년간 섭정을 시작하여, 哲宗이 즉위한 후 8년 동안 섭정을 하였다. 특히 東坡를 총애하여 든든한 후원자가 되어주었다.

▪ 向: 北宋 神宗의 황후인 向皇后를 지칭함. 神宗 당시 고황후가 섭정할 때에 國事를 함께 논한 적이 있으며, 훗날 徽宗이 즉위하였을 때 6개월 간 섭정하였다.

❺ ▪ 馬: 東漢 明帝 劉莊의 황후인 馬皇后를 지칭함. 伏波將軍 馬援의 작은 딸임. 明帝가 골치 아픈 國事에 대해 마황후에게 몇 번 의견을 물어본 것을 계기로 계속 政事에 참여하게 되었음. 明帝가 죽고 章帝가 즉위한 후 國舅들에게 작위를 책봉하려 하자 반대한 적이 있음. 그러나 마황후는 參政은 했을지언정 攝政은 하지 않았음. 여기서 동파가 말한 것처럼 후세의 역사가들이 원망하거나 나무란 적도 없으므로, 동파가 그녀의 예를 든 것은 타당하지 않음.

▪ 鄧: 東漢 和帝의 황후인 鄧皇后를 지칭함. 和帝가 붕어한 후, 生後 백일밖에 되지 않은 殤帝를 대신하여 섭정하다가, 상제가 일 년도 안 되어 사망하자 安帝를 옹립하고 계속 섭정하였음.

▪ 不能無譏: 후세의 史家들이 馬皇后나 鄧皇后의 섭정행위를 나무라지 않을 수 없었다는 뜻.

▪ 呂后: 漢高祖 劉邦의 황후인 呂皇后를 지칭함. 이름은 呂雉. 질투가 심하여 劉邦이 죽자 후궁이었던 戚夫人과 그의 소생인 趙王 如意를 죽였음. 이에 불만을 품은 惠帝가 政事를 돌보지 않자 대신 정치를 돌보았음. 惠帝가 즉위 7년 만에 죽고, 文帝가 즉위하자 모

든 정권을 완전히 장악하였으나, 1년 후 사망하였음. 그 후 周勃, 陳平 등이 呂氏 인척들을 주살하여 文帝가 政權을 장악하게 되었음.

- 魏胡武靈: 南北朝 시대 北魏 宣武帝의 황후인 宣武靈皇后 胡氏를 지칭함. 孝明帝가 즉위한 후 皇太后의 신분으로 政事에 참여하였다가 아예 조정에서 직접 政事를 돌보며 '殿下'로 불렸음. 후에 다시 詔書를 내려 자신을 '陛下'로 호칭하게 하고, 스스로 '朕'이라 호칭하였음. 여러 情夫를 두고 음란한 행각을 일삼아 비난받았음. 孝明帝가 後嗣 없이 죽자 孝明帝의 외동딸을 등극시키려 하다가 민심이 좋지 않자, 다시 효명제의 堂姪인 나이 어린 元釗를 황제로 옹립하였음. 이에 불만을 품은 장군 爾朱榮이 반란을 일으켜 15일 만에 洛陽을 함락하고 靈皇后와 元釗를 포박하여 黃河에 던져 익사하게 하였음.
- 唐武氏: 武則天을 지칭함. 본명은 武照. 중국 역사상 유일무이한 여자 황제임. 여류 시인이자 정치가이기도 하다. 역사상 계위했을 때의 나이가 가장 고령인 황제이며, 수명이 가장 길었던 황제 중의 한 명임(82세에 사망). 唐太宗 때는 후궁인 才人이었으며, 高宗의 황후였다(655~683). 고종이 오랫동안 병석에 누우면서 섭정을 하였다. 683년, 고종이 죽자 셋째아들 李顯을 황제(中宗)로 세웠다가 40여 일 만에 폐위시키고, 막내아들 李旦을 황제로 세웠다(睿宗). 67세에 스스로 황제의 자리에 올라 國號를 '唐'에서 '周'로 바꾸었으나, 705년에 강제로 퇴위당하였다. 아들 이현이 황제에 복위되었다. 같은 해에 사망하였다. 그녀에 대해 후세 역사가들의 수많은 비난이 있었으나, 사실상 무측천의 정치는 太宗의 貞觀之治에 못지않은 치적을 남겼음.
- 王莽: 西漢 末의 정치가이자, 新 王朝(8~24)의 건국자. 字는 巨君. 山東 출생. 西漢 元帝의 황후인 王皇后의 庶母의 동생인 王曼의 둘째 아들임. 갖가지 권모술수를 써서 역사상 최초로 禪讓革命에 의하여 전한의 황제권력을 빼앗았다. 왕황후의 아들 成帝가 즉위하자, 왕망의 伯父인 王鳳이 大司馬와 大將軍이 되어 정권을 한 몸에 장악한 후, 그의 총애를 받아 황실의 外戚인 王氏 세력의 리더로 인정받고 훗날 38세의 나이로 大司馬가 되었다. 哀帝가 후사를 남기지 못하고 죽자, 9세의 平帝를 옹립한 후 자신의 딸을 황후

로 삼았다. 그러나 곧 平帝를 독살한 후 宣帝의 玄孫인 2살밖에 되지 않은 劉嬰을 옹립한 후, 당시 유행하던 五行讖緯說을 교묘히 이용하며 인심을 모아, A.D. 8년 마침내 유영을 몰아내어 한나라를 멸망시키고 국호를 '新'이라 하고 황제가 됨으로써 선양혁명에 성공하였다. 토지제도와 화폐제도 개혁, 노비 매매의 금지, 平準法 및 均輸法의 도입 등 그가 시행한 정책은 후세에 높이 평가받기도 하였다. 그러나 결과적으로 사회구조와 시대적 모순으로 인해 그의 정책은 농민들에게 고통만 준 채 실패로 끝나 사회혼란을 증대시켰다. 이에 각지에서 반란이 일어나, A.D. 23년 西漢 皇族 출신인 劉秀의 군대에 대패당하고, 王莽은 長安 未央宮에서 부하에게 살해되었다. 이로써 신나라는 건국 15년 만에 멸망하고 劉秀가 光武帝가 되어 後漢을 건국하게 되었다.

- 楊堅(541~604): 隋나라의 건국자. 漢族임을 자처하였으나 鮮卑族 계열의 후손으로 추정된다. 그의 딸이 北周 宣帝의 황후가 되자 외척으로서 정권을 장악하였다. 선제의 아들 靜帝가 어린 나이로 즉위하자 輔政이 되어 정사를 좌우하다가, 581년 정제의 禪讓을 받아 수나라를 세웠다. 長安을 수도로 정하였다. 각종 제도를 정비하고 과거제를 실시하여 귀족세력을 억제하여 중앙집권제를 강화하였다. 당시의 官制는 대부분 唐나라 律令의 기초가 되었다. 589년, 南朝의 陳을 평정하여 중국을 통일하여 남북조의 분열시대를 마감하였다. 훗날 둘째아들 楊廣에게 피살되었다고도 한다.
- 易姓: 기존의 나라 대신 새로운 王朝가 들어서는 것을 지칭함.

❻ ▪ 庶幾: 대체로. 그럭저럭.

- 攝主之庶幾: 그럭저럭 괜찮았던 수준의 攝主 제도.

***　　***　　***

번역 4

혹자는 말한다. "제후국의 군주가 훙서하면 문무백관들이 스스로를 점검하면서 3년 동안 총재冢宰의 명을 받들면 될 일이지, 섭주라는 존재가 무슨 필요가 있겠는가?"

그런 것을 말하는 게 아니다. 군주 자리의 계승자가 이미 태어나 있는 상황인데 거상居喪 중이라서 아직 즉위하지 않은 것이라면 예법대로 총재를 두면 된다. 그러나 만약 태자가 아직 태어나지 않았거나, 태어났다 하더라도 연약하여 아직 군주가 될 수 없는 상황이라면, 삼대三代의 예법과 공자의 유학儒學에 의하면,* 절대로 다른 성씨姓氏에게 천하를 내어주지 않는다. 섭주에게 내어주는 것이다. 이것이 예법이라서 주공周公이 그렇게 행동한 것 아니겠는가? 그러므로 은공 역시 섭주였던 것이다.

정현鄭玄은 아는 것이 부족했던 유학자儒學者였다. 그는 '섭주'의 개념에 대해 "상경上卿이 군주를 대신하여 정사를 돌보았던 것을 말한다"고 해설을 달아놓았다. 그렇다면 만약 뒤늦게 태어난 세자가 딸이라면, 상경이 군주의 계승자가 된다는 말인가?

소자蘇子가 말한다. 섭주 제도는 선왕先王 시대의 법전法典이요, 공자의 예법이다. 그럼에도 불구하고 세상은 이런 사실을 모르고, 군주의 모후가 섭정하는 것을 자주 목격하다 보니 이를 당연하게 여기고 있다. 때문에 나는 이 점을 논하지 않을 수 없었다. 후세 군자君子들의 현명한 판단을 기다린다.

원문과 주석 4

或曰; 「君薨, 百官總己以聽於冢宰三年, 安用攝主?」❶ 曰: 非此之謂也。嗣天子長矣, 宅憂而未出令, 則以禮設冢宰。❷ 若太子未生, 生而弱, 未能君也, 則三代之禮, 孔子之學, 決不以天下付異姓, 其付之攝主也。夫豈非禮而周公行之歟? 故隱公亦攝主也。鄭玄, 儒之陋者也, 其傳「攝主」也, 曰:「上卿代君聽政者也。」❸ 使子生而女, 則上卿豈繼世者乎? 蘇子曰: 攝主, 先王之令典, 孔子之法言也。❹ 而世不知, 習見母后之攝也, 而以為當然。故吾不可不論, 以待後世之君子。

❶ ▪ 冢宰: 周나라 때의 관직명. 百官을 통솔하는 六卿의 첫 번째 관직. 大宰라고도 함.
▪ 君薨, 百官總己以聽於冢宰三年, 安用攝主?: 제후국의 군주가 薨逝하면, 문무백관들이 스스로를 점검하면서 3년간 冢宰의 명을 받들면 될 일이지 攝主가 무슨 필요가 있겠는가? 『論語 · 憲問』에 나오는 말임.

❷ ▪ 嗣: 계승하다.
▪ 嗣天子長矣: 天子의 계승자가 이미 태어나 있으면. 長은 여기서 '태어나다'의 뜻임.
▪ 宅憂: 居喪 중이라는 뜻.
▪ 未出令: 아직 즉위하지 않았음을 의미함.

❸ ▪ 鄭玄(127~200): 後漢 末의 儒學者. 字는 康成. 山東 北海 高密 출신. 訓詁學과 經學 외에 天文 · 曆數에 이르기까지 깊은 조예가 있었다. 지방 세력가들과 황제의 벼슬 제의를 모두 사양하고 가난하게 살며 연구와 교육에 한평생을 바쳐, 수천 명의 제자를 거느리는 일대 학파를 형성하였다. 『周易』 · 『尙書』 · 『毛詩』 · 『周禮』 · 『儀禮』 · 『禮記』 · 『論語』 · 『孝經』 등의 經書에 주석을 달았고, 『儀禮』 · 『論語』의 定本 교재를 만들었다. 완전하게 현존하는 그의 저작은 『毛詩』의 箋과 『周禮』 · 『儀禮』 · 『禮記』의 주해뿐이며, 그 밖의 것은 단편적으로 남아 있다. 東坡가 그를 견식이 천박한 유학자라고 평한 것은 지나친 견해라고 할 수 있겠다.
▪ 傳: 註釋을 달다.
▪ 上卿代君聽政者也: 上卿大夫가 主君을 대신하여 政事를 돌보는 것이라는 뜻. 鄭玄이 『禮記 · 曾子問』에서 '攝主'의 개념에 대해 註釋을 달아 해설한 것임. 그러나 이 해설은 잘못된 것으로, 이 부분

만 보면 그에 대한 동파의 견해가 타당하다고 할 수 있을 것임.

❹ ▪ 令典: 국가의 법령을 기록해놓은 법전.

▪ 法言: 儒家의 禮法에 부합하는 言論.

해설

동파는 이 글에서 '섭주'의 개념과 자격, 그리고 변천과정에 대해 역사적인 맥락을 짚어가며 고증하고 있다. 그러나 그것은 글의 표면적인 성격이다. 동파는 섭주의 신분이 당초 임금의 종실宗室 출신이었다가, 세월이 흘러가면서 점차 임금의 모후母后에게 옮겨 간 현상에 대해서 깊은 불만을 표시하고 있다.

동파가 오대시안烏臺詩案으로 목숨이 경각에 달렸을 때 그를 구원해준 것도 인종의 황후였던 조태후曹太后였으며, 그의 재주를 알아보고 든든한 정치적 후원자가 되어준 것도 신종神宗의 모친인 고태후高太后였다는 사실을 상기해보면, 동파의 여성에 대한 뿌리 깊은 편견은 상당히 아이로니컬하다.

동파는 두 가지 점에서 시대적 한계를 극복하지 못한 아쉬움을 안고 있다. 하나는 여성에 대한 편견이며, 또 하나는 이민족異民族에 대한 알 수 없는 반감이다. 모든 면에서 완벽하기란 어려운 법인가 보다.

《歷朝賢后故事十二開》 淸, 焦秉貞
역대 황실의 어질고 현명한 황후들에 얽힌 일화를 소개한 그림이다. 당연히 남성 중심적인 관점에서 바라본 것으로, 동파가 이 글에서 언급한 여성들은 물론 이 안에 포함되지 못했다.

《唐人宮樂圖》 唐, 작가 미상
당나라 宮中의 여성들이 즐기는 모습. 당시는 女權이 크게 신장되었다. 여인들에게 당당한 女性像과 자신감을 불어넣어 준 武則天 덕분이었다.

은공隱公의 불행

해제 이 글은 동파의 독후감이다. 한 권의 책을 읽고 쓴 것이 아니라, 여러 권의 사서史書를 읽고 쓴 글이다. 글을 쓰게 된 동기는 노魯나라 은공隱公이 겪은 불행 때문이었다. 그리고 그와 유사하면서도 조금씩 다른 일을 겪은 춘추시대 진晉나라의 장군 이극里克과, 진秦나라의 이사李斯, 삼국시대 위魏나라의 정치가인 정소동鄭小同, 그리고 남북조시대 동진東晋의 정치가인 왕윤지王允之가 당한 경우를 예로 들어, 군자君子의 처신에 대해 논하고 있다.

번역 1 공자公子 희휘姬翬는 은공隱公에게 환공桓公을 죽여줄 테니 태재太宰 벼슬을 달라고 청하였다. 은공이 말했다. "그가 나이 어린 탓에 내가 잠시 섭정을 하고 있을 뿐, 곧 그에게 다시 대권을 넘길 것이오. 토구菟裘 땅에 건물을 짓고 있다오. 장차 그곳에서 노년생활을 보낼 것이라오." 두려워진 희휘는 환공에게 가서 도리어 그를 무고하고 은공을 시해하였다.

소자蘇子가 말한다. 도적이 칼을 겨누면 반드시 그에 맞서서 죽여야 하는 법이다. 어찌 그 당사자만 맞서야 할 뿐이겠는가! 길을 가던 사람도 모두 함께 도적을 붙잡으려 할 것이다. 길을 가던 사람은 도적과 원수지간이 아니지만, 도적을 공격하지 않으면 도적이 자신도 함께 죽일 것으로 생각하기 때문이다. 은공은 그 길을 가던 사람보다도 지혜롭지 못했구나! 슬프다!

은공은 혜공惠公의 후실後室의 아들이었다. 그가 적자嫡子 신분이 아니었던 것은 환공이나 마찬가지였다. 게다가 환공보다 나이도 많았다. 그럼에도 불구하고 선군先君의 유지遺志에 따라 대권을 넘겨주려 하였으니 참으로 어진 사람이 아니겠는가? 다만 애석하게도 기민한 지혜가 부족하였구나. 만약 은공이 희휘를 주살한 후 환공에게 양위讓位하였다면, 백이伯夷와 숙제叔齊라도 어찌 그보다 더 훌륭할 수 있겠는가?

원문과 주석 1

隱公不幸❶

公子翬請殺桓公, 以求太宰。❷ 隱公曰:「為其少故也, 吾將授之矣。使營菟裘, 吾將老焉。」❸ 翬懼, 反譖公於桓公而弑之。蘇子曰: 盜以兵擬人, 人必殺之, 夫豈獨其所擬, 塗之人皆捕擊之。❹ 塗之人與盜非仇也, 以為不擊則盜且并殺己也。❺ 隱公之智, 曾不若是塗人也, 哀哉! 隱公, 惠公繼室之子也, 其為非嫡, 與桓均耳, 而長於桓。❻ 隱公追先君之志而授國焉, 可不謂仁人乎?❼ 惜乎其不敏於智也。 使隱公誅翬而讓桓, 雖夷、齊何以尚玆?❽

❶ • 隱公(?~B.C.712): 魯隱公. 姓은 姬, 이름은 息姑. 춘추시대 魯나라의 14대 군주. 魯惠公의 庶長子이다. 嫡子인 太子 姬允(훗날의 桓

公)이 나이 어린 관계로, 대신 11년 동안 攝政하였다.

❷ • 公子翬: 춘추시대 노나라의 대부인 姬翬. 魯惠公의 庶子이자, 魯隱公의 이복동생이다. 隱公 11년(B.C.712) 겨울, 노은공을 찾아가서 자신을 재상으로 임명해주면, 태자인 희윤을 죽이고 정식으로 군주가 되도록 도와주겠다고 제의했으나 거절당하였다. 이에 태자 희윤에게 가서, 은공이 태자를 죽이려 한다고 거짓 고한 후, 은공을 시해하였다는 이야기가 『左傳 · 隱公11年』에 기록되어 있다.

• 桓公(?~B.C.694): 춘추시대 노나라의 15대 군주인 魯桓公을 지칭함. 이름은 姬允, 또는 姬軌. 魯惠公의 嫡子이며, 魯隱公의 이복동생이다. 惠公이 죽었을 때 아직 어렸으므로 庶兄인 息姑(隱公)가 대신 섭정하였다. 隱公 11년(B.C.712) 겨울, 公子 姬翬가 찾아와 은공이 자신을 죽이려 한다는 거짓말을 믿고, 그로 하여금 은공을 시해하게 한 후에 군주의 자리에 올랐다. 부인은 齊襄公의 동생인 姜文姜으로, B.C.694년 齊나라를 방문했다가 제양공과 강문강이 남매간에 通情하고 있음을 알고 이를 꾸짖다가 제나라에서 의문의 죽음을 당했다. 노나라 사람들은 그가 제양공의 이복동생인 彭生에게 죽임을 당한 것으로 여기고 제나라에 압력을 가하여 제양공이 彭生을 죽이게 하였다.

• 太宰: 殷나라 때의 관직명. 천자를 도와 나라를 다스리는 문무백관의 首長이다. 周나라 때는 冢宰(약칭으로 宰)라 하였으나, 춘추 열국에서는 관습상 太宰라고 호칭하기도 하였다.

❸ • 爲其少故也, 吾將授之矣: 그가 나이 어린 탓에 내가 대신 섭정하고 있지만, 장차 군주 자리를 그에게 돌려줄 것이라는 뜻.

• 使營菟裘, 吾將老焉: 菟裘(오늘날의 山東 泰安) 땅에 건물을 짓고 있는바, 장차 그곳에서 노년생활을 보낼 생각이라는 뜻.

❹ • 盜以兵擬人, 人必殺之: 도적이 兵器를 겨누면 상대방도 반드시 그에 맞서서 도적을 죽여야 한다는 뜻. 擬는 여기서 견주다, 겨누다, 향하다의 뜻.

• 夫豈獨其所擬: 어찌 그 상대방만 맞서려고 하겠느냐는 뜻.

• 塗之人皆捕擊之: 길을 가던 사람들도 모두 그 도적을 붙잡으려고 할 것이라는 뜻.

❺ • 塗之人與盜非仇: 원본에는 '塗之'란 말이 없으나, 王松齡이 蘇東坡

集에 근거하여 보충하여 교정한 것에 따른다.

❻ ▪ 與桓均耳: 隱公도 사실은 桓公과 똑같은 신분이었다는 뜻. 桓公의 모친 역시 惠公의 繼室이었으나, 훗날 正室夫人이 된 것임.

❼ ▪ 追: 따르다.
  ▪ 授國: 나라의 大權을 넘겨주다.

❽ ▪ 夷、齊: 伯夷와 叔齊.
  ▪ 尙茲: 이것보다 더 낫다. 尙은 上과 통한다. 낫다, 초과하다의 뜻.

***　　***　　***

번역 2

여희驪姬는 신생申生을 죽이려 했지만 이극里克이 두려워 망설이다가 시우施優의 도움을 받아 일을 저질렀다. 진秦나라 이세二世 호해胡亥는 부소扶蘇를 죽이려 했지만 이사李斯가 두려워 망설이다가 조고趙高의 도움을 받아 일을 저질렀다. 이 두 사람은 저지른 짓거리도 똑같으려니와, 그로 인해 받은 재앙도 조금도 다르지 않았다. 이극은 혜공에게 주살당하는 신세를 면치 못했고, 이사는 호해에게 주륙당하는 신세를 면치 못했으니, 모두 애석해해 줄 가치조차 없는 인간들이다.

내가 따로 그들의 이름을 거론하여 글을 쓰는 이유는 후세 사람들의 경계警戒로 삼기 위해서이다. 군자君子는 인의仁義를 행함에 있어서 개인적인 이해득실을 따지지 않는다. 그리하여 군자의 행위에는 늘 정의와 이익이 함께한다. 그러나 소인배들의 행위는 그와 정반대이다. 이사가 조고의 역모에 가담한 것은 그의 본의는 아니었다. 단지 몽씨蒙氏에게 자신의 자리를 빼앗길까 두려워, 고개를 숙이고 조고의 의견을 따른 것이다. 만약 이사가 조고의 제의를 듣자마자 문무백관을 소집하고 육군六軍을 도열시킨 채 그의 목을 베었다면, 부소에게 큰 덕을 입힌 것이니 어찌 자신의 위치를 빼앗길 리가 있겠는가? 몽씨를 두려워할 필요가 어디 있었겠는가? 이를 깨닫고 실천하지 못한 채, 저자거리에서 오형五刑의 형벌을 받았으니, 참으로 어리석지 아니한가!

원문과 주석2

驪姬欲殺申生而難里克, 則施優來之; 二世欲殺扶蘇而難李斯, 則趙高來之。❶ 此二人所行相同, 而其受禍亦不少異: 里克不免於惠公之誅, 李斯不免於二世之戮, 皆無足哀者。❷

吾獨表而出之, 為世戒。君子之為仁義也, 非有計於利害, 然君子之所為, 義利常兼, 而小人反是。❸ 李斯聽趙高之謀, 非其本意, 獨畏蒙氏之奪其位, 故俛而聽高。❹ 使斯聞高之言, 即召百官、陳六師而斬之, 其德於扶蘇, 豈有既乎?❺ 何蒙氏之足憂! 釋此不為, 而具五刑於市, 非下愚而何!❻

❶ ▪ 驪姬(?~B.C.651): 孋姬 또는 麗姬라고도 표기한다. 春秋時代의 여성으로 驪戎國 군주의 딸이었다. 미모가 대단히 뛰어났으나 교활하고 간계가 많았으며 이간질을 잘 했다고 한다. 晉獻公의 부인이 된 후 奚齊를 낳아 총애를 받았다. 진헌공이 사망하자 情夫인 優施(施優라고도 함. 優는 노래 부르는 광대라는 뜻)의 도움을 받아, 태자 申生을 폐위시키고 奚齊를 군주로 옹립하였으나 며칠 만에 장군 里克에게 살해되었다.

▪ 申生: 춘추시대 晋獻公의 嫡子로 晋나라의 태자였다. 부친인 晋獻公의 애첩 驪姬가 所生인 奚齊를 옹립하기 위해 자신을 모함하였으나, 그 사실을 밝히면 부친이 크게 상심해하고 나라가 크게 어지러워질 것을 염려하여 국외로 도망하였다가 자살을 택하였다. '恭太子'라는 諡號를 받았다.

- 難: 어려워하다, 두려워하다.
- 里克(?~B.C.650): 춘추시대 晋나라의 장군. 士蔿·狐突·荀息·先丹木 등과 함께 晋獻公을 보좌하여 戎狄을 정벌하였고 權門勢家를 정리하여 군주의 권력을 강화시켜 주었다. 진헌공이 죽고 驪姬의 아들 奚齊가 대부 荀息의 지원을 받아 군주의 자리에 오르자, 곧 바로 군을 동원하여 驪姬와 奚齊 일당을 모두 잡아 죽였다. 원래 太子 申生을 지원하는 입장이었던 그는, 晋獻公의 次子인 重耳를 옹립하려 하였으나 중이가 거절하자 결국 三子인 夷吾를 옹립하였다. 그러나 이오는 즉위하여 惠公이 된 후, 그의 軍權이 지나치게 강대함을 우려하여 里克에게 죽음을 요구하니, 칼을 뽑아 자결하였다.
- 施優: 춘추시대 晋나라의 어릿광대. 이름은 施, 優는 그의 신분인 '노래 부르는 광대'라는 뜻임. 優施라고도 한다. 晋獻公의 애첩인 驪姬의 情夫가 되어, 그녀의 소생인 奚齊가 군주가 될 수 있도록 많은 奸計를 짜내어 驪姬를 도왔다.
- 來: 徠와 통함. 위로하다. 여기서는 '돕다'의 뜻.

❷ ▪ 里克不免於惠公之誅: 里克은 惠公에게 죽음을 면치 못했다는 뜻. 자세한 내용은 위의 〈里克〉에 대한 주석 참조.

❸ ▪ 非有計於利害: 개인적인 利害를 따지지 않다.
- 小人反是: 소인배는 그와 반대로 행동한다는 뜻.

❹ ▪ 俛[부; fǔ]: 두 가지 뜻과 발음이 있다. '면'으로 읽으면 '힘쓰다, 애쓰다'의 뜻. '부'로 읽으면 '내려다보다, 굽어보다, 숙이다, 굽히다'의 뜻임. 여기서는 後者임.
- 聽高: 趙高의 의견을 따르다.

❺ ▪ 六師: 古代의 군사 조직에서 2,500명을 師라고 함. 여기서는 그냥 軍으로 해석함.
- 德於扶蘇: 扶蘇에게 은덕을 입히다.
- 旣: 盡. 즉 蒙氏에게 자리를 뺏기고 부귀영화를 끝내게 되다.

❻ ▪ 具五刑: 五刑을 당하며 재판을 받다. 五刑은 墨刑(이마에 묵으로 죄명을 새기는 형벌), 劓刑(코를 베는 형벌), 剕刑(다리를 자르는 형벌), 宮刑(생식기를 자르는 형벌), 大辟(死刑) 등 인체를 손상시키는 잔인한 형벌을 말함.

***　　***　　***

번역 3

오호라! 난신적자亂臣賊子란 살모사 같은 존재로다! 그 독을 쏘인 초목草木만으로도 사람을 죽이고도 남거늘, 하물며 직접 물린다면 어찌 되겠는가?

고귀향공高貴鄕公 조모曹髦의 시중侍中이던 정소동鄭小同이 사마사司馬師를 찾아간 적이 있었다. 사마사는 비밀 상소문을 숨겨두지 못한 채 변소에 갔다가 돌아온 후, 정소동에게 물었다. “나의 상소문을 읽어보시었소?” “아니오. 읽어보지 못했소이다.” 그러자 사마사가 말했다. “차라리 내가 경卿을 배신할지언정, 경이 나를 배신하게 할 수는 없지요.” 그리고는 정소동을 독살하고 말았다.

왕윤지王允之는 왕돈王敦을 따라서 밤에 함께 술을 마시다가 술에 취하여 먼저 잠이 들었다. 그러나 왕돈과 전봉錢鳳이 반역을 모의할 때, 왕윤지는 이미 술에서 깨어나 그들이 하는 말을 모두 듣게 되었다. 왕윤지는 왕돈이 자신을 의심할까 싶어서 잔뜩 먹은 것을 토하여 옷과 얼굴이 모두 더러워졌다. 왕돈은 과연 그를 살펴보러 왔다가, 왕윤지가 누워서 토하는 것을 보고 안심하며 사라졌다.

슬프구나, 소동이여! 왕윤지여, 위험하고 아슬아슬 하였도다! 공자 말씀에 “위험한 곳은 가지를 말고, 어지러운 곳에는 살지를 말라!” 하신 것이 다 까닭이 있었구나! 나는 사서史書를 읽다가 은공과 이극, 이사, 정소동, 왕윤지 등 다섯 사람이 겪은 화禍와 복福에 대해 이와 같은 느낌을 얻었기에, 그들의 일을 특별히 기록하여 후세의 군자들이 살펴볼 수 있도록 하는 바이다.

원문과 주석2

嗚呼, 亂臣賊子猶蝮蛇也, 其所螫草木猶足以殺人, 況其所噬齧者歟?❶ 鄭小同為高貴鄉公侍中, 嘗詣司馬師, 師有密疏未屏也, 如廁還, 問小同:「見吾疏乎?」曰:「不見。」❷ 師曰:「寧我負卿, 無卿負我。」遂酖之。❸ 王允之從王敦夜飲, 辭醉先寢。❹ 敦與錢鳳謀逆, 允之已醒, 悉聞其言, 慮敦疑己, 遂大吐, 衣面皆汙。❺ 敦果照視之, 見允之卧吐中, 乃已。

哀哉小同, 殆哉岌岌乎允之也! 孔子曰:「危邦不入, 亂邦不居。」❻ 有由也夫!❼ 吾讀史得隱公、里克、李斯、鄭小同、王允之五人, 感其所遇禍福如此, 故特書其事, 後之君子可以覽觀焉。

❶ ▪ 蝮蛇: 毒蛇의 일종. 살모사.
▪ 螫: 벌레 따위가 쏘다.
▪ 噬齧: 물다, 물어뜯다.

❷ ▪ 鄭小同(193?~258?): 삼국시대 魏나라의 정치가. 東漢 말의 유명한 經學家 鄭玄의 손자이다. 鄭玄의 외동아들인 益恩은 저명한 학자 孔融에게 칭송받았을 정도로 효성스럽고 청렴한 인물이었다. 그러나 益恩은 黃巾賊에게 포위된 孔融을 구하러 나섰다가 변을 당하여 사망하였다. 그리하여 遺腹子로 태어난 鄭小同은 손금이 祖父인 鄭玄과 유사한 모습이어서 '小同'이라는 이름을 가지게 되었다. 그는 魏나라 마지막 황제인 曹髦의 侍中이 되어 『尙書』를 가르치기도 하였으나, 반역을 도모한 司馬師에게 살해되었다.
▪ 高貴鄉公: 삼국시대 魏나라의 4대 황제인 曹髦(241~260)를 지칭함. 字는 彦士. 魏文帝 曹丕의 손자이자 東海定王 曹霖의 아들이다. 위나라 말기 정권을 완전히 장악한 司馬師가 齊王 曹芳을 폐위시킨 후, 宗室의 신분으로 새 황제로 옹립되었다. 그러나 曹髦는 司馬氏 형제의 전횡과 발호에 크게 불만을 품고 군사를 일으켜 司馬氏를 제거하러 나섰다가 그들에게 시해되었다. 사후에 황제로 인정받지 못하여 高貴鄉公으로 불리었다.

▪ 詣: 높은 사람을 찾아가다.

▪ 司馬師(208~255): 삼국시대 魏나라 말기의 權臣. 字는 子元. 부친 司馬懿의 권력을 이어받아, 魏나라 3대 황제인 曹芳(齊王)을 폐위시키고 曹髦를 새 황제로 옹립하였다가, 그마저 시해하여 사실상 魏나라를 멸망시킨 후 동생인 司馬昭와 함께 정권을 완전히 장악하였다. 훗날 사마소의 아들인 司馬炎이 공식적으로 稱帝하고 西晉 왕조를 건국한 후, 景皇帝로 추존되고 廟號를 世宗이라 하였다.

▪ 密疏: 비밀 上疏文.

▪ 屛: 은닉하다, 숨기다.

▪ 如厠: 변소에 가다.

❸ ▪ 酖: 두 가지 뜻이 있다. ① [탐; dān] 즐기다. 탐닉하다. ② [짐; zhèn] 새 이름. 짐새. 廣東에 서식하는 毒鳥. 그 깃을 담근 술을 마시면 죽게 된다. 여기서는 독살하다는 뜻.

❹ ▪ 王允之(303~342): 東晋 시대의 정치가. 字는 深猷. 丞相 王導의 從弟인 王舒의 아들. 총각 시절에 從伯父인 王敦이 자신과 닮았다 하여 늘 데리고 다니며 같이 자기도 하였다. 우연히 王敦의 逆謀 계획을 엿듣고 부친과 從伯父인 왕도에게 알리어, 王敦의 亂에 대비하게 하였다. 난이 평정된 후 錢塘令 · 建武將軍 · 江州刺史 · 會稽內史 등을 역임하였고 番禺縣侯에 책봉되었다.

▪ 王敦(266~324): 東晋 시대의 權臣. 字는 處仲. 승상이었던 王導의 從兄이며, 晋武帝 司馬炎의 딸인 襄城公主의 남편이다. 일찍이 王導와 함께 東晋 왕조의 정권을 공고히 하는데 공을 세워, 鎭東 大將軍이 되어 나라의 경제 및 군사의 중심지역인 荊州와 揚州 등 長江 중상류 지역을 완전히 장악하여 東晋 황실의 큰 위협이 되었다. 이에 晋元帝 司馬睿는 劉隗를 중용하여 그에 맞서고자 하였으나, 왕돈은 유외를 주살한다는 명분으로 武昌에서 군사를 일으켜 도읍지인 建康(南京)으로 쳐들어오니, 어쩔 수 없이 그에게 승상 벼슬을 주고 江州牧의 신분으로 계속 武昌에 주둔하게 하였다. 元帝가 죽은 후 明帝가 즉위하자 왕돈 토벌에 나선 후, 곧 병으로 죽었다. 시신은 참수되었다.

❺ ▪ 錢鳳: 東晋 시대 王敦의 부하 장수. 字는 世儀. 王敦과 함께 역모에 가담하였다가 실패하여 주살되었다.

▪ 皆汙: 원본에는 '皆汗'으로 되어 있다. 王松齡이 百川本과 『東坡七集 · 後集』『續集』에 의거하여 교정한 것을 따른다.

❻ ▪ 危邦不入, 亂邦不居: 위험한 곳에는 아예 가지 않고, 어지러운 곳에서는 아예 거하지 않는다는 뜻. 『論語 · 泰伯』에 나오는 말이다.

❼ ▪ 由: 이유. 원인. 까닭.

해설

이 글의 주제는 '군자君子의 처신'이다. 동파의 주장에 의하면, 군자의 행위에는 "정의와 이익이 늘 함께해야 한다(義利常兼)." 여기서 '정의'의 뜻은 쉽게 알겠는데 '이익'은 무슨 뜻일까? 개인적인 사리사욕이 아니다. 사회를 위한 '공리公利'를 말한다.

동파는 이 글에서 주장한다. 노나라 은공처럼 후덕하고 어질기만 해서는 안 된다고 말한다. 도적이 우리에게 칼을 겨누면, 우리도 맞서서 칼을 겨누고 도적을 죽여야만 하는 것처럼, 악인惡人이 우리를 해치려 하면 지혜를 발휘하여 맞서 싸워야 한다고 주장한다. 바보처럼 악인에게 억울한 죽음을 당하는 일이 없도록 해야 한다고 말한다. 지혜를 발휘하여 악인을 제거하고 난 연후에, 개인적인 이익을 떠나서 인의仁義를 행하고 덕을 베푸는 것이 동파가 말하는 '정의'와 '이익'이다.

동파는 이 글에서 그 구체적인 실천방법을 우리에게 가르쳐준다. 은공은 몹쓸 제안을 한 희휘姬翬를 마땅히 먼저 주살한 연후에 동생 환공桓公에게 임금 자리를 양보했어야 했다. 이사는 조고의 사악한 제의에 흔들리지 말고, 마땅히 그 즉시 문무백관과 군사들을 소집하여 놓고 조고를 참수한 연후에 태자 부소扶蘇를 옹립했어야 한다고 주장한다. 그것이 올바른 군자의 처신이요, 정의이며, 공리라고 말한다. 동파의 단호한 모습이 보인다. 그만큼 소인배 정적들에게 시달림을 많이 겪었던 탓이 아닐까?

칠덕팔계七德八戒

해제

순수한 역사평론이다. 제목에서 말하는 '칠덕七德'은 제환공齊桓公과 관중管仲·초성왕楚成王·한고조漢高祖·진무제晉武帝·부견符堅·당명황唐明皇 등 7명의 역사적 인물들의 '성덕盛德'을 지칭하는 것이며, '팔계八戒'란 한경제漢景帝·조조曹操·진문제晉文帝·진경제晉景帝·송명제宋明帝·북제北齊의 후주後主·당태종唐太宗·무측천武則天 등 여덟 명이 무고한 신하를 죽인 사건을 후세의 경계로 삼아야 한다는 뜻이다.

그런데 연관된 인물들의 명단을 확인해보니 조금은 이상하다. 다른 글을 보면 동파는 분명 진무제와 부견 같은 인물을 낮게 평가한 것 같은데, 여기서는 그들의 '커다란 덕'을 칭송하다니 어찌 된 일일까? 또 당태종唐太宗과 같은 군주는 역사에서 말하는 소위 '성군聖君'인데 그의 행위를 비판한 것은 또 어찌 된 사연일까?

그러한 의문점을 가지고 글을 읽어보는 것이 감상의 포인트이겠다. 단, 그 스토리를 제대로 이해하려면 주석의 설명을 빠짐 없이 읽어야 하는 번거로움을 극복해야 한다. 주석을 자세히 참고할 때는 귀찮아도, 스토리의 얼개를 이해하고 나면 역사를 바라보는 안목을 키울 수 있다. 이 장편의 글을 정독하는 독자가 얻는 보너스 선물이다.

번역 1

정鄭나라의 태자 화華는 삼족三族을 제거해주면 신하가 되겠노라고 제환공齊桓公에게 제의했다. 제환공이 이를 수락하려 하자 관중管仲이 안 된다고 하였다. 제환공이 말했다. "제후들이 정나라를 공격하고 있지만 승리하지 못하고 있소이다. 만약 저들 사이에 틈이 있다면 그 점을 이용해도 되지 않겠소?"

관중이 말했다. "만약 주공께서 덕德으로 저들을 따스하게 어루만져 주면서 가르치고 인도해준 연후에, 그래도 말을 듣지 않으면, 제후들을 거느리고 정나라를 토벌하십시오. 그러면 정나라는 곧 멸망하게 될 터이니, 그들이 어찌 두려워하지 않겠습니까? 그러나 만약 그 죄인들을 포박하여 정나라로 쳐들어간다면, 정나라도 말할 구실이 생길 것입니다."

제환공이 태자 화의 제의를 거절하니, 정백鄭伯은 곧 맹약盟約을 받아들였다.

원문과 주석 1

七德八戒

鄭太子華言於齊桓公, 請去三族而以鄭為內臣, 公將許之, 管仲不可。❶ 公曰: 「諸侯有討於鄭, 未捷, 苟有釁, 從之不亦可乎?」❷ 管仲曰: 「君若綏之以德, 加之以訓辭, 而率諸侯以討鄭, 鄭將覆亡之不暇, 豈敢不懼?❸ 若摠其罪人以臨之, 鄭有辭矣。」❹ 公辭子華, 鄭伯乃受盟。❺

❶ • 鄭: 춘추시대의 제후국. 오늘날의 河南省 新鄭縣 일대. 초기에는 다.

- 太子華(?~B.C.644): 춘추시대 鄭나라의 태자. 姓은 姬, 이름이 華이다. 父親은 鄭文公. B.C.653년, 齊桓公과 宋桓公, 陳나라의 太子 款이 寧母에서 盟約을 받아들이지 않고 있는 鄭나라를 토벌하는 일로 會盟을 가질 때, 부친의 명으로 파견되어 제환공과 협상을 하였다. 그는 鄭나라의 三族이 제환공의 명에 따르지 않는다며, 그들을 제거해주면 제나라의 속국이 되어 신하가 되겠노라고 설득하였으나, 제환공은 管仲의 충고를 받고 이를 거절하였다. 협상에 실패한 太子 華는 이 일로 부친 鄭文公에게 미움을 받아 훗날 끝내 피살되었다.
- 齊桓公(?~B.C.643): 춘추시대 齊나라의 16대 군주. 姓은 姜, 諱는 小白, 시호는 桓公. 鮑叔牙의 활약으로 公子 糾와의 公位 계승 분쟁에서 승리해 제나라의 군주가 되었다. 管仲을 재상으로 삼고 제나라를 강대한 나라로 만들었으며, 東周 왕실을 대신해 會盟을 거행하여 諸侯들의 覇者가 되었다. 그러나 管仲의 死後, 국사를 제대로 돌보지 않았으며, 특히 後嗣 문제로 나라를 어지럽혔다. 그의 사후, 여섯 명의 후실에게 얻은 여섯 명의 자식들이 후계 문제를 놓고 서로 분쟁하는 가운데, 제나라는 패권국의 위치를 상실하게 되었다.
- 去: 제거하다.
- 三族: 鄭나라의 대부인 洩氏(洩駕氏族), 孔氏(孔叔), 子人氏(姬語; 鄭厲公의 동생).
- 以鄭爲內臣: 鄭나라가 齊나라의 신하가 되겠다는 뜻. 內臣은 국내에서 직접 임금을 섬기는 신하.
- 管仲(?~B.C.645): 춘추시대 齊나라의 뛰어난 재상. 齊桓公을 도와 제나라를 富國强兵의 길로 이끌어, 마침내 齊桓公을 제후국들의 覇者가 되게 하였다. 그와 鮑叔牙와의 우정을 말하는 管鮑之交라는 故事成語가 유명하다. 저서로 『管子』가 있다.

❷ ▪ 捷: 이기다. 승리하다.
- 釁[흔; xìn]: 틈, 사이, 결점.

❸ ▪ 綏[수; sui]: 편안하다. 편안하게 하다. 여기서는 '따스하게 어루만지다'로 번역함.
- 不暇: 곧.

❹ ▪ 摠: 거느리다, 묶다, 데리고 가다.
▪ 辭: 이유. 구실.
❺ ▪ 辭: 거절하다.
▪ 鄭伯: 정나라의 군주이자 태자 華의 부친인 鄭文公을 지칭함.

*** *** ***

번역 2

소자蘇子가 말한다. 위대하도다! 환공의 재상, 관중이여! 태자 화의 제안을 거절하게 하고, 조말曹沫과의 맹약을 지키도록 하였으니, 이는 모두 커다란 덕을 쌓은 것이므로 제나라는 왕도王道의 나라가 될 가능성이 있었도다.

하지만 아쉽게도 제나라는 왕도를 배우지는 못하였다. 뜻과 정성으로 몸과 마음을 수양하여 나라를 다스리지 못하고, 집에는 삼귀三歸를, 나라에는 육폐六嬖의 재앙을 거느리게 하였다. 그리하여 제환공은 왕도를 걷지 못하였으므로 공자가 그를 작게 평가한 것이다. 그러나 동시에 매우 긍정적으로 평가하기도 하였다.

"환공이 병거兵車의 무력을 사용하지 않고 제후들을 아홉 번이나 규합시킨 것은 관중의 공로 때문이다. 관중만큼 어진 사람이 또 어디 있으랴!"

맹자孟子는 "중니仲尼의 문하생들은 제환공과 진문공晋文公의 사적事績에 대해서는 언급하지 않는다"고 하였으나, 그 말은 지나친 것이리라.

원문과 주석2

蘇子曰: 大哉, 管仲之相桓公也! 辭子華之請而不違曹沫之盟, 皆盛德之事也, 齊可以王矣。❶ 恨其不學道, 不自誠意正身以刑其國, 使家有三歸之病而國有六嬖之禍, 故桓公不王, 而孔子小之。❷ 然其予之也亦至矣, 曰: 「桓公九合諸侯, 不以兵車, 管仲之力也。 如其仁, 如其仁!」❸ 曰: 「仲尼之徒無道桓、文之事者」, 孟子蓋過矣。❹

❶ ▪ 曹沫之盟: 齊桓公이 柯 땅에서 魯나라의 대부인 曹沫과 맺은 약속을 말한다. 魯莊公은 齊桓公과 세 번 싸워 모두 패하자 遂邑 땅을 내어주며 화친을 청하였다. 이에 齊桓公과 魯莊公은 양국의 國境인 柯에서 만나 조약을 맺게 되었다. 이때 曹沫이 호위가 허술한 틈을 타서 匕首로 제환공을 위협하며 그 땅을 다시 내어놓으라고 하자, 제환공이 수락하고 약속을 맺었다. 안전해진 뒤, 제환공은 그 약속을 취소하려 하였으나, 관중의 만류로 웃어넘기고 약속을 지켰다. 제후들은 이에 탄복하고 제환공을 따르기 시작했다.

❷ ▪ 恨其不學道: 王道를 배우지 않은 것이 유감이라는 뜻. 儒家에서 말하는 王道란 仁德으로 천하의 마음을 얻는 것이며, 覇道는 武力으로 천하에 군림하는 것을 말한다.

▪ 正身: 修身. 수양을 하여 육체와 건강을 바로잡다.

▪ 刑: 다스리다.

▪ 三歸: 『論語 · 八佾』의 "관중은 三歸를 두었다"는 말에서 出典하였음. 여러 가지 해석이 있으나, 각기 姓이 다른 세 여인을 부인으로 맞이하는 것이라는 설이 가장 유력함.

▪ 六嬖[폐; bì]: 여섯 명의 寵姬. 제환공은 여섯 명의 후궁을 총애하여 여섯 명의 아들을 두었는데, 모두 그의 後嗣를 노리고 치열하게 싸우는 바람에 제환공의 死後에 나라가 크게 어지러워졌음.

▪ 不王: 王業을 이루지 못하다.

▪ 小之: 제환공을 작은 그릇으로 평가하다.

❸ ▪ 其予之也: '其'는 孔子, '之'는 관중을 지칭함. '予'는 긍정적으로 평가하다.

- 合: 규합하다. 모으다. 집합시키다.
- 桓公九合諸侯, ~ 如其仁: 제환공이 무력을 사용하지 않고도 아홉 번이나 제후들을 규합하며 盟主가 될 수 있었던 것은 전적으로 관중의 공로다. 그만큼 어진 사람이 어디 있겠는가! 『論語 · 憲問』에 나오는 말로, 孔子가 子路의 질문에 답변한 것임.

❹ • 仲尼之徒無道桓、文之事者: 仲尼는 孔子. 공자의 문하생들은 (王道를 걷지 않고 覇道를 걸은) 齊桓公이나 晋文公의 事績에 대해서는 거론하지 않는다는 뜻.
- 過: 지나치다.

***　***　***

번역 3

나는 『춘추春秋』와 그 후대의 역사책을 읽어보면서 만세萬世에 모범이 될 만한 큰 덕을 베푼 일곱 명에 대해 알게 되었다. 또 이와는 반대로 만세에 경계해야 할 일을 저지른 여덟 명에 대해서도 알게 되어, 이를 자세히 논해보고자 한다.

강태공姜太公은 제齊나라를 다스리면서 현자賢者를 등용하고 공덕을 숭상하였다. 그런데 주공周公은 이런 말을 했다. "제나라는 후대에 가서 반드시 주군을 시해하고 나라를 찬탈하는 신하가 나올 것이다." 주공은 온 천하가 칭송하는 인물이니, 제나라도 그가 한 이 말을 알고 있었을 것이다.

전경중田敬仲이 막 태어났을 때 주나라의 태사령이 그를 위해 시초蓍草 점을 친 적이 있었다. 또 그가 제나라로 망명했을 때 제의씨齊懿氏도 그에 대해 점을 친 적이 있었으니, 그때 이미 그의 후손이 제나라를 차지할 것이라는 사실을 알고 있었던 것이다.

이렇게 나라를 찬탈하고 주군을 시해할 것이라는 혐의가 전경중에게 집중되어 있었음에도 불구하고, 제환공과 관중은 그를 폐하지 않고 상경上卿 자리를 주려고 하였으니, 커다란 덕망을 지니고 있지 않는 자라면 어찌 이렇게 행동할 수가 있었겠는가?

초나라 성왕成王은 진晋나라가 반드시 패자覇者의 자리를 차지할 줄 알면서도 중이重耳를 죽이지 않았으며, 한漢나라 고조高祖는 동남 지역에서 반드시 반란이 일어날 줄 알면서도 오왕吳王 유비劉濞를 죽이지 않았다.

또한 서진西晋의 무제武帝는 제왕齊王 왕유王攸의 말을 듣고서도 유원해劉元海를 죽이지 않았으며, 부견符堅은 왕맹王猛을 신임하면서도 모용수慕容垂를 죽이지 않았다. 그리고 당명황唐明皇은 장구령張九齡을 중용하였으면서도 안록산安祿山을 죽이지 않았으니, 나는 이 모두가 큰 덕망을 베푼 일이라고 생각한다.

원문과 주석 3

吾讀《春秋》以下史而得七人焉，皆盛德之事，可以為萬世法，又得八人焉，皆反是，可以為萬世戒，故具論之。❶ 太公之治齊也，舉賢而上功。❷ 周公曰:「後世必有簒弑之臣。」❸ 天下誦之，齊其知之矣。❹ 田敬仲之始生也，周史筮之，其奔齊矣，齊懿氏卜之，皆知其當有齊國也。❺ 簒弑之疑，蓋萃於敬仲矣，然桓公、管仲不以是廢之，乃欲以為卿，非盛德能如此乎?❻ 故吾以為楚成王知晉之必霸而不殺重耳，漢高祖知東南之必亂而不殺吳王濞，晉武帝聞齊王攸之言而不殺劉元海，苻堅信王猛而不殺慕容垂，唐明皇用張九齡而不殺安祿山，皆盛德之事也。❼

❶ ▪ 盛德: 커다란 덕.

❷ ▪ 太公: 姜子牙. 周나라 건국의 일등 공신. 武王에게 齊 땅을 하사받아 제나라의 시조가 되었음. 후세에서 흔히 姜太公이라고 호칭함.

▪ 上功: 공적을 숭상하다. 上은 尙과 통함.

❸ ▪ 簒弑: 군주를 시해하고 나라를 빼앗다.

❹ ▪ 誦: 칭송하다. 찬송하다.

▪ 齊其知之矣: 제나라도 알고 있었을 것이라는 뜻. 其A矣의 구문은 A부분을 추측, 감탄, 의문 중의 한 가지 뉘앙스로 해석해 주면 된다. 여기서는 추측의 의미.

❺ ▪ 田敬仲: 陳完. 河南 宛丘에 위치했던 陳나라의 13대 군주인 厲公의 아들. 『史記 · 田敬仲完世家』에 의하면, 그가 막 태어났을 때 마침 陳나라를 방문한 周나라의 太史가 그를 위해 점괘를 뽑아 보니, 훗날 그의 자손이 姜氏 나라의 주인이 된다는 내용이었다고 한다. B.C.672년, 나라가 어지러워지자 제나라로 망명하여 성을 田氏로 바꾸고(고대에는 陳과 田의 발음이 같았음), 장사를 하며 새로운 세력을 키워나갔다. 그 후 전씨 일족은 제나라의 세력가로 성장하여, 田完의 후손인 田和가 康公을 축출하고 제나라의 새로운 군주가 되었다. 이때부터의 제나라를 후세에서 田齊라고 부른다.

▪ 筮[서; shì]: 蓍草 점을 치다.

▪ 齊懿氏: 齊나라의 대부인 懿仲. 田敬仲의 岳父.

▪ 其奔齊矣, 齊懿氏卜之, 皆知其當有齊國也: 田敬仲이 제나라로 망명을 온 후에 齊懿氏가 그를 사위로 삼기 위해 점을 쳐보니, 陳나라의 후손이 齊나라에서 크게 홍성하여, 8代孫은 上卿보다도 더 높은 지위에 오르게 되리라는 점괘였음. 上卿보다 더 높은 지위란 君主밖에 없으므로 여기서 "齊 나라를 맡게 될 것"이라고 표현한 것임.

▪ 乃欲以爲卿: 上卿으로 삼으려 하다. 齊桓公이 陳의 公室 출신인 전경중을 우대하여 上卿 벼슬을 내리려고 했던 사실을 지칭함. 그러나 전경중이 떠돌이 신하가 높은 벼슬을 맡을 수 없다고 사양하자, 제환공은 그에게 工正 벼슬을 주었다.

❻ ▪ 萃: 집중되다.

❼ ▪ 楚成王知晉之必霸而不殺重耳: 楚成王은 晋나라가 틀림없이 覇者

가 될 것을 알면서도 重耳를 죽이지 않았다는 뜻. 『좌전 · 희공 23年』에 나오는 이야기. 晋나라의 公子 重耳가 떠돌이 망명생활을 할 때 초나라를 방문하니, 초성왕은 그를 제후로 대접해주었다. 그리고는 앞으로 진나라에 돌아가 군주의 자리에 오른다면, 자신이 지금 후하게 대접해준 은혜를 어떻게 보답하겠느냐고 물었다. 이에 중이는 귀한 물건들은 초나라에 모두 있으니, 부득이하게 戰場에서 만나게 된다면 90里를 후퇴하여 양보하고, 활도 왼손으로 쏘겠노라고 대답하였다. 그 말을 들은 초나라의 대부 子玉이 크게 분노하여 그를 죽이고자 청하였으나, 초성왕은 그의 기개에 감동하여 허락하지 않고, 그가 머물러 있던 3개월 동안 후히 대접하였다. 훗날 晋文公이 된 중이는 초나라 군사와 마주치자 실제로 90리를 후퇴하여 약속을 지켰다. 그러나 史書에는 초성왕이 중이가 覇者가 되리라는 사실을 알고 있었다는 기록은 없다.

- 漢高祖知東南之必亂而不殺吳王濞: 漢高祖 유방은 東南 지역에서 필경 반란이 일어날 것임을 알고서도 吳王 劉濞를 죽이지 않았다는 뜻. 『史記 · 吳王濞列傳』에 나오는 이야기. 유방은 漢나라를 건국한 후, 吳越 지역에서 반란이 일어날 것을 염려하여 믿을 만한 혈육을 왕으로 책봉하여 그 지역을 지키고 싶었다. 그러나 王子들이 모두 어려서 長兄 劉仲의 아들 劉濞를 吳王으로 책봉하였다. 王의 印을 건네주고 나서, 유방이 조카의 관상을 보니 반역을 일으킬 상이었으므로 일면 후회가 되었다. 하지만 이미 책봉을 마친 터라, 그의 등을 두드려주며 말했다. "앞으로 50년 안으로 동남 지역에서 난이 일어날 터인데, 설마 네가 주동자가 되지는 않겠지? 모두 같은 一家이니, 그러지 않도록 조심하여라." 그러나 劉濞는 훗날 끝내 반란을 일으켰다.
- 劉元海: 五胡十六國의 하나인 漢나라(훗날 前趙, 또는 漢趙로 改名하였음)의 건국자인 劉淵(251? ~310)을 지칭함. 元海는 그의 字. 흉노족의 首長인 冒頓單于의 후손임. 本姓은 欒提였으나, 漢高祖 유방이 딸을 冒頓單于에게 시집보내면서 형제의 맹약을 맺은 후로 劉氏로 姓을 바꾸었음. 東漢 末 南匈奴의 單于였던 于扶羅의 손자이며, 흉노족의 左部元帥였던 劉豹의 아들. 304년, 西晋이 八王의 亂으로 어수선해진 틈을 타서 內亂을 일으켜 并州에서

漢나라를 세우고 漢王이 되었음. 5년 후, 稱帝하였음.

- 晉武帝聞齊王攸之言而不殺劉元海: 진무제 司馬炎이 齊王 司馬攸의 충고를 듣고서도 劉元海를 죽이지 않았다는 뜻. 『晉書 · 劉元海載記』에 나오는 이야기. 司馬炎은 王渾의 추천으로 劉元海를 접견한 후, 그의 무예와 용모에 크게 흡족하여 吳나라 정벌에 활용할 계획을 세웠다. 그때 孔恂, 楊珧 등이 그가 흉노족임을 이유로 반대하였다. 그 후 다시 齊王 司馬攸가 유원해를 제거해야 한다고 사마염에게 건의하였으나, 王渾이 아무런 혐의도 없이 신하를 죽이면 덕이 되지 않는다고 반대하니, 司馬炎이 왕혼의 말에 동의하였다는 일화다.
- 苻堅(338~385): 五胡十六國時代 前秦의 世祖 宣昭皇帝. 박학다식하고 재능이 많아 거의 北方을 통일했으나 晉나라 원정에 나선 '淝水 전투'(383)에서 대패한 뒤로 국력이 급격히 기울었으며, 게다가 과거에 투항하였던 鮮卑族과 羌人들의 배신으로 도망가다가 살해되었다.
- 慕容垂: 五胡十六國의 하나인 後燕의 건국자인 成武帝(326~396)를 지칭함. 原名은 慕容霸, 字는 道明, 鮮卑族. 前燕의 開國 황제인 慕容皝의 다섯 번째 아들로 吳王이었음. 태부 慕容評의 핍박으로 族人을 거느리고 前秦 符堅에게 투항하였다. 부견이 肥水의 전투에서 패배하자, 鮮卑族과 烏桓族 세력을 규합하여 後燕을 건국하였다. 386년 中山(河北 定州)을 도읍지로 정하고 稱帝하였다. 393년 慕容泓의 西燕을 멸망시켰다. 396년 北魏와의 전쟁 도중 病死하였다.
- 苻堅信王猛而不殺慕容垂: 前燕의 황제인 부견은 宰相인 王猛을 신임하였으면서도 慕容垂를 죽이라는 그의 충고를 듣지 않았다는 뜻. 『晉書 · 慕容垂載記』에 나오는 이야기. 모용수가 귀순해오자 부견은 크게 기뻐했지만 재상인 왕맹은 그의 재주를 두려워하여 죽이라고 권하였다. 그러나 부견은 그 말을 듣지 않고 모용수에게 冠軍將軍으로 삼고 賓都侯로 책봉하였다. 이에 불안을 느낀 왕맹은 계략을 써서 모용수를 궁지에 몰아넣으니, 두려워진 모용수는 도망가다가 왕맹의 군사들에게 체포되어 부견에게 압송되었다. 그러나 부견은 두려워할 필요 없다고 위로하며 모용수를 풀어주고

작위를 다시 하사한 다음, 전과 같이 厚待하였다.

- 唐明皇: 唐玄宗.
- 張九齡(678~740): 唐 玄宗 開元 연간의 尙書丞相이자 詩人. 字는 子壽. 그는 서슴지 않고 황제에게 直言했던 대담하고 충직한 재상으로, 세력가들과 투쟁하며 공명정대하게 인재를 발탁하는 데 앞장서서 이른바 '開元의 治'를 이루어내는 데 큰 공을 세웠다. 그의 소박하고 淸談한 분위기의 五言古詩는 初唐 시기에 유행했던 六朝의 화려한 詩風을 몰아내는 데 큰 역할을 담당했다.
- 安祿山(703~757): 唐 玄宗 당시의 武將. 親父는 일찍 사망하였고, 모친은 突厥族의 巫女 阿史德으로 繼父인 이란系 소그드人의 武將인 安延偃의 총애를 받고 자랐다. 漢族들에게 '雜胡' 출신으로 간주되었던 그는 6개국 언어를 구사하여 청년시절에는 무역 중개인을 하였다. 30代에 幽州 節度使 張守珪의 武官으로 두각을 나타내어, 742년 平盧節度使로 발탁된 후 奚·契丹·室韋·靺鞨 등 동북지역 異民族의 침입을 방어하는 임무를 맡았다. 중앙에서 파견된 使者를 뇌물로 농락하여 급속히 玄宗의 신임을 얻었다. 范陽節度使(北京) 및 河東節度使를 겸임하여 唐나라 國境 수비군 전체의 1/3 병력을 장악하였다. 楊貴妃의 오라버니인 楊國忠이 그가 모반을 획책한다고 간언한다는 말을 듣고, 양국충 제거를 명분으로 755년 11월, 15만 대군으로 반란을 일으켰다. 12월에 洛陽을 점령하였고, 이듬해 스스로 大燕皇帝라 칭하였으며, 757년 6월에 首都 長安을 정복 하였다. 그러나 악성 종기를 앓으면서 軍令이 제대로 서지 않았고, 애첩의 소생을 편애하여 次子인 安慶緖와 반목하였다. 결국 안경서와 공모한 환관 李猪兒에게 살해되었다. 그의 친구였던 史思明이 13만 대군을 이끌고 다시 반란을 일으켜, 후세에 이들의 난을 '安史의 난'이라고 하였다.
- 唐明皇用張九齡而不殺安祿山: 唐明皇 현종이 張九齡을 재상으로 重用하였으면서도 그가 안록산을 죽여야 한다는 諫言을 듣지 않았다는 뜻. 『新唐書·張九齡傳』에 나오는 이야기임. 안록산은 張守珪의 武官일 때 奚와 契丹族에게 패하여 京師에 압송되어 온 적이 있었다. 당시 장구령은 그가 교만하고 야심이 많으며 반역의 관상을 지니고 있음을 알아보고, 그를 죽여서 후환을 없애야 한다고

주장했으나 현종은 그 말을 따르지 않고 안록산을 사면해 주었다. 훗날 안록산이 난을 일으킨 후, 蜀으로 도망간 현종은 이미 사망한 張九齡을 생각하며 눈물을 흘리고, 그의 고향으로 使者를 보내어 제사를 지내게 하였다.

《明皇幸蜀》唐, 李昭道
안록산의 난으로 당현종이 蜀으로 도망가는 장면이다.

***　　　***　　　***

번역 4

하지만 세상의 논객論客들은 이들 일곱 명이 모두 죽일 기회를 놓쳐서 어지러운 난이 일어났다고 여긴다. 나는 그렇지 않다고 생각한다. 이들 일곱 명이 모두 패망의 길에 이르렀던 것은 자기 자신 때문이지, 타인을 죽이지 않은 잘못 때문이 아니다.

제경공齊景公이 과다한 형벌과 무거운 세금을 매기지 않았더라면 전씨田氏 세력이 존재했더라도 제나라를 빼앗을 수 없었을 것이고, 초성왕楚成王이 자옥子玉을 등용하지 않았더라면 아무리 진문공晋文公이라는 존재가 있었다 하더라도 전투에서 패배하지 않았을 것이다. 한경제漢景帝가 오왕吳王의 태자를 해치지 않았거나 조착晁錯을 중용하지 않았더라면 오왕 유비劉濞가 까닭 없이 반란을 일으키지 않았을 것이며, 진무제晋武帝가 효혜孝惠를 태자로 세우지 않았더라면 유원해도 반란을 일으킬 수 없었을 것이다. 부견이 강좌江左 땅에 욕심을 내지 않았더라면 비록 모용수가 있었다 하더라도 반란을 일으킬 수 없었을 것이고, 당명황이 이임보李林甫나 양국충楊國忠을 중용하지 않았다면 비록 안록산이 있었다 하나 무슨 일을 저지를 수 있었겠는가?

진秦나라의 유여由余나 한漢나라의 김일제金日磾, 그리고 당나라의 이광필李光弼이나 혼감渾瑊과 같은 무리들은 모두 오랑캐 종자였으니, 그들이 우리 중국에 얼마나 책임감이 있겠는가? 그런데 유원해나 안록산만 죽이다니! 지금 입장에서 생각해보면 유원해와 안록산은 사형을 시키고도 여죄餘罪가 남아 있는 것이지만, 당시 입장으로 생각해보면 죄 없는 자를 죽였다는 혐의를 면하기 어려운 것이다.

천자天子가 죄 없는 자를 죽이면 어찌 하늘의 벌을 받지 않겠는가? 군주가 그 철리를 망각한다면 길 가는 나그네가 모두 적이 될 터인데, 천하의 호걸들을 어찌 다 이겨낼 수 있겠는가!

원문과 주석4

而世之論者, 則以為此七人者皆失於不殺以啟亂, 吾以謂不然。七人者皆自有以致敗亡, 非不殺之過也。齊景公不繁刑重賦, 雖有田氏, 齊不可取;❶ 楚成王不用子玉, 雖有晉文公, 兵不敗;❷ 漢景帝不害吳太子, 不用鼂錯, 雖有吳王濞, 無自發;❸ 晉武帝不立孝惠, 雖有劉元海, 不能亂;❹ 苻堅不貪江左, 雖有慕容垂, 不能叛;❺ 明皇不用李林甫、楊國忠, 雖有安祿山, 亦何能為?❻ 秦之由余, 漢之金日磾, 唐之李光弼、渾瑊之流, 皆蕃種也, 何負於中國哉?❼ 而獨殺元海、祿山! 且夫自今而言之, 則元海、祿山死有餘罪, 自當時而言之, 則不免為殺無罪。 豈有天子殺無罪而不得罪於天者? 上失其道, 塗之人皆敵也, 天下豪傑其可勝既乎?❽

❶ ▪ 齊景公: 춘추시대 제나라의 26대 군주. 姓은 姜, 氏는 呂, 이름은 杵臼임. 명재상인 晏嬰의 보필을 받아 58년 동안 在位하는 가운데 제나라의 정치를 안정시켰음. 그러나 在位 中期에 宮室을 많이 짓고 사치한 생활을 하였으며, 세금을 많이 걷고 형벌을 무겁게 하여 안영이 누차 간한 바 있음. 이에 안영은 晋의 대부인 叔向에게 장차 齊나라의 대권이 田氏의 수중으로 들어갈 것임을 예언한 바 있음. 그가 죽은 지 80여년 후인 B.C.404년에 제나라는 과연 田氏가 차지하였음.

❷ ▪ 楚成王不用子玉, 雖有晉文公, 兵不敗: 초나라 成王이 子玉을 중용하지 않았더라면 비록 晋文公이라는 존재가 있었더라도 전쟁에서 패하지 않았을 것이라는 뜻. 『史記 · 晋世家』에 나오는 일화. 晋나라의 공자 重耳가 초나라에 망명하다가(본문 제3단락의 註釋 참조), 훗날 귀국하여 晋文公이 된 후의 이야기다. B.C.633년, 초나라가 宋나라를 쳐들어가니 宋나라는 급히 晋나라에 원군을 청하였다. 그 소식을 들은 楚成王은 하늘이 돕고 있는 진문공을 당해낼 수 없을 것이라며 후퇴하였다. 그러나 子玉은 이에 불복하고 소수의 군사를 이끌고 쳐들어갔다가 晋軍에게 대패당하였다. 이에 분노한 成王은 子玉이 돌아오자 그를 주살하였다.

❸ ▪ 漢景帝不害吳太子, 不用晁錯: 漢나라 景帝가 吳王의 태자를 죽이지 않았더라면, 그리고 晁錯을 중용하지 않았더라면. 『史記 · 吳王濞列傳』에 나오는 이야기. 景帝 劉啓가 황태자 시절의 일이었다. 吳王의 태자인 劉賢이 京師에 왔다가 황태자와 함께 술을 먹고 도박을 하였다. 판이 무르익다 보니 유현의 태도가 不恭스러웠으므로 화가 난 황태자가 그를 죽이고 말았다. 그 후 吳王은 稱病하고 조정에 나타나지 않아 역모의 의심을 받게 되었다. 이 사건은 두려워진 吳王이 후일반란을 주동하는 계기가 되었다. 한편 승상 晁錯은 중앙의 권력을 강화하기 위해 변방의 제후들의 권력을 삭탈해야 한다고 계속 주장하였으나 文帝는 그 타당성을 인정하면서도 실행에 옮기지는 않았다. 그러나 景帝가 즉위하면서 晁錯이 다시 강력하게 주장하자, 경제는 이에 대해 조정에서 공개적으로 토론할 것을 명하였다. 이에 제후들은 경제가 이미 결심한 것으로 판단하고, 晁錯을 제거한다는 명분으로 반란을 일으켰다.

- 無自發: 이유 없이 반란을 일으키지 않았을 것이라는 뜻.

❹ • 孝惠: 西晉의 두 번째 황제인 惠帝 司馬衷(259~307)을 지칭함. 晉武帝 司馬炎의 次子. 字는 正度. 267년에 태자가 되었고, 290년에 즉위하였다. 역대 최고의 어리석은 임금으로 손꼽힌다. 八王의 亂 와중에 叔祖인 趙王 司馬倫에게 제위를 찬탈당하였고, 일시 복위한 후에도 여러 왕들의 괴뢰나 다름없이 지내며 뭇사람들에게 온갖 굴욕을 당했다. 司馬氏의 골육상쟁 와중에서 異族 수령들이 여기저기에서 擧事하여, 西晉은 멸망하고 五胡十六國 시대가 시작되었다.

❺ • 苻堅不貪江左, 雖有慕容垂, 不能叛: 前秦의 황제였던 부견이 東晋의 근거지인 江東 지역을 탐내지 않았더라면 慕容垂라는 존재가 반란을 일으키지 못했을 것이라는 뜻. 부견은 東晋을 공격하여 淝水에서 大戰을 벌였으나 대패하는 바람에 국력이 크게 약화되었다.

❻ • 李林甫、楊國忠: 唐 玄宗 시대의 奸臣들.

❼ • 由余: 春秋時代 秦나라의 대신. 조상은 원래 晋나라 사람이었으나 난을 피해 西戎으로 망명하였다. 由余는 西戎의 신하로 秦나라에 사절로 왔다가 秦穆公과 의기가 투합하여 진나라의 上卿이 되었다. 그 후 秦穆公을 도와 西戎을 공격하여 영토를 확장하고 국력을 신장시켜, 마침내 春秋五覇 중의 하나로 등장할 수 있도록 하였다.

- 金日磾[제; dī](B.C.134~86): 漢武帝의 대신. 字는 翁叔. 원래 休屠(武威)를 근거지로 하고 있던 흉노족의 太子로, 14세 때 霍去病의 포로로 압송되어 말을 키우는 일을 맡았다. 효성이 지극했고 매사에 신중했으며 사리에 어긋나는 일을 하지 않았다. 훗날 武帝의 눈에 띄어 金氏 姓을 하사받고, 황제의 총애로 관직이 상승되어 侍中까지 되었다. 무제가 죽을 때 遺詔를 내려 霍光과 그에게 황태자를 잘 보필해달라는 명과 함께 秺[투;dú]侯로 책봉되었다.
- 李光弼(708~764): 唐나라 肅宗 때의 名將. 거란족 추장의 후예. 郭子儀의 추천으로 河東節度使가 되어 安史의 난을 평정하여, 곽자의와 함께 세칭 '李郭'으로 불리었다. 관직이 天下兵馬都元帥에 이르렀고 臨海郡王에 책봉되었다.
- 渾瑊(736~800): 中唐 시대의 名將. 本名은 渾進. 鐵勒族 渾部 출

신이다. 安史의 난 때 李光弼, 郭子儀를 따라 수많은 전공을 세웠다. 代宗 연간에 吐蕃과 回紇이 쳐들어왔을 때 방어에 큰 공을 세웠고, 涇原兵變이 발생하여 叛軍이 長安을 점거하였을 때에도 德宗을 무사히 호위하는 등, 수많은 반란 속에서 황실을 지켰다. 그러면서도 언제나 교만하지 않았으므로 덕종의 큰 신임을 얻었다. 朱泚의 난을 평정한 후, 侍中 벼슬을 더하였고, 咸寧郡王에 책봉되었다.

- 蕃種: 오랑캐의 種子. 異民族 출신임을 비하한 말임.
- 負: 의무나 책임 따위를 가지다. 염려하다.

❽ ▪ 勝旣: 모두 다 이겨내다. 旣는 盡과 같은 뜻임.

***　　***　　***

번역 5

한경제漢景帝는 주아부周亞夫가 불쾌해했다는 이유 때문에 그를 죽였고, 조조曹操는 공융孔融의 명성이 높다는 이유로 그를 죽였다. 진문제晋文帝는 혜강嵇康이 벼슬을 받지 않으려 했다는 이유로 그를 죽였으며, 진경제晋景帝 역시 하후현夏侯玄의 명망이 높다는 이유로 그를 죽였다. 송명제宋明帝는 왕욱王彧의 가문家門이 홍성하다는 이유로 그를 죽였고, 제후주齊後主는 유언비어를 믿고 곡률광斛律光을 죽였다. 당태종唐太宗은 도참설圖讖說을 믿고 이군선李君羨을 죽였으며, 무후武后는 배염裴炎이 유언비어를 퍼뜨린다며 그를 죽였다. 이는 세상에서 모두 다 비난하는 일이다.

그 당시 이들 여덟 명이 끼친 근심이 어찌 나라를 걱정하고 반란을 대비하기 위한 것이며, 어찌 유원해나 안록산이 끼친 근심과 같은 성격일 수 있겠는가? 이 세상에서 일의 성패 여부로 옳고 그름을 판단하려는 풍조는 참으로 오래 되었구나!

그래서 살인을 즐기는 자들은 틀림없이 등기후鄧祈侯가 초문왕楚文王을 죽이지 않았다가 도리어 자신이 변을 당한 경우를 핑계로 삼을 것이다. 그러나 미약한 등鄧나라가 까닭 없이 강대국의 군주를 죽였다면, 초나라 사람들이 거국적으로 들고 일어나 복수를 하러 덤빌 터인데, 그렇게 되면 등나라는 더 빨리 멸망하지 않았겠는가?

원문과 주석 5

漢景帝以鞅鞅而殺周亞夫,❶ 曹操以名重而殺孔融,❷ 晉文帝以卧龍而殺嵇康,❸ 晉景帝亦以名重而殺夏侯玄,❹ 宋明帝以族大而殺王彧,❺ 齊後主以謠言而殺斛律光,❻ 唐太宗以讖而殺李君羨,❼ 武后以謠言而殺裴炎,❽ 世皆以為非也。此八人者，當時之慮豈非憂國備亂，與憂元海、祿山者同乎？久矣，世之以成敗為是非也！故夫嗜殺人者，必以鄧侯不殺楚子為口實。❾ 以鄧之微，無故殺大國之君，使楚人舉國而仇之，其亡不愈速乎？

❶ ▪ 鞅鞅: 불쾌해하는 모습. 『史記 · 絳侯周勃世家』에는 '怏怏'으로 표기되어 있다.
▪ 周亞夫(B.C199~B.C.143): 西漢 景帝 때의 名將. 絳侯 周勃의 次子. 七王의 亂 때 대장군으로 全軍을 통솔하여 반군을 평정하였다. 景帝는 그를 매우 존중하여 丞相으로 임명하였으나, 위인 됨이 지나치게 경직되어 점차 원칙주의자인 그를 멀리 하였다. 예컨대 景帝는 栗姬 소생인 태자 劉榮을 폐하려 하였으나 周亞夫는 반대하였고, 황후의 친정오빠에게 작위를 책봉하려 하였으나 역시 반대하였다. 또 한나라에 귀순해온 흉노 장군들에게 작위를 하사하려 했을 때에도 역시 반대하였으나, 화가 난 경제는 그의 반대를 무릅쓰고 작위를 하사하였다. 이에 주아부는 칭병하고 사직하였

다. 그 후, 경제는 그의 성격이 바뀌었는지 알아보기 위해 그를 초대하여 酒宴을 베풀었는데, 일부러 그의 앞에만 젓가락을 놓아두지 못하게 하였다. 이에 화가 난 주아부는 황제의 허락도 받지 않고 떠나버렸다. 훗날 주아부의 아들이 父親의 장례에 대비하여 방패 500개를 구매하였는데, 이는 국법을 어긴 것이었으므로 모반죄로 몰려 심문을 받게 된 周亞夫는 심문관의 모욕을 견디지 못하고 단식으로 항의하다가 사망하였다.

❷ ▪ 曹操以名重而殺孔融: 제5권 〈노나라의 삼환(論魯三桓)〉 참조.

❸ ▪ 晉文帝: 원본에는 '晉武帝'로 되어 있으나, 王松齡이 百川本과 『東坡七集 · 後集』『續集』에 의거하여 교정한 것을 따른다.

▪ 臥龍: 인재가 벼슬하지 않고 숨어 지내는 것을 뜻함.

▪ 嵇康(223~262): 삼국시대 魏나라의 시인이며 사상가이자 음악가. 竹林七賢의 중심인물임. 字는 叔夜. 魏의 王族과 결혼하여 中散大夫 벼슬을 받았으나, 司馬氏 집단을 미워해 대장장이로 살며 숨어 지냈다. 당시 집권자인 司馬昭는 그를 자신의 사람으로 발탁하고 싶어 심복인 鍾會를 파견 하였으나 거들떠보지도 않아 분을 품었다. 훗날 혜강의 벗이던 呂巽과 呂安 형제의 獄事에 휘말려 엉뚱하게 사형을 당하여 죽었다. 『晉書 · 嵇康傳』이 전하는 사건의 내막은 대략 이러하다. 呂巽이 동생의 처를 범하여 呂安은 형을 고소하려 하였다. 혜강은 여손의 요청으로 여안을 권면하여 사건이 무마되는 듯하였다. 그러나 여손은 동생이 후회하고 다시 訟事를 벌일 것이 두려워, 도리어 동생이 불효자라고 고발하였다. 이에 분노한 혜강은 여손과 절교를 선언하고 여안을 적극적으로 변호하고 나섰다. 종회의 농간으로 혜강은 여안과 함께 투옥되었고, 사마소는 3천명 太學生들의 항의에도 불구하고 그들을 사형에 처했다. 혜강은 형장에서 태연자약하게 琴으로 廣陵散을 연주한 뒤 죽음을 맞이하였다.

❹ ▪ 晉景帝: 司馬師(208~255)를 지칭함. 字는 子元. 부친 司馬懿의 권력을 이어받아, 魏나라 3대 황제인 曹芳(齊王)을 폐위시키고 曹髦를 새 황제로 옹립하였다가, 그마저 시해하여 사실상 魏나라를 멸망시킨 후 동생인 司馬昭와 함께 정권을 완전히 장악하였다. 훗날 사마소의 아들인 司馬炎이 공식적으로 稱帝하고 西晉 왕조를 건

국한 후, 景皇帝로 추존되고 廟號를 世宗이라 하였다.

- 夏侯玄(209~254): 삼국시대 魏나라의 장군. 司馬師가 夏侯玄을 죽인 것은 동파가 이 글에서 말한 것처럼 그의 명성이 높아서가 아니었다. 夏侯玄은 魏나라 3대 황제인 曹芳(齊王)이 피로 쓴 비밀 詔書를 받고 李豊, 張緝 등과 함께 司馬師를 토벌할 계획을 세우다가 발각되어 滅族된 것이다.

❺ ▪ 宋明帝: 南朝 시대 劉宋의 황제인 劉彧(439~472). 宋文帝의 열한 번째 아들. 즉위 초기에는 인재를 등용하고 어진 정치를 펴서 사방의 반란을 평정하였으나, 말년에는 미신을 믿고 사치한 생활을 하여 나라가 기울어지게 되었다.

- 王彧: 南朝 劉宋의 重臣. 字는 景文. 宋文帝가 매우 존중하여 그의 여동생을 아들 明帝와 혼인시켰으며, 그의 이름인 '彧'을 明帝의 이름으로 삼았다. 그로부터 王彧은 明帝 劉彧과 이름이 같아졌으므로, 이름을 사용하지 못하고 字만 사용할 수밖에 없었다. 왕욱은 文帝가 재위할 때 이미 尙書 右僕射였으나, 明帝가 즉위하자 그 위에 尙書左僕射에 江州刺史, 楊州刺史, 都督 등의 높은 관직을 계속 除授받았다. 왕욱은 한사코 고사하였으나, 명제 역시 한사코 관직을 주었다. 이에 왕욱은 더욱 몸가짐을 조심히 하고 집안 단속을 철저히 하였다. 그러나 명제가 重病으로 위독하게 되자, 그의 家門이 지나치게 강성하여 社稷에 위협이 된다고 여기어 왕욱을 賜死하였다.

❻ ▪ 齊後主: 南北朝時代 北齊의 다섯 번째 황제인 高緯를 지칭함. 골육상쟁의 혼란 속에서 즉위하여 정사를 돌보지 않고 荒淫無道한 생활로 나라를 멸망의 길로 이끌었음. 北周의 공격을 받고 남방의 陳나라로 투항하러 가다가 포로가 되어 피살당했다.

- 斛[곡; hú]律光(515~572): 남북조시대 北齊의 名將. 字는 明月. 高車族. 대대로 將帥 집안 출신으로 수많은 전공을 쌓았다. 斛律光의 큰 딸은 황후였으며, 밑으로 두 딸은 태자비였고, 동생은 幽州刺史로 변방을 지키고 있었고, 자제들은 모두 작위를 받는 등, 家門 전체가 대단히 홍성하였다. 그러나 곡률광은 이 때문에 禍가 미칠까 염려되어 더욱 검소한 생활을 하고 조정의 일에 관여하지 않았다. 한편 北魏의 장수 韋孝寬은 北齊를 멸망시키려면 먼저 곡률

광을 제거해야 한다고 여기고, 첩자를 파견하여 북제의 도읍지인 鄴城에 곡률광이 찬탈을 하고 황제가 된다는 유언비어를 퍼뜨렸다. 齊後主는 그 말을 믿고 곡률광을 처단하였다.

⑦ ▪ 讖: 圖讖說, 讖緯說. 陰陽五行說에 바탕을 두어, 日蝕 · 月蝕 · 地震 등의 天異地變이나 緯書에 의하여 운명을 예측하는 것으로, 秦代에 시작되어 漢나라 말엽에 특히 성행하였다.

▪ 李君羨: 唐나라 개국공신 중의 한 명.

▪ 唐太宗以讖而殺李君羨: 당나라 태종은 圖讖說을 믿고 李君羨을 죽였다는 뜻. 『新唐書 · 薛萬均傳』에 나오는 이야기다. 貞觀 初에 대낮에 太白星이 나타나는 현상이 자주 일어났다. 太史令이 점을 치니, '女主昌'이란 점괘가 나왔다. 또 시중에는 '當有女武王者'라는 유언비어가 나돌았다. '武' 字와 관련된 여자 황제가 출현한다는 의미로 여겨졌다. 태종은 매우 불쾌했다. 어느 날 태종은 武官

《步輦圖》 唐, 閻立本

당태종이 퉈베(吐蕃; 티베트)제국 송짼깜뽀의 使者인 뤼뚱짠을 접견하는 모습(貞觀 15년, 서기 614년). 우측의 연을 타고 있는 인물이 당태종. 맨 왼쪽은 통역관, 두 번째가 뤼뚱짠, 세 번째 인물은 접견 행사를 진행하는 당나라 측의 典禮官이다. 위풍이 당당해 보이는 당태종은 거만한 표정인데 비해, 왜소한 체구의 뤼뚱짠은 잔뜩 겁을 먹은 모습이다. 그러나 이 장면의 묘사는 사실과는 많이 다를 것이다. 뤼뚱짠은 당나라가 자랑하는 명장 薛仁貴의 군대를 궤멸시킨 용맹한 장군으로, 티베트고원을 통일시킨 송짼깜뽀의 명을 받아 당나라 공주를 시집보내라고 요구하러 온 것이다. 당시 티베트군에게 연전연패했던 당태종은 어쩔 수 없이 황족인 李道宗의 딸을 수양딸로 삼아 文成公主라 칭하고 송짼깜뽀에게 시집을 보내게 된다.

들에게 연회를 베풀고, 각자 兒名을 말해보라는 酒令을 내렸다. 이 군선 차례가 되었다. 그의 아명은 '五娘子'였다. 공교롭게도 그의 관직에는 전부 '武' 字가 들어가 있었다. 당시 그는 '武' 衛將軍의 신분으로 玄'武'門을 지키고 있었으며, 封邑은 '武'連郡公이었다. 이에 태종은 그 점괘와 유언비어를 떠올리고 그를 반역죄로 처단하였다. 훗날 자신의 후궁이 된 武照가 황제가 되리라고는 꿈에도 생각하지 못했을 것이다. 실제로 여인이 황제의 자리에 오른다는 것은 당시 환경으로서는 불가능했기 때문이다.

❽ ▪ 武后: 武則天. 앞에 나오는 「攝主」의 註釋 참조.

▪ 裴炎: 初唐 시기의 大臣. 兵部侍郞, 中書省門下平章事를 거쳐 侍中, 中書令의 高官을 역임하였다. 무측천의 귀에 거슬리는 諫言을 하여 참수되었다.

▪ 武后以謠言而殺裴炎: 측천무후는 유언비어를 믿고 裴炎을 죽였다는 뜻. 劉文忠은 유언비어 때문에 죽인 것이 아니라 直言을 하였기 때문이라고 하며, '謠言'을 '直言'으로 교정하였음. 그러나 사실 여부를 떠나 校註者가 원저자의 글을 함부로 수정한다는 것에는 문제가 있다고 판단됨. 더구나 '直言'이라고 한다면, 무측천에게 잘못이 있다고 판단한 劉文忠의 개인적인 편견이 전제되어 있는 것으로, 이는 온당치 못함. 무측천이 배염을 죽인 이유는 크게 두 가지였음. 첫째는 무측천이 자신의 조상들을 추서하려고 했을 때 반대하였기 때문임. 둘째, 徐敬業이 반란을 일으켰을 때 그 대책을 묻는 무측천에게, 당신이 하야하면 간단히 해결된다고 답변하였기 때문임. 이는 무측천의 집권에 대해 공공연하게 반기를 든 것이므로, 무측천의 입장으로서는 자신의 정적들에게 기강을 바로잡는 의미로서 그를 죽이지 않을 수 없었을 것임. 무측천이 베푼 정치는 사실 '貞觀之治의 遺業'이라고 史書에서 평가할 정도로 뛰어났음. 그럼에도 불구하고 여성은 황제가 될 수 없다는 뿌리 깊은 고정관념이, 후세에 무측천을 대단히 부정적으로 인식하게 만들었음. 오늘날 대륙에서는 무측천을 재평가하고 있는 추세임.

❾ ▪ 鄧侯: 춘추시대 鄧나라(湖北 襄樊)의 군주였던 鄧祁侯를 지칭함. 이름은 吾離.

▪ 楚子: 春秋時代 楚나라의 군주였던 楚文王을 지칭함.

▪ 嗜殺人者, 必以鄧侯不殺楚子爲口實: 살인하기를 즐기는 자들은 틀림없이 鄧祁侯가 楚文王을 죽이지 않았다가 도리어 자신이 변을 당한 일을 핑계로 삼을 것이라는 뜻. 『左傳 · 莊公 6年』에 나오는 이야기. B.C.688년 겨울, 초문왕은 申나라를 공격하면서 그 사이에 위치한 鄧나라에 길을 빌려달라고 요구하였다. 등기후는 초문왕의 외숙부였으므로 이를 허락하였으나, 그의 대부들은 기회를 엿보아 초문왕을 죽여야 한다고 간언하였다. 그러나 등기후는 이를 거절하였다가, 申나라를 멸망시키고 돌아온 초문왕에게 살해되고 등나라는 멸망하고 말았다.

***　　　***　　　***

번역 6

나는 천하를 다스리는 일은 양생養生을 하는 것과 같은 이치이며, 나라를 걱정하여 난에 대비하는 것은 약을 먹는 것과 같은 이치라고 생각한다. 양생이란 단지 신중하게 기거起居하고 음식을 삼가하며 가무歌舞와 색욕色慾을 절제하는 것일 뿐이다. 병이 나기 전에는 절제하고 조심하는 것이 중요하며, 약은 병이 나고 난 후에 먹는 것이다. 그런데 이제 우리가 한질寒疾에 걸릴 것이 두려워 오훼烏喙를 미리 복용하고, 열병에 걸릴까 봐 감수甘遂를 먼저 먹는다면, 병이 생기기도 전에 약이 먼저 사람을 죽이고야 말 것이다. 이 여덟 명은 병이 걸리기도 전에 미리 약을 먹은 자들인 것이다.

원문과 주석 6

吾以謂為天下如養生, 憂國備亂如服藥: 養生者不過慎起居飲食, 節聲色而已, 節慎在未病之前, 而服藥於已病之後。今吾憂寒疾而先服烏喙, 憂熱疾而先服甘遂, 則病未作而藥殺人矣。❶ 彼八人者, 皆未病而服藥者也。

❶ ▪ 烏喙, 甘遂: 藥材로 쓰이는 毒性 식물.

해설

동파의 모든 글이 그러하거니와, 그의 역사평론 역시 결코 범인들의 일반적인 글과는 격식이 다르다. 작가는 여기서 제환공과 관중 등 7인의 '성덕盛德'을 칭송하고, 조조와 당태종 등 8인의 행위를 비판하고 있다. 그러나 착각해서는 안 된다. 그 칭송과 비판은 비평 대상이 되는 인물에 대한 총평이 결코 아니다. 단지 그들 15인이 행했던 딱 한 가지 사실만을 두고 칭송하거나 비판한 것이다.

그 '한 가지 사실들'은 모두 공통점이 있다. 장차 군주의 자리를 위협할 가능성이 있는 사람을 미리 죽여서 후환을 없앴거나, 또는 그럼에도 불구하고 죽이지 않았다는 점이다. 이 글은 상당히 장편이고, 등장시킨 인물들도 많고 거기에 얽힌 스토리도 복잡하게 출현하며, 사례를 잘못 이해하고 인용한 부분도 군데군데 엿보이지만, 사실 동파는 아주 단순명료한 이야기를 하고 있다. 미래의 경쟁자(?)를 죽인 경우에는 경계警戒로 삼았고, 죽이지 않은 경우에는 칭송한 것이다. 한 마디로 포용의 어진 정치를 펼치자는 이야기다.

고대의 역사를 살펴보면, 아직 일어나지도 않은 미래의 사건을 미리 예측하여 자신에게 위협이 될 만한 존재는 미리 죽여서 후환을 제거한 경우가 비일비재했다. 그런 경우가 하도 많아서 그 가능성이 아주 조금만 엿보여도 미리 죽여 버리는 것이 거의 상식이다시피 했다. 때문에 동파는 그 상식을 파괴

《歷代帝王像》(부분), 唐, 閻立本

하고 미래의 경쟁자(?)를 대범하게 포용한 행위를 '커다란 덕'을 베푼 것이라고 칭송했던 것이다.

東坡 行蹟 年譜

지역	연도	나이	주요활동내용(月日은 음력임)	연호
眉山	1037	1	1036.12.19(양력 1037.1.8) 탄생	仁宗 景祐 3年
	1039	3	2.20(양력3.18) 아우 蘇轍 탄생	寶元 2年
	1054	18	王弗과 결혼	至和 元年
미산, 開封	1056	20	3~5월, 부친 蘇洵, 아우 蘇轍과 함께 上京(成都, 長安 경유)	嘉祐 元年
개봉, 미산	1057	21	3월, 과거 2등으로 급제. 4.8. 모친 程氏 사망. 蘇氏 3부자, 급히 귀향함.	嘉祐 2年
미산, 개봉 행	1059	23	7월, 免喪. 10월, 眉山 출발(長江 경유 上京)	嘉祐 4年
개봉, 鳳翔	1061	25	12월, 大理評事簽書로 鳳翔에 부임(최초 관직)	嘉祐 6年
봉상, 개봉	1065	29	정월, 還朝. 5월, 아내 왕불 사망.	英宗 治平 2年
개봉, 미산	1066	30	4월, 부친 소순 사망. 미산으로 귀향.	治平 3年
미산	1068	32	7월, 免喪. 12월, 前妻 왕불의 堂妹인 王閏之와 재혼	神宗 熙寧 元年
개봉	1069	33	2월, 귀경. 史官으로 임직.	熙寧 2年
개봉, 杭州	1071	35	4월, 通判으로 임명되어 개봉 출발. 11월, 항주 도착	熙寧 4年
항주, 密州	1074	38	9월, 密州태수로 임명되어 항주 출발. 11월 밀주 도착	熙寧 7年
밀주	1076	40	11월, 徐州태수로 임명되어 12월, 밀주 출발.	熙寧 9年
徐州	1077	41	4월, 서주 도착.	元豊 元年
湖州, 개봉	1079	43	4.20. 湖州태수로 부임. 7.28. 筆禍를 당해 체포되어 京師(개봉)로 압송됨. 8.18. 御史臺에 하옥. 12.29. 출옥.	元豊 2年

황주	1080	44	1.1. 團練副使로 黃州 유배 명을 받고 出京. 2.1. 황주 도착.	元豊 3年
황주, 강남 일대	1084	48	4월, 사면되어 황주 출발. 金陵, 揚州, 泗州 여행. 常州에서 은거하게 해달라고 상소. 윤허받지 못함.	元豊 7年
강남 일대 登州, 개봉	1085	49	3월, 神宗 붕어. 哲宗 등극. 高太后 섭정 시작. 登州太守로 임명되어 10월에 부임하자마자 還朝 명령으로 12월에 귀경함.	哲宗 元祐 元年
개봉	1086	50	中書舍人, 翰林學士知制誥	元祐 2年
개봉, 항주	1089	53	7월, 항주태수로 부임.	元祐 5年
항주, 개봉, 潁州	1091	55	3월, 한림학사 명을 받고 귀경. 5월, 개봉 도착. 조정의 권력 다툼에 지쳐 외근을 자청함. 8월, 潁州태수로 부임.	元祐 7年
潁州, 揚州, 개봉	1092	56	3월, 揚州태수로 부임. 9월, 兵部尙書로 제수되어 조정으로 돌아옴. 12월, 禮部尙書로 임명됨.	元祐 8年
개봉, 定州	1093	57	8.1 후처 왕윤지 사망. 9.3. 高太后 사망. 9.13. 예부상서 파직. 定州태수로 좌천. 10.23. 정주 도착.	元祐 9年
定州, 惠州	1094	58	4.11. 英州태수로 좌천. 5.25. 부임길에 建昌軍司馬로 강등되어 惠州로 유배 통고받음. 10월, 혜주 도착	紹聖 元年
혜주	1096	60	7.3. 첩 王朝雲 사망. 棲禪寺에 장례.	紹聖 3年
혜주, 儋耳	1097	61	4월, 惠州에서 海南島 儋耳로 유배됨. 7월, 담이 도착.	紹聖 4年
담이, 北上 길에 오름	1100	64	1.12. 哲宗 붕어. 휘종 등극. 向太后 섭정. 6월, 사면령 받고 담이에서 육지로 귀환. 북상 중 英州에서 자유로운 住居 윤허를 받고 오랫동안 은거지로 염두에 두었던 常州로 출발	元符 3年

강남 일대 常州	1101	65	강남 일대 유람. 6.1. 米芾과 함께 鎭江 西山 유람. 혹서에 더위를 먹고 와병. 6.15. 常州 도착. 7.14. 쓰러짐. 7.28.(양력 8.24) 常州에서 사망.	徽宗 建中靖國 元年
	1102		閏6.20. 汝州 郟城縣 釣臺鄉 上端里에 장례. (10년 후인 1112.10.3에 아우 蘇轍 사망. 같은 곳에 장례)	崇寧 元年